路翎全集 第三卷

中短篇小说、特写 1949—1953

朱桂花的故事
初雪
集外短篇

本集获复旦大学"985工程"三期整体推进人文社会科学研究项目和上海文化发展基金会资助出版,为国家社科基金项目(22BZW134)中期成果

1950年代初的路翎和余明英

1950年代初的路翎、余明英夫妇与
大女儿徐绍羽、二女儿徐朗

《朱桂花的故事》初版书影　　《朱桂花的故事》重版书影

《板门店前线散记》初版书影　　《初雪》初版书影

刊载《理想主义的少爷》的《荒鸡小集之四：血底蒸馏》，1948年3月　　刊载《祖国号列车》《劳动模范朱学海》（署名林羽）的《起点》，1950年第1集第2期

目 录

朱桂花的故事 ·· 001
 试探 ·· 003
 "替我唱个歌!" ·· 008
 朱桂花的故事 ··· 019
 荣材婶的篮子 ··· 031
 女工赵梅英 ·· 043
 祖国号列车 ·· 057
 劳动模范朱学海 ··· 071
 锄地 ·· 085
 林根生夫妇 ·· 093
 粮食 ·· 107
 英雄事业 ··· 125

初雪 ·· 171
 战士的心 ··· 173
 初雪 ·· 195
 你的永远忠实的同志 ··································· 219
 洼地上的"战役" ··· 257
 春天的嫩苗 ·· 297

从歌声和鲜花想起的	302
记李家福同志	312
记新人们	326
记王正清同志	334
板门店前线散记	340
从七月二十七日下午十时起	357
后记	369

集外短篇（1938—1950） ... 371

在游击战线上	373
朦胧的期待	379
"要塞"退出以后——一个年青"经纪人"的遭遇	388
肥皂泡	402
刘视察下乡	406
饶恕	412
理发店内的艳遇	418
理想主义的少爷	427
泡沫	434
祷告	441
车夫张顺子	447
兄弟	455
喜事	462
第三连	468

朱桂花的故事

《朱桂花的故事》,天津知识书店 1950 年 10 月初版,北京作家出版社 1955 年 3 月再版。据初版排校,对再版改动情况加注说明,并补入再版本增加的《英雄事业》一篇。

试　探

　　这天早上刮着大风，刘福宁家老太太在村子里走着。她的脚还是有点跛，但是样子和以前完全不同了。她穿着一件胸前打着大补绽的旧蓝布衫，一双前头开口的破布鞋，头发乱蓬蓬的。最要紧的，是她的脸上有一种害怕的痛苦的神气，和以前那种威严的发福的样子完全两样了；走起路来，显得格外的跛。村子口上有一个解放军的战士在站岗，并没有注意她，她却在他的面前很犹豫了一阵，脸上显出卑屈的笑容来，想要对他鞠躬。她走了过去之后还不时地回过头来这样笑着，但战士端着枪，已经背朝着她了。她对迎面遇着的一切人都笑着打招呼，人家也有回礼，也有觉得很惊奇，不相信有这种事，呆望着她的。她首先到她家佃户刘老三家里去。

　　刘老三是五十几岁的忠厚的人，家里的几斗米都让反动派底败兵前天走这里过的时候抢走了，正坐在那里发愁。刘福宁老太太一走进来，他就赶忙地站起来了。

　　"哎呀老三，你客气些什么呀，坐坐！"老太太说，"坐呀，不要这种样子，大家都是自己人。"

　　刘老三很不安地坐下了，发痴地瞧着他底东家老太太。

　　"老三，我来找你谈谈的。你看怎么得了呀，这种时年。我家吉康也是这样说，不晓得要闹到哪一年呢。我家大老爷说：反正总是我们百姓倒楣就是了。他说，共产党他是晓得的，他有一个朋友的儿子就是共产党，那个朋友连他们的司令都认得呢。"

　　老太太治事精明，是村子里大家都晓得的；她也很会说话。但不管她怎样地表示亲善，刘老三总有点不安，因为她平常是很威严的,除了来要租骂人,从没有上这里来过。而她底当过汉奸、后来又当了保长的儿子,是村子里所有的人都害怕的。

"老三,我听二福说你们受骇了,来看看的。是受骇了吧,你老婆呢?"

"坡子里挖菜去了。"

"我们也还不是受骇的,前天大前天,那个枪打的呀,连门都不敢开!真是劫难啊!老三,我们是几代的熟人了,我这个人什么话都不瞒人的。人家还以为我们有几个,其实是个外表呀,这种时年还是你们好啊!我也是劝我家吉康不要当这个保长了,他做生意蚀本,回来又害病,一个月光医病就花了两石米。前个月又把米拿去卖了一些,城里头又让人家一抢,好!这看家里头十几口人吃什么!我叫他们不要进城去呢,他们非要说什么城里好呀!我反正不管他们了,反正等那一天我眼睛一闭!唉,真是说不尽的呀!现在家里头剩下来的还不够吃半个月,又没得一个人做事的,衣服也是当尽卖光了;老三,你看看怎样是好,我们又没有力气,像你们还能在外头混混……七七八八的开支,到处都要钱呀,我到哪里去说呢?"

刘福宁老太太眼圈圈发红了,她停下来,醒着鼻涕。刘老三从来没有看见过她像这种样子的,所以更为不安了。他还欠她家一石多稻子呢。他是忠厚人,就很替她难过。

"老太太,我们也是没得办法,你是晓得的。"他说。

"不过你们总比我们好啊。"老太太醒着鼻涕说。

"老太太,欠的债我是总要还的,不过这几个月没得法子……家里头几斗米都给那些挡炮灰的抢光了呀!"

"呵老三,你何必这样说呀!我们今后都是一样了,只要大家照顾!你还提租子干什么啊!"老太太说,按着他底手,"千万不能的!说句良心话,我们也不是真的没得吃了,总还是有点办法的,我今天来,就是跟你说,那个租,我们今后不谈了……再谈就不是人。你没有吃的了尽管来我那里匀一点,我要是没有,不客气说,也要上你这里匀一点……"

老太太完全是真情似的,眼圈更红了。刘老三从来没有见过这样的,因此激动得面色发白,好久说不出话来。

"老太太,你莫非把我见外了?"他叫着,"你放心好了,那个租一定要还的!"

"不,不要说了。"老太太忍受不住的说。

"那不行,要还的!"

他是这样的真心,所以老太太感动得直流眼泪,他自己也激动得不知要再说什么,只是凝望着前面。似乎是,他所受的一切痛苦现在都得到报偿了。地主太太和佃农之间的这种情形,是从来都不曾有过的。

"阿弥陀佛,菩萨保佑你啊!"刘福宁老太太看着他的这种可怜的苍老的样子,动情地说,就红着眼睛,走出去了。

他好久地呆坐着。他激动着,叹息着。他不能思想,他不明白在他底眼前究竟发生了什么事情,究竟这世界上发生了什么变化。为什么那样的军队抢劫之后逃掉了,这样的军队来了,就会发生这样的事情。

但是不久他的瘦小的女人回来了,背着挖野菜的箩子,后面跟着他底十二岁的女儿桂香。他第一眼看见的,就是他的女儿的憔悴,和她的身上的衣裳的破烂。完全是一些破布,连身体都遮不住了。他从前几年不曾注意到这个,但现在却惊动地看见了。

"刚才刘老太到王二和家去了,"女人一进门就愤激地说。但他却像是没有听见似的,呆望着他的女儿。

"真是会装佯呀,穿的一身破衣裳!走到王二和家里说:'不得了呀,抢光了呀,没得吃了呀,大家都不得了呀!'吓,说得真好听。"

"你怎么晓得人家装佯呢?"刘老三忧郁地问。

"不是装佯是什么?又说:'欠的租子算了呀,今后大家帮忙呀!'"

"二和怎么说?"

"二和说:'欠的租子吗,用不着说了,还也是还不起的,将后来大家再算吧。'"女人说,兴奋地笑着。

"她也上我这里来过了。"

"你跟她怎么说呢?"

"我说,"沉默了一下,刘老三说,"我们是讲良心的,不是那种人;我们不想发财,是这个命,欠别人的总是别人的!"

"咦,你真蠢呀!"女人说。

"照你说要怎样呢!我们就是那种人吗!"刘老三愤怒地说。

"你就不想想他刘福宁家是什么人家,狼心狗肺的!"

"少说了,再说!"刘老三大叫着,他忍受不住了,"你就想沾这点便宜!狗养的,你凭什么骂人家!……"

"我要骂!"

刘老三是这样痛苦,于是吼叫着跳了起来,把他的女人打了。但他的女人,平常虽然很温顺,很怕他,今天却不同了:她放肆地哭叫了起来。她一件一件地数说着刘福宁家老老少少这些年来对他们的虐待。她说,如今不要再受欺了,小桂香要吃饱饭,要穿衣裳了,不然她宁愿死掉。

"你可怜就忘记了,去年子你跟①他家送的十担柴,一担一担的忙了一个秋天,到头来还要说秤少了,关进局子吗?你就忘了,这一石多租是怎么欠的吗,是什么利钱啊,你就忘记了他家当保长,这个捐那个税,怎样刮的啊!你就不看看桂香身上穿的什么,她吃的什么,十几岁了,哪一天吃饱过的?再要受他家的欺,我也不要活了啊!"

刘老三沉默着,脸色铁青的。他害怕他自己的狂暴,他自知没有理由。小桂香躲在一边,望着他淌眼泪。门口拥着很多人了,大家看着他,听着女人的哭诉,叹息着。

"哎呀,是什么事情呀?"刘福宁老太太出现了,她是往各处都试探过了回来的。她心里非常的感激刘老三,因此又走来看

---

① 作家版作"给"。

看。贫苦褴褛的邻人们,冷冷地给她让开了。老三的女人继续哭着。她立刻变了脸色了。

大家静着。

"你装佯!"突然地小桂香冲上来叫着。

"你叫什么呀!"老太太说,"阿弥陀佛,要讲良心呀!老三你说是不是,你是忠心人……"

脸色铁青的刘老三站起来了。

"我不是什么忠心人,老太太,我这下子才看透了!"他大声说,含着眼泪望望大家,"我们也苦不下去了,再要叫我替你刘福宁家当牛马,那是办不到的!"

四九年六月

"替我唱个歌!"①

　　这天晚上,月亮很好,暴热之后天气也凉爽,年青的男女工人们在货仓前面的场子上练习着唱歌。老工人冯有根坐在一边吸着香烟,他的脸上有一种阴沉的古怪的表情,又像是嘲弄,又像是痛恨。慢慢地他站起来,走到唱歌的年青人们旁边来了。

　　"喂,听我唱一个!听我唱一个!"他丢下他的烟头,用脚踩熄,举着手轻蔑地大声叫着。他走到人们中间,拉起了喉咙就唱,模仿着女工们,发出了滑稽而讨厌的声音。大家还没有弄清楚他究竟在闹什么鬼,他就瞪着眼睛咒骂一句,然后捋着袖子说:"我学个牛叫给你们听好不好?"于是张着两只手臂,特别难听地怪叫了一声。他始终不笑。年青的工人们有一些悄悄发笑的,但大部分都很生气。他们叫骂起来了,喊他做老二流子。吴顺明冲了上去,抓住了他底衣领,一下子把他推得好几尺远。

　　"滚吧,老二流子,这里没有你的!"

　　老冯底神气马上变了。他差不多是正在等待着这个机会。

　　"积极分子!哼,你这个半吊子的积极分子,你当了官啦?你凭哪一门子欺人?"他说。

　　大家立刻觉得情形有点麻烦,明白他会说出更难堪的话来,于是好几个人上来劝解了。但是他不理会。

　　"告诉你,儿子!"他发邪地喊着,"你这个小组长不是老子选的!老子不认你!"

　　大家又来劝解。但是吴顺明已经忍不住了,他本来是没有

---

① 初版本正文页标题原文如此,准此将目录页标题统一为包含引号和叹号。

用心思的,不过是想在女工们面前出出风头,而且大家和老冯也闹惯了;没有想到他要变脸,所以下不了台了。

"走,我们上王主任那里说去!"他说。

"去就去吧,王主任欢喜你嘛!"老头子说,"国民党的主任我都见过!你他妈的积极个屁,少在我面前吹牛,告诉你,你的底细我知道,儿子!你在上头说的这个那个的坏话我全晓得,你是拿大伙做买卖,想往上头爬,想到工会里头去坐椅子!我就不信!"他跳起来叫喊着,"要是他共产党真是这样子,我冯有根就上街讨饭去!"

他底声音和表情里面现出了那种老年人的威严而暴烈的力量,把吴顺明压倒了。吴顺明太年轻,没有这种经验,一时不晓得说什么好了;他也明白他有错。但是仍然在大声地说着:"上王主任那里谈去嘛。"这时候已经围了很多人,管理室的王主任也跑过来了。但是老冯却再也不说什么。并不是害怕,而是认为共产党也不能了解他,于是不断地摇着头愤怒地说:"没有什么,没有什么,反正我老二流子不对!"然后就非常固执地沉默了下来,甩开了王主任的手,走开去了。

这个时候他已经不再是无聊而捣乱的,他已经显出了他底自尊而顽强的性情。他过去受过很多侮辱,都是不发脾气;有时候还要拿自己来开开玩笑的。今天他这样地爆发出来,正是因为他已经对周围的一切存着很大的希望。人们总是对亲切的对象才会苛求的。他是不满职工会里的某些事情。解放以后,年青的人们一直把他当做老滑头,拿他开玩笑:什么事情都把他扔在一边,根本不信任他,而他,多少年来受着侮辱,是非常地渴望着恢复自己底尊严的。职工会的一些情形叫他很苦恼。管理室的王主任是一个严厉的人,办事非常仔细,只是有一样不好:平常很少和工人们接触;有事去找他,他就热心得不得了,不去找他他就不晓得。吴顺明人机灵一点,过去带头对反动派斗争过,解放后又很积极;常常跑职工会跑管理室,王主任对他印象好,职工会也就常常表扬他,叫他做了小组长了。其实他家本来是开店子的,他也念过学校,只是大前年父亲死了,店子倒了,才来做工;过去对反动派闹事是因为觉得自己能力高,气不服;解放以前直想着当一个职员,是一个学生脾气。老工人们对他的意见总是:"他呀,不错,不过没有苦过。"但是领导上面还不知道,叫他又当了学习组长,又当了歌咏队长了。他慢慢地孤立起来。他和老冯最过不去,比方说,在开会的时候老冯总是想发言,想说明自己并不是二流子,想说出自己对这个厂的热爱来,但是吴顺明却老是要嫌他,拦住他的话。因为这样,往后每遇到积极分子年青人活动的时候,他都要出来捣蛋。人家开会讨论分组学习,他却在哼着小调;人家谈着完成生产任务的事,他却在那里问这个那个借钱;有一次还端着一杯酒坐在后面,一面喝酒吃花生米,一面恶狠狠地瞅着大家。他本意不是这样,他本意是想大家看得起他,哪晓得却一天天地弄得更坏,更糟糕,因此也更痛苦,心里头像是着了魔一样。

  他在这个厂里头八、九年了。来这个厂里以前,他拉过板车,在码头上下过力,也在机关里当过火伕。最初是来厂里打杂,起重,后来才学了剪裁的手艺。不过手艺并不好。年青的时候他就喜欢调皮捣蛋,到处都要反抗闹事;年纪大了,弄得剩下光棍一人,在各种打击下失去了自信,就变得贪馋无聊,没有了往年的反抗的气势,只会耍一些小捣蛋了;例如跑毛房,偷材料,做活的时候在桌子底下藏酒瓶。为了这些小捣蛋,他被日本人吊起来打过;反动派来了以后也挨了无数次的耳光。他底身体和精神都已经叫折磨得很衰弱。他底光秃秃的头,满是创疤的脸,两只朦胧的眼睛,和嘴上的两撇浓厚的胡须,给他造成了一种又严厉又痛苦又可笑的表情。他到处都要说歪话。年青的男女工人们就时常要开他的玩笑,在他底头上撒一把草或在他底背上画一个乌龟。可是他却会假装不知道,就背着这乌龟到处走,有一次甚至一直走到大街上去,拖着破鞋子,很正经又很懒散地摇摆着,后面哄上了一大群小孩和闲人。

解放以后,各方面受到了很大的感动,①他非常地爱着这个厂,不再偷材料也不再旷工了,不过仍然是贪酒好睡。他起初觉得一切都改变了,后来就觉得,所有的人,大部分人都改变了,唯独他的情形没有好起来。他想受到尊重,可是人家仍然不拿他当做个什么,不和他说心腹话,并且还替他新取了一个名字,叫做老二流子。

"难道我愿意做老二流子么?我苦了一生为的什么?"和吴顺明吵了架之后,他就这样想;非常的难过了。

第二天,他跑到管理室里去,想借几个钱。厂方认为他孤单一个人不会有什么急需,一定是借钱去喝酒,就说了他一顿,没有答应。哪晓得他突然地发了火,大吵大闹起来了。

"你的道理说得不错,王主任!你教训得对,王主任!"他大叫着,"我是巴到这一天翻身解放了,我没得话说。共产党办事不错,是为了我们工人,……我不过是说,你们开除我就是!你们一开除我,我马上走!"

他吵来了一房间的人。他乱叫乱跳,一定要人家马上开除他;他说他配不上共产党,不够资格。厂方发现了这种情况,就马上找了职工会的老李来安慰他,弄到后来连军事代表都对他说道歉的话了,但是他仍然吵闹。他非常固执。"你们这样,开个条子给我,叫我还乡生产吧!我活又做不好,又是老二流子,不配……叫我还乡生产吧。"军事代表就问:"你家在哪里?"他说:"我不晓得我家在哪里——叫我还乡生产吧。"

工人们都对他不满极了。大家说,这老头子滑头,从前他不敢这样闹的;他这是欺侮共产党,欺侮军事代表是个好人。

吵闹了一阵之后,他突然又静默了下来,两眼直楞楞地望着前面,似乎明白了什么似的,然后一声不响地走出去了。厂里面负责人商量了一下之后决定宽大他,借一点钱给他;不过急躁的管理主任是在发了一阵脾气之后才同意这个办法的,他觉得这

---

① 作家版更为:"他从各方面都受到了很大的感动。"

老头子确实太捣蛋太不讲理了。职工会的好几个人都赞成不妨对他严厉一点,但是军事代表不同意,有一些工人也不同意,他们的理由是,老头子从前受压迫最多,最可怜。站出来说了这个意思的是女工组长徐秀芬,她的理由说服了大家,于是就有好几个年纪大些的工人自告奋勇地去劝说冯老头子。但是,没有用。冯老头子躺在床上,什么人也不理,什么话也不说,人家把钱放在他面前他就像没有看见一样。

这种种事情,是牵联着他过去所受的苦的。好多年都不曾回想起来的事情,解放以后的现在被回想起来了。这譬如是,一个人走错了路,在一直错着的时候,就横着心什么也不想,但是一旦睁开了眼睛,这错误就给带来了苦痛了。他去借钱,是想拿这钱去收拾他女人的坟墓,她是跟他苦了半生,在穷困中被他折磨死的。他记得,他女人病得要死的那半年,他差不多整天在外面混,喝酒赌钱,却让她在家里冻得连被子都没有的盖。他一回来就要生气,如果她开口责怪他或者向他要钱的话,十次有九次他都要咒骂甚至毒打她。他觉得她是他的不幸和累赘。最后一次和她恶吵了一场,打了她之后,他一口气跑出去了十天,回来的时候她已经快要死去了。看看这种情形,他似乎也没有什么感情,倒是想她死了他倒可以自在;痴痴地在屋子里坐了大半天,仇恨地看着那个来帮忙照料的老婶娘,身上一个钱也没有,最后才挟起了几件破棉衣出去了。那时候正是落雪天,家家都准备过年。卖了几个钱回来,他底女人已经咽气了。

可是他没有淌一滴眼泪。他觉得这个世界对他这么坏,他对他女人这样也就很好;他是硬汉子。他埋葬了她,就孤单单地到码头上去找吃的。二十年了,每一次回想起她来,他都觉得没有什么;他不在乎,他觉得做单身汉很自在,——这样他就开始堕落下来了,随着年龄的增加,也就变得贪懒,失去了年青时候的反抗的气概。在旧社会底压迫下,在毒打、咒骂、挨饿的威胁下,他就变成了一个麻木的、卑贱的老头子。不过他仍然觉得他是一个硬汉子。

这个老头子啊！他是直到解放以后，看见了厂里面的欢乐的空气，看见了年青的男女们所表现出来的无限的①欢喜，才想到了，在年青的时候，在乡下打杂的时候，他是多么地爱着他那女人——那时候她是他隔壁王二劳家的姑娘。那时候他是漂亮强壮的小伙子，爱出风头，村子里有什么事总是少不了他的。她是和他一样的调皮，两个人一见到就要互相地挖苦。她在河边上洗衣服的时候他要往河里扔石头，他挑担子上城的时候她也要往他的身上撒稻草。但是她底老实而勤苦的父亲却看不上他。他也得罪了村子里的村长和地主。有一个很热的夏天的晚上，她去她外婆家回来，他在她后面跟着，一直跟到村子口，拉住她和她说话，恰巧这时候被她父亲撞上了。第二天她父亲就去找了五福堂的地主老爷，请求地主老爷出来说话。可是他一点也不在乎，对地主老爷也一点都不留情。这样地主老爷就大发脾气，命令他马上离开村子，从此不准回来。

他是没有爹娘的，横下心来和地主老爷翻了脸。他觉得王二劳的姑娘是爱他的，这就支持了他。他对准了地主老头子碰[砸]过去一个茶杯，然后，用着英雄的气概，抵挡了村公所的一场毒打，在黑夜里面离开了村子。半个月以后，王二劳的姑娘也不见了，他把她带走了。这事情伤害了老实而守旧的王二劳，使他不久就气死，但是也伤害了他自己和他的女人。这行为是盲目的；这一付担子居然有这么重，是他先前没有想到的。唯一占了便宜的，是五福堂的地主，一方面吞没了他大半年的工钱，一方面又从这个机会占据了佃户王二劳自己的一点田地。这一对年青的男女投奔到城市里来，不久就被生活压倒，完全遗忘了乡野间的那些年青的故事，一天一天地更没有指望，造成了后来的那个结局……

好些年来冯有根是多么卑贱，多么寂寞。他底英雄气概已经抬不起头来，他不再记得他的女人，而变成了油腔滑调的。解

---

① 作家版删去"无限的"。

放了以后,他慢慢地觉得他底周围和他心里都明亮了起来了,侮辱的事情没有了,人家开始把他当作一个人了。他心里时常热辣辣的,望着厂里各处的热烈的景象发痴;他觉得他要去向什么人说一说心腹话,去爱一些东西,去抓住什么,——用一切的力气。但是,他心里愈是热辣,他周围愈是明亮,他就愈是要想起过去的事情来;加以厂里面的一些人们还没有能完全明了他和接受他,他就愈来愈不安,愈来愈暴躁了。有时他捣蛋开玩笑,有时他又莫名其妙地发脾气。他是在想着:他和他的女人过去是多么冤枉,而现在自己是已经老了,来不及生活了。厂里面所有的人都在学习这样那样的事情,慢慢地要变成了不起的有知识的人,活下去满是劲,满是指望;国家社会都要一天一天地变好,好得不晓得是什么一个样子,可是他老却老了,耽误了,被人看成二流子,又忍不住要做二流子,叫丢在生活的外面。

这一切,就是他闹事情的根由。闹了之后,他自然愈加伤心。他本来是想修一修他女人的坟,纪念她一下,求她在地底下饶恕他,并且叫她知道他现在在怎样地走着正路的,可是现在又没有这个心思了,一心只想怎样地叫大家了解他和原谅他。闷了两天之后,他就鼓足了勇气又走到管理室去,在军事代表旁边转了几个圈,坐下来说,他错了。

军事代表热情地和他谈了很久,问了他的过去,并且赞成地说,修一修女人的坟是应该的,旧社会的女人是受了那么多的苦。

"你说我这个事情不错,能做?"冯老头子紧张地问。

"当然能做!你为什么借钱的时候不说?"

"哎呀——我是不好意思!"说着他就跳了起来,抓住了军事代表的手臂用力地摇了两摇,快活得像小孩子似地,跑出去了。

他不好意思,是因为他认为自己是个硬汉子,记挂过去的这些事情是可耻的;又害怕共产党会不赞成这些。军事代表的话叫他高兴极了,他觉得是说了心腹话了。他去修了他女人的坟,可也并没有伤心的情绪、却是快快活活地,临走的时候还自言自语地说:"老伴呀,下回来看你啦。"做着一个很活泼的表情。他本来简直是想上他女人坟上哭一哭的,所以这种情形简直没有预料到。他在天快黑的时候独自走回来,心里说不出是什么滋味,眼睛前面满是他女人年青时候的快活甜美的容貌;他连她的调皮的笑声都记得起来了。他走回来,无缘无故地捉住了路边上一个赤着脚的小姑娘,捏了一下她的脸,并且快活地对她做怪相,把她骇得哭了。他就又去买糖给她吃,对她说了一大堆废话。

可是第二天晚上开会,讨论厂里职工会的工作,他又闹了。

本来每次开会,如果叫他说话的话,他都要闹一点小笑话,挖苦自己一下,叫大家笑一阵的。可是今天晚上他却很严肃,很认真。因为认真,就有点噜苏,引起了年青的人们的不满。同时,因为认真,就把几个月来的痛苦又勾上来了,他想要把一切都说出来,洗刷掉自己的那个老二流子的耻辱。于是他批评起职工会和生产小组的工作来。他说,有一些生产组长应该重新选过,因为他们并不认真办事,也不懂得走群众路线。这时候,轻浮的吴顺明就叽咕了起来,说:"看老二流子吹胡子瞪眼睛啦。"声音很小,他却听见了,停下来了。

"我哪个样子是吹胡子瞪眼睛?"他激怒地叫着,"老二流子,这是你们取的名字哇,拿回家送你爷爷去!"

这样全场都没有了声音。他像火炮一样爆炸着,冲出去了。好几个人追出来劝他他都不听。

女工组长徐秀芬追着他一直追到大门口台阶上来,把他拉住了。徐秀芬伤心得厉害,一则因为会没有开好,她是组长,她觉得老人家的意见是有道理的,一则是因为她一向替冯老头子底孤寂、油滑和懒惰觉得难过。她不像别人那样认为他是老二流子,因为她明白他底油滑懒散的外表下面是有着很重的痛苦和很严肃的心思;她并且还看出来,孤寂的老头子虽然常常骂人,却是最爱这座厂的。他①受的压迫太多了,她懂得这些。她

---

① 作家版作"她"。

是被做生意的丈夫遗弃,在旧社会关系里吃过很大的苦的女子,又是一个字不识,解放后被选为组长,对这个厂觉得比什么都爱,又觉得担子非常沉重。她是沉静的女子,三十多岁,但忧愁起来,简直就像快四十的人了。

"你不要拉我,徐秀芬,你说我是不是二流子?"老头子说,"我当初在这大门口挨的反动派的打我又没有忘记,我能说不叫人的话么?"

老头子都掉了眼泪了。徐秀芬拉着他在台阶上坐了下来。明亮的月色照耀着厂门口的宽阔的街道,和对面的土坡上的一些草棚子人家。他们两人都不作声;秋天了,一阵凉风吹动着徐秀芬底短发。老头子摸摸荷包,拿出一个空了的烟盒子来,看了一看,丢掉了。徐秀芬看看这烟盒,马上就走到隔壁的摊子上去买了一包香烟。老头子仍旧一动不动地坐在那里,她拿烟递给他,他也就一声不响地接住了,柔顺得像个小孩子似的。解放以前,也只有徐秀芬时常照顾他,每当他站在她面前的时候,他都会感觉到那种又亲切又羞耻的感情:他觉得自己太不成话了。

"你说啊,有根伯伯。"徐秀芬小声说,"我们现在是光明正大地站在社会上了,再也没得哪个来压迫了。"

老头子吸着烟,沉默着。她底轻微的,甜蜜的,又像是很伤心的声音,一直印到他底心坎里去了。她底声音好像是很伤心,因为这声音是表示着,挣持着活到今天,从黑暗中得到这样的光明,是多么不容易的事情;有些人已经见不到这光明而死去了。只有深切地爱着,知道一切痛苦的女子,才会这样说话的。

"有根伯伯,你看啊,"她望着宽阔的,月光下的街道说,"我们国家好起来了,我也不晓得怎样说,我觉得我们中国是多有希望啊。以我一个无知识的女子,过去叫人不当人的,现在呢,还要跟①我们国家出主意。有根伯伯,我晓得你过去的苦。你昨天修坟去了,我晓得。"

---

① 作家版作"给"。

"其实我昨天修坟心里是快快活活的。"冯有根说,"不过,弄成了这种脾气我也没得办法,比方我拿你这个烟。"他说,脸上有了一种软弱的苦痛的神气,"不瞒你说,姑娘,过去我还偷呢,这回我连酒都戒了,我是想做人!难道我年轻的时候是这种样子的吗?"他提高了声音说,"是哪个叫我变成这样的?"

他停顿了一下。突然地站起来,回头往厂里就走。

会议仍然在进行。工厂管理主任批评了自己,职工会老李声明了今天开会的目的,说,生产小组长要重选;吴顺明受了批评。冯有根一走进去,大家都不作声了。他一直走到顶前面去,迅速地,急切地开始说话。声音很大,全场都注意地听着。"各位,是反动派,是旧社会叫我变成这样的!"他说。

他把他心里的一切都说出来了。他把他一生的历史完全说出来了,怎样反抗,怎样受害,怎样变坏。解放以后,一直到今天,又是怀着怎样的心思。他足足说了有一个钟头。他不觉得时间过去了多少,他完全沉浸在狂热的感情里面,他觉得他是走到他所热爱的生活里面来了。他底声音后来沙哑了,发着抖。

"我要求。我第一个要求,是取消,取消我这个二流子名字。"他大叫着,"不过不取消也不要紧,往后大家看就是了。我第二个要求,就是,各位积极分子,小组长,要真的起模范,光是挖苦人,光是扭秧歌,不好!要原谅我们这些旧社会……我说,日本人灌我凉水,反动派打我,共产党爱护我,叫我翻身了,我才想起过去的种种事情来,不过呢,我们工人是硬汉子!我们不叫苦!"他大声地激动地喊,"我从今以后再不往后看,我要往前头看,前头是什么?……是共产党,毛主席!"

他静了下来,仍旧有些发抖,在揩着眼泪。大家好久不作声,沉没在庄严的激动的感情中。所有的人都看着冯有根老头子,动都不动;他也发痴一般地看着大家。职工会主任老李正在想着应该怎样来做一个结论的时候,老头子又说话了。

"喂,各位,今天我们不说了。"他摇着手,"我其实心里头快活,真的,不晓得多快活,……我想,喂,好不好,我想请大家替我唱个歌?"他说,害羞似地笑着,好像这种要求是非常不合理,非常困难似的。

"唱个歌!唱歌!"大家差不多同时说,并且欢喜地笑起来了,好像有一阵风吹过了一样。

"唱个东方红!"

大家赞成着。有谁喊了一二三,唱起来了。很多声音立刻附和上去。冯有根老头子迅速地扒在桌上,闭上了眼睛。歌声开始整齐而宏大起来,但是并不像往常唱的那么嘹亮,而是柔和地,缓慢地,好像太阳下面的波浪。最年轻的女工李吉英,在凳子上慢慢地两边摇摆着,闭着眼睛,好像小学生念书;胖胖的张桂英则是吃惊似地望着冯老头。笨拙的王主任用右手的一根手指轻轻地拍着左手心。吴顺明激昂地扬着头,他唱得最高。徐秀芬挺直了腰,望着老头子底光头而微笑着,静静地唱着,还没有唱完,眼睛里就满是眼泪;但是那微笑更明朗了。老冯扒在桌上,用两只手抱着头,一动都不动,仿佛歌声是摇篮,而他是酣睡着的小孩。后来他底两只黑溜溜的眼睛睁开来了,笔直地望着前面。年青的勇敢力量,和人的尊严,重新在他底心里生长起来了。

一九四九·九·二十日。

朱桂花的故事

一

晚上,女工朱桂花到军事代表吴造明同志的房间里来了。吴造明同志正在那里埋着头写着明天晚上开生产庆功大会的计划,其中就准备宣布朱桂花为新的劳动模范。他底房间里很凌乱,桌子上堆着一些报纸,歪歪倒倒地放着一些书籍,书籍上面又放着一条裹腿和一团棉花的样品,把他底粗糙的红通通的脸都遮住了。朱桂花一进来,他就把两条腿往桌子上一摆,伸了一个懒腰①,并且举起手来用力地擦着脸。粗大的眼睛和眉毛挤了起来,在他底脸上出现了他所特有的那种淳厚的、豪爽的微笑。这是那种有什么话都直说,从来不绕弯子的人们底微笑。

他叫朱桂花坐下,可是朱桂花红了脸,好像是没有听见似地,站在他底面前。看得出来,她是好不容易下了决心,到这里来找吴造明同志的。她是笨拙而诚实的,圆圆胖胖的女子,从乡里头上城来做工才八、九个月,从来都不作声。她生产的成绩,工作的技术都已经很好,在她的那个生产小组里,最近并且成为带头的分子了;只是在文化学习上还比较落后,可是她是这样的用功,又是这样的诚实,连掉在地上的一根线都要捡起来放好;对任何事和任何人都没有意见,总是红着脸笑笑;无论是谁,都不能责怪这样的女子的。吴造明同志所以对她印象很深,还因为有一次看见她一个人坐在厂房左边的墙根下睡着了,那是夏天中午的时候,很热,她底头发蓬蓬的像个小姑娘,而一本工人

---

① 作家版更为"他就笑着伸了一个懒腰"。

识字课本从她底膝盖上掉了下来,落在地上——吴造明同志曾经替她把这课本捡起来放好——吴造明同志又想起来,前个月,有两个念过学校的、爱好打扮的女工曾经和她开玩笑,替她取个浑名叫做"馒头",把她气得一餐没吃饭,叫别的女工们把那两个女工骂了一顿。这两个女子,是用着都市底浮华的眼光,嘲笑她底落后。而从她底确实很笨拙的,有些小气的,忠厚的相貌和姿态上,吴造明同志却感觉到了那种为他所熟悉的、宽阔而淳厚的乡土的气息,并且常常忍不住地想像着,她不是蹲在这嘈杂的被服工厂里,而是出现在田野底辽阔的背景中。

所以,吴造明同志是非常亲切地招呼着朱桂花的。

"你说吧,朱桂花——什么事情哇?是她们又笑你是吧?"他说,把他底腿从桌子上迅速地放到地上,伸直了腰,而且带着一种天真的信赖的神气,笑了起来。一个三十几岁的粗大的男子的这样的笑,真是非常动人的。

"吴代表,我想报告——我想跟你说……本来我也不晓得……"

"我晓得我晓得。"吴造明同志抢着说,不晓得为什么过分地激动了,完全没有意识到自己是打断了朱桂花底话,"我告诉你——这有什么关系呀!"他摊开了两只手,"你不是蛮好吗,大家都相信你,高兴你……我跟你说,"他又放低了声音恳切地说,"她们开玩笑你不要理她们,咦,那才稀奇,多认得几个字就摆架子吗?这不是工人阶级底精神!还有呢,还有就是,你这一回生产的成绩好,你态度好,职工会明天就要跟你算分数,叫你当模范!这是非常之公平的!"

朱桂花脸更红了,没有作声。

"慢慢的你就惯了哇。不瞒你说,我也是个乡巴佬,刚一到城里来工作,这也不惯那也不惯,本来嚜,我们是乡里的人哇,死心眼,又不大会说话;你就拿我来说,我家里头是个种地的,参加革命以后总是在乡里工作,打仗也打了十来年,思想也改了,不过还是想在乡里头工作。这有什么说的:我是乡里头长大的嚜。

在乡里头,不管走进哪家人家,喊一声:'大娘哇!'就聊起来了,工作也做起来了,搬那个地主恶霸。城里头呢,刚一进城,就看见城里头都是有钱的,心里头真气……就说这个电灯吧,早两个月真是不惯,我嫌它太亮……"于是他爽朗地大笑起来,"不过,"他又说,"我们要搞明白,一个人总要进步的……城里嚜,是顶重要的,我们工人阶级又是顶豪爽顶进步的,搞熟了大家就像是一个人,把整个国家都变了;我现在就喜欢城里的工作了,你说是不是?"

朱桂花仍旧不作声。

"哦,你说!"

"吴代表,我想回家。"

"对了吧?我说对了吧?"吴造明同志说,很有一种天真的得意的样子,就像是小孩子似的。"为什么?啊?搞不惯机器想种地,是不是?……我听说你底男子今天来找你了,他叫你回去?"

朱桂花点了一下头。

"农民意识啊!"吴造明同志心里想,"跟早些时候上级批评我的一样,农民意识啊!那时候我还搞不通哩。"

"吴代表……"朱桂花说,"我是去年子十月间,叫婆婆逼出来的。我们当家的……我那男人八月二十几叫国民党败兵抓走了……"

"你说,你婆婆逼你?你家有多少地呢?"

"是种的财主张老黑家的。我婆婆打我,不叫我吃饭,拿火钳打我的头!……"

"你有娃儿没得?"吴造明同志亲切地问,忽然想起了什么似地。

"没有。"朱桂花说,一对大眼睛朝着天花板上望着。"我是双河沿的人,我爹妈带着我,九岁走临城逃荒到泰州的。活不下了,我爹到无锡做小生意,嗳,有一回,那年子正月二十岁,在车站上叫一个警察追着,掉到河里淹死了,也不晓得是不是他自己跳的河;一家人没得活的呀。"她说得很流利了,眼睛也闪耀着明亮的光辉,脸孔更是红,好像更胖了。显然的她完全信赖吴造明同志。她是已经沉醉在回忆的,说不出来的深沉的感情里面了。在从前,她是从来不知道怎样来对别人说述她自己的。"十三岁上头,我妈说:'桂花呀,我上城里头帮人去啦,也跟你找个路子吧。'就把我给了刘树根家做养媳妇。我哭呀,我不应,我妈打我,她就走了。后来她就不见回,就像是死了心的,我有一回溜上镇江去找也找不着,回来叫婆婆快打死了……后来日本人就来了。"

"你底男人待你好不好?"

"他好。他待我好。"她说,大的眼睛,和圆圆的面孔都潮湿而发光。"也不能怪他,他是厚道人。"

这里面很笨拙地流露出来的爱情,是和她背后的田野一样辽阔一样深沉的。屋子的周围什么声音也没有,然而可以听得见远远的年青的男女工人们唱歌的声音;歌声使得周围的寂静更深沉。这房子里的两个人,是经历着完全不同的道路走来的,然而这个时候他们都在怀念着难忘的乡野。吴造明同志望着朱桂花,仿佛觉得她不是站在工厂中,而是站在辽阔的田野的山坡上。他从小就熟悉这样的妇女们,而在八、九年的革命斗争中,就明了了她们底缺点和伟大。乡野间的生活和苦难有着一种说不出来的和泥土一样芳香的气息。他底家庭那时候是没落的中农,十七岁他就结了婚,生了孩子,不甘心在田地里白白地替老财地主劳苦,就成天地鬼混,几乎成了二流子,以为就会像这样度过一生的。但是他们村上的地主刘何芳霸占了他们家仅有的一块田地,抓走了他底父亲,把他底家庭毁掉了。八路军来了,斗倒了恶霸地主也改造了他,他就参了军,此后一直没有再回过家。他现在已经是一个久经锻炼的革命者了,党教育着他,逐渐地给他重要的工作,注意着他底发展。他并不想家,但这并不是说他就没有了对于过去的苦难的生活的记忆,对于他底女人和孩子的关心和怀念。不过这种关心和怀念是和他底强大的革命斗争的热情完全分不开的。人们多半以为他是一个粗人,很少人知道他是也有深刻的细致的感情,而正是这个,才造成了他底坚决的性格的。现在,当朱桂花带着这样的感情出现在他底面前的时候,他就很自然地想到了那个站在山边上抱着孩子送他离家的他底女人了。还有那些在十年中间改变了生活的邻居乡亲们,还有乡下的酷热的太阳下的劳作,冬天的烧着木柴的烟火,荒凉的山谷里的野兽底嚎叫。

"我顶喜欢大热天里头下地割稻,"他突然说,又把两条腿搁到桌子上来,"你们乡里头,下田用的是牛还是驴?"

"我们是水牛。"朱桂花说,眼睛里闪耀着活泼的微笑,可是立刻又罩上了一层阴影,"我们没得牛。"她说。

"我家里头从前有一匹灰毛驴,它叫老灰。"吴造明同志说,弄响着他底手指。

"我们是拿驴子推磨驮草的。"朱桂花说,活泼的微笑更明亮地在她底眼里闪耀着了。

"哈,那玩意儿有趣!"吴造明同志说,想着他小时候偷骑驴子,跌到田里,结果叫父亲打了一场的事情。

"他们总是这样的,"朱桂花确信地说,想着,有一回,邻家的杨二婶为了磨子的事情和她婆婆吵架,坐在地上又哭又嚎。不过她却奇怪地相信吴造明同志也是在想着这个,所以对着他回答了。

"是这个样子,"吴造明同志笑着说,同样地觉得她是在和自己想着一样的事情。

于是又寂静了一阵。受着这种感情的吸引,朱桂花已经暂时忘记了她所要谈的回家的事情了。他们共同地想念着乡野。可是吴造明同志突然又想到,在四三年,在山东战场上对日本人打游击负了伤,一个人躺在山沟里好几个钟点,自己觉得这回是非死不可了,那时候的心情。躺在山沟里,也不想家,也不记挂任何事情,却在想着:要是这时候能够见到毛主席,该是多么好!毛主席会对他说:"你是我底光荣的同志!"并且——他记得很清楚——望着他身边的一棵高大的枣树,和在这枣树上面闪光的辉煌的天,他心里觉得很舒坦,觉得他以前不过是一个什么都不懂的农民,现在却知道得这么多了,他底一生实在是没有白过,他很幸福。

想着这个他猛然地拍了一下桌子,站了起来。

"看就是!敌人已经叫我们打倒了!"他大声说。然后又坐了下来,笑着,看着在发楞的朱桂花。

"你说,你说吧!"他说。

"我还是想回去。"朱桂花很低地说,两只手扭着衣服角,"我们家里头要分地,叫回去。……我们外头人叫……他走国民党那边逃回来了,他说,他不高兴做工,我再不回他就不要我了。"

吴造明同志这时注意到了她底左眼角的一块青肿,于是问她这是怎么搞的。

"这哇……是跌倒的,"她吞吞吐吐地说,"我们当家的说,做工丢他底脸,他说女子家不作兴抛头露面。他是这样说哇。……"

吴造明同志想到自己从前也是和她底这"当家人"有着同样的想法的;于是豪放地大笑起来了。笑得她很惶惑,但是他立刻又问:"你男人是来找你回家的。他这个想法,你看对不对呢?"

"我是想回家。"隔了好一会,她很笨拙地说,脸孔又重新涨红了。"吴代表也一清二楚,我……学不会,又是呢……没得文化。我们脑筋像块石头。我不晓得,有时候不晓得手脚在哪里放,我不怪别人,只怪自己笨,乡里人哇,他们说总是这样的。又想……不过吴代表是一清二楚的,我就求吴代表准我走。"她焦急地说,圆圆的脸孔上起了很多皱纹了。

"你真是啊!不行的!要选你做模范呢,不行的!"吴造明同志说,继续发出豪放的亲切的笑声来。他觉得这一切都没有问题,他早就明了,并且早就经历过这些问题了。革命的道路又痛苦又幸福,这就要造成壮大的欢乐。

"你喜欢不喜欢我们共产党?"他问。

"我晓得。"她回答,抬起头来,闪着泪光,看了吴造明同志一眼。

"那么你就要做一个工人阶级。你一定会成为一个好工人!"吴造明同志①兴奋地大声说,"你呀,你不该走回头路。你要晓得,没得哪个敢欺侮一个乡里头出来的女子的!大家不是对你很好么?明天开大会,就要宣布你是模范了,你说你生产不好,我负责告诉你,你这半个月生产成绩比徐秀英还好……你底态度顶好!你男人底那种话是没有道理的呀。你回家去,还不是要做人,要学习文化,要革命吗?对不对?你叫你男人想想,包管他就想通了,他受的旧社会的苦难道还不够?"

"不过……吴代表,我是要回去。"她恳求地说。

"有什么问题我们来解决,你请你男人来,我们跟他谈,行不行?"

"我要回去。"她顽固地回答。

吴造明同志发现自己底乐观的估计是错误了。被这种顽固所惊动,几乎有些生气了,站了起来。一下子坐到桌子上去,好久不作声。他想,她脸上的那一块显然地是挨了打的青肿就表明了这一切是不简单的,他应该明了这种痛苦。他从前也打过他底女人。旧社会的男人很少有理智。党教育了他坚守革命岗位,和从前比起来,他已经是完全不同的一个人了。不过这也是实在的,对于一个普通的简单的人,要他一下子丢掉过去,是一件很难的事情。让她回去也好吧!她已经经历过了这一阵子新生活,她将来就会明白的。

但是,厂里要失去很好的工人,大家要失去极好的劳动模范,这于他是一件很痛心的事情。

"那么,你婆婆打你——你回去她还打不打你呢?"

"她打我也没得要紧,她是上人。"她回答,带着那种忍受一切的神气。

"那么,你男人不准你出来,不准你学文化,要你一辈子不懂事,你也高兴吗?"

---

① 作家版无"同志"。

"不过……我们女子家是这样的呀。"

吴造明同志又看着她左眼角上的那一块青肿,沉默了一阵。

"你好好想想吧。"他生气地说,"我这个人也还是乡下种地出来的,我都晓得!……要是你真要回去,我们也不留你,不过明天晚上开会的时候你要跟大家说一下。"他说,觉得是说了很沉重的话,看着她。

她一声不响地往外走。

"真的……你是要回去?"吴造明同志惋惜地喊。

她回过头来了。她底眼睛里面有眼泪。这眼泪回答了吴造明同志底问题,她出去了。吴造明同志叹息了一声,长久地在房间中央呆站着。

二

朱桂花走出了吴造明同志底房间,就有一个黑影从吴造明同志房间的窗户边上走了出来,向着她走来。但是朱桂花不理他,噙着眼泪,一直往前走去了。这个黑影就是她底男人刘树根。刚才吴造明同志和朱桂花的谈话他是完全听见了。

朱桂花说不上来她心里究竟有着怎样的一种感情。她顽固地坚持着要回家,但是吴造明同志最后那样地一答应她,她却觉得失望了。这种情形,是她自己也料不到的。她突然之间看清了她过去的生活底黑暗了。她舍不得离开这个厂了。这一段新的生活在她底心里显出重要的意义来了。

"他说,我是一个劳动模范——我也不晓得我怎样子配当模范的。不过我难道要回去再叫婆婆打骂?难道我一生都要做一个不知不识的女子?难道我不配做个人?难道我有哪一点对不住他刘树根的——我还跟吴代表说,他待我好哩,他下半天一见面就打我!"

她不理他,往前直走。她往那边走:大饭厅里男女工人们在练习着唱歌。平常她害怕唱歌,憎恶唱歌,总是想逃走的,但现在仿佛歌声有一种奇怪的吸力,她不知不觉地向它走去,并且觉得在灯光下唱着歌的人们都是特别亲爱的。刘树根简直追不上她。用不确实的普通话来说,她是发了所谓牛脾气了,这种脾气是为那些忠实的死心眼的男女们所特有的。她像是一阵风似地跑进饭厅,在大家后面坐了下来,张开了嘴就跟着唱歌。她自己也奇怪自己底声音。大家唱着"咱们工人有力量",准备明天晚上开庆功大会的,而在明天晚上的大会上,她将被宣布为新的劳动模范。一个乡下女子从来不曾梦想过这种事情,这对于她底生命,是异常重要的,虽然在想着她底男人的时候她曾经把这个忘记了。在上面指挥唱歌的是年青的男工张海荣,他首先发现了朱桂花,然后,有很多人转过脸来望着她了。大家望着这奇迹似的现象——朱桂花从来没有这样地唱过歌——都带着严肃的尊敬的表情。她底脸上的那种猛烈的严肃的神情,也是大家从来没有见过的。她底眼睛发着光,完全没有注意到别人在看她,心里充满了她也说不出来的力量,在唱着歌。她底整个的表情好像是在说:"我不要离开这里的生活,我要站起来,向前进!"人们唱着歌,人们底表情好像是回答她,好像说①:"是的,我们大家站起来,向前进!"

歌声震动着房屋,震动着清凉的夜……

刘树根站在门外对着里面望着。他不敢追进来。他是老实的年青的庄稼人,因为受了太多的苦,变得很有些迟钝了。他和朱桂花很要好,这是的的确确的,他爱惜她。不过如果他底母亲一发脾气,他就不得不屈服了。他是去年八月间叫败退的国民党匪军抓去当火伕的,挨打受骂,几乎死掉,几个月来都是想家,一个人躲着哭。上个月初,他才从湖南的前线上逃了回来。回来不见了媳妇,他就已经很伤心,他母亲却又把朱桂花恶狠狠地数说了一顿,于是他就满是怒气,上城里来找她了。他一和她谈话就发觉她已经变了,这是他底守旧的脑筋所不能忍受的,他要她回去,她不肯,他一时气得说不出话来,就揪住了她,对着她底

---

① 作家版为"人们底表情好像是回答她说"。

身上和脸上打了两拳。然而她却并不反抗,也不哭,也不发脾气,只是一声都不响。呆了好一阵,她就从怀里掏出一个手巾包来,一层一层地打开,把她半年多以来所积蓄的钱都递给了他。显然的她了解他,并不仇恨他,然而她底要留在厂里的意向又是坚决的。这种情形叫他难过极了,他就差不多要哭起来,恳求她跟他回去。他说他在家里头什么事也不想做,没有了她,他就简直不晓得怎样活。而且他也想不通做工这回事情,一想到她是在当女工,他就痛苦得不得了;他说,庄稼人总归是在土里生,在土里死的。这是在吃晚饭以前发生的事情。他们两人曾经到外面的小摊子上去吃了晚饭。他底恳求的话打动了她,她也怀念起乡下的生活来,于是就有了她和吴造明同志的那一场谈话。

这个老实、迟钝的年青庄稼人,在这半天里面,他底灵魂是在闹哄哄的工厂里受着折磨。他开始是憎恨这一切,后来是自己混乱了,觉得这一切是强过于自己。厂里面大家对他底媳妇的友爱的态度,他底媳妇底明显的改变,以及吴造明同志和他底媳妇的谈话,都是很深地刺激了他。是的,他很知道不识字,愚蠢,一生做牛马的苦痛。他憎恨他母亲虐待朱桂花——这是不得不看见的,在这里人家这样尊重她,并且她也变得利爽大方了。她学得了手艺和知识,已经不再是一个简单愚蠢的乡下女人了。

而且,共产党和解放军是这样好,在他从反动派那边逃出来的时候,人民政府帮助了他,回到家里又给了他救济粮,村里又在闹着农会,听说不久就要分地了。他如果是一个男子汉的话,那就应该承认他底女人是对的,而自己去求得上进!村子里已经有了识字夜校,他为什么不去学学文化呢?新社会叫大家做主人,他为什么不伸直腰杆呢?

但是他又怕他自己不行。他怕他底女人将来会看不起他。想到这里他就又没有勇气了。

"回到家里头去,人家怎样个想法呀,连个媳妇都管不住!"他想,"看哪,她唱歌哩。男男女女在一块,真是看不惯!"

他底心里七上八下的。他又想气概一点,表示一下他底男子汉的魄力,又觉得没有她,他简直不能生活。这时候屋子里面歌声停止了,陆陆续续地人们回过头来看着朱桂花,也朝门外对着他看着。大家底眼光里都含着同情,屋子里一点声音也没有。朱桂花突然地失去一切的力气了。在这些眼光的下面,她变得呆笨慌乱。她看看人们又朝门外看看。站起来想走终于又坐下。她受不住,她明白她底男人底猛烈的苦恼的性情,她爱恋他。于是她低下了头,猛然地哭起来了。

人们围上来安慰她,这个说:"朱桂花,不要急!"那个说:"朱桂花,你底委屈说出来,他不该打人的!"又一个女工大声说:"桂花,我们留你,不回去!不作兴封建了!"

这个时候刘树根走进来了。他痛苦地笑着。

"各位,你们这个话不对呀!"他大声说,"我还不算是个旧脑筋,这些道理我又不是不晓得!她是我家里的人,我叫她回去,是说家里头有事情,你们说,这又没有错!……"他又不说了,脸色变得惨白的。隔了一下他向朱桂花说:"桂花,你究竟走不走?"

女工们说:"桂花,不要走!"朱桂花哭着站起来朝外面奔去了。她一直朝吴造明同志底房间跑去。所有的人都跟着她。刘树根走在大家底后面。他心里乱极了。在大家都拥到走廊里,拥到吴造明同志门口去的时候,他就在台阶上坐了下来,点了一根纸烟,并且很恶毒地诅咒着自己。

"你还算一个男子汉呀,呸!"

他听得见屋子里面他媳妇底声音。在乡下的那个世界里,她是不曾这样地说过话的。

"吴代表,我对不起人,我对不起大家,我心眼不开通,说我是劳动模范我心里真难过,我配不上呀!我本是不想回头,本是要上进,要做工人阶级!"她哭着说,"不过刘树根他怎样办呢?我走这条路了,他往哪里走呢?他是个厚道人,年纪轻轻的受的国民党旧社会底压迫呀!他怕他妈,怕别人说话,他是孝顺!我跟他说:'往后你也要上进,干公家的事,没得事就往城里来走走,自己要慢慢地学,往后就做主人。……'不过他说不上来。他心里头也是有这个想头,不过又怕自己没得个主。他心里头是苦,吴代表……他说做工不好也不是真的,不过是听的别人底闲话……有一回他叫财主家打得吐了血,他还是不敢得罪人,我去讲两句他还要骂我,光是拿我出气……我怎么办哟,吴代表,我没得办法,只好跟他走了,……我又舍不得大家呀……"

这个时候围在门口的工人们突然分开了。刘树根走进来了。他底眼睛里面闪耀着强烈的光辉。他有些颤抖,走到吴造明同志面前来,看着吴造明同志。

"代表,"他说,声音很小,仿佛窒息住了,"我底女人,她是说的不错,不过往后再没得哪个财主敢打我们了。……我也不是个没得志气的人!各位,"他扪着胸口,说:"我没得别的话,我回乡去,我叫我底女子,她留在这地势,做工,学着做个人!"

他就停留在这一句话上,仍然扪着胸口,一动不动地望着吴造明同志。短时间的寂静。朱桂花突然地倒到椅子上,而且幸福地哭了。

这是这伟大的时代的一件很小的事情,但是连坚强的吴造明同志,都为它而落下了又痛苦又喜悦的眼泪。

第二天晚上的庆功大会上,朱桂花被宣布为新的劳动模范了!在大家的热烈的掌声中,刘树根被请上台去说了话。……

一九四九年十月二十二日

荣材婶的篮子

老荣材今年快六十了,是机厂里头顶老的工人。他很是积极,做起工来比什么都上劲,可是他的老伴荣材婶却拖他的腿。

人们只听说有年青的家眷落后、拖腿的,老头子们多半又顽强又利索,可是荣材婶却在拖老荣材的腿。这样子的快六十岁的,受了一辈子苦的老婆婆,真是也很难说她是积极或者落后了。说也说不通。她不允许老荣材白天黑夜不回家。她说,什么道理她都懂得,不过她不能让老荣材这样子干,因为只有她一个人知道,老骨头是怎么样的下贱,怎么样的不行,快入土了。还学认字哩——她说——简直是天大的笑话。

她常常到厂房里头来吵闹。有一回老荣材晚上加班,她把他从架子上拖了下来,又骂又叫地拖回家去。平常呢,下雨她也来,刮风她也来,挟着衣裳啦,雨伞啦;老荣材在厂里吃饭的时候她还送饭来,她不准他加入厂里的伙食团。她来了,小脚一拐一拐地,提着她的那个破篮子,走到厂房门口站下,要是碰巧老荣材热得打着赤膊,她就会叫着说:"看哪,老贱骨头,这下雨天打个赤膊,冻不死你的!"老荣材总是一声也不吭。小伙子们弄熟了,爱开玩笑,时常接上来说:"是啦,老荣材身子嫩着哩,拿他装到那个篮子里提回去吧。"或者:"荣材婶呀,今天你的篮子里装了什么呢?你那个鱼呀,小猫鱼,光是刺!"于是荣材婶就要骂:"你们这些该死的!"不过她有一个好处,从来不跟小伙子们生气,单身汉的衣服破了脏了,她总是替他们洗洗补补。装到篮子里带回去,又装在篮子里带来——她底这个破篮子随着她有好些年了,有各样的用途。她确实总是跟老荣材送两条小鱼来,她硬说老荣材喜欢吃鱼,一打开篮子,老荣材笑嘻嘻地拿筷子一点,小伙子们时常就开玩笑地一抢,光了。这时候荣材婶可总是笑着说:"吃呀,你们喜欢吃就吃呀。"人家说做得味道好,她就不心疼了。大家还替她取了一个绰号,叫做"老情人",又叫老头子做"老情郎",她好像是不懂得这种开玩笑的意思似的,有时候人家喊她,她居然很正经地答应了,但老头子却时常要脸红。

　　过去,在英国人统治着这机厂的时候,是不许她进厂的;日本人也不许;反动派时期,她常常进厂,守卫的总是刁难,有一回还打了她。她有一个儿子,就是在十几年前叫反动派逮捕杀害的。解放以后她自在了。她虽然没有做工,她的一生却是和这个厂分不开的。她知道这个厂里的一切事情。不过,因为一生所受的压迫痛苦,她很不容易相信什么,她始终总以为做工不过是拿钱吃饭。她还有些仇恨做工,因为她底儿子就是在这厂里做工牺牲的,她想,要是不做工,无论做什么,就不会有这种事了。其次还有一个重要的原因,就是,老荣材年青的时候,因为受苦没有出路,耍起二流子来,荒唐过一阵,在外面搞了一个乡下唱戏的女子,后来虽然走了正路了,但是这事在倔强的荣材婶心里却留下了极大的创伤,即使到了现在,她想起来心里都要发抖的,因为她一生只有他一个人呀。这样她就养成了一种看管老荣材的习惯,凡有什么事情他不经她同意而做了,她就一定要大吵大闹。老荣材又是个心肠慈善,对小事情马马虎虎的人,时常要出一点小岔子,因此她就更严厉了。

　　但这个故事所要说的并不是这些。这个故事所要说的是:老荣材接受了突击任务了。

　　二〇八、三七五两号机车叫蒋匪的飞机炸坏了。铁道上运输繁忙,任务重大,上级决定这两个机车必须在一个星期以内修好。但是敌机经常地来轰炸,白天里机厂不能开工,就是大困难。大家都着急,老荣材心里更是急,因为:二〇八号机车是他和刘顺子、王二福几个人在解放以后自动地修好的。几个月以来,每次看见它在机厂前面的铁道上奔驶过去,拖着一长串的车皮,老荣材就会高兴得裂开嘴巴笑起来;他有时甚至觉得,拉着这一长串车皮的,不是二〇八,而是他老荣材自己。二〇八要是有机会到车厂来配搭一点什么,他就总是赶在前面,跳上车去,这里那里地看看,和司机小张聊一阵天。他抚摩二〇八就像抚摩自己底孩子似的。所以,二〇八叫炸坏了,大家马上就跑来告诉他,似乎觉得告诉他比告诉上面的负责人还要紧。二〇八现在坏成这个样子了,水箱打烂了,主动轮炸缺了,车身上又满是枪眼,和三七五一道叫拖到厂里来了。大家围绕着它们指手划脚地咒骂着蒋匪的飞机,但是老荣材一声都不响。

"老荣材,怎么办呀,你顶清楚二〇八的脾气的。"人们说。

"大家合计一个办法吧。"机厂主任朱新同志说。

老荣材不吭声,爬到车肚里去看了一阵。他心里在盘算着,怎样地说服他那老拖腿的答应他来完成任务,因为她怕敌机轰炸,他们昨天晚上吵的到现在都没有说话。正在这个时候锅炉房又拉起了警报,不久敌机就到了头顶上了。好一些人散开去了,但是老荣材和别的几个工人还围着二〇八和三七五不肯散。老荣材底脸色铁青的,朱新同志劝他们躲开去,后来,敌机过去了,朱新同志又想跟老荣材谈谈,但是老荣材脾气很古怪似地,什么也不说,一直往厂外走去了。大家觉得他这回一定是有许多顾虑,不可能接受突击任务的,并且他年岁大了,实在也应该休息休息;于是就由职工会召集了一个临时会议,刘顺子、王二福和另外的几个人接受了任务。但是主要的困难就是敌机白天里要来轰炸,朱新同志也不同意白天里冒险开工。他说,看老荣材这个人,决不会是不关心这件事的;他一定有意见,应该到他家里去,叫他出出主意。

大家都赞成。但是,他们这一群刚走到老荣材底棚子门口,就听见了里面荣材婶底叫骂的声音。什么"贱骨头呀!""累不死呀!""炸死你呀!""厂里头是你的家呀……"原来老夫妇两个正在吵着哩。大家站着没有进去,听着。刘顺子他们马上就听出这中间的道理来了。

"一定是的,一定是老荣材要做——不过荣材婶不准就不行。"刘顺子对朱新同志说。

"那我们就解释解释,并不是叫他做,不过请他提意见,"朱新同志说。

"对啦,不请老荣材提意见,老荣材会不高兴的。"王二福说。

"那不行,"刘顺子说,"你一叫他提意见,他就一定要做。我清楚哩,不信你们听吧。"

大家听见老荣材底温和的、慢吞吞的声音说:"你听我说呀。又不是我自己要干,我年岁这么大,哪会这样傻呀。是没得法子,公家叫干呀。"

"不加班就开除你吗,没得这种道理哩。我来问问他们去:人家说共产党不作兴这样子的,我晓得就是你,全是你瞎说!你是贱骨头,你自己瞎吹,自己想做,老不要脸的!你做呀,你认字呀,你认得个乌龟!……你怕是还没有苦够,来骗我呀。"

"你听我说呀,唉,……"老荣材底软弱的、有罪的声音说,"真的不是我自己要干的呀。不信你问他们去……"

"问个屁!你天天夜里头哼呀哼的,我问你是哪个受罪呀?我早上还想着我那小黑子哩。你怕就忘了,小黑子他还不是叫修火车头,叫那当官的一皮鞭打在鼻梁上,后来关了三天三夜……我说起来就伤心!我就是跟你们在这厂里头苦了一辈子,你这个没良心的,"说着说着荣材婶就哭起来了,"我早也巴来夜也巴,可怜我的小黑儿,你叫人害死的啊!你叫你老娘如今受这没良心的这种欺,我将后来是靠哪个啊!"

刘顺子靠到篾笆缝上去向里面张望着。他看见老荣材底神色可怜而恍惚,呆坐在那里。可是突然地老荣材头一抬,站起来了。

"你这是怎么搞的呀,你不说到小黑子也罢,你说到小黑子,"他喊着,他底声音变得这样强硬了,"我就偏是要干!你说小黑子怎么死的吧!他是,人家说他破坏机器,通共产党,叫那些狗日的杀死的……今天是……今天共产党来了,就为了替小黑子报这个仇,拼了老命我也要干!"

"你老不死!你死!你死!"

突然地人们听到了老荣材底大声吼叫。

"是我自己要干的!我……死也要干!"

荣材婶底哭声被镇压住了。但是不久她又大哭了起来,哭着她底死去的儿子,又喊着:"你好啊,你只顾上了你那个厂,就没得我呀!……年轻的时候你搞了那些子烂污事,欺了我一辈子,我死了让你!可怜我无依无靠到哪里去呀。"

朱新同志、王二福、刘顺子几个人都很沉重地静默着,站在老荣材底破旧的草棚子门口,站在大太阳底下。朱新同志心里对这一个老夫妇起了极大的尊敬。他从前是做过工的,知道在旧社会里面①工人们所受的是什么苦。他曾经在上海被国民党特务逮捕拷打过,他底母亲就在他被捕之后不久死去了。他底母亲和荣材婶一样的是一个乡间的女子,并且走路的样子、说话的腔调都差不多。他这时候觉得老荣材夫妇正像是他底父母。他难过他这些时候忙着另外的事务,没有能够早一点了解这一对老人;并且他还不加思索地讨厌过荣材婶底落后。……

棚子里面哭声停止了,也再没有什么声音了。刘顺子要进去,但是朱新同志拉住了他,提议大家先讨论一下。于是他们走到铁道外面来,在一个树阴下歇了下来。朱新同志说:他想多知道一点老荣材底身世。刘顺子他们回答说:他们也不完全清楚,只晓得他们到厂里来的时候——那时候是在日本人统治下——老荣材就已经在厂里好多年了。那时候看起来,他是一个好讲话的有些软弱的老头子,厂里面欺压他他从来都不大作声。只有一回提起过他底儿子,他儿子是在抗战以前的几年②叫反动派杀害的,罪名是破坏机器,鼓励罢工。老荣材真有些软弱,年纪大了,心里痛苦,爱喝一点酒,常常地和女人吵架。不过非常地

---

① 作家版无"面"字。
② 作家版更为"前几年"。

爱着机器,对年青的人们也非常的慈善。反动派在的时候,解放以前,嫌他老弱糊涂,不准他搞机器,只叫他做杂活,后来甚至叫他扫地;要不是大伙说话就差一点把他开除了。有好一些日子,去年冬天,他常常一个人坐在破火车头上发痴,什么话也不说,大家看着真是难过。自从解放后,这老人才活起来了。

朱新同志听着就摘下帽子来,望着铁道那边的老荣材底屋子。他底新剃的光头,和紫黑色的脸孔,在太阳下发亮。

"大家说吧,这事我们该怎么办呢?"他说。

"那有什么办法呀。"人们①说,"你能叫老太婆不拖腿吗?"

"不管怎么样,开个追悼会追悼他儿子,"朱新同志说,"怎样?"

"这办法自然好。"人们说,又沉默着。大家都感染了朱新同志的那种尊敬的、严肃的情绪。

"我还有一个办法。本来我是想闹闹玩的,不过我们的心是真的。"王二福不好意思地笑着说,"你想吧,我刚才还想,跟荣材婶拿锣鼓家伙去一敲,喊她几声干妈,她准笑。"他摇着身子,说得人们都笑了。"不过这不正经。刚才听朱主任说的,我就又想;我们该买点东西跟荣材婶送去,大家说几句话,表表我们的心;说我们从前开玩笑是不对的。"

"这不好吧,她不会收的。"有人②说,"她要是不拿她那个破篮子跟你提回来那才怪。"

"哎呀二秃子!这是要看我们怎么表示呀。准行的,我先出两千块钱!"

"这办法行!"刘顺子说,"荣材婶在这里住了几十年了,也该算是我们厂里头的人!我们就是慰劳她!朱同志你看好不好?"

"对!"朱新同志说,"我也出两千!不过我们不要再叫老荣材来完成任务了,他该休息休息。"

---

① 作家版更为"刘顺子"。
② 作家版此处更为"李大捶",后文"二秃子"除一处作"二黑子",亦统改为此人。

这样决定了,年青的工人们就飞跑着回到厂里去了。连平常很稳重的朱新同志都跑了起来,并且在大家唱起歌来的时候发笑,他不会唱歌。马上聚集了几十个人。大家都响应着,拿出钱来。① 于是,有的去买肉,有的去买面;朱新同志又建议买一张红纸,上面写了大字:"向烈士的父母——老荣材、荣材婶致敬!"小伙子们忙得连午饭都来不及吃,敲着锣鼓,向着老荣材的屋子来了。附近各个厂房里的工人们,以及女人和孩子们都被吸引来了。王二福们抬着东西,一走到老荣材屋子面前就放起鞭炮来。

抬着东西的工人们,脸色很严肃;但其中有两个,二秃子②和李大捶,又裂开了嘴巴傻笑着。大家都怀着特别亲热的感情,等待着老荣材和荣材婶在他们面前出现。虽然大家天天都看见这一对老夫妇,但现在却觉得他们底出现会是极新鲜的。

首先是荣材婶走出来了;她慢吞吞地,带着怀疑的脸色,走出来了,两只眼睛还是红肿的。大家用鼓掌和喊叫欢迎她。一阵又快活又亲切的感情弥漫在人群里面了。

"荣材婶呀……"刘顺子喊叫着。

荣材婶不作声,发痴地看着大家。

"跟你送东西来啦,老人家!"朱新同志说,"荣材呢?"

"他在屋里哩。"荣材婶叽咕着回答。

老荣材底高大的身材已经从棚子门口挤出来了。他同样地呆住了。

"老荣材,荣材婶,"朱新同志说,并且转过身子来看了一下围在后面的人群,"这是……我们工人阶级来给你们表示敬意的!我们大家知道了,你们的儿子小黑子,从前叫反动派杀害了,他为了工人阶级的利益对反动派斗争,叫杀害了!你们是烈

---

① 作家版此处从"工人们就飞跑着回到厂里"起到"拿出钱来"改动为:"……回到厂里去找工会去了。工会赞成这个办法,并且拿出了一些钱"。
② 此处作"二黑子"。

士的父母！几十年受的帝国主义和反动派的压迫,解放以后,又带头干活,这都是为了我们大家！我自己也是做过工的,我们不忘本！……大家本来不晓得怎样才好,就想了这一点小意思……这还是王二福他们想起来的,"他笑了一下,说,"我们还要跟两位的儿子开个纪念会!"① 我们又希望老荣材今后多歇一歇,不要太累了,他年岁大了,过去累很了,今后呢,叫我们年青人来！……"

大家鼓掌,笑着,叫着:"我们年青人来！"王二福叫着,"对呀,我们来,荣材婶做的菜我们吃的太多了！"

寂静了一阵。两个老人在发呆。但是突然地荣材婶发怒了,在发怒的中间又笑了,一拐一拐地跑了上来。

"这是怎么搞的呀,还拿着这个红纸,该死的！"她叫着,跑上来推了一下刘顺子,又跑去推着王二福,"还有你,出的这种主意,我又不拖你们的腿……都拿回去都拿回去,这是咒我呀！"但是她又沉默下来了,揩着眼泪。

"敲起锣鼓来呀！"王二福叫着。

"不行,不行的！"荣材婶又叫着,"你们看呀,哎呀,这我怎么好意思……我不过是……有点子拖腿……你们这就来咒我呀！"

"你这话就错了,"王二福大声说,"哪个要是不是真心,那他就是王八旦,不是人生父母养的！"他突然气愤得涨红了脸。

"你看你,你看你！哎呀,真是该死,你又不是个小娃儿,……"荣材婶又叫着,跑过来推着王二福,像哄孩子似地,指手划脚地,引得人们都亲热地笑了。王二福也笑了,但是她自己却马上又流了眼泪。

但是老荣材却站在那里不动。他脸色发白,两只老手有一点颤抖,高大的身躯弯曲着,看着人们。

"老荣材哇,"朱新同志笑着说。

---

① 作家版为:"我们将来还要给两位的儿子开个纪念会！"

"这……这是骂我嚟!"他①大叫着,"叫我歇一歇,你们这是叫我死嚟! 不行的,全是她这个落后……害得大家焦心,真是该死……"

"我是落后呀!"荣材婶伤心地大叫着。

"你不落后吗,呸!"老头子大叫着,"叫呀,吵呀……吓,这个封建的……脑袋!"

"喂,喂,老情人吵什么呀!"刘顺子说。又有人叫:"拿篮子来把他装起来呀。"

大家又快活地哄笑了。但是老荣材不笑,紧闭着嘴,庄严地看着人们。

"没得什么吵的!"他说,"朱主任,二〇八跟三七五的任务我来一个——我想了一个法子,用沟子里的那条旧路,把二〇八跟三七五拖进去,不怕飞机,白天干!"

"是叫你歇歇……"人们说。

"叫干!"荣材婶大声说,"朱主任,你叫他干,不能叫他丢我小黑子的人,叫干,马上就去!……"

朱新同志说了什么,大家简直没有听清楚,因为荣材婶在那里跑来跑去的,又推着朱新同志,又推着老荣材,老荣材突然地歪过头来望着她做了一个鬼脸,就像是顽皮的小孩子似的,叫着:"你拿你那破篮子来把我装起吧!"使得大家哄笑了。小伙子们笑得像猪嚎似的。②

大伙干起来了!

大伙讨论了之后,照着老荣材的办法把二〇八和三七五拖到山沟边上的旧轨上去,再搭上了一个芦席棚子,就隐蔽得非常好,因为这条旧轨本来是日本人铺起来避空袭的。在翻砂房里配几个主要的零件,夜里点上两盏汽灯,天气晴得很好,大伙的

---

① 作家版为"老荣材"。
② 作家版更为"小伙子们笑得气都喘不过来"。

情绪又非常热烈,就一点也不觉得不方便。相反的,空地里干活,尤其是夜里面,四周围静悄悄的,倒使大家觉得更愉快。

近黄昏的时候开的工,晚上十点多钟,荣材婶就提着她底那个著名的破篮子沿着轨道旁边的荒草地向着亮处一拐一拐地走来了。二秃子①正在下面喝水,跑过去打开她的篮子来一看,叫了起来了。原来里面又是红烧肉,又是白面馒头,又是水又是酒。她把白天里大伙送去的东西都做好了拿来了。

二秃子一叫,就有六七个人跑过来围着荣材婶。大家都说不能吃。

"这不行的!她还打了酒,贴了老本哩。"

"酒是我请客。"老荣材应着说,他站在车头上望大家笑着。

"不行不行!"二秃子说,抢了荣材婶底篮子就往外跑,要给她送回家去。荣材婶于是叫起来追着他。

"你们哪个不吃的就咒死你们!你们能跟我送,我就不能跟你们送呀。来呀二秃子,你站住,你不站住我告诉你媳妇——各位听说呀,我刚才还在街上遇见二秃子媳妇,她问我说:'二秃子干什么呀!'我说,'二秃子干好事哩,你不要拖腿吧。你们小夫妻还这样哩,不作兴的……'二秃子,你这样我告诉你媳妇……"

"哎呀,"老荣材站在车头上挥着手说,"不要说别人了。"

人们笑起来了。

十二个人分成两班劳作,每个人每天都要干十六七个钟头,而荣材婶每天都来,跟大家送东西。大家一看见她的篮子,就要叫起来,说:"看哪,又提了篮子来了!"哪个要是拒绝的,她就大喊大叫。送了东西,大家忙得顾不上她的时候,她就一个人坐在坡边上望着大家,望着二〇八和三七五,脸上挂着慈祥的微笑。她不仅是对人们,而且是对这两个火车头发生了深刻的感情。有一回人们听见她说:"真是畜生呀,没得出息,把好好的火车头炸的尽是洞。"又说:"这火车头真是愈看愈大,也难怪我从前还

---

① 作家版更为"李大捶"。后文"二秃子"都更为"李大捶"。

看不顺它,活像个吃人的怪物哩;这回呢,是愈看愈顺眼,真是难怪,真漂亮;一天跑上几百里,你看叫人心疼不心疼。"又有一回自言自语地说:"我的小黑子要是不死,真是看着也高兴。他就跟老不死的一样,顶爱这些事。"脸上带着沉醉的微笑。

第五天一大早,两个火车头都修好了,升了火,出厂了,荣材婶一早上就赶了来给大家送东西,送热水,但是大家却来不及吃她的东西,也来不及洗脸了。她一拐一拐地走来的时候大家已经爬上了车子,准备开动了。大家一齐对她挥手,喊着她,司机小张还拉起汽笛来欢迎她,使她激动得把半桶热水泼掉了。好几个人跳下去把她拉上了车子。

"开吧!开快一点!"荣材婶向着二〇八的司机小张说,"告诉他们,我们……完成任务哩。"

人们聚在车厂门口欢迎着提早修好的二〇八和三七五。二〇八和三七五连续着从山沟里驶出来了,到了正路上就驶得飞快,叫着汽笛,打着红①绿旗。车顶上和车门上都站着人,挥着手,喊着叫,不过机车的声音太大了,喊叫的声音却听不见。

车厂门口敲起了锣鼓。人们喊着:"工人阶级万岁!毛主席万岁!"这时候站在车顶上的二秃子把荣材婶的篮子高高地举了起来,出死劲地喊着:"荣材婶万岁!荣材婶的篮子——万岁!"

二〇八停住了,接着三七五也停住了,但仍然叫着汽笛。

"该死呀二秃子!"荣材婶叫着,从车门里往外挤,大家扶着她,她用胳肘两边一捣,举起了手,喊着:

"我说……各位,咱的火车头……共产党万岁!"

人们欢呼了起来。荣材婶底老脸高兴得发红,笑着,叫大家扶下了车子。但这时候二秃子却顶着荣材婶底篮子,叫着说:"大家猜猜这篮子里装的什么呀!"一面在车顶上扭着秧歌哩。

"拿来呀,死鬼!我的篮子!"荣材婶说。

"你就记挂你那装破烂的篮子!"老荣材说,从二〇八上面跳

---

① 作家版无"红"字。

了下来,笑着做了一个鬼脸。

"你神气哩,看我把你装起来!"荣材婶大声说。

人们都笑了。

      一九四九年十月三十日 在南京被服厂。

女工赵梅英

一早上大家就听见赵梅英在收发间里面吵闹。她的声音起初是愉快而捣乱的,像她往常一样;但后来却僵了起来。

她缴来的几件活太不像话了,收发间的朱新民同志刚一批评,她就长篇大论地说开来了。

收发间的工作是很麻烦的,有一些女工们,依着过去的习惯,总是想讨一点便宜,马马虎虎地把活缴出去。但是四十几岁的,乡下人模样的朱新民同志却又和气又诚恳,常常地要说得她们不好意思,红着脸走开。于是一些马虎的女工在缴件的时候都觉得心虚。然而赵梅英却表示自己不在乎。她叫别人把缴不掉的活都交给她缴。她夸口说,要是缴不掉的话,她就不叫赵梅英。

昨天下午她就来过,赌了很大的气,今天早上她又来了。好一些女工跟着她来了,站在收发间门口,看她究竟会搞出什么玩意来。她们中间有几个是不满意她的作为的,但其中也有这样的心理,要试一试朱新民同志,试一试共产党究竟会不会不公平。大家都知道赵梅英是这工厂里花样最多,最泼辣的女工。

赵梅英呢,她简直像个英雄似地,简直是理直气壮似地,扛着六七件货色往桌子上一摔;嘴里还抽着一根香烟。

"来哪,朱管理,麻烦你点一点罢。"她说,满不在乎地回过头来对围在后面的女工们看了一眼,好像说:"你们看就是!"

"你还是交给小组长先看看吧,……这不行啊。"朱新民同志打开其中的一件来,很有经验地看了一看。

"哎呀,朱管理呀,这还不行,要怎么样才行呢!不是我说的,你们共产党真不好讲话!"

"不是我们好不好讲话,我们大家是拿老百姓的钱,替老百姓做事哇。"朱新民同志特别诚恳地说,希望借这个机会来教育她。但是赵梅英快活地叫了起来把他的话拦住了。

"又是这一套,阿弥陀佛,又是这一套。我背几句给你听听怎么样?——我们工人阶级是国家的主人,"她于是摇头晃脑说了起来:"老百姓翻了身,现在不是国民党反动派,前方战士替我们打仗,我们要支援前线!"她一口气地大声说着,然后她说,"我背的怎么样?不差吧?"得意地笑起来了。

"你怎么好这样哇。"朱新民同志气恼地说。

"怎么样,我说的不漂亮吗?比她们积极分子也差不多少吧。来,朱管理,抽支烟!"

"收发间不准抽烟。"朱新民同志回答;他特别不习惯和这种女人打交道,脸都气红了。"你这个活……还要麻烦一下。"

"我又不是积极分子!"赵梅英愤怒地大声说,"积极分子呀,做的又细密又均匀,千针万针送情郎,那是积极分子呀。他妈的,我真不晓得什么积极分子是哪个兴出来的,她们的底子未必我不晓得么?从前不兴什么积极分子的时候,都是这样……"

她的劲头上来了。站在门口的女工们,互相地看了一眼,表示说:现在她说到题目上来了。大家都知道她仇恨积极分子。解放以后最初两个月,她也是一个积极分子,但是因为她爱出风头,这个面前勾结,那个面前挑拨,人家把她批评了。又因为女工们的积极分子里面有几个是地下党的党员①,解放以后很不满意她的行为,她就反过来了。人家背着她开什么会,谈什么话,不把她摆在最漂亮的地位上,她是受不了的。而她自己又确实有些地方不可亲近。她快三十岁了,生活经历不很简单,嫁过两个丈夫,第二个丈夫是一个汽车司机,两个人老是打架,后来他把她丢掉,卷走了她底一点积蓄,独自跑掉了。实际上她是很爱

---

① 作家版更为"地下党员"。

他的,这就使她非常伤心。哭了好几场,充份地体会到了一个孤单的女子在旧社会里的凄凉的命运,觉得全世界一切都在欺骗她,甚至想要自杀。但她又是这样地年青而精力强旺,所以不久就恢复了,只不过从此变得对什么都不信任,变得有些浪荡起来。她是胡里胡涂地当了一阵积极分子的。那时候她心里非常高兴,听着她从来都没有听见过的那些话,狂热起来了,觉得生活变了,一切受苦的人们都要翻身了。但是另一面,她却想着,她从此不必再做工了,她念过几年书,出身又比别人高,她可以出头,当工会的职员——她以为工会里有这么一种拿钱的职员——过舒服的日子了。这种个人的打算就使得她胡闹了起来,不久就遭到了现实的无情的打击。于是她又觉得共产党说的工人做主的话是假的。同时,看见厂里的行政干部都穿得破破烂烂,每个月只有一千多块钱津贴,她就很是失望;而她又不满意别的女工们能够当上代表,不但常到总工会里去开会,并且还要出席各界代表大会,和市长坐在一起。……这一切的原因,就使得她故意地把她的工作做得一塌胡涂,打乱了生产小组的系统跑来独自缴货,替落后的女工们壮胆,成了落后分子们的英雄。

"你说一句吧,你收不收?"她对朱新民同志说,声音有点僵了。

"这样的东西我不能收。"朱新民同志回答说。

这时候张七婶挟着两套棉衣走了进来,很严肃地交给了朱新民同志。朱新民同志看了一看,点了一下头,收下了。张七婶脸上显出了感动的神气,笑了起来对朱新民同志说:

"我的眼睛花了,怕是做得不行。你们共产党就是这一点好,不骂人不为难,要是从前的那些龟孙子呀……"

"不骂人是不骂人,"赵梅英接过来说,"不过就是为难。朱管理你说说看吧,为什么她的收了我的就不收?"

"人家张七婶做的,你看看!人家该不是积极分子吧?!"

"我是补缴的。我们组里头都缴了,我赶不快。"张七婶不好意思地笑着说。

"我用不着看,我心里有数!"赵梅英叫着。

"那你们大家看看好啦。"朱新民同志说,把张七婶的活举起来预备递给站在后面的女工们。

"用不着看!"赵梅英叫起来,夺下了朱新民手里的棉衣就往桌子里面①一摔;"难道说人家张七婶恭维了你几句就该收,我不恭维你你就不收吗——告诉你,我从来不恭维哪个的。你叫他们积极分子来恭维吧。"

朱新民同志瞪着眼睛,脸都气白了。

"你自己凭良心就是了。"

"是哇,梅英,我晓得你的脾气,你不要吵了。人家待人这么好,从前那个国民党呢,"张七婶说,"有一回,拿起衣裳就往我脸上砸,又打又骂,你是看见的。你自己也是受过那些龟孙子的气的……"

"用不着你来说!你得意啦!"赵梅英对着她狂叫着,她和张七婶住在一个门里,平常张七婶总是照顾她,她对张七婶也不错,但现在却突然翻脸了。这表示出来,她今天是决心要闹事情。张七婶同样地气得②发白,瞪着眼睛不作声了。

"收了吧,怎么样?"赵梅英忽然用挖苦的声音说,"几万件衣裳,这么一两件的……你看你这个人怎么这么死呀。"

"你还是找你们小组长来缴。"朱新民同志回答。

赵梅英看了他一眼,然后抱起那一大堆衣裳来就往桌子里面的衣堆里一摔。但是朱新民同志一声不响地又把这些衣服抱回来摆在桌子上③。他的态度是严厉而顽强的。

"收不收?"赵梅英变了脸色,小声说。

"不收。"

---

① 作家版更为"后边"。后文亦然。
② 作家版增"脸"字。
③ 作家版删去"摆在桌子上"。

"不行!"赵梅英全身发抖,狂叫起来了,"大家看见的,这几件不是我的货,你掉了包!"

朱新民同志不作声。

"你以为你当官啦!"赵梅英继续叫着,"我看你就认不得几个字,土包子!你连我还不如,你神气些什么?哼,你们说的,共产党为人民办事,你办的什么事?……"

朱新民同志的脸色非常难看,嘴唇闭得很紧。他的粗大的脸在发着抖。他害怕自己冲动起来。他是贫农出身,确实没有什么文化——诚实的人,是最害怕人家这样来攻击他的。他也不会说话。要是从前的话,他早就给这女人两个耳光了。四三年参加土改的时候,一个地主的女人就曾经这样凶暴地咒骂过他的。他于是觉得,现在站在他的面前的根本不是什么工人,而是阶级敌人。

"不行!"他重复地说。

女工们都觉得情形的严重,跑上来劝着赵梅英,但是她已经下不了台了。

"你叫军事代表来好了,你不够资格!"她叫着。

"我不够什么?……你……你滚!"朱新民控制不住了,大声地吼叫了起来,并且向着桌子上猛力地捶了一拳。

赵梅英害怕地沉默了一下,于是大闹了起来。

"好,你骂人!你打就是了,你打就是了!这些人都好证明,这几件不是我的,你掉了包!……好哇,你掉我的包,我们上军事代表那边去!你们看这样欺人呀!"她跳着脚哭了起来。她扑上来要抓朱新民同志,但是女工们拉住了她。她挣脱了她们,又哭又骂地向外面跑去了。

军事代表刘行同志和职工会的几个人正在从管理室的台阶上下来。他们刚刚开了会。看见人群里面有几个是她所仇视的女工积极分子,赵梅英就特别地激动,冲到军事代表前面去骂开来了。大家来不及了解是什么事情,都站下来看着她。

几个女工从收发间里跑出来,跟在她后面。张七婶也追上来了。赵梅英跑出来了以后,张七婶看见朱新民同志脸色惨白地气得连话都说不上来,心里就非常难过。她又听说过共产党有这样的规矩:凡是干部和不论什么别人起了冲突的话,不问有没有理由,干部都要受批评。她觉得赵梅英太岂有此理了,明明是利用着别人①的这种规矩来欺侮人的。她要替朱新民同志做见证人。

"军事代表呀,我告诉你我不得答应的!"赵梅英大叫着,"他朱管理开口闭口都是积极分子好,我的不收,还要开口骂人……我咒不死他的什么积极分子!"

"赵梅英,赵梅英,"张七婶喊着,"这个事情你不要这么说,这个事情你不能怪人家朱管理……"

"没得你的话!你真的要翻脸是不是?……你们跟什么积极分子勾结起来骗人呀!……"

"军事代表,她没得良心!"张七婶气得直抖,说,"赵梅英,你说说看,人家哪一点不对呀!"

她还没有说完,决心闯祸闯到底的赵梅英就对着她扑了过来,一把抓住了她的衣领,对着她的脸打了下去。车工吴顺明大叫着冲上来拉开了赵梅英,张七婶就一下子跌撞到墙边上去了,脸色惨白地,很可怕地对着赵梅英看着。赵梅英也明白这祸事已经闯得不可收拾了,沉默了下来。

张七婶继续看着赵梅英。她受了极深的刺激,想到自己过去对赵梅英是这么好,赵梅英却会这样没有良心,又想到解放以来厂里的各种事情,一下子哭出来了。

"你拿出良心来啊!赵梅英——我喊你,赵梅英呀……"

"我没得良心!"赵梅英回答,"我的良心叫狗吃了。军事代表,我向你报告,你开除我就是!"

然而她的反抗是无力的。张七婶的哭声把她压倒了。场子里站满了工人们,大家沉默着。连先前似乎跟着她跑的几个女

---

① 作家版更为"共产党"。

工,连那些被当做落后分子的女工们都沉默着,大家的脸上是同样的严肃的表情。赵梅英突然感觉到这种沉默的意义,就是:人们都反对她。她的孤立是确定的了。

"好吧,你们开除就是。"她用最后的力气叫了这样的话,就扬了一下头,往厂外跑去。

赵梅英回到家里来,心里软弱了。孤单地躺在房子里,可怜着自己,希望着别人来找她。从前她还有几个朋友的,可是接二连三地都闹翻了,再没有人上她这里来了。她躺在黑洞洞的房子里一直到下午,连中饭都没有吃。

她的境况是很苦痛的,如果不是她这样的性格,就简直忍受不下来。邻居们都怕她,除了张七婶以外就没有一个人和她来往。现在却连张七婶也闹翻了。她想,闹就闹到底吧,可是张七婶一直到黄昏的时候都没有回来。她从床上起来了,懒洋洋地搬了一张凳子坐在院子里,抱着膝盖,吸着烟,长久地发着痴。

她心里有各样的幻想。她悲伤地想,要是能有几个钱,要是能有一个知心的人,在家里也舒舒服服,哪个要去做工呢?眼泪有好几次在她的眼睛里打转。她希望和哪个谈谈话。

"这个厂里头才混蛋哩!李大嫂!"当楼下的车伕的[①]女人提着一桶水从她面前经过的时候,她说。

"是啊。"李大嫂说,走开去了。

"这个厂里真混蛋……王二叔,你回来啦。"她又对挑着皮匠担子回来的,瞎了一只眼睛的王二叔说。

可是他们大家都没有怎样理她。大家都是匆忙的。她又拉着皮匠的女人谈了起来,可是王二叔在院子那边骂起他的女人来了,他要她赶快到井边上去洗菜。

她买了一块大饼来啃着,骂开来了。

"一个个就像是当了官似的。你个狗东西,你替我滚!"她踢着跑到她面前来的一匹狗,使得它尖叫了起来。"我是看得起,

[①] "车伕的"作家版更为"一个"。

才说上这句把的！老子怕什么？老子什么都不怕！……都是些什么东西，老子从来不巴结人，要是巴结人……也不会像今天这个样子了……"

说了好一会，没有人理她，她又沉默了。瞎了一只眼睛的王二叔从窗户里偷看着，看见她把那匹刚才被她踢开去的黄狗拖拢来了；把剩下的大饼抛在地上，逗引它吃，并且抚摩着它。这女人是非常寂寞的。她现在也显得很衰老，好像三四十岁了。她不过是到处要逞强，而她的心里——是可怜的。"我呀，我还当过积极分子呢，现在好。"她含着眼泪，辛辣地笑着，自言自语地说，一面逗引着皮匠的黄狗。"我当初是想，我当初是想，翻了身了，过好日子了；我心里也尽是怨气，叫人欺够了，要出这口气。现在好，看着人家高兴……"她站起来又坐下去，显得她是很激动的，"不过呢，我也不是这样的人。像他们讲的，我不过是旧社会里的人。"她发了一阵子痴，忽然地她把自己嘴里的香烟拿下来摆在那黄狗的嘴巴上，并且打了它一巴掌，说："死东西，你难道连烟都不会抽吗？……"

她笑了起来，也不知道她是为什么高兴。她的眼睛里眼泪都没有干，却笑得这样天真。

看着这种样子，人们又会感到她有变好起来的一切可能。但是她的脸色立刻变了。她看见张七婶和朱新民同志进来了。她的心里立刻恢复了敌意和盲目的力量。

她就像是一个受惯了娇纵的小孩子。这一切都是因为，她是小康人家的女儿，又漂亮又有些聪明，后来虽然死去了父母，遭到了各种不幸，在生活的打击下几乎变成一个下流的女人了，但仍然是不知道天高地厚，自尊自大的。实际上，她是很单纯的。

她不知道，厂里为了她的事情讨论了两三个钟点。军事代表要大家提意见，有些人主张开除她，朱新民同志也主张开除她，他说，她根本是阶级敌人。但是提了相反意见的，却是挨了她的打的张七婶。看见大家这样地攻击赵梅英，张七婶的心反而软下来了。

张七婶了解赵梅英。她不但知道赵梅英过去的一切事情，甚至有时候还有些喜欢她。赵梅英和她那做司机的丈夫住在一起的时候，吵起来总是跑到她房里来诉苦的，赵梅英不过爱面子，实际上是怕她的丈夫，他时常要挖出她的私房钱来去吃喝，时常要毒打她。这女人事实上是懦弱而虚荣的，无论吃了多大的亏，只要男人给她做一件花衣服她就满足了。她委屈求全，总希望能和她男人过下去，但是他最后却搞了一个妓女，跑掉了。这一切事情张七婶都知道。她又知道赵梅英现在虽然嘴上硬，事实上也是做一天工吃一天，丢了工作，她就没有办法——甚至会因此而堕落下去。

今天的事情太意外了，赵梅英居然扑到她身上来了，但是，一想到赵梅英会因此而堕落，她就把一切都忘记了。她清楚得很，街后面鸭行里的一个流氓头这些天常常地来赵梅英那里打转，而赵梅英是用了非常大的决心，才抵抗了他。她下这样的决心是不容易的。完全是解放以后厂里的新的局面，和当女工的独立的生活，在支持着她的。

张七婶向大家说述着这一切，眼泪都流出来了。她是一个孤寡的四十几岁的女人，对于这一份独立的工作宝贵得像生命似地，特别地懂得赵梅英的这种痛苦。

军事代表不主张开除。他了解张七婶的意思，并且尊敬她的这种热诚。他相信赵梅英是可以教育改造的。但困难的是朱新民同志仍然反对。朱新民同志气愤极了，和军事代表两个人单独谈话的时候甚至提出来，如果不开除赵梅英的话，他就要请求调走。他说，不管怎么说，这种女人根本就是阶级敌人。

"我要是今天真的跟她闹，上级又要批评我犯了群众纪律了。"他愤激地说，"这个工作我不会搞，上级调我下乡去吧。"

"我们是站在群众面前——你要了解对象哇。"

"那以后别人都来这么闹你怎么办呢？"

军事代表说，做工作应该了解对象，对每种对象都应该有不同的方式,可是朱新民同志仍旧不大乐意。军事代表又说,如果像这样过左的话,就会犯错误的。朱新民同志说,他承认错误,但是这是因为他太热爱着革命了,他不能够去找赵梅英回来。说这话的时候他眼泪都要流下来了。这时候张七婶又进来了,看见朱新民同志的难过的样子,拖着朱新民就往外走。朱新民同志也就没有再说什么。

"你不晓得赵梅英这个女人……给她一点面子,叫她往死里干都行的。"张七婶说。

朱新民同志不作声。张七婶使他感动了,他于是也觉得和赵梅英计较是没有意思的了,叹了一口气。可是走到赵梅英的面前,这诚实的人却忽然脸红起来了;他希望好好地做一番说服教育的工作,但是又不晓得说些什么,显得很是笨拙。而看见赵梅英孤寂地坐在那里的那种表情,他就突然地明白了张七婶的话,就是:如果不给这女人一条出路,她会堕落的。还是张七婶先开了口。

"梅英,你看,朱管理来看你了。"张七婶热情地说,"你不见气了吧,大家都说,今天的事……其实也是我不好。"她说,显出了一个几乎是讨好的微笑。

朱新民同志觉得她这样说是完全不对的,是失去了立场的,于是红着脸说:"赵梅英,一个人有了过,总要改……大家的误会,本来大家都有不对……"可是赵梅英站起来了。

"你们共产党会有什么不对呀?我也没有什么不对,要我改,办不到!就连我爹妈都没有要我改过!"

"哎呀,梅英……"

"七婶,我对不起你,"赵梅英骄傲地说,"你晓得我的性子,你做好做歹也没有用,反而叫我心里头难过。我又不是跟你闹的。"

"要是你愿意回厂的话……"朱新民同志忍耐地说。

"回厂?你以为我就吃不到这碗饭么?办不到的!"

"那也行。你要晓得这是对你宽大……"

"我用不着你的宽大！去找他们积极分子去吧。"

"那行！"朱新民同志决然地说,脸孔又发白了,气愤地看了张七婶一眼。

"不行就吃了我么？"赵梅英叫着。她已经在为这种僵局而害怕了,她已经在害怕着自己所说的话无法收拾了,而这些话并不是她原来想要说的,本来她是在可怜地想像着,如果厂里真的会有人来看她的话,她就对他们认错。现在,是什么一种恶劣的力量在支持着她呢？她重新因绝望而快意,因绝望而狂暴了。"不行,不行你就吃了我吗？枪毙我吗？你歇歇去吧！你滚吧！"

邻人们围在周围,使得赵梅英格外骄横。朱新民同志对着她看了一眼,转身走出去了。张七婶急得直拍巴掌,叫着说:"我瞎了眼睛！我瞎了眼睛,该死该死！"跟着跑出去了。邻人们立刻各自回到屋子里去了,没有人来和赵梅英谈一谈的。空洞的昏暗的院子里,又只剩下了赵梅英一个人。

"这下子是完了,我真该死！"她想。

她一直冲进房去,站在房里发起呆来。她哭了两声,接着又冷笑了起来。然后她锁上了门,出去了。她到大街上去游荡。她失魂落魄地在大街上走着,这样似乎缓和了她的痛苦。她心里闪耀着各样的危险的想头,她甚至带着刺心的快乐和伤痛想着,要是有随便什么男人给她几个钱的话,她就跟他去。她甚至在路边上站了下来,想要试一试。

和所有的人敌对着的人,他的心里必然是疯狂的。她走过一家漂亮的百货店,掏出她身上所有的钱来去买一条红花的手帕——她不知道买这个干什么。她奇怪地紧张着,深夜里面回来了。她刚刚开了门,就听见了张七婶在隔壁房里叹息的声音。她几乎想都没有想,就跑去推开了张七婶的房门。

"七婶,我也晓得,我对不住你。"她说,靠在门边上,含着讥刺的痛苦的微笑。

"谈不上什么对不住,姑娘。"张七婶冰冷地回答。

"我晓得我搞不好的。"她说。

"你这样要糟下去的。"张七婶说。

"糟就糟好了。我也晓得共产党的……不过我改不掉。"

可是张七婶顽强地坐在床边上抽着水烟,再不说什么了。

她心里软弱了。回到房里来,躺在床上,想着过去所受的旧社会的痛苦,哭了。但是第二天一早上起来,她却换上了一件漂亮的花袍子,并且动手涂起脂粉来。她不知道她要去干什么,但是她总得要去干什么。"我不过是旧社会的女人,像他们说的,好不了的了。"她把嘴唇画得通红的,对自己说。她走到院子里来站着了。张七婶已经上工去了。邻人们走过她的面前都奇怪地看着她。她独自微笑着,好像很骄傲似地。

"怎么——都打扮好了吗?"鸭行里面的流氓头张逢春走进院子来了,拢着绸袍子的袖子,冷笑着说。

"你来干什么?"她惊骇地问。

"我都晓得了。消息灵通哩。我看哇,"鸭行流氓说,"你还是不做工的好——像这个样子打扮,才配得上你呀!怎么,预备上哪里去?出去吃点东西!"

赵梅英沉默着。她差不多就要答应了。她发觉她所等待的,正是这个流氓——她不要再拒绝他了。可是她觉得还有什么应该再考虑一下。她做过积极分子。① 她曾经抱着狂热的感情欢呼着新的日子的到来。她突然想到,要是不闹事的话,她现在不是正在厂里,在热闹的车间里,太阳从大窗户照进来,一面听着女伴们唱歌,一面说笑着,在做着工吗?心里面幸福、宁静,将来的日子是光明、确实的,一切都可以感触得到。为什么这些时来她要讨厌积极分子的女工们唱歌呢?她现在要是能再听她们唱一次该是多好啊。在她男人遗弃了她之后,她不是下了极大的决心,要过独立的生活,要重新做人的吗?过去的凄凉痛苦难道还不够吗?父母死了,她倔强地挣扎,二十几年的日子是怎么过来的?解放以后,厂里面对她样样照顾,为什么她又要闹事

---

① 作家版删去"她做过积极分子"一句。

情呢?

她站着不动。明亮的阳光照耀着她——这个穿着花袍子,涂了脂粉的女人。她的嘴唇在发着抖。

"你走开!"她对鸭行流氓小声地说。

"咦——我等了这些天了呀!"

"你走开!"她软弱可怜地说。

"看哪,钞票!"鸭行流氓掏出皮夹来,在上面弹了一下,说。

她对那皮夹不觉地看了一眼。鸭行流氓就动手来拉她。她挣扎了一下,就被他拖着走了。但走了几步她又挣扎起来。

"我不跟你走!我不跟你走!你以为我是那种人吗?"她叫喊着,可是仍然是不坚定的,那声音是发着抖的。她觉得又痛苦又羞耻,脸孔涨得通红了。鸭行流氓嬉皮笑脸地拉着她,他们就在院子里挣持着。

突然地军事代表进来了——高大的身材,披着一件棉军衣。看见了军事代表,赵梅英就像是被刺了一刀似地,尖叫着用力地甩开了鸭行流氓,跑到台阶边上去了。

军事代表对着冷笑着的流氓看了一眼,明白了一切,就微笑地向着赵梅英走去。

"我走这里过的,来看看你。"他说,"你这个月没有做满,不过我们大家商量了一下,下半个月的工钱还是照样发。"

"谢谢你……"赵梅英说,低着头,像石头一样地呆站着。

"这个工钱你拿去吧。"军事代表说。

"我不要……"赵梅英惶乱地说,可怜地发着抖,但突然抬起头来看着军事代表,眼睛里满是眼泪了。

"代表……我这个人真下贱……"她说,"要是……我回厂去,你们准不准?"

"只要你改过!"军事代表简短地、庄严地回答,动了一下披在肩上的棉衣。

"我……改改看!"赵梅英说。立刻在台阶上坐了下来,蒙住了脸。但后来又猛力地抓住了她的花旗袍边,把它一下子撕裂,而大声地激动地哭起来了。

"对啦,要改改看!"军事代表大声说,想到,即使是一块石头,也会在这革命的大熔炉里受到锻炼的,脸上就出现了一个愉快的微笑。

一九四九年十一月十日

祖国号列车

"祖国号"机车挂上了南边来的客车,迎着大风雪往北行驶了。列车缓缓地移动的时候,月台上出现了一片庄严的景象:警备铁道的战士们在风雪中立正,值班的铁路工人们在月台上、水塔边上和岔道的旁边立正,蹲在地上工作着的人们都站了起来,立正,并且向着列车注视着。大家看见一个年青、强壮、面孔有些肥胖的工人站在第三节车厢底车门上,脱下了破旧的皮手套,迎着风雪,向着对列车致敬的人们敬礼。他敬礼的姿势沉着而有力。大家都举起手来还礼:战士们是钢铁一样严肃的,工人们有的是带着幸福的笑容,而用着笨拙的姿势。这庄严的景象使得月台上散布着的旅客们都屏息着了。

"祖国号"喷着浓烟,速度加快起来,驶进了风雪迷茫的平原;那有些肥胖的年青工人在车门上继续站了一下,望着远处的在大雪中显得隐约而迷糊的村庄,然后敏捷地从车门上消失了。

这年青的工人是"祖国号"底原来的司机李春华,他是和老司机劳动英雄张富荣两个人奉命从遥远的北方把他们底"祖国号"机车送到南方来的,因为南方运输量增大,缺乏机车。他们昨天下午到达,受到了热烈的欢迎;在简单而隆重的授车典礼上老张富荣还讲了话,他说,"祖国号"机车对于他是比最亲最亲的人还要亲,现在他高兴地开来送给南方的弟兄们了,因为南方的弟兄们,他虽然从来没有见过面,也是比最亲最亲的人还要亲,在国民党反动统治时期,在从前,是不会有这种事情的,现在全中国的工人,全世界的工人兄弟都是一家了。李春华在他上台讲话的时候还捏着一把汗,他从来不曾想到他能够讲得这样好。

现在,"祖国号"就开始在这段路上工作了。昨天晚上,李春华和张富荣两个人和"祖国号"底新的司机刘正清谈了很久,把"祖国号"底一切特性都详细地告诉了①。老张富荣并且还恋恋不舍地绕着"祖国号"打了好几个圈子,这里摸摸那里敲敲,带着一副古怪的表情,简直好像是送走出嫁的女儿似的,引得李春华不住地大笑着和他开玩笑。现在"祖国号"就由新的司机刘正清驾驶,而他们就搭这一列车预备再转别的车回去。站上的人们为了表示对他们的感谢,给他们留了两个头等车的座位,李春华倒没有什么,但是有些古怪的张富荣却一定不肯。上车的时候,站长和他们握手告别,张富荣先进去了,李春华在车子开动的时候才跳上了车子。听着他底亲爱的"祖国号"底发动的声音,他心里就涌起了一阵说不出来的甜蜜的滋味。跳上车门,看见战士们敬礼,他就突然地经历到一种从来不曾经历过的宏大的②庄严的感情,好像周围的一切要求着他这样做,他举起手来对战士们敬礼了。他这时候比一切时候都更明白地觉得,他,一个工人,和所有的工人兄弟们一样,成了这个国家底主人了。

他点了一根香烟,走进了三等车的车厢,看见张富荣坐在厕所前面的地上发楞,就笑着走上去说:

"怎么啦,老头子?是把女儿嫁了心里不痛快是不是?进去坐坐吧,呆在这里干什么?"

说着他就往里走。但是里面一个穿西装的旅客马上站了起来,把他拦住了。这位先生说,这是包车、专车,外人不能进来的。

李春华向车厢里望了一眼:空荡荡的,有一群人围在一个座位上唱歌。但现在他心里很高兴,连问都没有问为什么空着的位子不能叫人坐,就退了出来了。要是从前,他早吵起来了。他这才明白张富荣为什么坐在外面。

---

① 作家版增入"他"。
② "从来不曾经历过的宏大的"作家版更为"巨大的"。

"老张,后几节去找个位子去吧!"他说。
"不用啦。"
"对,这里也不错。"
他于是就往一个包裹上一坐。但马上他就发觉有一对锐利的眼睛在看着他。立刻有一个衔着烟嘴披着西装大衣的人走了出来了,说,对不起,这个包裹不能坐。

李春华站了起来。他心里特别地宽大,因此就柔顺得像一头羊似的。他就走到车门边上去望着外面的田野。他后来才弄清楚,这一伙包车的人们是新解放区的编余的公务人员,调到北方去分配工作的。

他终于在厕所对面洗脸盆旁边找到了一个坐的地方:一个穿着大棉袄的年青的乡下人让了他半边行李。他坐下来,伸开腿,满足地叹了一口气,听着他底"祖国号"底均匀的震动的声音。他想:真是奇怪,他这样的人居然变得这样柔和了,一切都满足、愉快、愉快、满足——刚解放的时候他还是一个二流子呢。

张富荣仍然很冷静地沉默着。他底身边放着一个包包,包着昨天晚上新买来的一个热水瓶。这玩意儿南方便宜些。

"老张,你看你底女儿跑得满快呢,又细又匀,该放心了吧?"李春华说。

"算了呗。"张富荣有些忧郁地说。

"你又舍不得啦。"李春华说。

"说真话,是有点舍不得。"张富荣说,脸上泛起了慈和的笑容,"打解放前使起,五年多啦。你不晓得在国民党反动派手下为它受的那个罪。有一回,一千公里跑下来,大轴坏啦,大检的时候,段长发的那个威风——说是叫我去当扫地工人。你那时候还在上段呢。"

"你就去扫地?"

"我没吭气。第二天就调进机厂,换了他狗日的一个私人,跑三百公里就出岔子。我还偷着去看了两回。打解放后才恢复了,又碰上你这小子耍了几个月二流子——成天睡懒觉。喂,你这小子是怎么一来才积极起来的呀?"老张富荣忽然奇怪地问。

"思想搞通了呗。"李春华调皮地笑着回答。

"屁,我不信!"

"我是血统工人,"李春华沉默了一下说,眼睛里闪过一道强烈的光,"我爹是叫日本人杀的,我思想能不通!"

"那你为啥又要耍二流子呢?"

"那呀,提不得。旧社会里哪个狗日的才安份守己,没指望,用不上技术——混上这么大连个媳妇都讨不上。"

"那你就是骂我安份守己啦?你这话我倒听见过。"

"您受的苦多啦。"年青人说,面孔有一点发红,沉默了下来。

老工人也沉默了一阵。他和这年青人过去是搞不好的。他自己也知道,这年青人所不满意他的,就是他直到现在还抱着安份守己的心情,只是拼命地干活,对什么事都没有意见,看见别人底毛病就当做没有看见似的。李春华可不同了,什么事情不如意就要喊叫起来。上个月就受到了批评,因为车床上的皮带断了,机厂管理员不太懂技术,想要凑起来用,这本来不关他的事的,他却跑上去把管理员也闹了。后来大家就批评他态度不好。和张富荣在一个车上,张富荣有一套老想法,他却不断地要兴花样改良,因此两个人也老是闹。"祖国号"临开出来的前一天,两个人还为着汽压表零件的事情闹了一场,争得面红耳赤,因为李春华想把配合着这车头的零件也带到南方去送上,张富荣却有点舍不得,认为这些零件自己也缺乏——但结果还是送来了,因为这些零件是李春华在日寇统治时期自己弄来的。吵到后来,李春华歪起来了,甚至讥刺了张富荣底劳动英雄的名称。现在,想到这个,老工人就很有些不好受。

"你太意气啦,年青人。"他说,"凡事急不来的——我不比你急?就拿那回张管理员的事情来说,人家就是不太懂技术吧,那意思又有哪一点不对?"

"我急哩——恨不得马上就实行社会主义,"李春华说,声音里又有点冒失了。"像有些人那样开牛步,一二一,哪一年才社会主义?"

"你认着说吧,"老工人说,很不愉快了,显出了倔强的样子,"你看咱俩究竟搞不搞的好?我落后不是?"

"靠你领呗。"年青人说。

沉默了下来。车厢摇幌着。李春华红着脸向窗外望望,叹息了一声。

"我说:您过去受的苦多啦。"他说,突然地眼睛都潮湿了。

老工人难受地望着他,突然地眼睛也潮湿了。

"春华,"老工人说,"我是老啦,没几年了,看你们年轻人的啦。国家是全在你们手上哩。"

有谁能想到这样的心情?当一个工人,因为在旧社会里受了过多的苦而迟钝,年纪大了起来,每天、每夜都想着,年青人生长起来了,自己再没有几年好抱着心爱的机器,带着满身的创疤,就要被留在后面了,这时候的滋味?但是年青人的生长,和对于自己底一生的尊严的感觉,岂不是又唤起了强大的喜悦?闪着泪光,老工人现在看见李春华比什么都可爱;他底脸在战抖了,他简直想要跳起来拥抱他①:"我底好年青人,你总不忘记我吧。"

"你怎么这么说呢,看你这结实的,至少还干得上十年,赶上社会主义哩。"李春华红着脸说。

老工人在激动地想着什么。他望望年青人,微笑了,说:

"春华,这回真是要吃你喜酒了吧?那姑娘不错!"

"算了吧!"李春华回答,"哎!"忽然地他拍着大腿叫了起来,"他妈的真麻烦啊,我就不晓得娶媳妇养儿子这回事是哪个发明的!"

"好!好!"老工人说,像是爆炸了似的,大笑起来了,使得车厢里面唱着歌的人们停了下来,吃惊地望着他:没有人想到这个迟钝的老头子会这样大笑的,他简直一下子把他年青时代的调

---

① "跳起来拥抱它"作家版更为"叫起来"。

皮和苦恼都回想起来了。他笑得李春华反而有些惊奇地看着他。那个坐在他们旁边,并在听着他们谈话的年青的农民也忍不住地笑起来了。

"笑什么?啊?笑什么?"李春华嘲弄地说,想着他底那甜蜜的姑娘;"这有什么好笑的啊!"

"是,是!"那农民点着头说,不知道他是肯定着什么;但随即又笑了起来。

这年青的农民叫做陆传宝,是冀中来的,到徐州去替他底姐姐送葬回来的。不久他底脸上就又恢复了那种忧郁的神情。大笑之后一切都平静下来了,车子里面的那些人们在继续地一个又一个地唱着歌。车子外面,雪已经下得很小了,铁道附近的庄子和树木可以清楚地看得见。李春华站了起来,对着车子外面长久地看着。

大片的铺着雪的田地、山坡,和冻结着的河流,和偶尔出现的在雪地里推着独轮车的劳苦的农民,在他底眼前闪了过去。他擦了一擦蒙着水汽的玻璃窗,一个穿着大红棉袄的姑娘底活泼的影子在他面前闪了过去:她在雪里跑着,高举着两只手在对着火车呼喊。她显然是很快乐的。李春华甜美地想到,他就要结婚了。他这一代的年青人,从苦难和黑暗里走了出来,在共产党底领导下一天比一天更明白地发现了自己,知道了生活底伟大的意义,已经成长起来了。

他看着闪过他面前的那些个荒坟。黄土地带底树木很稀少,但都笔直地伸向天空。树木的中间,田地里,和那些庄子、人家底周围,都布满了乱葬的坟堆。……过去的苦难时代底阴影立刻向着李春华心里扑来。他想到,这些荒坟里没有一个人不是含着说不出来的苦痛和仇恨死去的。这是一种最剧烈的痛苦底表现:他们底亲人们把他们埋葬在自己屋子旁边。为什么不埋远一些呢?为什么要伴着死人生活,让死人这样地重压着呢?但是这惨澹的生活仍然继续下来了,今天,铁链断落了。李春华想:今天,当那个穿红棉袄的快乐的姑娘在这些坟墓之间奔跑的时候,她是不会想到死去的人们的。这真好!这样一想,那些坟墓都似乎对他说起话来,唱起歌来了。①

望着窗外的景色,望着这些坟墓,同样的思想在农民陆传宝底心里进行着。他是一个村干部,反扫荡时候的民兵小队长。他底姐姐在他赶到徐州的时候已经死去了。她嫁给同村的一个受苦人已经十二年,十年之前就被地主逼迫着流徙出去了,一直没有再回来。他只是从熟人那里知道,他底姐姐、姐夫曾经有两年带着一大群孩子到江南去逃荒。前些时他才得到一封信,说是他姐姐已经病重。他姐姐比他大十岁,简直就是她把他带大的。离开家乡的时候,他姐姐曾经赶回来抱着他痛哭了一场。这些记忆都是新鲜的,但现在他并不太悲痛。一种他还来不及了解的,新的生活感觉浸透了他。看着这些坟墓他就想到,他姐姐已经不是像从前那样地被埋葬了。

他想起来,在他刚到他姐夫家,刚一钻进那茅草棚棚的时候,他底高大身材的姐夫就扑了上来。这受苦的人叫了一声:"你长得这样大啦!"就抓着他哭起来了。他也哭了,但是他记得很清楚,他底悲痛里又有着一种奇怪的喜悦的感觉。这就是那衰老了的受苦人说的:"你长得这样大啦!"十年来的斗争,使这一片土地上布满了新的事物了。

"毛主席,"他忽然抬起脸来问着李春华,"他是在北京吧?"

"在北京。"李春华回答。

"好!"陆传宝说,"我们再也不怕什么了!"

李春华有一些吃惊。他奇怪这个乡下人会说这种话。说实话,李春华是一直把他当作一个土包子的。他充满了工人阶段底自觉的骄傲,不大看得起这些乡下人,以为他们除了自己的可怜的那一小块土地之外是什么也不想的。在包裹上坐下来的时候,看见陆传宝赶快地把一个小布包拿到另一边去,生怕别人碰着,他心里就起了一种轻蔑的感情。

---

① 作家版删去"这真好!……来了"两整句。

"您是上哪儿去的?"李春华问。

"到徐州去的。我姐姐死啦,哎,我那个受苦的姐夫啊!"他猛然地大声说,悲愤得脸孔全涨红了,"我说,回村来吧,村里盛的住你,大家有吃的,翻了身。他说个什么?他说:回来是想回来,就是没有脸见人。我说:妈的你又不是地富二流子,你没什么脸?还想替别人苦吗,江南有财主呢。吓,死脑筋!"

"是这个样子的。"张富荣说。

"毛主席在北京,这就好!"他激动地说,"今年地里光景差①——你们二位是干什么工作的?"

"就这玩意。"张富荣回答,"开火车。"

"啊!"陆传宝高兴地叫了起来,"怪不得我刚才听你们谈那个,我听又听不懂。这好!这好!"他叫着,脸上显出了孩子似的天真的高兴。

"还不是凑合。这个车头就是我们俩送到这路上来的。"

"这花车头?上头还挂的有毛主席像的,漂亮哩。"

他底眼睛特别地发亮了起来,面孔也胀红了。他沉默了一下,在想着什么;然后他叫了起来。

"哎,我早就想,十三四岁的时候就想,哪一天能爬到火车头上面去玩玩!我还学过铁匠手艺哩。这火车头……真好呀!咱中国能不能造?"

他在他底包裹上动着,站起来又坐下去。这是奇怪的,这青年农民狂热地爱着火车头。什么强烈的东西激动着他底想像。当李春华和张富荣告诉他,到站的时候带他到车头上去玩玩,他就高兴极了。

"狗日的反动派的时候,火车头上还架着机关枪。我们就炸翻过它一个。"他说。

"这回是咱自己的啦。"

到了大站的时候,他们请列车员看一下东西,就跑去看火车

---

① 作家版更为"光景不差"。

头。"祖国号"正在水塔下面上水。李春华朝着车子上的刘正清招呼了一下,跳了上去了。

"跟您介绍一个朋友来啦!"

陆传宝笑得合不拢嘴巴,爬上来了。里面挤不下,张富荣就没有上来,光是站在那里抚摩着车门。

"这玩意儿好大啊!这玩意儿好大啊!嘿,这玩意儿!"陆传宝不住地赞美着。人们就望着他笑着。他脸红了,害怕妨碍别人底工作,有些不安了,想要往下跳。但这时候水已经上好,李春华一把拉住了他。

"好——你把手把在这里,啊!"李春华说,把陆传宝底手放在驾驶杆上,拉了一下汽笛,叫着:"搬!"拿着陆传宝底手一动,车子动起来了,急迅地前进了。驶过了岔道,又迅速地退了回来。

当车头碰上客车,轻轻地挂了上去的时候,陆传宝小孩子一样地尖锐地叫了一声,仿佛他底一生现在完全满足了。

"往后咱们村里也叫铺上铁路,出了粮食就上车,呜呀呜呀一下子就上了北京送给毛主席了!"陆传宝在走回车厢来的时候狂喜地说,"那样子,农民才不落后了。"他坐了下去,楞了一下,皱着眉头又说:"我那个好心肠的姐姐要是不死多好啊!"

陆传宝在下一站就下了车,他要在这附近再去看一个亲戚。他下了车以后,提着两大包东西又跑到车头旁边去看着,在车子前进的时候,向李春华和张富荣不住地摇着手。这年青乡人①底对于火车头的热情,大大地感动了李春华和张富荣。"祖国号"继续前进了。望着窗子外面闪过去的那些村庄,李春华就想到,他们,这些工人们,过去是一直忘记了,当他们在旧社会里受着压迫的时候,农村里面是在经历着比他们所经历的更要残酷上千百倍的屠杀,然后斗争在广大的土地上起来了,解放了铁道和城市。就是陆传宝这样的人们牺牲流血,解放了铁道和城市的。

---

① "乡人"作家版更为"的农民"。

李春华就看见了,一个瘦小、刚强的影子,披着大棉袄,端着枪,向着敌人底碉堡冲去,——为着那些个啼哭着的妇女们,为着那些个好心肠的姐姐!

天气晴朗起来,太阳照耀出来了,铺着雪的辽阔的平原上,闪耀着刺眼的光辉。经过下一站的时候,上来了七八个解放军战士,还有一个城里来的干部。战士们都背着沉重的粮食口袋,有的已经累得流汗了,但是他们一走进车厢,像每一个旅客进来的时候一样,那个穿西装的先生就站起来了,说这是包车,不能坐人。战士们要求通过一下,但是走到中间的时候两头都堵住了,走不通。他们都已经在沉重的粮食口袋下面压得喘不过气来,但一律都沉默地等待着,那样的温和、老实,确信这是人家底包车,问也不问。这就在整个的车厢里造成了一种窘迫的状况。

那些旧公务人员里面起了一种不安。他们也都沉默着。这时有一个战士肩膀上的粮食口袋破了,麦子泼出来了。李春华和张富荣马上挤过去帮着收拾,战士们仍然一声不响,等着通过。那些旧公务人员更为不安了。

"找列车长去!"那城里来的干部突然叫了起来,"请问你们这个包车买了多少张票呀!看看人家部队的同志们……"

车厢里寂静无声。

"同志!"李春华说,"您别动火啦,他们是新区来的……"

他是用很小、很温和的声音说出来的,但这句话一说出来,车厢里更静默了。战士们退下去了。那城里来的干部没有再说什么,也退下去了。车子重新前进了,但李春华底那一句话,却重压在全车厢里面,人们好久,好久地静默着。

又过了一站之后,车厢里走出了一个很有些羞怯的青年,还没有说话面孔就胀红了,他走到李春华面前来,请他们到里面去坐。

"对不起,我们实在是对不起,"他说。

李春华反而很有些抱歉起来,他说,他们就坐在这里很好。但那青年一定要他进去,甚至动手来拉他们了。同时车厢里陆续跑出人来,把他们围起来了。人家一下子变得这样热情,这两个工人就反而显得笨拙可笑了。

"请进来呀,"一个年青的、穿短大衣的女子热情地叫着,"我们真是对不起,我们真是自私,听说你们哪个是劳动英雄呢,怎么能坐在这里呀!"

原来这些人们向列车员打听到了,他们是"祖国号"底司机,并且中间有一个是劳动英雄。这些新来老解放区的人们,是抱着很大的热情的,他们把工人阶级和劳动英雄看成是完全不实在的了,了不起的存在,而不曾发现原来就坐在他们身边,被他们挡在车厢外面的工人。一听说是"祖国号"底司机和劳动英雄,加上刚才的纠纷所带来的痛苦的歉疚,人们底眼睛全亮起来了。他们首先是注意到了李春华,愈看愈觉得他果然是他们所想像的劳动英雄,待到李春华指出来劳动英雄是老头子张富荣的时候,他们就有些失望:这么干巴巴的一个老家伙!但后来仍然愈看愈像,觉得张富荣果然是他们所想像的劳动英雄了。

整个的车厢里轰起来了。人们鼓掌,喊叫着。张富荣和李春华被拉了进去了。

"对不起呀,刚才,对不起呀,"那热情的女子说,"小组长,我们真应该自己检讨一下!为什么我们还有国民党时候的旧作风呢?我提议向劳动英雄道歉,请他给我们讲话!"

人们鼓掌,喊叫。张富荣站了起来,红着脸,鞠了一个躬。

"我没得讲的。各位同志,我没得讲。"他说,又坐了下去,把两个巨大而粗糙的巴掌搁在膝盖上。

"张玲唱个歌!张玲先唱个歌欢迎劳动英雄!"

"我不唱,大家唱!好,我来唱!唱'祖国进行曲'。"那漂亮的女子说,立刻唱起来了。

如果人们要批评她,说她底声音里是充满着虚荣心,并且很无知地自信她底歌声会感动工人们,那自然是可以的。但她实在是非常热情。和这车厢里的那些充满世故的人们不同,她虽然离开学校已经颇久,在反动派底腐烂的公务机关里混了好一些年，并且结了婚又被丈夫抛弃，还带着一个孩子，但对一切事物仍然抱着浪漫的念头。她虽然极容易失望，颓衰下来，觉得人生毫无希望，自暴自弃地胡来，但心里又时时地充满了热烈的东西，感奋起来，就爱着一切；这样的时候，她过去所受的那些苦，她底那一点点可怜的世故就完全被她忘记了。

这样的女子是有特别动人的地方的。她是毫不造作的。现在她心里就充满了希望和幻想，她要把过去的一切都忘掉。她想象自己要去做最艰苦伟大的工作，要去做战士，骑马上前方；要去做女工程师、女司机、女飞行员。她还想象着一上北京毛主席就要召见她，对她说："你要当女飞行员吗？好，给你一架飞机。"这些想象使她甜蜜地发笑，但认真起来，她心里又充满了苦恼。她真的还能够在这个伟大的新时代里贡献自己吗？她底心里受过那么多的伤，她真的还能重新生活吗？孩子也这么大了，随随便便地在什么角落里过一生不是也很好吗？

她底歌确实唱得很好。唱完了大家鼓掌叫好，她就红着脸大声地叫着，在噪杂中听不清楚她是在叫些什么。但突然地她跑向张富荣，向他伸出手来，要和他握手。张富荣站了起来，很笨拙①地和她握手，又坐了下去。

"劳动英雄呀，我想问你一个问题！"她红着脸大声地说，"你看，我这样的人，还有希望吗？"

张富荣尊敬地看着她，不知道怎样回答。

"我是一个——小资产阶级。我过去简直不晓得什么叫做革命，我家里在我小时候也有点钱，我是胡里胡涂的。不瞒你们说，我们这些人，在那个黑暗的社会里头，也是苦的。你晓得多苦啊！"

"是，那是。"张富荣回答。

"不过我们比起你们工人阶级来，就算不得什么了。……我有时候想，过去我常常想，我没有什么希望了，这一生也就这么

---

① 作家版更为"窘迫"。

混过去了。从前我想学音乐,可是一混到那黑暗的社会里头,我就一事无成。我们这里的这些人都是这样的,一事无成,带着很多很多的坏处,老英雄,你们工人阶级会原谅我们的吧?"

她是这样的热诚。工人们尊敬地沉默着。

"我怎么说好呢?我现在心里有希望,这样伟大的革命时代,哪个心里头没有希望呢?共产党把我们救出来了,叫我们醒了。不过我一睁开眼睛,就又很害怕。我有时候觉得我很年青,什么事都能做,但过不了一下,我就害怕了。我想,只要毛主席给我一个命令——你们不要笑——叫我去死,我就马上去死!不过,我究竟能做些什么呢?"

"为咱们中国,大家干吧。"年青的司机简单地回答。

"对!对!我也是这样想!来,小庆!"她说,伸手从另一个女子身上抱过她底孩子来,"这是我底孩子!她爸爸跟反动派跑了,但是我要——我们要跟着共产党!老英雄,你抱抱我这孩子!"

张富荣立刻就微笑着伸过手来。看着她底孩子安适地躺在张富荣怀里,这女子就显出了一种极其幸福的表情,叹了一口气。

"我们还有希望,对不对?我这孩子,将来她要做工人阶级,再不过我们这种日子了!"她说,用力地挥了一下手,红着脸沉默了。

好久好久地寂静着了。"祖国号"向前飞驶着。那孩子躺在张富荣底怀里,动摇着四肢,笑了起来,张富荣也笑了起来。年青的母亲瞪大着眼睛严肃地看着他——她再不像刚才闹着唱歌的时候那样虚浮①了,她似乎完全变成了另外一个人。她安静地、严肃地坐着,不时微笑一下。

全车厢都笼罩在这种安静、严肃的空气中。已经是下午了,列车驶过山坡地带,驶过一座大桥,又进入了广阔的平原。到了

---

① 作家版更为"激动"。

司机们下车的地方了。

当他们下来的时候，全车厢都和他们打着招呼，他们也挥着手，完全像是老朋友似的。车厢里的人们看见他们两个人在月台上迅速地穿过人群，向着车头那边跑去了。列车重新前进了。到了月台尽头的时候，车厢里面的人们重新又看见他们——他们笔直地站在水塔边上，迎着西斜的太阳光，和一个英俊的战士站在一起，对着开动着的列车立正。人们叫起来招呼他们，但是他们却像是没有看见似的。

他们跑到"祖国号"机车上去告别。机车发动的时候，他们才跳了下来，不觉地站住，立正了。他们注视着前进的"祖国号"。他们现在所看到的不是任何个别的人们，而是整个的列车，我们庄严的国家。年青的司机冷静而严肃，老英雄则是严厉地皱着眉；在他底身边；放着那个包着一个热水瓶的小包裹。在看见站在末一节车门上的列车长的时候，先是李春华，然后是张富荣，都举起手来敬礼。

"祖国号"在辉煌的阳光下喷着浓烟，接受了这庄严的敬礼，向着北京前进了。

一九四九年十二月十九日。北京。

劳动模范朱学海

在三十几个新的劳动模范中间，年青的铁工房工人朱学海因为特别地遵守劳动纪律，整整两个月内在上工的时候不曾离开炉子，生产的成绩也优良，并且节省了许多的材料，被选为劳动模范了。大家选了他，还因为下面的两个原因：第一，他才二十二岁，像他这样年轻的工人，能够这样地遵守劳动纪律，一般地是比较不容易的，年轻人总是会有些调皮的；第二，在国民党反动派统治着的时期，他是最受欺侮，最被人家瞧不起，最不被人家注意的一个工人。

他孤单，阴沉，思想浑沌，精神萎靡——一直到今天这还保留着许多的痕迹，因此选举了他，是给他一种必要的①鼓励。

但是他却意外地不容易接受这种鼓励，在庆祝新的劳动模范的大会上，发生了这样的情形：

职工会主任老刘报了他底名字和成绩，拿起奖品来举在手上，全场都热烈地鼓掌的时候，他却不在他底位子上了。大家在场子后面发现他的时候，他却像被人发现了的罪犯似的恐慌而呆板，不肯上台去。

"上去呀！这又不是当新娘子！"场子里面有人大声喊。又有人喊："是个大姑娘吗？"

这些喊声里是夹着一种愤恨和不满的，这更使他畏缩了。军事代表在台上拍着手，叫大家不要吵，老刘跑下了台，向着他走来，动手拖他，他旁边的几个人也推着他，他才勉强往前走了。

---

① 作家版删去"必要的"。

大家看见他脸上的神情是很呆板的,他底眼光几乎是痛苦的,就寂静了。他到了台上,站在明亮的灯光下,低垂着眼睛。老刘把他所应得的奖品,两条毛巾和一个漂亮的笔记本递给他的时候,大家又鼓掌了,但是他却并没有向老刘还礼,他机械地捧住了奖品,脸色变得很苍白,然后又猛烈地涨红起来。

"说话呀,朱学海!"人们喊着。

他底嘴唇动了,但是没有人能听清楚他究竟说了什么。他底奇特的痛苦的样子感染了大家,场子里又沉默了。下台的时候他很慌乱,想起来了似地向老刘鞠了一个躬,以致于手里的笔记本掉了。有一些人笑了起来。他拾起了笔记本,站着不动。

"我又不配。"他说。

这句话很清楚,是在寂静中说出来的,大家都听见了。他走了回来的时候大家都看着他:他就像是从严厉的审判台面前走了回来似地。他回到座位上坐下,周围的人们问他的话,他都不回答,像是没有听见。他迟钝地、痛苦地望着前面。下面的节目继续进行,场子里重新又欢腾起来了,但他仍旧迟钝地、痛苦地望着前面。他在激烈地和他底那种萎靡不振的状态挣扎着。不久他就站了起来,走出了会场。

坐在前面的一些女工们,不时地回过头来朝着他的方向望着。她们中间有一个很矮小、很年轻的一直没有回头,当她周围的人们告诉她,他已经走了的时候,她也好像没有听见,但隔了一下她却一声不响地站了起来,从边门走了出去了。

她是细纱间的李佩兰,是胆怯的、温柔的、好性情的姑娘。她和朱学海是未婚夫妇;原来是表亲,从小就在一起,两年前由双方的家长做主订婚的。但在别人看起来,他们两人似乎没有什么感情,一直也很少在一起。

朱学海底这种奇怪的表现,是因为他底心里压着很大的痛苦。他底在痛苦中变得敏感的心叫他觉得他完全不够资格当一个劳动模范,人家表扬他,是嫌他落后,故意地要鼓励他;而这是他受不了的。

这个样子很疲惫的年青工人，是十三岁就当了铁匠店的学徒的。那种劳动本来特别的激烈，而他底老板又特别的凶暴。快要满师的时候挨了老板底毒打，他就偷了老板底几个钱从可怜①铁匠铺里逃跑了，想要去当兵，但找不到门路，又不得不哭着回到孤寡的母亲面前去。老板把他抓了回来，他底母亲磕了头，于是重新立下字据，叫他再当三年徒弟。这老板其实是个酒鬼、可怜人。在和年龄完全不相称的冷酷而恐惧的心情里，朱学海曾经多少次地幻想着怎样地杀人，杀死老板，分割他底尸首，然后他就去被枪毙。老板在他面前走过的时候，他就要望着他底背影想着，从哪里刺一刀下去最合适。这种幻想就成了他底悲惨的生活里的唯一的娱乐。满师以后，老板还是想出理由来不准他走，于是又干了一年多。这样，从那统治着骇人的阴沉的铁匠铺里出来，他已经快二十岁了。他完全不知道什么叫做快乐和青春，就变成了年轻的老人了。那种阴沉的生活把他毒害了。他身体坏了，发育不全，瘦小而且难看；经常地疲惫，对什么事情都没有兴趣，甚至连话也不想说，但有时心里面又冲动着一股猛烈的东西。不过这一股猛烈的东西是一直冲不出来的。看起来他已经变得麻木不仁，刚从铁匠铺里出来的那半年，他常常坐在那里就会睡觉。什么样的事情在他底身上都似乎很难有反应，人家欺侮他，他也不作声，好像他也没有什么痛苦，也没有什么喜欢。好像他已经活了几十年，好像他已经完全疲惫了。他对生活完全不存着什么希望，然而在做工上面他还是卖力的，他要养活孤老的母亲，他害怕丢掉饭碗；他又是一个非常孝顺的儿子，心里盘踞着古老的鬼魂，常常想，待到送母亲入土，他底一生就算完结了。解放以后他仍然害怕丢掉饭碗，不了解新的情况，看别人积极、努力，他就很是不安，同时也觉得不努力就对不起仍然留用着他这样的人的共产党，于是拼命地做工。他把工会的号召都当做命令来服从，比方，发动献材料的时候，他没有东

---

① 作家版删去"可怜的"。

西可以献,非常不安,就偷偷地到市场上去买了一个钳子。但献的时候他却什么表示也没有,只是把那钳子往工会桌上一放。又比方,别人如果为了赶任务迟半个钟点下班,他就要再多干半个钟点,等别人都走了,他一个人还默默地蹲在炉子旁边,心里就也有一种甜美的,舒畅的情绪。军事代表张善扬就好多次地看见他一个人蹲在铁工房里默默地搞着什么。总之,他害怕掉饭碗,感激共产党,并且也天性诚实,觉得厂里比起铁匠铺来已经是天堂,再想不到什么,就这样干下来了。实际上他是完全没有走到新的生活里面来的,他不觉得自己和别的工人弟兄一样已经是工厂的主人,也想不到这些事。他底心灵仍然停留在长期的冰封中,旧社会的阴沉和恐怖在他底身上压得太重了。

他在铁匠铺里所学会的是憎恶劳动,现在他才慢慢地对劳动发生了甜美的感情。他遵守厂里面的一切纪律,实在是没有什么自觉的。但是,解放后的激烈的变动,劳动模范的光荣的称号,弟兄们底热烈的鼓掌,对于他果然是不相干的吗?不的。他底心开始解冻了。站在台上,对着迎面扑来的一切,他底心开始解冻了。望着场子里的人们,在失措的苦恼的感觉之中,突然有一个回忆在他底眼前一闪,这就是,三年前,刚到这厂里来的时候,为了什么一件事,流氓监工曾经打了他一下耳光,所有的人都看着他,他却不敢反抗,就像昏迷了似地,一个人在屋檐下痴痴地站了差不多一个钟点。这种刻骨的羞辱的回忆在这个时候这样鲜明地出现,不是偶然的;它叫他站在台上把面前的一切都忘记了。他觉得这样鼓励和表扬简直是嘲笑他①,所以他就说:"我不配。"

从开始进会场,晓得自己今天要被表扬的时候起,他底心里就极度的紧张。过去和现在的一切都在他心里翻腾着。他心里像是烧着了火似的。他很想上台去把一切全说出来,告诉大家说,他一直是害怕丢掉饭碗的,过去的日子害得他太苦了,他没

---

① 作家版更为"这样的鼓励和表扬简直使他苦痛"。

有做过一桩英雄的事情,在国民党流氓面前曾经那样恐惧、下贱,完全不配当劳动模范……但是人家一喊他,他反而觉得是受了讥嘲,重新又回到旧的心情里面去,对新的局面反抗起来了。而且他想,场子里铁工房的有一些人过去是那么看不起他的,解放后也不把他当个什么,现在他们会不会是在看他底笑话呢?

他觉得自己是非常的委屈、渺小,回到座位上来就受不住了。

他跑了出来。外面下着雨,可是他没有什么感觉。李佩兰追了出来,喊着他,他站下了。

这种情形也是不曾有过的:李佩兰从来都害怕当着别人表现出她和他的关系来。他和她没有谈过什么话,他们两个都是很羞怯的青年,并且都顺从着家庭和父母。觉得自己一切都不如别人,失去了生活的自信的朱学海因此就觉得李佩兰是看不起他的,但事实上,再没有一个人比她更关心他的了。

"你到哪里去?"她慌张地喊着,"喂,你到哪里去呀?"

他受了惊动,觉得一种甜的安慰,就站下了。

"你该进去,人家都看见了!"这年轻的女工焦急地说,"这样多丢面子呀,人家会说你不识抬举的。"

"我不进去。我不配。"

"有什么不配呢,真是!这样叫人笑话的,你不想想这完全是人家看重你。"

"丢你底脸,是吗?"一直受着压抑[①]的青年工人突然激烈地说,"你听着好了,我不进去!哪个来我都是这样说的!这明明是嫌我落后,前些天我们小组上还说我最落后的,跟我开玩笑吗?我又不是小孩子!"

"哎呀!"女工说,就不晓得说什么好了。

"你也是嫌我,我晓得的!我早就要跟你说了!"他猛烈地继续说,"这一两年,你看见我就要躲起来,就像我丢你多少人。你

[①] "一直受着压抑"作家版更为"心里矛盾着"。

跟你妈说过,你要婚姻自由,难道我不晓得吗?这我也是主张的,我当初并没有强迫你。当初你想念书,把做工看成个丢脸的事情,要不是你们家里头也是这样穷,这事情早不会拖到今天了,我是我,你是你。"他英勇地说,"当初你来厂里的时候,那个饭盒子是拿花布口袋包着的,生怕别人走在路上笑你。李何春他们就说你要嫁个徒弟丈夫,当铁匠老婆,你就哭了。"

这从来不曾说过的内心里面的痛苦,现在都喷出来了。李佩兰呆着了,她完全没有办法防御了。

"难道我现在还是这样吗?"她软弱地回答,"现在我们都要换脑筋呀。"

"你换脑筋吧。现在共产党叫你们挂红旗扭秧歌,你们就快活了!"朱学海说,这种口气,就像他是一个什么都不相信的老头子似的。"我做工不是为了要当什么劳动模范,我是为自己。王八旦才不是为自己。告诉你吧,我也累够了,"他说,"今后我也不得这样累了。"

看起来,对于这新的劳动模范的表扬,完全没有收到效果;这反而把他心里的顽固的反抗都翻了出来了。他简直是理直气壮的。跟着李佩兰走出来的军事代表张善扬同志,站在墙壁面前,听见了这一切。

"你说这种话呀!"不知道如何辩白的年轻的女工,痛心地叫着。

"我从前不说,不过现在我要说了!你要是嫌我落后,你就走开吧。解除婚约也由你。"

"那也好!"她说。

"好就好吧!"

伤心的李佩兰就往回走。但是她一往回走,朱学海就意识到了自己所说的这些话的严重的性质,慌乱起来了。他喊着她。但是她不理会了。他跑上去抓住了她。

"你要怎样呢?"她问。

"我不要怎样!"她底冷淡重新把他激怒了,"他妈的,老子就该是受欺负的吗？老子就真的不配当劳动模范吗？"

"你这样别人会看得起你吗？"

"看不起就滚！"他大叫着，"老子不当这什么劳动模范！"他说，同时就把他手里的那两条毛巾和一个笔记本往她身上砸了过来，而转身向厂外跑去了。

李佩兰哭起来了。她捡起了地上的东西，愈哭愈伤心，望望会场里的灯光，就对着那些灯光哭着。显然的，朱学海所说的话并不是真心要说的，他是这些年来太痛苦了。但是年轻的女工忍受不住这个。她觉得他和她之间是一切希望都没有了。她咬着牙齿痛恨地说：她是不要和这种人一起生活的。

军事代表张善扬同志走出来安慰她了。虽然她刚才还在恨着朱学海，但军事代表一说话，她就马上不哭；她以为军事代表是不会原谅朱学海的，于是显得很是害怕。张善扬同志说，你们底谈话我都听见了，她立刻替朱学海辩解了起来。

"代表，"她说，"我晓得他这个人，他这些话都是气话，你不要信他。"

"我也晓得的，"张善扬同志说。

他一直注意这个沉默寡言，规矩而精神萎顿的工人，是他向职工会里提出来要注意朱学海，职工会才决定选他为新的劳动模范的。一直有一些人不同意这种做法，他们底理由是，朱学海思想落后。他反对这种见解，他在这年青的工人身上看见了一种特殊的东西，并且被它吸引了。但实在说，刚才朱学海反抗新的情况，说出这一段话来，却是他不曾想到的。他先是有些吃惊，但后来就了解了。他看出来，朱学海从他底长期的冰封中醒来了，至少是被震动了。

在工人们底最初的印象中，军事代表张善扬同志是严厉的，不爱说话的人。他是从部队中来的，习惯于单纯而干脆的生活，因此最初很不习惯工厂的生活。他尤其不爱和女工们说话，她们都有点敬畏他。人们常常以为他不大注意工人们中间的状况，但他其实什么都知道了。有些现象他是不理会的，但有些现象,他却要一直追索到底,而使得那些希望马马虎虎的人都觉得难堪。这是一种战斗的习惯。时间一久,最初对他有些不满,批评他主观的工人都无话可说了;他在工人们中间也就从一个严厉的人变成了一个慈爱的父亲一样的人物。他今年快五十岁了。但他从来没有提到过他自己。

"代表,"女工慌张地说,"你不要怪他朱学海,我包他心里头是老实的。"

"真的是这样吗?你真的包吗?"张善扬同志微笑着说。

"真的,代表。"

张善扬同志突然地笑出声音来了。李佩兰更惶恐,站着不作声;但马上觉得这笑声完全是善意的。

"对啦,你真的能包的。"他愉快地大声说,"你以为我不懂得他吗?我有一个朋友,从前在年轻的时候,就跟他差不多。"他说。这个朋友,指的就是他自己。"我那个朋友也是当了六年的徒弟才出来的。"

女工突然觉得充满了信心,兴奋地沉默着。

"你告诉他,工人阶级都是从这条路走来的。你懂吗?"

"懂,代表。"

"要他想想,他心里究竟是什么。懂吗?"

"懂。"

"你是好女子!"军事代表说,点了一下头,就往会场里走去了。

朱学海跑出厂来——这个时候,对于过去的仇恨在他底心里沸腾着。从来不曾有过的,对于过去,对于自己底懦弱的仇恨,他所挨的耳光,他所忍受的讥嘲,铁匠铺里的差不多十年的阴沉的痛苦,这一切,在他底心里沸腾着。

他觉得这样一来一切全完了。他先是往家里走,但走了一点,就对他底母亲憎恨了起来。他想,要不是她,他过去不会吃这么多的苦的。她累着他,叫他对人们屈服,害了他。他不要回去见她。他站了一下,就往老工人陈正光这里走来。在厂里所有的人们中间,几年来陈正光是对他最好的。

陈正光生着病。他是厂里头顶老的工人,六十多了,光身一个人,老婆死了二十年了,儿子也当兵死了十来年了。和他一道进厂的或比他后进厂的人们都起码当了领班了,独有他仍然是一个普通工人,解放后把他升成了领班,他还要觉得自己不行,不好意思干。这是因为他过去十多年都是胡乱地喝酒、偷懒的,解放后第二个月才砸了酒瓶,害怕人家会看不起他,又害怕做不好会对不起人。但厂里的年轻的工人们都很喜欢他,他善良,有风趣,过去对反动派闹事的时候也敢讲话,曾经当过工人代表。

他最近受了一点风寒,病了,躺在他那已经住了二十多年的破房间里。朱学海进来的时候房间里电灯亮着,他正在睡觉。房间里的情况是很黯澹的,那几件破旧的家具已经摆了二十多年了,纪念着他底死去了的女人,墙上有一张他底女人底遗像,是街坊上的那些庸劣的画匠画的,一个中年的严峻的妇人的样子,但已经不大看得清楚。又挂着一张古装美女骑马的图画,是什么香烟的广告,已经苍黄、破烂了,有几处还打了补绽。在桌子上,朱学海看到了一个酒瓶,旁边还有一些花生米皮,吃惊了。不是他当众发誓,砸了酒瓶了么?

老工人在睡梦中的呼吸很是急促。他蹲在他底这屋子里,当他病了的时候,过去的惨酷的回忆就又复活起来,袭击着他。他害怕自己会死掉。大约一个年轻人也未必像这样地怕死,因为他太喜欢生活了。这样他就找邻家的孩子打了酒来,喝了,并且自己对自己讲着笑话,睡去了。

朱学海悄悄地在床边上坐了下来。刚才的事情,似乎已经有些遥远;他开始想起了过去的各种事情。他于是忘记了躺在床上的陈正光,也忘记了自己是为什么到这里来的了。这是他常有的一种状态。在刚才的那一阵痛苦的激动之后,走进了这充满旧的生活的影子的房间,想起了过去的什么,迷惘的感情和内心的疲惫就重新把他占有了。他似乎仍然是坐在那可怜的铁匠铺里一样。他瞌睡了似地,看见他底凶暴的师傅的影子在他面前移动,就想到,从哪里杀进一刀去最合适,杀的时候他师傅会发出怎样的叫声来。在这种状态里,对于他,当不当劳动模范,和李佩兰吵不吵嘴,是否伤了她底心,似乎是完全没有两样的。这样似乎过了好久好久——忽然地他像是受了一击似地,听到了工厂里的汽笛声。他抬起头来,并且立刻全身充满了力量,走到了小窗户口。汽笛声宏亮而雄壮,充满了整个的空间,他从来没有这样地听到过它;它激起他心里的他也说不清楚的狂喜的感情来。他底心颤抖着,他从过去的惨澹的黯影里回来了。

是这样的汽笛声。陈正光醒来了,并且坐起来了。他没有看见朱学海。开初的汽笛声他是在睡梦中听见的,然后他是醒了过来,含着眼泪,躺在枕头上听见的。

几十年来都是这样的汽笛的声音。但是它像今天这样地号叫,似乎还是第一次。它不仅是宏亮而雄壮,充满了整个的空间,并且它是带着这样的英雄的气概和欢乐的力量,好像全世界都退让给它了——一切声音都沉默了,房间里和周围都静悄悄的。雄大的呼号声昂起头来,抓住了全世界。

在睡梦中这老工人所听见的是悲惨的、压迫的声音,他底神经痛苦而紧张,这时候他正梦见他底父亲在码头上卖烧饼油条,在天色灰亮的时候,汽笛悲惨地号叫着,他父亲在大雨中叫卖烧饼油条。汽笛继续地号叫,他梦见他还是七、八岁的孩子,站在桌子腿旁边看着母亲扒在床上号哭。汽笛声突然地透出欢乐的力量来,他梦见细纱车全体发光,他往前奔跑,跌倒了,有一只手轻轻地拉了他一下,他站了起来,叫着:"我再不喝这个酒了!"一看,那拉他起来的人就是毛主席,毛主席在微笑着。他醒来了,并且立刻坐起来了。

现在这老工人就在兴奋的状态中看见[①]全世界都在这欢乐

---

① 作家版更为"觉得"。

的汽笛声下面向前奔跑着,他底死了的女人和孩子也在人群中间奔跑着。

"我难道会死吗!这真是笑话!"他说,"你问问你妈看去,我会不会死?"说着他就对着墙上他女人底照片看了一下。

"朱学海,你在这里?几时来的?"他全身都是力气似地,喊着,"你不是开会么?……你是模范呢!"

"会开完了。"

"那恭喜你!你看,我又喝酒。"他说,天真地笑着,"怕死,年纪大了。……你不晓得,我还想过多少日子啊。"

这句话底全部的力量就压在朱学海底身上。他心里一亮:不是吗,他还要过多少日子啊,前面的一切现在都清清楚楚的!

"老陈,我怎么办呢?"他说。

"什么事情?"

"我把老刘给我的奖品都砸了,我又跟李佩兰吵了。"

"怎么搞的?你这不是混账吗?"老工人叫着。

朱学海低了一下头,回答说:"这是混帐。"

"我过去是叫人打耳光的,"停了一下他又说,"我自己也不敢拿自己当一个人,我活了这么大,不晓得什么叫做……叫做希望,我当初不过是害怕共产党不要我,我也害怕别人看不起我,笑我。"

"那你是胡涂。"

"老陈,你说我还能再来过日子吗?!"

"你凭什么不能呢?"陈正光说,"连我都能的!来,跟我到厂里去!"说着他就跳下床来,开始穿衣服。他嘴里愤怒地叽咕着什么,但突然地他提着腰带,站住了,发起痴来了。他衰弱无力地一下子就在床头上坐了下来,靠着墙壁,两只眼睛呆定地看着墙壁上的他底女人底画像。

他是病得很软弱。他叹了一口气,做了一个滑稽的表情,摇着头说:"真是糟!"于是靠在墙上,闭起了眼睛。他呻吟了起来,用着一种发狠的声音喊着:"我要到厂里去啊!这个狗日的!"

这样地过了一下,他重新站起来了。他用颤抖的手系上了腰带,就往门口走去。他渴望人群,欢乐,和活跃的生命;他要去看看他所心爱的,成为他底生命底一部分的那一切。朱学海拖住他,喊着他,他不理会;朱学海恳求他,他就叫骂了起来。

"你看我这样不中用么?"他蛮不讲理地喊着,"我不得死的!我死也要死在厂里头的!告诉你年轻人,从前我是老油子,把厂里头狗日国民党的东西偷出来卖了喝酒的,今天我不能对不起人,我是工人阶级!"

"你还是躺躺吧!"

"你放屁!要是你比我年纪大,你就躺躺吧!"

正在他们这么吵闹着的时候,李佩兰推开门进来了。她是到朱学海家里去找他,没有找到,才想到到这里来的。陈正光看见她进来就在椅子上坐下来了,拿手扶着头。

"你在这里。"她一走进来就对着朱学海说,"你就不想想,你过去在旧社会里受的那许多苦么?"

这猛烈的、英雄的问话,使得那年青人连头也抬不起来了。

"这话说得好!"陈正光说,"好啊,佩兰,我没有想到你会这么说的!"

老工人平静下来了。他底脸上出现了安静的、喜悦的微笑,看着年轻的女工。

"哪,你拿去。"李佩兰说,把那两条毛巾和一个笔记本交了出来,"你若是不愿意,你自己还给老刘去。"突然地她流下了眼泪。"你就当着大家说,共产党是骗你的!"

"我又没有说……"朱学海说。

"我不亏你,"勇敢的女工说,"你要想想你十三岁就当徒弟,才搞成这样的,刚才你妈也是这样说。在旧社会里哪个没有受过苦?工人阶级哪个不是走火里头水里头站出来的,你说不能站起来吗?"

"对啊!"陈正光欢喜地叫,"你看吧!你看就是!"

这勇敢的女工底话,使得老工人全身都充满了力量。他突然站起来,走过去把床上的被子一拖,表示他再不要害病睡觉了,就往门外走去。

"老陈你等一下,"女工说。"我跟你不是没得感情,"她又向着朱学海说,"不过要是你像这样子,我们今后就不来往。"

朱学海沉默着,那雄壮的汽笛的声音重新在他底心里响起来了。老陈正光站在门边上,含着慈爱的、了解一切的微笑对着他们看着。朱学海想说什么,但望着窗外仍然沉默了。

灯光灿烂的大街过去,就是他们底工厂了。在那里人们正在热烈地欢呼着新生和各种英雄的事迹。他也能是这英雄的事迹的创造者,不过却害怕着,一直不曾明了,拒绝了新的生活。

陈正光笔直地站着不动,微笑着看着他,完全不像是一个生病的、衰弱的老人。李佩兰也笔直地站着——这个胆怯的、天真的女工,现在是这样成熟了。在静默中朱学海脸上的那种长久的迷惘的神情消失了。他还这么年轻,他底心里难道真的不能有英雄的希望吗?难道他真的是不敢去爱他底未婚妻,不敢去控诉他过去所受的苦痛吗?

这年轻人底眼睛发亮,当他底勇气恢复的时候,过去的灰暗的疲惫就在他底身上逝去了,他就变成美丽的青年了。他拿过了李佩兰手里的毛巾和笔记本,就往外面走去。……

当生病的老工人被李佩兰扶着,挤到会场里面来的时候,大大小小都高兴地叫起来了。女工们特别快活地对他喊着。他被扶着坐了下来,但马上又站起来,叫着说:"各位听着,朱学海来了,他要跟大家讲一讲他心里的事情!"

大家寂静了。朱学海底脸色有一点苍白,他笔直地往台上走去了。他出现在明亮的灯光下,大家鼓起掌来,他长久地对着大家,对着台底下的热烈的人群的大海望着,动都不动,然后他笑了,流下泪来。

这瘦长、苍白的,过去的铁匠铺的徒弟,新的劳动模范,对着台下鞠了一个躬,开始要说话——但眼泪像雨水一样地流了下来。

"不要哭啊！哭什么呢,要笑啊!"陈正光说,"各位,我来说一句！我躺在我那屋子里想到我自己年纪大了,快要死了,但是我一走到这里来,我就像十八岁！你们看我像吗?"

"去你的吧,老油条!"女工们叫着,"你才不得死呢。"

"真的吗?"老工人跳了起来,"你保险吗？那我就上台来唱个戏!"

"朱学海,要笑啊！用不着讲了,要笑!"一个女工尖锐地狂喜地叫着。

朱学海望着老陈正光底样子,揩干了眼泪就笑起来了。大家好像这才看清楚了他底脸：他原来长得这样英俊,并不难看,并且还简直是个小孩子哩。

老陈正光真的上台唱了戏,他虽然还有些发烧,但却充满了力气。军事代表也唱了歌,粗哑的走了腔的调子,使得大家都笑了。在周围的狂风暴雨似的欢呼中,朱学海非常安静地坐在他的座位里,眼睛里不时地潮湿起来,闪着甜美的光辉,看着台上的戏。

一九四九年十二月

锄　地

星期天下半天,工人们在医务室前面做劳动竞赛,锄着地,情绪非常热烈的时候,发生了一点小事:女工吴秀兰底左脸叫男工张金宝底锄头碰伤了。

几个人陪着吴秀兰一道到医务室去,但是医务室里没有人。星期天下午门诊只一个钟点,已经过了时间。听说医务室的助理员刘良同志正在开会,他们就跑下坡去,找进了会议室。刘良同志走出来看了一看吴秀兰底伤,说这一点伤不要紧,等一下吧,就又进去了。原来是正在开着厂务总结会议,刘良同志正在预备做医务室的工作报告,但工人们不觉得这个会有什么要紧,站在那里觉得不满了。会散了以后,大家匆匆地向医务室赶来,但临时刘良同志又想了起来,药柜子底钥匙在护士徐桂华同志身上,而徐桂华同志已经出去了。他把这种情形对大家讲了,大家立刻觉得很不高兴。女工赵惠珍说,为什么早不讲呢,害得大家白白地等了半个多钟点。她底生气的脸色很不好看。刘良同志说,这也不能怪哪个,是星期天,又过了门诊的时间。但是赵惠珍叫起来回答说:"难道平常就不能有个事情找医生的么?"

"平常么?"刘良同志回答说,"平常也要看什么事情!这一点伤算不了什么,前方战士打断了腿还得躺在地上等一下呢!"

"伤总是伤,有什么要紧不要紧的!"赵惠珍继续叫着,"况且人家吴秀兰是个年轻女子,不早点医,将来脸上留一块疤,是哪个的责任?"

听到这种话,刘良同志也发火了。

"这是封建意识,"他说,"一个疤就一个疤好了,有什么关系？乡里头女子伤了还不就抓把灰敷敷,脸上再多的疤也不会减低一个人的价值的!"

"好吧,你听见了吗?"赵惠珍转过脸来向吴秀兰说,"这是封建意识!我看你这个积极分子是白当的!……要不是封建什么的,"她又转过来向刘良同志说,"人家早就当解放军了,你摆什么臭架子啊!"

"我就是不医,怎么啦!过了时间,明天来!"刘良叫着,往里面跑去了。

一直到现在为止吴秀兰自己都没有说一句话。她对一切干部和工作同志都很敬重;她开始的时候也一点都不责怪刘良:她觉得赵惠珍说话是太过火了。

"赵惠珍,我们就不看吧;这点伤不要紧的。"她说。

"你就怕他吗?我们工人不能讲话吗?幸亏他还不是军事代表哩。"

刘良同志冲出来了。

"讲吧!有本事讲吧!"

他一直冲到吴秀兰面前来。

"你这样就不对。"吴秀兰小声说。

"我怎样不对?"

"批评你!"赵惠珍叫着,"吴秀兰,批评他!"

"你这是官僚主义。"

"我不懂什么官僚主义!过了时间!"

"我问你,你是不是替工人服务的?"吴秀兰说,她底声音在发着抖了。

"我是来服务的,"刘良有些软弱地说,"不过我不是替你一个人服务的!"

"你是官僚主义!我们工人!……"

"你们工人怎么样?"刘良抢着喊,"什么东西![1] 什么工人阶

---

[1] 作家版更为"怎么样?"。

级做主人！这配做主人吗？你们工人是哪个解放的？"

"你讲这种话？"吴秀兰大叫着，"你不配解放哪个，你不配……你穿上这身干部衣服是白穿的！我问你，你够什么资格……"

她突然停住，又愤怒又害怕着自己所说的话，就哭了出来了。

"哭就吓得倒我吗？"刘良叫着。

吴秀兰冲出去了。她也没有料到自己会这样，并且心里这样地冤屈，悲痛，对刘良充满了激烈的仇恨。她想，她再也不要做什么积极分子了。

在医务室门前锄着地，抬着土的工人们都跑过来看着这一场争吵。大半的工人自然是同情吴秀兰的，因为她是这样好的一个女工，从来没有和谁闹过的。又有一些也不同情吴秀兰，也不同情刘良的工人们，很勉强地跑来做劳动竞赛的人们，看见积极分子和干部起了冲突，就禁不住幸灾乐祸地高兴起来，发出一些无意义的声音在旁边捣乱，然后就散去了。于是，场子里就只剩下十几个人在劳作着了。老工人刘玉根和其他几个人，觉得这事情本来可以不发生的，完全是赵惠珍鼓动起来的，就一面劝着刘良，一面责备着赵惠珍。

赵惠珍并不算落后，不过是最要强的一个女工，念过初中，平常总觉得比别人文化高。在学习小组里，刘良曾经批评过她烫头发，说她这是资产阶级，因此她特别憎恨刘良，背底下挖苦他，说他一个字也不识。平常她和刘良见了面就要互相扭过头去。她和吴秀兰很要好，吴秀兰也总是劝她——但今天却发生这样的事情了。

"难道官僚主义不能批评吗？"她说，走开去了。

刘良不听任何劝慰，一句话都不再说了，脸色发白地站在那里。职工会的老王来了，劝他打开门替吴秀兰看了病再说，他也不说明因为没有钥匙不能看病，只是一声都不响。管理员秦晓同志也来了，责备他不应该动态度，他仍然不作声。在下面也是一样,吴秀兰坐在厨房门前的凳子上,无论谁说什么,她都不作声。护士徐桂华同志回来了,劝她上来她不肯上来,拿了药下去替她敷她也不肯敷。

所有的人都走开去了,老刘玉根也重新锄地去了,剩下年青的刘良同志一个人,靠着医务室的门边,对着锄地的人们呆看着。场子上稀稀落落地只剩下十多个人,刚才的那种热烈的景象完全没有了。刘良同志底面色很苍白,很痛苦,西斜的太阳照耀着他。他在医务室的门槛上坐了下来。最初一阵子他是在回想着刚才的吵架,一下子他心里充满了悔恨,一下子又充满了愤怒。有时他觉得他是对的,有时他觉得他是错的。他难过得真想哭出来。

但这件事情的对和错,还不太有关系;这件事情是很小的,生起气来人总要说错话的。使他难过的主要的原因是,他虽然学习过理论,知道工人阶级在革命中的重要地位,知道工厂工作的重要性,但总是和工人们搞不好;好像这些工人并不是理论中所说的那些工人。到这厂里来三个多月了,平常除了和几个老同志谈谈以外,和任何工人都没有什么接近。他甚至有些害怕这些工人,有时候就憎恨他们。他想,这些工人,无论穿的、吃的、住的都要比他乡下家里,比他父母好得多了。家乡在闹水灾,有的地方连杂粮都吃不上,但这些工人却生活得这样安定。他们农民为了解放中国流了这么多的血,工人们舒舒服服地享受革命的果实,还要被称为革命的领导阶级,这是他心里时常想不通的。这些苦恼的思想,就是今天这吵架的根源。

他是贫农家庭的孩子,小的时候连裤子都穿不上。八路军到他家乡的时候,他才十四岁,开始认了字,参加了儿童团,见了天日了。十八岁参军,因为聪明和努力学习,被调到后勤部门来工作,又进了医务训练班,当了这医务助理员了。干这个工作已经两年多,然而总还有些不习惯;特别在调到工厂里来以后,觉得自己处处都不如别人,对医药工作就也减少了兴趣。有一些工人们到医务室来看病,总是不知不觉地流露出不信任的、怀疑的表情,好像说:"你这样子也懂得医病吗?"闲谈的时候也有工人说:"我看他顶多只能擦擦红药水吧。"这些,都是时常要叫这个乡里来的孩子面色发白的。

简直很少有人到医务室来了。偶尔有年老的,被苦痛的疾病折磨着的女工来看病,坐在凳子上呻吟着,期待着救助,完全信任地对着他看着,他心里就会激起非常的热情来,动作,声音都变得活泼了,这个时候,叫他通夜不睡地守护着病人他都是愿意的。但也是这个时候,他会对自己底没有能力感到非常的痛苦。曾经有一次,因为医不好一个老女工,他惭愧得什么似的,把自己底全部津贴都拿出来,偷偷地买了一只鸡给这老女工送去,而告诉她说:她底病需要营养,这鸡子是厂里头送的。

但对于那些对他流露着看不起的神情的工人们,他就很顽强。有一次,一个男工在拿了药之后问他:"这药能行吗?"他就回答说:"不行你不吃好了。"为这个他曾经受到批评。为这批评,他曾经提出来要求调工作,回部队去。他说,在部队里是从来没有这种事情的,战士们都和他相处得很好,因为他们原是一样的人;淮海战役的时候,整整四天四夜不睡觉,他都是非常快活的。野战医院里,战士们喊他做小刘——到处都是小刘小刘的喊声。现在他还老是想到这些喊声。

他原来是那么活泼的,充满了生气的青年,现在却变得这样的呆板了。浑身上下老是没有劲。有时候充满了力气却又无处使。对着快要落下去的太阳,坐在这医务室的门槛上,他想起部队,想起"小刘小刘"的喊声,想起过去的同志和熟人们,并且想起家乡来。他真是从来没有想到过,他这样的一个乡下的孩子,今天会坐在这里,遇着这些事。他又很难过自己是乡下孩子,没有念过书,业务学习不好,又没有文化。没有文化真是非常痛苦,别人知道的事你①都不知道。这思想就使他对过去乡村里所受的那些压迫格外地憎恨起来,连同着对自己底出身也憎恨

---

① 作家版更为"自己"。

起来。

"要是我也能好好读上几年书,我今天会吃这种苦么?这是哪个害的?这都是不开通,封建意识!看见人家男女工人在一起玩,就要心里不高兴,这不是封建意识吗?"他想,"不过,这也没有办法,我是这样子长大的!"

工人们仍然在锄着土,沉默地工作着。他们把医务室门前的土堆掘平,抬去填补下面的篮球场。老刘玉根歇下来,向他这边走来,并排地和他坐在门槛上,就掏出香烟来抽着,并且给了他一支。刘良现在奇怪地变得很柔顺了,一句话也没有说,就接住了他的香烟。老刘玉根好久不开口,望着仍然在掘着土的人们。刘良望着他。这老工人很瘦小,头发光秃而花白,脸上满是皱纹。他是十几年前家破人亡地从乡里逃奔到城里来的,多时以来,就很注意年青的刘良,对刘良觉得有一种特别的亲切,并且非常准确地猜着了刘良底一切思想。

这老工人底样子是这样的温和,平常①。如果他不说,没有人知道他是曾经打死过地主的狗腿,亡命到城里来的。刘良曾经好几次看见他和年青的人们一道学唱歌,像他这样年纪来唱歌的,只有他一个,别人嘲笑他他也不管,他严肃而郑重,用他底粗哑难听的喉咙一个字一个字地唱着。

"不要发闷啦。"他说,仍然望着掘土的人们。

刘良沉默着。

"你不怪我说的吧,刘同志。秦管理员跟我谈过你的事。"老工人说,"你看我像个乡里庄稼人还是像个城里人?"

刘良看着他。

"要是我那孩子不叫地主家害死的话,跟你差不多年岁。唉,他看不见革命喽。"

"刘同志,不要气他们。工人都是不错的,都是劳动人。"他接着说,仍然看着在掘土的人们。

---

① 作家版更为"平静"。

刘良仍然不说话,可是这已经不是先前的那种不说话。他底脸涨红了,眼睛也潮湿了,避开了刘玉根底眼光,看着一边。突然地他站起来了,迅速地脱去了棉制服,走过去拾起了地上的一把锄头,向着土堆那边走去了。

当他抓起了锄头的时候,他就觉得他底心里充满了力量。掘土的工人们都停下来看着他,他对他们微微笑了一下,扬起锄头来就对着土堆掘去。那微笑长久地留在他底嘴边了,并且他底脸色更鲜明了,他第一次感觉到,并且是这样强烈地感觉到,这里的一切人们,都是他底兄弟。工人们继续掘起土来,而且立刻充满了热烈的、生动的感情了。

工人们唱起歌来,叫喊起来。刘良沉默着,但是他心里在唱歌。他每掘一下心里面就要叫喊一声,而且后来一直大声地嚷出来了。他掘着,跳跃着,在工人们底歌声里喊着:"小秃子!""我不怕你!""叫敌人来吧!""狗东西!""你想死吗?"后来他又大声叫:"这简直是农民意识!"一下子掘得那么多,工人们都望着他欢呼起来。这呆板的青年现在又变成一个充满了生命的孩子了,他像狂风一样地卷着那一堆泥土,浑身都汗湿了。他觉得他底心里有着狮子一般的力量。

"各位同志!"他歇下来喊着,"我要……克服我的缺点,向大家学习!"

在大家的欢呼中,他继续锄了起来。而这个时候,大家看见那个吴秀兰向着坡上走来了。

原来她是一直坐在厨房门前的凳子上对着坡上看着的。所有的人都劝不转她,走开去了以后,她心里就更难过了。看见刘良迎着西斜的太阳呆坐在医务室的门槛上,她就替他难过。她想起来,有一回她在邮局里碰见刘良,刘良正在寄信,手里头拿着一个保值的信封。她和他点头,问他寄什么,他就说,是积下来的津贴,寄回家去的,家乡闹水灾。使她惊动的是,他在和她说这几句话的时候竟红了脸。

正在她这么想着的时候,赵惠珍又来找她,要她一道看电影去。她不肯去,赵惠珍就说,"跟这种乡下来的土包子呕什么气呀,呕病了还划不来呢。"她也不作声。赵惠珍拖她,她摔脱了手,又坐回来了。

"咦,积极分子呀。"赵惠珍说。

"赵惠珍!"她突然大叫着,"我们两个人不说话!"

"不说就不说……为什么呢?"

吴秀兰坐着不动,没有再作声。她底脸色是这样严厉的,赵惠珍从来没有看见过。

"你怎么搞的呀?"赵惠珍软弱下来了。

"人家是怎样为革命的?"她说,望着前面,"我们念过两天书,就了不起了吗?工人阶级不是这样子的!"

她底声音和表情是这样庄严,赵惠珍不敢再说什么,走开去了。她于是又长久地坐在那凳子上。她被坡上的歌声惊动了。她看见刘良在那里掘着土了。

"叫一个乡下的苦娃儿变成这样子,这就是革命啊!"她心里欢呼起来,并且立刻站起来,向坡上跑来了。

"欢迎吴秀兰!欢迎吴秀兰!"刘玉根从医务室门槛上站起来,大声喊着。工人们一齐叫起来了。

吴秀兰咬着嘴唇,脸色有一点发白,低着头走了过来就拾起了一把锄头。她抬起头来的时候刘良同志正好站在她面前,——刘良同志底脸上是坦白的、热情的笑,这样的善良,脸孔红红的,就像是一个小孩子似的。

女工站住了,想说什么,大家看见她眼睛里有眼泪。然后她埋着头向着土堆举起锄头来了。

一九五〇年二月二十日

林根生夫妇

林根生是忠厚的、沉默寡言的劳动人,靠着种菜地过活的。种菜地之外,也劈劈柴火,做做捶石头的短工。他底女人何凤英是纱厂的女工。他们是解放前一年结婚的。邻居们从来没有发现他们之间有什么争吵的地方,他们和邻居们也没有什么来往。但解放后的半年,却突然地发生了事故了:这一天上午,林根生从菜行里交货回来,何凤英已经拿走了她所有的东西,从家里跑掉了。

这件事情使邻居们很兴奋,很稀奇。大家拥到林根生底屋子里来,议论着。大家都说,看不出来样子很老实的年轻的何凤英会有这一手。但有的人却说,这是很明白的,林根生一向对她太好,太放纵了,她要怎样就怎样,所以她才会这样大胆;她简直和林根生不相称,那个样子,哪里像是一个种菜地人家的女人!这一类的谈话,多半是用惊叹着道德底堕落,和责备着男子底无用来收场的。"这也是共产党来的好!共产党一来,这些做女工的呀,就更不像话了!"皮匠的母亲周大婶说,她是邻居中间最热心,最爱说话的。"这也是的,"做驴肉生意的马大妈接着说,"你未必一个男子汉一个家都养不活吗,当初就不该叫她当女工的!"——"共产党一来,这些女工眼睛更大了,哪里看得起你呀!"但这时候夹在人们中间的泥瓦匠刘福成的儿子小男叫着说:"这也要怪共产党呀?"周大婶就转过脸来叫,"你在识字班里头学来的吗?滚你的!"小男瞪着眼睛,喷了一下鼻子,跑出去了。

所有的这些邻人们底议论都一直刺到林根生底心里。但是他一句话也说不出来。他只是坐在床边上发楞。

他和何凤英确实是感情很不好的,不过他还不想承认这一点。他们确实没有大声吵过架,这是因为,她比他小八岁,他总是把她当做一个不懂事的,需要特别爱护的小孩子。她是没有父母的孤女,跟着一个很凶恶的舅母过活,十四岁就在厂里做工,沉默而倔强。她舅母是做屠户开肉案子的人家,看上了林根生,认为他为人既忠厚,家里又没有难服侍的老人,而且种地人家的生活是很合于她底旧式的理想的,就把何凤英嫁给他了。在何凤英自己呢,她既然在舅母底专制下没有权利自主,就急迫地想脱离舅母;同时那时候她心里也有着死沉沉的念头——虽然她这样年轻——觉得做女工总不是道理,嫁给一个老实的种地人,往后也种种地,一生也就算了。

她最初还幻想过要上山去当尼姑呢。这样年轻的姑娘,谁也不会猜到她会有这种思想的。在舅母家里一切都粗野、专制;一个表姐二十岁就信佛,发誓终生不结婚,因为她底几个姐姐都嫁得太不幸了;周围的人们都整天玩,唯独她何凤英年纪这么小就要去做工,全部工钱拿给舅母,回来还要做苦工,吃剩饭。而唯一对她有点同情的,只是那个信佛的表姐。这一切,都在何凤英底幼小的心里刻下了很深的印子。她多么渴望认字读书啊!她多么渴望过美丽的、幸福的生活啊!

她一句话不说地就嫁给林根生了。她迅速地成熟起来了。她从舅母底束缚下解放了出来,于是她所做的第一件事①,就是拿了全部的工钱上街去做了一件红色的外衣。第二个月她做旗袍。后来她看电影、逛马路,满足她底饥渴——这是一种复仇一般的举动。她是不愿意嫁给这么一个种地的人的,她底幻想是要华美得多的。他们谈不上爱情。下了工她总不回来,和几个女伴在外面耍;她从来不管家事。她准备着,如果林根生要干涉她的话,她就和他吵。

---

① 作家版为"她从舅母底束缚下解放了出来之后,所做的第一件事"。

但是林根生没有干涉她。他是这样地爱她。每天的饭菜,都是他弄好了等她回来吃的,如果她不吃他就要伤心。他也喜欢她穿得好,这样他觉得满足。总之,他没有一件不顺着她的,自己却拼命地劳苦。这有时候就使她很抱歉,很难过了,而且到处游逛的生活实在也并不快活,她还不是那样的女子,她不过是受着环境底影响而已。但是当她充满着不实在的热情和幼稚的幻想,希望和他好好过活,建立一个什么样的小家庭的时候,她就又要被他底样子所激怒。"你看你这样脏,你的手不兴洗洗的吗?"——"好蠢呀,这点道理都不懂得?"——"你这个小气鬼把我气死了!你看几张票子都捏烂了!"

她简直不懂得自己在说些什么。当她觉得生活愈来愈痛苦,愈来愈严酷的时候,她就要小孩子似地哭一场。

解放以后,厂里的情形和她底情形都慢慢地变了。工人阶级在社会上的地位底提高,到处所受到的那种尊重,使得她不好意思再去游逛了;而且也没有人陪她游逛了。她原来并不是轻浮的女子。她高兴生活一天一天地实在起来。有一次她参加了工会里的诉苦会。一个女工,过去当过童养媳的,在台上讲话,刚讲了一点何凤英就在底下哭起来了。人家受的苦都比她多些。所有的工人阶级都憎恶这个浮华的、腐烂的社会。严肃的思想在她心里觉醒了起来,一直被旧社会压抑着的她身上的另外一种东西,另外一种人,在她心里觉醒了起来。……几个月以后,她加入了青年团了。

夫妇的关系开始变化了。但外表上还是没有变。她因为忙,没有时间管家里的事情,也没有考虑到对林根生究竟抱着什么感情,只是一天一天地更不满意他底落后。她觉得他像个老头子似的,而林根生却更苦恼了。他似乎宁可他底女人像先前那样游逛,因为那样她只不过是一个不懂事的小孩子,但现在她生活得这样紧张入神,眼睛里面就完全没有他了。游逛的路是走不远的,年纪终会大起来的,那时就会来和他好好地生活,但现在的这条路,却是充满着危险——愈走离他愈远了。

常常地，夜晚回来了，何凤英要坐在那里发很久的痴，那严肃的样子叫林根生很不安。
　　"你想什么哇？"
　　"厂里的事情！"她回答。
　　有一天她忽然说：
　　"你总不该把我再当做小孩子了吧？"
　　他沉默着。
　　"我也没有怎么想，比方说，"她说，"我也不该跟你吵，不过，我们这样子下去总是不行的。"
　　他仍然沉默着。
　　"你年纪也不大呢……你认几个字，学点新道理，难道不行么？"
　　"我又没有说不行。"沉默了一下，他回答，但是红了脸，他觉得是受了极大的委屈。
　　两天之后，她就来教他识字了，虽然她自己也刚认了不多。这举动是这样严肃，因此开始的时候两个人都觉得窒息。何凤英原来想得很简单的，在热情的幻想里她曾高兴得要跳起来。她觉得，林根生是这么忠厚的一个人，一定会好好地识字的，于是他们就要开始美满的共同生活了。她想那些新的、严肃的道理他一定马上就会懂得的，因为他是一个劳苦人，过去也受过很多压迫。但是一开口她就觉得情形有点不对。那些道理似乎和面前的情形不大相干；她原来想得那么透的，现在却说不出来了。而林根生，却在很担心，很苦恼地看着她。他无论怎样表示愿意，都显得虚假；他整个地是冷淡的。没有认几个字，林根生就瞌睡起来了。刚认得的又忘记了。他不入头脑。他光在想着，这个女人这样做是为什么呢？她是嫌他吗？他心里受着很深的刺激。第一天教下来，他非常沉重地往床上一躺，叹了一口气，说：
　　"我真想不到！"
　　何凤英底脸在发抖，几乎要哭出来。但是她是不屈不挠的，第二天她又恢复了希望。后来觉得认字不行，有一天晚上厂里做报告，她把他带去了。

这不是一件简单的事情。原来她是很羞于让人家看见她底这落后的丈夫的，经过了很多的内心矛盾她才提起了勇气。她想，这有什么怕羞的，这样的感情根本就是和从前一样，是小资产阶级。她对同伴们大方地介绍他，虽然她底动作，仍然很有点局促。人家看他们她就要红脸。但林根生却没有什么动静，只是冷淡地在吸着烟；弯着背坐在凳子上，台上讲到一半的时候他就睡着了。

夫妇两人一声不响地从工厂里回来。他们中间的关系在变化着，虽然外表上看不出来。何凤英难堪极了，这难堪把她心里的愤恨都冲淡了。她觉得她也太过火了，要是他像这样地来对待她，她怕也是受不了的。不怪邻居们要嘲笑他，要是她看见别的男子像这样地顺从自己底女人，她也要嘲笑的。她觉得很可怜他：他沉默地做着苦工，她要什么他就给她办到什么，夜里她回来迟了的时候，他还要爬起来给她烧水；她吃不下饭他就难过，他像一个母亲一样地关心她的寒暖，——然而她还要憎恶他。她要他识字，学道理，可是识字，学道理，对于他这样的一个人有什么用呢？他简直就像是她底长辈似的。

而在林根生那一面呢，他是很勉强地来顺从她的，这是谁都可以看到的。他并不是不想识字，他比谁都知道不认字的苦处，但是现在问题不在这里。现在的问题是：生活好像不能再照从前那样过下去了。在他底心里，家主的意识抬头了。他有他底尊严。他不能忍受这一切。

"根生，你说吧，你究竟想不想识几个字，学点文化，将来在新社会里做人呢？"第二天晚上，她问。

"我又不是小孩子！"他阴沉地回答。

"你说吧，你究竟怎么样？"她激怒地说。

沉默了一阵，他走过来坐在桌子边上，从抽屉里拿出识字课本来了。他显然是害怕闹事情。

但是沉默却继续着。他身上的那种烟叶子、泥土和汗臭的气味笼罩着她。很久很久,他拿一根手指头轻轻地在桌子上划着,他底脸色是严峻的。

何凤英失去了勇气了。

"认不认呢?"她竭力温和地说,同时脸上还闪过了一阵畏怯的神情,"要是今天没得精神,就明天吧。"

"认吧。"他说。

开始了认字。……

"这是天字。"何凤英说,"天地的天。"

"是哪,天。晓得的。"

"晓得?"她回答。

"天地日月,都是神灵;俗话说,天做主,这不晓得么?"

"不是这样!"

"那是什么呢?你说,天是什么?"他顽强地问,眼睛里闪着光芒。

何凤英回答不出来了。

"哎呀!"她痛苦地叫,"我怎么能跟你一道过日子呀!"她把那识字课本抓起来就摔掉了。

"你有什么话我们谈吧!"林根生提高了声音喊,他底眼睛都红了,"我哪一样亏你的,你要这样来磨我?你就这样看不起我?"

"你少说!"

"我偏说!我就不能管老婆吗?明天不许上工,我养得活你!"

"我们离婚!"

两个人都没有再吵下去,但是他们中间的决裂是已经显得无法挽回了。林根生第二天一句话也不对她说。她很冷静似地提出离婚来,他也不回答她。第三天她没有回来,他连问都没有问。他冷淡而坚强,像一块石头。这种性格,是她一直不曾想到的。第四天一早,她把自己的东西搬到厂里去了。

林根生没有对关心着他的邻居们说什么。他一句话也不说。他在家里睡了一上午,下午他就又上菜地里去了,他照旧生活下去了,谁也不知道他在想些什么。
　　晚上,点上了灯,他一个人坐在桌子面前发痴,吸着烟。
　　"这是什么字?"他底头脑里浮上了她底焦躁的声音。
　　"这是天字。"他回答,念出声音来,苦笑着。
　　"我们离婚你看好不好?"她底怨恨的声音说。
　　"你飞吧。你飞就是了。"他说,他底眼前的一切就在眼泪里模糊了。
　　但到了第五天,他忍受不住了,就去把这事情告诉了她底舅母。这有一点钱的开肉案子的人家他是怕进去的,他们也看不起他。她底舅母把他迎到院子里来和他说话,因为房里正在打牌。这是一个很干瘦的女人,戴着一对金耳环。她把林根生底话听了一半,就叫了起来了。"难道你连一个女人都管不住吗?——好吧,等下再说吧!"这样她就进去了。
　　舅母称呼何凤英为"死丫头",她愤恨她得到了自由;听到这个,她更是愤恨了。当天黄昏的时候,她就来找林根生,满脸都是下了决心的样子,要他和她一道到厂里去。"你能养活她就不准她做工!我不信他共产党就敢破坏人家家庭!"她说。邻居们都说,她底话是对的,应该这样。他们就往厂里来了。
　　这些天,何凤英心里非常烦闷。她变得不爱说话了,对学习和唱歌都没有兴趣。小组会上她受了批评,但是她也并不把她心里的事说出来,她觉得这是说不出来的。别人一提到她底男人,她就要脸色发白。夜里面,她常常长久地反省着她和林根生之间的一切事情,并且总是从小的时候,从舅母底虐待想起,伤心的时候她就一个人躲在被子里哭。显然她还年轻,支持不住这种痛苦;她又决没有想到要回去。林根生和她那舅母来找她的时候,她正好下班,和一大群女工从车间出来。看见了林根生和舅母,她立刻很胆怯,想要躲开去,但已经来不及——舅母已经看见她了。她突然心里充满了勇气,觉得这个舅母,和过去的那种生活是再不能控制她的了,迎了上去。好几个女工站下来了。

"我来找你回去的。"林根生说。

舅母站在旁边,紧闭着嘴,盯着她。

"我不回去。"她回答,自己也奇怪自己底勇敢的声音。"我死也不得回去的。"

"回去!"舅母厉声说。

"舅母,我有自由,再说这个事也跟你不相干,"她说,转身就走,往大饭厅里跑去,但是并没有去吃饭,从饭厅后门穿出来就跑到宿舍里去了,躺到床上去,拖了被子把头都盖住。

几个女工还站在那里看着林根生,他恍惚地站了一下,往门外走去了。但是舅母大声叫着:

"站住!你这算男子汉吗?跟我找她去!"

林根生站住了。他底脸色很有些可怕。对的,他是一个男子汉,是一家之主。他一直到现在还要原谅她,真是太笑话了。他穿得肮脏,不识字,这是他底耻辱吗?她难道不是他底女人吗?

这一阵狂风暴雨似的思想,就使得他走到何凤英舅母前面去,一直往前走去了。他完全不再畏惧他面前的这庞大的工厂了。他逢人便问何凤英住在哪里,一直找进了宿舍。

这时候几个女工正在劝着何凤英,要她有困难提出来大家商量。并且也有劝告她不要这样对待她男人的。林根生闯进来了,后面跟着那个冰冷的舅母。

"回去!"他狂暴地叫着。

他完全不再是过去的那种样子了——他底眼睛里闪着光芒。何凤英迅速地从床上爬了起来。显然地她害怕了。

"回去!"舅母叫,"抓她走!"

林根生立刻就往前冲。几个女工希望拦住他,一下子被他撇开了。

"我不回去……"但是何凤英还没有说完,林根生已经揪住了她。她想推开他,往他底胸前捶着,他却猛烈地打了她一下耳光。舅母胜利地喊叫着。何凤英怔了一下,想不到会有这样的事情,哭起来了。

宿舍里来了很多人。工会的老陈和经理室的人都来了。两夫妇在那里打着架,舅母在那里喊着:"你神气了呀,婊子,我看你神气几天!"这女人底声音压倒了一切声音。她还在大叫着要找共产党说话。这种纠纷是一时无法调解的,人们只好劝何凤英回去了再说。

何凤英止住了哭,往外面就走。林根生马上追着她——他害怕会出什么事情。一路上舅母不断地咒骂着,但是何凤英不作声,往前直跑。到了家里,邻居们轰了一屋子,舅母又说开来了,后来舅母得意地骂着走了,邻居们才散了。她们本来想说几句劝慰的话的,但是周大婶刚一开口说:"我说的吧,你不去找她不会回来的……"就碰了一个钉子。林根生冷冷地回答说:"我们的事情我们自己晓得的!"邻居们散去了,小房间里沉静下来了,林根生点燃了灯,呆看着前面,何凤英则坐在床边上,一动也不动。

何凤英底脸色非常冷酷。这是很明白的,如果先前她还很犹豫,只是孩子气地跑到厂里去的话,现在她绝没有什么犹豫了。林根生也明白这一点,他觉得她已经不是年轻的孩子了;她身上的什么新的东西已经成熟了。

他很悔恨刚才的凶暴,他也憎恨她底舅母。他憎恨邻人们的议论,因为他们把何凤英看做一个奇怪的犯罪的东西,他们总是说:"想不到她居然有这些花样!"他明白一切不是这样的。他心里软弱,害怕起来了。但是怎么办呢?

他毕竟是一家之主,这个,是不能让步的。无论她怎么对吧,他总是她底男人。他苦了这么多年,成一个家不是容易的,为了这个家,他一切全可以退让,但是如果要毁坏这个家,情形就不同了。他要叫她看看他底厉害!

这种思想终于又把他控制了。仍然是她底舅母和那些邻居们底见解,仍然是祖传的力量把他控制了。

"你说,该怎样呢?"他小声地问。

"我没得话说!"她回答。

他沉默了一下就站起来了。他走到后面的厨房里去,拿出一把菜刀来,放在桌上。

"你说,你要怎样?"他说,声音在发抖,把菜刀往她那边推了一下。

"要杀你就杀吧。"她回答。

但是看见了他底脸色,她底眼睛里就出现了恐怖。她迅速地站了起来,扑到门边,打开门奔出去了。她拼命地向工厂狂奔,虽然他并没有追赶她。

她跑到厂里就把一切向同伴们说了,并且要求工会的帮助。她说她非离婚不可。工会里的同志们,觉得事情不至于有这么严重,觉得两夫妇闹事大半是因为双方都有缺点,并且觉得如果真的离了婚会给外面的人对工厂印象不好,一再地安慰她,但她不同意。她哭叫起来了,说他们底头脑仍然是封建的!

这样,第三天一早,工会的老陈就来了解这件事了。另外有两个女工陪着他一道来,林根生正在屋子前面劈柴,是替柴火店劈的,每一百斤可以得到几升米的工钱。使大家觉得很意外的是这个人很冷静,他好像完全不注意这件事似的,一面劈柴一面听着老陈底谈话。老陈说:何凤英想要离婚,大家正在劝她;大家也希望他以后能跟她和好。

"现在新社会了。"女工徐佩芬接着说,"你这个人也不能老这样子呀。比方说吧,何凤英她说她教你识字,你不愿意,你还是相信迷信,你想想,你过去受的苦,那都是旧社会害的呀。何凤英是有缺点,过去生活有点不好的作风,不过那也是因为受旧社会的苦,我们已经批评她了。"

另一个女工也说了类似的话。可是这些热情的话和单纯的理解,对这个人是不发生作用的。他冷淡地劈着柴。从前天晚上他拿出刀子来威胁何凤英,她重新冲了出去以后,他就以一种安命的顽强的态度来接受了一切。他简单地想,没有她,他照旧可以过活的,于是就重新做着自己底工作了。

"她说是……离婚吗?"他终于问。

"你看呢?"

"请你叫她来一下,跟她说,就离婚吧。"他说,又举起他底斧头来。

老陈在走开去的时候,对女工们叹了一口气,摇摇头。他总听说这个人很不行,过去怕女人,他完全没有想到他会这样顽强的。

"你看,喂,老陈,他这个人是封建吗?"徐佩芬问,"那么他为什么又愿意离婚呢?"

"我也搅不清楚啦。"

"你想想他心里,他究竟跟何凤英好不好呢?"女工迷惑地问。

"要说是封建,我们头脑里头总有这点儿东西的,"老陈说,"他过去对何凤英那么好,真是没哪个男人像他那样的。"

"那么女人就该那样吗?"女工马上尖锐地问。

但是随即他们就都沉默,他们心里充满了共同的严肃的感情。这件事情里面,他们底生活里面,总还有着他们还没有了解的新的、严肃的斗争。老陈想起了他底死去了的女人。徐佩芬想起了她底哥哥和嫂嫂,她哥哥也在厂里做工,在一切事情上都好,只是常常要骂嫂嫂,而嫂嫂是那样的柔弱。她想,这是不公平的,而每一个人的头脑里都是不简单的……

回到厂里,他们就把林根生底回答告诉了何凤英。但他们都没有勇气明白地说清楚,只是含糊着,并且不断地劝着她,要她好好考虑,因为这个事情不是小事,而她自己也有错处。可是何凤英对这些劝告都没有听进去。听说林根生已经同意,她心里就受了震动。因为她想他是决不会答应的。

不过她想,她应该坚决,不能动摇。她想她和他是绝对不可能有感情的。她请了半天假回来了。

103

一走到路上，她底感情就更复杂了。她不得不在河边上坐下来，想了很久。她首先想：为什么要和他离婚呢？他落后、呆板、不了解她——所有一切理由都想到了，但是这些理由显然都不很公平。她想，她完全是为了自己底幸福，她想去过快活自在的日子，过美妙的生活，像她在别的地方看到的那样。她有一些浮华的幻想，这些东西现在也还在她底头脑里。但立刻她又反驳了这个对自己的批评，觉得这也不公正。

她想到，他确实落后，但除了落后以外他没有什么缺点，他是那样正直，那样忠厚，那样勤劳。而这种落后，也是因为受了太多的压迫。小时候他不过是乡下的一个捡狗屎的孩子，后来才到这城边来，积了一点钱，租上了这两亩菜地，一直到今天还背着很大的租金。他把他那瞎了眼的母亲养活了十年，一直孤单地生活着，这就使他变得很阴沉。为了这两块菜地，和流氓们闹了事，也曾坐过监，挨过打。和她结婚以后，他把整个的心都放在她身上，害怕出事情，年龄也大起来，这才变得胆小了。而她呢，她是一个青年团员了，但过去却是在梦想着过不劳动的好日子的。

真的他答应离婚吗？他怎么会答应的呢？她究竟要怎样办呢？

她很恍惚地走回来了。他仍然在劈柴。看见她来了，就丢下了斧子，上屋里去了。她跟着进去了。

他底神色是很冷漠的。他是这样地接受了一切的：他想，他也配不上她。他真的爱她，但前天却做出那种事情来了，恐怕这样下去一定要出事情。和何凤英分开以后，他也可以一个人过活；他今后就要一个人过活了，也没有孩子——他想这都是命里注定的——一个人劳苦着，来纪念死去的妈了。

带着这种感情，他走进屋子去，就把她从头到脚地看了一眼。这眼光是使她惊动的。

"你请坐。"他用生硬的声音说。

他呆站了一下。他脸上的肌肉有一点搐动。然后他就拿起一个茶杯来,倒了一杯水,放在她面前。他做这个没有什么意识,但是他觉得,她现在已经是外人了,前天以前,他还是很熟悉她,很了解她,把她当做自己底一部分的,但现在她底身上已经有了什么新的东西了。他不能不敬重这个,虽然他很仇恨。

她在他底眼前不再是胡涂幼稚的女子了。他尊敬地看着她。

"你这是干什么?"何凤英望着她面前的那一杯水问,她底声音发着抖。

"我跟你说……"他底脸色有一点发白,他不知道怎样称呼她;"我想通了一点了。我也晓得我不对,从前我爹那样打我妈,我就恨透……我是不跟你那舅母一路的,她欺你,我能欺你不?你说是不是?我也晓得上进、识字的好处,你本该不跟我这样一个人的,年纪又比你大。共产党叫你好,我未必不知道?现在的社会是不兴压迫的了,我能拉住你?……我就说这几句。"他激动地结束了。

沉默了很久。

"你是这样想的?"何凤英哑着声音问。

他点点头。

"那你今后……"她说,几乎说不下去了,"今后你怎样呢?"

他不作声。但是他底脸色很坚强。她望着她面前的那一杯冒热气的水,想到过去她怎样地对不住他,流下泪来了。

"我侍候我那瞎子妈十年,你总该晓得的。"他说,表示他是有力量的。

"那日子你怎么过下来的?"她问,一面揩着眼泪。

"她是个坏性子。我总不能看着她死呀,什么人都要活的。"

"他们都说你孝顺。"

"我背上这个担子就是了。"

"解放前我成夜地在外面玩,我嫌你,你不恨我吗?"

"不。我想,你年纪轻哩,该玩的。"

"我教你认字的时候还跟你吵,你恨我吧?"

"不。我要认字的。"

"你不会想是共产党不好,叫我跟你吵的吧!"

"不,不。"他于是笔直地看着她。

这简单的谈话,不像是夫妇,也不像是朋友。何凤英一面发问一面流着眼泪。她想到,真是奇怪,过去她完全不曾了解过他。终于她再不能矜持了,抽了一口气,伏在桌子上哭起来了。

林根生严肃地看着她。当他明白了一切的时候,他也流下泪来,像小孩子一般哭着,一面坐到门槛上吸烟去了。但记起来这坐在门槛上是何凤英所不喜欢的,就又坐到凳子上去。

"你自己这样回来的吗?"他问。

"我自己。不,我是青年团员,我不能像过去那样!"

这一对夫妇间的新的关系出现了。当工会的老陈和徐佩芬关心着这事情,下午跑来看他们的时候,这两夫妇正并排地坐着,在那里识字。桌子上摊着识字课本;林根生手里抓着一支铅笔,何凤英把着他底手,在一张破纸上写着。

"这一笔要这样写。这个字你认得吗?"何凤英温柔地问。

"这是机器的机字——机。"林根生说,带着一种天真的喜悦的神情。

老陈和徐佩芬站在门边上看呆了。还是林根生首先发现了,红着脸站起来招呼他们。

一九五〇年三月十一日。北京。

粮 食

这两天大风大雪,城外的河边上粮船到得少,投机的商人们一哄抬,市面上马上有了粮食稀少的现象。米粮店里的原来是堆得高齐屋脊的粮食不见了,有的还关上了店门;在反动派时期受够了惊恐的市民们于是觉得一种心理上的紧张;到处有谣言在传播着。早上有人说,贸易公司隔壁的米店里被抢了,于是大群的人跑去看。然而什么事情也没有,只不过有成百的人在贸易公司门口静静地排着队。……但不管怎么样——这是艰难的时期——粮价是在上涨着。风雪没有停止,河底下没有米船到来,是事实;大批的职业商人和临时商人,挤在贸易公司门口套购着粮食,使得贸易公司不得不戒备起来,随着市价而逐渐地挂高了牌价,是事实;最后,这城市才解放了几个月,各个黑暗的角落里都散布着人民政权的敌对者,拥塞着反动派留下来的大批的失业的人们,使得经济战线上的工作进行得特别艰难,也是事实。

这种空气激动到工厂里面来了。

这是规模不大的公营被服厂。但虽然不大,总共只有两三百人,这个粮食的问题却显得有些严重,因为解放以来物价一直稳定,米价还有时下跌,就没有人想到这个问题。不,也不是没有想到,而是大伙还没有组织得巩固,事情很不好办。比方说工资吧,刚解放的时候是照米价算的,但米价跌了,大伙就希望照折实单位算。经上级批准,和一般的规定统一起来,照了折实单位算,现在米价却又涨了——米价特别涨得快和跌得快的时候,照着好几种日用必需品来计算的折实单位,自然是和米价有些距离的。前三个月,有人提议叫工会里买米来配给大家,工会里就垫了钱,买进了十几石米,哪晓得到了月底大伙发钱的时候米价却落了。大家都到市面上去买了,于是这照了原先的市价买进来的米,就只有动员积极分子来想办法,大家吃点亏,各人自愿买一点——但工会里还是赔了运费和蚀耗。这一个担子,一直还挑在工会主任老杨和福利部长朱桂芬底肩膀上。朱桂芬自己两个月来就吃着这没人要的米,赔贴了几乎半个月的工资。但现在米价一涨,一部分工人就忽然想到这个米了。当他们听说这米因为急着要报账,上个月就已经销完了的时候,就觉得很不满意。确实的,这事情没有很好地公开处置,是福利部长朱桂芬底一个错误,虽然她自己吃了亏。有一些人,比方反动派时期得过势的女工刘长巧,是仇恨着朱桂芬的,于是就大喊大叫吵闹起来了。

这吵闹使得大伙沉不住气了。有人吃过午饭跑到街上去看了几家米店,跑回来说:一颗米都没有了。比较冷静的人则说,米是有的,不过是糯米,哪个买糯米来煮饭呢,显然是这些商人捣的鬼。大家聚在俱乐部里闹哄哄的,有人嚷着说,他家里只够吃两餐了,恰好是预备今天发钱买米的。容易兴奋的年青人有的也跟着嚷,还传播着一些谣言,并且因这些谣言而引起了关于思想问题和阶级立场的争执。终于有人提议请工会去贸易公司买米。工会主任老杨出去开会了,不在家,朱桂芬就觉得这是自己底责任,马上同意了。她也不怎么考虑,像她一向做事一样,有些莽撞地叫大家签了名,然后写了一封工会的公事,跑上街去了。她的莽撞,是因为她受了人们底攻击的刺激,痛恨那些骚扰和谣言,她相信一走到贸易公司就可以买到米的。

但是两个钟点之后她从大雪里回来了,喘着气,浑身都是潮湿的。她说,大家所需要的数目太大了,贸易公司不能同意。贸易公司底意见是,再过三天,就可以同意这个数字,但今天不行;希望工人阶级能帮助政府。

大家谈论了起来。但大多数的人是没有话说的,马上照着朱桂芬底要求每人减成了一斗。朱桂芬于是又去了。

但一来一往，又耽搁了一个钟点，贸易公司已经下班。这些行政上的规律，都是朱桂芬不懂的。她急着要把事情办好，于是一直找进了里面的办公室。公司里面的一个年青的负责同志告诉她说，她可以把文件和名单都丢下来，明天早上再来听回信；但据他底估计，这个要求的数目可能还是嫌多的。

不过，看见这个三十几岁的，瘦弱的，浑身潮湿的女工的那种失望的神情，这年青的同志就又加上说，工厂是优先配购的，不会有什么大困难。

潮湿的头发紧贴在朱桂芬底脸上。她底脸孔因为冷风的吹扑而发红，她底肩膀上的雪花有些还没有化掉。在她走动的时候，她底破胶鞋里就发出了喊喊喳喳的水响。她继续喘着气，雨伞仍旧半撑着支在身边，好像是忘记了。可是她突然走过去，在那年青的同志底办公桌边上坐下来了。

"我们怎么会缺米的呢，叫他们造我们的谣言？"她皱着眉，小声地，焦急地说，"我们照理是不会缺的。这一定是……不过我们是不会缺的！"她说。

她多么亲切和自然地说着"我们"这两个字，并且她底声音里有一种骄傲和愤怒。她底眼睛闪耀着光辉，使得她底柔弱的、生病的脸一下子变成刚强的了。

那年青的同志看着她，完全没有想到这个样子很乡气的中年女工会说出这样的话来。她其实说得很简单，很少，但他却觉得她说得很多，很多。他感动得回答不出话来了。看见她在望着桌子上的空杯子，他就站起来，倒了一杯水给她。

她也不客气，一下子喝光了。

办公室里亮着灯光。工作同志们却埋头在桌子上，只听见算盘的声音和偶尔的咳嗽声。这经济战线上的斗争在紧张地进行着。但在朱桂芬说话的时候，大部分人都抬起头来望着她了。

"我们不会缺米的，同志你放心！"一个粗哑而愉快的声音说。

"困难还是有的哪,"另一个说,隔着台灯,朱桂芬没有看清楚他底脸,"比方说,统一的财经制度还没有建立,商人钻空子投机,新解放区乡下还不安静,生产没有发展起来,老解放区有的地方又闹灾荒……"

朱桂芬瞪大着她底眼睛贪婪地听着。这眼睛现在显得这样美丽,竟使得她像是一个年青的姑娘一样。

"那些人哪!"她大声说,"我们要跟他们不客气!我们跟他们说:不能再像从前那样了!我们要请我们政府订上一条:粮食是人民的!"

她迎着大雪走出来,心里充满了快乐的、战斗的感情,那种"我们"的感情:到处都是自己人。"粮食是人民的!"她走在路边上高声说着,以致一个守卫的战士掉过头来看了看她。解放以前,她还是一个受欺的,不知不识的女工——但是现在所有的从前的那些语言,已经不能够表达她心里的感情了。她现在比谁都更懂得这些新的字眼的意义。

她在这个厂里十多年了。大部分人都高兴她,所以选了她当了工会的福利部长。但在解放以前,好些年来,她都是沉默寡言,忍气吞声的。在反动派时期吃得开的女工刘长巧们,那时候是很看不起她,总是任意地支使她的。凡是有什么麻烦事情,总叫她去干,有时候自己跑出去逛街,还要叫她看机子。她都老老实实一声不响。她最热心帮助别人,最体贴年轻的女工,人又老实,刘长巧们就利用着她底弱点。解放以后最初她还是这个样子,小组会上人家给她提意见,说她没有原则,胡涂;女工们又都拒绝了她的热心,说是如果她仍旧要胡里胡涂地替刘长巧们帮忙,她们就不要和她在一个小组。这种批评把她气哭了。但从此以后,她就变了,刘长巧再也讨不到她底便宜了。刘长巧她们偷懒,糟蹋材料,她还在会上公开地批评。她参加了识字班,开始学习认字。在解放以后的第四个月,她就被选为生产模范。然后大家把她选到工会里来。

然而她毕竟是在旧社会里受了太多的苦的女子,她底头脑不太清楚，做事情总不能够很冷静。她热烈地，像管理家事一样地办着工会的事务，然而没有计划，常常顾了这样忘了那样。起先她是想替工会里积一点钱，因此福利部里卖的日用品都和市价一样，人们不满，提意见了，她想这也对的，但马上就发生了困难，卖出去的东西就买不回来。有一个时期她整天在外面办货，于是耽误了生产，又叫人家给她提了意见。但经历了这些，她底顽强的性格却显露了出来了，有时候不接受批评，有时候听见了人家的批评样子就很激烈。于是，除了原来就看不起她的刘长巧以外，又增加了一些对她不满的人。人家批评她，说她根本不能干这些事，又攻击她，说她是官僚主义，事务主义，包办代替。她心里很气愤，她虽然不大懂得这些名词，但她知道她心里不是这样的。不过，她有些事情没有办周到也是真的——她底能力不够，这常常使她很苦恼，整夜都睡不着。就拿头一次买米的事情来说吧，人家一提议，她觉得这提议不错，就去办了，却没有想到用什么办法来使群众保证这个工作，因此米价一跌就没有办法处理了。不过，无论怎样挫折，她都没有消极的念头，因为她心里全叫这些热烈的工作给塞满了。工会主任老杨给她提了意见，要她以后凡事多和大伙商量，由大伙订办法，于是这回她就下了决心，要叫大伙来谈，检讨自己，把事情办好。但同时，她心里又充满着那种战斗的热情：她决不对刘长巧她们底攻击低头。

她走回厂里来盘算着怎样找大伙谈谈，但刚刚走到俱乐部门口，就叫刘长巧她们一群围住了。当人们听到，米买不买得到还不知道，要等明天才有消息的时候，就吵闹起来了。有人说：恐怕是买不到的，真不晓得这个福利部干了些什么事情。接着就有人问到了三个月以前买的那十几石米，叫着说："拿那个米来卖给我们，等米下锅呀！"

"等米下锅？"朱桂芬转过头来，大声说，"我就不信有几家是等米下锅的！这是反动派时期吗？能听谣言吗？"

她又火起来，不能抑制自己了。

"那你不管！那是我们底福利！"黑暗中另一个女工说。

"占便宜的时候就是福利,吃点亏就不来了,这算工人阶级?"她激烈地回答。

"福利本来是占便宜的,不然要你福利部干什么!"头一个女工说,"怕就怕呀,叫别人先占了便宜了!"

"她说头回那米卖掉了,叫她公开账目!"刘长巧叫着。

"他们几个人分的,藏在家里头!"

"到她家里去搜!"

在大雪下面,人们闹哄哄的。朱桂芬明白了她是叫包围了:这一群人是准备好了来和她闹事情的。她气得直抖,但是她马上记起了人们底劝告,明白了吵闹、动态度是不但没有用,而且会出错的,就不作声了。她心里一下子变得冷静而坚强,站着不动。这时另外两个女工出来说话了。第二小组的小组长何桂英说:这样子闹是完全不应该的,这完全是丢工人阶级的脸。

"这是侮辱!"何桂英大叫着,"难道连自己人,连她朱桂芬都不相信吗?那米的事情,大家都好证明的!"

"凭什么相信?呸!不相信!不相信,就是不相信!"刘长巧跳着脚喊着,在大雪中,大家看见了她底发白的、凶恶的脸。

"你们听我说一句,"张小华说,"我晓得了,不是吗,那米是七万二买进的,后来跌成六万二了,人家朱桂芬还是吃的这七万二的米,吃亏的也不止一个人,你们呢,你们那个时候嫌贵不要的呀,现在米贵了,就来吵了,要有人心!不是老杨开会的时候,都报告过了吗!"

但这年轻姑娘说的话太平和了,压不住刘长巧她们底气焰。

"哪个晓得她七万二六万二呢,说不定是五万一呢,我们要米!"

"米没有了。"朱桂芬说,"有也不能给你们几个人。"

"在你家里头!"

"到她家去搜!"

"那好吧,就去搜吧。"

"你们没有这个权利的!"何桂英叫着,但是朱桂芬拉开了她,说:"走吧!"往前去了。这一群就在大雪中走出厂来了。朱桂芬走在前头,忘记了是在落雪,雨伞仍然倒提在手上。她底脸色是严峻的。她不时伸出舌头来,舐着落在嘴唇边上的冰冷的雪花。她底燃烧似的眼睛笔直地向着前面。何桂英赶上了她了。看着在微弱的光线下的她底这严峻的神色,何桂英不觉小声地、敬畏地说:

"大姐,我替你把伞打开来吧。"

"不要。"朱桂芬回答,仍然望着前面。

"大姐,你可不要难过。"

朱桂芬什么也没有说,只是笑了一声。

后面走着的那七八个也沉默着。她们中间有几个是好奇地跟了来的。只有刘长巧几个人,是决心要干这件事情的。刘长巧恨朱桂芬。照着旧的想法,她又总以为,搞福利部,经手金钱,是决没有不占便宜的事情的。她就不相信天底下有这种人,真的用吃亏的价钱买了大家嫌贵的米;她认为,中间一定还有花样。她想,即使在朱桂芬家里搜不出什么来,也不足以证明朱桂芬就完全是有理由的。这个愚蠢的朱桂芬——她想——是一定拿不出一本详详细细的账目来的。

但是,看着走在前面的朱桂芬底镇静的影子,她不知怎的又觉得心里很乱,就站了下来,摸出身边的最后一支香烟来,点燃了吸着。她是做小生意人家出身的女子,嫁过一个国民党军官,被抛弃了——这是好些年以前的事情了——才做上工的。现在她是和一个做裁缝的住在一起。她漂亮、聪明、会应酬人,在反动派时期曾经和厂里总务课的一个职员要好过一阵,这一切,就使得她过去在厂里占着一个特别的位置。她这样习惯了,不愿意承认周围的一切能够有什么改变,不甘心朱桂芬这样一个在她看来是很愚蠢很卑下的女人在大伙里面站得比她高。

朱桂芬走到自己家门口,就很冷淡地推开了门,望着她们。她们站下了。刘长巧猛烈地吸着烟,没有一个人肯先进去,大家畏怯了。

屋子里面灯光亮着。传来了女儿喊妈妈的声音。又传来了朱桂芬底生病的丈夫吴永祥底粗哑的声音,问着什么事情。

朱桂芬站在门边,望着她们。何桂英和张小华站在她身边。

"好吧!"刘长巧说,走进去了。接着三四个人走进去了。小屋子里立刻挤得连站的地方都没有。

"对不起,打扰了。"刘长巧对着朱桂芬男人说,她吸着烟,随后就拉了一张椅子坐了下来。朱桂芬也坐下了,其余的人都站着。屋子里非常寂静。朱桂芬女儿惊异地看着大家,手里还拿着一个碗,她正在等她妈回来吃晚饭的。朱桂芬男人吴永祥从床上撑起了上身,同样惊奇地看着大家。他是拉板车的工人,这些时候生病,躺在家里的。

"大姐,还有大哥也在这里……我们打开天窗说亮话吧。"刘长巧说,"我们也不是故意叫你为难。这几个人的事情,哪一家不晓得哪一家呢。不过你大姐这些时,"她把烟头丢掉,捏着脖子,咳嗽了几声,"也是太拿人当小孩了,我刘长巧浪费材料管你什么事?你也懂得积极了,也学会大道理了,可是你积极也用不着拿我们来垫底子呀……"

"你们请搜吧!"朱桂芬说,走过去掀起了床围,拉出一个木桶来,并且把盖子也掀了开来。有两个人悄悄地斜着眼睛看见了,这米桶里是空的,稀稀落落地,里面顶多只有半升米了。

"用不着!用不着!"刘长巧说,"大姐,你用不着跟我来这一套!你未必以为我们真的是来搜吗,我才没有这么大的胆子呢!我们可不是没有感情的,这么几个人,只要心里头有数就是了。用不着!用不着。"

"你们请搜吧!"朱桂芬说,又对她底女儿说:"小芹,站过去!"

"大姐,"刘长巧冷笑着说,"未必你就当真了?"

"当然。"

"那我们不敢。"刘长巧说,这时她已经迅速地向那米桶里面瞥了几眼了。又假装着系鞋带,弯下腰来向各处都看了一个切实：小屋子里空空洞洞地什么也没有。"那我们不敢。"她俏皮地说，"我们不过是说，我们也是厂里头一分子，问问这笔总账总该可以的。"

"账在会计课。"

"那么你是福利部，你有没有账呢？——这话本来就不该问。"

"我没得账。会计课有账就得了……"朱桂芬说，有些激动了，"我不晓得什么账不账的。"

"那好。只要你福利部长说这一句话就够了。好，打扰了。"刘长巧说，站了起来。走到门边的时候她又加上说："我还没有听说过没有账的。反动派贪污是贪污，也还有个账吧。"

她们这一群就退出去了。朱桂芬望着她们，两只手托着腮，靠在桌子上，苦痛得嘴唇都发抖了。突然地她跳起来跑到了门边。

"刘长巧，你站住！"她喊。

"怎么样？"刘长巧在门外回答。

"你是什么人？你想想你从前！你想想你自己吧！你听着，我……我骂你！"她愤怒地大叫了起来。何桂英拉住了她，可是她继续叫着。她是受了这样大的侮辱。更重要的，这不是侮辱了她，而是侮辱了大伙。何桂英和张小华安慰她坐了下来，她就重新两只手托着腮，望着前面，一动不动了。她想：贸易公司的同志说得不错，工人阶级要帮助自己的政府，可是这一批人却这个样子。她又想：她真蠢，居然让人家这样欺侮，让人家照着鼻子打都不知道还手。并且，她又何苦来呢，别人多少都还有些吃的，她自己才真的是没有了。

"妈，你吃饭吧。"她底女儿小芹怯怯地说。她才十四岁，已经在做着全家的家事了。

"我不饿。"

寂静着。何桂英和张小华两个人呆站在那里，看着那空了的米桶。

"好吧！好吧！"朱桂芬男人一下子在床上坐了起来，愤怒地喊，"我叫你不要管这些鬼事情的吧！这好，月月都要赔钱，反倒叫人家上家里头来搜了！什么工会，什么福利部，这是你这样的人干的吗！你照照镜子去！我告诉你，明天就替我辞了它！"他大吼着。

朱桂芬不作声，流下泪来了。她在和她心里的那动摇的感情斗争着。

"你发昏！你昏了！"那男子继续吼叫着，他愈来愈动气了，"你以为我真的就不敢管你吗！我揍给你看看行不行？你说，你还干不干这些玩意？"

朱桂芬淌着眼泪，又望了一望那空了的米桶，忽然地她清清楚楚地说：

"你不管！我要干！"

"你说什么？"

"我要干，告诉你，"她坚决地说，"就是他们来砍掉我，我也不能叫我们工人丢脸的！"

"你好，那我就先砍掉你！"那男子叫着，从床上扑下来了。他抓住了她就把她往墙上一推，使她连椅子翻倒了。何桂英和张小华急忙拉住了他。他继续大叫着，骂了一些粗野的话。但使得他安静下来的，却不是何桂英她们底劝告，而是他女人底镇静的态度：她自己从地上爬了起来，坐到另一边去了，她底神情表示着，她是决不屈服的。

屋子里很久的寂静着。

"小芹爹，"终于她说，但是不看他，"你难道就忘记了你为了拉板车的事情在人家手里头坐的那个监牢？我做的这些年的工，是容易的？"

"就算是你有本事，养活了我了！"她男人怨恨地说。

"你难道就忘记了，"她说，仍然不看他，只是揩了一下眼泪，"十八岁我就跟你逃荒……我也不是说你是一个没有志气的人……"

她底声音很小。她男人不作声了。

"你也不过是受多了苦。你不记得,"她说,她底脸上有了一种讽刺的、苍凉的笑容,"你那个老人是哪个害死的?前天你弟弟在乡下来信怎么说的?他说:仇报了,分了地了。这仇是哪个报的?你叫我不干吗,那办不到。我是一个女子家,自然是做不好事情,不过我们现在不怕哪个了。我就要学会写字记账了。"

寂静了很久很久。严肃的、沉思的神情出现在她底有些苍老的脸上。忽然她抬起头来望着何桂英和张小华说:

"你们放心好啦,我们不会叫她们拦倒的,什么事情都拦不住我们的!"

刘长巧一直在门外偷听着,这个时候她才悄悄地走开去了。她不再去招呼她底同伴,在大雪中失神地一直走回家去了。她也说不出来她心里究竟是什么感觉。……

第二天一早,朱桂芬就动身到贸易公司来了。何桂英陪着她一路。雪已经止了,但是天气仍然是阴沉的,刮着尖利的风。从工厂到贸易公司有七八里地。为了赶时间,何桂英主张坐车子,但是朱桂芬却只想快些跑——她一定不肯。何桂英说不用公家的钱,请她坐,她也不肯。何桂英一和车子讲价钱,她就红着脸大叫着,并且急忙地往前跑。最后还是何桂英拼死地把她拉上了车子。后来何桂英问她为什么不坐,她说,也不是想省钱,而是从来没有坐过。坐在上面,人家看着,怪不舒服的。

据排在贸易公司门口的几个人说:市面上今天是真的一颗米也没有了。昨天说没有还是假的,今天是真的没有了。但贸易公司是镇静而沉默的,它的挂牌的价钱还是和昨天一样。门口排了很多人。朱桂芬和何桂英,因为是团体的,就从侧门进去。里面也有很多人,办公室走廊里站满了,都是各机关、各工厂来的。大家静悄悄地等着。右边角上有人开始谈话了,一个穿呢大衣的中年人说:外面有很多谣言,非常多的谣言,政府必须赶快想办法。他底声音很夸张,他旁边的一个穿灰棉布制服的干部望着他笑了一笑。有人接着问:"不是说米很多的么,为什么会突然这样缺米呢?"另一个回答说:"米粮并不缺,这不过是商人投机。而且战争向前发展,新解放区需要供给。"那刚才笑了一笑的有着一张孩子似的胖面孔的干部注意地望着大家,这时候马上说:"这是胜利中间的困难。"随即他掏出一张报纸来。"你们看今天报纸的社论吧,说得再明白也没有了。告诉那些投机商人会倒楣的!①"他说,竭力想说得很简短,但因为过于激动,脸都涨红了。朱桂芬马上挤过去想看看报。她完全忘记了,她差不多是不认得字的。大家都挤着,她只能看到一眼,而且什么都没有看清楚。但是她立刻感觉到力量。那报纸上的字,即使她并不认得,也使她觉得比什么都亲切。"总该是毛主席说话了。我早晓得,总该是这样的。"她想,于是就很安静地站在一边,听着人们的谈话。何桂英仍然挤在那里,踮着脚,从一个男子底肩上看着报纸,兴奋地一个字一个字地念出声音来。但这个时候,办手续那里发生了争执了。那先前说谣言很多的穿大衣的人和办手续的年青的同志争执着,一定要坚持他底需要的数量,不肯打折扣。办手续的同志说,他底机关只有九十几个人,却要二十多石米,每个人三斗,这是不行的;即使每个人家里真的没有米了吧,也不需要这么多,而且事情很明白,缺米的事情才开始两天,决不会每一家都没有米的。那穿大衣的人就说:"如果不相信你去调查好了,每一家都是有家眷的。"

"我们不可能做这种调查。"办手续的同志说,"这要看每一个人自己是用什么看法来办这件事情的。你们应该告诉大家,这是暂时的情形,过两天就可以大批地买到了。"

"那哪个晓得过两天买不买得到呢?"

办手续的同志脸色有点发白了,沉默着。

"难道能用反动派时期的眼光来看事情么?"人群中有人说。

"那我到经理室去交涉!"那穿大衣的人说。办手续的同志仍然没有作声。他就凶狠地抓起他底那张单子来,两边看了一

---

① 作家版更为:"那些投机商人,他们会倒楣的!"

下,从走廊挤出去了。人们沉默地看着他。

轮到朱桂芬了。她去到柜台边,办手续的同志告诉她说,她所需要的米,仍然要打折扣。"怎么打法呢?"她问。同时感觉到,大家都在看着她。"对折。"办手续的同志回答,因为刚才的争执,声音仍旧显得很冷淡,也没有抬头看一看朱桂芬。

朱桂芬静了一下,眯着眼睛思索着。那同志抬起头来看着她了,好像说:"你是不是也要争呢?"但看见了她底朴实的苦恼的面孔,他底神情就马上变得很温和了。

"你们是不是真的需要这么多呢?最多七折,行不行?"

"不,"朱桂芬简单地、激动地说,"就对折,对折吧!"

静着的人群里面发出了一种悄悄的声音,好像大家都叹了一口气。

"大姐,你没征求他们底意见。"何桂英拉着她底衣服小声说,"他们都签了名的,不会吵的么?"

"吵有什么?"朱桂芬回过头来大声说,"真的家家都没有米吗,这又不是反动派时期,我就不信!"

"说是这么说呀……"

"说的多哩。"朱桂芬说,"叫他们看看报,这报纸上不是讲的清清楚楚!"

"对!"有人叫。所有的脸孔都明亮起来了。她于是红着脸沉默了。

回到厂里,她就一下子钻到会计课去,把三个月以前买米的那本账清查了一下,然后抄在一张纸上。她全身都趴在桌上,歪着头,一个字一个字地吃力地抄着。不会写的字她请何桂英替她写,并且学习着,高声地念着。她这样搞了好久,账没有错,她高兴了。她一直还忘了领工钱,所有的人都是昨天就领了。会计课的人把钱拿来放在她手边,她看都没有看。后来,念了几遍那个账单,她就满意地跑掉了——钱仍然放在那里。她不知怎的一下子变得像个大孩子似地,有时很严肃,一面走一面自言自语地背着账单,有时却要高兴地笑起来。她跑去找军事代表,汇报了她底工作,并且坐了下来,两只手放在膝盖上,要求军事代表把今天报纸的社论念给她听。

军事代表念了。有些字眼,她不大懂,军事代表就给她解释。军事代表高兴地说,他认为她今天在贸易公司里做的事是对的。她显出小孩子一般的高兴的神气来了。她压制不住她底高兴,就趴在桌子边上,好像讲什么秘密话似的,用那种又认真又调皮的小声气说:

"你晓得的,我们是工人阶级呀!"

"对!"军事代表笑着回答。

"怎么不对呢,工人阶级呀。"她重复地说,幽默地微笑着。这种神气是军事代表从来没有从她看见过的。

军事代表于是告诉她,他决定吃午饭以后召集大家开一个会,讲一讲这个粮食问题。粮食问题并不重要,重要的是工人阶级的立场。他说,他要在会上说一说刘长巧她们底作恶的行为。但是一听到这个,朱桂芬就表示不同意。她认为,这桩事情用不着军事代表来说,她和大伙自然会说清楚的。代表接受了她底意见,果然在开会的时候就没有提这个。

但吃了午饭之后,还没有开会,人们就拥到俱乐部里来打听米的消息了。刘长巧她们在大伙里面骚动着,虽然态度已经不像昨天激烈了,但关于上一次买米的事情仍然说了许多。一部分特别关心自己的生活的群众底情绪是容易煽动起来的,于是刘长巧又有了一些信心了。但大部分年青的男女工人们对这事却表示冷淡。他们在俱乐部里打着台球,吼叫着,笑闹着。

"你们晓得吧,三个月以前买的那个米,连个账都没有!"刘长巧走到台球桌子面前来,大声地说,也不一定是对谁说。但是男工童保年停下了打球,瞪着眼睛看着她了。

"说什么!早两个月米价跌的时候为什么不说!到别处说去吧!"于是他又继续打球。

朱桂芬进来了。人们向她跑来。有的年轻的女工快活地叫着,要听好消息。

"打折扣！"朱桂芬用她底那种坚决的、粗哑的声音说，"打折扣，打对折！"

"那是怎么搞的？"

"那是哪个做主的？我们签了字的，不征求意见就打折扣？"

"只有五升呀！我不要！"

"哪个做主的？"朱桂芬大声说，挥着手，"工人阶级做主的！"

"工人阶级就你一个人吗？包办代替！"刘长巧她们里面喊着。

"不要吵！听她说！"

"工人阶级要帮助政府！五升米少了吗？不少！"朱桂芬说。

"那够吃几天？那不行！"

"喂，请不要叫！"

"今天的报纸你们看了吗？"朱桂芬大声说，"毛主席说话了，毛主席说，是困难，不过是……胜利的困难！"

"嘿，她认得几个字，还看报呢！"

"算了吧，不是毛主席说的，是周总理说的！"

"她不认得字，你呢，你又是知识分子？"何桂英说。

但在这些人底攻击里，朱桂芬底神气是快乐而坚实的。她完全不在乎。何桂英反驳那些人，她反而要拦住她。

"就是周总理说的吧。难道不是毛主席叫周总理说的吗？"她说。

一些年轻的工人，看见她那种从容的、幽默的神气，高兴地笑了。

"不过这总是包办代替，官僚主义！"

"有没有工人阶级的立场？什么叫做官僚主义？"童保年吼叫着。并且他即刻地跳了起来举着手叫着："拥护朱大姐！"

"我呀，我是不识几个字！"在乱哄哄的喧闹里朱桂芬大声说，"不过我会学的！我心里头晓得，哪是官僚主义什么的，哪不是！"她说，激烈地挥着手，"毛主席说：粮食是人民的！投机造谣的，我们饶不过他们！这两天下雪，过两天米一到，就叫他们倒楣！没有阶级立场，想占便宜的都要倒楣！代表也说，困难是有的，不过，我就是说，为了五升米就这样的，不够格做工人阶级！"

"好，大姐，要得！"童保年欢呼着。人们静着了。反对的人们叫压倒了。朱桂芬笑了一笑，于是从怀里摸出那张账单，宣读了起来。她有些字认不清楚，但人的名字她是记得的，谁用什么价钱买了多少米，市价多少，吃亏多少，谁反悔了不肯买，清清楚楚，一点也不错。她又说，那回买米没有叫大伙先缴钱，于是买了来，市价涨了就有些人不要了，是她底错处……。

军事代表召开了临时的大会，解释了粮食问题，大家底情绪安静下来了。黄昏的时候，米运来了，发米了。大家拥在俱乐部门口。朱桂芬底女儿小芹很早就拿了一个口袋到厂里来等着了。她眼巴巴地望着，但是她妈妈理都没有理她，尽先发别人的。临时又增加了几个人，有两个是真的没有买到米的，朱桂芬觉得不好拒绝，就叫他们等到最后再看。但是米是显然地不够分配的。等到后来，只剩一石了，还有二十几个人没有领到。而已经领到了米的刘长巧几个人，还站在一边不走，好奇地看着。她们暗底下希望会因米不够分配而闹纠纷。

但她们却看到了她们完全没有料到的事情。

童保年、何桂英几个人首先放弃了。有的积极分子，单身汉，根本就没有领。发到最后，米一颗也没有了，却还有刘顺章、何宁福两个没有领到。他们虽然是后补的，但两个都年纪大，家里有好几口人。他们提着米口袋站在那里，望着这种情形，也不说什么。朱桂芬也沉默着——她沉默地望着大家。过了一会，两个年轻的女工，刘安安和朱佩云互相悄悄地议论了一下，走出来了。她们走到老工人刘顺章、何宁福这边来，拿住了他们底口袋，一声不响地就把自己底米往里面倒。两个老工人马上都说不要，于是和两个女工争执了起来。刘顺章说，他家里还够吃两天的，用不着要，谁要说谎话不是人。但刘安安一定要给他，和他抢着口袋；这姑娘红着脸，气得眼泪都快流出来了。

"不行的，我不要，我家里头有！"老工人说。

"我们也有！我要骗你我就不是人！"女工说。

"你有个屁！我晓得的！"

"你才有个屁！"

人们提议一家分一半，但他们几个仍旧在争执。最后两个女工摔下了米就跑掉了。

这时候人们全都看着朱桂芬了。她是没有米的，但大家知道，如果要给她，她是不会接受的。但朱桂芬却好像完全没有注意到这个。她笑着，看着跑了开去的刘安安和朱佩云，叹了一口气说：

"这两个丫头！"

"妈，我们的米呢？"这时候悄悄地发出了她女儿底声音。"妈，我们是真的没得米了呀，上半天……"

她还没有说完，年纪大的李大婶马上提着自己底口袋走过来了。但是朱桂芬大叫着拦住了她。

"哪个说没得米的！"她向她女儿愤怒地喊着——她太兴奋和疲劳了，"就饿的死你吗？还不快回家去！"

她女儿揩着眼泪，噘起了嘴就走。李大婶追着她，要把米给她，但是她理都不理。突然地刘长巧笑起来跑过去了，拦住了她。

"你看你这个小丫头！你怕你妈骂你吗？拿住吧，不要紧！大姐，"她又笑着朝朱桂芬说："你叫她拿住吧，昨天我也真是对不起人的！"

"哪个要你底米，呸！"小芹说，转过身冲出厂去了。"我们有！"她走到门口又回过头来大叫着。

刘长巧提着口袋站在那里，红了脸，苦痛地笑着。大家都冷淡地看着她，好像说："这个时候就来做好人啦？"但朱桂芬却走了过去说：

"刘长巧，你不要见怪她小娃儿啊！我也是晓得你底心的，你家里头也是要吃，你自己拿回去吧。"

刘长巧红着脸什么也没有说。人们开始散开去了。朱桂芬想起了刚才自己那样骂女儿也是很不该的,就下了决心,走到街上去,买了两斤面,还买了几两熟切的肉,走回家来了。但刚刚走到门口,小芹就叫着迎出来了,她说,不知道哪个跟他们送了米来了。

朱桂芬走进去一看,果然是的,桌子上堆着米,足足有一斗多。

"是哪些人送来的?"

"我上街冲水去了,我也不晓得!爹也不晓得,他刚睡着了!"

"那是哪几个呢?这不行的!"朱桂芬大声说,转身往门外跑去,但随即又走了回来,坐下来对着桌子上的那一堆米呆看着。她抓起几颗来,在手心里播弄着,放到鼻子上嗅嗅,又放到嘴里去嚼着。她想到这两天来所经历的一切,又想到乡下的稻田,就仿佛看到这些米是一颗一颗的稻子一样。她想,她是已经有这么多年,这么多年没有种地了,……她快乐得流着泪了,嗅着鼻子,叹着气,一面一颗一颗地播弄着手心里的那些带紫色的斑纹的,可爱的米粒。

一九五〇年四月七日

英雄事业[1]

一

发电厂老工人朱福全在大锅炉前面吵吵嚷嚷地和人们说着什么话,周围好几个人笑着在听,看见刘阿荣走了过来,老工人就快活地叫着说:"喂,阿荣主席,你来你来!"

一九五〇年一月,有一个靠着长江的大城市,不断地遭到敌机的轰炸。工会主席刘阿荣好几宿没睡了。他悄悄地在检查着工作。他很疲劳,皱着眉头想着什么,但听见朱福全一喊叫,他的沉思的样子完全消失了:真了不起,这老头儿总是这么精力饱满的。

他并不问朱福全喊他做什么,走过来就说:"老朱啊,我看你是又喝了点儿酒啦。正找你呢。怎么搞的?为什么你白天里老不肯躲飞机?"

"嘿,阿荣!你看你累的这个样儿!"老朱说,不知为什么这么高兴,哈哈大笑了起来。

周围的人们也被他引得笑起来了。刘阿荣笑着沉默了一下,问他为什么该下班了还不回去,就又责备起他来,问他为什么老不肯躲警报。朱福全不满意了。

"连你都不知道这是为什么?"他说,"嘿,阿荣啊,我不喜欢你这脾气!我选你做工会主席,我服你,不过说到这个事情,你还年轻哩。你看你累的这个样儿,你该回家去看看哪,你那老婆病了好些天哪。"

---

[1] 初版无本篇,据作家出版社 1955 年 3 月再版本补入。

刘阿荣在这老头儿面前没有办法不显得很年轻。他无可奈何地、小孩子一样地笑了。总是这样的,和这些老前辈的工人们,即使是谈着最简单的话,他都要受着很深的感动。

"你看你累的!黄金也买不到你女人那颗心,回去看看吧。"

"嘿,你又喝了点儿酒啦。"刘阿荣笑着说。一面想,他真的应该回去看看了。

"那不碍事。我们刚才就在谈的。"老工人认真地说,"你那会儿还是小孩,老赵还在厂里,我就每天喝二两,站在这锅炉前面,大铲子一挥,喝,心里就起劲啦。我刚才就在跟大伙说:老赵说道理不比你今天差。老赵他瞧着我说:看你这家伙,你替他祖奶奶哪个卖劲呀。他一说我这心就一动。后来老赵陪我喝起来了,我们俩就愈喝心里愈苦。"

"这会儿呢?"

"你说呢?"老工人说,突然现出了一个狡猾的微笑,然后用力地拍了刘阿荣一巴掌,对周围的人们说:"你们看我说的不错吧,这真是一个了不起的工会主席!"

提起老赵来,刘阿荣心里火热的。老赵是老地下党员,后来叫杀害了;就是他把刘阿荣领出来的。刘阿荣仿佛觉得,老赵现在还在这车间里面,讲着话、笑着,而他,刘阿荣呢,也还是一个十七八岁不懂事的,好打架的青年。

"老赵啊,我们今天解放啦,你看见了没有?"刘阿荣说,迎着猛烈的西北风走了出来。

天已经黑下来了。场子上照耀着明亮的灯光,拆卸、搬运的工作已经开始进行了。因为轰炸,这是必须在晚上进行的。

拆卸、检修、护厂,这是目前的主要的工作。因为这电厂的规模相当大,目前这城市用不了这许多电,为了避免在轰炸中遭受损失,上级就决定把一部大发电机和一部锅炉拆卸掉,隐蔽起来。而为了保证供电,加强另外一部发电机的能力,就一面又在进行着紧张的检修。这任务是严重的,特别是在这样的情况里面:城市解放不久,电厂里还潜伏着反动势力。谣言很多,而且,在工人纠察队还没有巩固的时候,接连地发生了一些小的破坏……

和朱福全的谈话,想起了老赵,使得刘阿荣的疲困完全消失了。好些天以来,充满着他的心的那种激昂而又严酷的战斗的心情,现在又抬起头来了。

他迎着猛烈的西北风向前走去。起重工人们的呼吼声震动着整个的广场。青年工人,共产党员赵祥和军事代表室的秘书一起,在指挥着这拆卸的工作。现在人们正在把巨大的锅炉筒移到平车上去。刘阿荣走过来的时候,正好吊架右边的绞索坏了,锅炉筒倾斜了。小个子的赵祥喊叫了一声,敏捷地奔了上去,好像他要用他的身体把这几万斤的东西托住似的。人们呼叫着,立刻奔上来一大群,刘阿荣也奔上去了。人们用粗大的木棍顶住了倾斜的锅炉筒,把赵祥救了出来;赵祥立刻就爬上了吊架。好一些工人奔过去顶住了绞盘,于是绞索拉紧了。赵祥爬在吊架上,挥着手;人们整齐地吼叫着,锅炉平稳地拉上去了。

人们喘了一口气。刘阿荣看着赵祥,这年轻人的勇猛,使他很佩服。劳动是严酷的斗争;如果刚才真的发生事故,那么赵祥就要牺牲了。但赵祥自己没有想到这一点。几十年来,这电厂里牺牲了很多的人,青年人已经锻炼得很坚强,而且非常敏捷了。即使一冲上去就是死亡,在劳动中间,人们是什么别的也不会想到的。工厂里面,每天,每一分钟都是这样度过的。

刘阿荣跳上了平车,抚摩了一下那冰冷的锅炉筒。他对这锅炉发生了这样的感情,好像觉得它也在向他说话似的。他看见了,锅炉上面有几个新碰的伤疤,于是隐隐地觉得痛心。

"这老家伙有好几十年了吧?"他说。

"十六年啦。"赵祥跳下来,大声说,"刚才老王在这说的,他亲手装的,十六年啦。"

刘阿荣沉默了一下。大家都怀着同样的感情:要暂时地和这锅炉告别了。

"同志们哪!"刘阿荣突然说,"我们这么多年干这个活,是拿性命都抵在上边的,过去老黄师傅打这上面摔伤了,反动派一个钱不给,老黄师傅病了两年死了!……就凭这一点,我们也不能叫它给美帝国主义反动派炸掉,我们今天卸下来,我们要亲手再装起来!那时候这个城要多少电我们给多少电!"

人们沉默着。这简短的鼓动很有力量,虽然刘阿荣是因为心里激动才说,并没有想到要鼓动。

他站在平车上,锅炉筒旁边——他觉得瘦长个儿的老赵满脸笑容向他走来;他又觉得老赵是站在人们里面,听他讲话,并且自豪地说:看我们的阿荣现在长大啦。"老赵,你看怎么样?"他心里说。

"大伙干吧,"人群中有人用极干脆的声音说,"谁来破坏,咱们就揍谁!"

刘阿荣于是穿过煤场往前走去,检查着纠察队。这里那里都有纠察队员,刘阿荣和他们简单地招呼着。这些纠察队员多半是年轻的积极分子,但也有几个,原来就是靠不住的角色,和厂里的流氓头张发海有关系,混到积极分子里面来的。刘阿荣打算撤换这些人,但一时又找不到别的人来代替;同时,也还没有发现他们有什么破坏的行为。

刘阿荣走过围墙的缺口,这是昨天被敌机炸坍的,看见这里没有纠察队员,觉得很不满。这时候很冷,大约那些靠不住的家伙到什么地方避风去了。他往前走去,就看见两个人在墙角里谈话。他们见他来了就马上沉默了。他认出来了,他们是原来在修理部的张扬名和徐永德——张扬名是和外线领班流氓张发海有关系的;徐永德则是很落后的,他来参加纠察队,是因为害怕被"精简"。他们显然在议论厂里的什么事情。刘阿荣走上去,要个火点烟,一面很和气地说:"你们辛苦啦。"

这两个人沉默地看着他。徐永德假笑着,张扬名则很冷淡。特别是徐永德的这种假笑,使他很不舒服。

"是不是又在谈要'精简'的事情?"他直爽地问。

"哪里,没有……"徐永德说。

"是要调人去学习吧?"张扬名问。

"学习也不坏呀。"

"嘿,那当然哪……"张扬名说,随后就走开去了。

"阿荣,"徐永德假笑着说,"我今晚上想请个假,我家小孩生病。"

刘阿荣看出来,这是那个张扬名挑拨的结果。他于是冷冷地说:"好吧,把你的臂章交给我。"

这意外的、坚决的回答,使得徐永德不作声了,好一会儿看着刘阿荣。

"要是人不够……那我就不请假也行的……"

"你自己看吧,随便你。"

"是真的,我的小孩生病……"

"那你就回去吧。"

"不,……你看你都这么累的,我怎么能回去呢?唉,其实我刚才不该这么说的,厂里这么紧,都是为大伙呀。"

他显然地是在讨好刘阿荣。刘阿荣于是问他:

"是张扬名叫你请假的不是?"

"那……本来我那孩子也有病,他不过是说,这么干的机器都搬了,反正将来总是要'精简'。阿荣,是真的不会'精简'吧?"

"不用担心这个吧。军事代表不是早说过么:只要他不是反动派,不干坏事,人民政府决不会丢开一个人不管的。这不比解放前。能劳动的,在新社会里就饿不着,对不对?"

"这对,你这话对。阿荣……你该不会不高兴我吧?我刚才那真是胡涂,……"

"你要是真的小孩有病,回去吧。"

"不,阿荣,你这么说就是骂我了,怎么能这样呢?"

"那好。那你就到围墙缺口那边看着吧。我们是工人,说一是一,我们大伙不会看不见谁有功劳谁捣乱的。"

徐永德显得很激动,马上向围墙缺口那边跑去了。刘阿荣看着他,有些气愤。他看不惯旧社会的这种卑屈的性格;特别看不惯,在工人中间,有这种不愉快的性格。这些人,叫旧社会的残酷吓得胆小了,这里跑到那里,有时自己搞点小手艺,做点小生意,有时来厂里做工,始终战战兢兢地,害怕丢掉自己的饭碗;什么时候都想少做点事,贪图一点小便宜。但其实,他们都是那么穷苦,又有什么可以丢掉,又能贪到什么便宜呢?在职员里面有这种人,那是可以理解的,为什么工人们里面也有这种性格呢?这是怎么来的呢?在残酷的压迫面前害怕成性了,于是远远地离开大伙,低下头来不再想到斗争了,于是就会变成这种人;然后就一直跌下去了。想到这里,刘阿荣的心不禁紧缩了起来。

两个人影在黑暗中过来了。刘阿荣马上发觉那前面的一个是外线的领班,厂里的有力的流氓头张发海。他喊:"谁?"那两个人站下了。"我,张发海。"这流氓回答得很安详,好像仍然有很大的信心似的。刘阿荣用手电照了一照,那另外的一个,是张发海的徒弟赵青龙。

"阿荣啊,吓了我一跳!"张发海说,"你也真是忙哪。反正大家都忙,哈。"

"你们上哪去?"

"变电所去……阿荣,我上哪去,你不必问的吧?我在这厂里总比你多两年吧?"

"你去吧。"刘阿荣简单地说。

那两个人就走过去了。

"该到下手的时候了。"刘阿荣想,往前走去。仓库前面,有一个年轻的纠察队员在那里唱歌,跑步取暖,并且像上操一样地喊着一、二、三、四。刘阿荣拿手电照了他一下,他不好意思地笑了。刘阿荣走了过去,他又跑起步来,继续喊着他的一、二、三、四,并且用粗哑的声音唱着"东方红"。走得很远,刘阿荣还听得见他的声音从冷风里传来。这粗哑的、兴奋的声音给了他很深的激动,使得他在以后很久很久,每听到"东方红"的歌声的时候,就要想起电厂里这些个夜间的沉重的斗争。

几个工人和纠察队员蹲在仓库的后面,在那里烧着木柴烤火。刚才的那个张扬名也在里面。大家围在火旁,老工人黄三喜在谈论着什么事情。刘阿荣本来想叫开他们的,但又想听一听他们在谈什么,就站下来了。工人们轮流地传递着一个小酒瓶,黄三喜停止了说话,把小酒瓶拿到刘阿荣面前来,刘阿荣接住了,仰起头来喝了一口。

"我们在谈小张财媳妇的事情,"黄三喜说,"这你是知道的。"

刘阿荣点了一下头。小张财是过去厂里配电所的工人,在反动派手里,两年多以前,跌断了腿,残废了。反动派就把他驱逐出去了。工人们上过请求书,反动派看都不看。由刘阿荣带头,大伙捐了钱,救济了小张财大半年,后来,小张财的媳妇就被街坊上的流氓逼迫着做了妓女。她是无依无靠的、容易相信人的女子,流氓女人先是用借钱给她的办法来坑害她,后来就逼她卖了身。她用这卖身得来的钱,把她的残废的丈夫养活了大半年;她和他的感情非常好。但是渐渐地她染上坏习惯了,小张财也发觉了,打伤了她,要和她拼命。她上吊自杀没有成功,就被流氓们逼进了正式的妓院。小张财去年冬天死去了,但是她现在还在那妓院里,前天还有人在街边上看见她,穿着红大衣,涂着胭脂。……这事情在工人们里面引起了议论。有的同情她,说她没有错,完全是为了小张财。但是张扬名却说了一些下流侮辱的话,并且说:"那么,为什么小张财死了她还不死呢?"年轻的工人李春福不赞成张扬名的话,但也不同意工人们的说法。

"你说她是为了小张,这对的!"他红着脸惶惑地说,"可是她为什么不好摆个香烟摊子做点小本生意呢?"

"你说说倒容易!"黄三喜说,"本钱呢?"

"就算摆摊子吧,那些地痞流氓放得过你吗?"另一个说。

"她根本不规矩,生下来就是叫人玩的!"张扬名说。

"你放屁!"李春福大叫了,"你这是没心肝!我说她摆摊子那是为她想,……你知道不知道,她在小张临死的时候还回来看过？有人看见的,她在小张面前跪着哭了一个多钟点……"

"那是装的!"张扬名说。

"你放屁!"李春福又大叫着站了起来,但黄三喜又拖他蹲下了。

大家沉默着,仇恨地看着张扬名。狂风吹得木柴的火焰快要熄灭下去了,但一下子又活泼地燃烧了起来。每一个人都很激动。

"阿荣你说说看吧。"黄三喜说。

刘阿荣愤怒而又难受地听着这一场辩论,他难受的是:小张财媳妇是那么善良的女子,他们虽然帮助过小张财,虽然在那时的环境里只有如此,但总归是帮助得不够;没有能够为这事发起大的斗争,这责任应该是他的。是不是那时候就完全不可能发起大的斗争呢?无论如何,他对于现在还在妓院里的小张财媳妇,总是有过失的。于是他特别愤恨地瞅着张扬名。

"我没有什么说的。"他冷冷地说,一面想到了,在小张财死去的时候,他送钱去,那女子在床前悲哭的情景;"把你的纠察队臂章交出来吧。"

"你这是干什么?"张扬名说。

"交出来,叫他交出来!"李春福说。

"纠察队不需要你这种造谣破坏的!你刚才对徐永德说些什么?"

"我说什么?"

"就凭小张财媳妇这件事,也不许你当纠察队!"刘阿荣发怒了,"你说你上她那里打过茶围,你说过,是不是?交出来!"

火边上的人们全体站起来了。张扬名解下了纠察队臂章。看着刘阿荣那强壮高大的身体和愤怒的、凶猛的神情,他什么话也不敢说了;交出了臂章就走了开去。刘阿荣继续愤怒得颤抖着,他拿起酒瓶来默默地喝了一大口。他觉得他正在替小张财媳妇报仇,并且将要彻底地报仇,来补偿他的过失。人们都看着他。火堆已经熄灭下去了,只是一堆红亮的炭在闪烁着。

"同志们,到岗位上去。"刘阿荣用很低的、压制着的、颤抖的声音说。这声音特别的严肃而且沉重,好像是严重战斗中间的指挥官的命令。大家沉默地、迅速地散开去了。刘阿荣踩熄了炭火堆,冷笑了一声,向前走去。

他的眼前继续闪耀着小张财媳妇的善良无告的面孔;闪耀着在这个电厂里受难、死去的人们的面孔……。但是他不久就平静下来了。

冷风里面,远远地还在传来那个青年纠察队员的兴奋的、热情的歌声。他甚至被这歌声吸引着站了下来。后来,又检查了几个岗位,看了消防的设备之后,他看见了老赵的儿子,纠察队员赵运。

赵运是修理部学徒,才十七岁,和他,刘阿荣刚进厂时的年纪一样。这纯厚的青年,现在正抱着枪站在冷风里,靠着电线杆,缩着头,就着高处的灯光,聚精会神地看着一本书。

刘阿荣不觉地站下来看着他。他站了很久,不去惊动这年轻人,感觉到一种神圣的东西。儿子继着父亲战斗了。第二代的人起来了,抱着枪,守卫着上一代在这里流了血的工厂。

他悄悄走近去,赵运马上警觉,喊着:"谁?"

"我。"刘阿荣说,"警惕性不错。不过,看书就要不得哪。……看的什么书?"

赵运羞涩地笑了一笑,回答说:"《白毛女》。"

刘阿荣拿过书来翻了一翻,不禁有了一种羡慕的心情:自己读的书太少了。所有的心思,都花在紧张的斗争上去了。他觉得,这书里面,一定说着很英勇、很美丽的事情,一定会有一个很动人的世界,为他的生活里所没有的……。于是他觉得,应该让赵运多看看书。

"看了,讲给我听吧,行不行?"他说,不觉地抚摩了一下赵运的头;"不过,值班的时候,最好是不要看。"

"是的。"

沉默着。

"将来想入党吗？"

"想。"

又沉默着。猛烈的西北风吹着他们。后来刘阿荣又抚摩了一下这青年的头顶，心里完全平静，向前走去了。

二

听说老技工王有贵的女人好几次上厂门口来找过王有贵，把王有贵找回去了，而且王有贵有些情绪不好，刘阿荣就决定抽空上王有贵家看看。王有贵是这厂技术顶好的工人，现在正干着检修发电机的工作，军事代表也嘱咐过要多照顾他的。

刘阿荣走进去的时候，王有贵两口子正闷闷不乐地坐在家里。老王刚从厂里回来，他的女人就诉了一大顿苦，主要的意思是希望老王能少冒些危险。老王很疲劳，身体不好，又关心着发电机，预备晚上还要去，然而看见老婆这种样子，又不好开口。他就有了那种阴郁的心情，像解放前多少年来那样。在这种时候，他总是不作声，一呆个把钟点，谁也不知道他在想着什么。他是学了八九年的徒弟才学出来的，挨打受骂——很苦痛、很长的道路。在老工人、工程师后面偷着瞅，记在心里，然后在没有人的时候偷偷地模仿。那最初，是为了将来在社会上能独立地生活，但后来，他对技术发生了狂热的感情，车、钳、锻工以至于木匠活、铁匠活，这一切把他迷住了。劳动才能减少他的痛苦。但继续地受着打击，在阴郁、苦闷的时候，他就开始赌起钱来。

解放后，在检修发电机的工作上这样地器重他，他就振作起来了，但遇到困难的时候，就会又有了从前的那种心情。老婆说："这样的冷天了，还是一件旧棉衣，究竟是为了哪个呢？"

刘阿荣坐下来好一会，没法改变他的这种情绪。老王很有心思地沉默着，说话很简单。刘阿荣问他是不是发电机的活有新的困难，是不是太累了，是不是缺钱用，他都摇摇头。显然地他自己也不知道他究竟是为什么，或者各样的原因都有。

刘阿荣拿出一点钱来放在桌上，告诉他说，工会有一笔钱，可以先借一点,他也没有表示拒绝。但也没有热烈的反应。

"厂里的情形,是相当困难的……"刘阿荣说,但老王对他摇了摇手。

"这些我都知道。再怎么轰炸,我都要干的……"

"那你这么不高兴,究竟为什么呢?"

"没什么……"王有贵说,又沉默了。他女人坐在旁边,托着下巴,一直不作声。

刘阿荣看出来,问题是在女人的这一面,问题是在敌机的轰炸。他问:

"大嫂,今天躲飞机了没有?"

"躲了。"王有贵女人简单地说。

正在很难打开这个结的时候,王有贵的徒弟李根材两口子进来了。李根材是很结实的、十八九岁的小伙子,也是很积极的。但现在却是一副苦痛的神气,看见了刘阿荣,就显得很不安。他的穿着一件旧的、满是油污的花布袄的女人则是怒气冲冲的。两个人吵了架了,来找师傅说理。

"这日子我过不下了,王师傅,"年轻的女人含着眼泪凶恶地说,"他要打我!"

"什么事情呀?"王有贵女人问。

"我还没用他几个钱呢。每个月发了工钱,老是捏在手里不放,我买根针他都要叫!我说,这么炸的,我这日子没意思,我回娘家去……他动手就要打!"

"你老是把钱拿去乱花……"李根材说。

"是的,我乱花;我要走了,我回娘家去再也不回来了。"

"不回来算了。"

"离婚!"女人含着眼泪说,"我蹲在这里炸死了还划不来呢,离婚!"

"好吧!"

刘阿荣正想要说什么,王有贵女人却显然地被这事激动起来了,她大声说:

"我说你们这两个都不对！这么点儿小事，就离婚离婚的，往后怎么过呀？"

她的发作使得李根材女人沉默了。刘阿荣觉得，她说得非常好。他看出来，李根材是很老实的，主要的是女人有些泼辣。

屋子里沉默了一阵。老王一直没开口。李根材女人一下子坐下来了，揩揩眼泪，突然地瞪着很天真的眼睛看着刘阿荣，好像目前正在进行着的事情和她没有什么关系似的。李根材则是很痛苦地低着头，闹到刘阿荣面前来了，他觉得很可耻。

刘阿荣并不表示意见。李根材女人天真地盯着他，后来悄悄地问王有贵女人："这是工会主席吗？"李根材愤恨地瞪了她一眼，她就又重新露出凶恶的表情，表示并没有忘记刚才的争吵。但过不了一会儿，她又天真地瞪着眼睛来研究这强壮、而且长得很漂亮的工会主席了。

"是这样说的，"王有贵终于说了，"飞机这么炸的，要离婚，要回娘家去不回来了？"他说得很慢，很低，但显然地他很愤怒；"你们两家老人都是我的熟人，这话我要说：要真的这么样，那就算不得什么夫妻，干脆！"

"真的要是这么就不对了！"王有贵女人说。

看着王有贵的气得发白的脸，李根材女人有些害怕了，她真是简直没有想到问题有这么严重，她说："我没有这么说呀！"

"没有这么说就好吧，那又为什么吵呢？"刘阿荣问。

"真的，那又为什么吵呢？"王有贵女人大声说。

年轻的两口子互相看了一眼，好像真的已经不知道为什么吵的了。

"他先骂我的呀，我说，别老发昏了，你不要家我就走，他就……"

"他不要家？"王有贵说，这样的愤怒，甚至都控制不住自己的声音了，"你说说看，他在厂里是顶着炸弹的，他为了哪个？"

李根材女人害怕、失措了，红了脸，但随即她出人意外地大声回答说：

"为了我。"并且显出了一种粗暴的样子,好像说:"就是这样,又怎么呢?"

"为了你不就完了吗?"刘阿荣说,高兴地笑了。

看见工会主席笑了,粗暴地红着脸,而且眼泪汪汪的天真的小媳妇就也一下子忍不住笑出来了。她笑得那样天真,好像觉得刚才的事情是非常有趣的,好像一切困难原来都并不存在;使得愤怒的、庄严的王有贵也忍不住地笑了一下。

"你这是干什么呀!"李根材红着脸叫着,他觉得非常难堪,但也忍不住地笑了一下。刘阿荣看出来,这小两口子原来是非常相爱的。

"根材呢,"王有贵说,"你的女人在家里也不是闲着的,你也应该……"

"嘿,他要是有心眼呀……"小媳妇说,大声地叹了一口气,"好吧,回去吧,吃了饭替我上班去!"她粗暴地叫着,挥着手,但随即她就用了那样温柔的眼光在看着李根材了。李根材又红了脸,朝她说了一句:"去你的!"跟着走出去了。

王有贵笑着直摇头,但忽然想起了桌上的钱,拿了一部分追出去了。他叫住了李根材,在外面和他谈了好一会。屋子里听不清楚他在谈些什么,然而可以听出来,他的声音是温暖而慈爱的。王有贵女人皱着眉头一动不动地听着丈夫的声音,然后轻轻地叹了一口气。那愁闷的神情从她脸上消失了。

"我们老王,总是爱这些年轻人的,"她快乐地说,"他从前当徒弟,吃的苦太多了。……阿荣,你坐呀。"她说,朝着刘阿荣看了一眼,抱歉地笑了一笑,使得她的辛苦的脸上甚至有了一种少女的妩媚的神气。显然地,那个结子解开来了。

沉默了一下,王有贵女人长长地叹了一口气。

"多少年的日子不都过来了?凭良心说,在过去,就是老王这样的工人又能算个什么?踩在脚底下叫你受!"她说。"阿荣你是知道的,"隔了一会她又说,她的脸上有了一种十分庄重的神气,"轰炸我是怕的,我担心我们老王,不过我总不能在这种时

137

候跟我们老王闹脾气。几十年的夫妻,什么样的日子两个人都是挨着的,谁不知道谁的那颗心?这种时候要是跟丈夫闹,那简直就是下流!他为了什么你还不知道!"她红了脸,含着眼泪说。

她虽然没有说出来,但刘阿荣却觉得,她是知道她丈夫为了什么的;电厂工人的妻子,几十年来是一直跟着这个电厂一道呼吸的。刘阿荣觉得,王有贵女人这时如果说出"为了国家"的话来,他也一点不会奇怪。她等于已经说出来了。

王有贵进来了,兴奋而且愉快,不断地摇着头说:"嘿,这些年轻人!"王有贵女人说:"你呢,有时候还不是这个样子!"王有贵说:"那么你呢?"于是刘阿荣大笑起来了。谈了一会厂里的工作,刘阿荣就出来了。

他决心到家里打个转。

街道上很空旷。因为敌机的轰炸,电厂的周围显得很萧条了。原来的一些很热闹的摊子,现在也迁移了。道路边上还有没有来得及填好的炸弹坑。刘阿荣想,十一二岁他就在这块地方独自谋生了,那时候电厂刚刚在建筑,有好几年这块地方是著名的杀人场,反动派在这里杀害了无数的革命者。他曾经挤在人群里看过杀人,恐怖的感觉曾经窒息过他的幼稚的心。但是经过了一些时间,这些被害者的形象在他的心里变得高大而清晰,那些高呼着口号而倒下的,那些高唱着歌而走进刑场的——他特别记得被杀害的人们中间的一个年轻的妇女,短头发,穿着满是血迹的破烂的单衣,沉默地笔直地站着,两只明亮的眼睛看着人群。十四岁的刘阿荣觉得她是在看着他,于是心里发生了一种他也说不出来的激动……。后来的事情他记不得了,但是以后好些天,他像是害着热病一般,虽然仍然到处找吃的,但对于眼前的事情一点感觉都没有。他的心里闪耀着那一双眼睛,明亮的,痛苦的,含着一种亲爱的谴责,呼唤着他,和他说着什么。他心里喊着,他要报仇,于是就用石块去袭击了一个警察——那时候他觉得警察就是杀人的凶手。……就在这杀人场旁边,慢慢地出现了繁华的街道了。解放后好一些商人、小市民们叹息着这繁华的消失,但刘阿荣觉得,这是最痛快不过的。

现在,看到这萧条的情况,又看到电厂里一大片闪耀着的灯光,他心里就很激昂。在这萧条和黑暗中,电厂仍旧屹立着,这就是他和他的同志们的胜利。但他周围的道路上的荒凉,那些个黑暗的棚子,那些个炸弹坑,又好像在反对着他,威胁着他,于是他愤怒地说:"不信你们看吧!有那么一天,我们一定要叫这块地方变得刷亮刷亮的!我们不光是要填好这些炸弹坑,我们还要再盖起大楼房来!你们等着吧!"

他转进了小街。这时候他非常渴望看见他的女人,所以走得很快。突然地从黑暗中闯出了一个人影,举着一把小刀向他冲来。这行凶的家伙大约自己很惊慌,所以在第一击里仅仅划破了刘阿荣的左脸,连带着肩膀上的一块衣服。刘阿荣是非常敏捷的,马上扭住了这人的手,对准了他的脸打了过去。格斗的时间很短,这家伙拼死命地在刘阿荣手上咬了一口,向着黑暗里逃跑了。刘阿荣追赶着,喊叫了起来。但是这地方比较荒僻,没有巡逻和守卫的部队;那暴徒迅速地就逃开去了。

刘阿荣回到家里,敲开了门。他女人银弟看见他的样子完全叫吓住了。

刘阿荣一句话也不说,坐下来,揩着脸上的血。

他的心思现在完全集中在这场斗争上面了。他在研究着,这行凶究竟是有计划的呢,还是偶然的?如果是有计划的,那么这背后一定还有什么,厂里面一定会发生一些事情。于是他觉得非马上赶回厂里去不可。

这时候他才对他的女人看了一眼。她在忙着去点炉子了——她以为他总算是回来了。她的脸色憔悴得厉害,走路也不稳,显然是病还没有好。睡在床里面的没有满周岁的小孩,这时候哭了起来。

"别忙了,我就走。"刘阿荣说,同时把口袋里的几个钱掏出来放在桌上。

他的女人银弟,好像没有听懂他的话似的,站着不动了。

"上哪去？"她问。

"上厂去呀。"他说。"你今天躲警报了没有？警报来了还是要躲。"

"我怎么个躲法呢？"银弟把手一张，说。

她是乡下来的姑娘，比刘阿荣年轻十岁，性格非常温顺的。他们结婚也才不到两年，从来没有吵过嘴。她爱这个丈夫到了极点，因此，她简直不知道怎样反对他。她做了这么一个简单的姿势就沉默了。

刘阿荣已经站起来预备走了，又坐了下来。他对她觉得很抱歉。他瞒住了她，没有让她知道他这脸上是被人刺伤的，但是，从他的神气，她已经看出来一些了。

"你这究竟是怎么弄的呀？"她问，"来，我给你包一下吧，要么烧点热水洗洗。"

刘阿荣摇摇头。他本来是要回来看她的病，安慰她的。即使是在非常紧张忙碌的时候，他心里也会有一种温柔的感情闪耀着，这感情是仅仅属于他的女人和孩子的。有时候他要想起刚结婚的时候她的那胆小，怕做错事的善良的、羞怯的神气，想起生活里的各样的有趣的小事，而独自高兴地笑起来。他时常想着，要对她更好一点，更多地对她谈谈心里的话，谈谈他的工作、斗争，特别是对于将来的理想；把美丽的将来描画给她，使她更多地分享他心里的紧张的快乐和一切激昂的感情。但是，在一起的时候，又总是说不出什么来。他现在看着她，觉得很抱歉了。而且一下子心里充满了说不出来的热烈的感情。

"妈的！"他突然高兴地大声说，"真也是累呢。你的病到底是好些了没有？"

主要的是他的这突如其来的高兴的样子，使得他的女人银弟笑了。他总是这样的：沉闷地想着什么，突然一下子叫起来了。

"看你这人！你脸上这究竟是怎么搞的呀？"

"没什么，叫一个特务拿刀子划的。"刘阿荣几乎是快乐地说，"你不要害怕，他妈的这种事情免不了。看我们慢慢地来收拾这些东西吧。想来跟我们干，差得远呢……"

他的女人沉默着了。

"怎么，害怕了？"刘阿荣问。

她仍然沉默着，她的憔悴的嘴边上有了一个苦笑。

"这有什么！"刘阿荣大声地坚决地说，"告诉我，说：不怕！……说呀，不怕！"

孩子在床上继续地大声哭着，女人转过身去把他抱了起来。她哄了一下孩子，嘴边上仍然带着那个苦笑。她替刘阿荣担心、忧虑，并且还很不高兴，他在一走进来的时候居然瞒住了她。

"看吧，我们小宝他就不怕。"刘阿荣说，逗着孩子。

可是他女人仍然不作声。她的性格里有一种倔强的东西。刘阿荣非常地激动了。又想马上上厂里去，又想和她谈话，告诉她说，斗争没有不危险的，但他们是为了大伙，为了国家，为了将来的幸福生活；党教育了他，他就要坚决斗争，必要时什么都可以牺牲。但是，激动地在屋子里走了一圈，这些话却没有能说出来。他走到她面前站住了，想要解释什么，但结果仍然只能重复地说：

"说呀：不怕！"

"我有什么说的呢？"她说，避开了他的热烈的眼光。

刘阿荣苦恼了，面孔涨得通红。

"可是你要说，"他说，声音里有着一种激怒的调子，"我们这是为了国家，为了我们自己。你想想你过去受的苦吧。你想想厂里那些人过去受的吧。"

她沉默着。

"我一进来不告诉你，是怕你担心。我还能有别的意思吗？……说呀，不怕！"他特别恳切地说。

"我有什么怕的？"她说，眼睛里闪耀着眼泪，并且同时闪耀着一个痛苦的、愤怒的微笑。

刘阿荣苦恼地沉默着，看着她。

"去吧,我不怕的。"她冷淡地小声说。然后迅速地看了他一眼,温和地加上说:"真的,我不怕的。"显然地她担心会伤害了他。

刘阿荣第一次这样鲜明地碰到她的这种倔强的性格,怀着一种尊敬的感情,但同时心里又很不安。他知道她这么说不是真的。怎么能够这样简单啊,几千斤几千斤的炸弹向着电厂的周围摔下来,站在山坡上看着、听着那些强烈的爆炸声音,她要担多少心啊。她这么说,不过是她明白一切只好如此罢了。多么愚蠢啊,他为什么要问这样的问题呢?

但是他仍然固执地说:

"你知道我们是为了什么的……"

"知道……"她迅速地回答说,感觉到刘阿荣是在苦恼着,就希望安慰他。"我能不知道吗?"她说,转过身去偷偷地揩去了一滴眼泪。

"我跟你说过,我是共产党员。"刘阿荣热烈地说,"你知道这意思不?"

这次她沉默了一下,想了一想,小声地、柔和地回答说:"知道。"

刘阿荣沉默了一下,看着她的闪耀着柔和的、光彩的、严肃的、安静的、憔悴的面孔,心里怀着说不出来的热烈的感激,一下子跑上来,张开了他的粗壮的手臂,猛烈地把她和孩子一起抱住了。

然后,他拿起了他的帽子,像一阵风一样地跑出去了。

"这家伙,像个小孩一样……"女人微笑着,站在屋子里,听着他的远去了的粗重的脚步声。她第一次这么鲜明地觉得他是受着她的支持和爱护的,正如刘阿荣第一次从她的温顺里面鲜明地感觉到她的可敬的倔强性格一样;夫妇之间,出现了新的、有力的东西。

"知道……"她坐了下来,看着怀里的孩子,又听着外面的猛烈的风声,悄悄地说,"可不是吗,知道的。"

三

刘阿荣赶到厂里,把刚才发生的暴徒行凶的事情告诉了军事代表,又打电话报告了公安局。然后,就跑到医务室去把脸上的伤包扎了一下。

军事代表兼着党支部的工作,他跟刘阿荣商量着,预备抽时间开一次支部委员会。但他的工作是庞杂的,现在职员们又是夜间办公,这里拨一笔钱要他盖章,那里一个科长请假要他批准,……一钉住就走不开了。刘阿荣帮助着他解决问题,等待着他。后来,这些杂事处理过了,他就向上级打电话,汇报今天的工作情形,并且听取指示。刘阿荣直到这时候才注意到,这领导同志是如何的疲乏了。刘阿荣倒了一杯水给他,碰着了他的手,发觉他的手是冰冷冰冷的。他刚放下电话,变电所又来报告了紧急的情况:城内的某一段高压线发生了严重故障,第一区全部断电了。说是外线领班张发海表示说,必须军事代表下命令他才能派人,而且现在没有人。张发海的这种严重的怠工行为使他激怒了,刘阿荣从来没有看见他这样激动过,他命令通讯员马上找张发海来。

"我不动他,他来动我哪,这流氓!"他说。咬着嘴皮沉默了一下,他愤怒地接着说:"我们的工作不好!有那么一些好好先生告诉我,对这种流氓恶霸还要说服教育!你在这里背教条,你要说服教育,好极了,今天他在你的脸上划一刀,明天他就一直扎到你心窝里来了!现在他就一直扎到你心窝里来了!现在的问题是马上把外线工人争取过来,两个问题一下解决!"

刘阿荣同样地激动得很厉害。但是军事代表迅速地就恢复了平静,吸着烟,皱着眉头,一句话都不说了。

张发海满脸微笑进来了。这家伙现在是显得很恭顺的。他走进来就弯着腰,问代表有什么吩咐。军事代表沉默了好一阵,很冷静地问他,为什么变电所的问题他不派人去。

他回答说,现在厂里面用人很急,高压线的故障也不能保证不是什么坏人捣鬼,所以没有命令他不敢擅自行动。

"那么,你就把这问题搁下来了。你怎么不来跟我说呢?"

"他们说要亲自请示你。"他很流利地回答。

"好吧。"军事代表说。"现在这样:马上派人去,阿荣和你一道去。阿荣,纠察队你先交给我吧。"

刘阿荣高兴军事代表的这个决定。他是干过外线工作的,并且也熟悉大部分外线工人。

军事代表叫张发海先出去,然后向刘阿荣说,他判断这里面问题不简单,张发海必定是有一些布置的。"现在城内一区完全断电了,在这种时候断电,你明白这严重吧?……"他说,用那种极其严酷的眼光看着刘阿荣,使刘阿荣觉得,这是革命的要求,党和上级的命令,必须毫无条件地就去执行。

"是。"他回答。

军事代表沉默了一下,显出了温和的脸色,取出手枪来,递给了刘阿荣。

"这给你自卫。必要的时候马上通知公安局或者警卫部队逮捕他——会放吧?"

"会。"刘阿荣回答,看了军事代表一眼。军事代表极其亲切地看着他。在上级的这种眼光下,他觉得他能完成无论怎么困难的工作。

他走出来。张发海在外面远远地等着他,见他来了,急忙迎上来,对他跳着脚大声地诉苦说:

"阿荣,你是知道的!我这怎么办啊!对他们上级干部没法说呀!外线工人?外线全怕轰炸,又说是要搬场,十个有八个回了家啦。"

刘阿荣简单地说:"去看看吧。"迎着大风一直往前走。

"那你去,我是不去的。"

"你一定要去。"刘阿荣说。

"我顶多不吃这碗饭,不干啦!这事情我干不来!"

"明天不干,今天还是要负责。"刘阿荣说。

"阿荣,你真的这么雄起来啦。"

刘阿荣不作声。

"你太……嘿,你也该小心点啊!"

刘阿荣一直往前走。

值班的外线工人一个都没有。刘阿荣打电话给一区变电所,变电所也没有工人。事情是很明显的。张发海急着要摆脱,但是身强力壮的,像钢铁一样镇定的刘阿荣不允许他。他逼着他上宿舍去找工人。有几个是流氓,看见了刘阿荣,就砰的一声关上门,说不干了。后来刘阿荣就自己去找,一面拉着张发海不放。他终于集中了几个受了威胁躲回家里去的工人。

这些人们信任刘阿荣,看见他来马上出来了。张发海想拿他们做证据,问他们是不是怕轰炸,他们不作声。刘阿荣简单地问他们愿不愿干,他们都说愿干。

工人们看见刘阿荣的沉着的态度和张发海的不安的样子,都显得生气了。他们又走回厂里来,去拿工具。张发海愈来愈不安了,终于站下,大声说,他不干了,转身就走。刘阿荣走上去冷静地拦住了他,说:

"不干不行,跟着走!"

张发海咬咬牙,冷笑了一声,就继续跟着走。他横了心了。他明白他是无法逃脱的,就拿出了流氓的冷酷的样子来。他仍然觉得他是不会失败的;厂里情况这样紧急,无论怎样现在是没法动他的,刘阿荣不过是威吓他一下罢了。他觉得厂里所进行的拆卸和检修工作都不可能完成,而台湾来的飞机终于会炸毁这一切。走过广场,当那些起重工人们看着他的时候,他高傲地扬起了头。刘阿荣站下了,他要调动几个能够干外线的工人。

朱福全马上站出来了。这老工人是刚下了白天的班,提着饭盒子预备回家的。他干过好几年的外线领工。

王有贵的徒弟李根材也跑出来了。他在外线干过。他晚上没活,是纠察队员。

接着有好几个人站出来,要求去参加这紧急任务。

刘阿荣叫李根材把纠察队的枪和臂章交回去,于是带着这一帮人,去拿工具。

朱福全和年轻的李根材沉默地走在张发海的旁边,朱福全并且还冷笑了一声。

"你笑什么?"张发海问。

"笑吗?"朱福全高兴地说,"也该有这么个时候,轮到我笑啦。"

"也轮到我笑啦。"李根材说。

"我还是能笑哩,老板!"跟在后面的,原来受着张发海的威胁的一个工人,大声地说。

这流氓做出来的那种高傲的不在乎的样子这就又完蛋了。发现刘阿荣是领着人们去拿工具,他就重新沉不住气了,因为工具已经被他隐藏、分散,或者破坏掉了。这是马上就会被发现的。

"刘阿荣,你站住!"他说,"这外线是我的事情,你这么干究竟是什么道理?"

"你说呢?"刘阿荣说。

这时候有一些工人围了拢来;这些人里面,有几个是他手下的,他的徒弟赵青龙,和刚才的那个张扬名也在。张发海于是觉得这是时候了。

"好吧,你们说吧!我在这里总算也十好几年了吧?今天你当了权了,我们这些弟兄就该饿死?外线的事情我负责的!你们不管我们这些弟兄的生死,拿人家命在手上玩,几个钱不够吃的,物价还在涨,你叫我们这些弟兄替哪个干?"

"现在你得跟我走。"刘阿荣冷静地说。

"你做梦!要我们来拿命拼呀,你们把这厂搬了,卖了,要我们玩命呀!我是工会委员,我代表大家弟兄说这话!"

"你放屁!"朱福全说。

"就不许人说话的?"赵青龙在黑暗里说。

"不许你说话!"李根材说。

"同志们，现在不是争这个问题的时候。一区高压线断了，停电了，得马上去修。大伙要是有意思弄清楚这个问题，都跟我来。"刘阿荣说。

"不用去了，工具全散掉了。"一个跟在后面的叫做周双贵的工人突然地说。

"怎么的呢？"

"你问他吧。"周双贵犹豫了一下，说。

张发海脸色完全变了。这个周双贵，是向来很害怕他，在他手下一句话都不敢说的。这种意外的事情叫他完全控制不住自己了，他冲上来就打了周双贵一个耳光。解放以后，这是他第一次公开地打人。周双贵楞住了一下，似乎好多年来的权力又在他身上发生了效果了；似乎他仍旧很害怕张发海——这一下耳光唤起了好多年统治着他的整个身心的那种恐怖。大家沉默着。周围的人愈来愈多。

周双贵嘴角在流血。他瞪着眼睛看了一下，马上冲上去了。于是这个瘦弱的青年身上突然地产生了这么大的力量，张发海完全失去了抵抗，他一下又一下地打在那肥胖的凶恶的脸上。人们叫好。刘阿荣觉得为这个花几分钟完全值得，就沉默着；实在说，他底心也整个地沸腾了。

周双贵的打击好像一阵狂风暴雨，那流氓头只能无力地躲闪着。但后来周双贵突然地停止，大声地喘了一口气，哭起来了。他把压在他身上、拦在他面前的这一座高山推倒了。这是感激和幸福的哭，为过去悲伤，为现在和将来欢喜。

"我怕轰炸呀，狗养的！"他大声说，"叫他蒋介石飞机来吧，你张发海去告诉他，我今天揍了你，你叫他来吧！"他又扑上来要打，但是刘阿荣这时候拦住了。"好吧！"周双贵大叫着，"干活去！我知道他狗种把工具材料藏在哪里！他昨儿个还偷出去一批电线，卖了二十万！"

刘阿荣于是招呼身边的两个纠察队员，叫把张发海捆起来，马上送警卫室。

听见了这个,张发海马上脸色苍白,跪下来了。

"我有罪,阿荣……"

"你也跪下啦。"几个工人大声说,并且笑了。

张发海像是被惊吓了似的,马上又站起来了,惶惑地看着周围的人们,用他的颤抖的手扑扑身上的灰土,并且小声说:"没有关系,政府是宽大的……没有关系……"他的这种喃喃自语,使得人们又笑了。两个纠察队员把他绑了起来。他稍微镇定了一点,不相信他在厂里的势力已经完蛋,企图再抬起头来,但是,在纠察队员把他带着走过大群的起重工人们身边的时候,大伙全吼叫起来了。有的鼓着掌一直跑了过来,有的要上来打;愤怒的人群使得他全身都瘫痪了。

人群里面沸腾着兴奋和快乐;有的工人甚至扭起秧歌来。马上增加了好几个外线工人,材料和工具也全有了。刘阿荣就在警卫室打电话给军事代表,把这工作的初步的结果告诉了他。

军事代表在电话里高兴地说:"好极了,这个结子解开啦——就是要这么办的!"

这对于刘阿荣是极大的鼓励,他回答说:"解开啦,闷了这么久啦,妈的!"同时他对军事代表发生了一种强烈的、说不出来的感情。他好像清楚地看见了军事代表的疲劳而严峻的脸上的亲切的笑容。

四

抢修到夜里两点钟,恢复了一区的电路。

十一点多钟,西北风好像消歇了一些,可是立刻密密麻麻地落下大雪来了。这城市现在看起来似乎很暗淡。断电的一部分完全漆黑,另外的一些地方也只是照耀着朦胧的路灯。从高处望下去,灰暗的天空下面,房屋连着房屋,大雪静悄悄地降落着。

数不清的人们,安息在这些屋子的里面。他们刚刚从反动政权下解放出来;大部分的人们还没有能感觉到目前正在进行着的斗争的意义。解放城市的战争,英雄的军队的前进,这些迅速地过去了,但新的斗争留在后面。敌机轰炸、浮华的市面衰落、汽车和霓虹灯减少、阔气的人们消失,然而,时不时地街头进行着庆祝的狂欢。工人、学生、干部和其他一切劳动人民们高唱着战歌。而在这些的下面,前进着一个巨大的、镇定的力量。这力量不分白天黑夜地前进着,在这夜里,这寂静和大雪中,更能够感觉到它的脚步声。

大雪中偶尔传来汽车的喇叭和马达声。远远地一辆大汽车驶过,突破寂静传来鲜明而热烈的歌声。这是那些刚刚开完了会的男女干部们。有一些楼房里窗户亮着,那里面人们彻夜地工作着。警卫部队的巡逻队在大雪中沿着街道的两旁散开,端着枪静静地走过来了。五六个雄健的人影,棉帽子的护耳垂在两边;那些紧闭着的嘴和那些发亮的眼睛向着前面。他们问:"谁?"这边回答:"电厂的!"他们于是挨着工人们的身边悄悄地前进了。电厂的!这是多么骄傲的回答,而战士们也是一看就明了,一听就知道,似乎是同样地感觉到这战斗的骄傲。

战士们的影子消失在迷茫的大雪中了。紧闭着的门窗里,传出了一个小孩啼哭的声音和母亲的安静的抚慰的声音。后来,一个青年高唱着《国际歌》走进这黑暗的街道。他的声音很高亢,他在大雪中扬着头,大踏着步。走近了工人们,他站下来了,一下子停住了唱歌,问:"你们是电厂的?""电厂的!"工人们响亮地回答。"好!"这青年看了一下,说;于是又扬起头来,继续高唱着《国际歌》,往前走去。很远很远还听得见他的歌声。他唱得实在不好,但却是奇特地美妙的。好!这个简单的字多么有力!电厂工人们的斗争,是给了人们多么大的骄傲。

刘阿荣和朱福全爬在杆子上。好几只手电在下面照着;紧线器坏了,于是十几个人拉紧着线。他们互相发出短促的喊叫的声音。但即使这样紧张地工作着,刘阿荣也能感觉到巡逻队战士们的脚步声,附近的房子里小孩的哭声,和那青年的歌声。……时不时地有一种喜悦的感情震动着他。

他的手灵活地运动着。雪下得更大了。附近的屋顶上都积上了厚厚的一层。

"老朱呀,你冷吧。"他突然说。

"怎么会不冷?"老工人说,于是向下面喊:"拉紧一点。"又向刘阿荣说:"阿荣,嘿!"

"什么?"阿荣沉默了一下说。

"要这样干!"老工人非常幸福地说,"再没有比今天这个活痛快的了,我还是六七年前上过杆子的呢,你看我没丢生吧,能行吧?"

"能行。"刘阿荣说,"往后就调你来干外线领班吧?"

"那我可丢不下我的锅炉。"老工人说,骄傲地摇了一下头。

修好了高压线,看见眼前大片地区的路灯,像一条条长龙一样,一下子亮了起来的时候,冻得发僵,累得站不住的工人们默默地站了一会儿。他们没有欢呼,也没有说话,拿着工具站着。

他们向自己,和这城市的骄傲的斗争致敬。市民们在发觉电灯亮了的时候会想到他们的,但这不重要,重要的是这些发亮的灯——在轰炸下一天也不断电。一切谣言,一切丑恶的东西只要有这简单的事实就会被粉碎了。在这城市的大街和小巷,高大的楼房和低矮的棚子里,灯光照耀着,斗争坚决地前进着。闪亮的路灯照见了飞舞的雪花,李根材咬着嘴皮,站在刘阿荣旁边,沉默了好一会儿说:

"阿荣师傅,这往后,我们可用不着再在那苦日子里受啦。"

刘阿荣心里热辣辣的。可是他说不出来他心里的感觉,只是用力地在李根材的肩膀上拍了一下。

他们往回走了。

"别把钱揣的那么紧,这往后是饿不着的,"刘阿荣在雪里大步地走着,说:"你那老婆,不正当的花费要讲讲她,可是你也该替她缝那么一件花布袍子啦,用不着等她来跟你吵的,兄弟你说是不是?"

"那是的。"李根材说。

"老朱哪,你说是不是这意思?"刘阿荣朝着后面的人们说,忽然地变得很活泼了,"我叫小李替他老婆缝件把花布袍子,你们看有道理没有?"

"是这个意思,阿荣!"朱福全大声说。听着这谈话,所有的疲倦的脸上都露出了微笑。显然大家很同意刘阿荣的感情。大家讲起话来了,有的说,女人们,过去这么些年跟着自己们受的苦可太多了。有的说,拖腿的事情是有的,可是只要自己真心,没有讲不通的。有的说,女人们在家里守着,她们也是参加这斗争的。

有些人们,过去喜欢拿妇女开玩笑,说一些不严肃的事情。但现在,散开在这大雪的街道上走着,偶然地想起妇女们,都怀着十分尊敬的、热烈的感情。

刘阿荣大步地走着,一面想到,等这紧张的情况过去了,他一定要去替他女人买一件她从来没有穿过的好的衣料。

五

刘阿荣一直到早上五点钟,场子里的拆卸的活告一段落的时候,才去睡了一下。早晨,天晴了,八点钟刚过,空袭警报响了。

刘阿荣爬上屋顶,看着电厂周围街道上人们奔跑的情形,然后朝那两个在冒着烟的大烟囱看了一看,跑了下来。消防队和纠察队已经准备好了,刘阿荣也穿上了一件防水的橡皮衣。李根材一直没回去,穿着一件大得拖到地上的消防衣,望着刘阿荣笑了一笑。

军事代表徐光华在配电间的明净的走廊里站着,对着窗户,望着窗外。他的疲倦的脸上有一种兴奋的、沉思的表情,而且显然地他在想着遥远的事情。看见了刘阿荣,他亲切地笑了一笑。

"来,这里站一会儿。"他说,这种兴奋的调子,刘阿荣从来没有从他嘴里听到过。

"都准备好了吧?"他问。

"都准备好了。"

军事代表显然想说些什么,要刘阿荣来分享他的感情。刚才上级来了电话,口头上表扬了他的工作。这事情虽然是很平常的,但在多少天的激烈紧张的斗争和很痛苦的疲倦状况中,却引起了他心里的强烈的波动。这些天来,他有时是有着这种心情的:埋怨着这种琐碎的,看起来是带着被动的性质的斗争,而希望回到火线上去。他从前是部队里的营教导员。沉没在日常的琐碎而又紧张的斗争中,一下是轰炸,一下是职员的问题,一下又是工资、材料的问题,他觉得很难做出什么成绩。日常的琐事和紧张的责任感窒息着他,有时就使他觉得烦恼。上级的简短的表扬,使他从这种状况里跳了出来,并且充满着激昂的斗争的感情了。

"妈的,也许是脑袋太疲乏了,"他兴奋地说,"一下子就想起前方来,好像这就是在前方掩蔽部里,一切都准备好了,就等着那一分钟向敌人发起攻击。……我那部队哪,现在到了广东国境边上了,不知老战友们现在是怎么个样儿。"

"一定打得挺好。"刘阿荣说。

"那当然。"

沉默了一会儿,军事代表重新瞧着窗外。

"每天每天这么搞,看起来尽是被动,有时候反而就把斗争的意义给忘记了。看这是不是个思想问题?"

刘阿荣尊敬地沉默着。站在军事代表旁边,他觉得大的镇静和信赖:信赖自己,信赖周围的一切。

军事代表同样地从刘阿荣身上感觉到力量。他有时对刘阿荣有一种抱歉的感情,觉得刘阿荣太累了,应该使他休息休息,或者鼓励他一下,对他说,等这个局面过去了,他们就要着手正常的工作,那时候就要好些了。但又觉得,在这种严重的斗争情况里,这么说是没有必要的。而且,什么才叫做正常的工作呢?在革命里面,目前的这种斗争不正是很正常的吗?

他看了看刘阿荣的纯朴的、坚毅的脸色,想说什么又没有说,刘阿荣就也看着他。

"脸上的伤怎么样?"

"没关系。"

他伸出手来,轻轻地在刘阿荣脸上的绷带上面按了一按。

"觉得工作有什么困难吗?"他问。

"没什么。"

"如果上级表扬我们,"他突然高兴地说,"说我们的工作做得很好,直接地巩固了革命秩序,你觉得怎么样?"

刘阿荣沉默着。他没有想到过这个问题,现在也没有去想。他只是感染着军事代表的这种兴奋的感情;这是他很少在军事代表身上看见过的。

"下面看看去吧。"军事代表说,没有解释他的问题,和刘阿荣一起向前走去了。

"你累的很了吧?"军事代表说。忽然地他又说:"你没有到过火线吧?比方说……在战斗中间,上级来了。上级看了看战士们的情形,没有说什么,不过稍微笑了笑,你知道这是多大鼓励?"

"上级要表扬我们?"

"每一个战士,"军事代表继续说,并不直接回答刘阿荣的问题,他在楼梯上站下来了,显得热情而激动,"我们的每一个战士都知道,他不光是在打仗、冲锋,他是在做着英雄事业。你说是不是这样?你说,你有时候是不是能感觉到,你不光是在做着这些事情,而是做着英雄事业?"

刘阿荣静默地、严肃地站在军事代表面前,点了一下头。他觉得非常的激动。

军事代表和刘阿荣兴奋地走了出来,在军事代表的心里,仍然闪耀着上级的声音,和对于目前的斗争的伟大的感觉。他完全忘记了他的疲困了;他敏捷地走着,快乐而高兴地对大家说着话,检查着工作。

紧急警报响了。在地下室楼梯的入口,拥着一群人,老工人朱福全在那里大声地说着话,劝青年工人们进去。他是车间的纠察组长,对青年工人们的那种满不在乎的样子焦急起来了。

紧急警报的汽笛在屋顶上号叫着,各处都有人们在跑动着,有的找寻隐蔽,有的跑向岗位。这种紧张而激动的情况,使得朱福全的声音特别有力。看起来他是很愤怒的样子,但实际上,他是因目前的紧张斗争而快乐——军事代表马上就感觉到了这一点。

老工人激动,又愤怒又快乐,因为他骄傲地觉得,在所有的人们里面,他在这个厂里时间最长久,快三十年了,能够有今天,他已经很满足了,他没有什么可以害怕的,而年轻的人们则不同,他们胡里胡涂,还没有开始生活——他觉得是如此——应该赶快躲避起来。

而且,他不能容忍,要这些年轻人来保护电厂,迎接危险和伤亡,而不让他来保护电厂。他奇怪地觉得,任何危险都不能碰到他,那唯一的理由是:他已经在这厂里快三十年了。他甚至有这种感觉:唯有让他来保护,这电厂才能安全;而且,只要他一个人守在车间里,就足够了。

原来的规定是:空袭时间每个部门都要留下少数的人。今天不该朱福全留下,但他一定要去,而且相反地要把年轻的人们都撵到地下室去。

"没任务的就躲一躲吧。"军事代表说。

"哦,代表,我是有任务的是不是?"朱福全骄傲地说。

"你应该躲一躲。"军事代表笑着说。

老工人马上红了脸。年轻的人们悄悄地笑了。有几个跑进了地下室,有几个跑上了扶梯。

"笑什么?"朱福全站起来大声叫着,"我不信你们搞得好!你们负不起这责任!"

"老朱,别这么啦。"阿荣说。

"我跟你们说吧,要是我在你们这年纪,我就躲起来了,爬在地下室一动都不动,你们年轻人将来日子长哩,代表你说是不是?我五十几岁了,为这厂累了三十年了,今天不要我,要你们?

出了故障什么的是你们能行还是我能行？"

"老朱，不是这意思。"军事代表说，但同时也觉得，朱福全后面的这个道理倒是对的。

朱福全站着不作声。

"那你也上去吧。"军事代表说。

朱福全好一会儿仍然站着不作声。后来他小声说："代表，你是明白人。"仍然满脸怒气，走上了扶梯。这时候敌机的声音已经传来了，军事代表和刘阿荣回过头来，看见朱福全并没有走开，却站在楼梯上面望着场子中间的奔跑的人们。

有两个年轻人，穿着消防队的衣服的，跑过他身边，他叫喊起来了。

"还跑！还跑！"他愤怒地挥着手，"告诉你，你们年轻人快替我躲起来！"

那两个年轻人并没有理会他。他的脸上仍然是那种激怒的神气。这时候飞机的声音大起来了，并且传来了高射炮的猛烈射击。朱福全听了一听，自言自语地说："狗强盗飞机，我看你能把我怎么样！"走进去了。

车间里面，王有贵在车床前面磨着工具。他听了一听飞机的声音，继续地磨着他的工具。他只是早晨三点钟才回去睡了一下，这一早又来了。他做梦也梦见发电机，梦见它发着高热快要燃烧起来了，发出粗糙的可怕的声音，颤抖着，于是他拿冷水去泼它。这发电机有二十几年的寿命了，解放前一直浑身毛病，没有能照着规定的数量发过电。现在他们要修好它，将来用它来主要地供给全城的用电。毛病已经全部检查出来了，现在的问题是缺少一部分的工具和材料。王有贵做梦都梦见，怎样地来改造工具，寻找能够代替的材料。现在他的这一组人全都在这上面打着主意。忽然地他想到，旧材料，库房里有一些旧发电机的零件，可能解决问题的。这么的，他就丢下了手边的事情，走了出去；他完全忘记了敌机已经到了头顶上。

人们都在工作着或者听着敌机，没有注意到他走出去。他走下楼梯,高射炮的射击使他略微站了一下。他到地下室里找管仓库的人要钥匙。地下室里,所有的人都在听着飞机声和高射炮的射击声,但王有贵却一点都不注意这个,很安静地,像平常一样,走进来找事务员要钥匙。他给别人的印象总是很温和的,说话的声音也不高,现在也和平常一样。事务员没有想到他要钥匙干什么,但是交给了他。大家也没有想到这个问题,都以为他是下来躲避的。这时候附近已经落下了炸弹,他听了一听,往外走去。

"王师傅,你哪去?"有人喊了起来。

"找点东西。"王有贵说,已经走出来了。

轰炸每天都有,他已经习惯了。他全部心思都放在他的工作上,因此他不但觉得要炸着他是不可能的,而且走到外面的时候,也只是很冷淡地抬起头来看了一看天空,好像这一切是与他无关的。他绕着墙走过去。一颗炸弹发着啸声落下,他心里稍微有点紧张,揣测着这炸弹是不是会炸中厂房和发电机,一面爬了下来。炸弹落在破烂的木料堆那边,蹦了他一身的泥土,并且有一块东西在他的额角上敲了一下。但他没有觉得。他想:很好,没有炸中厂房。他爬起来,又往前走。

只有坚决的老战士们才有这种镇定,他却是连枪炮声也很少听到过的。然而,他又不曾意识到自己的这种奇怪的无畏的力量。他只是很简单地要走到旧材料房去而已。现在他又增加了一分担心:怕旧材料房叫炸掉。他想:旧材料房里究竟有没有大号的斜齿牙轮或者别的什么呢?他的眼睛紧紧地盯着几十公尺开外的一排屋子。他卧倒,又爬起来,但又并不快跑,仍然一面思索着,担心着,一面很安静地前进着。

敌机一架又一架地穿梭轰炸,并且开枪扫射。附近有纠察队员大声吼叫,怕他暴露目标,但他觉得这是不成道理的,电厂早就叫集中轰炸,还有什么可以暴露的?

刘阿荣在楼上的窗户里看见,这么一个人影,在轰炸中一时伏下一时站起,镇静地前进着。刘阿荣马上发现这是王有贵,惊奇起来了。他不知道王有贵是去干什么，简单地想到王有贵的处境太危险，必须去帮助他，奔下楼来了。

在楼上的窗户里看起来，站在广场上的人是很危险的。但其实这是一种错觉。在广场上的人，反而觉得他这里没有危险；他只是担心着周围的巨大的建筑物。

刘阿荣一直奔过去，只在一颗炸弹落在附近的时候才爬①下了一会儿。炸弹狂啸着落下的时候，他忘了自己是蹲在刚才觉得最危险的广场上了，相反的，他担心地看着刚才觉得最安全的厂房，觉得那目标是太大了。……他追上王有贵的时候，王有贵已经打开了旧材料房的门，蹲在那里寻找着了。他已经翻出了一些旧的、生锈的螺丝和斜齿牙轮。

王有贵的手激动得有些颤抖。现在他没有刚才的那种安静了。铁锈的气味、房屋的角落里的发霉的潮湿的气味，酸苦的、沉重的、说不出来的味道，使他一下子回到过去多少年的生活里去了。这里面的这些零件、器材，有些是刚用了一下就叫故意弄坏了摔进来的，有些甚至坏都没有坏，简单地就把它们"报销"了。过去多少年，修理房的工人们是用这个来发泄他们生活里的痛苦的，"不能用啦，他妈的！买这种材料，拿老子们的手开玩笑吧！"这些材料堆积起来，官僚们也很乐意，他们可以卖废料分肥。解放以后，清点了一次，但也并没有怎么注意到它们。没有注意到它们都是受委屈的，有用的，能够使机器转动的东西。王有贵一接触到那种苦涩的铁锈味，心里就发生了又欢喜又伤痛的感情，他蹲下来了。从大太阳地里一走进来，屋子里暗沉沉的看不大清楚，但马上就好像有几千只眼睛在对他注视着。"哈，老伙计们，来接你们啦！"他说，他的手那样激动，不管是不是会叫划破，一下子就凶猛地插到材料堆里去了。"没忘记我吧，老伙计们，叫你们委屈啦！"……他完全忘记了敌机的轰炸，也完全不知道，他的头上是已经叫炸弹蹦起来的石子打破出血了。

---

① 原文如此。

"你干什么哪,老王!"刘阿荣叫着冲了进来。

"你看哪,这可能找到的!全是有用的东西,他妈的!"王有贵喊叫着,又蹲下去了。

刘阿荣想要拉他走开,但又觉得这里其实也并不比车间里更危险,就没有作声。而且,王有贵的狂喜的样子完全吸引了他,使他同样地看见了那些材料,他也就蹲下来和他一道翻检着了。"要彻底检查一下,要彻底检查一下!嘿,这还是我那回摔的呢。"他叫着。只在一排机枪扫射下来,就在附近发出很尖锐的声音的时候,他才又意识到敌机的轰炸,马上推倒了王有贵,两个人一道伏在地上。也只是在这个时候,他才注意到老王脸上的血,吃了一惊。

"老王,你怎么哪?"

"什么?"

"看你脸上!"

王有贵拿手往脸上一抹,满手都是血,然而笑了,骂了一声,好像这是很滑稽的事情似的。

"怎么哪?"

老王把手上的血往工作衣上面揩了一揩,就又来翻检材料;但马上觉得一阵迷糊,站不住。刘阿荣迅速地扶住了他,拿出一块手巾来替他包扎着。他就躺在刘阿荣膝盖上,闭上了眼睛,但随后又睁开来,安静地瞅着门外的闪耀着太阳的材料场。

那块叫炸弹蹦起来的石子把他的头砸得不轻,而且,他实在太累了;他就安静地在刘阿荣膝盖上躺着,让刘阿荣替他包扎。几分钟的软弱和迷糊里面,他心里刚才的那一阵激动过去了,他觉得非常安静;敌机的轰炸声对他变得非常远了,好像只是一些不相干的声音。他呼吸着刘阿荣身上的热烈的气息和汗味,并且忽然想到,当他还是一个可怜的小徒弟的时候,有一次为了替师傅领材料被厂里的流氓打伤了,他曾经一个人独自哭着,往这材料场上毫无目的地狂怒地奔跑着;那时候也是冬天,照耀着这样的太阳光。刘阿荣替他包好了,他坐了起来,笑了一笑。

"怎么样?"

"迷糊了一下,不吃紧。"他说,一面注意地听了一下敌机的声音。沉默了好一会,他又非常温和地说:"阿荣你说吧。再隔这么些年,我们这些老工人想起今天的事情来,嘿……。我要告诉我那孩子,"他说,非常柔和地笑了一笑,"告诉他说:有那么一回,你阿荣大叔在炸弹下面替我裹伤,你们要记住他。"

"身子怎样,能行吗?"刘阿荣说,同样地笑了一笑。

"能行。"他说,随即微微红了脸,现出了一种很庄重的神情,就又来翻检材料了。虽然他说得很平淡,但刘阿荣感觉到自己是被一种强烈的感情所爱着,好一会儿心里很激动,看着他,不知道该说什么。

这时候敌机绕了一个圈子又过来了,一颗炸弹击中了厂房的右后角,那里是三号锅炉部分。好像对这一击有着特别的感觉似的,刘阿荣跑到门口,随即奔出去了。王有贵也奔出去了。

大群的人们奔出来了。人们就在敌机继续轰炸下开始抢救。刘阿荣奔上楼的时候,军事代表正在向里面跑,对他喊了一声:"阿荣快来!"就一直扑到烟雾中去了。

朱福全、李根材、周双贵、赵运……所有的人都奔上来了。大家毫不犹豫地向烟火中冲去。对这电厂的几代工人的感情,过去的悲愤和目前的仇恨,以及刚刚解放出来的爱情,都集中在这里了。砖墙倒塌着,锅炉的缺口往外面喷射着火焰。刘阿荣抱了一个大沙包扑了上去,朱福全随即也扑了上去,军事代表也抱着沙包扑了去。

敌机过去了。成百的人围在楼上楼下,抢救锅炉。

对敌人的仇恨在人们心里沸腾着。这以前,敌人一直没有能直接地击中电厂,人们是存着一些侥幸的心理的;但现在,敌人一刀子下来,割去了大伙身上的肉,流血的痛楚给大家说明了敌人的恶毒。这是再明白不过的了,敌人的直接的对手不是别的,正是站在这里的每一个人。美帝国主义和蒋介石在做着最后的挣扎,首先想要杀害的,就是站在这里的每一个人。

愤怒而顽强的斗争继续了一个多钟点。军事代表腿叫砸伤了，并且衣服全撕破了，但仍然跛着脚在锅炉周围跑着，指挥着。像是指挥员站在尖锐的战斗中一样，每一分钟都感觉到胜利的可能，心里充满了兴奋和紧张。他一定要救下这锅炉。看着大群的工人抱着沙袋奔跑过来，他就喊叫着："同志们，加油呀！"并且挥着手，对每一个人喊叫着，对每一个人挥着手。当倒塌下来的砖块砸在他腿上的时候，他仅仅对腿上看了一看，愤怒地笑了一笑。一个年轻工人在奔跑中跌倒了，他马上把他扶起来，并且几乎是毫不费力地就把他轻轻地举了起来，放在材料箱子上。那年轻工人吃惊地看着他，他却迅速地跑开去了。他的无限的精力，他的在战斗中的活泼和豪迈样子，成了这个斗争的灵魂了。一直到锅炉脱离危险，好一些工人们疲劳得站不住了，坐下来或躺下来休息了，他还站在那里，满身灰土，仅仅穿着一件破旧的棉背心，然而一点疲劳的样子都没有，愤怒地紧闭着嘴对着锅炉看着，而当年轻的赵祥走过他身边的时候，他忽然又高兴地拧了一下赵祥的耳朵，笑了起来。

但是，当上级首长到来的时候，他心里却出现了另一种感情。他觉得他还没有能完全尽到他的责任；锅炉所受的损失使他的心里有一种顽强的伤痛的感觉。他含着一个痛心的、温和的微笑迎了出去。

"怎么样？"局长问。

"脱离危险。"他回答说，他的声音很低，脸上继续含着那个痛心的、温和的微笑。不仅是锅炉所受的损失使他觉得伤痛，那些沉默地休息在车间里的受伤的、辛苦的工人们也使他觉得伤痛，他现在是这样地爱着工人们。他说话的声音很低，和刚才完全不同，变得很文雅、很安静，陪着首长们走进了厂房。

厂房里静悄悄的。发电机已经停止转动了。这里躺着一个人，那里坐着一个人；没有睡着的，有的在裹着手上或腿上的伤，有的在整理着破烂的衣服。这战斗过后的严肃的情景，使得大家都沉默着，没有一个人愿意破坏这寂静。但是有两个年轻的工人站起来了。迅速地，所有的人全站起来了；那些睡着了的没有人喊也全都醒来了。大家肃静地站着，像一支受检阅的军队。

"同志们哪！"军事代表带着那同样的微笑，用很低的声音说，但这声音仍然显得很响亮，"上级首长来看咱们了！咱们这是打了胜仗的军队是不是？"

工人们脸上现出了笑容；有的忍不住地张开了嘴。于是，发出了一片欢呼的声音。

"现在电是断了。发电的事情怎么办呢？……"军事代表笑着说。工人们的欢呼声震动着他，使他的眼睛都潮湿起来了。他没有料到从这些疲劳的人们里面，能够这样迅速地燃烧起这一阵热情来，但显然地，这是他的那种深沉的声音的力量，这声音一直打到了工人们的心里。

他没说完，工人们你一句他一句地把他打断了。大家提议，先不管破坏了的大锅炉，马上动手把正在修理的小锅炉加工修理起来，争取今晚发电。

"这能来得及吗？"局长问。

一大片声音回答说："能！"于是这些刚才还疲劳得站不住的工人们，立刻满脸光采地奔开去了。

厂房里马上又充满了劳动的声音：工具的碰击声和喊叫声。首长们和军事代表在厂房里转了一圈，回到办公室来商量着问题，刘阿荣进来了。他是抢救刚一完结就忙着去找车子送走几个负伤的工人的。

军事代表带着掩藏不住的高兴，把刘阿荣介绍给首长们。

"这就是我说过好几回的——刘阿荣同志！"

"这么个样儿的！"首长们和刘阿荣握手的时候，军事代表高兴地继续说："阿荣是从前的老地下党老赵带出来的，咱们的——好工人阶级！阿荣，你觉着咱们这是在干着英雄事业吧？"他亲切地问。

刘阿荣稍微有点红了脸，小孩子一般地笑了一笑。

首长们走了以后，军事代表和刘阿荣上小锅炉去协助工作了。总工会调来了十几个老技术工人帮助电厂,斗争顽强地继续下去了。黄昏的时候,小锅炉修好,生火了;虽然发电量要小些,但毕竟做到了不断电。满身油泥的刘阿荣和军事代表走出了厂房,爬上了屋顶,喘了一口气,看着在黄昏的天空下又在冒着烟的烟囱。

在寒冷、无风的天空里,浓浊的煤烟笔直地上升着。城市展开在他们面前。无数的密集的旧式的瓦房和一幢一幢的高楼,顶上都积着雪。远处的街市上充满着黄昏时候的嘈杂而忙碌的气氛。城市的左边,积着雪的高山雄伟地站着,宽阔的江流沿着山边流了过去。这一切都在黄昏的太阳下发着亮。太阳在江流后面的辽阔的平原上慢慢沉没下去,在闪着光的江水中,一些帆船好像是停留不动的美丽的黑点——天慢慢地黑下来,就要有千千万万支灯光重新照耀着了。

六

大群的妇女围在厂门口,有的提着饭盒。虽然门口的守卫告诉她们,今天并没有损失人,只有几个轻伤,她们仍然不散。军事代表走出来看见了。他站在一边听了一下,就走回去,告诉刘阿荣,要他找几个工人出去一下。

刘阿荣找了王有贵,李根材,还有好几个人,要他们出来。他自己也跟着出来了。他们一走出厂,那种破烂疲惫的样子,稍微把妇女们惊吓了一下,然后她们拥上来了。

"啊呀,根材,你怎么哪?"李根材媳妇喊着就往前跑。

"这不很好?"李根材大声说。

"啊呀……你没伤吗?"

"咄!又不是纸做的!"

虽然李根材显出一种满不在乎的样子来,他的天真的女人仍然兴奋得淌了眼泪,他自己也红了脸。他很不好意思了,但看见周围并没有人注意他,他就很亲切地说:"别这样,这算什么呢?你放心好哪。"

王有贵女人红着脸走了过来,沉默了好一会,问老王说:

"你吃了饭没有?"

她有很多的话要说,担心惊怕的,仇恨愤怒的,亲切的,热烈的话……这些话在妇女们心里一直沸腾着,但现在见到了,却意外地平静,仅仅说了这一句,好像她不过是为了送饭来的。老王也就很简单地回答说:"没有吃。"

刘阿荣女人则是一句话也没有说,把两个大馒头塞在刘阿荣手里。刘阿荣马上就撕开,吞吃起来了。他知道他女人高兴他这样做。他女人站着安静地朝他看了一下,非常满意他的饥饿的、狼吞虎咽的样子,就说:"我回去看孩子去了。"但又没有走。

刘阿荣问:"你身体好些吗?"

"好些哪。就是还软的很。"

"那当然的。"刘阿荣说,好像在证明着什么问题似的。"回去早点睡吧。"

同时,赵运的母亲,五十几岁的老太太,拿着饭盒子在她儿子的前面打开来,告诉他说,这饭底下,有两块肉。然后她理着她儿子的衣裳、头发,说:"冷了,找个火热一热吃吧。"

"妈,你回去吧。"

"要热一热吃,找个火稍微热一热,"母亲说,继续地抚着儿子的头。

儿子觉得不好意思,仍旧要他母亲回去,但后来他也不再坚持了。他提着饭盒,让他的母亲静静地抚着他。妇女们和男子们就在这母亲和儿子的身边围成了一个圈子。

"那饭底下有两块肉……你爹从前在厂里,没叫人害死那时候,我一有钱,总是弄这么两块肉。"母亲说,"他总是吃一块又留一块回来,这个人!"刘阿荣不禁又想起了老赵,和昨天晚上,赵运抱着枪在路灯下看书的情景,于是他重新感觉到了那种神圣的东西。他走上来了。

"大妈,"他说,"我那时候是个小孩子。比赵运大不点儿。"

"阿荣啊！现在你是工会主席了,对吧？"老太太说。

"对。"

"那你好好干吧。"老人突然大声说,"我一听说你是主席,我就说：这好！赵运他爹在地底下也能放心！"

"能放心！"刘阿荣说,他原来是害怕老太太会悲伤起来的,但现在他觉得用不着说什么了。那种对于过去的斗争,对于老战士的神圣的感情,使他喉咙里塞住了一块热辣辣的东西。他终于笑着说："从前你送这两块肉来的时候,老赵的那一块有时候是给我吃的！"

"那我知道他会这么办的！"老人说,"赵运,今天还是这么办吧,给一块阿荣吃！"

刘阿荣还没有能说话,老太太就大声说："这是叫赵运记着他爹！好吧,阿荣,要是你不吃,"她又说,"明天我多送些来,那你就要吃了。"

"那要吃的。"刘阿荣笑着说。

"要热一热吃啊,赵运！"刘阿荣他们走回厂里来的时候,老太太还在门口叫着。

但是后来赵运却很羞涩地把那两块很大的肉送来了,说："你吃吧。"刘阿荣笑了一笑,拿起一块来吃了,并且用力地搂了一下那年轻人的肩膀。

男人们都进厂去了,走得看不见了,妇女们这才走开。她们结成一群,不觉地把赵运的母亲围在中间,在结冰的街道上沉默地走着。她们打一个新炸的弹坑旁边经过,站下来了。大家瞧着这弹坑沉默着——这颗炸弹,从那些万恶的强盗那里投掷下来,原来是想要击中她们的丈夫、儿子的；这也就是说,原来是想要击碎她们的心的。

"这样大的坑！"李根材媳妇说。

但大家沉默着。赵运的母亲拾起了一块弹片,在手里称了一称,一声不响地揣在怀里继续往前走去了。后来她又在路边上拾起了一片。

"这给你吧。"她向刘阿荣女人说。

刘阿荣女人接了过来。她马上了解了老人的意思。她迅速地把这弹片揣到怀里去了。这时候她的柔弱的脸上就有了一种又坚决又沉着的神气。……

七

电厂的斗争又继续了一个多月。敌机叫强大的高射炮火打退了;全国大陆都已经解放,强盗们放弃了这毫无希望的袭击了。

电厂没有断过一天电。城市是彻夜都照耀得通明。强大的、镇静的革命的步伐在前进着。……

工作告一段落的时候,这个星期六下午,厂里发下了奖金。但刘阿荣仍然搞到很迟才能回家。开完了党支部大会,军事代表又找他商量了好久布置工作的问题。

他走出电厂大门的时候,脑子里还在热烈地盘旋着各样的问题:该培养哪些积极分子,党员该怎样分工,该怎样地来趁热打铁,发动群众和行政上订一个实实在在的集体合同。……所以,走了好一会,他才突然记起来,他领的那一笔奖金丢在军事代表抽屉里了。

他想明天再来拿,但马上想到,这一笔钱是会叫老婆高兴的;钱虽然不多,却有着很大的意义。于是他又跑了回来。

军事代表在台灯下面写着信,听见了喘气声和粗重的脚步声,就抬起头来望着他笑着,显然的,早就想到他可能回来。

刘阿荣天真地笑着说:

"把钱忘啦。"

"唠,正预备叫通讯员给你送去呢。"军事代表说,指着摆在桌边上的钱;"快拿回去吧,给你老婆买点什么。"

"就是这意思。"

"你看,我这也是给老婆写信呢。"军事代表高兴地说,"我老婆调了工作啦,老发牢骚说我不写信。"

军事代表也有老婆,而且他还会用这种亲热的声音提到他老婆,这是刘阿荣从来没有想到的。他好奇地看着军事代表。但随即他想到,在这个星期六的晚上,在经过了好几个月的紧张的斗争才得来的这个星期六的晚上,让军事代表一个人守在这房间里,是很不应该的。但是他又不知道怎么说法。

"这样行吧,"他直爽地说,"信待会儿写——上我家玩去,我打点酒。"

军事代表对着他笑了一笑,同时看了一下他的周围,桌上的成堆的文件、电话机、玻璃板下面发电量上升的图表,以及墙上的毛主席像和全市大地图。他这么迅速而愉快地对这一切看了一看,好像对刘阿荣说,他明白他,刘阿荣的想法,但他坐在这里是很应该,很快乐的,无论这是怎样的一个星期六的晚上。

"信待会儿写吧,怎么样?"刘阿荣笑着说,但不觉地也看了看这一切:洁净的玻璃板下面的发电量上升的图表,全市的大地图和毛主席的高举着手臂号召前进的画像。在那个全市的大地图上,用红蓝铅笔标志着很多个变电所、变压器和线路的记号,好像作战的地图一样。

"不啦。"军事代表说,"我这信要写得很长很长呢,不然老婆就要骂啦。"

军事代表的愉快、安详而幽默的神气,叫刘阿荣笑起来了。

"回去吧,给你老婆买点什么,再给你小孩买点吃的、玩的,买个小腰鼓。"

"还不会呢。"

"那要几岁才会呢?你那孩子几岁啦?"军事代表眼睛闪亮着,很有兴趣地问。

"还不会走呢,才一岁不到。"

"哈,你看我对小孩这么没常识!总要三岁才会走吧?"

"这个……恐怕两岁就行了吧,我也不大清楚……这要问她们做妈妈的。"于是两个男人对自己的这种无知同时笑起来了。

"你没孩子?"刘阿荣问。

"有个男孩呀,也是一岁。"

刘阿荣想再问一问军事代表,他的老婆在哪里,他的孩子怎么带法,但又觉得,对于自己所敬重的人,这么问是不恰当的,于是就笑着说:"对!"拿了钱转身跑出去了。

他走出了电厂,继续想着,孩子究竟要几岁才会走呢?同时在他的眼前闪耀着军事代表的笑容、玻璃板下面发电量上升的图表、画着红蓝记号的全市地图和毛主席像。他不觉地回过头来看着电厂的三层楼的高大的厂房。在那些亮着的窗户里有一个是军事代表的窗户。刘阿荣看见了,一个高大的人影在灯光下晃动着,最后停在窗户边上了。——那里是挂着毛主席像的。

刘阿荣站了一下。附近的小摊子上的嘈杂的人声,汽车的喇叭声,和电厂里传来的沉重的轰轰的震颤声包围着他。有些暖和起来的微风吹着他;这微风里面已经含着新鲜而温柔的春天的气息了。冬天的沉滞的冷风已经不知道什么时候消失了,无论是城市的高大的建筑物,街边上的沟道里的难闻的污秽的气味,汽车的汽油味,或是那些沉重的嘈杂的声音,都阻拦不住这愈来愈强烈的春天的新鲜的、温柔的气息。刘阿荣嗅嗅鼻子,满心的热烈和欢喜,又往前走。

周围的人们都是很亲切的。他一眼看过去就知道这个人或那个人是在怎样地生活,每一个面孔对他都不生疏。那在摊子边上吃面的披着破棉袄的老头儿,是码头上的老工人,看他脸上每一条皱纹里的煤灰吧,他几十年来受过多少苦,干了多少活啊。他的儿子是叫国民党反动派抓去当兵,逃出来又被捉回去,活活打死的。他的背驼得很厉害了。但是他照样地干活,解放后这样地起劲,像一个青年一样,仍然是一捆就是一两百斤。现在他坐在这里,带着善良的老头儿所特有的天真的慈爱的笑容,和身边的一个小伙子说着话,捧着一碗热腾腾的面条。这样的休息是多么好啊,而在他累不动的时候,将来,国家是会养活他的。……那个年轻的小伙子呢,他是煤场上的小组长,这家伙,在这样的天气就已经敞露着强壮的胸膛了。他慢慢地抽着一支烟,浑身都冒着汗气,英俊的脸上有着一个顽皮的微笑;他一定是刚刚干了笨重的活下来的。他的每一个动作里都流露着对于自己的力量的信任。……在他们的附近,烟摊子上的胖胖的、高大的女人在说着话,拿着一只鞋底,高声地大笑着……。这女人姓什么呢,好久没有看见了。前些时这里是一片漆黑的,现在,炸弹坑填平了,人们又回来了,小摊子上的电石灯和煤油灯又一朵一朵地点燃着了。

有几个熟人和厂里的工人招呼着他。他听见背后有女人的响亮的声音说:"看呀,那就是刘阿荣,他们的工会主席!"——"还年轻呢。"另一个女人说。刘阿荣笑了。他一下子抱起了路边上的一个熟识的小孩,把他抱到一个小店里去,买了一颗糖给他……。在靠近码头的地方人更多,挤得更密,他迅速地挤了过去,拍拍这个小孩的头,拧拧那个少年的耳朵。一个泼辣的少年大声叫着:"刘阿荣,请我抽支烟!"刘阿荣就给了他一支烟。

但后来,走到比较空旷的地方,他就想起来了,明天他应该去替他的女人买怎么样的一件衣料。解放以前他从来没有想到这些事情,但这时候,这却成了他的一桩心愿。她从来都没有向他要求过什么,她自己一个钱都不花。实在不应该这样了。在乡间做姑娘的时候,她多少年一直穿着她的死了的母亲的一件破袄子过冬,和他结婚以后,也不过一直穿着一件旧蓝布衫。她自己什么都不要求,什么都省下来,有点好东西也要留给他,坐在旁边满足地看着他吃……。当然,那时候他们什么都没有。

可是,要买什么样颜色的衣料呢?她喜欢什么样的呢?是带一点红花的呢,还是深的、素净的颜色的呢?哎呀,这个,他是一点都不知道。

但马上他又不想这些了。忽然地眼前又出现了军事代表的笑容。他更清醒地感觉到春天的温柔而新鲜的气息,他的心里沸腾着热烈的工作愿望。

"嘿,你看,有多少工作等着做啊!……世界叫我们翻过来了,可是你说说看,还有多少脏东西要打扫!还要建设呢,现在不过是刚刚巩固了革命秩序!到那个时候,那才能说,你是做出了英雄事业!"

他大踏步地走回家来。现在这偏僻的小街上也增加了路灯了。这,在军事代表的那全市的大地图上,是也画着一条红线的。……屋子里电灯亮着,孩子睡了,老婆不在。

"咦,哪里去了呢?"他想,但看见了炉子上锅里烧着的快要开的水,马上明白,是买东西去了。他于是爬到床上去,巨大的身体把整个的床都占住了,伏在儿子的上面,静静地、甜蜜地、一动也不动地看着儿子的睡脸,嗅着那含着奶味的温暖的呼吸。

他听见了女人在屋子外面和邻居王二嫂说话的温和的、愉快的声音。王二嫂说:"喂,你家那口子回来啦。"女人说:"叫他不回来吧,看他肚子知不知道饿!"随后就是轻微而迅速的、熟悉的、亲切的脚步声,可是他仍然没有动,甜蜜地看着儿子的睡脸,拿舌头在他脸上舔了一下,看见他的眼毛眨了一下,于是又微笑着,静静地看着。

"回来啦,这人!"女人敏捷地走了进来,说。

刘阿荣一下子翻身坐起来了,笑着说:

"喂,你说,他要几岁才会走呢?是两岁还是三岁?——我跟军事代表两个人都搞不清楚!"

女人把手里的一个小荷叶包放在桌子上,张着嘴吃惊地看了他一下,懂得他的话了,高声地大笑了,笑得眼泪都流了出来,弯下腰去又站了起来。她是从来没有这样大笑过的。

"看啊,啊哈,王二嫂你听他说什么啊!"她叫着。"搞你的发电机去吧,这个人,连儿子是什么样子都快忘记啦,……啊哈,还是搞你的发电机去吧!"

邻家的妇女们跑了进来。刘阿荣坐在床边上,不好意思地、天真地微笑着,小声地辩护说,他这是很正经的问题;为什么不是正经的问题呢?他不懂,他不好学习吗?……但妇女们不听他的,全都嘲笑他。他于是做了一个鬼脸。妇女们全都大笑起来了。她们一起大叫着：

"去吧，算了吧，搞你的发电机去吧！"

一九五〇年三月，初稿。

一九五一年十一月，整理。

初 雪

《初雪》,宁夏人民出版社1981年9月版,据此排印。其中7篇特写曾收入作家出版社1954年6月版《板门店前线散记》,据以校勘;4篇小说据期刊初刊版校勘。

战士的心

反击无名高地西山的战斗,在突击排发起冲锋以前因为一个看来似乎偶然的原因叫敌人提早发觉了:一班的新战士张福林在爬过一丛小槐树的时候叫槐树的刺枝挂住了衣服,弄响了一个照明雷。于是突击排就暴露在白色的闪光里,敌人的火力马上扑过来了。离开预定的攻击时间还有五分钟,我们的炮火还没有开始射击。这个危急的情况是不能继续下去的。于是,在副连长马忠的断然决定下,提早发起了攻击。

一班的青年战士廖卫江已经爬到了铁丝网的跟前,这时他拉响了爆破筒。随着爆炸的浓烟,人们从地上起来,扑进了铁丝网,冲上了平滑的土坡。但是,敌人的机枪和卡宾枪构成了一个火网,密集地向这里射击着——人们又被压在地上不能起来。在这平滑的、倾斜的土坡上,是什么藏身之处也没有的,加以敌人又在阵地的上空挂上了十几颗照明弹。冲在最前面的副班长刘贵兴,一个活泼的年轻人,听着后面的副连长的激昂的喊声,听着右侧三班那个地区的手榴弹的爆炸声,被这一切所激动,抱着冲锋枪向土坡上蛇行着,随后迅速地一直向着十几米外的敌人的交通沟滚去。只要冲进了交通沟,就可以驱散当面的敌人,替全班打开道路。在照明弹的耀眼的光亮下,看得见这个年轻的副班长的坚决的、充满热力和渴望的动作——但是,离敌人的交通沟还有四、五米,他突然地一软就不再动弹了。

班长吴孟才在敌人的火力下喊出了"卧倒"的命令,向前爬行了几步,紧张地、屏息地看着他的副班长,并且指挥着全班向着敌人的交通沟里打了一排手榴弹来掩护他,但是,副班长终于没有能够到达；敌人的火力仍然很猖狂。在这紧张的瞬间，吴孟才来不及意识到究竟是什么样的事情发生了，他决心只要抓住千分之一秒的时间就冲过去，于是他迅速地看了看他周围的战士们；与其说是看见，不如说是感觉到——他觉得他的战士们，他的班，是可以从地上起来，冲过去的。

老战士、组长吕得玉离他有五米远，在那躺着的姿态里，整个的肢体都凝聚着紧张的精力；一动不动地向前凝视着，显然地是在冷静地找寻着敌人的火力的可能的间歇，预备一下子冲上去。拉响了爆破筒打开了铁丝网的年轻的廖卫江，这时候移动着肩膀前进了几寸，露出紧张得苦痛的神气，眼睛里闪着光，看着副班长的不再动弹的身体。……这就是他、吴孟才的班，它会接受他的严厉的命令，它可以从地上起来。

他正准备发出喊叫，却看见了新战士张福林，这个刚才挂响了照明雷的，第一次参加战斗的年轻人在敌人的一排射击下似乎要向后移动——动作慌张了。

"张福林！"他喊。

张福林在这喊声下战栗了一下。……

在爬过槐树丛的时候，张福林就过分的性急。照明雷一响，敌人的火力一扑过来，他就开始控制不住自己了：他相信自己是负伤了。第一次来到炮火下，对于负伤流血没有实际的经验，虽然他的刚才挂响了照明雷的左腿是完好的，不过仅仅在石头上碰了一下，他却总觉得它麻木，不灵活。以为自己是负了伤，想到自己将不能前进，将被孤单地留在这个地方，这种思想使他心乱。副连长的叫喊，班长的叫喊，都叫这个自爱的年轻人觉得这是对于自己的责备，心里非常痛苦。在战前的动员会上他表示过他的决心，他曾经相信他决不会比别人差，但是现在他将要落后了，而且，他挂响了照明雷，闯下了这么大的祸，对不起上级和同志们，——于是他慌乱，焦急，离开了全班的战斗的节奏；当敌人的机枪子弹又在他的周围飞舞的时候，他就伸手去摸他的左腿，想知道他的处境到底是怎样的。

吴孟才的严厉的喊声使得他像是从恶梦里醒来似地战栗了一下。他痛苦地、迷惑地看了吴孟才一眼,紧贴在地上不再动弹了,手指紧紧地抠着泥土。班长从此就会再不相信自己了,而一直班长都是器重着他和廖卫江两个人,睡觉的时候替他们盖被子,夜里站哨的时候还要带一个馒头给他们,有什么任务也都是叫他们去的;现在,廖卫江爆破了铁丝网,他却犯了过失。这是多么可怕,多么痛苦啊!"像这样我也没脸见我的老婆孩子!好了,断胳膊缺腿我也要冲上山头!"他想。

吴孟才很愤怒。刚才就是这个张福林弄响了照明雷的!这年轻人来到班里以后并不落后,平常看起来是那么聪明灵活,现在怎么能够这样呢?这年轻人真是辜负了他!差一点一个班甚至整个的战斗都会断送在他的手里的。于是他决定,战斗过后,他要严厉地批评他。但这时他听见了组长吕得玉的温和而亲切的声音。吕得玉对躺在自己附近的张福林说:"没关系,张福林,你跟着我。"——并且吴孟才觉得是看见了张福林的痛苦的、感激的眼光。吕得玉的声音叫他,吴孟才也觉得温暖,他奇怪吕得玉这个在平常闷声不响的人这时候怎么能够这么自信而安静地说出他的意见。但这一切只是很短的时间,正像战斗中常有的情形一样,人们隐隐约约地意识到许多事情,都没有去想它们。他注意着敌人的火力——其中的一挺重机枪已经叫我们后面扑过来的火力压制住了,于是他喊:"替副班长报仇,抓紧时间上去!"跳起来迅速地冲上去了。呼啸着的卡宾枪子弹竟没有能击中他。随着他,战士们从地上起来,不再企图隐蔽,用着猛烈的动作在两秒钟的时间内扑进了敌人的交通沟。倒下了一个。但毕竟这个班是以胜利的姿态过去了。在大家从地上起来,勇猛地扑上前去的时候,张福林同样地向前了,并且在他的动作里出现了同样的精力和意志——这,好像是吴孟才的喊声、动作,和人们的整个的动作所赋予他的。

吴孟才心情严厉。直到喊出刚才的话以前,虽然看见他的副班长牺牲在敌人的机枪下,却没有去想到这个;奇怪得很,他几乎要觉得他的副班长仍然是活着的。有许多意识潜伏在心里,在活动着,但全部的神经却集中在如何地带领全班突破过去这一点上。和喊出刚才的这句话同时,潜伏着的意识才揭开了,心里觉得一阵火辣的痛苦:他的最亲密的,他所最依赖的人不在了。这痛苦成了一种力量,加上了他对张福林的愤怒,他的动作里就出现了一种火焰似的激烈。在这种激烈里,他也表示着他对于他的班的严厉,这是每一个战士都感觉得出来的,他们都熟悉这个性急的、顽强的班长。他扑进了交通沟就投出了手榴弹,寻求敢于和他打交手战的敌人。但交通沟的这一段的敌人都逃跑了。交通沟转弯的地方的两个敌人,有一个向前跑了两步又向后逃,被他的一颗手榴弹打倒了,另一个逃跑了。他发出了他自己也没有想到的高亢的呐喊声,于是,一班的战士们,以及随后扑上来的二、三班的战士们,像狂风下的烈火一样地扑进了交通沟并弥漫了整个的山坡。敌人的火力系统被打乱了,到处是我们的冲锋枪的喷射和手榴弹的爆炸——吴孟才的情绪似乎是感染了所有的人,大家都在寻求敢于和自己打交手战的敌人,并力图活捉敌人。

这样,不到两分钟的时间,扭转了这个战斗的局势。

但是,向纵深发展,就又遇到了敌人两个地堡所构成的火力网。

敌人迅速地从他们的前沿阵地向后逃跑,其中的一部分就被他们自己的地堡的火力击倒在山坡上。

我军突击排的战士们在山头上分散开来了,各处都扬起着喊声、枪声、爆炸声。从正面迫近了敌人的子母地堡的,就只是一班的战士们——吴孟才和剩下来的五个战士。

吴孟才感觉到奔跑在他的周围的人们的每一个动作。他严厉地注意着一切。两个敌人在二十米外跑过,张福林来不及瞄准就射击了,他吼叫了起来:"谁叫你开枪的!"但这时候又传来了吕得玉的温和的、关切的声音:"张福林,沉着点。"在人们的焦灼、愤怒的喊声里,这句话特别有力;这句话同样地叫他、吴孟才也觉得温暖。吕得玉的高大的、显得有些笨重的身体在他的面前晃了过去,看得出来这个老战士是在做着最准确的动作,蓄积着自己的力量。奇怪的是,这个老战士过去不是这样的。过去的一次战斗里他打得也不错,可是却从来也不曾有过现在这种自信而安静的姿态。在战斗里和在平常生活里一样,他一向都是闷声不响,没有什么意见的,可是现在却变得这么自信而有力,在敌人的炮火下完全是无畏的。吴孟才忽然想到,这个人,从国民党军队里解放出来,参军已经三年了,直到最近,才提出了入党的请求。——到底他是在怎样想的呢?这个人对一切都没有意见;自己有一次曾因为一个战士误了哨而和他发过脾气,虽然那并不完全是他的错,他却温和地沉默着;只是有一回他和张福林红过脸,因为张福林在行军时把一双还没破的鞋扔掉了,他捡起来带着,张福林却嘲笑了他,他愤怒了,沉默了好久才大声地说出来:"你知道这双鞋值多少钱么?"这愤怒是这么有力,使得张福林好几天不敢和他大声说话,而此后他们之间的关系就改变了:原来张福林是疏远着他的,现在却什么事情都愿意先问他的意见,挖坑道的时候也愿意和他分在一组。……这个人在旧社会里一定是受过很大的苦的吧;他申请入党了,但到底他是怎么一个想法呢?这么一个闷声不响的人,怎么会变得这么自信而无畏呢?真糟糕,自己居然还一向以为是很了解他的哩!……

他们在交通沟里奔跑着。吴孟才的声音和动作是严厉的,但是他周围的人们逐渐地在他的心里唤起了另一种感情,虽然他自己并不曾意识到这个。这种情形在碰到青年战士廖卫江的眼光的时候特别明显。廖卫江这样激动地奔跑着,和吕得玉完全不同,他完全不想节省自己的精力,相反的,由于欢腾的激情,他有时还把枪高高地举在头顶上,发出了元气充沛的呼喊。当吴孟才看着他的时候,他就用他的几乎是狂喜的眼光来回答吴孟才。于是,每看见这个年轻人,吴孟才就觉得心里有说不出来的激动。

他不禁要赞美他的班了。可是他仍然严厉地喊叫着,斥责着战士们的每一个他觉得是不准确的动作。他的思想紧张而敏锐,像电一般迅速地意识到每一个人,感受着这个班的战斗的脉搏。

迫近了敌人的大地堡,在离大地堡十七八米的交通沟里停下来了。

投过去了一排手榴弹——但是大地堡仍然在吼叫着。

吴孟才仔细地观察着地堡的火力点。大地堡向左边和右边开着火。而在他们投出了一排手榴弹之后,正面的枪眼也开火了,红色的曳光弹密集地从他们头上飞过。右侧的小地堡射过来的子弹,罩住了他们所在的交通沟的出口。

"从左边可以跳上交通沟,"吴孟才判断着,简单地说,"谁去干掉它?"

后一句话说得特别轻,他的脸色非常严峻,——他没有看任何人。显然是,他感觉到他底班的战斗的脉搏,他明白,这一句下决心的话一说出来,就要产生重大的行动;他害怕流露自己的感情。

"我去。"廖卫江迅速地回答,一动不动地用他的一双大的、明澈的眼睛看着吴孟才。

"行。"吴孟才抑制着自己,显得几乎是冷淡地说;但这时他底眼睛不由地转过来看着这年轻人了。有两秒钟两个人这样地对看着,——他们的灵魂默默地拥抱在一起了。但随即他又用着冷淡的声音命令说:"吕得玉,你拿冲锋枪到左边掩护。——拿我这个手雷去吧,"他又转向廖卫江说。这末一句话的声音里透露了一点亲切和温暖。廖卫江伸过手来接手雷,吴孟才在递过手雷之前把他底手握了一下。

但也只是简单地握了一下。除了末一句话里透露出来的亲切和温暖,这个老战士,这个顽强的班长的整个的外表是严峻的。他没有流露他的感情。他明白,为了完成这件严重的任务,廖卫江可能牺牲,但他不应该使廖卫江从他的神情里来感觉到这一点。廖卫江自己,正如同任何人一样,知道这一点,那么,他的单纯的态度就会帮助廖卫江,这单纯的态度说:"必须炸掉它!如果你炸不掉它,我们也要炸掉它!"——但是,握着廖卫江的手,接触到这手的温暖和汗湿,就又有一股热流冲到了他的心里。昨天早晨,这年轻人给他的唯一的亲人姐姐写信,问他:"班长,这个月的津贴我想买笔了,你看我下个月汇钱给我姐姐可以吗?"这本来不必问他,但是这年轻人向来是一切事情都要问他的。他当时回答:"当然可以,你姐姐也不缺钱用哩。"现在他忽然觉悟到,他当时其实并没有了解廖卫江的感情:廖卫江是非常爱他的那个从小把他带大的、守寡的姐姐的。……可是这些思想只是像一些火花似地迅速地一闪而过,他简单地说:

"小心点!"

廖卫江就迅速地跃上了已经坍毁了的交通沟。

这年轻人在这个班里是被爱情包围着的。从战斗的开始到现在,他看着班长和周围的人们,充满热情地动作着,每一个动作都叫他感觉到这并不是他自己,而是他的班在动作,这种感觉使他勇敢而快乐。每一次看到班长的眼光,听到周围的喊声,他的快乐的勇敢情绪就增强着。他整个地溶解到这个战斗里面了。随着大家向前奔跑的时候,他紧握着他的枪,又不时地伸手摸一摸他的枪夹和手榴弹,对这些充满着爱抚的感情——在残酷的战斗的紧张的情况中,心里有着这样的柔情,这看来是奇怪的,但正是这个使他变得强大。他惊异自己竟能够变得这样强大,他觉得无论什么样的敌人都抵挡不住他。

随着大家向前奔跑着,在他的欢腾的、活跃着战斗的热情的心中,在他的因迫近着各样的危险而紧张着的内心里面,闪耀着一些亲切的面影,一些光明的形象。闪过了毛主席的笑容——似乎这并不是在电影里,图画里看到,而是亲眼见过的。闪过了生活里的许多熟悉的、亲切的感情,其中交织着各样的片断:姐姐在地里拔草、黎明时候的田地、邻家的姑娘的调皮的大笑,以及姐姐的家屋门前的一条通到洞庭湖里去的清澈的小河——参军的前一天,他还在那里面摸鱼的。……这一切交织着、重叠着、溶合着,它们成了一个不能分开的整体,或者说,一个炽热一团的感情。它们显然是因了欢腾的战斗热情而出现的。在欢乐的战斗中年轻的心变得敏感,他的全部的生活都随着他前进。而且似乎是,他底生活的这热烈的、光明的形象,在引导着他前进。关于儿童时代的生活,他留下了凄惨的、长期饥饿的记忆,但现在出现在他心里的却完全不是这个。他意识到自己的青春和流注在他底胸膛和四肢里的热烈的生命。跟随着班长冲过这一段交通沟,向敌人大地堡前进的时候,他的紧张的头脑里忽然闪过了一个鲜明、激动的思想:将来他要回到家乡,要再去摸鱼。……

这思想恰恰是在远远地看见了大地堡的火力点,强烈地意识到战斗的紧张的时候出现的。这思想,这欢乐的生命和光明的形象不觉地出现了,它们反抗着并嘲弄了紧张的意识,使他的紧张的内心感觉到一阵欢喜的颤栗,使他非常单纯地面对着迫近着他的危险和死亡。这样,这个激昂而又显得沉静的青年就站在班长吴孟才的面前,说:"我去!"班长吴孟才的简单的、几乎是冷淡的表现是他所乐于接受的,它们帮助他反驳了那种紧张的、严重的意识。而且,他感觉到吴孟才的动作和声音下面的深的、无限的感情。这样,这个参军才半年多,第一次参加战斗的青年就在敌人的凶险的交叉火力下跳上了交通沟了。

敌人的火力扑击着交通沟边上的泥土——这十七八米道路是世界上最艰难的道路,但也是这个青年的英雄的最单纯的道路。吕得玉从左侧开火,班长吴孟才带着机枪组架上了机枪从右侧开火,他们吸引了敌人的部分的火力。但始终有一挺机枪,从右侧的小地堡那边射出来,闪耀着火红的曳光弹,像毒蛇似地缠绕在大地堡面前的那十七八米的土地上。廖卫江冲过了五六米,倒下了;又爬行了一米不到,不再动弹了。他负了伤。这以前,他充满着欢腾的战斗热情,只是想像着敌人在他的面前如何倒下,却没有去想到敌人可能打中他。他觉得这是不可能的。但现在他被好几颗子弹击中了。他居然会被击中,这使他感到严重的失望——但随即他心里就出现了尖锐的仇恨。他咬着泥土,贴在地上凝视着地堡正面的火力点,积蓄着精力。他心里迅速地闪过一句话:"要见毛主席,要去摸鱼。"但现在他的全部的神经浸透了仇恨,紧张到了极点,这句话没有带来刚才的那些欢乐的形象,它们被面前的敌人障碍着了。这障碍看起来是不可能排除的,他可能就不再能起来了,他对自己觉得多么失望啊。"不论他怎么的,我们班要完成任务。"他想,于是心里涌起了强烈的渴望——他一跃而起向着大地堡一直扑去了。而在这短促的瞬间,他推倒了障碍着他的凶恶的敌人,那个欢乐的形象重新在他的心里闪亮了。他向地堡的枪眼里投进了手雷,随着巨大的爆炸声滚到了一边;昏迷和突然到来的安静,于是是毛主席的笑容、姐姐、故乡的小河……。

　　敌人打起来的照明弹把阵地照得通明。清清楚楚地,班长吴孟才看见廖卫江前进了四、五米,倒下,不能再动弹了,随后他看见,廖卫江举起了右腿,用了极大的力量又前进了一米。……

　　"好啊,我的兄弟!"吴孟才心里疼痛地喊着。同时有一个声音在他的耳边响着:"班长,你看我下个月汇钱给我的姐姐可以吗?"

　　"班长,我去。"看着倒下去的廖卫江,张福林在他的身边激动地小声地说。

　　"不用。"吴孟才简单地回答。显然地他对于张福林仍然抱着严厉的情绪,他不相信他能完成任务。其次,他不愿意相信廖卫江不能成功,虽然这时他正在考虑是否叫吕得玉上去。而这时廖卫江已经跳跃了起来,迎着一排火红的子弹向地堡扑去了。

　　在巨大的爆炸声中吴孟才跳出了交通沟,发出了长长的、愤怒的喊声,——他不觉得这喊声里有着眼泪——要求为廖卫江复仇。剩下来的四个战士跟着他前进了。

　　他们占领了大地堡后面的交通沟,勇猛地迫近着右侧的小地堡,但这时小地堡那里也发生了爆炸,二班的几个战士冲上了山头。

一排长徐义喜喊叫着,号召着向纵深发展。经过吴孟才的身边,他一边跑着一边问:"一班长,你们怎么样?"

吴孟才回答说:"炸了大地堡!廖卫江牺牲了。……"

一排长徐义喜低低地叫了一声,发着怔站下来有一秒钟,然后又继续前进了。在他的号召前进的宏亮的喊声中,出现了以前所没有的迫人的力量,这声音穿过枪声和爆炸声而震动着,使人觉得,它仿佛会在空中碰击到空气而发亮似的。

人们奔上山梁,向无名高地西山的最后一个山头冲去的时候,敌人已经发觉到他们的前沿的防御系统被击破了,于是,从无名高地上打过来几排化学迫击炮弹,企图拦阻我军的前进。人们蹲下、卧倒、又跃进;炮火更激烈,一阵阵旋风似的呼吼声震撼着山头。在炮火和照明弹的闪光中吴孟才注意着他的人们。爆炸的气浪震得他浑身麻木,但有一个强烈的意识在支持着他,这就是:他的班!而在这里面,廖卫江的柔和的脸孔在闪耀着……。

这个班的力量,这个班底灵魂和呼吸,他现在能够非常清楚地感觉到。在战斗中事情常常是这样的,人们逐渐地伤亡了,但坚决和无畏、钢铁般地凝聚起来的胜利的、歼敌的意志出现在每个人的身上;哪怕这个班只剩下一两个人,只要人们还在意识着,这是他们的班在战斗,它是一个建制、一个集体,那么,这一两个人就能完成全班的任务——全部的力量都出现在他们的心里。

在炮火下他的班被阻拦住了,这短促的停止使得他底心紧张得发疼。是不是他底班会就这样完结,不再能从地上起来?但是,炮火的旋风似的狂暴的呼吼还没有过去,人们还伏在各自的位置上没有动弹,他就感觉到有热烈的、激动的力量在从人们中间升起——这是他的班!而同时,他的严厉的、愤怒的情绪消逝了,他自己也不了解是因为什么,一种对于他的班的热烈的爱情出现在他的心里。……

我们的向着敌人的纵深发射着的炮火转移了一部分力量——压制住了敌人的这个突然出现的迫击炮群。于是人们从地上起来,前进了。

在炮火袭击过来,随着大家卧倒的时候,张福林仍然在想着大地堡那里的一声爆炸。为什么他没有能够第一个站出来,像廖卫江那样呢?在战斗开始以前他挂响了照明雷,那是因为不小心,可是为什么在铁丝网里面他忽然慌乱得丧失了力量呢?很可能就因为他,他们班,甚至他们连不能完成战斗任务。他觉得难过,找不到理由来辩解。在战斗中每一个人都可能牺牲,这一点是清清楚楚的;如果他牺牲了,他的年轻的妻子当然要痛苦起来,可是她仍然能够生活下去,照样下地,晚上照样上识字班,有很多同村的妇女亲爱地围绕着她;于是她就能够把现在才满周岁的孩子带大,并且,看来是可能的,孩子将来要上学——而他自己是没有读过书的。没有了自己,谁来帮助她收割呢?舅舅是很忙的。……可是,一定会有人来帮她收割的。是的,是这样的,这一切原来是很简单的……。

在战场上,在这颗炮弹与那颗炮弹之间,在间不容发的瞬间里,紧张地注意着自己的动作,人的思想变得非常明澈和单纯。行动着,前进着,生活里的最好的东西就来到了自己的心里。在张福林的心中,闪耀着他的健壮、快乐的妻子的亲爱的脸,……但正在这个时候一发炮弹在附近爆炸了,他的左臂遭受到了猛烈的一击,他觉得有些昏迷,然后他清楚地意识到他负伤了。他不觉得痛。他试着动了一下左手,好像还没有伤着骨头,他冷静地感觉着鲜血把衣袖浸湿了——原来这也没有什么可怕的。

但是他又短促地昏迷了一下。他感觉到——非常清楚地感觉到有一种强大的力量在支持着他,明白自己还能够起来,去勇猛地战斗。班长的严厉的声音支持着他。他对班长感觉到这样的信赖——他会带领他通过炮火取得胜利的。刚才的难过,以后一直到这以前还笼罩着他的羞耻的感情消失了。躺在他的附近的吕得玉,从他的动作里看出来他负伤了,迅速地爬了过来,拉开他的衣袖,替他绑上了急救包。

"下去吧。"

"不。——组长,我没有把事情弄糟吧,我们班还能完成任务吧。"

他看着这有些苍老的战士的友爱的眼睛。忽然地他想到,战斗胜利以后,他一定要写封信给他的妻子,告诉她:"不要念着我吧!不要光顾家,为大伙活着!"他觉得这句话照亮了他的心。

于是,炮火还没有过去,这负伤的年轻的新战士就从地上起来了。

在向前奔跑的时候,他又想到了廖卫江,想到了这样的一件事:前几天,他拿了廖卫江的钢笔来写快报,把皮管弄坏了;廖卫江当着大伙狠狠地批评了他,要他认错,而在他红着脸认了错之后,廖卫江就把这支钢笔送给他了。这支笔在上来的时候连同笔记本一起交给连部通信员了,他将来一定要好好地保存它!

这时候副连长马忠跑过他们的身边,喊着:

"一班的,快上去!"

副连长迅速地向右前面奔去了。他的高大的影子映在照明弹的亮光和前面的爆炸的闪光里,晃动着。

张福林觉得副连长在喊着一班,这就是在喊他。

"同志们,争取全部歼灭敌人!"吴孟才喊着。

张福林同样地觉得这是在喊他——这已经不再是严厉的声音了,这是激动,亲切的声音,这声音使他的心欢腾。于是他带着左臂上的重伤向前了。

被压缩在无名高地西山的最后一个小山头上的敌人,在作着最后的顽抗。在残破了的地堡、交通沟、和两处的小坑道口作着顽抗。

冲进了交通沟之后,听见了一排长的号召,吴孟才带着两个战士向左去了，而这时吕得玉和张福林正在追击两个从破地堡里逃出来的敌人，没有听见班长的召唤，这样，这个班就分成两下了。

这两个美国兵本来是在地堡里装死的。二班的一个战士冲过这地堡的时候，曾经顺手向里面扫了一梭子，但没有击中他们。吕得玉和张福林刚刚冲进交通沟向地堡迫近，这两个装死的美国兵就跳起来向坡下逃跑了，——他们觉得装死是不行的了。

吕得玉很沉着。他并不射击，只是斜着往坡下插去，迫近着敌人。看见这种情形，两个美国兵中间的一个就射击了一排枪又向回跑。张福林恰好拦住了他。这个左臂负伤的战士用右臂肘支撑着一下子就翻出了交通沟，在照明弹的亮光下，一瞬间看见了这个瘦长的、十八九岁的美国兵的一对充满恐怖的眼睛。这美国兵战栗了一下，就像是僵了一样，不能动弹了。由于这突然的情况，张福林一瞬间也怔住了。这是很短促的时间，双方都没有动作。这个美国兵的恐怖，紧张的眼光没有离开张福林的迫人的、静止的枪口，却不觉地移动着右脚向后退，显然是，他虽然明白逃跑就是死亡，却不得不逃跑了。而张福林所注视着的，却不是敌人的枪口——他注视着敌人的恐怖的眼睛；他一瞬间仿佛又听见了班长的严厉的喊声，这个支持了他。他肯定他已经战胜了敌人。美国兵一动弹，他就开枪了。于是这个敌人发出了一声绝望的嚎叫旋转着身子倒下去了。

"谁叫你到朝鲜来的！"张福林想，跳过这个美国兵向前跑去。

而这时候，吕得玉正和敌人在山坡上进行着激烈的格斗。

这个沉着、看来是非常安静的老战士，他见不得敌人。看见了那个想要逃跑的胖大的美国兵，他的心里就不觉地闪现一个朝鲜老大娘和一个朝鲜女孩的面影。一个月以前，敌机轰炸了他们连部附近的村庄。他奔进了那姓崔的老大娘的院子，他的班曾经在这里住过，老大娘的八岁的孙女善姬，认了他做干爸爸,曾经有好些天,一早上起来就要找他,喊他"阿爸几",一定要他吃她和她的祖母新收获的土豆,如果他出去了,那她也一定要把这土豆留到晚上——现在她们的屋子正在着火。他冲了进去,看见老大娘倒在院子里。他把她背出来她就死去了。他又冲进去,在烈火的围绕中找寻那个孤女,他的女儿崔善姬——他心里是那么称呼她的——他的心颤抖得厉害,当他把那头发烧焦,浑身浮肿并且流血的女孩抱出来的时候,他自己也昏倒了。但是他还来得及听见那女孩的一声微弱的呼喊,她认出了他,喊着"阿爸几"——现在,当这个光着头,并且皮鞋也摔掉了一只的美国兵的胖大的身体出现在他的面前的时候,他就仿佛又听见了这个声音。崔善姬是在第二天早上死去的,他自己醒过来后,曾经挣扎着把她送到了医务所。他要准确地击中这个美国兵的心脏。他向前迫近。这美国兵突然抛过来了一个鸭嘴手榴弹,但在这个瞬间,吕得玉飞跃起来扑上前去了,手榴弹落在远远的后面,没有能击中他。他继续向敌人迫近。这种灵活和沉着使得这个美国兵不知如何是好了,举起手来投降了。正在这个时候一梭子子弹从后面飞过吕得玉的头上,他急忙转身,看见了后面十来米远的一个敌人。他开枪击倒了他。但是,那个已经举起手来的美国兵,这时候却扑上来抱住了他,显然的,他的心里一下子产生了盲目的恐怖和敌意。

吕得玉扭着他,和他一起滚下了山坡。在往下翻滚的时候,这个美国兵用着突然的挣扎拔出了腰里的一把尖刀,插进了吕得玉的左腹部。吕得玉失去了力量,松手了,但马上就有连钢铁也能捏碎的更大的力量又来到了他的身上,他翻滚过来按住了这个敌人,抵着敌人的胸膛扳响了冲锋枪。他怀着尖锐的复仇的快慰看着这个敌人如何地抽搐了一下就死去了。然后,他试图站起来——他觉得他还要去战斗——又倒下了。

复仇的快慰仍然充满着他的心。后来他就觉得,仅仅消灭掉一两个这样卑贱的东西,太不值得了;这美国兵的长满胡须的、膨胀着的两腮使他恶心。……附近几十米不到,传来同志们的喊声、枪声和爆炸声；哪是一排长的声音，哪是班长吴孟才的声音，听得很清楚，可惜他不能再去战斗了。于是他向着前面爬去，紧握着一颗手榴弹：也许还能寻觅到敌人的。后来他昏迷了。他模模糊糊地看着挂在天上的亮闪闪的照明弹，并听见炮弹飞过顶空的呼啸声，他告诉自己："我们的，这是我们的榴弹炮向敌人纵深射击。"心里觉得很安慰。于是，他所熟悉的，排长刘义喜的尖锐的喊声，班长吴孟才的粗哑激昂的喊声，透过爆炸声，重新传到了他的耳边，来到了他的心里。这些声音是多么温暖啊。这一块进行着激烈的战斗的、燃烧的土地，现在变得多么亲爱、柔和啊。他嗅到了秋天的草叶的气息和泥土的潮湿的香气，于是对自己说："昨天下过雨的，过些日子吧，崔善姬村里的人要来种这块地了。"心里觉得很安慰。这时候，崔善姬的甜蜜的、快乐的小脸就和他的对于自己过去的回忆交织在一起了。他想了一想：有什么牵挂没有呢？没有。老婆早死了，九岁的女儿留在慈爱的婶婶家里，生活是不会成问题的。就是这时候没有嗅到家乡的、田地里的泥土味，可是这也是一样的。多么痛苦又多么好的生活啊。被国民党抓兵出来的时候，女儿才两岁，现在她长成什么模样了呢？于是在他的面前又浮现了崔善姬的那张甜蜜的、快乐的小脸。在国民党军队里，思念着没有母亲的女儿，常常要偷着哭的；那时候是被驱赶着去打仗，现在——要像现在这样才能叫做真正的人民的战士。于是，崔善姬的甜蜜的、快乐的笑脸在他的眼前显得更明晰了，她尖声呼叫着，捧着土豆向他跑来。……

　　他被国民党军队抓着离开家的时候，老婆刚死，两岁的女儿追着他哭喊，叫板凳绊着跌倒在地上。那时候他绝望了。有一次曾经企图从国民党军队里逃跑。后来就绝望得麻木了。解放了以后，他仍然长久地抱着这种思想，就是：这一辈子算了。渐渐地生活里有了愉快，受着班里的人们的敬重；他战斗勇敢，做什么工作都能吃苦，但是仍然闷声不响，对自己和对别人似乎都没有什么要求。半年前连的支部发展他入党，找他谈话，他想了一想,说:他觉得自己条件不够。实际是,他心里不觉得有这个要求。但是在崔善姬和她的祖母被炸死之后,他默默地把自己的一辈子想了两天,觉得自己是能够终生做一个人民的战士,奋斗到底的,提出了入党的申请。而这时候他心里就产生了他年轻的时候也不曾有过的对自己的信任和对生活的热望,要把一切事情都做好。于是这个战斗中他这么沉着地带领着张福林,并且他的声音在残酷的情况中给人们带来了温暖——这个闷声不响的人显出了他的无畏的心灵。现在,昏迷在这响着炮火的土地上,他心里闪耀着那个甜蜜的、快乐的女孩的脸,就更加充满了对自己的信任、热望,他觉得他的一生是满足了。他觉得,仿佛从一条狭窄而脏臭的巷子一下子走上了明亮的、清洁的大街,灯光辉煌,周围的人们都向他微笑并且亲切地喊着他……。

在这种亲爱的情绪里他果真听到有人在喊他,他清醒起来,看见了俯身在他的上面的张福林的苦痛的眼光。他觉得奇怪,为什么张福林要这样苦痛呢?这是一点也不必要的……可是他说不出话来。

"组长,你怎么了,组长?"张福林说。

"没啥。别管我,你上去吧。"

张福林把手里的枪放在一旁,跪下了一只腿,企图用自己的完好的右手把吕得玉抱起来。结果是,吕得玉的头靠在他的臂弯里了,他却无论如何不能移动吕得玉的沉重的身体。

吕得玉看着他,嘴唇边上有着一个苦笑,并且眼睛里也闪耀着这愁苦、柔和的笑容,好像说:"你看,我说是没有用的,你怎么能够弄动我呢。"

"组长!"张福林苦痛地喊着,不放弃他的企图,把吕得玉的上身抬起了一些,但随即自己也歪倒了。

"你这年轻人,没用的,"吕得玉说,眼光里充满抚爱,显然是替张福林觉得难过。不论看起来有多么奇怪,这却是真实的:他替张福林觉得难过,并且想到,要是自己处在张福林的地位上,也会同样难过的,"去吧。告诉班长……担架班会来抬我的,去……"他说。

张福林苦痛地又喊了他一声,就只好把他的头放下了:让它轻轻地靠在泥地上。可是仍然没有勇气走开。

"上去!"吕得玉说,"当兵的没有这样的,过些时你就懂啦,你也会变成老战士的!"他的沉静的声音里有一种严峻的力量,那个愁苦、柔和的笑容消逝了。这种声音使张福林觉得,他自己果然还是个孩子,没有战斗过,不习惯于流血和死亡,于是暗暗地觉得羞耻。张福林迷惑了,这个人这样安静沉着地面向着死亡——不久他就要离开这个世界了——却好像没有这回事情似的。

"上去吧!"老战士说,那个愁苦、柔和的微笑又出现在他的眼睛里了。"给我留颗手榴弹,把枪带去吧。……"

张福林几乎是机械地服从了。他不觉地敬了一个礼,向前走去了。他觉得吕得玉的愁苦的、柔和的眼光仍然在看着他。他忽然想到,这个老战士曾经说过,他有一个九岁的女儿……他这时候想到这个没有呢?他于是又回头看了一眼。吕得玉没有动静,显然已经昏迷了。

张福林觉得伤口刺痛,全身软瘫,要昏迷过去,但随即一个冷冰冰的仇恨的感情来到他心里。他憎恨着自己的软弱,对自己说:"要支持住!要支持住!"并且在心里对自己严厉地喊着:"张福林,你怎么搞的!替我支持住!"一瞬间他觉得这仿佛不是他自己的声音,而是班长来到了他的身边,对他发出了这惊心动魄的、亲爱的声音。……

于是他重新投入战斗。

人们已经在打扫战场。现在只剩下了最后的一个小坑道口没有解决。

也许找不到班长了。他是多么渴望听见班长的严厉的喊声啊。但现在他就是全班,一个建制,一个集体。他要完成任务的。"我总会变成老战士的!"

小坑道口的战斗胶着在那里了。敌人用一挺机枪向外面射击着。我们的人击毁了坑道外面的地堡,散布在坡下的乱石和草丛里。

张福林攀上斜坡的时候,听见副连长马忠的激怒的声音,他在喊叫着一班长吴孟才,责备他,为什么他的机枪停止了射击。听见这个,仿佛听见别人在呼唤亲人的名字似的,张福林激动了;他觉得浑身全是力量。从附近的一块大石头后面,一班的机枪对着敌人的坑道口射击了,敌人的火力停止了。副连长又喊叫了起来,有几颗手榴弹投到了敌人的坑道口;两个战士从乱石里起来,往上冲去。但敌人的机枪又射击了起来。而一班的机枪在又发射了十几发子弹之后,发生了故障。

敌人的机枪猛烈地射击着。副连长马忠愤怒地叫喊着跑向一班的机枪,从一班长吴孟才的手里拿过机枪来,动手排除故障。敌人的机枪子弹打在石块上,迸发着火星,战士们又投出了手榴弹,张福林也投出了手榴弹。

他替一班难过,替他的班长吴孟才难过:一班没有能完成这最后的任务,班长心里会是多么痛苦啊!而且现在一班最好的战士都牺牲了。于是他决心从斜坡爬上去。但这时候有一个人从机枪那边爬过来了,抱着一个炸药包,卧倒在他的旁边了。他认出来这正是吴孟才。

"班长!"他激动地喊。

"谁?你么?"吴孟才惊讶地问。他是以为张福林已经牺牲了的。"拿冲锋枪掩护我。"他说,他的声音因抑制不住的亲密的感情而颤抖,开始往上爬。显然的,他在屈辱中决心自己去炸毁那坑道口。张福林拖住了他。

"班长,我去。"

吴孟才迅速地看了他一眼,这眼光的意思是:"我应该叫你去么?你能行么?"张福林屏息地、渴望地看着他。

"好吧,你去。"吴孟才说,声音里突然出现了严峻的调子,表示他在这个严重的情势里对于他的班——对于张福林的毫不妥协的要求。"我们一班都是好样儿的,……你要坚决完成任务。"

张福林一声不响地接过了炸药包,向上爬去了。吴孟才的突然变得严峻的声音,他的这个命令,使张福林心里充满着意识到自己的力量的、幸福的感情。班长终于信托了他,对他发出了战斗的命令了!他听出来吴孟才的没有说出来的话是:"我没有忘记你在战斗开始时的过失。你现在代表全班——我们班全在你身上了。"带着这种力量,他向上爬去。

在战斗开始时他因为慌张受到了责备。这以后吴孟才一直对他严厉而冷淡,似乎是不能原谅他。但他也不能原谅他自己;他很难过,觉得班长是对的。并且班长的严厉的责备在整个的战斗中变成了他的内心的强大的支持。但现在不是这样了。发现了他的时候,班长的声音里充满惊讶和欢喜,显然班长仍然是这么爱他;而且,相信了他的要求,对他发出了战斗的命令。

"现在全班就我们两个人在这里了。幸亏我来,要不他就自己上去了。我慢慢地会成为老战士的。"他想,爬上了乱石堆。

几颗手榴弹在敌人的坑道口爆炸了。趁着这爆炸,张福林一直向着坑道口滚去。

"好样的!"吴孟才激动地想;"我是不是对他太严了一点呢?为什么我刚才不能说上句把亲热一点的话呢?"

但是他又明确地觉得,在张福林的向着敌人坑道口滚去的姿势里,充满着胜利的信心——这信心是他给他的。

"这是谁?一班长,谁?"副连长问。

"我们班的,张福林!"吴孟才骄傲地回答。

张福林的右腿上又负了伤。但是他没有停留,几乎没有注意到这个,一直向着坑道口的敌人的机枪掩体滚去了。他拉燃了炸药包的导火索就又滚了开来,在巨大的震动里昏迷了。在昏迷中他的心里重新响着吴孟才的命令:"我命令你坚决完成任务。"他心里重新充满了幸福的、光明的感情。

坑道里剩下来的五个敌人缴枪了。他们举着手,慢慢地探出头来,爬出了炸塌了的机枪掩体和坑道口;惶惑地四面看着,在我军战士的肃静中走到坡上。

在昏迷中间,张福林觉得他的头被一只温暖、有力的手臂抬起来了。他看见了举着手走过他的面前的美国兵。随后他看见了班长的温和的眼睛。

他的头枕在吴孟才的膝盖上。他长久地看着他的班长,他的脸上出现了小孩般的温柔、依顺的神情。

副连长马忠的高大的身材出现在他的面前了。

"张福林,你打的好,要给你立功。"他的粗哑、愉快的声音说。

"不,没有……"张福林说,因了突然的羞怯而慌乱;"这不是我……这是我们班……上级领导的正确。"

他不满足他所说出来的话,可是也找不到别的话。于是沉默了。

"张福林,吕得玉呢?"吴孟才问。

"牺牲了。……——班长,我们完成任务了吧?"

他说不下去了。他的心里充溢着又悲痛、又欢乐的,说不出来的感情,想到吕得玉怎样地替他裹伤,怎样地牵着他的手爬过坍倒的交通沟,想到廖卫江送给他的那支钢笔,并想到了他预备给他的妻子写的信,他就靠在班长的肩上哭了起来。——这个第一次参加战斗的新兵,他的心灵,在这个战场上经历了曲折的、严酷的过程。

吴孟才把他背下了阵地。这个顽强的班长拒绝了担架班,他要亲自把这个年轻人送到绑扎所。他一言不发,小心地攀过山坡,跨过弹坑,蹚过没膝的泥水,生怕弄痛张福林的伤口。

"班长,"清醒过来之后,张福林柔和地小声说;"你不用背吧,我能行的;你扶着,我来走吧。"

"不,没关系。"

"班长,你教育了我。"

吴孟才沉默着。

"个把月我就能回来了，"受着爱情的鼓舞，张福林用着几乎是快乐的声音说。吴孟才仍然沉默着。他的心紧了一下。这年轻人不知道自己的伤口有多么麻烦，吴孟才却一眼就看出来了，他的腿是可能残废的。

　　"下去好好休养吧。"吴孟才鼓起了勇气说，"上级要是分配你到什么地方去，也别难过，祖国这么大嘛，到处都能贡献自己。咱们也总会再见的。"他说，在他的眼前一瞬间浮起了和平生活的温暖景象……但是他随即又回过头来对战场看了一眼。他现在不是用班长的身分说话了，他很明了他们要离别了。于是这顽强的战士的眼睛就潮湿了起来。

　　可是那年轻人没有了解这个。他继续用着快乐的声音说，他是要再回来的。

　　吴孟才又沉默了。

　　"廖卫江送我的那支钢笔在文书那里，来得及就请通讯员送来给我吧；存着等我回来也行的。"

　　"行啰。给你送来吧。"

　　把张福林送进了绑扎所，吴孟才默默地对着躺在草垫子上的张福林看了好一会，不知说什么好。张福林的脸上仍然有着安静的、快乐的笑容；他不曾意识到痛苦。站了一会之后，这顽强的班长就用着粗哑而干燥的声音说："我走了！"但走了一步又转回来，激动得红了脸，跑到张福林的跟前抓住他的手用力地握了一下，这才大步地走出去了。

　　张福林想：班长是多么好！没有想到他是这么好！伤一好一定要再回来，那时候就成为老战士了！于是迷迷糊糊地睡去了。

　　吴孟才绕过山坡，向着连主阵地走去。天开始落雨了。清凉的、十月的细雨，落在他的热辣辣的脸上。战场上已经沉寂，只有右侧的远处挂着几颗照明弹，响着枪声。他一面走一面想着，要办三件事。第一，请支部批准吕得玉的入党申请。第二，叫通讯员马上把文书那里的钢笔送给张福林。第三，把自己这个月的津贴给廖卫江的姐姐寄去；自己从小没有亲人，把革命队伍当做家了，不用什么钱的。

当然他没有见过廖卫江的姐姐，但不知为什么，这时候他觉得，这个带着三个孩子的、中年的、受过很多苦的妇女，有着一双被皱纹围绕着的、慈爱、柔和的眼睛，圆圆的脸，并且头发也有些白了。并且他觉得，她说话是很慢的；用粗糙的手抚摸着孩子，笑着，慢慢地说着……。

他忽然觉悟到，这原来是他二十几年来所想像的他的母亲的面貌。他没有见过母亲，但一直觉得她是这样的。

他在细雨中往前走去，心里非常安静了。

他对自己说："母亲啊，保卫你！"

一九五三年十月四日，北京。

（原载《人民文学》1953年第12期）

初 雪

有一次,司机刘强和他的助手王德贵所在的汽车连,奉命从前线附近的地区往后面运送一批朝鲜老百姓。这些朝鲜人在敌人的炮火射程内顽强地生活了好久了,他们是因了紧急的军事情况而疏散的;经过当地政府的再三动员,最后下了命令,他们才肯离开他们的炮火下的家。刘强和王德贵的车子排在最末一辆开出,因为他们这一车全是年老的和年轻的妇女,带着一群孩子和很多的零碎东西。在十一月末的严寒的黄昏里,刘强和王德贵帮助着妇女们上车,先放上一些比较大的包裹,让几个年纪大的、带孩子的妇女坐上去,然后又继续往车上填塞着东西;天色很快地黑下来了,前沿的炮声激烈起来了,山谷里震荡着一阵阵的巨大的、单调的回响,妇女们的这些零碎的日用的东西,引起了刘强的许多感触。一九三七年,日本侵略者来到他的家乡上海附近的时候,他的母亲和姐姐带着她们的篮子、罐子、大包小包爬上一辆拥挤的汽车,那时候他才十七岁,在一家汽车配件厂当学徒,他讨厌这些破旧的、他觉得是没有价值的东西,但是妇女们总不肯丢掉它们;为了抢救一个包着几件小孩的旧衣服的包裹,他的姐姐就在车轮下被碾伤了。那时候他还不懂得在那些残酷的年代里人民生活的艰难。现在他自己在遥远的祖国有一个家,有两个孩子。解放以前的那七八年,生活是不容易的,于是朝鲜妇女们的这些旧包裹,这些帘子、草席,这些盆子罐子,就在他心里唤起了温暖的感情。特别因为这些妇女们的家是处在敌人的炮火下,这些零碎的东西是在激烈的炮声下从那些单薄而潮湿的小防炮洞里搬出来的,他心里就非常爱惜,对每一件东西都充满着尊敬。这些东西仿佛在对他讲述着艰苦和贫穷，同时又仿佛对他讲述着妇女们一两年来在炮火下的流血奋斗。于是他就愉快而耐心地帮助妇女们安放她们的东西，并且总在说："还能想办法装上哩，阿妈尼，阿志妈尼，能带上的就带上吧。"妇女们眼看着车子不大装得下，就不再留恋她们的东西了，有的就想要把自己的已经搬上车的东西再搬下来好让出地方来给别人，特别是一个头发全白的老大娘，她把她的两床破炕席从车上又拿了下来，她的那种默默无言的神情特别使刘强感动，于是，放到车子上去的任何一件小东西，都叫他觉得这是对敌人的一个胜利。车上装得差不多了，地上仍然放着一些零碎的东西，同时还有好一些妇女没有上车，他却继续在那里一件一件地往上搬着，在车上找寻着缝隙，请坐好的人们又站起来，想着办法。看着这种情形，年轻的助手王德贵有些焦急了。

"不行啦。再耽搁咱们要赶不过去啦。"

"行！"刘强决然地大声说，接着他又用着愉快的鼓动的口气说："来吧，小王，想个办法替这阿妈尼把背夹绑在车子后边，这两个篮子也绑在后边，……对啦，这样就压不坏啦，这样那两床炕席也放的下啦。"

"这破炕席有什么用呀！"

"老百姓过日子什么都有用的，——哪怕是破炕席，能丢在这里叫敌人一炮打掉么？"

他的愉快而活泼的声音忽然变成严厉的了，并且那闪耀的眼光向着王德贵瞪了一眼。从来不发脾气的刘强，个性其实是非常刚强的。王德贵本来想说："叫炮打掉的东西多呢！"可是说不出口了。

"好！这笼子里还有两只鸡呢。"刘强的声音又变得愉快而活泼了，他向车上喊着，"阿志妈尼，这个鸡，顶好！"

还没有上车的两个年轻的妇女发出了笑声。其中的一个用一条花格子毛巾包着头，有一对浓黑的眉毛，眼睛亮晶晶地闪耀着,带着一种吃惊的天真的表情,一动不动地看着这个热情的、结实得发胖的司机,好像说:"这个人多奇怪,多好啊,他怎么会这么细心呀。"

终于把所有的比较大的东西都安置好了。于是,还没有上车的妇女们带着提在手里的小东西开始上车。刘强抱起了一个七八岁的女孩,在她的冻得冰冷的脸上亲了一下,把她举上了车。到这时为止,这个女孩显露着大人似的忧郁的神情,一直在看着响着炮火的前沿,敌人打出来的白色的烟幕弹在昏暗的天色里升得很高。这懂事的女孩在想着什么呢?刘强把她举上了车,用朝鲜话对她说:"等胜利了,你们就回来,我们帮你盖一间大房子,啊!"这时那个包着花格子毛巾的、浓眉毛的姑娘正在上车,攀在车边上停下来了,说:"英加,谢谢司机,"随后皱着脸,激烈地说,"她的爸爸叫李承晚在这里打死的!"

那剪着齐眉的短发,穿着红袄子的女孩仍然在忧郁地不动地看着落着炮弹的前沿。她的母亲,一个憔悴的中年妇女,俯下头来,靠在女儿的肩上。刘强注意到她的怀里还另外抱着一个孩子。那白发的老大娘激怒地说:"我们不是不愿意离开……"说了半句又没有说了,所有的妇女都凝望着她们的毁灭了的村庄和她们的遗留下来的田地,虽然在昏暗的天色中什么也看不清楚。

这时助手王德贵已经跑去发动了马达,他担心着,迟了公路上车多,赶不过封锁线。听见马达声,刘强就很沉重地向着司机台走去了,但走了几步又停下来,因为听见了车上面传出来的一个婴儿的啼哭声。

他攀上了车子,对里面看着。车上实在太挤了。那啼哭的,就是刚才那个叫做英加的女孩的弟弟,一个大包裹压在他们的母亲的膝上,那孩子就在母亲的胸前愤怒地哭着。那母亲给他奶吃,哄他,他仍然哭着。最初一瞬间刘强想设法拿开那包裹,但随即想到,这样仍然是不行的,几百公里的路程,而且夜里面天气要更冷的。于是他叫那母亲把孩子给他,他说,他们有两个人,可以把这婴儿带到司机台里面去。做母亲的迟疑了一下,望着周围的人们,但这时刘强已经伸手把孩子抱过来了。

"辛苦啦,谢谢的……"那母亲激动地说。

"不谢! 小王!"刘强喊,为了免除那母亲的不安,他特别用一种愉快的、幽默的腔调大声喊着,"来,小伙子,咱们找到一个活儿干啦!"

"什么啦!"小王跑过来,他惊奇着刘强今天怎么会变得这么婆婆妈妈的。

"这活主要是你的!"刘强愉快地说,跳下车去,不由分说地把孩子塞在王德贵的手里了。

"这怎么好弄呢,我不会抱孩子呀!"那十八岁的青年助手说。

但这时刘强已经甩下了披着的大衣,脱下自己的上衣来包在孩子的身上了。

"咄!"他说,"做这么回把妈妈不委屈你,将来你还不是得有儿子! 拿大衣包着他,拉屎拉尿的就拿我这破衣服垫着!"

王德贵很不满意——这老司机今天太婆婆妈妈了,妨碍了完成任务怎么办呢——然而他仍然羞怯地笑了。他捧着孩子的那姿势实在笨拙,就像捧着一盆热水似的,车上的妇女们,虽然不大听得懂这两个司机的对话,也都笑起来了。刚才那沉默、苦痛的空气一下子变成了愉快的,那头上包着花格子毛巾的、浓眉毛的姑娘笑得最嘹亮。王德贵很不满意这些笑声,浑身热辣辣的。

"这有啥好笑的呀,咄!"他激怒地向着那姑娘说,可是那个羞怯的微笑,仍然违反了他的意志,一点也不给他争气,来到了他的嘴边。

于是那姑娘笑得更响亮:这个连孩子都不会抱的小司机是多么有意思啊!

司机台的门砰的一声关上了,迎着寒风,这台嘎斯车投入了公路上的激烈的斗争。

驶出了山沟,上了大公路不久,防空枪响了,远远近近的所有的车灯一下子熄灭了。迫近了敌机的封锁线。为了离前面的车远一点,刘强把车停了一下。他从司机台后面的小窗子看了看车上的人们,听了一听。妇女们静静地没有一点声音。

"这些妇女行!"刘强说,"怎么样,这个妈妈当得怎么样?"

"别逗啦。今儿你哪来这么婆婆妈妈的!"

王德贵显得很不高兴。那个孩子搞得他很紧张,他生怕弄痛了他,生怕他哭,——一哭起来,车上的那个头上包着花格子毛巾的姑娘就要笑了——但愈是这样,那孩子就愈是不安宁,他一喘气就哭出来了。

"看你这家伙,能这么抱的吗?轻一点,让他的头枕着你的左胳膊弯——你这小伙子真笨啊!"

"本来我没抱过孩子嚜!——你叫我背一百斤都比这舒服!"

"别发牢骚,行哪。看哪,小宝宝,"刘强从驾驶盘旁边弯下腰来,对着那孩子的脸说,并且吻了他一下:"吓,我的这小宝宝真乖,不哭啦,妈妈在上面啦,将来长大了你也学开车吧。"

王德贵斜着眼睛,很不以为然地看着这老司机。吓,这个从来都是刚强的人今天怎么会这样!这么个孩子有什么值得稀奇的呀,说不定一会儿就拉你一身!

敌机凌空了,照明弹从前面一直挂过来了。刘强的脸上马上有了凛然的、严肃的神气,他的眼睛里出现了王德贵所熟悉的那种绝对的冷静。他又侧过头来向着车上面听了一下。王德贵看出来他那脸上的意思是:"停在这里吗还是冲过去?"

"冲吧!"王德贵说。

"你把孩子抱好。"

于是这台车开动起来。它超过了停在路边上的一台车,在照明弹的亮闪闪的照耀下箭一般地飞奔出去了。它又追上了两台死命奔驰着的车,敏捷地超过了它们。这时候炸弹在左前面远远的地方爆炸了，天上的照明弹熄了一批又来了一批，这一次足足有六七十颗，挂上了十几里路。

"赶上了，他妈的！"刘强说，"这孩子也真乖，他知道叔叔们在跟美国鬼子斗争，他不哭啦。"他说，但他的冷静的眼睛仍然直盯着面前的被照得发白的公路。

今天的敌机封锁区好像比往常扩张了一些。但即使在往常，这里也是敌人的重点封锁区了。刘强听不见敌机的声音，但是他感觉到现在敌机是飞得很低，因为今天有云层，而且这一带是大开阔地。突然的一梭子带着红色曳光弹的子弹落在右边几十米外的田地里了。刘强猛烈地煞住了车，刚一煞住车，就看见前面一百米以外的一团爆炸的白光。很明显，敌机在捕捉他。如果他刚才不煞一下车，他就会落在炸弹的威力圈里面。现在敌机是绕过去了，于是他立刻又开动车子，绕过刚才的弹坑，用全部的速率奔驰起来。这时这个老练的司机的心里才有了真正的紧张，并觉得一种痛苦：如果一颗炸弹落在他的车上，他将如何对得起这些朝鲜妇女？虽然他看不见车上的妇女们，但他觉得她们是那么沉静地凝望着前面的道路，好像是，即使炸弹落在她们身上，她们也决不会动弹一下的。——那些年老的、憔悴的，或者包着花格子毛巾的、年轻的脸，她们的沉毅的、闪亮的眼睛激动着他。他觉得这车子不是他在驾驶，而是自己在飞驰——那些妇女们的沉静的、屏息的、一动不动的姿态好像给这台车长了翅膀。

在车子猛然停住的急剧的震动里，王德贵撞在车台上，头上流血了，但他唯一的思想是紧紧地抱住孩子，不让他受到损伤。在紧随着而来的那一声爆炸里他不觉地弯下腰去俯在孩子的身上。孩子已经又睡熟了，无论是震动或是爆炸声都不曾使他醒来。现在这台车正处在几颗照明弹的光圈的中央，照这样的速度，还要有一刻钟才可以脱险。在照明弹的亮光下，王德贵第一次对着孩子的圆圆的脸看了一眼，这才注意到，这孩子原来是长得很俊的，紧闭着的薄薄的嘴唇非常可爱地翘着，黑黑的睫毛贴在面颊上。于是孩子在他的紧张着的内心里面唤起了模糊的甜蜜的感情。

"好极了,咱们就这样干下去吧!"他想,意识着自己是在从事着英勇的工作,无论对于司机老刘,或是对于车上的妇女们和这个孩子,他都是一个不可缺少的、重要的人,"我不久就可以自己驾驶一台车了,——笑我不会抱孩子,这又有什么关系呢?"

前面不远的爆炸的闪光打断了他的思想,他赶快地把孩子又搂在胸前。接着,在车子的右边闪起了强烈的光亮,显然这个爆炸比先前的那个更近,于是他迅速地把孩子移到里面,拿自己的背对着车门。爆炸的气浪似乎把车子掀动了一下,但是车子仍然在一直向前开。

"干不着就算我的!"刘强说,冷静地、笔直地看着前面。

王德贵心里的那个模糊的甜蜜的感情更强了。这是对于孩子,也是对于自己的。眼看着没有遭到损害,就要脱离危险,他就抱起那熟睡着的孩子来忍不住地在孩子的小脸上亲了一下。同时他偷偷地看了刘强一眼,看刘强是否发觉了他。"笑我哩,这些女人,难道我真不会抱孩子吗——你看我抱着他一点都不哭。"于是又对那孩子亲了一下。孩子脸上的奶腥气叫他觉得很是激动。在这些动作里,意识到自己的这些动作,他觉得他自己现在是成了一个真正的成人了。

但是刘强忽然说:

"你不要这么搞他,搞醒了又哭的。"

奇怪得很,刘强一直在盯着前面,怎么会注意到他的呢。他的这一点秘密的感情被发觉了,并且从刘强的声音看来,他仍然不算个大人,没有资格这么抚弄孩子的——于是他的脸发烧了。"我并没有动他,"他辩解着。

刘强却没有再作声,紧张地开着车子。现在他们已经远离了照明弹的光圈。几分钟过后,他们驶上了一个山坡,在一个很隐蔽的地点停了下来。

"还说没有动哩,"一停下车子,刘强就愉快地大声说,"我看得清清楚楚的——没有一下子安静。"

"那么你来抱怎样呢。"王德贵生气了。

对他的这种孩子气，刘强一点也不在意，他把孩子抱了过去，在孩子的脸上亲了一下，打开车门出去了。王德贵对这个很是妒忌——为什么你能这么动孩子，我就不能呢。但这时他发觉他的额角上刚才撞伤了，流了黏呼呼的一片血，他拿手摸了一摸，于是掏出一块破手巾来狠狠地擦了一下，同时冷笑了一声；把因孩子而来的委屈都发泄在这一声冷笑里，他就打开车门，迎着冷风下去检查车辆，并且到山坡下面找水去了。

他听见刘强的愉快的声音，他在慰问那些妇女，喊她们下车休息一会，他并且喊着孩子的母亲，显然是要她来给孩子喂奶。妇女们下了车，悄悄地、感激地说着话，又传出了那个用花格子毛巾包着头的姑娘的笑声，虽然笑得很轻，王德贵仍然一下子就听得出来了。"又笑我么？"他想，但随即他提着水壶站下了，看着山坡边上的妇女们的模模糊糊的、温暖的影子，很安慰地想："还好，她们一个也没有负伤的——刘强这老家伙真行啊！"

在这个地方不能多休息，于是车子立刻又前进了。王德贵严肃而冷淡地又接过了孩子，坐在他的位置上；他竭力地表示出来，他对这个孩子很有点意见，他一点也不喜欢他，他才不爱管这些婆婆妈妈的事情呢！他用大衣把孩子包好，就不再动他了。

可是司机刘强一点也没有注意到这个。他紧张地赶着路，一面计算着路程。还有三百公里，天亮以前一定得赶到，而现在离天亮只有六个多小时了。车子紧紧地追随着前面的大队的车辆，迎着同样多的从后方开来的车辆，在漫天的灰尘中前进，随着防空枪的声音，车灯时亮时熄——这大队的车辆看不见尽头，一直到十几里外的山坡上，车灯都在闪耀着。但翻过了这座山坡之后，车子忽然地变得稀少了，大队的车辆在公路的交叉点上分散了，于是在刘强他们的面前就又出现了一片黑暗的平原，和寂静的、灰白色的公路。天上的云层更浓厚，从门缝里和玻璃的缝隙里钻进来的风变得更冷,手和脚都冻得麻木了。迎着这尖利的冷风,驾驶台前面的玻璃上开始结了霜。在寒冷和疲困中,刘强的心里继续地闪耀着车上的那些妇女们的面孔。他现在已经是那样熟悉她们。他想:她们都穿得单薄,这一夜是很难熬的。他的老婆曾来信告诉他,她和孩子们都已经预备好了今年冬天的棉衣了,但这里的这些妇女,却还是穿着一件夹袄,而且似乎就要这样度过冬天了。这种夜里行车,要是能有车篷就好了,最好当然还要有些热水。……但他随即就对这个思想微笑了。这是在战争。……"你做了棉衣,这当然好,可是咱们这里还不能这么要求,"他想,似乎是在和他的女人辩论着。当然他的女人是不会反对他的。如果不是战争,这些妇女们在这种夜里就会喂着她们的婴儿甜蜜地睡眠,但现在呢,受点冻又有什么,她们连家都毁了。她们的男子和亲人有很多牺牲在这战争中,有很多还在前线,——每一个妇女的心里都有一段痛苦的。她们现在要迁移到后方的山里去,在那里也并不是一到达就能安住的,她们要一锄头一锄头地掘开冻得像石块一般的泥地,建立起单薄的小屋子来。这就算完了吗,不的,呼啸着的炸弹仍然要来威胁她们和她们的孩子。你看一看吧——他似乎是在继续和他的女人说——看一看她们从炮火下带下来一些什么东西!几件衣服,几条炕席,几把锄头,还有两把锯子。她们中间一定有会木匠活的,她们什么都能做。有一个坛子里装着留做种籽的麦粒,另外一个坛子里有一些菜籽……明年春天她们的新的田地里要发芽的!

"你看一看吧,"他说出声来了,这回他是对王德贵说,他想起了开车前他们的一点争论,"你以为老百姓安个家是简单的吗?"

王德贵沉默着,像没有听见似的。王德贵仍然不高兴。因为冷,他已经把孩子抱在胸前了。

"咱们年轻的时候,把事情总是看得简简单单,"他又说,这声音是疲困而温暖的,"同志,不简单啊。"

"防空!"听见了防空枪,王德贵说。

刘强熄了灯驾驶着。过了一会,远远的前面有车灯亮了,他也就打开了灯,并且又来继续他的辩论。

"你为什么不高兴呢?"他问。

"我又不是小孩子。"王德贵懊恼地说。

"你总归是年轻,不知道妇女在战争中受的苦处。譬如说,我们男子,我们军人这么想:我们在前方流血牺牲,你们女人不过是躲在家里罢了。吓,说得多么简单!"

"谁这么说的?"王德贵说,他现在特别不高兴老刘说他年轻。他以为这是他的讨厌的弱点。

"我们骄傲我们是一个志愿军战士,"老刘非常严肃地说,"这当然是光荣的,可是要像那样想就不对了。"

王德贵没有回答了。这个辩论进行不下去,因为王德贵其实并没有这样或那样想;老刘虽然很有经验,却没有懂得他现在的心情。他总归是不高兴别人把他当做孩子。他懊恼他没有在人们面前做出重大的事情来。在严肃而冷淡的外表下面,他的头脑里在飞翔着一些抑制不住的热烈的想象。他想象他自己驾驶着一台车,冲过了照明弹和机关枪,——一只手抱着孩子一只手驾车,车一停下来妇女们就跳下车来跑到前面打开车门,一看,原来他在那里给孩子喂水呢;于是她们笑起来,讥诮他这个男人居然会带孩子——女人们总是这样的,你会带孩子她们也讥笑——并且那个头上包着花格子毛巾的浓眉毛的姑娘,站在人们后面一声不响地偷看着他,他又想象这个孩子一到他的怀里就不哭了,车子到了地点,他的母亲来抱他了,他却不要他的母亲,哭着往他的身上扑,这时妇女们又笑起来了,他就摸摸孩子的头,说:"再会吧,小家伙,我是没法老抱你的!"他又想象,将来这孩子长大了,到中国来找他,而他那时候……

他皱着眉,摇着头来驱逐这些想象。吓,从这一点上就又证明他不是一个成熟的人,一个成熟的、郑重其事的人是不会像他这么胡思乱想的。

"不许胡思乱想！"他想。于是他觉得他应该去想目前的实实在在的、重要的事情，他就说："老刘，过了下一个防空哨多加点水吧，可能水要冻的……"

可是这一次老刘没回答他。老刘注视着眼前的道路，同样地沉浸在自己的思想里……。

车子再停下来的时候，情形仍然是那样的：老刘把孩子抱出去了，妇女们跳下车，热烈地说着话，王德贵则是一声不响地去路边的防空哨的棚子里找水。天气非常冷，冻得水壶都提不住；水里全是冰渣。爬在车头上上水的时候，他注意地听着附近的人们的谈话声。老刘坐在一边吸烟，笑着，做着手势，说着朝鲜话，显然很高兴自己能够说得这么好，——"他当然说得好，他来了两年哪，"王德贵想，后来他听懂了其中的一句，而这一句恰恰是说到他的；大约是那个孩子的母亲问到他的年龄，老刘回答说：这年轻的同志十八岁啦。

"啊哟"一个妇女叫着并且用中国话说："不像的！十六，十六！"

于是好几个妇女都朝着他看着，他觉察出来她们的脸上有着那种抚爱的微笑。他的小个儿和孩子气的面孔，确实会叫人觉得他才十六岁。他一向把这个看成自己的弱点，他觉得这是因为他童年的时候生活太苦，没有父母，替人家放羊，吃不饱，而且害过一年多的疟疾病。……想起这个他心里就充满了对过去的生活的憎恨。

"我十九啦！"他在车头上站起来，气呼呼地大声说。

"十九？"那个妇女的愉快的声音说，"啊哟，没有的，没有的！"

"怎么没有的？十九啦！"他说，气愤地把水壶里剩下的冰渣往地上一泼，跳下了车头。

可是他的生气的样子只是引起了一阵善意的愉快的笑声。那个妇女又说了几句什么。

"小王，问你话呢。"老刘说，"问你来朝鲜多久啦？"

他才来了五个月——对这个,他觉得羞愧,于是不回答,走到一边去了。他想着他的矮小的个子,心里继续充满着对过去生活的憎恨,这种感情使他真正地显出了老成的、庄重、冷淡的神气,他找了一块石头坐了下来,也来抽一支烟。"这些女人真婆婆妈妈的,"他想,他认为一个成年人,一个老战士是要这么想的。但是他擦了好久火柴仍然没有能点着手里的香烟,并且忍不住要朝妇女们那边瞧着。于是他心里又不由地感到了温暖的、亲切的感情,觉得这些妇女就像是自己的亲人似的。

那个带着两床破旧的炕席的、白发的老大娘走到他的面前来了,慈爱地看了他很久,于是俯下身子来,抚摸着他的头,几乎是贴着他的脸,轻轻地说:"你的多好哟。"

"我的不好。"他说,企图保持着他的冷淡的样子,不愿意人家把他当做孩子来抚爱——但他的声音却违反着他的意志充满着这样的温柔的感情,一下子有些颤抖了。

"你的阿妈尼,妈妈?……"

"没有。"他说,又装出冷淡的样子来,用力地划着了火柴,点燃了香烟,大口地吸着,因为他发觉那个用花格子毛巾包着头的、浓眉毛的姑娘正在附近看着他。"你又要笑了吧!你笑吧!"他想,但心里仍然禁不住地充满了亲切的、温暖的感情。

"喂,小王,继续干活吧。"刘强愉快地大声说,抱着孩子走了过来。

奇怪得很,这一次,这个孩子叫他打心眼里觉得温暖。他觉得他和这孩子已经忽然地这么熟了,如果不叫他抱,他会难过的;他心里已经不再是最初的那个模糊而陌生的甜蜜的感情,而是禁不住的关心和热切的爱。于是,就像个小母亲似地,他拉拉孩子的衣服,替他揩揩口水,非常细致地用大衣包着他。他觉得孩子在他的怀里很舒服,于是心里很宽慰。

"老刘,你看这孩子有两岁了吧?"

"胡说。才七八个月。——你不看他是吃奶的么?"

"哦,这玩意儿我是不懂。"

"两岁?我离开家参军的时候,我那第二的孩子就是两岁,满地跑。"

"什么时候才会走路呢?"

"周岁就行啦。"

"哈,再有几个月我们这位小同志也满地跑啦。"

"他要把你的坛坛罐罐全给打翻。"

"吓,有孩子也真是麻烦。"

他们现在不再为这孩子争吵了。他们谈着他们共同的东西。有了和老刘一同谈这种话的权利,王德贵心里是很满意的。

不久之后,这台车又迫近了敌人的重点封锁区。前面十几里外不断地闪耀着照明弹的亮光和爆炸的闪光,这些凶恶的闪光使得周围的黑暗更森严。防空枪不绝地响,他们熄了车灯前进着。但不久前面的公路就叫来往的车辆堵塞起来了。车停了下来,王德贵把孩子交给了刘强,跳下车去观察着。

他越过几台车,跑到前面的一台载着一些干部的车子旁边,打听出来,原来是前面十几里外的桥梁黄昏的时候叫炸了,还不知道已经修复了没有。他又往前跑了一点,看见前面的一些车子已经在开动,于是跑了回来,把这情况告诉了刘强。刘强判断说,这个地方是呆不得的,但他们正要开车,前面又堵住了,传来了人们的焦灼的喊叫声和杂乱的喇叭声。于是只好等着。小王又把孩子交给刘强,又下车来观察,但现在没有什么可观察的,天冷极了,他站在车边上跳着脚,发觉车上的妇女们全在期待地看着他。

"没有关系的!以里阿不索!"他说,这是他所会的几句朝鲜话之一。

"不怕的,"那用花格子毛巾包着头的、浓眉毛的姑娘说。

"对,不怕!"

"你的辛苦啦,"那姑娘非常诚恳地说。

"没有,不辛苦,"他急忙地、激动地回答。

他觉得,能够为这些妇女们做事,能够在这种场合负起责任来,一切是多么好啊。

但这时敌机已经到了附近的上空。在几里外扫射着,接着就传来了猛烈的爆炸声。刘强从司机台里抱着孩子一下子冲出来了,大声地喊叫着妇女们下车——立刻下车,紧急隐蔽。妇女们迅速地跳了下来,抱着孩子的刘强就引着她们往附近的山坡边上跑去。这老司机的判断果然是精确的,因为立刻就传来了炸弹下来的嗖嗖的声音。刘强大声喊着卧倒,妇女们在田地里和坡边上卧倒了。刘强卧倒了,把孩子抱在大衣里搂在胸前贴着一条土坎,拿自己的身体挡着他。王德贵从车上扶下了那个白发的老大娘,搀着她跑,在炸弹呼啸着下来的时候就一下子把她抱着滚到一条小沟里去了。两颗炸弹,一颗远一些,一颗在附近的公路边上爆炸了。

那老大娘一动不动地躺在王德贵的下面。炸弹掀起来的泥土盖住了他们。但马上王德贵就爬了起来,抱起了那个震得发晕的老大娘,喊着"阿妈尼、阿妈尼",这阿妈尼动弹了,轻轻地叹息着,伸出她的干枯的手来抚摩着王德贵的冰冷的脸,然后就把他的脸捧在她的两只手里。……

但是这时候附近传来了妇女们的激动的声音。刘强叫弹片打伤了左肩,她们正在帮他包扎。那个用花格子毛巾包着头的姑娘叫打伤了左手,但是她却不觉得自己的伤,兴奋地往刘强身边跑去。那个做母亲的在撕开着急救包,在急速的动作中不时拿衣袖揩一下眼睛,但眼泪仍然不住地流了下来。另外一个姑娘抱着孩子,痴痴地看着远处。在这一切的中间,站着高大的、有些肥胖的刘强,他在顾盼着,温和地、有些傻气地笑着。王德贵奔了过来,看了一看,立刻就奔向那个孩子,看见他没有负伤,并且还在睡觉,就伸手去抱。这几乎是他这时候所要做的唯一的事情。那姑娘也认为是当然的,就把孩子递了过来。但这时刘强喊着:"小王,去检查车,把车倒出来!"他就又把孩子丢给那个姑娘向车子奔去了。

车子好像没有受到损伤。他狂热地跳上驾驶台,发动了马达,开始倒车,使它远离前面的车辆。他这时非常相信他自己,非常信赖他的才学习了几个月的、不熟练的技术,他觉得他什么任务都能完成。车子从坡边上退过去的时候,他看见了站在路边上的那个老大娘的激动的脸。但这时刘强来到坡边上,喊他停下,迅速地跳上车来了。显然的刘强决定立刻前进。他让开了位置;刚一坐到自己的位置上,就记起了孩子,于是跳下车去,从那个母亲怀里把孩子抱了过来。……妇女们上了车,刘强就开动了。

"能行么?"王德贵问。

"能行。"刘强说,在驾驶盘上按熄了刚点着的烟,"过了这段路给你开。"

前面的道路上松了一些,并且敌机似乎已经过去,于是这台车绕过了前面的一台被打坏了的车继续前进了。它疾驰起来,一直超过了十几台车。亮了一下灯,防空枪响了,又熄了灯——在刘强的眼睛里又出现了那刚毅的、绝对的冷静。小王抱着孩子,感觉到呼呼地扑进来的冷风,他才发觉到身边的车门和玻璃都叫弹片打坏了,于是更紧地抱着孩子。不久他们又听见了附近的爆炸声,但这投弹显然是盲目的,因为天上云层更低了,照明弹已经不生效了。这台车疾驰着,它的下面的土地不时地在爆炸里震动着,这里那里灰暗的云层下不时地闪着光,——整个的世界都在沸腾着。刘强坚毅地瞧着前面,脸色略微有点灰白。他非常杰出地驰过环山的公路,越过很多台车辆;而且这紧张的工作是在大半的时间熄了车灯的情况里完成的。王德贵感动地看着他,注意到这个老司机的大衣脱落到后面去了,伸出手来替他拉上,于是发觉他的左肩的衣服已经叫鲜血浸湿了。

"我来吧。"

"不,我能行的。"

不久道路上又拥挤了起来。他们弄清楚了,黄昏的时候被炸坏的桥梁刚刚修好;通车才一个小时,所以很多车辆都过不

209

去。于是刘强又超过了前面的两台车,跟随着一辆运木料的车子,从一条险陡的小路绕过了公路上堵塞着的一群车辆,从沙滩上一直驰去,来到了拥挤的桥头。

敌机正在云层里盘旋,找寻着目标。江的两岸,保护桥梁的高射炮和高射机枪在射击着,传来急促的剧烈的声音,灰暗的云层下面布满了一阵阵的红色的火星。车子一辆接着一辆,慢慢地驶上了刚修好的桥。

但刘强的车被管理桥头的一位工兵连长拦住了。工兵连长说,必须排好队按次序前进,因此,刘强应该退到大公路上去排队,否则就要等待已经排成一队的车辆过完。

刘强说,他没有注意到,不知道要排队;后面已经挤满了车,回去是很困难的。王德贵叫起来了,他说,为什么不派人在下道的地方拦住,通知他们排队呢,这不能怪他们的;回去不可能,而等着别的车辆过完再过,天亮都办不到的。……在这种情形里,人们总很容易觉得自己是有理由的;王德贵觉得这个桥头的工作做得简直不好,他有理由发火。但那个工兵连长,很习惯这种情况,而且非常疲劳,一点也没有理会王德贵的叫嚷,走回去了。

"这就够呛了!"刘强说。

"我来交涉去!"王德贵理直气壮地叫着,打开车门抱着孩子出去了。

刘强疲困地坐在那里,听着立刻就传来了的小王的吵嚷的声音,可是那个工兵连长的回答却不很听得清楚。好久好久,小王仍然在那里叫着,语气已经没有那么强硬了,他说,他们不知道这种情形,他们的司机负了伤,……但那个工兵连长的回答仍然不大听得见。显然,要说服一个被紧张的情况烦乱着的、执行纪律的连长,是不可能的,况且那里还站着另外的几个司机,他们也提出同样的要求,在小王大声嚷叫的时候就插着嘴。刘强有些焦躁。小王的声音使他痛苦而恼怒,但他也弄不清楚,究竟是恼怒小王还是恼怒那个不通情理的连长。他跳下车去了。脚一踏到地面,他就有些昏迷;稍微站了一下他才迎着冷风走了过去。

他听见小王说:"同志,你想想吧,这并不是我们不遵守,……我们的司机负伤了,我们一台车并不妨碍大家呀!"

另外有一个司机说:"是呀,我们一两台车……"

听见这个,刘强恼怒地皱起了眉头。他又听见那工兵连长的疲劳的、冷淡的声音:

"不遵守制度就妨碍大家,……"

于是刘强喊:"小王,别说了,回来!咱们退回去!"

"那不行的……那咱们就不能完成任务了呀!"小王说,这声音不再是理直气壮的,而是又痛苦又焦急,几乎是含着眼泪的了。

"回来!"刘强沉默了一下严厉地说,"遵守制度吧!"

"那是你们司机么?"工兵连长拿手电对刘强照了一下,说,显然对刘强的这种顽强的、自尊的态度有些惊讶。

王德贵没有来得及回答,他的怀里的、被他包在羊皮大衣里的那个男孩哇的一声哭起来了。这哭声是这么意外,大家都朝这边看着,并且有两个战士也跑过来了;紧张的桥头上的这个小孩的哭声使得人们非常惊奇。小王一瞬间也被这哭声闹慌了,他不好意思地、赶紧地拍着孩子说:"别哭了,哭什么呀!"但立刻他的声音就不觉地变得非常柔和,他拍着孩子的屁股说,"不哭,啊,宝宝,咱们马上就要过桥了。"这时候敌机又经过顶空,高射炮猛烈地射击着,可是小王没有注意到这个,人们也没有注意到这个。

那孩子继续地哭着。工兵连长奇怪地、沉闷地问:

"这是怎么搞的?你哪里弄来的这个孩子呀!"

"我弄来的?"小王激动地嚷着,"你没看见吗,咱们车上全是前面下来的朝鲜妇女!"随即他又拍着孩子的屁股,"不哭啦,小宝宝,过不了桥就呆着吧。"

听了一听敌机已经过去,工兵连长就打亮了手电,照见了那个在小王怀里动着四肢大哭着的、满脸眼泪的孩子,并且照见了小王的被孩子尿湿了一大片的羊皮大衣。在手电的反光里,刘强注意到工兵连长的疲乏的脸上有了一丝微笑,并且他那眼睛因讥诮和喜悦而发亮。

"这他妈的!"工兵连长讥诮地说,一下子变得生气勃勃了,"你看你这个样儿!'不哭啦,小宝宝,过不了桥就呆着吧。'你呆着吧!"

"难道不是这样的?"小王叫着。

周围的人们都看着孩子。这些疲困、受冻、焦灼的战士们、司机们,大家的脸上都露出了笑容。当那孩子的小手在手电的亮光里一下子扑打到小王的脸上去的时候,那个工兵连长脸上的笑容更明显了。大家于是懂得,这毛手毛脚的年轻的司机助手,为什么要求得这么理直气壮了。

"你们车上是朝鲜女同志么?"

"是的。"

工兵连长就亮着手电向车子走去,对车上照着。那些妇女们默默地迎着手电的亮光——在紧急的情况和严寒中她们是绝对沉静的。小王抱着那啼哭的孩子跟着工兵连长跑着,一边跑一边拍着孩子:"好宝宝,不哭啦,咱们这就过桥啦!啊!啊!"

工兵连长和另外的几个司机都看见了——这些年老的和年轻的妇女都是穿得很单薄的。

"同志……这并不是我不遵守……"小王温柔地说。

"好啦,别唱了,过去吧。"工兵连长讥诮地说,忍不住地微笑着:"什么,'好宝宝,不哭啦,过桥啦!'——你这家伙滑头!"

"别叫小孩拉你一身——你看你哪像个抱孩子的样儿呀!"一个战士大声说。

小王快乐地叫了一声爬上了司机台。但随即又伸出头来说:"那么你来抱一下试试看?吓!"刘强发动了车子,于是这台车插入了正在行驶着的车子的行列中间,上了桥头。那个工兵连长和其他的司机们不觉地跟着这台车往前走了几步,然后就站在冷风中,听着马达的吼声中传来的孩子的哭声和那个青年助手的快乐的抚爱声——大家的脸上都长久地含着安静的、满足的笑容。

　　过了桥以后,刘强就有些支持不住了,他咬着下嘴唇,一声不响地开着车。现在是夜里三点钟,还有一百五十公里的路程。为了赶路,避免大公路上的拥挤,熟悉道路的刘强弯进了一条僻静的小公路。这小公路没有防空哨,而且面前横着一座高山;在驶进了山沟之后,刘强就停了一下车,要求车上的妇女们注意听着敌机,并且嘱咐王德贵拿出皮管来给车子加油。……这样,这台车就开始在这条高低不平的小公路上颠簸了起来。

　　王德贵要求刘强给他开一段路,但刘强摇摇头拒绝了。

　　车灯划开了山沟里的黑暗。路旁长满了各样的树丛,只偶尔有一两家沉没在黑暗里的人家。车子涉过了十几道浅的、急湍的溪流,冲开那些一直伸到公路上面来的带着枯叶的树枝,前进着。冷风在山沟里尖利地呼啸着,好像因了这台车胆敢驶到这里来而发怒似的。司机们的手和脚全麻木了。驶上盘山公路的时候,车上的妇女们敲着车顶,报告着敌机的来临,刘强熄了灯。开了一下,停下来听了一听,他又打开了灯。

　　妇女们敲着车顶的声音,叫他强烈地感觉到他和她们之间的休戚相关的感情;战斗的心情使他从创痛和极度的疲劳里又振奋了起来。他仿佛看见车上的妇女们的冻得发青的脸和迫切期待的眼睛,他也意识着抱在王德贵手里的孩子。他的头脑里闪过了一些图景。在一间亮着灯光的房子里,他的孩子们正在甜蜜地睡眠,小小的头歪在枕头边上,旁边摆着红花布做的新棉袄——那是奶奶亲手缝的。长方形的房间里堆满东西,这都是老人家的东西,其中有几十年前老人家自己出嫁的时候的一口木箱子。于是房间里就有着陈年古旧的生活气味。想到这个,他觉得很宽慰。接着他的头脑里又出现了一幅图景,比先前的一个更鲜明。这是织布厂的车间,灯火通明,郁闷而喧嚣,他的女人站在织布机旁,脸色有一点苍白,额角上沁出了汗珠。她一边工作一边在想着什么。忽然地有一个人走过她身边,嚷着说:"外边真冷啊,下雪了。"她惊讶地抬起头来,问:"下雪了吗?"看见了那人肩膀上的还没融化的雪花,她就想着:"是下雪了。他在前线怎么样呢,穿上棉衣没有呢,该死,总是不来信!"——"这些女人家总是记挂什么棉衣棉衣的,你没看见吗,我在前线很好,正在爬过高山,"他想,微笑着;"也确实不对,两个月没写信了。不过又有什么好写的呢,妈的,棉衣棉衣的……"车顶上又传来了敲击声,于是他又熄了灯。——在这森严的高山上,迎着猛烈的冷风,这台车时而亮着灯,时而在黑暗里摸索,驶上了山头了。它的灯光不时地照见着险陡的山岩和笔直地伸向天空的杨树。车上的妇女们静静地坐着,小王怀里的孩子熟睡着,这一切都参加了这一场以意志和爱情来致胜的斗争。

翻过山头,在刘强的眼前就出现了一片辽阔而苍茫的景象。下面是平原。远处的天和地分不清楚,但平原里这里那里地闪耀着的像萤火似的无数的车灯,映出了这一片辽阔苍茫的景象,并使人感到活跃的生命。这一片土地是醒着的,它在呼吸并且活跃,无论是敌机或是严寒都不能制服它。两年来千百次地见到过这种景象了,但每次见到都不能不激动。散布在平原各处的,一闪一闪地亮着的车灯,那是他的同志们。他们也会看见高山上的这一盏闪亮着的车灯的。而且,在看不见的尽头,那里是祖国,也有无数的车灯在闪耀,向着朝鲜前线驶来。

他大口地吸着气。他开足了大灯使它照向前面的山沟。这时,从黑暗的空中开始有灰白色的小点降落下来,在这条宽阔的光带里发着亮,柔和地、悄悄地飞舞着;渐渐地这些细小的、轻柔的、白色的东西稠密起来了,它们欢乐地无声地飞舞着,把整个的光带都布满了。

"下雪了,"王德贵快乐地说,"这是今年头一次下雪。"

"下雪了。"刘强想,"她猜得不错,真的下雪了。"他心里愉快而安静;他的心仿佛在随着雪花飞舞着。雪花轻轻地贴在驾驶台的玻璃上就不再融化了;公路已经迅速地变成了白色。

他仿佛又听见他的女人的声音："是下雪了,他在前线怎样呢?……"他的冻僵了的脸上闪耀着一个疲劳的、柔和的微笑。车子驶下山坡,刚一煞住车,他就伏在驾驶盘上昏迷过去了。

王德贵喊着他,慢慢地他清醒了过来。"哎呀,晕的不行。"他愉快地说,公路上很寂静,他的车灯也熄了,他于是觉得自己是听见了雪花降落的柔和的声音。"来吧,我来当会儿妈妈吧,这段路给你。"

他抱过了孩子。王德贵带着庄严的激动坐上了驾驶的位置。

"这么大的雪不会有敌机了,"刘强迷迷糊糊地、愉快地说,"打大灯干!"

车子又前进了。

刘强把孩子抱紧,忍不住地合上了眼睛,迷糊过去了。但他的头脑仍然在活动着。他想:车上的女人们,尤其是那个老大娘,恐怕要冻坏了……于是他又醒了过来。

"小王,拿我的大衣给那老大娘吧。"

小王柔顺地看了他一眼,立刻停了车,打开车门出去了。过不一会儿他带着一身的雪花愉快地跳了进来:他把自己的大衣脱给老大娘了。刘强没有说什么。车子又前进起来。

"老刘,你怎么啦?"

"我迷糊一会儿,不碍事。……我在想,将来你一定是个好司机。"

"你放心吧,我能行的。"王德贵说,那颤抖的声音里,含着幸福的眼泪。

"将来你一定是个好司机!"——这是多么大的赞美。他试着增加了一点速度。一切都很好,弯也转得很稳。他目不转睛地盯着前面的公路,心里充满了庄严的幸福的感情。意识到自己所参与的是伟大的事业,觉得自己能够胜任,能够贡献自己的一分力量——这是怎么样的一种幸福?积起雪的、白色的公路像河流似的出现在车灯的光带里,从他的脚下涌了过去,简直好像不是车子在走,而是公路自己在向后奔跑似的。公路上的新鲜的、没有一点斑痕的积雪使他愉快。路边上闪过去的披着雪的松树也使他愉快。有一颗圆顶的松树,像是戴上了一顶白色的柔软的帽子,它迎着车灯,发着光,好像是在舞蹈着向他跑来,好像是向他鞠了一个躬,就隐没在黑暗里了。小时候,曾经在这样的落雪天爬到树上掏雀子窝,——那些小孩子干的事情真没意思啊。但虽然这样想,虽然因意识到自己的成人的、从事着重大事业的,庄严的思想而愉快,却仍然忍不住想起了,有一次,掏出了四个喜鹊蛋,那些喜鹊蛋是多光滑,多有趣啊。又有一颗戴着白色的柔软的雪帽的弯屈的松树迎着他舞蹈着一直过来了,向他鞠了一个躬就隐没在黑暗中了。愈来愈洁白的公路在车灯下面出现,快乐地向着他涌了过来。

　　稚气的思想和庄严的心情奇妙地交织着。想到小时候,母亲叫债主逼死了,自己站在旁边大哭着,可是旧社会又能把自己怎样呢?——现在自己是一个抗美援朝的司机了;想到那个可爱的孩子,回去以后一定要好好地跟连里的同志们讲一讲这段有趣的故事;想到那个白发的老大娘,她的慈爱的脸,但又想到那个用花格子毛巾包着头的、浓眉毛的姑娘——她的头巾上一定是落满了雪了,她还不知道是他在开车呢。想到老刘,这个人总是快快活活的,到哪里都能自在——他是多么勇敢啊。他现在在想着什么呢?他简直一点也不挂念他的家,他想不想他的孩子呢?如果自己也是结了婚,有了孩子的,自己就会很严肃,不会叫人家觉得孩子气了,跟人家说话的时候就会说:"我那老婆,我那孩子,"……吓,真是胡闹,这简直是无法想象的,自己怎么会有孩子呢,永远也不可能的!

　　"老刘,"看见老刘睁着眼睛,他问,"你想不想你的儿子?"

　　"想那干什么。"

　　"要是我,我一定是想的。"他深思熟虑地说,微微笑了一笑。

　　可是老刘不再作声了。他显然已经恢复些了,眼睛一动不动地盯着前面,把孩子紧紧抱在怀里。王德贵忽然看见,老刘低下头去吻那孩子。这不像先前的那种半真半假的、开玩笑的、喜爱的姿态,这是真正动了感情的。老刘一副沉思的严肃的样子,对孩子的恬静的小脸看了很久,轻轻地替他揩揩嘴,又吻了他一下。这个三十多岁的、快活而勇敢的人的这种动情的严肃的样子,使得王德贵简直有些不好意思了,他假装着什么也没看见。可是,想到不久之前炸弹在头上呼啸的那个滋味,他也非常想吻那孩子一下,嗅一嗅那香甜的奶腥味。

后来孩子哭了。老刘把他用大衣包紧,轻轻地拍着他,说着:"乖乖,别哭啦;冷哪,下雪哪,明年春天,你妈妈种下的麦子就要发芽啦!"那声音也是严肃而沉思的。

公路上,雪已经积起了三四寸。这台车平稳地前进着。

大雪纷飞,……天渐渐地亮起来了,车灯照在雪上有些发黄了,周围的景色,覆着雪的土坡、田地、露着发黑的门的独立家屋,大雪中倔强地弹起来的弯屈的黑色的树枝,可以模模糊糊地看见了。离目的地只剩下了十里路。车上的妇女们都醒着。她们披着被单和旧衣,默默地承受着这场大雪,现在大家都看着周围的景色。这里就要到她们的新的家了。忽然地那个用花格子毛巾包着头的、浓眉毛的姑娘唱起歌来。她用右手在胸前捧着她的负伤的左手,两边看了一看,开始唱歌,于是几个年轻的妇女跟着唱起来,最后全车的妇女,连那个白发的老大娘和八岁的英加在内,都唱起来了。

这一车冻僵了的、疲困的妇女,整夜都一声不响,顽强地抗击了那向她们袭来的敌机和严寒,现在唱起来了。她们就要到达她们的新的家,她们欢迎这场雪——她们迎着这飘落在她们的土地上的今年的最初的雪,听着司机台里那个孩子的哭声,唱起来了。于是一下子这台车从困顿和沉默里醒来,被一种青春的、欢乐的、胜利的空气鼓舞着,——最后的这几里路,是载着歌声飞驰着的。

驶过了一些积着雪的矮屋和断墙,车子在地方政府的门口停下来了。地方政府的干部们,其中有两个穿人民军制服的姑娘,从里面跑出来了;这时候车上的歌声仍然在震响着。

人们开始下车。被歌声和大雪所激动,穿人民军制服的两个姑娘紧紧地抱住了最初下车的两个妇女。车上的年轻的姑娘们仍然在唱歌。这时司机台的门打开了,司机和他的助手走了出来,在迷茫的大雪中笑着;在司机的手里,捧着那个又睡熟了的孩子。

大家沉默了,站在纷飞的大雪中。王德贵抱过了孩子并且把他高举了起来。大家看着王德贵手里的孩子又看着刘强的染着血的大衣和苍白、微笑的脸。那个做母亲的奔上来接过她的孩子,眼泪流出来了,抓住了王德贵的手,把她的头在他的肩上靠了一靠,又跑向刘强,把头靠在他的没有负伤的结实的右肩上。

那个用花格子毛巾包着头的、浓眉毛的姑娘叫着:"辛苦啦,同志们!"

"不辛苦!没有的事!"王德贵兴奋地抢着说,他激动得厉害,幸福到极点,但又害怕在妇女们的面前显得幼稚;他拿出一根烟来抽,手有些抖,忽然地他走向那个母亲,问着:"阿妈尼,这孩子他的姓名?"

母亲来不及回答,有七八个声音叫起来了,说,这孩子叫金贵永!

"金贵永,记着了!"王德贵红着脸说。

"金贵永,再见吧。"刘强说,显出了王德贵先前见过的那种严肃的、沉思的、父亲般的神情,俯下头去,在那母亲的臂弯里吻着孩子的脸。

妇女们静静地站着。大雪无声地、密密地降落着,这台车后面的那两条很长的黑色的车迹很快地就被大雪盖住了。

一九五三年十月十六日,北京。

(原载《人民文学》1954 年第 1 期)

你的永远忠实的同志

团政治处的通讯员赵喜山,一副聪明伶俐的神气,衣服穿得整整齐齐,在交通沟里和熟识的人们打着招呼,来到化学迫击炮连三班的阵地,老远地就对三班长朱德福叫起来了:"三班长,你们今天干了几个买卖呀?"

炮手们正在整理叫雨水冲塌了的交通沟,一个个满身都是泥;身材很高的三班长朱德福眼睛熬得都红肿了,他在慢慢地掘着土,神色显得很疲劳。冲着赵喜山的兴致勃勃的脸,他冷淡地回答说:"没啥。"但再看了赵喜山一眼,他的眼睛里就出现了温和的笑意,"这两天没见你啦。"

"昨晚上二连抓了个俘虏,我正好在二连阵地上,"赵喜山兴奋地说,瞥了周围的炮手们一眼,"一班副一梭子一打,那狗熊就扒在泥里装死,一班副他们两个人拖到阵地跟前的时候我还上去拖了一阵哩,这老美可不胖,瘦得像个猴,屁股上叫他自己人打了一个眼,哇哇的直叫,我说,你们这美国的机枪手可是真棒!……"

他一口气说下去了。他显然想说出他的激动的印象来;显然的,他能参加一下这件事情,他是很得意的。他对朱德福说这些还带着一种特别的热情,因为朱德福和他都是从二连出来的。他丝毫也没有注意到,炮手们听着这些,神气都似乎很冷淡,而朱德福更是有些没精打彩。在昨天夜里前沿缓冲区的小战斗里,这门炮临时出了故障,后来打得也不准确,因而受到了批评。朱德福从二连调来当这个班长已经两个多月了,可是一直在想着要回到步兵里去,他觉得自己岁数大了,脑筋不灵活,学炮没前途,因此,一听到二连熟人们的功绩,心里就更不好受了。

"昨晚上你们有两颗炮弹掉队了吧?"通讯员快乐的问。

"反正老掉队吧,"朱德福说,心不在焉地扬起了一铲子土。

赵喜山愉快地笑着看看他。这老班长经常发脾气,可是实际上却是非常和善的人,心里有什么都是摆在脸上的;他的坦白的样子总是使赵喜山很高兴。快乐的赵喜山仍然不想走开,他走到套着炮衣的炮旁边去了,动手把炮衣卸下来,在炮筒上摸了一摸;因为经常到朱德福这里来,他以为已经把炮上面的事情全看懂了,以为这种小炮没啥,于是他就说:"老出故障就整不好么?我看呀,把它报销得了,这老掉牙的玩意还是东北解放战争缴获来的吧?没啥用啦,你们这些个炮手等着扛弹箱当运输队得啦。"

这时,二炮手张长仁扬了一铲子土抬起头来了,不高兴地说:"别动标杆!"

"动不坏的,这玩意我知道,同志,"赵喜山活泼而带着调皮的神气说。

张长仁又想说什么,可是看了看班长就重新低下头去铲土了。他不高兴这个通讯员,因为这通讯员显著地轻蔑炮手们,并且轻蔑这门炮,而这门被大家所不满的旧炮是他扛着入朝的,——它跟着他度过了那么多的患难的时光。他是这班里最老的炮手。

班长朱德福仿佛在欣赏着通讯员的议论,他在铲了几锹土之后苦笑着说:"吓!当运输队!瞧着吧……"

"反正干啥都是干革命。"一炮手刘长禄说,这个饲养员出身的炮手,岁数也不小了,长着络腮胡子,一向都是心平气和的。但他这话里,却有着对班长的埋怨;他希望班长能把全班领导得好好的,可是现在事情却不是这样。

班长朱德福把铲子搁下了,在衣服上擦了擦手,叫了一声:"小赵,你来,"就往坑道口走去了。赵喜山生气勃勃地跟着他。朱德福坐了下来,递给他一支烟,就问:

"我这可是有点自由主义。你听说了没有?"

"没有。"通讯员说,他立刻就知道朱德福是在问什么,"上级现在是要加强化学迫击炮连,你们指导员前天上团里汇报时六号首长说的。我看现在不像从前了,化炮连又缺班长,要回步兵干老本行很难。……"

"战斗任务就要下来了吧?"

"这个,……怕是快来了吧,"通讯员机警地说,含含糊糊地,"你们连里不是一个样,备战挺忙的。"

朱德福看看他,也就不再问了。他是很喜爱这年青人的机警的。他心里有些觉得好笑:在他这个了解一切的老战士面前摆弄这个!可是通讯员的机警显得很自然,而且还流露着一种亲切的感情,好像说:"这不是我不告诉你。"于是他心里就更喜爱这年青人了。

"这么些年,"朱德福感叹地说,"我还没有一次没完成过战斗任务的。……这回弄上了这个炮!不懂技术呀!"

"你学学不就得了,其实这玩意儿,迫击炮,简单得很!你们那二炮手,刚才的那个劲,吓!他要是技术好昨晚上怎么打偏差啦?"

"昨晚上搞的不好不能怨他——三炮手药包弄错了,刘长禄也是跟我一个样……好啦,就这样!"他站起来了。

赵喜山亲切地看着他。

"二连的老伙计们都叫我跟你带个好呢。一班长说:告诉咱们那老伙计,我这两天怪想他的,吃饺子的时候叫他别忘了跟咱们捎几个来,要支援咱们前沿阵地哇!"通讯员一边说一边跟着朱德福走了出来,后面的一句话声音说得特别高,显然他是要叫炮手们全听见他;他很得意他和这老班长之间的深厚友谊,并且他因那些冲锋在前的步兵们而觉得骄傲。

这时恰好连里的通讯员来传达命令,叫往前沿的小松林打五发炮弹,——那里发现了敌人。炮手们迅速地站到位置上了。第一发炮弹刚一出口,赵喜山就叫着跑过去了,而且从三炮手手里拿过了一发炮弹。

"我来干这么一下！"

二炮手张长仁，这个看来似乎有些瘦弱的、神气文雅的年青人，看了班长朱德福一眼。朱德福在微笑着，对通讯员的要求不置可否。张长仁红了脸，小声地、但决然地说："班长，这样不行！"

这个平常很沉静的炮手的脸上，一瞬间闪过了迫人的严厉的神情。他连看都没有看赵喜山一眼。快乐而调皮的通讯员一下子变得非常狼狈，班长朱德福的脸也变了，他说："不许胡来，赵喜山！"于是赵喜山放下了炮弹，一声也不吭地走开去了。

这样，这调皮的、骄傲的小通讯员以后经过化学迫击炮阵地的时候就不再发表什么见解了，甚至也很少和班长朱德福谈笑了。他很冷淡地走过炮手们的身边，那神气仿佛说：吓，看你们的吧！

但是事情常常是很意外的。不几天之后，赵喜山奉命调到化学迫击炮连来，而且连里又把他分配给三班了。

他在工作上受到了一些批评，上级和同志们认为他不踏实。这样他就憋着一口气，要求下连去锻炼。他原来以为上级会叫他回二连去，或者调他到有着英雄称号的五连去的，他想着他要争取到尖刀班，在未来的战斗里立个大功。他觉得首长们一向喜爱他，一定会照顾到这一点的。可是上级却调他来学炮，因为在未来的反击战中，团的炮火必须加强。他哭了一鼻子，服从了。

当他背着小背包来到三班的时候，他的神气很冷淡，仿佛说：我来了，看你们怎么办吧。但他也有高兴和矜持的地方，因为班长朱德福和他是老关系。他一来就对班长声明他是不愿到这里来的，将来他总归是要争取到步兵连里去的。对他的这种思想，班长没表示意见。班长朱德福非常高兴他的到来，心里倒是存着这样的想法：这年青人聪明而勇敢，如果好好地学会了炮上面的事情，将来是可以成为自己的得力的助手的。但是不知为什么他却并没有把这心思谈出来。而赵喜山，虽然说是不愿干炮手，却表现得很勤快，抢着干活，头一天的班务会里就建议把阵地重新伪装一下，而且夜里就自告奋勇地到山洼里挖掘草皮、砍伐树枝去了。显然的，从通讯班下到连，他是抱着一种决心的。这性格快乐精明的青年不久就和全班搞得不错了，不几天之后的班务会里，人们就表扬了他。唯有二炮手张长仁他没法接近，这二炮手差不多整天埋着头在搞那门炮，不愿多说话，而赵喜山也不高兴他。这快乐的青年，当他和别人谈着前沿和二线的这样那样的事情的时候，如果张长仁也在旁边，他就会说得特别兴奋；他要在这个炮手面前表现表现自己。但张长仁却总是不答腔，好像没有听见似的。

　　班长朱德福很乐意向连部汇报这下连的通讯员的成绩。他不仅是喜欢他和期待他，甚至还对他抱着一点溺爱。这是因为，赵喜山第一次上战场就是由他带着的，那时候天冷地冻，挖不好单人掩体，这年青人冻得直哭叫，于是他就这样地心疼他，把自己挖好了的单人掩体给他；而在有一次往前运动的时候，敌人的炮弹打过来了，他又伏在他的身上掩护他。他非常爱惜这无忧无虑的青年的十七岁的年龄。他们共同在一个班里有一年多，那时候他是战斗组长；在他的带领下，这青年在战场上成长起来了，在一次战斗里，曾经和他两个人一起一口气冲入敌人的阵地，打掉敌人的三个地堡。在泥泞里滚着，机敏地爬行着，当敌人的地堡在一团爆炸里飞上天空的时候，这年青人显出了那样狂欢的样子，喊叫着："组长哇，咱们干掉它啦！干掉啦！"于是又向前爬去——这一切是朱德福永远不会忘掉的。在一起的那些日子，这年青人什么事情都要来和他谈，在一切事情上都听他的话。后来赵喜山调到连部当通讯员，随后又到了团部，他就在班里当副班长；成了习惯了，一有时间赵喜山就要来看看他，给他念他母亲的来信，家里如何地养了两口小猪，妹妹如何地上识字班；并且总是给他带来一些只有精明的通讯员才弄得到的东西，有时是毛主席的像片，有时是朝鲜人民送的纪念册。当朱德福在一次战斗里负了伤,休养了四个多月回来以后,他又立刻奔来看他,给他送来了当地人民慰问团首长的打糕。这一切都使朱德福非常感动,虽然他也看出来这年青人渐渐地变得有些骄傲和不踏实了。但主要的他还是因这年青人而觉得温暖,因为他觉得,这个由他从战场上带出来的青年,将会有很大的前途,而自己则是年龄相当大了——抱着一种近乎慈爱的感情。他参军将近十年了,负过六次伤,身体不好,脑筋也不大灵活,而且因为不断地负伤、休养,他觉得是落在别人后面了。几个月前休养回来,因为他身体不行,又因为他刚参军的时候扛过几天六〇炮,上级就把他调到化学迫击炮连来当班长。对这个他觉得委屈。三四十岁的人——他觉得他没有耐心再来学炮了。于是他就只管一些事务,炮上的事情都依赖着二炮手张长仁。这化学迫击炮连五次战役以来剩下不多的人了,在激烈的运动战里它总是跟在步兵后面跑,没有赶上过什么大的战斗,一部分炮手都叫补充到步兵连里去了。现在又补充了回来,大部分都是新手,思想都不安定,在这个班里,只有张长仁是一心一意的老炮手,他也很尊重班长,但自从赵喜山时常到炮阵地上来发表一些议论,随后又被调到班里来之后,这种情况就起了变化。

张长仁是很能体谅班长的心情的,班长的坦白和豪爽使他很喜欢,他也很同情班长的苦恼。但是他不喜欢赵喜山,也不明白班长为什么要高兴这个不踏实的通讯员。班长不爱干炮兵他能谅解,到底班长是负过六次伤的勇猛的老战士,但赵喜山对炮手们和这门炮这么不尊重,却叫他愤怒。他是闷着头干的青年,爱好思索,不大容易流露他的感情,但一旦流露出来却又很激动。因此,赵喜山到班里来之后,无论说什么,他都不大答腔。有几次他想找班长谈点事情,一看见赵喜山在班长旁边又说又笑,他就走开去了。而赵喜山来了之后,班长也很少来找他商量什么了。赵喜山经常地在炮旁边打转,嘴里说着对这门炮挖苦的话,眼睛却这里那里都留意着;时常要发些议论,不是说炮擦得不够干净,就是说弹药室里太潮湿,那愉快的神气,仿佛他已经什么都懂得,什么都不能缺少他了。有一次,他搬着炮弹,忽然又发出了那种议论:"我看哪,咱们还是准备替二排当运输队去吧。"张长仁瞅了他一眼,头都没抬,红着脸小声地说:"上级叫干啥就干啥吧。"这句话很刺痛了赵喜山。

但这句话却更是刺痛了朱德福。他一时不能明白张长仁为什么这么反对赵喜山,正像张长仁不能明白他为什么喜爱赵喜山一样。他觉得年青人嘴巴爱乱说,其实是无心的,不必这样责难。他觉得张长仁是在反对自己。他很苦恼他没有能把这个班好好领导起来。他这个班长要怎么当法呢?大的战斗任务到来的时候,他难道真的要站在一边么?

这天黄昏,连里命令这门炮对前沿山坡上活动的敌人打几发冷炮,炮弹却迟迟没有发出。他急躁起来了,跑过交通沟,对着炮手们喊着:"干什么的,你们怎么搞的!"

可是张长仁在匆忙中却没有回答他。张长仁正蹲在地上帮助三炮手黄明禄改装药包;这不熟稔的三炮手在慌忙中把药包装错了,发射以前叫张长仁检查出来了。

由于他的苦恼的状况,他觉得张长仁不回答他是对他不尊重,于是他吼叫起来了:

"张长仁,你听见我的话没有?你这是什么态度呀!任务完不成,你负责我负责?"

张长仁仍然没有回答,已经站了起来,一炮手刘长禄拿起了改装好了的炮弹,发射出去了。

接着又发射了几发,张长仁注意地听着远远传来的爆炸声——根据这个他就能听出来是否打得准确。他全神贯注在工作上,因此就没有回答班长。

"张长仁,"他激怒了,"你这是什么态度?"

"我没有什么态度呀。"张长仁不了解地看着他。

"还说你没有态度——你听不听指挥!"他叫着。虽然也意识到这是不对的,但仍然这么说了。他觉得苦痛。这是第一次他对张长仁发火;他过去也是脾气不好,但对这个沉静的好炮手却从来不曾这样的。

张长仁脸色发白了,没有作声。其他两个炮手也呆站着。

朱德福站了一会走开去了。他心里很乱,不喜欢自己。"真他妈的糟糕,我怎么变成这样了呀,我怎么会变成这样了呀!"于是他激动地跑到连部去了,想要要求上级调他去学习,要么准许他回步兵里去。但走到连部的洞子里,看见里面正在开会,而且想到,他这要求过去已经提过,提也没用,就又走了回来,坐在坑道口的小凳子上。一坐下就发起痴来,想到自己战斗了十年,现在年纪大起来了,能力不行了,落伍了;如果是在步兵里面,攻个山头,打个地堡,再艰难的任务也要比这好些。……

张长仁也很难过。他一句话都不说,默默地蹲在那里收拾着炮,然后又呆呆地看着那张他刚刚画好的前沿缓冲区和敌人阵地的草图,上面都标上了距离,他预备用它来帮助其他的炮手们学习的。这时候,曾经和他一同战斗过,在这门炮旁边倒下去的战友们就浮现在他的眼前——这门炮跟着他已经四年多了。"他以为当步兵是勇敢光荣的,好些人都这样想——就这样想吧,看不起我们就看不起吧!"他伤心地想,这"我们",就是他和他的炮。一炮手刘长禄蹲在他旁边,看看那草图又看看他的脸,这饲养员出身的、和善的人,对班长,对赵喜山,对张长仁都几乎没有什么意见,可是他却为这种情况很苦痛。他看着张长仁的脸小心地说:"别难过吧,班长这人他就这性子,一阵头就过去了。"可是张长仁不作声。刘长禄更难受了,想了一想,就决定去找班长。这种行动在他是很少有的。他和朱德福年龄差不多大,在入朝的第一仗里,虽然不认识,他却把负伤的朱德福背下了阵地。朱德福调来当班长以后对他总是很温和,于是他觉得应该由他来和朱德福谈一谈。他神色很激动地走到了炕道口,看见朱德福在闷闷地吸烟,不知为什么所有的话都从嘴边上溜跑了,红了脸,失措起来了,假装是来找寻什么东西的。朱德福看着他,一下子就猜到了他的心思,对他说:"抽烟吧。"他赶紧说:"不抽——班长,这事情我想也不好怪张长仁的,你别难过啦。"朱德福看着他的发红的眼睛和满腮的胡子,摇了摇头,忽然问:"你今年多大了?"

"三十四。"他回答,很奇怪班长的问题。

"比我还小两岁哩。……老伙计,你别担心,我哪个也不怪,"他温和地说。

"咱们班要好好完成任务。这不是上级就要布置战斗任务了,……"刘长禄激动地说。

朱德福沉默着。想到眼前的战斗任务,他的温和的心情又消失了,他觉得他刚才固然是太急躁,张长仁的那种自以为是的态度也是不能忍受的,于是他决心找张长仁坦白地谈一谈。他站起来,跳下交通沟,向张长仁那边走去了,他一走到张长仁面前就激动地说:

"咱们当革命军人的有话就说吧,你为什么对我有意见不提呢?"

张长仁站了起来,看着他,不作声。

"咱们都是党员——你为什么不能好好帮助赵喜山呢?他年青,有毛病,可是为什么你老不接近他?我告诉你,这年青人战斗是勇敢的!"他激烈地说。

"班长,这我知道!"张长仁决然地回答——他的声调表示出来,他不能忍受这对于他和他的炮的轻视。

刘长禄在旁边很不安,不知该怎么办。但班长沉默下来了,显然是害怕自己又要态度不好。他觉悟到,对张长仁说这些并不恰当。于是他不知道怎样才好了。而他的苦恼的沉默却仿佛对张长仁说了更多的话,仿佛说:我很难过,不知该怎么办,而战斗任务就要到来了。张长仁对着班长的苦恼的脸看了一会儿,用着温和的小声说:

"班长,你放心好了。"

"对啦,你放心吧班长,"刘长禄赶忙地插进来说,"咱们班能完成任务!"

可是班长仍然不作声。他苦恼地沉默了好一阵,什么也不说就走开去了。他不高兴人们用这种安慰的声调对他说话。

　　这以后的几天，朱德福就不再和张长仁谈什么，他的神色很冷淡。张长仁则是埋着头修理炮，找来了铁丝，绑着失灵了的炮尾，教给一炮手刘长禄填放的方法，也教给新来的三炮手赵喜山怎样计算药包——按照班长的意思，原来的三炮手黄明禄调到下半班去了。赵喜山很聪明，外表上对这个学习不怎么热心，不时要表现出来他对张长仁仍然有意见，可是暗地里却努力地揣摩着。这天黄昏，这门炮在打冷炮中表现了出色的成绩。前沿步兵报告，一个班的敌人在山坡上偷着修地堡。这门炮在接到命令之后迅速地打了两发炮弹，打得这样准确，把一个班的敌人几乎全都消灭了。

　　前沿的步兵清清楚楚地看见了这个。这个多时以来不常见的炮兵的胜利，使前沿的步兵欢腾了。上级也注意着要扭转和鼓励炮兵的情绪，于是第二天上午就从前沿派来了两个战士，带来了一支晚上刚刚缴获的卡宾枪，写了信向炮手们致敬。陪着前沿的使者来到班上的副连长要朱德福叫一个炮手出来接受前沿步兵的赠礼，朱德福犹豫了一下，也想到应该叫老炮手张长仁，但仍然叫出了新的三炮手赵喜山。他一瞬间觉得，应该鼓励第一次参加战斗任务就表现了成绩的赵喜山——应该叫张长仁明了，这门炮并不是老要依赖他的。赵喜山马上把衣服弄得很整齐，佩上了三四个纪念章，挺着胸走出来了。前沿步兵的代表念了致敬的信，班长朱德福讲了几句话，感谢步兵，保证支援步兵。他的话引起了热烈的鼓掌。在大家鼓掌的时候，他悄悄地看了张长仁一眼，他以为他没有叫张长仁，反而叫赵喜山出来接受步兵的赠礼，张长仁一定会不怎么高兴的，但是出乎他的意外，这个平常很沉静的二炮手鼓掌得最热烈，两只手高高地举在头顶上拍着，而且跳起来；那兴高采烈的样子，是朱德福到班里来以后没见过的。

　　于是朱德福心里觉得狼狈。他的班第一次有了出色的成绩，受到这样的尊敬，他是应该高兴的，可是他却高兴不起来，而且——他心里是多么乱呀!

"我这个人,参加革命十年来,负过六次伤,我难道还有私心么?"这个尖锐的思想在他心里出现了。"我这个人就这样么?我难道不是为革命流血牺牲的?"他激怒地想,"那么我问问你:为什么你要这样? 为什么你学不好炮? 为什么你这种样子?"

兴奋的赵喜山跑过来了。

"班长,拿根烟来抽。"他调皮地说。

朱德福于是禁不住地厌恶他的这种兴奋和调皮。

"没有。"他严厉地看了他一眼,走开去了。

接受了前沿步兵的赠礼以后,赵喜山觉得干炮手也不错,并且骄傲自己的聪明,显得很自信。他不高兴张长仁检查他所配置的药包。在一次紧急的射击任务里,张长仁问他药包是多少,他说"没问题",就把炮弹递给刘长禄了。炮弹发射出去了,张长仁听出来这爆炸的声音不对,他判断最少打远了五百米。于是坚持着检查了以后的两发炮弹,并改装了其中的一发。赵喜山红着脸站着。在这种情形里,张长仁只是责备地看他一眼。

观察所报告,第一发炮弹果然是打远了五百米。于是张长仁建议班长开一个检讨会,他不满意赵喜山,他觉得像这样下去就不能完成将来的任务。在检讨会上他激动地发了言,他说,他很尊重班长,但是过去对班长有些意见闷在肚里不提也是不对的,班里情况不够好,他帮助大家不够,要检讨,可是班长也要负责任。指导员也参加了这个检讨会,批评了赵喜山。在整个开会的时间里,班长朱德福神色非常苦痛地坐在一边,一句话也没有说。

张长仁很少这么激烈的。这是因为,人们不爱炮——他为这个痛苦得很久了。发言以后他还很激动,他难过地想,不知班长怎么想法——他和班长的关系以后怕很难搞好了。他回到铺上去躺着,懊悔对班长的指责有些过火,替班长难过,但又怀念着这门炮过去的战斗,于是心里很乱。……

他躺下了不一会,有两个人进来了。这是班长朱德福和赵喜山。

"我汇报我的思想吧。"一走进来,赵喜山就气鼓鼓地说,"干脆,炮这玩意儿我干不来,我要上级调我上步兵连去。"

显然地他依持着他和班长的老关系。班长沉默着。

"我的错误我要检讨,这跟你当班长的没关系,你就向上级反映我这思想吧,上级决不会这么看我的。"

"怎么样看你来啦。"班长沉闷地问。

"就好像我是对革命事业不忠诚似的。就他张长仁忠诚?我坚决要上步兵去,你别说了吧,我知道你的思想跟我一样。"

班长沉默着。

"调我去步兵连干什么都行,我受不来这个,爱炮爱炮,就他个人爱炮么?——有这么骄傲呀!"

张长仁一下子从铺位上坐起来了。

"班长,我有意见,"他激动地说,走了过来:"说我骄傲我要检讨,可是像这样能战斗么?刚才我发言许是有不对的,我知道班长是忠心耿耿的,"他说,声音有些发抖,含着眼泪了,"可是我为了什么班长也该知道,我是共产党员……"

"就你一个人战斗啦。"赵喜山倔强地说。

班长朱德福看看这个又看看那个,突然跳起来了。他心里升起了一股压制不住的怒气——他要对革命、对战争负责。

"不许乱说!"他吼叫着,全身都颤抖着;"有纪律没有啦!"

赵喜山怔了一下,事情是这样的意外和不可理解,可是他仍然依持着他和班长的老交情,把铺上的背包往里边一推,躺下去了。

"站起来!"班长朱德福严厉地叫着。

于是那年青人不觉地跳下床来站着了。

"你这在上级机关当过通讯员的就能这样啦!你觉着咱们是老战友,老关系,就能这样啦!战场上我把你带起来,我疼着你,我护着你,你今天就能这样啦!在革命事业面前咱们没别的,"他说,声音变得沉痛而颤抖,"我命令你不许这样,我命令你尊重张长仁,我命令你向他学习!"

赵喜山站着,低着头。朱德福在炮火下曾经拿自己的负过多次伤的身体来掩护他,那庄严的情景来到了他的心里;这些时候他确实把这些都忘掉了。

"说我的思想和你一个样,不错,早些时候是那么的,我没有对革命好好负责!打今天起我要学习!你看看张长仁他是怎么的?他一天守着炮,摩他的炮,擦他的炮弹,修这整那,他是好共产党员!你呢,你当了这阵子的三炮手,我就见你吹口琴,没见你好好擦过炮弹!你对革命忠诚?"

他说出了这些,就觉得他的心里,他的周围明亮起来了,——即将到来的激战的胜利,本来对于他是模糊的,现在一下子变得鲜明可见了。

那年青人继续低着头。坑道的支柱上的一盏油灯的微弱的光亮,只照见了他的撅着的嘴唇,这就使得他的脸显出了更鲜明的孩子气。于是这个老班长不禁怜惜起来,觉得这也许使他太难过了。但意识到自己的这种无原则的心情他就又生起气来,愤怒地大声说:

"休息去吧!你又不是不懂得革命队伍的,去好好想想去。……"

赵喜山一言不发地、柔顺地走过去了,在铺上慢慢地摸索着背包,躺了下来。

"你也休息吧,够累了——咦,我的皮带呢,"朱德福小声说,在铺上找寻着皮带,但显然地他并不一定要找皮带,他是希望显得平静些;"下半班的事情我来看着,我招呼清理弹药室吧,有对付不了的事情就喊你——他妈的这皮带上哪去啦。"

"班长,皮带在这。"张长仁说,看见了落在地上的皮带,捡了起来。这时候他是多么爱着这个人啊,他紧紧地看着朱德福的脸,希望他能对他多说几句话,批评他几句,指出他的缺点来。……

可是班长没有说这些。班长朱德福系着皮带,但仍然好久弄不好。他走了两步又停下了。

"你要抓紧时间休息,累倒了,赶上战斗咱们班就缺人了,"他说,已经是用着平常的口气,但从他的声音里张长仁听出来那意思是:"我们要共同战斗了,希望你相信这个。"他弯着腰走出了坑道。

张长仁站了一会儿。坑道里静静的,传来远处落下炮弹的沉闷的震动声。张长仁的心里突然出现了抑制不住的欢乐感情,于是看见了自己的缺点。他真是一直把人们看得太坏了;对赵喜山也没有尽到责任,应该很好地来和他谈,帮助他的。在困难中班长显出了他的正直无私的心肠,原来班长是这么豪爽的人,比起班长来自己又是怎样呢,话总要留几句,埋着头对这对那不满,好像还很委屈哩。

欢乐的、温暖的感情包围着他。战斗的时候,这个班,这门炮将要显出不同的样子了;入朝以来还没有好好地打过,总是行军、挖洞子,看着步兵建立功勋,于是疲劳、不满足。只有一次这门炮在通到汉城去的公路边上战斗了,仅仅就这一门炮,对抗着敌人的好几个炮群,原来的二炮手徐贵就是在那时牺牲的,他叫炮弹打穿了胸部,跌了开去,可是在地上爬着要回到炮上来,当他伸出一只手来刚够着炮盘的时候,他的头垂下去了。要像这样勇敢地战斗!

他在铺上坐了一会,对着赵喜山那边看着。

"赵喜山,"他温和地喊;"咱们大伙好好干吧——睡着啦?"

赵喜山不作声。

"你别难过啦。我过去不高兴你,……"

赵喜山用着拖长的鼻音回答说:

"你不高兴我算了。"

听着这孩子般的埋怨的声音,张长仁微笑了。

"别这样吧。"他亲热地、生气勃勃地说,并且忽然想到,过去他为什么不能这么和他谈谈呢?"你一定要成为一个好炮手,咱们争取全班立功吧。"

"我？——我差得远呢。"那年青人模模糊糊地嘟哝着。
　　听着这亲切的埋怨,张长仁心里又难过又高兴。他在黑暗中微笑着,看着赵喜山的方向。不久他听见赵喜山翻了一个身,然后就传来了疲劳过度的人的甜蜜的鼾声——这年青人大声的呼噜着,显然的刚才的那一场风暴完全过去了。被这甜蜜的鼾声吸引着,张长仁微笑着走了过去,一看,这年青人果然长长地张开四肢躺着,连背包都没有打开。他就拿来了自己的被子。"这家伙,妈的,他心里啥事情也不记,这样就睡啦。"他悄悄地说,但当他轻轻盖上被子的时候,赵喜山又一下子睁开了眼睛。"你说的什么啦,谁啥事也不记?"他很清楚地嘟哝着,但马上又闭上眼睛,拉拉被子,打起呼噜来了。
　　在备战动员的工作里,这个班的成绩渐渐地变得最出色。从早到晚班长朱德福都在炮的周围打转,发出豪放的笑声来,学习着炮上面的技术。他们的阵地修饰得很整洁,移来了大量的草皮把交通沟和炮的周围伪装起来了,找来了碎玻璃在地上布置了图案,中间有一个精致的五角星——赵喜山不知从那里弄来了各样的小零碎。现在这个过去的小通讯员走在路上的时候要大声唱歌,遇到熟识的前沿步兵和侦察员的时候要大声喊叫,显示他是一个炮手。有一次班长朱德福甚至为这样的事批评了他:他站在山坡上,和侦察排的两个战士喊叫起来了,侦察排的战士对他叫着:"你别乐啦,你们那门老掉牙的炮明天别掀到咱们头上来哇!"他回答说:"吓,现代化作战,没咱们这炮你上不了山头!"班长朱德福把他喊过来,责骂他说:"你怎么搞的?你胡说些什么?你吃多啦?"但这责骂是含着忍不住的微笑的。
　　从前沿到纵深的活跃的气象看来,战斗就要到来了。左边的友邻的前沿,已经和敌人展开了反复争夺,昨天歼灭了敌人一个排,今天歼灭了一个连;这门炮曾经奉命支援友邻,发射了二十多分钟。但炮手们紧张地等待着自己的前沿的动静。像一切阵地上一样,他们有着他们的生活和工作的目标,那就是现在被敌人占领着的一百高地。无论是在什么时候,他们都注视着、谈论着一百高地,它的左前面的独立树,一号目标,它的右前面的毁了的小桥,二号目标。……战斗的迹象愈来愈鲜明了,侦察排每天黄昏都踏着泥水出动;对炮兵提出了严格的要求;运来了大量的弹药;而且,我们的纵深里增加了重炮,每天都进行着不规则的射击。

敌人的炮火也增多了,并且带着显著的焦躁在发射着。这天早晨,化学迫击炮连的阵地及相联的阵地上落下了大量的炮弹,从来不曾这么多,而且使用的是重迫击炮,这是一直不曾向这块阵地上射击过的。

炮手们挤在洞子里坐着,听着一阵阵猛烈的震动声和坑道里碎土震落的声音,大家的脸上都含着微笑,仿佛说:它找寻我们来了,我们也要找它的,要开始了。

"行啊,同志!"班长说了,慢慢地、沉静地抬起头来,听着落在山头上的炮弹的爆炸声;"我过去在尖刀班里,爬在前沿的稀泥里,老以为炮兵没啥——可现在呢,敌人要战斗得先找一找咱们炮兵,看咱们同意不同意。不论你闹不闹情绪,不论你干的好不好,敌人他不这样想的——他要找你。"

敌人的炮火还没有过去,连部来了命令,向一百高地的敌人工事进行破坏射击。准备工作是早就做好了的,炮弹迅速地发射出去了。当第一发炮弹刷的一声冲出炮口的时候,张长仁感觉到这样的新鲜快乐,好像他是第一次当炮手一样。他高兴这个急促射,特别是在敌人的炮火下的这个急促射,——这才是炮兵!排长和全班的人都来到炮的旁边,散布在交通沟里和坑道口,传递着炮弹,大家都不说话,所有的眼睛都是愉快发亮的,这就给这个射击增加了隆重的气氛。——这个班里好久没有这种情况了。

射击了五发之后,才听见第一发炮弹落在一百高地上面的隆隆声。

"打得准确,同志们!"张长仁快乐地说。

"好,打!"班长朱德福开始小声地、急促地喊起来了,于是每一发炮弹出口,他都喊叫一声,每喊叫一声就举起手来往下一按——仿佛这门炮是因了他的这个动作这才吼叫起来似的,他的脸上含着紧张的、陶醉的笑容。

而随着这有节拍、急促、快乐的声音,所有的人都仿佛看见了敌人的地堡如何地在爆炸里飞向天空,那些钢盔、枪支、罐头盒、如何地和泥土石块一起飞到天上又落下来,而敌人如何地在交通沟里打滚、嚎叫。

射击一停止,班长朱德福就飞一般地跑向连部的观察所,在泥泞里滑着,一边滑一边喊叫着,要观察员告诉他射击的成绩如何。沉着地、在寂静中生活着的观察员好久没有见到这种兴奋的人了;而在观察员看来,这事情是并不大的,于是他就好一阵没有能弄懂这个班长究竟是为什么这样兴奋。他疑问地、不满意地看着他。班长朱德福对着他的脸大声吼着,他还是不说。后来朱德福就摇着他的肩膀,跑到观察孔去自己看了一看,看不清什么,又跑回来摇着他的肩膀,于是这观察员才不紧不慢地说,据他的观察,是全部都命中了。

"我们三班的炮呢?是我们三班的么?"

"那我不知道——反正都打在秃子脑壳上,"这年青的湖南人幽默地说。

"行啦!你他妈的摆架子,啊,"朱德福说,狂喜地跑下观察所,弄得浑身全是污泥,跑回来举着手大叫着说:"同志们,咱们全打在秃子脑壳上啦!……来吧,抽烟,休息一会,老伙计们,抽烟……"

他分散着他的香烟,对这个人那个人都摔一根。急急忙忙地,有的就落在泥里了。可是炮手们仍然把这沾了泥的香烟拿起来抽,大家都爱看这个老班长的单纯的、炽热的、快乐的样子。

"班长,"张长仁说,"下一次打,你来当一次一炮手,怎么样?"

"一定,一定——我学的能行了哩,叫你们批评批评看!"

晚上十点钟发起了反击一百高地的战斗,由于白天里对敌人阵地的毁灭性的袭击,步兵很快地就跟着炮火冲上了山头。五分钟不到炮火就转向了敌人的纵深,后来就停止轰击了,——准备好了的、装好了不同数量的药包的炮弹还没有用去四分之一。听着前沿传来的机枪声、冲锋枪声和手榴弹的爆炸声中间也有自己这里发射出去的炮弹的爆炸声,炮手们觉得兴奋,可是很快地就沉寂下来了,攻占山头的绿色信号弹升起来了。

连部给炮手们的命令是:人不离炮,做好一切准备等待命令——敌人要反击的。天落起雨来,炮手们整理好阵地,摆好了炮弹,在牛毛细雨中站着,不说话,大家都紧张地望着和听着前沿。雨下得大起来了,大家仍然悄悄地靠在交通沟边上或坑道口的支柱上。前沿没有什么动静,只是敌人的探照灯在各个山头上晃动,不时地照亮了附近的潮湿的山坡。并且不停地打着照明弹;积着浓云的天空里,不断地总有几颗照明弹在闪亮着。已经是下半夜了,下半班的炮手们被连部调去搬运刚从后勤送来的弹药,这门炮的阵地上就只留下了值班的炮手张长仁、刘长禄、赵喜山和班长朱德福。赵喜山靠在弹药箱上,下半身淋在雨里就瞌睡起来了;刘长禄,这个饲养员出身的一炮手,靠在交通沟边上,在袖子里抽着烟,后来也瞌睡了。张长仁看见没什么事情可做,就又拿出了铁丝,动手把松了的炮尾部分绑得更紧些,朱德福在帮着他。

他们两个身上都淋湿了。但虽然淋湿了,张长仁的衣扣仍然扣得很整齐,帽子也戴得正正的;爱好整洁,是这些老炮手们所特有的习惯。班长朱德福却不是这样。他已经浑身上下都是泥土,有的是在观察所里弄来的,有的是在交通沟边上擦来的,有的是扛炮弹的时候碰上的;他不管什么泥水不泥水,总是一脚就踩下去,一屁股就坐下去,——这个豪迈的老兵觉得,只有这样才能满足他的兴奋的战斗感情。在步兵里当战士的时候他就熟悉了这亲爱的战场上的泥水,打起仗来,愈是在泥水里滚,愈是浑身稀湿,他就愈是感觉到自己的炽热的心,愈是兴奋;现在,过来了将近十年,他已经是三十多岁的人了,但仍然一打起仗来就有这孩子气的心情。帮着张长仁修理炮,张长仁搬来了一个炮弹箱坐着,并且也搬了一个给他,但他刚一坐下去就觉得这太高,弯着腰不舒服,于是站起来把箱子推开,干脆又坐在泥水中。

"真他妈怪得很,我每回打仗天都下雨,"他说。事实当然不是这样的,但他现在却的确只是回忆起来大雨和泥水中的那些战斗,回忆着敌人的机枪如何地打在他面前的泥沼中,他如何地在稀泥里向前爬去,发烧的脸因冰冷的雨水而觉得愉快。他确信,下雨天打起仗来,敌人是害怕的,我们一定会胜利。

张长仁听着他的兴奋的声音,注意到他的旧棉袄是敞开着的,里面只穿着一件旧的汗背心,那汗背心和那强壮的胸膛上似乎也弄满了泥。雨水淋着他的脸,他就用舌头舐着。

"班长,"张长仁笑了,"你这样子——我那里有干净衣服你换一件去吧。"

"吓,你才不懂哩。不等打完仗我是不换衣服的。一打完仗,我就换衣服,洗澡,睡他一天一夜。——告诉你,我儿子跟我来信啦。"他悄悄地、活泼地说。

他站起来去搬炮弹,把它们一颗一颗地擦着。张长仁从来没听说过他有儿子,并且他的声音里的那忍不住的特别的兴奋也吸引了他,很想问一问,但这时饲养员出身的一炮手刘长禄惊醒过来了。

"班长,我来吧,我来,"他说着。

"睡吧,老伙计,有事就喊你。这个班里算咱们俩是老大了,你这当过饲养员的,你记不记得云山战斗的时候咱们俩第一次见面,我挂了花躺在沟里,你背我下来又给我一块饼?——老伙计,你真行啊,这会儿你还有饼藏在裤腰带里没有?"他快活地说。

"这会儿用不着啦。你要吃,我上事务处去。"那老伙计回答说。过了一会儿他又说:"唉!这个雨下的,不知他们把那两匹牲口怎么搞的了,上阵地的时候掩体都没挖好,那匹花马背上还生疮。"

"当了炮手你就别记挂牲口吧,饲养员他不会管?"朱德福说。

"那可不。你刚才说到云山战斗——这两匹牲口是我走云山大火里救出来的。"

朱德福沉默了一阵,显然心里有许多感触。但待到他又要问"老伙计"刘长禄说什么的时候,刘长禄又重新睡去了。他就又跑过来擦炮弹。

他断断续续地和张长仁说起话来。他告诉张长仁,刘长禄刚才的话叫他想起了很多事情,人干过什么都有感情的,他心里确实留恋步兵。现在算是干上炮兵了,可是自己文化太低,有这么一个思想问题:负过六次伤,现在背脊上还有一块弹片没取出,虽然才三十多岁,看起来身子还蛮强,可是实际上已经顶不上这些年青人了。

"我脑子不好,一用脑子就头痛;要是我那脑子像你那么的就行了。"他说,声音里真的充满羡慕,他确实觉得在军事生活里他已经是一个不新鲜的人物,像他这样的老人过去是多得很,但现在他们已经被一批又一批的锐不可当的青年们代替了。和他同时参军的人们已经有的当了团长,可是他却老是负伤、休养;战术不高,文化不高,不会干领导工作,于是一天一天地看着青年们成长起来,心里充满着长辈的慈爱,但也含着羡慕,暗暗地苦恼着。

"我没什么长进,"他说,坐了下来,吸着烟,"战争里日子快呀,我拿根绳也系不住。我常想,我是革命战争里的老人,现在咱们连,以至咱们团参加过开辟根据地的不多几个了,我要拿什么来继续贡献给革命,拿什么来告诉年青人呢?"

"班长哪!"张长仁感叹地说,他从来不曾想到班长会想得这么深的。

朱德福沉默了一阵。

"你听说过刚入朝那阵子我干的那件事么?我抱过一个朝鲜孩子,带着他行军一个礼拜,我他妈腿走肿了,又没有东西给小孩吃的……我那时候就愁撵不上敌人,见不到敌人的面。每次前沿的枪一响,我心里就比火烧的还那个,……我好像听说,你结过婚了吧?"他忽然问。

"没有。我的父亲跟我订过,没娶。"

"我明天给你看张照片吧,今下午通讯员跟我带来的,我儿子黑蛋的,他现在十五,能跟着他佬佬干活啦——一下子来了这封信!……我参军没几天,我那女人就病死了,我也没写信回去;我那时心一横:革命的,顾这!说到感情,穷苦的夫妻也就这个样,旧社会里没办法,谁心里还没一块肉的。"

雨继续落着,前沿阵地上继续沉寂着,照明弹悄悄地浮在浓厚的云层下面。朱德福摸摸这,整整那,拿出一条毛巾来擦擦脸,又谈下去了。他心里有很多很多话要谈出来,他喜爱着这个沉默寡言的、温和的二炮手。他谈到这些话的时候的那种柔和的、缓慢的声音是和他平常的那种粗声粗气急急忙忙的样子大不相同的。显然的,对他的女人、孩子,他有深深的遗憾的感情,他觉得,在遥远的过去的那苦难的生活里,他没有能够爱他们。他好像在说,要是在现在,在经历了多年的残酷的战争,知道了世界上的许多事情,知道了朝鲜人民的痛苦,懂得了对敌人的极大的仇恨之后,他是会更深地爱他们的。以前他心里不思念他的孩子,参军以来很少和家里通信,偶尔接到一封信也不过请别人念一念就随便扔掉了,但现在,他的心里却出现了顽强的慈爱,好像这才懂得做一个父亲是怎么一回事情,忍不住要一再地谈起他的已经十五岁的、会劳动、上了小学的儿子了。好像他很惊奇,孩子居然十五岁了;这简直是想也没有想到过的——那饱受摧残的幼苗一下子成长了。

张长仁谨慎地沉默着,对于老班长的这种感情,他抱着极大的尊敬。他听得几乎沉醉了,一瞬间几乎觉得,那十五岁的、懂事的少年正站在他们的旁边。他这才明了,为什么老班长今天夜里特别兴奋,谈这谈那;为什么他会这么爱护赵喜山;为什么上阵地以前,住在村子里,他每天都要抱一抱房东的孩子,并且他走到哪里都有一群孩子围着他。在战争里面是这样的。人们说军人是大老粗,但正是军人懂得这种爱情。张长仁心里一下子想了许多。他刚才说,他父亲跟他订过婚,那口气仿佛他和他的未婚妻没什么感情,这并不真实,这是因为羞怯和意识到目前的处境的那种战争里面的倔强。其实那姑娘是他自己爱上的,他离家四年多,她还一直在跟他来信。她的字渐渐写得蛮端正了,在最近的来信里,这有些守旧的姑娘告诉了他她曾经跟着村里人去抢救堤坝——他们家乡每年都有河水泛滥,然后就大胆地在后面写上了:"你的永远忠实的同志徐桂芳。"她对朝鲜战场的人们流露了极大的敬爱,认为她的在朝鲜前线的爱人是极其崇高的,她自己比不上,很羞惭;于是就用一种极敬重的调子和他写信,谦逊而简单地告诉他她所做的事情,请他指示,请他批评。从这些笨拙、工整的来信里,张长仁几乎不能认出他们的共同的童年生活,他的小学一年级的同学来了——他是念过两年书的,这些信使他兴奋。谁也看不出这个沉默寡言的青年,在炮弹出口的时候会在心里说:"徐桂芳,这一发是代表你打的!"他在回信的时候也并不说到这个,他也只是说,一切很好,望你努力;同样地写着工整的字,简单的句子,但最近一次却在信的末尾也写上了"你的永远忠实的同志张长仁"。他原来还是向这个他认为有些守旧的姑娘学了这句话的;在她写了之后他才敢写的。听着朱德福的谈话,感到朱德福对女人和儿子的感情,惊奇这种感情,他就忽然觉悟到:为什么他不把他的心里的许多许多话,比方住在村子,见到朝鲜的妇女们日夜劳动,那时候就要想到她,比方在敌人炮火下他怎样激动,怀里揣着她的来信;阵地上多么泥泞,有时候疲劳到极点,炮弹是那么沉重,这时候就想到了:"你的永远忠实的同志。"——为什么不把这一切写信告诉她呢?万一没有机会再告诉她——战争就是战争——她岂不是白白地爱着自己一场,永远不会知道这么?

说着说着,朱德福跑进坑道去,过不一会,拿了一个手电和他儿子的来信、照片出来了。

"就这个笨头笨脑的样儿,你看看吧。"他拿着手电照了一照,于是张长仁就看见了照片上的那个瘦长条、大眼睛、样子很精明,穿着灰制服的少年;"你看他这个样儿,像有多大本事似的……长的一点儿也不像我。"

"像你哩,怎么不像,这嘴巴挺像。"

朱德福沉默着,靠着张长仁的肩膀,温暖的呼吸喷在张长仁的脸上;显然他很高兴张长仁的回答。

"你再看这个信吧。这是他亲笔写的——他老子还没跟他亲笔写过一封信哩。拿我这文化就看出这里边有两个别字,不过这字倒写的还比他老子强。他说什么?你看:'爸爸同志,你是抗美援朝的功臣'……这信就摆在你这里吧,你看这意思,明天替我写一封吧,替我教训教训他,叫他好好劳动!不许自作聪明!"

"你不是说,你这当老子的还没亲笔跟他写过?你自己写顶好。"

"不用,我下回写吧。我那几个字还见不得我儿子哩——妈的,十五岁,我出来快十年,老以为他不在了哩,一下子钻出来跟我来了这封信!"

"顶好你写。你把意思说给我也行。"

"不用。你这当叔叔的教训教训他吧。你就说,爸爸没立上什么功,就立过一个三等功……"

"解放战争两大功呢?"

"那不算啦,卖那个老干啥?就说,这三等功不算啥,爸爸要帮助解放朝鲜人民,保护朝鲜孩子,保卫世界和平,完啦回来见你,就这!——告诉他,爸爸入朝的时候在公路上抱过一个朝鲜孩子,没吃的,孩子哭,爸爸也淌过眼泪,行啦。"

赵喜山醒来了,一下子跳了起来。

"你们在说什么呀?"

"看吧,我儿子照片——看是不是跟你一般高!"

张长仁折起了班长朱德福的那封家信,仔细地放在里面衬衣的口袋里。雨又落得大起来了,右前方友邻的阵地上响着激烈的炮声,但正面的前沿仍然没有什么动静。他下了交通沟,找了一把铲子来预备平一平炮阵地旁边塌下来的泥土。当他回转来的时候,他听见他的班长蹲在地上和赵喜山又谈起来了,声音仍然是兴奋的,但是含着一种慈爱的、教训的、耐心的调子;要求赵喜山努力,以后好好地学习当一个瞄准手。赵喜山也蹲在地上,拿一根小棍子在泥里划着。"为了什么人民才要我们这支军队呢?这道理你都懂,"他听见班长的嘶哑而特别温暖的声音说,"那么你就懂了,现代化国防军需要炮兵,将来要掌握重炮,那老家伙的什么仪器呀,角度呀,我这脑袋瓜子怕是不行,可你这年青人就容易多了,你看是吧,十八九岁的年纪多好哇。"

后来就沉默下来了,朱德福吸着烟,赵喜山低着头划着地。张长仁悄悄地铲着塌下来的浮土,想着:"真的,十八九岁的年纪多好哇。……我们都还年青哩,前途还远着哩——'你的永远忠实的同志'!"他在心里对他的未婚妻说;"要写的,要告诉她,我们这里下雨,我们这门炮,班长这个人,他的儿子,……"他于是比什么时候都更充溢着青春的健壮的感觉,似乎这门炮、阵地上的秋天的雨,……这一切都和他一样温暖、欢乐,因了青春和爱情而发光。他非常柔和地注意到,在不断的细雨中天渐渐地亮起来了。

突然地他听见了二十公尺外的连部的电话铃响。一听见这铃声,他就跑到炮旁,掀下了炮上的雨布;他这个动作使得班长和赵喜山也站起来了,并且赵喜山很快地就把炮弹拿在手里了。随即,装填手刘长禄也一下子醒来,站在位置上了。张长仁的敏锐的动作果然是正确的,他们听见了连长在电话上的断断续续的、紧张的声音:前沿要求炮火,情况紧急,敌人两个连的兵力已经偷着扑上了一百高地左边的山坡。

"发射!"班长退后了一步,挥着手,严厉地命令着,用这严厉来表示他对于他的班的喜悦;"不用等了,发射!"

他的话还没有完,第一发炮弹已经奔上了天空。于是,当连长跑上阵地,亲自下达了命令,别的几门炮发射起来的时候,这门炮已经打出了二十多发炮弹。连长在交通沟里跑过,惊奇着这门炮的这种周密的准备工作和动人的团结气氛,站下来了,他兴奋地鼓励他们,就喊叫着:"好好打,三班长!"听见了连长的高兴的声音,朱德福回了一下头,随后用更高亢的严厉的声音喊着:"快!急促射!"——他用这个来显示了他的得意。连长站了一下,对这个前些天还闹情绪的老兵的神气看得简直入迷了。这老兵在战斗中像钢铁一样发光。于是连长的脸上有了一个喜悦的、讥诮的笑容,他想:"妈的,这门旧炮五次战役的时候就说不能用的,都给他们搞活了,咱们部队里怪人真多啊!"

前沿的机枪声和爆炸声传了过来,沉静的战场马上沸腾起来了。最初还能分辨出来各种火器的不同的声音,后来这些声音就响成了一片。战斗非常激烈,敌我双方的重炮都发射起来了,于是这一块土地上,所有的山头和洼地都咆哮着,在隆隆的巨响中仿佛立即要倾覆过来。战斗了十分钟不到,炮手们浑身都流汗了,汗水和雨水在他们的脸上混在一起;他们脱去了上衣,光着膀子打着。连部命令,已经压住了一百高地上的敌人,要求炮火转向敌人的纵深。正在这个时候敌人的重迫击炮弹一排又一排地向这块阵地上倾泻下来了。朱德福大声喊着:"好哇,正要找你,你倒来啦,干倒它!"于是这门炮迅速地对准了敌人的这个迫击炮群。发射了几发之后,他们听说二排的一门炮叫敌人炮火打坏了,于是更为激怒了起来。连长跑过,喊叫着三班,没听清楚他的话,但那意思是清楚的:和敌人的迫击炮群搏斗。战斗的兴奋使朱德福觉得,他几乎清清楚楚地看见那些站在炮旁边的敌人的炮手,几乎清清楚楚地听见了他们的凶恶的喊叫,他们是因为他,朱德福的存在而喊叫的,于是他觉得,自己的炮每打出去的一发炮弹,都是给这些张着嘴巴的凶恶的敌人的一个耳光,他要求打得更快些,更快些。这个战斗的想象他就说出来了,他搬着炮弹,叫着:"打他耳光!打他耳光!"这时,一声不响地装填着炮弹的一炮手刘长禄,他的云山战斗时的老伙计,在落在附近的一发炮弹的爆炸里倒下去了。他跳上来接替了他。他接过了赵喜山递过来的一发炮弹,叫附近的爆炸震得几乎跌倒,但是仍然把炮弹填进去了,而且这时候他没有忘记看了张长仁一眼,看张长仁是否赞同他。张长仁从他的瞄准手的位置上坚决地看着他,这使他喜悦。最初两发炮弹似乎在装填的时候撒手得过早,似乎炮身因而受了一些震动,第三发炮弹,他决定放得慢一点;炮弹进膛一半了,他听见张长仁叫:"好!"于是这发炮弹非常滑溜地进了炮膛,刷的一下就出口了,他看见它窜上天空就消失了,好像是一个活的会跳的生物,好像是从他的手里直接跳出去似的,他心里非常熨贴。这样,他的动作就变得灵活而巧妙,接过了赵喜山递过来的二十五斤重的沉沉的炮弹,抱在手里觉得亲切,准确地把它们放进炮膛,于是把牙一咬,在心里叫着:"打他耳光!"等待着那活的生物向天空跳跃。这不断重复的、正确的、有节拍的战斗动作使他沉醉。他看见赵喜山脸上流血了,想:"这小子顽强!"看见张长仁的粗壮的臂膀上也流血了,想:"好同志!"但是却没有注意到自己左腿的裤子已经被弹片撕破,流了一腿的血。在那不断重复的、有节拍的、准确的动作里,他甚至也有时间想了一想老伙计刘长禄,这忠厚的人倒下了,他们把他抬下去了,他为革命战斗了好些年,从来不为个人要求什么;云山战斗的时候他们并不认识,他却把他背下了火线;就在刚才,他还在挂念着他喂养过的马匹,⋯⋯——也许他还能有救吧。并且他也想了一想他的儿子,这个一下子长成十五岁的少年的小家伙,这么多年他是怎么过来的呢,佬佬的眼睛快瞎了,他们怎么熬着的呢。这些思想在他的有节拍的动作里像一条小河一样流动着,有时因为注意着填放,中断一下,但马上又继续下去了。但随后他的眼前又突然闪耀着敌人的炮手的张开着嘴巴的、凶恶的脸。这凶恶的脸阻断了他的流动着的思想,他于是心里又充满怒气。

敌人的射击稀少了起来,那个凶恶的迫击炮群似乎叫压制住了。来了暂停射击的命令。弹药手们紧张地搬着炮弹。朱德福拉起汗背心来揩揩脸,马上想起了刘长禄,决定到坑道里去看看。但这时他发觉他的腿叫谁拖住了——原来是张长仁一停下来就在那里替他的腿上绑救急包。

"这算啥?这点伤算啥?"他愤怒地叫着——用这个来掩藏他心里的亲爱的激动。"把你自己膀子上绑上吧,你这个人真太糊涂啦!我命令你。在这门炮上你比我重要!"

但张长仁一声不响,仍然替他绑上了。他挣脱了张长仁跑进了坑道。油灯下面,连部卫生员坐在铺边上匆匆忙忙地整理着绷带,似乎是冷淡地在看着他。

"刘长禄呢,我们那老伙计呢?"他说,他的疑虑的声音到了最后几个字忽然发抖了。好像说:"果然是这样么?果然是么?"

"抬下去了。"卫生员简单地说。

他发着怔站了一下,转身往外走,他自己也不知道他要怎样,忽然地他觉得全身乏力,软弱下来,眼前一片黑,于是靠在柱子上了。

"真的是这样,他牺牲了,"他想;他哭了,但自己并不觉得;他靠在柱子上好一阵。

他走出坑道的时候脸色是苍白的,腿也有些颤抖。敌人对一百高地前沿发动了第二次的反扑,马上又进入了战斗。这一次战斗持续了两个钟点之久,而继续充当着一炮手的朱德福,带着燃烧似的神情填放着炮弹,一句话也不说。

后来一颗炮弹炸伤了他。他的身上打进了四五块大大小小的弹片,爆炸的力量一下子把他掀得跌在炮架上,但是他站起来又继续装填着炮弹。炮手们之间的紧密联系着的准确的动作似乎给了他一种机械的力量,他所意识到的似乎就只是接过炮弹,填放进去,不要脱节,于是他就完全没有意识到自己的情况,一口气又填进了二十几发炮弹。一直到又传来了暂停射击的命令,他看见弹药剩下不多,向前跑了两步,喊着弹药手们快些搬运炮弹的时候,才一下子栽倒了。

他继续喊着快些搬运弹药,看着弹药手们沿着交通沟跑了过来,他就又要站起,但马上又倒到泥水里去了。张长仁首先向他跑来,随后赵喜山也丢下了炮弹向他跑来,他愤怒地推开了他们。他觉得他不要人扶。他觉得,他负伤流血很多次了,对这个他是绝对轻蔑的。看见赵喜山的惊惶的脸,看见张长仁在着急地撕着救急包,他愤怒了。

"走开,别管我!"他闷闷地说。

"班长,班长,……"赵喜山喊着。

"叫你们走开!"他大声吼着,"少管我,我清清楚楚地告诉你们,我就是这个脾气,我挂了花要发脾气的!"

他一下子把赵喜山推开去了。他真的是这样的愤怒,靠在泥坡上,眼睛里闪着燃烧般的光焰,不让别人接近他。他觉得一个军人就是一个军人,不是别的什么,负伤流血不必大惊小怪。但事实是,他暗暗地意识到自己这一次负的伤很不简单,别人的关怀只是徒然地唤起他的痛苦。他希望人们都用那样的眼光看着他,好像他不曾负什么伤,马上就可以起来战斗,那样他心里就要好过得多了。但现在人们的神情告诉他他的伤有多么麻烦,于是他心里发火。他自己深知这一点:他不能脱离部队,脱离战斗而生活。躺到病床上去他要寂寞,他要想着这样那样的苦恼的事情,他的脾气要坏起来,从经验里他知道这个。而且,在他的负过六次伤的身体里又打上了这些弹片,他将很难恢复了——将来他怎么战斗呢。这种意识使他悲痛。他觉得他还没有完成任务,而在一个老军人看来,完成任务就是永远战斗。于是他失望、愤怒,觉得他是叫敌人欺侮了。

他的眼前就闪过了在战斗的激情中他所想象出来的敌人的那张凶恶的脸。他于是一下子又站起来了,并且居然向着炮走去,站在炮旁边了。

"班长,……"赵喜山怯怯地喊着。

"走开!别管我!"他说,脸色铁青。但看见赵喜山的不安的脸他又有些难过,于是补充着说:"你还不知道我的脾气?"

马上他昏迷了过去,赵喜山扶助了他。当他略略恢复知觉的时候,卫生员正在替他包扎着。他是这样醒来的,他顽强地警告自己:"不行,我不能迷糊,不能叫他们送下去。"……他醒过来就戒备地看着,看有谁想要抬走他。看见赵喜山蹲在他旁边啜泣,他生气地别转了脸。但这时他又看见了张长仁眼里的眼泪。

"张长仁,"他伸出手来,要他走近一点,严厉地说,"我命令你暂时代理班长,你怎么能这样没有魄力?拿出魄力来,我命令你战斗到底!"随后他一下子掉转脸来对赵喜山叫着:"告诉你,我要发火的!"并且用手捶着泥地。

他的这句话,反而使得赵喜山从低低的啜泣变成大声的号哭了。

这时连部又传来了射击的命令——敌人正在一百高地后面山洼里结集,准备第三次反扑。

赵喜山哭着向炮位跑去了。

"不许哭,赵喜山!"朱德福喊着。

"不许哭了,完成任务替班长报仇!"从张长仁的胸膛里,冲出了一个嘹亮、严厉的喊声,他自己也没有想到他能发出这样强大的喊声。他觉得,像这样,班长是喜欢的。在他的喊声下,阵地上一瞬间笼罩着极端静肃的空气。他兼管着装填手,炮弹迅速地发射出去了。

赵喜山拉起衣袖来擦了擦眼泪,动作起来,在递过炮弹的时候他的眼光从炮弹上移到张长仁的手上,又从张长仁的手上移到炮弹上;他的脸上有着孩子般的柔顺的神情。

听着一下又一下的出口的声音,朱德福昏迷过去了;在昏迷中他想着:"好啊!打啊!我的,我的儿子,"于是敌人的那张着嘴的、凶恶的脸消失了,出现了儿子的英俊的脸,有着和赵喜山一样的柔顺的神情。

在持续三个多月的守备战里,这门炮建立了出色的功绩。这门炮,初上阵地的时候大家都嫌它老旧,但现在它在阵地上逐渐地获得了这样的一种荣誉:在前沿阵地上,每当这门炮发射的时候,步兵们就要欢叫起来,说:"看哪,这是咱们的卡秋莎!"这个名称不知是哪一个战士一下子想起来的,它就流传开来了。它最初只是在前沿班的步兵里流传,化学迫击炮连自己还不知道。但不久这个名称就公然地出现在团指挥所的电话上了,参谋打电话到化学迫击炮连来,说:"喂,你们的那个卡秋莎今天打了几发?"而有一天下午,前沿下来的侦察员们经过炮阵地,也一定要看一看"我们的卡秋莎",并且跑过去就把正在擦着炮的赵喜山抬了起来。赵喜山和侦察排的人们很熟,过去一见面就要打闹的,但现在却像个小姑娘似地红着脸,从人们的胳膊里挣脱了下来,对他们很严肃地敬了一个礼,就转过脸来对人们介绍他的班长张长仁。张长仁也是很羞怯,只是红着脸笑,人们要他说点什么他也说不上来。

第二天,前沿的步兵隆重地送来了赠礼,一封慰问信和一支新缴获的卡宾枪。在慰问信里,步兵们正式地称呼这门炮为"我们的卡秋莎"。这次的赠礼是在全连的炮手们面前举行的。连长讲了话。奉命接受这赠礼的仍然是赵喜山。他接过了这支卡宾枪就把它举了起来,双手递给了他的班长。

在赵喜山递过卡宾枪,张长仁接过卡宾枪的动作里,他们都感觉到双方的动作都是为着那第三个人——他们的老班长朱德福。

害羞的、不会说话的张长仁自动要求讲话。关于"我们的卡秋莎"流传着许多被热情地夸大了的功绩,有的步兵战士甚至坚持说,他亲眼看见,这门炮两发炮弹就歼灭了敌人一个连。但关于朱德福,关于这一颗英雄的心,前沿的人们却很少知道。于是他觉得必须说一说。

他永远不能忘记,当那次的战斗下来,发现刘长禄已经牺牲,而班长朱德福已经被转送下去的时候,全班的人们的那种沉默的悲伤神情。坑道里和交通沟里好像都变得空洞了。他走到哪里都想到朱德福,夜里面守着炮的时候,赵喜山总是坐在他旁边,这也使他想到朱德福,赵喜山不只一次地和他讲过,在他初上战场的时候,朱德福如何地带领他。其他的炮手们也不断地想起了朱德福的一切事情,在吃饭时的闲谈里,在休息的时间,大家都竭力地从记忆里挖掘朱德福的一举一动。有的说,在有一次搬炮弹的时候朱德福曾经对自己发过脾气,但发着脾气又不好意思了,笑了;有的说,在战前的有一天,朱德福曾经把自己的笔记本拿去,在那上面撕了一张纸预备写决心书,又是不知为什么只写了一句:"我参加革命十年……"——这张纸现在还夹在那笔记本里。于是,在张长仁眼前,朱德福的样子反而比先前更清晰了。

他站在交通沟边上,对全连的人们和步兵的代表们讲着这个老战士。他也不隐瞒他最初对他的不爱炮的不满意,他说,那是因为他不了解他。他说得非常好,甚至那个耽心着他说不好的连长都感动得忘记了自己的耽心。讲完了,在大家的热烈鼓掌里,他看了赵喜山一眼,发觉这个年青人的眼里闪着泪光。

"同志们,"连长激动地喊,"我们要替朱德福报仇!"

"我代表我们前沿步兵,"步兵的代表跳到交通沟上,举起了两只手,大声说,"我们的这个礼物,这支枪——是送给朱德福同志的!"

张长仁的眼睛叫泪水模糊了。他喃喃地说:"班长,你该看见了吧,你交给我们的战斗任务我们完成了!"

张长仁这时就想起了朱德福托他写的那封信。他一直没能写完这封信。本来是有很多话可以写的,但战斗下来却不知怎么写法了——也许朱德福已经不在了。他有很多次坐在坑道口的小凳子上,拿着那儿子的来信看了又看,然后写一点,写了又撕去。最初他是想把谎话说得圆满——仍然用朱德福自己的口气来写,告诉儿子他在前方一切都好。但后来这种努力使他很苦痛,他就搁下来了。他把这情况汇报给连部,连部认为应该先打听一下朱德福的下落,但是一直也没有打听到。于是他好些天烦恼着,觉得对不起这个父亲和儿子。但现在,当他说了那些话,接受了步兵的赠礼之后,他就下了决心:把一切都告诉这个年青人！

他回到坑道里就写了起来。他称呼这个年青人为"同志"。他写："亲爱的朱黑蛋同志：你的父亲是我们人民的英雄，他过去负了六次伤，这次负了第七次伤，他转移下去了，现在还没打听到他的下落，……"就这样写下去了。他觉得，不论事情会怎样，这个儿子会因父亲的英勇而骄傲的。在写信的过程中，他仿佛觉得他是和这个少年亲密地谈着话，这个少年的样子在他的面前浮显得这样亲切，于是他的心里升起了一股非常热烈的感情，在信的末尾抑制不住地写下了："你的永远忠实的同志张长仁"。并觉得只有这样写，才能真实地表达他的心意。

这封信刚写完，就接到了连里的命令，要他趁这个战斗间歇的时间到友邻部队的一个修械所去修理一下这门炮，把坏了的零件彻底地修整一下。他扛着炮架，和赵喜山两个人出发了。

到达六十里外的修械所的时候已经天亮。他正在对修械所的负责人讲述着这门炮的情况，赵喜山却跑出去又跑进来了，兴奋地大叫着："班长，我们班长在这！"

原来是这个好打听一切的年青人听说这村子边上有个设备比较好的朝鲜医院，最近转来了一批伤势比较复杂的志愿军的伤员；他跑到村子里面抓住了一个挂着拐棍的伤员一打听，有这个人！

这是非常意外的，于是他拉着同样兴奋的张长仁跑出来了。那挂着拐棍的伤员把地点指给他们，他们就绕过一个山坡，闯进了那设在一座旧仓库里的医院。门里面在洗着绷带的两个朝鲜女护士没有阻拦他们，赵喜山一脚就跨进去了，好像这个地方他是非常熟悉的，张长仁却很不安，因那两个女护士的注视而红了脸，要赵喜山站下来，要他去问问，究竟可不可以这么干，可是赵喜山叫着："来呀，没关系！"于是张长仁脸胀得更红了，说："不行的！你这样违反纪律的！"

这话里面有一种苦恼的严厉。赵喜山这才意识到自己的行为不对，红着脸站下来了。

这时从外面进来了一个朝鲜女医生,惊奇地看着这两个浑身泥泞的战士,站住了。赵喜山显出了特别恭敬的神气,拉了一下衣裳,敬了一个礼,问起话来,并且特别柔顺地问着,他们从阵地刚下来,要求去看看可不可以。女医生热情地看着这两个刚从前线下来的、对她怀着这么大的敬重的、红着脸的战士,点点头,要他们跟着来。于是这两个炮手轻轻地踏着脚步,害怕弄出任何一点声音来,往前走去;赵喜山的脚步还踏得特别轻,像走在很薄的冰上似的;而且不知为什么他的脸红得厉害。刚进来的时候他丝毫也不注意周围的一切,简直有点大模大样,但现在——他一下子觉得这寂静的病房里的女护士们的劳动简直是神圣不可侵犯的。他们走得那样慢,以致于那女医生不得不停下来等着他们——这女医生也因为激动,因为前线下来的人表现了这样的柔和,这样的对战友的忠实的感情而红了脸。她看着赵喜山的小心翼翼的样子,笑了一笑,于是赵喜山的脸红得更厉害了。

"他的伤不重么?"他用朝鲜话问,意识到就要见到他的老班长,他不禁有些胆怯。

"重。"女医生说,皱着眉,显出了忧愁的神情。

"他发不发脾气?"他问,——他很不安,因为朱德福说过,他一负了伤就要发脾气的,并且,那天也果真发了脾气。

女医生不了解地看着他。

"啊,不。他听话哩。初来时不肯说话,现在好了。"

赵喜山激动地又要问什么,但张长仁拉拉他的衣袖叫他不要再说话。于是他们走进去了。病房里的醒着的人们都在看着这两个刚从阵地上下来的炮手。一个靠在枕头上躺着的伤员兴奋地大声问:"你们是哪里来的,是二八七高地么?"赵喜山赶紧摇摇手,叫他不要说话。他们走到靠墙的一张床前,看见朱德福了。他瘦得很,脸上苍白,两眼陷进去了,正在睡觉。

"他上星期开刀的。还有一块弹片。要喊醒他么?"女医生问。

"不,"张长仁慌忙地说,"不要。"

他们终于又看见他们的老班长了。赵喜山惊惶失措地又转过脸来看看女医生,仿佛要从她得到证明,这到底是不是他们的老班长似的。然后他两步跨到床前,弯下腰来喊着:"班长,"并且伸手就去拉朱德福的那一只放在被子外面的露着青筋的粗糙的大手。他这个动作是无意识的。张长仁拉住了他。

"可以喊醒他的,"那靠在枕头上坐着的伤员感动地说,"刚才他还跟我们讲话的。……你们是一百高地下来的么?——一百高地打的好!"

"我们是一百高地。"赵喜山回过脸来焦躁地小声说,希望制止他的谈话。于是这伤员看见了,在这年青的炮手的眼里满含着眼泪。

他们看见朱德福是这么瘦了,皮肤上没有一点血色。在睡梦中他的脸苦痛得抽搐着。但是朱德福忽然睁开眼睛来了,好久地对着床前的这两个人看着,当认出了他们的时候,眼睛里就出现了兴奋的神情——他在睡梦中听见了刚才的那个关于一百高地的谈话。

"班长!"两个人同时喊,并且同时敬了一个礼。

"你们怎么来了呀,"他惊讶地说,动了一下手,赵喜山就赶紧把他的手抓住,在床边坐下来了。

"班长,你不要说话,"张长仁说。

朱德福的憔悴的脸上出现了笑容,看看赵喜山又看看张长仁,"你们怎么知道我……"他激动地说,但立刻就侧过头去,用着柔顺的、询问的神情看着那个女医生,好像说:"我跟他们谈谈可以吗?"女医生在门旁站着,两只手插在口袋里,眼睛里笑着,对着他点了点头。于是朱德福脸上的笑容更明显了。这使得张长仁也不禁回过头去看了女医生一眼。他还不曾知道,朝鲜医院的女同志们给朱德福输了大量的血才救活了他,而那个女医生更是把他从暴躁不安的情况里救了出来——刚来的时候,果然像朱德福自己所预料的,他意识着自己的伤,心里非常乱,迷迷糊糊地吵闹着要回部队去。当他知道他只能剩下一条腿的时候，他完全被苦痛压倒了，甚至拒绝吃东西。可是后来他发现他周围是朝鲜的妇女们，她们给他输血，他难过起来了，而那个女医生有一次又昏倒在他的床前，他无力拉她，病房里没有别人，她自己爬了起来，对他笑笑，告诉他说，他的丈夫是人民军战士，去年就牺牲了。从这时起他就变得安静，无论做什么事情都要看看女医生的脸，也就慢慢地习惯了新的思想，就是，他只剩下一条腿了，他在战争里十年，多少已经尽到了革命军人的责任，将要开始新的生活，虽然他还不能知道这新的生活到底会怎样，但他觉得他心里还有很多精力。于是，祖国的和平生活，别离多年的家乡，儿子黑蛋，这些也离他很近了。他真是不曾想到过自己有一天会习惯这种思想的，但他的心里现在却因这思想而光明起来，并且想得很多——想到和他一同参军的，那些牺牲了的人们，想到那个女医生，也想到赵喜山和张长仁。他觉得他并不是天生就爱打仗的，战争牺牲了很多那么好的人，如果不是这迫不得已的战争，女医生的丈夫就会活着，他也就会去做别的许多事情，比方说吧，他十五六岁的时候学过的织布工作。于是他就和同病房的人谈儿子，谈他家乡打鱼的小船，谈织布；而且在张长仁和赵喜山的面前显得这么温和安静，虽然伤势还是那么重，却似乎完全变了一个人了。

赵喜山激动地谈起了阵地上的事情，他们的那门炮，前沿步兵送来的礼物——当赵喜山这么谈着的时候，张长仁注意到朱德福的神情仍然很安静，半闭着眼睛沉思着，似乎并没有在听——而他原来以为朱德福听着这些会要兴奋的。赵喜山停了下来，朱德福沉默了一阵，严肃地、仔细地看着他们，打量着他们身上的、阵地上的带来的红色泥土，然后笑了一笑。

"我就一条腿，怕不能再回来啦，"他笑着，毫不在意地说，"你们可得好好干哪！"

听着这个，赵喜山一下子从兴高彩烈的样子变得小心翼翼了。于是好久地沉默着。

但朱德福看着他们,忽然地笑出了声音。

"妈的,"他几乎是快乐地说,"这回我得学文化去啦!"

显然的他不愿意人们难过。看见张长仁仍然难过地看着一边,他就用着精力充沛的大声说:"这回是一定的了,我要好好学文化,你不信问我们医生——朴淑姬同志,我是要学文化吧?"

女医生仍然站在门边上,这时微微笑了一笑就转过身去,朝屋子角落里走去了。

"我十六岁的时候学过织布,织那种蓝底白花点儿的……"他大声说,笑着,显出孩子般的得意神情看着大家;但忽然地他生气了:"你们这样是干什么的呀!赵喜山!"他捶了一下被子,红着脸叫,"当革命军人的不许这样!"

他这样子,就又像是从前的朱德福了。大家都不作声。那女医生在病床的中间走来走去。赵喜山揩去了眼泪,痴痴地看着他的老班长,他不很了解朱德福身上的这种变化。张长仁却是已经一下子想到了朱德福的将来——朱德福的这几句话已经把自己的将来的困难的、坚决的奋斗展示给他了。于是他想,要不要把他给他儿子黑蛋写的那封信给他看呢?也许应该换另一样写法了,那些似乎是很幼稚的热情的话,尤其那热烈的称呼,他觉得是不大好意思让朱德福看见的。

但他仍然取出信来,递给了朱德福。

朱德福最初一瞬间没有能够弄明白这是什么一回事,怔了一下,但立刻笑起来了:"啊,对啦!我猜你不会忘记的……替我好好教训教训他了吧?"脸上出现了温暖的慈爱的神情。他从生气激动的状态里恢复过来了,并且显然高兴自己能说这句开玩笑的话。

"你看看吧,"张长仁不好意思地笑着说。

朱德福展开信纸,眼睛一接触到第一行字,那活泼的笑容就消失了。他一个字一个字地念着:"亲爱的朱黑蛋同志",看了张长仁一眼,就不再念出声了,往下看着,脸上显出了愈来愈深沉的严肃神情。张长仁心里很紧张,红着脸,注意地看着他脸上的变化——他会有怎样的感想呢？特别是对最后的那句话："你的永远忠实的同志"，原来是从自己未婚妻的通信里借来的，他会有什么感想呢？他会不会笑起来，说这些腔调没道理——叫你替他教训教训儿子，你却写了这些呢？但朱德福的神气愈来愈深沉，愈来愈严肃，他的眼睛停留在最后的那句话上面了，好久好久地看着它，皱起了眼睛，沉思着。张长仁很激动，紧张地看着他。

后来朱德福又回过头去把前面的一些话看了一遍。

"好！"他说，看了张长仁一眼，声音非常柔和，但显然很激动，"后面加上一笔，说你看到我了，不必告诉他我残废了……告诉他也行，"他说，眼睛里闪耀着一点微笑，"你说：将来上级要分配我新的工作。"沉默了一下，他又微笑着说："对啦，儿子也是同志，永远忠实的同志……我对我的黑蛋算得上是忠实的吧。"

两个炮手屏息地看着老班长的柔和的、明朗的脸色。这残废了的老战士，已经战胜了他的痛苦，非常鲜明地在想着将来的生活了。张长仁悄悄地拿过自己写的那封信来看了一眼。他忽然想到，"永远忠实的同志"这句话，在听到朱德福的话以前，他一直都不曾好好想过，——它到底是什么意思呢？

于是他仿佛见到了在炮火中倒下去的所有的熟识、亲爱的人们；见到了他的爱人，那胖胖的姑娘，和家乡的人们一起，在深夜里打着火把奔过街道，去和泛滥的河水斗争；见到了就在病床附近走来走去，不时悄悄地瞧着这边的那女医生的潮湿的眼睛；见到了朱德福拄着拐棍在乡村里走着，在群众大会上发言，责骂那些偷懒的人；见到了那个十五岁的少年黑蛋长成了大人。……他说不出来，但觉着这一切，这就是"你的永远忠实的同志"，这就是那一条困难、幸福、英勇的道路。

"他们叫它什么？叫它卡秋莎吗？"看见赵喜山的难过的神情，朱德福碰碰他的手，愉快地说："回去吧，别呆啦，你们还有任务呢。——是叫它卡秋莎吧？"

赵喜山什么话也说不出来。张长仁折起了那封信，决然地站起来了,精神抖擞地敬了一个礼。

"班长,你放心吧!"他说。

赵喜山也站起来敬了一个礼。朱德福笑着,痛苦地支起了身子,给他们还礼。他们转身走出去了。激动不安的赵喜山走得很不稳,他撞在附近的墙上,慌忙给女医生敬礼,又给靠在枕头上的那个伤员敬礼,仿佛只有这样他才能表达他的心意似的。走到门边,这两个炮手又转过身来,一齐给朱德福敬礼。朱德福支着身子,扬着一只手,笑着——这时他才流下了眼泪。

"班长,"赵喜山忽然用激动的大声说,"我抽空就给你写信!"

"来信吧!把立功的消息告诉我!"朱德福显得是很愉快地回答。只是在炮手们走出去了以后,他才偷偷地揩去了他的满眼的眼泪。发现那个靠在枕头上的伤员在看着他,他就拿出老班长的口气来说:"吓,这两个小伙子真有意思!"但看见那女医生在警告地看着他,他就沉默了,躺下来闭上了眼睛。刚一闭上眼睛,他就仿佛回到了阵地,在又悲痛又欢喜的心情中,听见了他的炮的惊心动魄的、急促地出口的声音。

一九五三年十月二十六日　北京

(原载《解放军文艺》1954年第2期)

洼地上的"战役"

在春季的紧张的备战工作里，侦察排的人们除了到前沿、敌后去从事各种危险而艰苦的工作以外，还要做一件很特别的事情，这就是深夜里去侦察侦察二线上的自己人，试一试他们的警惕性，看一看那些新老岗哨是否能够尽职，摸一摸我们的二线阵地到底是不是结构得很坚强。因为，这个时期敌人的特务很活跃。这个任务是团政治委员给他们的，政治委员嘱咐他们，一般地看一看阵地是否警戒得很严密，岗哨们是否麻痹大意就可以了；当然也可以施展一点侦察员的本领，给那些麻痹大意的同志们一点警惕，但一定要防止不必要的误会和危险；如果发生了危险，就得由侦察员们负责。团政治委员说这个的时候口气很严格，但似乎也含着微笑，因为他深深地懂得这些侦察员的性格；在他说着话的时候，他们一个个的眼睛全闪亮闪亮。于是这天晚上，侦察员们就"突破"了自己人的好几块阵地。在他们看来，这里也"麻痹"，那里也"大意"，他们确实忘了这一切仅仅因为他们是一个久经锻炼的侦察员，有些岗哨实在是只有他们才能钻得进去；他们熟悉一切，不是像真正的敌人那样怀着恐惧，而是怀着喜悦，相信着他们和岗哨之间的友谊。确实麻痹大意的也有——二班长王顺，这个老伙计，就从二连的一个打瞌睡的岗哨那里缴来了一支步枪。但侦察员们并不是总能"战胜"自己人的，有一些老战士的岗哨，他们就无论用什么办法也钻不到空子，甚至有的在潜伏了一两个钟点以后，在老战士的严厉的喊叫下，只好走了出来，交代了口令，说明是自己人；他们和这些老战士大半都认识，于是就互相笑骂起来。……

二班长王顺,这个出色的侦察员,朝鲜战场上的一等功臣,在缴回了那倒楣的岗哨的一支步枪之后,下半夜又摸到九连的阵地上来了。九连的新战士多,他想着要好好教训他们一顿。九连有一个岗哨在麦田边的土坎上,那里和八连的阵地相联,离前沿比较远,又没有道路,平常最安静,因而他觉得也是最容易麻痹的,于是就摸过去,观察着地形和情况,在麦田边上的土坎后面潜伏下来了。这时候那个个子不怎么高,但是身体看来是非常结实的岗哨正在土坡上来回走动,似乎很不平静。从这岗哨的端着冲锋枪的紧张而又不正确的姿态,王顺看出了他是一个新战士,并且判断他最多不会站过两次哨。

这判断果然是正确的。新战士王应洪,这个十九岁的青年,从祖国参军来,分配到九连才一个星期。这是他第二次执行战士的职务,第一次是在连部的下面。王顺不久就发现这年轻人非常警惕,但这警惕并非由于战场上的沉着老练,而是由于激动,他在土坡上走来走去。

敌人向前沿的我军阵地打了一排多管火箭炮,那年轻的岗哨站下了,看着那一下子被几十个红火球包围着的十几里外的小山头。

"吓,你这穷玩意儿才吓不了谁!"他自言自语地说;接着他又疑问地对自己说:"这他妈到底是什么炮呀?"

他走动了一阵,又站下了,长久地看着前面的田地。

"这麦子都长得这么高啦,……朝鲜老百姓真是艰苦哪!"他大声说。

显然他有许多激动的思想,而这也是只有一个新战士才会有的;老战士们是不大容易激动的。他一定是非常景仰而又有些不安地看着前沿的山头,他还没有到那里去过;并且他因为眼前的麦田而想到了他的才离开不久的家乡。而在老战士,侦察员们看来,麦田,这常常不过是阵地上的一种地形。可是,听到这年轻人的喃喃自语,王顺虽然一方面在批评着他的幼稚,一方面却不禁心里很温暖,觉得这年轻人在将来的战斗中一定会很勇敢。他开始带着深切的关心在注意着他了。他看到这年轻人那么紧张地在捧着冲锋枪,并且显然地因这可爱的武器而激动,不时看看它,然后挺起胸膛。但随即王顺就注意到了,这冲锋枪的枪口布却是没有摘下的。"真胡来呀,这怎么能行?"他想,决定警惕他一下,于是轻轻地咳嗽了一声。

那年轻人凝神地听着了,显然他的耳朵是极敏锐的,有一双侦察员的耳朵。但是他却是这么没经验,并不出声,只是疑惑地对这边看着,然后小心翼翼地走下坡来了,丝毫也没有地形观念,不知道要隐蔽自己,并且尽往附近的开阔地里看。他正好经过王顺的身边,几乎要踩到了王顺的脚。王顺一动也不动,心里好笑。"这么没经验怎么行呀!"他想。当这年轻的哨兵满腹猜疑地又走回来,从他身边走过去的时候,心里就腾起了一阵热情——他没有意识到这是对这个年轻人的抑制不住的友爱——一下子跳起来把这年轻人从后面抱住了。

那年轻人在这突然袭击下最初是惊慌的,叫了一声,但随即就满怀着仇恨和决心和王顺进行格斗了——沉着起来了。王顺没有能夺下他的枪。他像一头牛一样结实,一下子就翻转身来把王顺也抱住了,显然地,他已经好久地在准备着和敌人进行面对面的搏斗了。……他的这炽热而无畏的仇恨的力量很使王顺感动,王顺就赶紧说:"自己人",并且说出了口令。

但那年轻人才不相信他是自己人,用着可怕的力量把他压在泥坡上,在他的肩上狠狠地打了一拳;这年轻人并不喊叫来寻求帮助,看来他是沉浸在仇恨中,非常相信自己的力量。王顺放弃了抵抗,甚至挨了这一拳还觉得愉快;虽然对于老侦察员,这种情形是不很漂亮的。

"自己人!侦察排的!"他说。

"管你什么人,我抓住你了!"那年轻人咬着牙叫,"不跟我走,我就枪毙你!"

"睁开眼睛吧!"王顺说,"你不看我连枪都没有拿出来?……"

可是他这句话只是提醒了那个新战士,他一只手按着王顺,动手来缴王顺腰上的手枪了。这就伤害了老侦察员的自尊。

"你没看见我是让你的么?"王顺按着枪,激动地喊着,"不许动我的枪,我发脾气啦!"

他像是在对小孩说话似的,可是那年轻人喊着:"就是要缴你的枪!"

他是这样的坚决——看来是无法可想的。钦佩和友爱的感情到底战胜了侦察员的自尊,他就自动地去拿枪。可是那年轻人打开了他的手,敏捷地一下子把枪夺过去了。

"不错,他还能懂得这个,"王顺想,于是笑着说:"好吧,我跟你走吧。"

这时,听见这里的这些声响和谈话,九连的两个游动哨已经作着战斗的姿态跑过来了,他们也都不认得王顺,拥上来帮着王应洪抓住了他。于是,留下了一个担任警戒,其他的一个就和王应洪一道,动手把王顺押到连部去。王顺不再辩解,但在走进交通沟的时候,他却回过头来笑着对王应洪说:

"你警惕性不够高,我在你跟前蹲了半个多钟点了;我咳嗽的时候,你直着身子光往开阔地里看——要是我是敌人早把你干掉。打仗要利用地形啊。"

王应洪很是疑惑了,生气地问:"你到底是干什么的?"

"我吗?干我的老本行。你看,"他又转过脸来说,"要是现在我要逃还是逃得掉的,你把你那枪口布摘下来吧。要不一打枪管就会炸,你们连长就没告诉过你?"

王应洪羞得脸上一下子发烫了。等到老侦察班长又往前走去的时候,他悄悄地摘下了枪口布。

"你到底是干啥的?"

"你参军来几天啦?"

"你不用管!"他愤怒地说。

到了连部的洞子里,大声地喊了报告,他就对连长说:"抓住了一个……",抓住了一个什么呢,他就说不上来了。连长认得这老侦察班长,一看情形,马上了解了。

"好哇,有意思,"连长笑着说,"你们这些侦察排的就是有本事,怎么你的枪倒叫我们新战士缴来了呀!"

"别得意啦,我是让他的!"王顺自嘲地笑着说,"他蛮不讲理,那有啥办法呢?你问他我是不是让他的?"

"我蛮不讲理?你别诬赖人啦,……我把你一枪打掉我也没错!"

"那可使不的。打掉了我就吃不成饺子啦。"王顺说,心里特别喜爱这年轻人了。灯光下看出来,他是长得很英俊的。"你说说看我是不是让你的?"

"我要不揍你你就让我啦!"

这激昂的、元气充沛的大声回答使得连部里的人们全体都大笑了。老侦察班长自己也笑了。那挨揍的地方,确实还有点痛。

对九连的警戒情况作了一点建议,王顺就回来了。自这以后,他的心里就对这个新战士留下了很深的印象,甚至高兴人们说起这件事,就是,他被新战士王应洪所"俘虏",还缴了枪。这件事情不久也就在全团流传起来,以至于团的首长们也都对新战士王应洪怀着特别的兴趣了。过了不久,从阵地下来休整,预备向各连调人来增强侦察排的时候,团参谋长就一下子想起了这个小伙子,建议说:"这个王应洪跟咱们那个王顺,他们是有点老交情呢,调他来吧;侦察排总是调的班级、副班级的老兵,我看调几个年轻的去也有好处。"这样,王应洪就到了侦察排,而且连里也把他分配到了二班。不用说,王顺对这件事是很高兴的,当那个年轻人背着结实的背包,精神抖擞地来到班上,对着他极其郑重也极其高兴地敬了一个礼的时候,他就笑着跑过去把他的手拉住了,接下他的背包,拍拍他的肩膀,说:"咱们是老交情啦,你说的对:你要不揍我我就不会让你!"

这年轻人马上就明朗地说:"班长,分配我任务吧。"

他是羡慕着侦察员,非常乐意到侦察排来的。他在这些时间里已经习惯于军事生活了,并且也晒黑了,长得更结实了。他把侦察员的工作看得很神秘,但也想得很简单,因此一来就要求任务。班长王顺告诉他,现在他们在练兵,要学会各种各样的本领才能执行侦察员的任务,并不是任何人都能干侦察员的。第二天一早,班长把全班带上了山头,要求每一个人都找寻一块自己以为合适的地形,在半分钟内隐蔽起来,然后他来检查。侦察员们迅速地在山坡上散开去了,马上就一个一个地消失了,唯有这新来的战士仍然暴露在山头上,他很激动,急于要找寻一个合适的、让班长赞美的地方,可是愈是这样,愈是觉着哪里也不合适;乱草中间不合适,石头背后也不合适,跑到这里又跑到那里。这时班长已经上来了,他就焦急地一下子伏在旁边的一棵小树下面。班长王顺显然是装做没看见他,先去搜索和检查别的人,批评或表扬他们在紧急情况中所利用的地形,并且提出一些问题:如果敌人的火力从这个角度打来,你这条腿还要不要呢?他高声说着话,显然是要让全体都听见。听见这些,检查一下自己的情况,王应洪明白自己要算是最糟糕的了,而这时他恰好看见了附近的一条土坎,于是跳起来往土坎跑去。但是班长说话了:"谁在那里跑呀?咱们侦察员的纪律:伏下来,没有命令,不准动!你不怕把全班都暴露吗?"班长的声音是很温和的,有点嘲笑的味道,王应洪的脸一下子红到了耳根,痴痴地站在那里就不再动弹了。可是班长好像只是随便地说了这话,马上又不再注意他,又去继续检查别人了。他于是就又回到了原来的小树后面,照原来的姿势卧好,这时候他想:他一定要保持原来的样子,一动也不动,让班长来批评。班长最后才走近了他,简单地说:"你这里不好,除了这样三个指头粗的小树干子,你是躺在土包上,没有一点隐蔽。你为什么会选择这里呢,因为你不沉着,人一不沉着,头脑就不灵活。"然后就集合了全班,开始了一天的练兵工作,没有再批评他了。……这样,这个青年就一点一滴地学习了起来,对班长充满了崇敬,爱上了这严格的军事生活。他想,他要发奋努力才能赶得上别人,才有资格在将来的战斗中要求任务。

练兵工作甚至有时候在深夜里也进行。因为排长调去学习去了，班长王顺还代理着全排的职务，他的工作非常忙。但即使这样，这个在侦察员中间威信极高的班长还能不时地抽出时间来和王应洪谈一些话，告诉他战场上的事情，勇敢的侦察员，他的那些牺牲了或调走了的战友们，在这样或那样的情况下怎么做；但关于在部队里流传着他自己的许多故事，他却避免提到。有一天王应洪忍不住地问了：是不是有一次，在五次战役的时候，他一个人深入敌后三十里，缴获了文件还炸掉了敌人的一个营指挥所？他笑笑说：那不过是敌人太熊了。过去那些没啥，看将来的任务吧。

总之，这两个人感情很好，练兵工作紧张而平静地进行，王应洪在任何工作上都非常积极，他拿班长做他的榜样。在那天晚上"俘虏"了班长的时候，班长给他的印象使他觉得这些侦察员们虽然大胆勇敢，却是有些调皮捣蛋的，但现在他觉得完全不是这样。他渴望执行任务的日子早一天到来，他渴望跟着班长去建立功绩，……可是，这时候在他们的生活里却发生了一件意外的事情。

侦察排在练兵的这个时候是住在阵地后面的山沟里的一个村子里，这是这一带剩下来的唯一的一个小村子，因为地形的关系，敌人的炮火射击不到的。王顺的这个班，住在一个姓金的老大娘家里。这老大娘六十二岁了，儿子是人民军战士，媳妇在敌机轰炸下牺牲，家里只有一个十九岁的、叫做金圣姬的姑娘；这一老一少在从事着田地里的艰苦的劳动。侦察员们住到她们家来以后，这母女两个总是抢他们的衣服来洗，他们也就抽空帮她们做一点事情。金圣姬这姑娘是农村剧团的一分子，曾经参加过慰问战士们的晚会。唱歌跳舞都很好，侦察员们来了以后，她是这山沟里最活跃的一个姑娘。这大方方活泼的姑娘不久就和侦察员们非常熟识了，叫得出每一个人的姓名。星期天，侦察员们休息的时候，她就和他们学着打扑克，教他们朝鲜话，又向他们学中国话。而在侦察员们爬到屋顶上去替她家收拾房子的时候,她就攀在梯子上递东西,不停地快乐地大笑着。她的中国话不久就学得很不错了,而且会唱侦察员们的所有的歌子。于是侦察员们,住在这两母女这里,就像是住在自己的家里一样。但是忽然地,这姑娘的神气里有了一点特别的东西,变得少说话了,沉思起来了。

班长王顺是很敏感的,他不久便觉察出来,她的这种变化是因为王应洪。侦察员们初来的时候,她最爱和王应洪说笑,嘲笑这年轻人的楞头楞脑的劲儿;带着天真的神气逗弄他,搬着手指教王应洪学习朝鲜话的一二三四,在王应洪发音错误的时候就大笑起来,每一次都要笑得流出眼泪。……在战线附近,在敌人的炮击声中,——她们的麦田附近经常落弹——这样天真快乐的姑娘是特别叫人高兴的。但后来她忽然地就不再和王应洪这样大笑了,见到王应洪的时候就显得激动,在他走过的时候总是痴痴地看着他。有时候,显出特别兴奋的样子和王应洪说上几句话,就要脸红起来。可是王应洪却完全没有注意到这个,这个年轻人的全部心思都集中在练兵的工作和未来的战斗任务中。使得这姑娘对王应洪发生感情的重要原因,正就是王应洪的这种热诚。他帮她家做的劳动最多,他一早一晚都要帮她家挑水,午饭后有一点时间还要去抢着帮老大娘劈柴。他做这些是很自然的,他觉得这家人家很艰苦,而他们住在这里,总是会有些打扰别人的:老大娘那么大年纪还抢着替他们洗衣裳。参与着这日常的家庭劳动,老大娘有时就递口水,递块毛巾给他,对待他像对儿子一样,而金圣姬那个姑娘,在这些接触中心里满是感激,从这感激就产生了一种抑制不住的感情和想象了。在院子里只有他单独一个人在干活的时候,她就和他说许多话,替他递这拿那。有一次,天刚亮他担水回来,那姑娘像每天一样赶快拿东西来接,热烈地瞅着他,希望他和她说话,可是他低着头倒了水,担着水桶又出去了。第二挑水担回来的时候,金圣姬蹲在地上拿盆接水,忽然抬起头来看着他,用生硬的中国话问:"你的家里几个人?"他爽快地回答说:"四口,父亲、母亲、哥哥、嫂嫂。"金圣姬紧张地、吃力地听着,红了脸,后来又想问什么,可是他已经唱起歌来,跑出去了。他什么也没有觉察出来。

第二天午后,别人都午睡了,他一个人在院子里挖着他的鞋子上的泥,老大娘忽然走过来,在他旁边蹲下了,拿一只手抚摩着他的肩膀,悄悄地用中国话问:"你的十九岁?"他说:"十九。"又问:"你结婚过吗?"他说:"没有。"老大娘于是对着他笑着,抚摩着他的头,说了很多他听不懂的朝鲜话。显然地那个女儿已经和母亲谈过她的心思了。可是这年轻的侦察员仍然什么也没有想到。老大娘的慈爱的抚摩,使他非常感动,他告诉她说,他的母亲也是快六十岁了,身体很好,和她一样还能下地劳动;又告诉她,他的母亲是很爱他的,他小的时候,看见他生病咽不下和着糠和榆树叶子的窝窝头,母亲就偷偷地哭,卖了自己的唯一的一件破棉衣,替他买来了两斤白面。他说着的时候看着老大娘,发觉老大娘脸上也有和母亲一样的皱纹,于是就想到,在他参军的时候母亲怎样地流了眼泪又微笑,说是:"我这儿子没有叫国民党土匪打死,今天怎能不乐意他去哇,……"他于是激动起来,想要和老大娘谈这些。可是他不久就发现他的夹着几个朝鲜字的中国话老大娘一点也没有听懂,正像刚才她的话他没有听懂一样。他激动得很厉害,想着现在他是一个志愿军的侦察员,是在为他的受苦的、慈爱的母亲和这个受苦的、慈爱的老大娘而战斗了,于是站了起来,找出了斧头就去替老大娘劈柴。

老大娘含着泪看着这年轻人——她仿佛觉得他已经是她的家庭里的人了,并且她甚至想到了,当她的当人民军的儿子从前线回来时,将要怎样高兴地和他们家里的这个新人见面。而这个时候,金圣姬姑娘也正在厨房的门口对着这年轻人瞧着。她听见了她母亲对王应洪所说的一切话,但是王应洪后来所说的那些话她同样地没有能听懂。但是从这年轻人的激动的神情,她相信他已经能够懂得她的心了。

这种情况,这母女两个的动人的、热切的感情,渐渐地使得班长王顺很耽忧。他相信王应洪不可能出什么岔子,但因为他特别喜爱王应洪,并且似乎和他还有着一种特别深刻的关系,因此就时刻害怕他会出岔子。而且,对于这一类的事情,老侦察员一向是很冷淡的,他还有一种简单的成见,就是,如果这一方面没有什么,那一方面也一定不会有什么的。因此他渐渐地有点疑惑了。他觉得,年轻人总难免的,他刚离开温暖的家不久,——他听说过王应洪是怎样被母亲爱着——还不曾懂得、习惯战争生活,可能他被这个家庭的日常的劳动所吸引,可能他不知不觉地对金圣姬流露了什么。在军队的严格纪律和严酷的战争任务面前,这是断然不能被容许的。

但在这种考虑里,班长王顺的心里还有一种模模糊糊的他也说不上来的感情。当他的班里的一个战士对他反映了金圣姬和王应洪之间的状况,并且认为王应洪可能已经有了超越了军队纪律所容许的行为的时候,他才意识到自己的这种感情。他回想起了金圣姬的纯洁、赤诚的眼光,这眼光使他困惑。他想:她的心地是这样的简单,她怎能知道摆在一个战士面前的那严重的一切呢?可是,又何必要责难她不知道这一切,又为什么要使她知道这一切呢?

他是结过婚的人,并且有一个女孩。他一向很少写家信,总是以为他没有什么可写的,他觉得他对她们也一点都不思念。但金圣姬的神态和眼光,她在门前的田地里劳动的姿态,她在侦察员们走过的时候忽然直起腰来在他们里面找寻着什么的那种渴望的样子,就使得他隐隐约约地想起了那显得是很遥远的和平生活。金圣姬从一个小女孩长成大人了,她简直就是在炮火下成熟起来了,她特别宝贵她的青春,她爱上了纯洁的中国青年,她的一举一动都流露着,自自然然地,她渴望建立她的生活,和平的、劳动的生活。……正是这个,使他感到了模模糊糊的苦恼。

但军队的纪律和他心里的紧张的警惕却又使他不好去批评他班里那个战士的汇报。而且这个汇报使他对这件事情觉得更加疑惑起来,就是,王应洪可不可能在不知不觉之间对金圣姬流露了什么呢?经过一番考虑,他就把他所注意到的这一切汇报给连指导员了。连指导员也很喜爱王应洪,但也对这件事做不出判断,于是指示他说:好好注意,必要时找王应洪谈一次话。

指导员的意思是,如果现在真的还一点什么也没有,谈了话反而要影响王应洪的情绪的。王顺也觉得这个谈话很困难。但因为对这年轻人的特别的关切,因为对他的班的重大的责任感,王顺仍然当天晚上就找了王应洪到门前的土坡上去谈话了。

这谈话确实困难。王顺先是表扬了王应洪,表扬他在练兵中的进步,干工作的带头,勤劳和活跃,然后就说到了将来的战斗任务,说到一个革命军人的职责,说到纪律的重要。可是,说着这些,王应洪仍然一点也不明白。他从来都不怀疑这些真理。他以为班长是一般地在关心他,于是表示说,他是坚决要为革命奋斗到底的,他是青年团员,他希望能在将来的战斗里考验他!他热情而激动,就是不明白班长所暗示的那件事情。班长于是只好点破了。他说:"你觉得咱们房东那姑娘怎样?"

对这个问题,王应洪愣了一下。

"她挺好呀,……"说到这里,他才一下子明白过来了。一定是班长不信任他,一定是别人说了他什么。这倔强的青年是不能忍受这种怀疑的,他痛心而愤慨了,叫着:"班长,你就这样看我么?"

班长王顺也是直性子,既然把问题点破了,他就决心搞到底,一定要弄出结果来,看这年轻人到底有没有什么。他于是不理会他的激动,冷淡地问:"你真的是没有什么?"

"你不相信你调查去好啦,这么不相信同志呀。"

这种说话的腔调,叫班长王顺愤怒了。这是孩子气的、老百姓的腔调。这在老军人看来是断然不能许可的,于是他冷冰冰地说:

"有纪律没有?你这口气是跟谁谈话啦?"

那年轻人一下子沉默了。过了一下,他以含着泪的、发抖的声音说:"班长,刚才我是不对……我汇报给你啦,我真是对她一点心思也没有。"

班长沉默着。他很难过——他是这样地喜爱这个青年,刚才似乎也不必那么严厉的。这年轻人说的话也是真理:为什么要不相信自己的同志呢?

"好啦,就这样吧。"他想安慰他几句,可是什么话也说不出来。他又想起了金圣姬姑娘的那一对热诚的眼睛。

回到班上去,熄灯号以后,王应洪好久睡不着。他这时才回想起这些时来金圣姬姑娘的神态,觉得果然是有些什么的,心里很不安了。眼前就有一个难题:明天一早起来替不替老大娘挑水呢?他想,不挑算了,为什么要叫人误会呢?但这时候,透过门缝,他看见了灯光下的老大娘的疲劳的脸和花白的头发,她正在推着磨子,艰难地耸动着她的瘦削的肩膀;而从屋子里面,则传来了劈拍劈拍的单调的声音——金圣姬姑娘在打草袋。这劈拍劈拍的声音混合着磨子的沉闷的轰轰声,震动着他。这两母女每天都要劳碌到什么时候才睡啊!那么,为什么他不该替她们挑水呢?如果明天一早起来,发觉坛子里空着,她们要怎样想呢?当然啦,她们是决不会责怪他的,可是他自己怎么能过得去呢?……想着这个,他心里觉得沉痛起来。"我是清清白白的,我哪一点也没有错,为什么要这么不相信我呀!"他想,于是他含着眼泪激动地对自己说:"不挑对不起人!坚决要挑!"

但是他仍然问了班长。看见班长在翻身的时候醒来了,他问:"班长,早上我替不替她家挑水呢?"班长用很柔和的声音回答说:"那当然可以。"然后又睡去了。这回答使他很安慰。

他是全班每天起得最早的,趁这个时间去替那两母女挑点水,这已经成了习惯了。但是第二天一早他刚一起来,悄悄地去拿水桶的时候,打草袋打到深夜才睡的金圣姬忽然迅速地推开门出来了,两只手编着辫子,赤着脚走到踏板边上,注视着他。他不和她招呼——下决心一句话也不说,拿了水桶就走。金圣姬活泼地跳下踏板穿上鞋子就来和他抢水桶。侦察员们住到这里来的最初几天，她也曾和他抢过水桶，那是因为她觉得，她不好要这些劳苦的战士们帮助她，而且，在朝鲜，背水和顶水，是妇女们的事情。但后来的这些天，她就不再来抢水桶了。今天不知为什么她忽然地又这么干了，也许是因为，她已经把他看做自己家里的人，她又想起来了男子的尊严，而担水是妇女的工作。但王应洪却不曾想到这些，似乎是有些赌气，用力地夺了水桶就走。他挑了水回来，那姑娘已经在灶前生着了火，听见了脚步声就回过头来了，望着他笑，跑过来找盆子盛水，可是他为了免得她接近，赶紧地把水倒在一个坛子里了，慌慌忙忙地以至于把衣服泼湿了一大片。金圣姬啊哟地叫了一声，马上找东西来替他揩，找不着干净的东西，慌忙中就撩起裙子来预备拿裙子给他揩，可是他红着脸一转身就出去了，金圣姬蹲在地上还来不及起来。

  这对于金圣姬是一个不小的打击。为什么这样呢？她有什么不对的么？难道她对战士们照顾得不好，不曾把他们的衣服洗得很清洁么？她站了起来，悄悄地流下了一点眼泪。这个年轻的朝鲜姑娘，好些天来，听见王应洪的声音就要幸福得脸红；一早上在灶前烧火，听着他的挑水的脚步声的时候，她就要不由地想起了，一个男子不应该挑水的，将来，她烧着火，担着水，他在院子里这里那里收拾一下，然后他们一块儿到田地里去劳动，——这就是家庭了。她觉得这好像没有什么不可能的。战争总归要过去的。而且，在她的心上，他一点也不是生疏的外国人了。

  她真是很委屈。可是她也是倔强的。第二天天刚亮，王应洪起了床预备来挑水的时候，小水缸里和坛子里却已经满了，她在灶前烧火，不曾看他一眼。

  他于是觉得苦恼。她一点过错也没有，为什么昨天要那样对待她呢？……可是这种情况是不能这么继续下去的，晚上他就向班长王顺把昨天和今天挑水的情况汇报了，他觉得他很对不起人，他不知道要怎么办；他建议他们班搬一个家，可是他又觉得,无缘无故地搬了家,就更对不起这两母女了。他于是希望快点上阵地去。班长嘱咐他仍然照常挑水,并且态度不要那么生硬。

以后几天,他起得更早,抢着挑了水。金圣姬姑娘不再走近来,也不再和他说话,只是默默地看着他。他总是很快地办完事情就出去了。这种情形弄得他很慌乱,他心里开始出现了以前不曾有过的甜蜜的惊慌的感情。对这种感情他有很高的警惕,于是在金圣姬姑娘面前他的态度变得更生硬了。这天晚上回来,预备抽点时间洗一洗衣服,他发现他的一套脏了的军服已经叫洗得很干净,而且熨得整整齐齐的。他一瞬间害怕别人看见,红着脸像是做错了什么事情似地,赶快把这套军服塞到背包下面去了。但第二天早晨,穿上了这衣服,——他决心一早就穿它,好使金圣姬心里高兴一点,来补救他的那些生硬的态度——往衣袋里一摸,却多了一件东西。拿出来一看,原来是一双用蓝布做面子,白布做底的,缝得非常细致的袜套。他没有什么犹豫就向班长汇报了,把这袜套交给了班长。班长拿着这袜套看了一阵,心里赞美着这年轻的战士的忠诚的纪律性,但又有点不安:过过穷苦的生活的人,是知道庄稼人家的艰难的;在这战争的山沟里,谁知道金圣姬姑娘费了多大的心思,才弄来了这一块簇新的蓝布?这两母女终年吃着酸菜和杂粮,而且那姑娘的裙子都打了补绽,她只有一条跳舞的时候才肯穿的比较新的红纱裙……这么考虑了一阵,黄昏的时候,他就嘱咐王应洪把这袜套还给金圣姬。虽然他知道这一定会使那姑娘委屈,但这没有办法,纪律比一切都重要。

这时金圣姬姑娘和她的母亲正在门前的踏板上吃饭,王应洪鼓起勇气来走过去了,不知为什么还敬了一个礼,把那袜套硬绑绑地往前一递,说:"还你!"就没有别的话了。

那姑娘一瞬间瞪着他,她母亲也瞪着他。

站在附近的班长王顺觉得这简直太糟糕了,这年轻人简直太生硬了,连一句客气话也不会说,更不用说要他交代几句军队的纪律了。于是赶忙走过去笑着用朝鲜话解释说,志愿军不好随便接受老百姓的东西。……他没说完,老大娘兴奋地站起来了,大声地辩解着说:她才不信这个!这并不是随便接受老百姓的东西呀。她并且指指响着炮声的前沿的方向说:这还能分家吗?金圣姬姑娘为什么不该感谢这年轻人呢?可是那姑娘望望她的母亲又望望王顺,一句话也不说,红着脸把那袜套接了过去,又低着头继续吃饭了。

　　以后一切就显得很平静,没有什么事情了;只不过王应洪变得更慎重,换下来衣服马上就洗;金圣姬去抢别人的衣服洗,却不再来抢他的了。对于王应洪说来,这件事情虽然多少也扰动了他,但却并不曾在他的心里占多大的位置;实际上,班长王顺对这件事还注意得比他多些。将近两个月的练兵期间,他已经学会了侦察员的各种本领,还学会了敌人的好几种火器——侦察员们,有时候是要夺取敌人的武器来使用的。他学习得这样热中,以至于他没有时间来考虑金圣姬姑娘对他的感情。练兵任务快要结束的时候,一次打靶练习和演习动作中,他受到了团参谋处的表扬。这天黄昏,连指导员到他们班里来参加了他们的班务会,在做总结的时候也表扬了他。班务会以后指导员还不走,他是很活泼的人,看见金圣姬姑娘在那里推着小磨子磨麦子,便跳过去了,两腿在炕上一盘,夺过磨把来,非常熟练地磨了起来,一面就用非常好的朝鲜话讲着笑话,使得金圣姬不得不笑了起来——但这姑娘这时已是这么成熟了,不再像先前那么哈哈大笑了,而是侧着头,带着一种讥讽的神气微笑着。指导员看见这笑容就高兴,继续愉快地说笑着,因为他已经好些天不见到这姑娘的笑容了,他密切地注意着这件事情,赞美着他的年轻的战士,但也因了这姑娘的忧愁而有些不安。他帮她碾完了半斗多麦子才走。在他谈笑着的时候,王应洪赶着替她家的所有缸子坛子里挑满了水,因为他们明天一早还要有一次演习动作,怕来不及挑水;而且他们不久就要上阵地了,他觉得他不会有很多时间来帮助她们了,——没有这些帮助,她们是会要困难一点的。金圣姬姑娘听着指导员的话在发笑,好像完全没有注意到他在干活,这使得他也很高兴,对这两母女,对这一段生活,充满了感激的心情。

第二天上午,在山坡上的松树林子里,农村剧团的姑娘们给战士们做了一次演出。战士们围成一个圈子坐着,对这些熟识的姑娘们的表演觉得非常高兴。金圣姬有三个节目:唱了一个歌,跳了一个《春之舞》和一个《人民军战士之舞》。在《春之舞》里面,她穿上了她的唯一的一件粉红的纱裙;在《人民军战士之舞》里面,她演战士之妻。这时候人们才注意到她原来是这村子里的最美丽的姑娘,并且她表演得非常好。"人民军战士之妻"的好几个动作,使得有些战士的眼睛都潮湿了,甚至连老侦察员王顺都感动得说不出话来了。这表演的第一节的内容是:人民军之妻背着孩子,在敌机的轰炸下,送丈夫重返前方。王顺心里的感想很复杂,他就悄悄地注意着坐在他旁边的王应洪,可是这年轻人却好像没有什么感触,沉思地看着"人民军之妻"的飘动着的长裙——这个新战士,这时候是在想着虽然今天晚上他们就要上阵地,可是他却还没有战斗过,比起舞蹈里的那个挂着国旗勋章的人民军战士来,他真是差得太远了。他就是这样想的。后来发生了一点意外的情况,就是,班长王顺发觉出来,当金圣姬舞蹈着的时候,坐在圈子里面的村子里的姑娘们都在陆陆续续地朝这边看,而且悄悄耳语。……舞蹈一结束,姑娘们就用中国话叫起来了:欢迎王应洪唱一个!——她们甚至知道了他的姓名!战士们,包括连长和指导员在内,都轰的一下鼓掌了,而王顺就注意到,这时那个"人民军之妻"的脸上是闪耀着多么辉煌的幸福表情!王应洪很惊慌,哀求班长替他抵挡。王顺站起来了,自告奋勇地说:"我来唱!"可是姑娘们说,你也要唱,先让他来!这时连指导员跑过来了,像哄小孩一样对王应洪耳语着,把面孔通红的王应洪拉了出来。王应洪敬了一个礼,终于低声地唱了一个歌。大家沉静地听着,他唱得实在不好,战士们都替他捏着一把汗,可是姑娘们却听得出神——唯有那个"人民军之妻"带着一种耽忧的、惊讶的神色。歌声一停,从姑娘们里面爆发了狂烈的鼓掌,于是王顺又看到了,那个也在轻轻鼓着掌的"人民军之妻"的脸上,闪耀着多么辉煌的幸福表情!

黄昏的时候,天气很晴朗,侦察排上阵地了。他们离开村子的时候,村里的妇女儿童们都送到了村口,望着他们走下山坡。金圣姬母女也送出来了,可是金圣姬现在却显得冷淡而严肃。她跟在母亲后面,看也不看王应洪;她母亲摸摸这个战士又摸摸那个战士,最后就拉住王应洪的手,说着说着落下了眼泪,她却是一声也不响。她慢慢走着——在她自己的独特的思想中。

战士们走下了山坡,一边走一边回头招手、喊叫,大家都舍不得这些已经变得如此亲爱的人们,可是王应洪,既不回头也不说话,跑得很快,几步就奔下了山坡。

战士们走得很远了,在昏暗中看不见了,其他的一些送行的人们也陆续回去了,金圣姬才突然哭起来,拿手巾掩着脸急忙地朝家里跑去。因为到连部去谈话落在后面,最后才赶出村子的班长王顺,看见了这个。这姑娘哭着擦过他身边。

他站下来回头望着她,叹了一口气。

"这姑娘呀,我也不是没有妻子儿女的人,这叫我怎么才能跟你解释呢?"

他心里同时就更疼惜那个年轻的侦察员,这年轻人被这样的爱情包围着,可是自己不觉得,似乎还不懂得这个,一心只想着在战场上去建立功绩。于是王顺的眼前又一次地浮起了那遥远的和平生活,并且清清楚楚地意识到,这和平生活已经把那纯洁、心地正直、勇敢的年轻人交托给了他,在他的带领下,这年轻人正在大步走向战争,这个他还没有经历过的,他还不懂得的战争。

上阵地的第三天,听说战斗任务已经交给他们班,晚上就要出发,王应洪非常兴奋,就换上了那一套留了好些天的干净衣服。于是换衣服的时候他又发现了那双袜套,并且还增加了一条绣花的手帕,用中国字在两朵红花的上面绣了他的名字——很可能这姑娘是从他的背包或笔记本上模仿去的——又在花朵的下面绣了几个朝鲜字,他想那一定是她的名字。这两个名字都是用紫色的线绣的。他顿时心里起了惊慌的甜蜜的感情。第一个念头是想汇报给班长,但在从坑道里往外去的时候,他犹豫起来了。他想,现在班长这么忙,马上要出动了,……等完成任务回来再说吧。

当然这时候他是想留下那条手帕。于是他把它仔细地折起来,放在胸前的口袋里。

黄昏的时候,王顺就带着他的班出发到敌后去了。任务是捉俘虏。

用侦察员们自己的话来说吧,任务是艰巨的。一个多星期以来,从敌人的炮火和敌人纵深里的活动情况上判断,前沿青石洞南山的敌人似乎变更了部署,而且似乎有发动进攻的模样;而我们又正在计划着一次规模较大的反击战,夺下敌人这条战线的咽喉青石洞南山。按照原定计划,这个战斗早些天就要发起了,一切准备工作都做好了,但是因为没有能最后地弄清敌人的变化而暂时地搁置了下来。上级指挥机关迫切地需要一个俘虏,但师的侦察队出动了两次都没有结果;战争两年多,敌人变得胆小而狡猾,俘虏不是那么容易捉到的。因此,这次就把团的侦察排的最好的一个班拿出去,把本来预备作为重要的下级干部而提升起来的侦察功臣王顺拿出去,这样,就在全班唤起一种极其严肃的感情,大家都明白这是关系全局的重要任务,这次出去,无论如何也要捉到一个俘虏。由于这种自觉的光荣意识,这个班里就升起了一股对敌人的傲气,在出动之前的紧张的准备工作里,他们的沉默的、严肃的、敏锐的神情和动作表示出来,无论是什么样的敌人,他们都要把他捏在手心里,只有他们先把敌人捏在手心里,全军才可以捏住前沿的山头,粉碎青石洞南山。在班长王顺的身上,这种对敌人的傲气是表现在冷静的眼光、变得很慢的严肃的动作、和沉默的严厉的神情里面的;这负着重大责任的老侦察员是深知战前准备工作的重要的,他默默地、严厉地打量他班里的每一个人,每一支枪和每一双鞋带,不时地沉思起来,不耐烦和不相干的人说话,把那个跑来和他开了一句玩笑的连部通讯员一句话就熊走了。但在年轻的王应洪,这一股对敌人的傲气就表现在抑制不住的扬眉吐气的兴奋神色里,他无论如何也学不到班长的那股冷静。因而,当连长陪同着团参谋长来看一看他们的时候,班长王顺严厉地、惊心动魄地喊了立正的口令,他就扬着头,挺着胸,冲锋枪斜挂在胸前,显出了那种特别吸引人的天真而高贵的神情。

　　认真说来,班长的这个和平常完全不同的立正的口令,才是他的军事生活里的第一课。特别因为他怀里揣着的那一条绣花手帕,这也才是他的明朗的人生道路上的第一课。他的慈爱的母亲在贫苦的生活中给了他的童年许多温暖,这绣花手帕又给他带来了他所不熟悉的模糊而强大的感情,他现在要代表母亲,也代表那个姑娘——不论他对她如何冷淡,这一点是毫无疑问的——为祖国,为世界和平而战,这一切感触,思想、感情,都出现在班长的那个立正的口令中,或者说,因那个立正的口令而出现了;这立正的口令使他全心全意地觉得满足和幸福。

　　团参谋长是笑着走进坑道的,在王顺的立正的口令声中变得严肃了,一下子感觉到了这个班的这一股必胜的傲气,于是心里突然疼痛起这些青年来。他走到王应洪的面前就不觉地站了下来,对着这年轻的侦察员看了好一阵,严肃的脸上又露出了微笑。

　　"这就是他么?"他问连长。

　　连长没有弄清楚参谋长指的是什么,因为关于这个年轻的人所有的事情团里都知道,但他看出来参谋长是喜欢这年轻人的,于是高兴地回答说:

　　"就是他。"

　　"王应洪!"参谋长喊着,显出了幽默的神气,眼睛里闪出了友爱的讥讽的光芒,看着这年轻人。

"有！"王应洪大声回答，下巴更抬高了一点。

"听说是——你曾经把你们班长俘虏过，俘虏他是很不容易的啊，有这事么？"

"那是，……"王应洪说，他想说："那是班长让我的。"但马上觉得这样讲述不合乎一个军人的性格，于是大声回答："报告，有这事！"

"唔，好！"参谋长显然很满意，虽然他早就知道这一切；"二班长，有这事么？"

"报告，有这事！"王顺骄傲地回答。全班的战士们的脸上都出现了微笑。

从这两句回答，参谋长就看出了这个班是团结得很坚强的。他检查了他们的行装和伪装圈：一切都合乎要求。他简单地又讲了讲这次任务的性质，并且抽出一个战士来问了一下他们准备的有哪几个战斗方案，指示了两点，于是这个班就出发了。

他们悄悄地、疾速地通过了敌人炮火封锁区，过了一条很浅的小河，顺着交通沟绕过一个山坡，潜伏着观察了一阵，就开始在黑暗中越过战线。

有一段路他们是在一片长满野花杂草的开阔地中间一点一点地前进的。左后面是我军的小山头，右边是敌人的山头，正往我军的阵地上打着机枪。这一阵机枪似乎帮助了他们，他们敏捷地跳跃着前进。王顺、副班长朱玉清，和其他的几个老侦察员都很熟悉道路和情况，这开阔地上不致于有敌人的岗哨：敌人不敢下来。在他们通过不一会，就有一排机枪打在他们刚才越过战线的地方，显然地敌人是用火力盲目地警戒着那里。现在侦察员们的目标是一百米外开阔地中央的一丛槐树，槐树丛里面有土坎，可能敌人在那里安置了哨兵，如果是这样，而且不超出三个人，那就一下子干住敌人，任务就基本完成了；如果没有，那就先占据这槐树丛再来计议。他们用战斗的队形分三面迫近这槐树丛了。天气阴沉而且吹着小风，很利于侦察员们的活动。班长王顺在前面发出了记号，大家卧倒，听着动静。除了微风吹动树叶,和附近的什么地方有溪水的流响声以外,没有别的声音。开阔地上长着一些春天的金达莱花,王应洪轻轻地拨开他面前的花枝,希望能更清楚地看见班长。但在这个不知不觉的动作里,他却摘下了一个花枝,把它衔在嘴里。这是因为他毕竟是初上战场,而这附近的这一片寂静特别使他激动,于是,面前的清楚可见的一切,杂乱的小草和小花,就叫他觉得安全和亲切:这些随处可见的小草和小花,仿佛是熟识的友人一般,忽然间就替他破除了战场上、敌人后方的那种神秘可怕的感觉——虽然他不曾意识到自己的这种状况。他在激动中比老战士们想得多。他甚至于忽然想,现在他可以写信告诉妈妈,他到敌人后方来战斗了。把那花枝在嘴里咬了一阵,班长又做了记号,他们又前进的时候,他就把花枝不知不觉地拿下来塞在衣袋里。他没有意识到这个,也不知道这是为什么。也许他的头脑是曾经闪过什么念头,他做这点多余的动作是为了对自己表示沉着。也许他会写信告诉母亲的——他老人家把朝鲜战场想得才简单哩。现在他们到了槐树丛边上了——里面没有敌人。

他们决定再深入。他们有好几个战斗方案,现在时间还多,看起来他们还不必考虑那最后一个战斗方案,就是用火力向少数的敌人强攻。因此他们就放过了山坡上的几处地方,那里有敌人的帐篷,传来说话的声音。他们紧挨着山边的一条小路前进,这小路是敌人前后交通的一条次要的通路,一定会遇到什么的。他们前进得很慢,贴着山坡和路坎,走几步听一下。他们不断地听见附近的山头上、帐篷里敌人的哇哇的声音,有一次还听见一个醉醺醺的歌声。枪声和炮声都落在他们远远的后面了。紧张的感觉加强着。快要走到小路转弯的地方,班长停下来了,向王应洪走来,对着他的耳朵说:"往后传,在这里等,沿着路边拉开距离二十米一个,副班长带第二组到下边洼地里掩护,……"这微小而又清楚的声音,好像不是班长的,好像是从很深的地底下传出来的一样。他往后传了。于是人们拉开了距离隐蔽了,现在,这个满怀激情的新兵,看不见他前面的班长,也看不见他后面的同伴了。

　　一点声音,一点动静也没有,王应洪贴在路边上杂草中间趴着,紧握着他的枪,并且摸了一下他腰上的手雷和加重手榴弹,以及那一把叫他觉得威武的侦察员的匕首。虽然他的理智告诉他,班长和同志们就在几十米的前后或周围,在各个地方隐蔽,但是他仍然禁不住觉得可怕的孤独。他好不容易才抑制住他的冲动,就是,想往前爬一点,靠近班长,或者轻轻地喊一声试试——他多么渴望听见班长的声音啊。他的思想纷乱了起来。这样的寂静,这样绝对的静止——这是和练兵的时候完全不同的,那时候在寂静中甚至还觉得有趣——他从来也不曾经历过,他甚至觉得自己已经被这深深的寂静所笼罩,所麻痹,不可能再从地上起来了。他用各种方法鼓舞自己,可是他的思想活动好像也是很困难的。最初,他无论想什么,都不能摆脱这孤单和寂静的意识。他努力去想到连队、团参谋长、亲人们……。后来他又想着母亲,想着他满十岁时候,母亲才替他做了一件新棉袄,替他试这新棉袄的时候,母亲不住地把他转过来又转过去,拍着他的胸又拍着他的背,非常幸福地对父亲说:"看,正合身!正合身!"忽然地他想到,母亲到了北京,在天安门见着了毛主席。母亲拍着手跑到毛主席面前,鞠了一个躬,毛主席说:"老太太,你好啊!"母亲说:"多亏你老人家教育我的儿子,他现在到敌后去捉俘虏去啦。"于是他又想起了金圣姬,她在舞蹈。看见了她的坚决的、勇敢的表情,他心里有了一点那种甜蜜的惊慌的感觉,他说:"你别怪我呀,你不看见我把你的手帕收下了吗?"可是金圣姬仍然在舞蹈,好像没有听见他似的;敌机投下炸弹来了,那个"人民军之妻"紧抱着孩子扬起头来,她的嘴唇边上和眼睛里都有着悲愤的、坚毅的表情;于是那个英勇的人民军战士一下子出现了,他的胸前闪耀着国旗勋章。……但忽然地这一切都消逝了,仍然是面前的草叶、灰白色的寂静的道路。想象着这亲爱的一切,一瞬间就排除了对周围的寂静的苦痛的感觉,一瞬间觉得,这并不是在敌人的旁边,而是在亲人们的中间。但这些闪电一样的想象马上就被从心底里冲出来的对于目前的处境的警惕打断了，于是重新又感觉到那孤单、寂静。……

多么漫长的时间呀。但这时更紧张的情况到来了——传来了一大群皮靴踏在沙土路上、踩过草叶的声音，这声音立刻更响，更清楚了，而且连说话的声音也听得见了。敌人，美国兵正在这条路上往这边走来。他抓紧了枪。在阴沉的天空的背景下，看得见那在草丛上面露出半截身子来的高大的敌人了，一个一个地从小路转弯的地方陆续显露出来，走得很密，总有一个排，有的还在吸烟，看得见那闪耀着的红火头。现在那走在前面的几个美国人照距离看起来是已经走过班长的身边了，可是班长那里没有枪响。如果有枪响，那他就会不顾一切地端起枪来冲上去，那样要好得多，可是现在不是这样。没有班长的号令，谁也不能动的。那么现在这些美国兵正朝自己走来，……他忽然想：班长是不是还在那里呢？如果班长不在怎么办呢？这想法好像很真实，于是他差不多想要开枪了，或者想要怎么样地动作一下，反正是要动作一下，因为他正躺在路边上。但正在这个控制不住自己的时候，侦察员的铁的纪律使他的头脑一下子清醒了过来。

大皮靴杂乱地踏了过来。……这年轻的侦察员一动也不动，他的眼睛和枪口对准了他们。这纪律的意识战胜了一切，完全改变了他的状况。这就是，他意识到：他完全不属于自己，甚至也不属于自己的热情和勇敢，他的热情和勇敢必须绝对地属于伏在小路周围的黑暗中的他的班，而他的班属于他的连，他的团……。绝对的寂静正好对他证明了他的班的威严的存在，他现在能够清楚地意识到他的班长和同志们的眼光和动作。于是他觉得他是十倍、百倍地强大，寂静和孤单的感觉完全没有了，他有手榴弹和冲锋枪，在等待命令。这样，他的头脑就变得冷静而清楚，浑身都是无畏的力量——由于纪律的意识，他就从那个幻想着的热烈的青年，变成了真正的战士。

一个又一个的敌人踏过他的身边，有一只皮靴离得这么近，几乎踏着了他的肩膀。……他一动也不动,仇恨而冷静,像一个侦察员在这时候所应做的,数着敌人的数目,判断着他们的意图。敌人前后招呼着,通过去了。

班长那里仍然没有动静。

班长王顺决定放过这大约一个排的敌人,克服了战斗的诱惑——他的班是有可能歼灭这一个排的——那理由是不用说明的。但即使对于老侦察班长说来,克服这战斗热情的诱惑,也不是容易的,他有很多次这样的经验了。占着有利的地形,枪一响,盲目的敌人就成群地倒下,这是再好不过的事了,可是现在情形并不这么简单,他们是在敌人的纵深里,他不仅对他的班,而且对全军都负有重大的责任。而他的班,他从那绝对的沉寂里感觉到,现在是像他的身体的一部分一样,完全属于他的意志的,可是,不仅他们属于他,他也属于他们,在这种情况里要决断,是很沉重的。

是不是也有可能一下子歼灭敌人的大半,抓住了一个俘虏就立即撤退呢?当这个排的最后几个人通过他的身边,就是说,当这个排全部都落在他的班的范围里的时候,他这么问着自己。但他本能地觉得事情不会这么简单。他伏在路边上的草丛里,看着那最后的一双大皮靴从他面前两步远的地方踏过去了,紧紧地咬着牙才克制住了他心里的复杂的激动。他判断后面可能会有零散的敌人,于是决定继续等待。而这个时候他就更迫切地渴望着他的班继续保持着绝对的寂静,他心里不禁耽心在他后面离他二十米远的那个年轻人——在这种时候,连老战士也有可能一下子弄出什么声音来的。初上战场时的那些感觉,他是记得很清楚的。当敌人经过他身边而向王应洪的位置走过去的时候,他替他感到苦痛的紧张。于是,当他的班保持着绝对的肃静和隐蔽放过了这一个排敌人之后,从这深沉的肃静中听出来这个班的威严的呼吸和坚强的纪律,他就觉得喜悦,并且从心底里赞美起那个初上战场的年轻人来了。

果然后面有零散的敌人。皮靴踏在沙土路上的声音又传来了,一个影子在天幕下出现了。这个敌人走得有些蹒跚,一面走一面自言自语,好像是喝醉了。这正是机会。这敌人到了他的附近,他正准备着一下子跃出去的时候,前面的路上却传来了急促的脚步声,另一个敌人凶恶地喊叫着追上来了。他以为他的班的行动被发觉了,但这时在他的眼前却出现了他所没有料到的事情:那追上来的敌人扑了上来就给了那第一个敌人一拳,那第一个敌人呜呜哇哇地叫着,在挨了第二拳之后就回击了。两个人打起架来。侦察员的眼光看出来,这两个人都是军官。于是他下决心趁这机会动手。而这时,好几个侦察员都从他们的位置上出来了:听着打架的声音,又被土坡遮拦着看不清楚,他们就以为是他们的班长在和敌人格斗。班长王顺拔出锋利的匕首,跳上去捅倒了一个敌人,那第二个敌人狂叫起来向前逃跑,却被王应洪一下子奔出来抱住了。那敌人继续狂叫,王应洪恨透了这狂叫,用可怕的力量抱住他,几乎要一下子扭断他的筋骨,但这敌人却是意外的胆怯,在他的肩膀里好像是棉花团一样,顺着他的两臂的压力就抖索着对着他跪下来了。班长奔上来用一块布塞住了这敌人的嘴,这样他们就得到了一个俘虏。

但这时远远地传来了枪声。因了这个俘虏刚才的这一阵狂叫,刚刚过去的那一个排的敌人回转来了。狂叫着,奔跑着,离这里还有五六十公尺远就胡乱地放着枪。王顺命令侦察员们把俘虏拖到洼地里去,大家都向洼地里撤退,没有他的命令不准射击。他们刚离开小路,敌人的那个排已经迫近到四十公尺,已经在路边上散开,开起火来。并且右边山头上敌人的一挺机关枪也开起火来。

他们迅速地在洼地里退走,但到了洼地的中央,就叫敌人机枪的火力拦住了去路。而敌人的那个排已经向他们采取了包围的形势。于是王顺命令他的班散开来停止不动。他仍然不还击。

这老侦察员并不是第一次遇到这种危急的处境。他轻视这些敌人,他冷静地观察着情况,决心要把他的班,连同那个重要的俘虏,都带出去。洼地草丛里的这种寂静使敌人不安了——

到底这些人是怎么回事呢？敌人不敢近来，只是架起了机枪朝这里那里地射击着，而右边山头上的那挺敌人的机枪，原来是胡打着的，这时反而向这挺机枪开火了。敌人里面发出了几声嚎叫，显然是被自己的火力打倒了几个。但后来就升起了一颗绿色的信号弹，山头上的火力停止了。

这时候王顺已经把他的班撤到一条干涸的沟里，占据了比较有利的地形。情况很危急，山头上的敌人可能就要下来，这里再不能停留，于是他下定了决心了。他命令王应洪跟着他留下来掩护全班；命令副班长朱玉清率领其他所有的人带着那个俘虏利用这条沟的地形向左后面撤退，当他和王应洪打响，把敌人的火力全吸引过来之后，朱玉清就应该带着侦察员们往左边的山坡后面冲去，进入一片树丛。除非敌人发觉了，进行追击，就不许回头。天亮以前必须把俘虏带到家。

副班长朱玉清想要自己留下来，其他几个侦察员也这样想，但他们听完王顺的清楚、简单、小声的命令以后，就不再作声了。班里的侦察员们大半都是王顺带领、培养出来的，连副班长朱玉清也是王顺带领出来的，大家都熟悉他的性格；对于这样的一个威望极高的班长和代理排长的命令，大家是无法说什么的。

于是人们开始撤退，抬着那个俘虏迅速地沿着小沟向左后面走去。估计他们已经快要爬上开阔地，而敌人的机枪正封锁着那里，王顺就命令王应洪留在沟里，听他的动静，他自己就爬上了沟沿，像箭一般地一下子跃到十米外的洼地中央的一个小土包后面去了。他一跃到那里就向三四十米外的敌人开火了，他打了一梭子就向右滚去，又打了一梭子，然后投出了手榴弹，并且喊着："同志们，三班的跟我来，四班的向右！"王应洪也开火了，他学习着他的班长，打了几枪马上又跑到另一个地点投出手榴弹，同样地喊着："五班的，在这里，同志们冲啊！"他真的觉得他和无数的人在一起战斗。敌人的火力被吸引过来了。这时候，苦痛地听着这两个战友的惊心动魄的喊声，副班长朱玉清和侦察员们带着俘虏安全地潜入了左山坡后的树丛。

班长不让别人，却让他留下来和他一同担当这个严重的战斗，王应洪觉得意外的幸福。并且班长是这么干脆，没有说明为什么单单留下他，也没有对他特别嘱咐什么，这种绝对的信任就使得他处在他从来不曾知道过的光明和欢乐里。他简直忘了他还是第一次处在敌人的火力下面；在他的一生里面，这还是第一次战斗。他觉得他仿佛已经是身经百战了——事实也确乎可以是这样的，当他屏息着趴在路边上，看着敌人的大皮靴踏过去而意识到战斗的纪律，并且随后他又活捉了那个敌人，使敌人在自己面前跪下，他的战士的心就迅速地成长了。

至于班长呢，他也说不明白为什么单单命令王应洪留下来。他也许是赞美了这新战士刚才在潜伏中的沉着，在活捉敌人时的勇敢，想要锻炼一下这心爱的战士；也许是出于高贵的荣誉心，想要叫这年轻人看一看，学一学他这个老侦察员是怎样战斗的；但也许是想到了那件使他不安的爱情，金圣姬那个姑娘的眼泪。谁知道呢，也许他觉得，叫王应洪留下来从事这个绝妙的、但也是殊死的战斗，就会给那个姑娘，那个不可能实现的爱情带来一点抚慰，并且加上一种光荣。他是看见过那个姑娘的那么辉煌的幸福表情的。这一点是确实的：因为那个姑娘的那种不可能实现的爱情，以及王应洪对这爱情的极为单纯的态度，他就更爱这年轻人了。他的决定总归是和这有点关系的，在战场上，人们总是把最艰巨的任务交给最心爱的人的，虽然这时候他似乎并没有想到这一切。

总之，英雄的老侦察员和他的助手打得非常漂亮，掩护着全班撤退了。

敌人在打了一阵机枪之后，忽然地停了火，而且还后退了几米。这奇妙的情况马上就揭晓了，原来敌人是非常隆重地在对待着这场战斗：空中出现了四五颗照明弹，随即就是一阵迫击炮弹短促地呼啸着落了下来，在这块洼地上爆炸了。显然敌人已经用无线电报话机联系了他们的炮阵地。这个班最初的那一阵绝对的沉寂骇住了他们，他们总以为这里有很多的志愿军，随后王顺和王应洪的突然的开火和喊叫更使他们觉得是证实了这一点,于是他们就来正规化地作战了。如果听一听敌人在无线电报话机里说些什么,以及敌人的指挥机关在怎样吼叫,确实会很有趣的——看到落在周围的炮弹,王顺不禁笑了。威风极啦,怎么不连榴弹炮也拿出来呀。

王顺滚回到沟里,命令王应洪停止射击,准备夺路撤退。这时,按照美国的步兵操典,在一顿炮击之后,以机枪掩护着,那一个排的敌人就从两翼包抄过来了,发出了呐喊的声音,卡宾枪打得像放鞭炮一样。而且,右边山头上的那挺机枪也向洼地中央射击起来。

因为这洼地上的"战役"的巨大规模而快活,王顺就着手来还击。这种快活的心情是战争里最可贵的,从这种快活的心情,他就做出了一个聪明而大胆的决定:从敌人阵线的正当中,就是从敌人的那挺机枪那里突破过去。左翼的十几个敌人已经顺着土坡向他们这边扑来了,王应洪打了一串子弹,他却甩出了一个手雷。这一声轰然的巨响使得敌人倒下了一大半,就在这当中,王顺招呼王应洪跟着他,跳出了这条干涸的沟,又往右边的敌人群里打了一个手雷。然后,完全出乎敌人的意料之外,这两个侦察员沿着一条土坎向着正当中的那挺机枪奔去了,而那挺机枪这时正向洼地中央的那个小土包周围热情地射击着,以为那里隐藏着志愿军的主力;而右边山头上的那个火力点,则是正在忙着射击洼地的后半部,确信这是封锁住了志愿军的退路。并且,没有被打死的敌人,这时正向洼地的中央,连同着那条干涸的水沟,发起了勇壮的冲锋。

洼地上的"战役",它的规模就是如此。这时那两个侦察员却突然出现在敌人的"纵深"里,用不几发子弹结果了那两个机枪手;灵机一动,王顺一下子扑倒在机枪的跟前,对准那些敌人射击起来了。事情于是非常简单,他射击了半分钟不到,就结束了这个洼地上的"战役";当剩余的、滚在沟里的敌人刚刚明白过来,又打出了信号弹的时候,他已经带着他的助手投入了黑暗的荒地，越过了一条小溪，跑进了大片的洋槐树丛了。

王顺在前面奔跑着，他的左胳膊负了一点伤，这时才觉得有些疼痛。他听着跟在他后面的王应洪的脚步声，他忽然听出来这脚步声有些沉重，正在这个时候，右腿负伤的王应洪栽倒了。

他们两个都弄不清楚这是在什么时候负的伤。王应洪身上的伤还不止一处。在当时，他一点也不曾感觉到自己是负伤了，充满了胜利的快乐，无论手和脚都是灵活的。但现在这些伤被意识到了，一经被意识到，它们就发作了，于是王应洪支持不住了。

王顺一声不响地背起他就走。他们是一刻也不能在这附近停留的。敌人的整个的阵地这时一定是在骚动着，加强了警戒，要搜捕他们的。

意识到这紧张的情况，王应洪就要求班长不要管他，但是班长理都不理他。在年轻的新战士的心里，燃烧着壮烈的感情，他觉得他已获得足够的代价，他从来不曾想到他第一次参加的战斗有这么辉煌，他觉得现在是到了牺牲自己，而让班长出险的时候了。于是，当他们出了树丛，迫近了敌人的警戒线，班长把他放在一条土坎后面，爬上去侦察情况的时候，他就下了这个决心：一有情况，他就留下来——像班长刚才带着他对全班所做的那样，用自己的火力和身体掩护班长出险。

现在他们正在敌人阵地的旁边，这已经不是他们来的时候那一片开阔地，而是一条狭窄的山沟。这是最危险的地带，一有动静，敌人两边山头上的火力网就会把这一条不到四十公尺宽的山沟完全盖住；而且，两边的山坡上都有敌人的警戒。他只是在沙盘作业上学习过这一带的地形，班长却是知道一切的。但现在他们显然无从等待或另外选择道路。班长看了一看情况回来，就决定拖着他沿着土坎往山沟中间的几棵大树里面爬去。年轻的侦察员既经做了决定，看看没法开口向班长说什么，就把自己的冲锋枪扣在手中。他也用他的负伤的肢体帮着爬，咬紧牙关来忍受可怕的疼痛。这是非常艰难的道路，每一分钟只能爬行四五米。班长侧着身子，用右胳膊抱着他的胸部，用自己的负了伤的左胳膊撑着地面,一步一步地拖着他。

"班长,……"他说。

"不许说话!"班长对着他的耳朵严厉地说。

"我牺牲了不要紧。"

"别说话,纪律!"

听到了这个,年轻的侦察员就不再作声了。

他们毕竟到了那几棵枝叶长得很稠密的栗子树里面了。他们在一个小土包后面的草丛里潜伏了下来。现在又得再看动静。这时左右两边的小山头上,敌人互相地喊着他们听不懂的话,然后,就有三个巡逻兵从左边山坡出来,踏着草地慢慢地走着,端着枪,编成警戒的队形,向着这个栗树林走来。

"班长,"年轻的侦察员含着眼泪在恳求了,"我打响的时候,你从右边撤出去,……"

班长掩住了他的嘴巴。这个动作是为了警惕,但也是因为难过;说这种话叫老侦察员太伤心了。为了防止这年轻人的意外的行动——他感觉得出来这年轻人身上有着怎么样的一种激动,他也知道,在负了重伤的时候,人们会想些什么——他就拿负伤的左胳膊用力地压住了这年轻人的握着枪的手。

三个敌人的巡逻兵沿着土坎和草丛搜索,慢慢地迫近了这小小的栗树林了。其中的一个突然大吼了一声,于是王应洪震动了一下,但班长更用力地压住了他。老侦察员非常镇静,现在还不能判断他们是否已被发觉,因为敌人是常常要拿这一套来给自己壮胆的。三个敌人紧挨着走到这小栗树林来了,在离侦察员们潜伏着的土包三四米的地方站下了,望这边瞧着。

连老练的侦察员这时也有些迷惑了。但侦察工作中的铁则支持着他,这就是,绝对不暴露自己。小风把粗硬的栗树叶吹得发响。这三个敌人互相说了什么,忽然地其中一个又向着右边吼叫了起来。于是他们走过去了。

大约二十分钟之后,侦察员们出了栗树林,沿着右边的山根一寸一寸地爬行,这一个拖着那一个。没爬行几十米,又出现了敌人的巡逻兵,于是紧紧地贴着地面伏着;愈来愈明显地感觉到年轻人身上的激动,王顺沉着地压着他的手腕,并且用力地捏了一下他的手。这个动作的意思是,他们是这样地相爱而血肉相联,他决不能丢下他,而且,他还很有力量。……负了伤的特别艰难的行动,以及敌人的加强警戒,使得他们一直到天亮还没有爬出这条山沟。

眼看着快要天亮,王应洪就又要求班长不要管他;他甚至于哄骗班长说,只要班长先走,他就能慢慢爬回自己阵地的。班长不理他,这沉默是含怒的。班长拖着他爬到一条长满杂草野花的小沟里,使他躺在一块比较干的地方,又爬过去慢慢地弄来一些草把沟边上细心地伪装起来,——这两个侦察员就躺下了,在这条狭窄的沟里,着手来度过这个白天。他们离山头上的敌人地堡仅仅三十米。但白天的情况也有有利的地方,因为我们阵地上的火力已经能封锁到这个山坡,敌人是不大敢下阵地来的。

班长替王应洪包扎了伤口,也把自己的伤收拾了一下。这年轻人的伤势使他痛心。他竭力显得安静,拿出一块手帕来,在水里弄湿,轻轻地替他擦着脸。然后就拿出了一个馒头——这老侦察员,是有着这种周密的计算的——分了一半给他。

可是王应洪一口也不肯吃。他难过极了;意识到自己拖累了班长,这种心情比身上的伤还使他痛苦。他透过面前的杂草,定定地瞧着辉耀着阳光的五月的天空,一动也不动。

"纪律,"班长对着他的耳朵说,"你是祖国的好青年,你是人民的好战士,吃这半个馒头,这是纪律。"

于是王应洪开始吞吃馒头了。

黑夜过去了,现在是要再等到晚上。离自己的阵地还有两百米。但班长的脸上却出现了愉快的神情。他想要使这个年轻人改变心情,而且,胜利地完成了的捉俘虏的任务,洼地上的那个杰出的战斗,对这年轻人所尽到的责任,这个狭窄的小沟里的神秘的隐蔽,这一切都使他变得像早晨的阳光一样愉快。于是他躺在王应洪身边,几乎是全身都躺在湿泥里,对着王应洪的耳朵小声地、活泼地说起话来了。

"你猜我头一回当侦察员的时候是怎么的？一听见敌人的声音我就发蒙了，没有你这么沉着勇敢。那时候我的政治觉悟也不怎么高，还想家哩。我也是老战士一点一点带出来的；咱们部队就是这样，一代传一代，一代比一代强——咱们的这个英勇顽强的老传统。我带着你这也不是为了你，这是为了咱们全军，也是为了人民和党的事业，你为啥要难过呢？"

王应洪不作声。他在想："难道就不许我为了人民和党的事业掩护你撤退么？"

"今夜晚咱们肯定能回到家里，咱们要去见连长，见团首长，俘虏是你抓的，你这次的功劳我一定要给你报上去。连首长团首长都在盼着你呢。"

"我没啥功劳。真的。我就是觉着我够本了，天黑了你先把我留在这里吧。"王应洪冷淡地说。

"不哇，同志。"老侦察员热烈地对着他耳朵说，"够本，这思想要不得，错误的。咱们革命的战士，共产党员青年团员，不是这么容易就够本的哪。一代又一代的，战场上多少同志流血牺牲才培养出咱们来的哪，你算算这个帐吧，歼灭了一个排的烂狗屎敌人就能够本？"沉默了一下，看见这年轻人仍然不作声，他忽然微笑着非常柔和地说："你还想着金圣姬那姑娘不？"

"没有。从来我就……"

"不是说的这。咱们也是为她，为老大娘战斗的，朝鲜人民血海深仇还没报，就够本？"这样他就把金圣姬姑娘也巧妙地拖到他的论据里面来了，他迫切地希望打动这青年战士的心，使他放弃那些苦痛的思想；"你说，咱们回到家，这些天再到村子看看，金圣姬跟她妈见到咱们可要多高兴啊，我要好好地跟她谈一谈咱们的这场战斗……"

他的眼前就出现了那姑娘的闪耀着灿烂的幸福的面貌。他并且又想到了舞蹈里的那个"人民军之妻"。在他命令王应洪和他一同留下的那个严重的瞬间，以及在他拖着这青年爬进栗子树林的时候,这个灿烂的幸福面貌都似乎曾经在他的心里闪了一下。现在回想起来,好像确实是这样的。他替这个不论从军队的纪律,或是从王应洪本人说来都没有可能实现的爱情觉得光荣,于是他觉得,他拖着王应洪在山沟里一寸一寸地前进,除了是为了别的重大的一切以外,也是为着这姑娘。她曾经在那黄昏的山坡上掩面哭着从他的身边跑过,于是他觉得他是对她负着一种他也说不明白的、道义上的责任。他怜惜她不懂得战争,怜惜她的那个和平劳动的热望;他觉得他真是甘愿承担战争里的一切残酷的痛苦来使她获得幸福。于是,爬进栗子树林进入这条小沟,替王应洪裹着伤,要他吃馒头,拿纪律来强迫他,哄他,又对他小声地柔和地说着话,这一切动作都好像在对他心里的金圣姬姑娘说:你看,我是要把他带回来再让你看看的,你要知道我爱他并不比你差,我更爱他,而且,你看,我决不是你所想象的那种不通情理的冷冰冰的人!

说来奇怪,他所耽心,所反对的那个姑娘的天真的爱情,此刻竟照亮了他的心,甚至比那年轻人自己都更深切地感觉到这个。那年轻人沉默着,透过面前的草叶和几枝紫红色的金达莱花望着明朗的天空,他此刻没有想到这个。从敌人在他的眼前出现以来,他一直忘了这个,但在刚才班长说到纪律的时候,他忽然意识到他有件什么事情做得不顶好,接着,班长说起了金圣姬,他才想起来这件办得不怎么好的事情就是他口袋里的那一张绣花的手帕。他现在觉得这件事情没有什么道理。他的那种年轻人的惊慌而甜蜜的幼稚心情,已经被激烈的战斗和对任务、对班长的严重的意识所抹去,似乎是在他的心里一丝一毫也不存留了。他所不满足的仅仅是他没有能及时地掩护班长出险,此外他在生活中就不再需要别的什么东西了,何况那个他从来也没想到过的爱情。他也不理解那个姑娘的要建立一个和平生活的热望,她离他似乎很遥远、很遥远了。……他觉得,他没有及时地把手帕的事汇报给班长,是一个错误。这样,他就摸索着把那张折得很整齐的手帕从胸前的口袋里拿出来了。

"班长,我还没跟你汇报,"他平静地说,"这是她又塞在我的军服口袋里的,昨天换衣服才发现,……还有那双袜套。"

班长接过去,展开那手帕来看了一看,想了一想,就又替他塞回口袋里来了。

"你留起来吧。"

"不,这违反纪律。"

"我相信你,同志。留着吧。"班长温和地说。这手帕此刻竟这么有力地触动了他,使他又想起了金圣姬的所有的美好的希望——而这美好的希望竟是不能实现的。在将来,他们终归会给这姑娘奋斗出一个和平的生活来,她将要结婚并生育儿女,那时她会怎样来回忆现在的这一切呢?"回去我汇报给连部,"他又说,"我想连部会同意你收下的,……在这件事情上,没有哪个同志会批评你不对的。"

"我要这个没有道理呀,"年轻的侦察员坚持地说。

"你留着吧。"班长同样坚持地说。

他们沉默了下来。远远的战线上有炮声,可是周围很沉寂。王顺继续想着这件事,这条手帕,女孩子家的希望,并且拿它来和他们眼前的处境对比,——眼前是毫不容情的战争,他们躺在敌人阵地上的这个泥沟里。他想,女人们是不了解这些的,当然,这也不必要她们了解。比方他那个老婆吧,离别六年了,来信总是以为他还是六年前的那个爱嬉闹的青年,总是嘱咐他进饮食要当心,早晚不要受凉——也不知她是托村里的哪位老先生写的。在和平的日子里,真是连伤风咳嗽也要耽心,可是现在他是一个身经百战的老侦察员,不仅不再是爱嬉闹的青年,而且还规规矩矩地在无论什么泥沟里一潜伏就是几个钟点;早晚不要受凉!这真是从哪里说起呀。……可是这种思想却也牵动了他的一点回忆。老婆的信里说:女儿已经上小学,认得一百二十一个字了。他好一阵子想着这一百二十一个字,并且搬弄着手指,想要弄清楚这一百二十一到底是多大的一个数目。一下子他惊讶了:"我在这么大的时候,一个字也还不认得呀!这数目不小呀!"透过草叶,有一线阳光落在他的脸上,他闭了一下眼睛,忽然比任何时候都更深、更鲜明地感觉到他所从事的战斗的伟大意义。在敌人阵地上的这个小沟里,他清楚地看见,那扎着两条小辫子的、认得一百二十一个字的小姑娘在他所耕种过的田地边上跑过,还背了一个书包! ——这个他在中间度过了将近二十年的受苦的日子的家乡,这个生了他、养育了他,用地主的皮鞭迎面地抽击过他的家乡,从来不曾这么亲爱过!

"我忘了告诉你啦,"他对着王应洪的耳朵小声说,"我的八岁的女儿秀真,她认得一百二十一个字啦。"

王应洪转过脸来,微微笑了一笑。他当然高兴听到这个,可是他实在不很了解,班长此刻为什么会这么愉快。他觉得这一切只是为了安慰他,可是他是怎么也不能忘记目前的处境的。他摆脱不开这个思想:要不是他,班长早就脱险了。而且他身上的伤口痛得像火烧一般,浑身都没有力气,这就使他对今天晚上的路程更为耽心。总之,他的思想是纷乱而苦痛的。渐渐地他抵抗不住身体的疲劳,迷迷糊糊地睡去了。那些苦痛的思想在睡梦中还继续了一会儿,他梦见敌人包围了他们,他想要冲上前去掩护班长,可是他的四肢无论如何也不能动弹。接着,他的梦境变得柔和起来了,年轻的、孩子似的心灵活跃起来了,他梦见了纺车在他的眼前打转——母亲在摇着纺车;仿佛是病了,母亲在守护着他,对他说:"好好睡吧,一觉睡到大天光就好啦。"他说:"不用,上级给了我重要任务!"于是他向敌后出发。忽然地金圣姬跑了出来,问他:"我的手帕你留着啦?"他说:"留着啦。"这时朝鲜姑娘们一起围上来了,赞美地看着他胸前的国旗勋章,欢迎他唱歌,他很慌张,想要躲藏,金圣姬说:我代表他吧! 于是舞蹈起来。她不是在别的地方舞蹈,而是在北京,天安门前舞蹈,跳给毛主席看。母亲和毛主席站在一起。舞蹈完了,金圣姬扑到母亲跟前,贴着母亲的脸,说:"妈妈,我是你的女儿呀!"毛主席看着微笑了;毛主席并且也看了看他,对他点点头,他也没有忘记敬了一个礼。于是他坚强而快乐,继续向敌后出发,走进了一条狭长的山沟,……他心里一惊,苦痛的感觉又恢复过来,他醒来了。那在旁边睁着眼睛守护着他的,不是母亲,而是班长。看见他醒来,班长碰碰他,兴奋地小声说:

"你听!"

他疑惑地听了一下,没有听见什么。

"这还听不出吗?我们的榴弹炮——打青石洞南山。"

果然是的:我们的榴弹炮在向右边的小山头后面的敌人的青石洞南山射击。这不是平常的单发的冷炮,这是急促射,是排炮,每一次总有二三十发炮弹呼啸着穿过他们右前方的天空,然后就传来巨大的隆隆爆炸,连这小山沟里也充满回响。王顺听着这个已经好一阵了。"再来三排,再干!"于是,好像是受着他的指挥似的,一排、两排、三排炮弹过来了。于是他判断着,这一定是副班长他们已经把俘虏弄了回去,情况已经判明,说不定今天晚上就要发起那个准备已久的对青石洞南山的反击战。他把这个判断告诉了王应洪,于是他们兴奋地听着射击声。

不久,在他们后面的一些山头上,传出了敌人的重炮出口的声音,炮弹尖利地划过空气从他们的顶空飞过去了;在重炮的射击声中,离得很近,还有一个化学迫击炮群的动作。老侦察员的耳朵清楚地判断着这些。有一个重炮群似乎是新出现的,而附近的这个迫击炮群,在这以前更是不曾射击过的,它的位置很利于控制我军向青石洞南山右侧运动的道路。显然的敌人最近布置了许多诡计,我军必须争取时间。他兴奋得甚至有些焦躁了,很懊悔自己不曾携带一个无线电报话机。我们的人有没有弄清楚敌人的炮阵地的这些变化呢?

就像是回答着他的焦心的疑问似的,我军的重炮向着敌人纵深里的重炮阵地,以及附近的这个迫击炮群还击了——也是排炮。落在附近的山头上的巨大的爆炸使得躺在狭窄的小沟里的这两个侦察员都受到了激烈的震动。显然的我军一下子就对准了敌人的新出现的炮阵地。

"肯定了!肯定!"王顺说。俘虏已经捉回,今天晚上就会发起战斗,这个他现在完全肯定了。

他是多么兴奋啊!我军的猛烈的炮击,山沟里的巨大回响,狭窄的小沟里的激烈震动,这一切,使他觉得这是他的部队、首长、同志、亲人们在呼唤他,因那个"洼地上的战役"而欢笑,因他的苦痛而激怒,在支援他。

可是,对于侦察员们最爱听的我军的炮兵的这个合奏,王应洪却没有他的班长这样兴奋,虽然听着这些声音他的睁大着的眼睛也在发亮,并且嘴边上不时地闪过一点严肃的微笑。初上战场时的那些幼稚的激动已经在他的身上消失了,他忍受着他的伤口的痛楚,变得这样地沉着安静,虽然他刚才还以他的全部的年轻的热情梦见过金圣姬,但在清醒的时候他却对这个很冷淡;他觉得他心里很坚强。于是,看起来他的年龄仿佛一下子大了许多,仿佛他已经是身经百战的老兵,而那个热情的班长倒反而更像个青年了。

炮战沉寂下来不久,天就黄昏了。黄昏好像很长,很难耐,但天色毕竟黑了下来。这一天毕竟安静无事地过去了,王顺兴奋地准备出发。他甚至于有兴趣注意到了沟边上的那几棵紫红色的金达莱花,折下了一个带着两朵花的很小的花枝,插在王应洪胸前的衣袋里,并且开玩笑地说:"替咱们那姑娘带朵花去,气死敌人吧。"

天黑定了下来,他们爬出了这隐蔽了一整天的小沟,王顺拖着王应洪,向前爬行。

可是王应洪仍然怀着昨天夜里以来的那个决心。这决心愈来愈坚强。因而,当两个敌人搜索着巡逻过来,他们又隐蔽在土坎边上的时候,他就悄悄地向前爬行——王顺一下子拉住了他。但今天晚上星光明朗,他们的特别艰难的行动终于叫敌人发觉了。在草丛里又爬行了一阵之后,山边上传来了吼叫,立刻,两个敌人向着这边开着枪扑上来了。王应洪喊着:"班长,你快走!"投出了手榴弹而且向前滚去。王顺冲上去打了一梭子子弹,打倒了这两个敌人,背起王应洪就跑。敌人从山边上陆续出现,卡宾枪打了过来——现在用不着再爬行了,没有办法再隐蔽了,于是王顺背着王应洪用所有的力气奔跑起来,在黑暗中高一步低一步地奔跑着,周围飞舞着敌人的盲目的枪弹。

还有五十米不到,就是敌我之间的开阔地了,冲过去!还有三十米,……还有十米了!但敌人追上来了。

"班长,班长!"王应洪喊着。

又跑了两步,王顺一下子卧倒,把王应洪放在一块石头后边,说了一句:"你别动,放心吧!"就滚向旁边的一个土包,着手来和敌人做最后的决斗。约有一个班的敌人投掷着手榴弹卷过来了,突然地王应洪跪了起来——他居然还能跪起来——投出了手榴弹,而且越过那块石头一直迎着敌人滚去。王顺心里像刀割一般,拿冲锋枪掩护着他,打完了剩下来的半梭子子弹。凶恶的敌人卧倒了一下又站起,继续冲来,王顺就整个地出现在敌人面前,拦住了敌人,进行决战了。敌人蜂拥上来,想要活捉他。他打完了冲锋枪里面的子弹,一下子站了起来,用他的负伤的腿向前奔去,奔到敌人的中间,火光一闪——一个手雷爆炸了。

剩下来的几个敌人竟不敢再前进,而这时我军阵地上的火力支援过来了,我军的前沿部队出动了。……

苦痛的班长王顺,抱回了这个崇高的青年。敌人向王应洪拥来的时候他就向前奔去,投出了他那么宝贵地存留着的两颗手榴弹,……然后,他就扑倒在王应洪的身边了,喊着他,抚摩着他,推着他,可是他不再动弹了。但他仍然似乎听见了王应洪的柔和的、恳求的声音:"班长,我打响的时候……"他哭了,可是他自己不觉得。他以愤怒的大力抱起他来,在呼啸的子弹下,背着他跑过了最后的那几十米的开阔地,跳进了交通沟;对于就在他的头顶和身边呼啸着的子弹,他抱着绝对冷淡的、无动于衷的心情,好像它们是绝对不能碰伤他似的。跳进了自己阵地的交通沟,听见了自己人的声音,他就在一阵软弱里倒下了,但头脑仍然很清醒,紧紧地抱着王应洪,喃喃地说:"王应洪,我们回来啦！"……

夜里十点钟，根据从那个俘虏那里得来的情报——这居然是个上尉，从他的身上搜出了一份文件——我军发动了对青石洞南山的攻击，一个钟点以后就全部地歼灭了山头上的两个加强连的敌人。

班长王顺苦痛了很多天，他的身上揣着那一条染满了血的手帕。他先是把这手帕交给了连里，可是后来，团政委找他去谈话，又把这手帕还给他了。团政委详细地问着他们在敌后的一切，那年轻人曾经说过些什么话，以及洼地上的那一场战斗是怎么进行的，后来，沉默了一阵，就嘱咐他去看一看那个姑娘，把这件纪念品给她；政委说，依他看来，去看一看那两母女，告诉她们这件事，是比较合适的。王顺也这样想，可是好久都很难有这个勇气。这天早晨，上级给王应洪追记一等功的通报发下来了，他心里稍稍安慰了一点，就请示了连部，走下阵地来了。

金圣姬母女不知道这件事情。她们怎么能够知道那敌后的潜伏、洼地上的"战役"、栗树林中的爬行，她们怎么能知道这些呢？她们日日夜夜地望着闪着炮火的前沿，那里有她们的战士们，她们为他们洗过衣服，那里有那个心爱的青年，虽然他好像一直不懂得她们的心愿，但她们觉得，他终归是会要回来的。为什么不呢？人们说到中国军队的纪律，可是在她们看来，这与纪律有什么关系呢？

听说班长来了，金圣姬兴奋得像一阵风一样地从屋子里跑出来了，老大娘也笑着迎出来了。好几个妇女跟着进来了，因为她们好久没见到这些熟识的战士们了。不一会，小院子里已经围满了人。

班长王顺看了一看周围；自从他们上阵地以后，这院子里看来是没有什么变化，水缸也还在那里，装酸菜的坛子也还在那里，墙上的牵牛花开得很好。他甚至还注意到了支在水缸后面的那个打老鼠的小机器，那是王应洪帮老大娘做的。他坐了下来,对大家问了好以后,就不知道要怎样开口。母女两个,以及院子里的妇女们,都看着他。终于他简单地说起了他们的胜利,王应洪的牺牲,同时取出了那条绣着两个名字的、染满了鲜血的手帕。

在他一开口说话的时候,金圣姬的眼睛马上睁大了,嘴唇有点发抖,脸色苍白起来。这敏锐的姑娘已经猜到了。老大娘在看见了这条手帕的时候就哭起来,院子里的妇女们都哭了,可是金圣姬却不哭,只是脸色非常苍白,眼睛发亮,一动也不动地看着王顺和他手里的手帕。王顺在妇女们的哭声中继续慢慢地、困难地说下去,把手帕交给了金圣姬,随后又取出了一个纸包,从纸包里拿出了一张王应洪的照片。

老大娘哭得很厉害,可是金圣姬不哭,王顺注意到,这姑娘竟有这样的毅力,她一件一件地接过了东西,甚至还没有忘记把它们好好地折起来,包起来。只是她的眼睛更亮,睁得更大,脸色更苍白。

后来,王顺坐在踏板上,低着头,好久说不出话来。妇女们忍着泪肃静地看着他。他想要说一些话,政委也曾经嘱咐他说一点话,他想说:"为了人类的美好的生活,王应洪同志英勇牺牲了,请你们不要难过,我们志愿军全体战士,要为这美好的生活战斗到底——请你们,请你,金圣姬同志,永远地记着他吧。"这庄严的言语来到他的心里了,可是这时候金圣姬一下子站了起来,对着他伸出手来,握着他的手并且对直地看着他的眼睛;忽然地她的手松了,她转过脸去用另一只手蒙住眼睛,她的身体在微微颤抖着,但马上她又转过脸来对直地看着他,紧握着他的手。这姑娘的手在一阵颤抖之后变得冰冷而有力,于是王顺觉得不再需要说什么了。

一九五三年十一月五日,北京。

(原载《人民文学》1954 年第 3 期)

春天的嫩苗[1]

我们的汽车过了新义州不久,就听见了朝鲜孩子们的歌唱,这时,天空里竖着一根探照灯的灯柱,我们的夜航机在天空巡逻,南方的云层下有爆炸的火光。在黑暗的公路边上,朝鲜的孩子们迎着我们的疾驶的汽车唱着歌。那一阵兴奋、嘹亮的声音有力地向着我们飘来,又迅速地飘过去了;好像一阵春天的风,好像在春天的风里破土而出的新鲜的嫩苗,引起了我们的欢呼。

第二次听见这样的歌声,是在一个村庄里。一个刚落了大雪的晚上,月亮照耀着;敌机飞过,在附近进行无耻的扫射。我爬上积着雪的山坡。这时候,除了紧张的防空枪声和敌机的疯狂的扫射声以外,一切都是肃静的,肃静得你可以感觉到朝鲜土地的憎恨的呼吸。但也正在这时,朝鲜的孩子们的歌声起来了。成群的女孩子跑出村庄,在积雪中跑过了照满月光的小路,唱着朝鲜的名歌《洛东江之歌》;歌声特别嘹亮而整齐,充满了对于朝鲜土地的爱情和令人惊奇的新鲜的力量。孩子们歌唱着一直冲上山坡;敌机的疯狂的扫射声立刻显得孤单而渺小了。我一直没能想清楚:是孩子们充满了对敌人的愤怒,才这么唱起来的呢,还是她们对于战火纷飞的生活已经习惯,彻底地蔑视着敌人?但这一点是显然的:这个英雄民族的性格就能在孩子们的歌声里显露出来。

当我们在深夜里行军的时候,经过一个山沟,里面只有几户人家。在大风和扑面的雪粉里,部队原来是沉默地前进着的,但

---

[1] 以下各篇原收入《板门店前线散记》,作家出版社,1954年,下同。

是突然前面的战士们活跃起来了,喊起来,笑起来,唱起来了。好像点着了一把火似的,这一阵活跃一直伸展过来了。无论是走得多么疲劳的人,都活泼起来了;甚至背着七八十斤的战士们也跳起来了。这活跃原来是由几个朝鲜孩子那里引起来的。战士们拿手电照着一家人家的屋檐,下面现出了一群孩子:一个十四五岁的瘦长条的姑娘和一个胖胖的小姑娘,都剪着齐眉的短发,穿着海军服,她们踏着脚,摇着身子,另外几个孩子在拍着手。他们大声地唱着《东方红》,又唱着《金日成将军之歌》。被手电照着,他们歌唱着迎着队伍一直跑到大风雪里来了。

我们就伴随着这样的纯洁的、倔强的歌声向前进;经过冒着烟的废墟,经过毁灭了的村庄,经过挂着照明弹的敌机封锁线。我们觉得,朝鲜的土地在我们脚下歌唱着,人民的心在我们的热烈的胸膛里歌唱着。

朝鲜的孩子们,戴着红领巾的小姑娘们,和苦难斗争而且战胜了苦难。家庭被毁了,学校被毁了,但是在各个角落里,在山坡上,在小土屋里,在树林中,总之,在凡是有人民和土地的一切地方,学习照常进行着。山坡上的土屋旁边,孩子们排练着舞蹈,准备慰问志愿军。排练完了,在女教师的领导下,他们开了一个会。天气很冷,山上的松树在风里呼呼发响。孩子们大部分光着脚,盘着腿坐在地上;有的托着下巴,有的两只手抄在小裙子里。他们瞪大着眼睛听着女教师的话,突然陆续地举起手来,站起来发言。我们不懂得孩子们说的是什么,但从他们的严肃的神情,从女教师的庄重的眼色,从"人民军""志愿军"这几个简单的字里,我们知道了他们的意思。这时候无论是天上敌机的轰声或山上冷风的吼声都被遗忘了。一个男孩的话我们经过翻译知道了,他拿起他的一把小斧头来,说,他要到山上去砍枯树,帮助邻居的军属老太太。……然后,孩子们拿着他们的书包、饭盒和小小的工具,分散地爬过山沟回去了。

几天以前,十几架敌机在附近的村子轰炸了几个钟头,屠杀了成百的妇女儿童。但是光着脚的、拿着书包和小小的工具的孩子们,仍然戴着他们的红领巾,到这山边的小屋里来上课了。他们沉默地走了进来:他们中间少了几个。女教师到得很早,靠在土墙上,沉默地看着孩子们坐下来,数着他们的数目,然后用很小的声音招呼孩子们站起来,用很小的、窒息的声音宣布说:"斯大林同志逝世了!离开我们了!"孩子们低下头,沉默着;发出了轻微的啜泣的声音。然后他们又坐下,眼睛闪着光,轻轻地打开书包。今天是上算术。我挤了进去,坐在两个女孩的中间。她们垂着头,短发披散在脸上,用饭盒放在膝上垫着小本子,写着算术题,其中的一个,一面写一面轻轻地说:"斯大林……"

孩子们没有纸。女孩子崔洪淑,父亲在人民军,母亲带着她和两个小弟弟。一天下午,她羞怯地到我们这儿来了。没开口先笑,拿出了一百元的朝鲜币,向我们的保管员买纸。保管员笑着逗她。她红着脸,靠着柱子笑着,塞出那一百块钱来。她说这是她自己劳动得来的。我告诉她,我有纸,经过翻译,她紧握着那一百块钱跟我来了。我们走进洞子。给了她一些纸之后,她红着脸说了些什么,把那捏成了一长条的一百元纸币塞了过来。我摇手拒绝,但她把纸币摔在我床上。我拿了起来,一百元朝鲜币上还沾着她手心里的汗湿和热气,这汗湿和热气像一股电流似地一直传到我心里。我在她耳朵边上悄悄地说着话,虽然我知道她不懂;我把钱还了她。从洞子里出来,她仍然一再地要给我,不断地说话、笑、做手势。因为用心地听她那激动的谈话,我在石头上绊了一下。她赶紧把我拉住而且抱住了我的手臂。这时候我想起了我的孩子。我的孩子在上学,她有各种各样的纸,也没有炸弹敢来威胁她。……

第二天,我到她家里去了。屋子里,炕头上有一架手摇的织袜机。穿着学生制服的崔洪淑,正在织袜子。她母亲在喂着小弟弟。见到我,她甩了一下脑袋,笑了,对她母亲说了一些什么。她的粗糙的小手迅速地摇着织袜机。我给她的那一叠纸,放在织袜机旁边的木板上,已经订成了本子,写了整齐清楚的几行字了。我拿起本子来,看那上面的字。她含着笑起劲地摇着织袜机,垂着黑发的额上有几粒小小的汗珠。

她仍然不懂我的话。她说了一些,我吃力地听出来,她这袜子是织给人民军的。

山坡上有一个失去了一只脚的小女孩,拄着拐杖奔跑着;病床上坐着一个被炸弹震聋了的男孩,平静地瞅着人们。……崔洪淑知道这些。她在她的织袜机前奉献了她的劳动,奉献了她的纯洁的心。

孩子们热爱志愿军。

战士们一到了村子里,孩子们总要围上来,闹成一片。听见屋子里有咱们人的歌声,爱唱歌的小姑娘们就会走到门口,掀开雨布,一个一个地伸进头来,笑着互相推挤,然后就一齐进来了。在这些日子里,在点着一根中国蜡烛的朝鲜小屋子里,孩子们成群地唱着一个又一个的歌,歌声和甜蜜的笑脸就像花环似地围绕着我们。有一次,一个十二三岁的小姑娘背着她的小弟弟来了。小男孩的黑眼睛很精灵。我和他逗笑,他就从姐姐背上伸出手来摇着,经过姐姐的翻译,才知道他是要和我握手。我抓住了他那柔软的小手,他却把我的手拉了过去。拉到他的嘴上亲吻了一下。大家都欢笑了。又有一次,我走进了一间很小的、一半埋在土里的小屋子,只有一个两三岁的女孩在炕上,我还没有说话,她就很老练地、然而又是非常天真地抬起头来说:"阿妈尼不在。"我坐下来,问:"爸爸呢?"——"在军队里,前方。"然后就扑在我身上抱住我脖子说:"中国沙拉米①!"在柔软的小嘴的亲吻和小手臂的环抱里,你不能不感觉到作为一个中国人民的幸福,和作为一个中国人民的最简单的、也是最神圣的职责。

十四岁的金春姬,坐在她的小桌子面前,正在用两根针编织袜子。她的父母在战争中牺牲了,现在是住在哥哥家里。在屋子里她的这个小角落里,贴着她自己画的克里姆林宫红星、朝鲜

---

① 中国沙拉米,即中国人。

的古代的战船,还有一张是从中国的画报上剪下来的照片,那是一个中国的年轻的母亲在北京的林荫道上推着一辆婴儿车。对着这些画片,这女孩子有些什么感想呢?显然的,这是一个有着远大理想的姑娘。她送给我一张她自己画的小画片,那上面用深蓝和金黄的颜色画着朝鲜的黄昏、朝鲜的海岸和波涛、朝鲜的山崖和松树、松树下面有一座朝鲜的房屋……那是她,金春姬的祖国。她的墙上还贴着一首叫做《播种》的诗歌:四月,春天到了,种子落在土地上。……

是的,春天到了。在早晨的明亮、温暖的阳光下,朝鲜孩子们嘹亮的歌唱声不时从山下传来,和我们的歌声、凿坑道的捶击声、爆破声融成了一片。我们的英雄的战士们守卫着朝鲜的海岸,这海岸就是金春姬用深蓝色和金黄色画在小纸片上的,是用年轻姑娘的严肃理想和对祖国的爱画出来的。在朝鲜的英雄的土地上,到处生长着青春的幼苗,飘扬着纯洁的歌声,这是无论怎么残暴的敌人都不能阻挡的。我怀里揣着金春姬的这张小小的画片,走在朝鲜的土地上,就觉着特别地有劲。

一九五三年三月二十日,在朝鲜战地。

从歌声和鲜花想起的

现在这山坡上开满了鲜花。大片的绿色中间,布满了矮小的、没有长叶子的、紫红的金达莱花丛。环绕着山坡,开花的李树和杏树好象一团团白色的和粉红的云雾。白天,我们的志愿军和人民军战士们帮助着朝鲜的妇女和老人们春耕,田野里到处有歌声。晚上,杜鹃在月光下发出柔和的啼鸣;在敌机的轰炸声中,仍然可以听见它们那圆润的、轻柔的、然而是顽强的啼鸣。……山坡下,朝鲜的年轻姑娘们的歌声从白天一直继续到晚上。在下午的明朗的阳光里,她们坐在刚砍伐来的松枝上歌唱;围成一圈,手里编织着东西,唱了一个又一个,不断地扬起笑声,而且不时地丢下手里的织物,跳起舞来。晚上,她们在自己所创造的小花园里歌唱,月光下这歌声更美丽,倾注着全部的生活热情。

这歌声是有思想的:月光下的山坡在沉思着;潮湿的土地里刚播下的种籽在沉思着;炸弹坑旁边紫红色的金达莱花在沉思着。在我的眼前,浮起了朝鲜人民在艰苦中向着明天奋斗的、热情的、多彩的形象。

首先就是这些歌唱着的年轻姑娘们。她们是从游击队里来,集中在这里学习的。她们吃得很不好,整个的冬天穿得也单薄,然而一个个脸色都红润又明朗。随处看得见她们的勤劳的创造。原先,她们的屋子四周围绕着一圈秫秸编成的篱笆;过了几天篱笆没有了,移来了松树,装上了新制的白色的木栅栏门;姑娘们在屋子前面挥着斧头。原先,她们的屋子旁边是一小块堆满了乱石的荒地;现在,场子平出来了,用了瓦和砖砌成了花坛,种上了刚刚开放的金达莱花;姑娘们一早一晚都来浇水。原先,她们的屋子和山坡之间有一道深沟,要到山坡上去干活必须绕路;现在,从屋子旁边的土坪到山坡搭起了一座小巧而又结实的木桥;三个姑娘用一天的时间创造了这座桥,她们在阳光下浑身汗湿,脸色紫红,欢笑着拉着锯子,挥着钉锤。

又有三个姑娘到三百公尺以外的山坡上去移动一棵一丈多高的、针叶向上簇起的、美丽的松树。她们仔细地从树根周围的泥土挖起,连根带泥地轻轻抬起来,好像这是一棵极为宝贵的树。当这树慢慢倒下的时候,她们扶着它,有一个还欢乐得发出叫声,抱着它又用头顶着它。这棵大约有两三百斤重的树,她们用一根棍子慢慢地抬回来了;两个人抬着树干,一个人在后面用头和手臂顶着树枝,为的是不让树枝拖在地上受到损害。她们累得直喘,一路上却不断地发出欢乐的笑声。现在这棵树就非常挺秀地种在她们的花坛中央。

在她们新造起来的小桥边上,有一棵大枯树。它是这年轻的、充满色彩和欢乐的世界上的一个缺点,她们就摘了各种颜色的花来挂在这枯树的枝条上。有一个姑娘爬得这样高,一直把一簇粉红的杏花挂到枯树顶上,她们全体欢呼起来!

她们扛着锄头和斧头满山遍野地去搜寻建筑材料。她们的洗澡间、学习室、饭堂在她们的花园周围迅速地建立起来了。

但她们并不是长久地住在这里的。几天之内就有好几个背着简单的行李出发到战线上去了。摆在她们面前的,是残酷的斗争。但她们走得很平淡,好像晚上就再要回到她们这小小的花园里来似的。而留下的人们,继续着自己的欢乐的、青春的创造。……

她们在生活里所创造的,或者说,她们的生活本身,就是一个光彩夺目的景象。她们的歌声,她们把花朵挂上枯枝的笑声,她们在挖起那棵松树时所发出的欢呼声,……这一切一切都在说着:我们这个世界的生活是多么美好啊!我们这么深这么深地爱着的、我们这么温柔地抚摸着的我们祖国的土地、花朵和树木啊,我们怎么能够不为了保卫你而流血战斗呢!

她们的歌声继续着。这是朝鲜年轻一代的声音。我想起了我所见到的她们前一代的人们。

这是个落着大雪的天气,我们又冻又累,翻过高山,走进了山坡下的一间一半埋在雪里的屋子。主妇立刻起来招呼我们,做着手势,叫我们脱下潮湿的衣裳。屋子里只有她一个人,在纺着线。看样子将近五十岁了,但还很结实,明亮的、仍然闪耀着青春的活力的眼睛周围,有一圈很柔和、很慈祥的皱纹。……我被她身上的一种特殊的力量吸引了,但没法交谈,因为她只能说几句简单的中国话。我挂好潮湿的衣服,正预备拿手垫着后脑躺下来休息,立刻一个小圆枕头塞在我的头下了。在我的上面,又闪耀着那明亮的、微笑的、慈祥的眼睛。

一个会说一点中国话的朝鲜同志,对我们简单地介绍了她的历史。她年轻的时候,是金日成将军的游击队员,做过护士,也拿过枪,在鸭绿江的两岸战斗过。三十岁以后,她又被派到朝鲜来做了好些年的地下工作。"八一五"以后,老人家就呆在家里了。她负过伤。她的丈夫是在游击队里牺牲了的。只有一个小儿子,在军队里;昨天刚从军事学校学习回来,不几天就要回前线。

知道了她的这简单的历史,我跳起来和她握手。我说了好些话,但是她只是紧紧地握了一下我的手,非常安详地笑着。现在,从这笑容里我感觉到了一种新的东西,这不是属于一个普通的老人家,而是属于当年的游击队员的;她握手时镇静有力地一下子伸出来的动作,更加深了我这样的感觉。普通的朝鲜老年妇女,是不习惯这个的。

"金日成!"我说。

"毛泽东!"她说,安详地笑着。

我们的谈话真是太简单了。但也等于所有的话都说出来了。随后,当年的游击队员的姿态,就在这个眼角上已经布满皱纹的老太太身上隐没了；几天之内，我所见到的，是朝鲜普通妇女的艰苦从容的日常劳动。但我仍然觉得她的身上有着一种特殊的力量在吸引着我。

天一亮她就起来了。出去背水，在厨房里忙着，做了简单的饭菜摆在她的儿子面前。然后她就喂牛、扫院子。……她头上顶着几十斤萝卜在大雪中出去，又顶着几十斤粮食在大雪中回来。积雪的山坡上那最初的路，是她的胶鞋踩出来的。她背着背夹上山找柴。她推磨子碾着去年留下的小麦。她和邻人们一道到两里外去填补被炸毁的公路。她有一架收拾得很干净的缝纫机，在一盏挂在柱子上的豆油灯光下面，她替她的儿子赶缝着这样那样的东西，一直到深夜。

"你的眼力很好吗？"我问，做着手势比划着。

好久她才听懂了，点点头，又抚摩着她的眼睛，笑了。

她是这样的安详，这就是她的身上的那种特殊的力量。她的衣服总是洁白的。不论她多么累，回来的时候总是微笑着。这微笑好像说：我为了人们也为了自己做过一些事情了，我爱人们，他们是多么好啊，我还要做许多、许多事情。……邻家的年轻妇女们经常到她这里来，带着各样活计坐在她的周围，她们中间有一个就要出嫁了，她们帮她赶做嫁妆，捶着洁白的麻布，唱着歌。老太太总是沉默地、微笑地听着。但有一次她唱了一支旧歌，悲怆而激昂，声调非常圆润，年轻人都静下来了。在摇闪的灯光下，老太太盘着膝，手里抚弄着一根草，望着地上唱着，唱到高昂的时候她就一下子挺直了腰，眼睛里闪耀着光芒。我于是又重新见到了当年的游击队员。

这天下午，她把邻家的一个七八岁的女孩拉在膝上，替她梳头。我们在和女孩逗笑。一个会一点朝鲜话的同志问老人家想不想有一个儿媳妇。他还说，据他看，周围所有的姑娘都愿意做她的儿媳妇。老人家笑了，打了这个同志一下，推开了女孩，把这个同志一下子拖到她面前，同样地替他梳起头来。每梳出一堆头皮，她都要拿来送到这个同志的鼻子前面晃一晃，用着生硬的中国话说:"孩子,脏啦。"我们全笑了。梳完了,她在这个同志的背上狠狠地打了一巴掌,把他推了开去,说:"调皮的!"在她的笑容里出现了当年的青春的活泼。在这个时候,我不仅深深地感到母亲的爱,而且又见到了当年的游击队员。

她对她那就要到前线去的孩子,并不流露太多的感情。只是说着几句简单的家常话。孩子白天出去看熟人,晚上回来就睡了。只是在替孩子试衣服,上上下下地端详着孩子身上的新衬衣的时候,她才满脸显露出慈爱的、幸福的光辉,不断地、轻声细语地说出许多关怀的话来,并且眼睛也有点潮湿了。这个在游击队里战斗过的母亲,显出了比所有的母亲们更慈爱的心肠。她懂得战争的残酷和艰苦。

这天早晨,孩子穿好衣服,母亲就把行李替他收拾好了。然后端来了早饭。仍旧是酸菜和高粱米。孩子吃完,拿起东西,简单地说了几句就走了。但走到门外,穿上鞋子又转过身来,对着母亲敬了一个礼。

这个敬礼非常严肃。不知是不是因为他想起来了,母亲过去也是军人。这是对母亲的敬礼,也是对当年的游击队员的敬礼。

孩子走远了,母亲依然站在门口,抱着胸,托着下巴,望着积雪的山野;她的靠着门的肩膀有力而平稳。这不像是老人家的姿态。她显然是沉浸在回忆里。她的有些潮湿的、围绕在皱纹里的眼睛闪着光。她的两鬓已经苍白了,但这时候,在这白发底下,我又看见了当年的游击战士。

这一天年轻的妇女们又像花环似地围着她。她纺着线,说了一句什么话使她们全体大笑起来;于是,在她们的笑声里响起了她的嘹亮的笑声……。

我们走的时候,她送我们到雪地中。比送她的儿子送得还远。最后她爽朗地伸出手来和我们握手了。她的手粗糙而温暖。我们互相说着许多话,不管对方听不听得懂。我们走开几步,回头招手,她于是又像一个普通的朝鲜妇女一样对我们点头。……

我很遗憾我不曾知道老太太、老游击队员的详细历史。游击队员的英爽的姿态虽然不曾被日常生活完全磨灭，但现在她却是作为一个普通的朝鲜老人在我的面前出现的了。我惊奇她那对周围一切的安详的爱，她那爱的光辉也照耀着我。她为了人们和自己做了许多许多，还要做许多许多，而一切事情里面都流注着她的爱情。

当年她向敌人投掷着手榴弹的时候是什么样的呢？

大约也是一个满怀着生活热情的妇女的姿态；说起来，大约也是很简单的。由于对敌人的仇恨，伏在土坎上，手榴弹就投掷出去了，然后就又来唱歌、舞蹈，做着自己的一份日常工作。

人民的生活是不可征服的。

在我们前些日子所住的那个山沟里，住着些人民军的女战士们。

一天早晨，她们在雪地里打靶。全体肃静地站着，看着正在打的同志，等候着轮到自己。接连十几个人都打得相当准确，进行得很顺利；清脆的枪声在朝阳照耀下的雪地里听起来是很愉快。但有一个矮个儿的、结实的姑娘，三枪脱靶了两枪。她站起来了，红着脸恍惚地看着大家，往队列里走回来，突然又很快地走了出去，一直走到队长的面前，敬了一个礼。

队长是一个瘦瘦的、秀美的姑娘，好像比她还年轻。她们说了一些什么我听不懂，但大概是，她要求再打一枪，队长不允许。队长激动地比划着说着话；她红着脸，咬着嘴唇站着。忽然队长走过去卧倒，用胛肘在雪地里非常灵活地支撑着身子，转过头来又对她说了一些话，然后打了一枪。打得很准。打过以后，连靶也不看，跳起来脱下了帽子，把一束美丽的头发一甩，又把帽子戴上，就把枪交给了她。看来是允许了她的要求了。于是这个结实的姑娘咬着下嘴唇在雪地里卧倒了。这一枪瞄了很久，全队的姑娘们都肃静地屏息着。她的面前火光一闪，子弹出去了。两个看靶的姑娘比别的时候更快地跑上去了。她慢慢地站了起来,带着惶惑的神情,一动不动地瞧着靶。看靶的姑娘们没有像平常那样发出符号,却是跳起来欢叫着……她打中了红心!但是她的闪耀的眼睛继续看着那靶,好像不相信,后来才走回到队长面前,敬了一个礼;跑步回到队列里,大家望她笑,她宽慰地长长地出了一口气。

分成一小队一小队地回到驻地去的女战士们整齐地踏着积雪,唱着激昂的军歌。这个结实的、矮个儿的姑娘走在这一队的前面,扛着枪,挺着胸,眼睛活泼地闪耀着,大声地唱着。我觉得她好像在唱:"今天我打中了十环,明天这一枪就打在敌人心上!……"——这小小的事情里面一切细节都是非常单纯的,如同这姑娘的表情。战争是严酷的事情,好像不应该有妇女们在内,但看着她们的工作,她们的严格的纪律,她们的军人的步伐,听着她们在雪地、阳光中所唱的军歌,你不能不觉得,非常单纯地,这个伟大的斗争里必须有她们。

她们用着美丽的心所做出来的那一切,使这个斗争显得更伟大。

在山沟前面的一条小公路上,她们安置了岗亭,日夜地站着岗,盘查可疑的行人,捕捉特务。她们执行职务那样的坚决,这是连我们的英勇的老战士们都要赞美的。他们说:这些女同志能打仗!有一次,落着大雪,正好是这个结实的姑娘在站岗;大雪把她的肩膀和帽子上都盖满了,她持着枪一动也不动;她的胸前佩戴着的一个"二级战士荣誉勋章",也飘上了雪花。我们的几个同志走过,不觉地沉默了。后来一个连长说:"前天晚上十二点多钟我走过这里,也是这姑娘在站岗,一个老大娘在路边上晕倒了,她扶她起来,又喊别的女同志起来给她弄水喝,后来她们还替这老大娘扛着东西一直把她送到山上。"

她们开凿着坑道。男同志们开一条,她们也开一条。她们显得是更活跃的。没有那样多的炸药,大部分时间几乎没有炸药,又全是坚硬的青石,但她们一个替换着一个地不断地挥着大镐。千把斤的大石头一块一块地在她们面前动摇了。她们全身都汗湿了,在雪地里穿一身单衬衣劳动着。休息的时候,一个姑娘愉快地喊了一声,她们就跑上山坡,唱起歌来。……有一次,在唱歌过后,我看见那个结实的姑娘和一个大个儿的姑娘握着手比试腕力,两个人都咬着牙,笑着,一同滚倒在地上。……

我们和一个会说中国话的朝鲜同志一起,到山边上的一座小屋里去了。恰巧就是这个矮个儿的、结实的姑娘在里面,她值了夜班,刚睡起来。谈起了她们的战斗,她说,她原来是高射炮师的,她们有一个女高射炮手的中队,打落了很多敌机。当然哪,女同志们干这种工作,开始的时候是有困难的。

她非常直爽地说,她今年二十二岁。本来有个爱人的,现在失去联系了。

"我从中国来的……话说不好。我在洛东江战斗……打伤了右腿。"

"是右腿吗?现在能行吗?"同来的那位朝鲜同志问。他也曾在洛东江负过伤。

她点点头,像在打靶时一个样地咬着她的下嘴唇,显出了一个很柔和的笑涡。后来她说,这不要紧。

"不过有时候想到,"她说,眼睛瞧着上面,在思索着,一面用被子把她的整个身子都裹了起来,好像有些冷似的,"将来过和平建设的生活,腿上有伤怎么穿裙子呢?那多不好看呀!……你看,现在像这样想真好笑!"她于是看了同来的朝鲜同志一眼,红着脸活泼地笑起来了。

我们都笑了。军装里面的,仍然是一颗柔和的心,爱美,渴望着和平欢乐的青春。这本来没有什么可以笑的,但是她的活泼明朗的、满足的神气,使得同来的那位同志笑得眼泪都流出来了。

在我们这么大笑的时候,她却不笑了,甩开了被子,出神地瞧着,咬着下嘴唇,好像不明白为什么要这么笑似的。

"将来女同志是要穿上长裙的……"同来的朝鲜同志说。

"现在还是这样顶好!"她说,拍拍她的军装,"我们能打仗呢。"

"能的,谁说不能呢!"

"我们的国家,"她深思地、严肃地说,但又沉默了。她拿起一根棍子狠狠地敲着她面前的被子,显然有些激动,"我们女同志心里啊,不论现在还是将来,总想做许多事情……这,你们男同志是不大懂得我们的心理的……"

她继续敲着面前的被子,重新咬着下嘴唇,没有再说下去,似乎是找不到恰当的词句。同去的朝鲜同志微笑着也沉默了。我想,她大约是指的这个吧:民族的、人民的苦难,总是最先来到妇女们的心上;她们最懂得和平幸福;她们也最能承担——有时候甚至是最坚强的。用着纯洁的、少女绣花似的心情来从事建设,也用着这同样的心来从事保卫祖国的战斗。

她折好了被子,拿起了她的枪,对我们敬了一个礼,出去了。

山坡下,女游击队员们的歌声继续着……朝鲜人民的多彩的形象继续浮现在我的眼前。许许多多的男子和妇女的形象浮过去了,溶成了一幅非常单纯的图画。这单纯的图画,好像仅仅因为山坡下的歌声这才鲜明起来的。……一大片开阔地,和一条长满了鲜花的河沟。河沟里流着清澈的泉水。河沟左边,有一间屋子,屋子的周围有一些草垛。稍微有些凌乱。一个穿着白色上衣和紫色长裙的妇女从屋子里出来了,在河沟旁的一棵大柳树下面掘起地来。锄头在阳光中起落着,闪着光。有时她停一下,往手心里吐一口口水,有时她靠在锄头上,痴痴地望着前面。……她想着一些什么呢?

在歌声中浮现在我面前的,就是这样的单纯的情景。这个妇女在劳动着,……对于她,世界是单纯的。然而她的希望和劳动很顽强。她的丈夫在前线。她仍旧穿得这么整齐。这屋子是她亲手盖的,田地是她开垦的。她一天又一天地劳动着。冬天的时候,她光着脚爬到断崖绝壁上去砍柴。深夜里她为前线打草袋。她领来政府分配的棉花坐在纺织机前,只是在天亮的时候她才停一下手,无限温柔地看看她的在炕头上熟睡着的孩子。她在清明节到山坡上去用一杯酒和一个苹果敬她和她丈夫的祖先。她头上顶着几十斤东西行走在崎岖的山路上。她给战士们洗衣服,她上前线抬担架。……她舞蹈,歌唱春天,喜爱鲜丽的色彩,她当然也拿起枪来战斗。

在我的面前升起了这个民族、人民的巨大的形象。白色的衣服和紫色的裙子闪耀着,锄头在阳光下飞舞着……如果给这样的妇女一架拖拉机,让集体农庄主席指给她面前的这一片开阔地,那么,在这片土地上将会出现怎样的景象呢?

深夜了,月光照耀着山坡。女游击队员们的欢乐的、热情的歌声仍然在继续着。

　　　　　一九五三年四月二十八日,在朝鲜战地。

记李家福同志

第一次见到他,是在阳光刺目的雪地里,我们正往"钢铁连"去;土坎上迎面走来几个人,其中就有这个年轻、英俊、高大的副连长。他的敏锐的眼光朝着我们闪了一下就走过去了。他是到营部开会去的。回来后,指导员苏景春同志给我们介绍,他笑了一笑说:"见过了!"说着就坐了下来。或者也因为是刚从外面严寒的空气里进来吧,眼睛闪耀着,年轻的脸红到了耳根。他坐了一下就又走了出去。显然的,像一切心地单纯的年轻人一样,和陌生人在一起他觉得有些拘束。

后来我知道,他当时对我们这些人有一些看法。他又觉得他这个"大老粗"是见不得人的。

一个晚上,我在桌子这边写字,他在桌子那边写字,他看了我一下,非常单纯地说:"咦,怎么你们写字那么快呢?为什么我写不快呢?"……我们就是这样渐渐地熟起来了。

他给我们谈了他在著名的釜谷里战斗中的事情。他同二级英雄郑起和别的同志一道,在议政府附近的这个三面临敌、后路又被炮火封锁的小山头上守了一整天,保证了主力突破敌人汉城外围的坚固防线。他们打退了敌人十几次冲锋,到最后只剩下七个人。他那时是机枪射手,阵地上三挺机枪最后都打坏了,他在猛烈的炮火中把它们拼成了一挺,和郑起他们一起打退了敌人最后一次的、两个营的攻击。就在这个战斗中他成了一等功臣。

山头上没有工事。他的机枪是架在树桩上打的。在他前面的王小林,伸出身子来观察敌情,被敌人打中牺牲了,但是牺牲了以后仍然靠在一块石头上弯着腰、伸着手站着,在草丛里露出上身来,一直到战斗结束姿势都不变。敌人老以为这个暴露着半截身子的人就是机枪手,不断地对他射击,打得他直摇晃,但他的姿势仍然不变。这个烈士就替真正的机枪手李家福挡住了无数的子弹。战斗结束后,李家福跑过去一看,王小林身上总落了有几百发子弹。李家福抱住他轻轻放到地上,对他说:"王小林,我怎么也不能忘记你!"

当然,王小林是不会听见的。李家福说的是很朴实的充满感情的话,他说,他当时心里真是难受。看见相处了一两年的同志的牺牲,心里很不是滋味。这是说不出来的。但他又说,战斗下来,全连剩下来的人陆续地集合了,到了汉城,唱歌比什么时候都有劲。这是胜利的"钢铁连"!

李家福是云南人。六岁就在家里放大水牛,后来念了三年书,出来学刀切烟,以后就叫国民党抓去当兵了。他对他的父亲感情不好,因为父亲娶了小,把他的母亲扔在一边,靠织布过活。父亲的第二个妻子生了孩子以后,他的母亲才生了他,他的这个异母哥哥念书一直到中学,他却在家里放牛。母亲用织布得来的钱供他念了书,父亲又叫他去学刀切烟。抓丁的时候,本该异母的哥哥去,父亲却叫他去。他逃跑了,又叫抓回来。他在国民党军队里当兵的时候,是想着有一天能够回去为他那不幸的母亲复仇的。提起母亲,他声音都不同了。在国民党军队里,有一次扛东西累得吐了血,母亲知道了,坐了一整天的火车,带了她亲手织的布做成的衣服什么的来看他,见面就哭,他也哭。母亲从衣袋里摸出一个小包,一层一层地打开,拿钱给他,这个受屈的倔强的儿子就悲愤地喊着:"家里还有弟弟,我什么也不能要你的!将来有一天能回去我就回去,不能回去你也别想我了!"

提到家里现在的生活,李家福带着特别的兴奋说:"过去我弟弟是跟我一样受气的,可是他现在是少年儿童队长!我写信给我母亲说过：我这条路走对了！"

他是在解放后，在革命队伍里成长起来，感觉到他的生活的新的意义的。这里面有一段经历。

一九四八年他在东北获得解放，一九四九年整整一年，随着部队南下，虽然受到了革命队伍的教育，但思想里的混乱还没有一下改变过来，心里常想着母亲和家乡，想着回去复仇。直到家乡也解放了，母亲来信，告诉他分到了田地，"分到了田地！"这个时候他才感到革命对于他的意义。他就下决心不回家了。

他能吃苦，因战斗勇敢而立过功，但是性情暴躁，很难忍受别人的一句不中听的话。这就是他所说的个性。……生活疾速地前进，祖国受到了威胁，他想到母亲和自己的苦难的过去，投入了抗美援朝的斗争，好些年来笼罩着他的那盲目的热情起了变化了。朝鲜的母亲们的巨大灾难，给了这个热爱母亲的儿子非常大的刺激。釜谷里战斗下来，副指导员张福林同志找他谈话，发展他入党，这个年轻人心里充满着他自己也说不明白的感激之情，他叹了一口气，用激动得发抖的声音说："参加党，这就是我第二次的解放。"

我们在连部里谈着每个人对于祖国的感受，他打完了电话，听了一会，兴奋得脸都红了，用他那粗大的声音干脆地说："依我看，祖国就是人民，人民中间有我的母亲！"然后激动地走了出去，好像和谁争吵似的。

我于是仿佛见到了我们祖国南方的，那个正在织着布、微笑着、想念着儿子的老太太。我也仿佛看见，老太太在微笑，是因为她听见了远在朝鲜前线的儿子的这句话。

晚上，他说："到我那里去吧！"我跟他到了他所住的直属班的屋子里。他要我帮他写一封信，回答吉林铁路管理局机关党委的同志们。来信写得非常热情，读这信的时候，他曾经又笑又叫，并且要我在全连晚上点名的时候再读一遍。现在，他把信纸摆在我的面前，说："我们一定要把心里的话全说出来！"于是靠在床上，慢慢地说起他的意思来了。他说，首先要描写我们接到信的快乐，然后要写到我们的生活，祖国人民的支援。他显然是不满足于一般的说法，找寻着字句。床上正摆着一个又大又红的东北来的苹果，我说："这个苹果也要写进去。"他说："对！"于是又慢慢找寻着字句，感到困难，他说："你看着写吧。"我说："不，你说！"于是他说："咦，为什么心里想到的到这个时候就不见了呢？"我想着说了一句，他沉默着，显然觉得不够表达他的感情，后来他说："意思是这样的。……那就这样吧，"他兴奋地坐了起来，"还是用我们当兵的话来说吧：坚决完成任务，打好仗来回答你们和祖国人民！"

又有一次，收到了北京美术学院的同志们寄来的年画，我帮他写回信。写着一般的感谢话，他不满足了，说："要这样说：告诉同志们，我要把这些画贴在屋子里，贴在坑道里，每天都看它，出发战斗的时候要看它，胜利回来的时候也要看它！"

他站了起来，挥着手，激动地做着姿势。他所特有的宏亮的声音把小屋子都震动了。——他的鲜明热烈的战斗感情这样地吸引了我，使得我长久地看着他那兴奋得发红的、年轻的脸，忘记继续写下去了。

这是一个有才华的、敏感的人。谈起学文化的事情来了。他说，他写封家信那是可以的，写旁的不行，别字太多了，怕人见笑；拿起笔来就没有勇气了。我说，不见得这样。他说："你不信看看我的日记本吧，这里面的别字要笑掉你的牙哩！"于是从口袋里掏出一个小红本来。

我翻看着。那里面的那些质朴的思想立刻把我吸引了。

"你看是吧，别字有多少？"

"我还没有看到一个。"我说，贪婪地读了下去。头几页，他记载着连队的事务，刚当连副时的感想。后来我发现了一个写错了的字，告诉了他，他立刻非常高兴了，红着脸笑着大声说："你看，是的吧！"

我问他，他自己觉得这日记里记得最有价值的事是什么。

他就接过本子去翻了一阵,指给我看,同时说明了这篇日记的来由。

这是在去年,打高阳岱的战斗以前,他们连看地形的工作做得不够好,团首长批评了他。这个批评使他很激动,在出击之前,他就写了这页日记,把本子留在连部。里面说了他所受到的党的教育和他的决心,末尾写:"要是我牺牲了,请把它交给上级。"后面用较大的字写着:"为革命奋斗到底!"最后又用极整齐的极小的字写了毛主席题刘胡兰的话:"生的伟大,死的光荣。"

"我当时就是这样想的。"他说,"上去前我把日记本留下,任何人不准看!我说,我回来还我,牺牲了交给上级,让上级知道我的决心!"

然后,他把那小日记本非常仔细地放起来了。

把波列伏依的小说《伏击》读给他听。他听着,有时笑着点头,有时严肃地沉思着。读完了,问他觉得怎样,他说:

"好!指挥员的思想写得好!"想了一下又说:"不过突围时候攻击敌人迫击炮阵地那一点太简单了。打坦克也简单了一点。"

"对这些有兴趣吗?"

"有兴趣。我对什么都有兴趣,"他说,兴奋得脸都涨红了,"尤其是新的东西,尤其是机器。你看吧,要是我负伤残废了,不能打仗了,只要有一只手就行,我一定去开拖拉机。将来当国防军,为了实现共产主义社会,我一定去学坦克。"

想着,他笑了。

"十年以后我要结婚,我要找一个结实的,岁数大一点的,会开拖拉机的!"

"如果那时候你是集体农庄主席,我一定到你那里来。"

"请你带你的爱人小孩都来。"他挥了一下手,做了一个活泼的邀请的动作,"我要叫我的爱人和你跳舞,我一点也不封建的!我们要组织一个晚会,我来给你们唱歌,那时候我们像苏联人一样说：孩子们！……哎！"他喊了起来，"那时再见面是多么好啊！"

和祖国的伟大的前途密切地关联着的，青春的欢乐的理想像火一样地扑到了我的心里。

他的衣袋里开始经常地揣着一本书，——一本《普通一兵》。深夜里我去看他，有时他还没睡，在烛光下看着，有时他睡了，这本打开了的书就放在他的被子上或枕头旁边。

这天早上，他在山坡上拦住了我。

"老路呀，你来，告诉你一件事：我现在看书了。"

我激动地说，我已经看到这点了。

"对，你听我说！"他激动地说，他的声音因为劳累、受寒而嘶哑了。"你那天对我说，看看好的小说能提高文化，我当时不是没作声吗？回去后我想，这也对，我能认几个字就看几个字，为什么不看呢？可是我又想：我实在忙。但是我心里却说：不，这是你偷懒！我又说，事情那么多，看也看不进去。但是我又说——你听好，这是我心里说的：你不是看不进，你懒！对了吧？为什么不一有时间就看一点呢？——那能有什么用呢？可是我心里又回答道：有用呀！——这就是我心里说的！"他活泼地做着手势，描摹着他的这个心理过程，于是说："我就决定了！口袋里放本书，放个字典，有时间就看，不懂就查！"

晚上到他那里去，他又在看书。看见我，丢下了书说："这书不错，真好！一点点小事叫他写的多有意思，你看这一段，马特洛索夫小时候要到山上去找宝贝！……真好！真好！"

对于他，在文字中间展开来的生活，是多么新鲜有意思啊。他高声地朗读了一段给我听，一面不时地笑着，赞美着那些明快嘹亮的词句："你看这说得多么好呀！……我常常有这些意思，比方那天写信的时候，可是写不出来，你看这是多么好呀！"

这是一种人们感到自己心里增加了什么新的、有力的东西的兴奋——有一扇从来都对自己关闭着的门一下子打开了，在自己面前展开了一个想象不到的世界。对于他,文学不是华丽的、死的词句,而是活的生命。

"我小时候想得不比马特洛索夫少。"他说,接着他又随便地翻了几页,带着一种沉思的、坚定的神情说:"我一定要学马特洛索夫!"

这晚上敌机来的特别多。有俯冲轰炸的声音,有似乎是打坏了的粗糙难听的滑翔声,有低飞的轰炸机的沉重的震动声,……我们的高射炮猛烈射击着,屋顶上的泥土纷纷落下。在这些声音里的这个谈话,这个展开着的敏锐、热烈的心灵,使我充满了对于我们这个时代的幸福的感觉。

部队原来住在老百姓家里,现在要搬上阵地。同时又要挖坑道,试验空心爆破,出公差领粮食,扛煤炭,借东西……事务非常忙。而连长和几个排长都学习去了,家里只有指导员和他两个人。深夜里,大雪中,几十里地往返地带着战士们扛了粮食回来,手都冻裂了,浑身尽是泥和雪水,他大骂着这个鬼天气,但是还没骂完,一进门就又唱起歌来。……

住在老乡家里有热炕,阵地上却是潮湿的泥地。太累了,老乡们也来留,有的人就想在老乡家里多住一两天。

文书走过来说:"我们今天搬不搬呢?东西那么多,乱七八糟一大堆,卫生员又没回来……"

"搬,搬。"李家福说。

"那么多东西怎么能搬完呀……"

"现在就搬。"

"搬不完呀。"

"那你就跑十趟,跑十趟。"

"东西零碎,弄丢了……"

"弄丢了你负责。"李家福说。沉默了一下,明亮的眼睛尖锐地看了看文书,微微地笑着说:"今天可能有点累,天气也可能有点冷呢。"

"五次战役那么累那么冷谁怕的,这就难倒我?"文书激动地说。

"这就对啦。"

"好,搬!"文书说,愉快地笑着出去了。

李家福望着我,也笑了。

就是这么生动地解决了问题。要是没有坚决的任务观点,和对于下级的心理的深刻了解,这是办不到的。

斯大林逝世的不幸消息传来了。李家福平常的笑声、叫声和歌声没有了。三月九日下午五点钟以前,他爬上了山头,脸色很阴沉,望着北方,看着表。

"还有五分钟不到,莫斯科就要埋葬我们的伟大领袖。"他像是自言自语似地说,"在这里,在朝鲜的这条江的旁边,……我们全连要好好地默哀五分钟。"

他于是又看着北方天空里的阴沉的云。

司号员吹了两长的号音,全连默哀,坑道里的捶击声停止了,走动着的人们站下来了。响起了附近的高射炮所鸣放的礼炮的声音,阴沉的黄昏,天空中布满了朵朵的烟云。李家福在我的身边屏住了呼吸,低着头。……

五分钟过去了,他依然低着头。后来他恍惚地四面看看,这才用他的嘶哑的、有些发抖的声音小声说:"为什么这五分钟过得这么快呢?"他转过了他的潮湿的眼睛,走到坡下的一根木头上坐下来了。

深夜里,月光下,我随他坐班、查哨。山头上站哨的是新战士张国斌,看着有人来了,就对这边瞧着。

"你瞧这边干什么呢?你应该瞧着外边的山坡……敌人是不会从这边来的。"李家福说。"今天的口令是什么?"

张国斌回答了,有些腼腆;他刚来几天,还没有养成战士的习惯。

"你的枪口布为什么不拿掉呢?要是敌人来摸你,你怎么办?"

李家福说着就拿过枪来,做了一个转身射击的动作。

"要这样!"他说。

年轻的张国斌在月光下腼腆地笑着,模仿了这个动作。

"敌人来了你怎样?"

"我打他。"张国斌非常单纯地回答,他是刚学会使用武器的。

"怎样打法呢?——比如敌人是从这边来。"

张国斌摆脱了他的腼腆,活泼地闪着眼睛,一转身跑了几步。"我这个枪像这样一扫!"他说。

李家福笑了。"可是你这是站在山棱线上,暴露自己,没有隐蔽。要是我在坡底下,早把你揍倒了。"

他的声音是非常亲切愉快的。月光下,年轻的张国斌的眼睛闪耀得更活泼了。我们走下坡去,李家福沉默了一阵,说:"祖国来的这批青年不错。……你瞧,将来他们中间一定出现功臣。我说呀,现在的时代真进步得快呀。"

爬上另一个山坡,远远地就传来一声严厉的声音:"谁?"

李家福笑了起来。"你看这家伙——这就是老战士。"

绕过几个岗哨,他又带我去看江边的新挖的水井。在井边上坐了下来,他说:"咱们就要喝到自己挖出来的水了。"抚摸着新做好的、白色的、发散着新木的香气的盖子——这木料是祖国运来、战士们扛来的——他说:"我们的战士样样都会。"望着月光下的江流,他大声说:"祖国真是可爱啊!"

坑道口新砌的屋子里冷,通讯员找了砖来,砌了一个煤炉。但炉子太矮,炉口太大,老是烧不着。通讯员忙得没有办法了,李家福立刻把袖子一卷,说:"吓,你们这些通讯员呀……看我的!"拿过通讯员小钟手里的砌刀,伸手到冰冷的泥水里去了。我和通讯员把原来的炉子拆了,他就动手砌起来。他说:"十一二岁就砌炉子烧火了,这点困难就难得住我?"接着又说:"在国民党军队的时候,挨着班长的打生过火……"他的下面的没有说出来的话应该是:"今天,在这里生火,难道还有不快乐的?"他脸上露着安详的劳动中的柔和的笑容;战胜了过去的苦难,再来回顾它们,就有着一种愉快的、自豪的感情。看见我手里拿着一块砖在抹泥,他就直爽而高兴地说:"放下吧,你不行的。你们在北京是决不会搞这些的吧。"

炉子砌成了,烧得非常好。朝鲜的砖、朝鲜的黄泥,和运来了的中国的煤炭。走进走出,他都要不时地看它一眼,对于他的这个小小的创造物充满着喜悦的、爱抚的感情。

生活就是这样渐渐变得美好的。……部队走到哪里都建家务,从厕所一直到菜地,不论能在这个地点住几天。人们从来不曾因为自己不会住得久而对劳动没有感情。精细的、聪明的心思,热烈的头脑,全部地倾注到劳动里去,木匠活、铁匠活一起开工,庞大的家务建立起来了,这里一个碗橱,那里一张光滑的凳子,坑道里和屋子里的炉子都燃着了。……生活渐渐地更美好起来。

一天晚上,我很久很久地弄着炉子,看着那蓝色的火苗活泼地舔着黑煤慢慢燃起来,一面听着外面的猛烈的高射炮的射击声和敌机的扫射声,李家福走过来了。

"你不睡,想什么?"随后他也看着炉子,讥刺地说:"艾森豪威尔先生,你的'空中优势'又怎么样呢?我们就在这里烤火,奉陪你吧!"

新参军来的同志一早晨就练习打靶,营参谋长亲自来了。第一次打靶,新同志的成绩不太好。

回来了,李家福躺在床上,手里玩着一个锡纸球,好久不说一句话,闷闷的。

"你在想什么呢?"

他沉默了一下,面孔红红地说:"今天参谋长一定给我决定了一条。"

"哪一条？"

"忙忙碌碌，事务主义。"

"有什么根据？"

"打靶事前教育不好。准备工作不好。"

我说："依我看，新同志头一次打，这样的成绩也不错了。"但责任心，或者比这更高的东西，在苦恼着他。他反驳我说："新兵并不一定是这样的。……主要的是我事前没有反复说明。"

沉默了一阵，变动了一下躺着的姿势，他说："国家培养一个战士想起来真不简单啊！不说别的，光子弹就不知花多少。我当机枪手那阵子，真不知打了多少子弹才锻炼出来。所以，你看是不是，战士是非常宝贵的。我们在朝鲜战场上更要非常宝贵自己。"

他立刻就去召集新同志上课，讲解射击要领。……过了两天，他唱着跳着跑进来了，大叫着："老路呀，今天新同志的打靶成绩好极了！有十几个三枪三中的！"他又喊："通讯员，叫文书造一个统计表报到营部去！"

洗着脸，他又说："国家培养一个战士真不简单啊！"

这个在釜谷里的山头上击溃了敌人、建立了功绩的老机枪射手，是对他的使用武器的技术感到骄傲的。

但有一天早晨，发生了这样一件事情：

我和他一起从野地里回来，新老机枪手们正在山坡下面练习拆卸轻机枪，明媚的春天的阳光下，人们围在几块油布上，比赛着，发出快乐的叫声和笑声来。我们走了过去。看见新战士刘应龙正在拆着机枪的瓦斯管，我说："咱们比赛怎么样？"我的话刚说完，李家福兴奋了，脸孔通红，豪放地大声说："看你们这个慢劲呀！你们说说看，连拆带卸最多要多少时间？告诉你们吧，我们从前蒙着眼睛拆卸，四十秒！"

我说："同志们，咱们连副是个老机枪手，谁来同他比赛比赛？"

"哪个能赛得过连副呢。"一个战士说。

但老战士耿玉清微笑着慢慢地说了："一两年没使弄机枪，连副怕也丢生啦。"

"好吧，试试看吧。"李家福红着脸笑着小声说，"战斗任务一来，我还是想打机枪呢……谁来跟我比赛？"

我鼓动说："刘应龙，和连副比赛。"

刘应龙那小伙子害羞地笑着站起来了。李家福拿了一挺机枪，刘应龙就又蹲了下去，仍然带着那个害羞的微笑。我叫："一、二、三！"于是开始了比赛。战士们围拢来了。老战士耿玉清的脸上仍然含着那个静静的笑容。

刘应龙脸上的笑容没有了。他的动作迅速起来。李家福还没有卸完，他就已经开始安装。显然地李家福丢得生疏了，而刘应龙却是好久以来每天都在抚摩着自己的机枪的。李家福在开始的时候也许动作得随便了一点，他的自信欺骗了他。随后他急忙追赶，看得出老机枪手的熟练的动作，但是已经迟了，他失败了。

刘应龙抬起头来看着我，红着脸，羞怯地笑着。

战士们沉默着，微笑着。

"输给你啦！"李家福红着脸豪爽地说："不行，丢生啦！"

我们一直走上山坡，战士们还站在那里，微笑着看着我们。李家福没有回头，但显然地他感觉到战士们的同情的、遗憾的、也是批评的眼光。战士们真是爱他——这个果断聪明的副连长，这个老机枪射手。他们不愿意看见他失败。李家福沉默很久，似乎有点苦恼，一面走一面踢着石子。后来他站下来了，热烈地看着我，用他那宏亮的声音说："老路呀！我希望这次战斗能锻炼我！"

他于是张开手臂，唱起歌来，充满着快乐的精力，一下子跑上了山头。

离开了一阵又回到连队，晚上，跟小部队出去演习。月光下李家福带着一种显著的苦痛神气对我说："老路呀！你们离开的这一阵子，连里出了一些事故：枪走火，又丢了东西。"

我问："伤人没有呢？"

"没有。"

"丢了什么东西？"

"一根皮带。……"

他回答的声音仍旧是沉闷的，后来就沉默着。我知道，这个时候我是没法安慰他的。

战士们在月光下攀过了江边的悬崖，他跟着攀过去了。但忽然像想起了什么似地回头看看我："你能爬上来吗？"看见我已经爬上来，他笑了，"将来你要记着朝鲜的这条江……我们都要记着呀。"

后来他就把全部的注意放在战士们的动作上，设定情况，指示班长，把我完全忘记了。好久之后，他看见我伏在战士们旁边的草棵里，走过来笑着说："怎么样？你们在北京不会过这种生活吧。"

他的话是真诚的。我又惭愧，又喜悦。是的，在北京不会过这种生活的。那里的生活也是伟大的，但我自己终归是度过了一些懈怠的时间。……有时候晚上去看看随便什么戏，回来随便地翻几页书就睡下了。而这时候，李家福和他的战士们蹲伏在交通沟里，趴在山坡上；攀过悬崖，在炮火下冲上山头。

我欣喜我能来到这里，得到他的纯真的感情。

他给团首长写回信一直到很深的夜里。团首长们来信鼓舞他，要求他在即将到来的战斗里功上加功。他在回信里对自己进行了批评，他说：工作搞得不好，出事故，他很难过。他说，他是在党的教育下成长起来的，他坚决要为祖国为人民立下新的功劳。我坐在他旁边，看着他那沉思的脸和闪耀着的眼睛，看着他找寻字句时的咬着嘴皮的动作。他偶尔向我看一看，有时笑一笑。

我问他："以前你说你脾气暴躁，现在你自己觉得怎样呢？"

照我看,是不一样了。"

他回答说:"变多啦。……也没有别的,就是在每件事情上都想着自己是党员。……我常常想,要是在以前的那个黑暗的旧社会里,我到底会变成怎样呢?"

可惜任务有了变化,我要离开他了。

告别前一天的早晨,快步行军回来,他把我抱起来往上摔,把我右胸的肋骨都弄痛了。

想起了这样的战士,生活里就充满了力量。

    一九五三年五月一日,在朝鲜战地。

记新人们

"亲爱的新同志们,你们现在到了家啦!……"

这是朝鲜战争最激烈的时候,祖国又一批最优秀的、年轻的儿子到了朝鲜前线。晚上十点多钟,敌机正在上空盘旋,丢下一颗又一颗的照明弹。山坡上,新老同志们列成两队面对面地站着,教导员刘纯明同志兴奋地讲着话。他的话一讲完,各连就找到了分配到自己连里来的人们,在坡上坡下一群一群地围起来,响起了各种口音的说话声。敌机绕着这一带的山头打转,照明弹把山坡上的每一棵冬季的枯草都映得微微发亮。新同志们好奇而有些不安地看着天上。老同志们就笑着说:这玩意儿倒也满不错,开个家庭娱乐晚会什么的,没有这玩意儿还看不清楚呢。然后,山沟里响起了锣鼓声,各连拥着他们自己的新人们分散开去了。

这些新人们是从山西来的,在欢送声中离开了家,一路不停,坐了几天几宿的火车,又走了一天一宿的路,现在到了。他们都是二十上下的漂亮的小伙子,他们带来了家乡土地的浑厚的气息。他们身上携带着亲人赠给他们的各种各样的小东西,每一个人都有一个或两个绣花的荷包,里面装着小皮夹,皮夹里又装着亲人的照片、农村里得来的奖章或纪念章。有些特别爱漂亮的小伙子,军装缝上了花边的衬领,留着两边分的头发,奖章和纪念章就挂在胸前,绣花荷包里还装着小镜子和牙骨梳子。开过了联欢会,一休息下来就不再拘束了,当老同志们高兴地欣赏着他们行装里的各种小东西的时候,他们就说笑起来。这一个说:他们农村里这些日用品现在卖得很便宜;第二个就站出来快乐地宣布说：什么呀，其实这位同志的这些小玩意儿并不是买的，这是他那个在生产合作社当组长的对象……说到这里就笑着叫着滚在一起了，而老战士们就快乐地笑着站在一边。他们激动地说着话，还没有学会军人的严肃的、沉静的姿态，还不懂得报告敬礼，见到排长连长只是红着脸笑。但第二天他们就上了山，举起了大镐，掘开了顽石和坚硬的冻土。

张国斌

张国斌，二十一岁，瘦瘦的，很英俊，笑的时候总带着一点羞怯的神气。他来了以后，在第一个日评会上，班里就表扬了他，说他拿起了大镐就整天不离手，说他主动地找同来的新同志谈话，告诉他们青年团员应该起带头作用。……全班的人都挤在老乡的炕上，吸着烟。满是烟雾的屋子里点着的一只蜡烛就显得更朦胧了。张国斌坐在暗影中，低着头，用手指在炕上划着，激动地、不连贯地开始了发言："我们参加了抗美援朝是光荣的，今后我的决心是学到文武双全……"说到这里就提高了嗓音，说得也流利了，抬起了头，一双孩子似的大眼睛里闪着明亮的光："要妻子、家庭不要呢？要！要祖国不要呢？要！祖国生我，祖国养我，保卫祖国是我的责任！"

大家都肃静了，这新来的、刚刚离开田地的青年的热烈的感情，带着浓烈亲切的泥土气味，扑到老战士们的心里去了。

受到了老战士们的表扬，张国斌显得很幸福。当班长倪宪春在开完会以后宣布说，晚上站哨，新同志可以不去，他就一下子跳起来说："我去！"并且立刻转身向着老战士汤述林说："你这就教我冲锋枪吧。"说着就马上挤过去取下了挂在墙上的子弹袋。他轻轻地拿下子弹袋来，在摇闪的烛光下羞怯地笑着抚摩着它，于是所有的人都不约而同地看着这子弹袋——大家都不由地觉得，张国斌手里抚摩着的，已经不是平常的子弹袋，而是什么最宝贵的东西了。有两个战士让开地方叫张国斌坐下，马上就有一个战士挤了过来,告诉张国斌说,压子弹应该这样,如果在梭子簧里面拉出一根铁丝来呢,那就不用压弹机也可以的;另一个又挤过来说,站哨的时候,枪是应该这样拿着的——于是做着姿势给张国斌看。挤不上来的人们,就蹲在一边笑着。一个新战士学着压子弹,准备出去站哨,这件小小的事情,马上好像变成班里的喜事了。张国斌压完了子弹,看着大家,好像说:"是这样吧?"轻轻地出了一口气——他的天真的神情里充满了对于新的环境的热烈的信赖。

英勇和无畏,就常常是从这种感情里产生的。吹着刺骨的冷风的深夜里,这个新战士就随着老战士在朝鲜的这条美丽的江边的一棵大树下站岗了。当敌机投下了照明弹,并在附近扫射起来的时候,他仍然一动不动地站着,监视着面前的结冰的江流;冰块快要溶化,不断地发出轰轰的碎裂的声音,和敌机的扫射声溶成一片。

过了几天,爱漂亮的张国斌把头发全剃掉了。他是新同志中间第一个剃了头发的。

"怎么,剃了呀?"我问。

"抗美援朝不讲漂亮!"这小伙子羞怯地笑着,有力地回答。

这是晴朗的上午,他们全班正在挖着交通沟。副班长一面挖着一面在和大家做时事问答,有几个人小声地唱着歌。我和张国斌零零碎碎地谈起来了。问到家庭,他告诉我,他是一九五一年结的婚,有一个四个多月的孩子。从前家里做主结过婚,两人感情不好,离了;现在的这个是自己找的对象。当他说到他有一个四个多月的孩子时,一个老战士叫起来了:"报告班长,咱们班里又添了一口人啦!"大家哄的一声笑了。张国斌略微有点脸红,但装出毫不在乎的样子说:"这口人我代表他来啦!"于是就猛力地掘起土来,微笑着,不再说话了。显然的,这时他的妻子、孩子的面貌闪过了他的心头。太阳照得很暖,他那年轻的、流着汗的脸上,有一种很幸福的、沉思的神气。

中午的时候,打好了眼,要爆破了。张国斌聚精会神地在旁边看着,别人在装炸药的时候,他就递这样拿那样。一排副说:"弄好了叫张国斌点吧。张国斌,敢不敢?"张国斌想也不曾想到有这样快乐的事情,马上说:"行,我来!"就要动手。一排副说:"慢点,这么急干啥呀!你先说说怎么个点法?"张国斌于是说:"知道,点了就跑开!""要不要检查一下炸药装好了没有呢?"一排副笑着问。张国斌也笑了,原来炸药还没塞紧,导火索周围还没有塞上黄泥。张国斌于是动手塞黄泥;点燃了,导火索嗤嗤发响,张国斌喜悦地、孩子般地大叫着奔上了山坡,接着就是轰然一声,炸起了浓烟和巨大的石块。

晚上,熄灯以前,他趴在炕上数着子弹,一颗一颗地用布擦着。烛光照着他那干净、光洁的头皮和健壮的年轻的颈子。老战士汤述林说:"睡吧,张国斌。"张国斌沉思地说:"明天打靶,我拿这三颗子弹。"把挑出来的、擦得特别亮的三颗子弹放在一个绣着红星的小的布口袋里,这才吹了灯。甜蜜地睡下了。

钢铁班和王揪锁、吉明道

钢铁班的房基的石头是全连最硬的,但终于掘到了两公尺深,房子盖起来了。他们所掘开的坑道口,那石质,也是全连最坚硬的——作业看起来进展得很慢。

战士们坚韧地奋斗着,搭好了房架,往墙上抹泥的时候,天气很冷,烤着火也还要冻手。好几个人的手都要冻烂了。老战士廖思存走进来了——这所谓老战士,也不过是去年刚参军的、二十五岁不到的四川青年。问到他的年龄,他总是红着脸说:"下半年二十五了。"但从他的矮小的个儿,圆圆的脸上的天真的神气看来,似乎二十岁还不到。看见班长在抹泥,他便问:"冷不冷?"班长刘德福说:"冷。你去挑点水来吧。"听说冷,看见这是困难的工作,廖思存马上连火也不烤就伸手到冰冷的泥水里去了,并且笑眯眯地说:"班长,咱们比赛吧。"

战士们的这种劲头不是偶然的。钢铁班是全连的旗帜。它又叫王德新班——这个班的过去的班长王德新，曾经在某次战斗中负了十几处伤，仍然领着战士们追歼敌人，后来牺牲了。连的支部每次开会以前，全体党员都要起立，向英雄王德新致敬。这个班又是突破临津江的尖刀班，出现了站在冰冷彻骨的江流里伏在冰块上打机枪的一等功臣李会。在去年的高阳岱战斗中，钢铁班又以两分半钟攻占了一座山头。有着象舒彩茂这样沉着的战士：他一个人独当一面冲上去，敌人从地堡里摔出了一颗手榴弹打在他身上，他立刻抓住了，一看，原来敌人慌得连手榴弹的导火索也没拉开，于是他就把它拴在自己的腰上继续冲上去了。

新同志王揪锁和吉明道很快地知道了这一切，也亲眼见到了老战士们的劳动。分配到别班的新同志们都羡慕他们，他们也一天天更珍贵这种荣誉了。但他们总觉得这种荣誉似乎仍然不属于自己，仍然不曾和自己在血肉上联结起来。他们在好些地方都恐怕自己出错，不大说话，或者小声地说话。但不久这种情况就起了变化。

一个星期六的晚上，班长刘德福宣布说，他们的坑道，石质最硬；到现在全班的坑道作业还没有走到别班的前面，但焦急的情绪也是不对的，该休息还是要休息，明天星期天，大家最好能抓紧时间休息。全班睡下了。第二天天还没亮，廖思存起来了，接着，舒彩茂起来了。悄悄地穿着衣服。王揪锁和吉明道马上跟着也起来了。

他们的思想是紧张的，廖思存他们一起来，他们就了解是干什么的了。

"我们也去。"

"去吧。"廖思存笑着小声说。

他们进了坑道。天刚朦朦亮，山头上一切都安宁沉寂。但立刻就传出了清脆、有力的捶击声和悄悄的说话声。

全连欢乐地过着星期天，在阳光下洗衣服、擦枪、包饺子。山边上到处都是笑声。各个班的工地里都很安静，只有钢铁班的坑道里持续不断地传来捶击声。起初人们还不曾注意到,直到山坡上传来了两声爆破的巨响,人们才明白了:钢铁班到底是钢铁班。

往外面拉着土的时候,王揪锁问廖思存:

"你家里来信了?"

"昨天来的。"

"听说是你父亲写的,他当了模范?"

"是呀。"

王揪锁多么羡慕呀! 钢铁班的战士,而且父亲是模范。自己什么时候才能真正地成为一个钢铁班的战士呢?

丢下了拉土的小车,走进坑道,廖思存就来接舒彩茂的大锤。舒彩茂不给他,说自己才打了不大一会,不累。但廖思存只是笑着简单地、坚持地说:"给我吧。"终于舒彩茂的辩论敌不过他这笑眯眯的脸色和简单的、坚定的声音,交出了大锤。但廖思存刚抡起大锤,被刚才的这个争夺感动了的王揪锁走过来了。

"给我吧。"

"不。"

"给我吧。"

同样的笑眯眯的脸色,同样的坚定的声音。于是没有办法开交了。突然廖思存心眼一动,大声说:"这样吧,咱们不抢,比赛! 你打锤我把钎,我打锤你把钎,他们两个公正人。你说你能打多少?"

"三百!"王揪锁毫不考虑地说。

"你真的能打三百? 好,你先打! 你打多少我打多少!"

就这样开始了比赛。参加作业才几天,王揪锁是不怎么会打锤的,但他自信他的力气要比廖思存大。于是一锤一锤地打起来了。吉明道和舒彩茂站在一旁,笑着替他们数着数目。愈数声音愈宏亮,一直传到坑道外面来了。好几个战士来到了坑道口。

打到了一百下,王揪锁的手有点抖了。老战士们普通也只打二百来下,三百下确实是多了一点。但是他一定要打到,听着人们数数目的宏亮的声音,他咬着嘴唇笑着,似乎是在嘲笑自己的有些发抖的手。

把着钻子的廖思存在看着王揪锁的动作。他不久就看出来,王揪锁是缺乏经验的,打得不结实,而且,打到了两百下之后,就从右手换到了左手,又从左手换到了右手。……可是,打到了三百下,廖思存首先叫好了。坑道内外的人们欢呼了。但也有批评的,说这个锤打的不怎么得劲。王揪锁浑身汗湿,打到了三百七十四下时,大叫一声,不得不歇下来了。廖思存又欢呼了。

现在轮到了廖思存。他笑眯眯地拿起铁锤。人们开始数数目。打过了两百下,廖思存仍然不换手,而且打得结实。他那汗湿的脸上也有着一种微笑的神气,但这是一种自信的微笑。看起来胜利是会属于他的。打过了三百下,人们欢呼了。显然的,老战士们都乐意见到廖思存的胜利。但是,打到了三百五十四下,比王揪锁少二十下的时候,他笑着说:"不行了。"歇了下来。

他确实也是累得喘不过气来了。他丢下了大锤,笑着向王揪锁鼓起掌来。人们都鼓起掌来。

消息一下子传到了连部:新战士王揪锁打了三百七十四锤!

过了两天,廖思存又和吉明道展开了同样情形的比赛。这一次他又输了,吉明道打了四百多锤,而他只打了三百多锤!

新战士王揪锁和吉明道的成绩,由文化教员广播了出来,而且登到团的快报上去了。

这一件小小的事情,使得王揪锁和吉明道身上发生了重要的变化。他们开始大声地和老战士们说话,议论石质的坚硬程度,发表和坚持自己的意见。显然,他们已经觉得他们真正是这个战斗家庭里的一员了。钢铁班的历史荣誉,开始和他们成为血肉相联的了。

一个星期天的早上,我走过山坡的时候,看见王揪锁和吉明道,这两个高个儿的山西青年围着矮胖的、带着天真的神情的廖思存,在一块油布上坐着。他们的面前摆着拆开了的机枪。

轻轻地谈笑的声音忽然大起来了,好像发生了争论。后来只听见王揪锁大声说:

"对,就这么的吧,廖思存!你教好我,将来我立功有你一份!"

百战百胜的、英雄的连队里,增加了新的、活跃的力量。不久,新老战士们从外表上就简直分不出来了,新同志的军装也一样地被晒得发黄了,他们的脸膛也同样地变成紫黑色的了。他们的眼睛里闪耀着英爽的光辉,他们身上的那些小零件也不知不觉地减少了,藏到背包里去了。他们一个个紧束着腰带,成单行地走在山坡小路上,遇到连长的时候就用力地磕响着脚后跟,举手敬礼。

记王正清同志

敌人的新的军事冒险，看来是愈来愈迫近了，……这个时期连里面最忙。部队搬了几次家，每到一处都挖坑道，构筑阵地；有的到外面去进行搜索，有的到几十里外的车站上去搬运物资。大家都认识到情况的严重性，战士们每天只能睡三四个钟点。深夜里冒着疯狂的敌机走过滑溜的、冰冻的江流去扛秫秸，早晨五点钟就又上了山头。连的干部们热得喉咙都嘶哑了，山坡上到处是兴奋而紧张的声音。……在紧张繁忙中，显得最安详的，就是在一九三九年参加革命，战斗了十四年的老战士王正清。

他现在是炮一班班长，领着十几个人在营部修指挥所的工事。每天晚上他都要回到连里来汇报，照例是走进来敬一个礼，慢慢地说出了要说的话。在周围的新鲜事情那么多的时候，我最初并不曾注意到他，但日子久了，他的照例的、简单的行动却很自然地给了我很深的印象。他报告完了以后，总是安详地站着，连的干部总是照例地问他："今天怎么样？"他于是回答："还缺一点木料……"或者："碰到石头了，我们只打了一个眼，其余的都是用大镐……其他就没有了。"我后来才知道，为了节省炸药和雷管，他带领的那十几个人是怎样在和顽石斗争着！可是他却汇报得这样平淡："其余的都是用大镐。"……问他："出了什么事没有？"他答："没有。"或者："马中和的手碰破了，不碍事。"但是他也没有说，他的手每天都震裂，在冷风里张着血口。……问他："十天能完成吗？"他答："能。"然后连的干部就对木料或炸药问题作一些指示。他安静地听着。指示完了，如果连的干部忙着别的事，他就等着，直到他们忙完了，他才问："没别的指示吗?"一丝不苟地敬一个礼出去了。有时候连的干部留他吃饭,说:"就吃饭了,在这里一起吃吧。"他就说:"不,回班里看看去,……"事实也确实是如此的,出去了一天,他非常惦念他的班,三步并作两步地爬过山坡,一进门就问:"今天家里没有什么事吗?"看见年轻人正在有说有笑地吃饭,他才安心了。

他总是这样安静、谦逊,不论有没有事情,每天都来汇报。有时他只简单地报告:"我回来了。"或者说:"我们能按期完成。"有一次,夜里落着大雪,他回来得很迟,总有十二点了,连的干部已经睡下啦,他喊了一声"报告!"走了进来。屋子里漆黑。指导员苏景春问:"谁呀?""我,王正清。"他回答。"啊,你回来啦!"这声音只有人们见到最亲密的人时才能有的。苏景春一面说一面赶忙爬起来,照亮了手电。"怎么样?工作怎样?"显然地王正清心里也激荡着和指导员同样的热切的感情,但他却并不急着回答,仍然先举手敬礼,然后报告。这礼节,这时候表达了更动人的意义。他的身上全湿了,鞋子破了,泥水一直溅到腰部。他沉默了一下,慢慢地说:"今天作业进展很大,剩的不多了!"付出了多么艰巨的劳动,才能说出这句话来啊!可是他却说得这么平淡。指导员照例问:"没事故?"他答:"没有!没别的指示了吧?"敬了一个礼,预备走了。指导员又说:"你回去要好好把脚洗洗,把湿衣服烤干啊!"手电又照亮了。王正清看着这边,眼睛里闪耀着一丝几乎觉察不出来的微笑,说:"不要紧。"带上门出去了。屋子里听得见外面雪花飘落的声音。

指导员苏景春没有睡着,过了好一会,他像是自言自语地说:"我们这十几年的老兵啊!……"又说:"营部工地石头最硬,可是他不声不响节省了许多炸药。……凭这个就能粉碎敌人的任何军事冒险!"

第二天,王正清回来的比较早,赶到山坡上来汇报了。连副李家福正在对排长们交代事情,他就站在旁边的雪地里等着。等连副把事情交代完毕,转身向他时,他敬了个礼。李家福问他:"完成了?"他答:"我们完成了。"李家福说:"好,回去休息吧。"他说:"有别的事情么?"那意思是:一件工作完了,还有别的事情叫他做么? 李家福说:"休息着吧,晚上开会。"他敬了一个礼就回他的班里去了。

在他的"我们完成了"这句话里,似乎没有什么特别的兴奋。仍旧和往日一样的安静。想一想掘开了多少坚硬的石头吧! 想一想提早完成任务给胜利带来的贡献吧! 可是在王正清,显然的,这并不是什么特别的事情。不过是十几年来一直完成着、将来还要完成的无数的日常任务中间的一桩罢了。所以他说:"还有别的事情么?"

李家福一直望着他爬上了山坡,然后对我说:"好战士呀! 釜谷里战斗的时候,他一门迫击炮在山头上和敌人一个炮群作战,一直到负了伤,炮弹打光了。……"我想:那也仍然是用"还有别的事情么?"这种安静的态度在战斗着的吧。

营部的作业总结里表扬他说:"特别是我们钢铁连炮一班班长王正清,和战士一样刨大镐,想办法节省了炸药、木料,而且没有出事故,情绪一直高涨,提早完成任务。"营长说:"我有好几回走过工地,有一回夜里九点多了,下着大雪,王正清他们还在干,那些年轻的战士又说又唱,王正清也在唱,我问:'吃过饭了吧?'我只是随便问问,战士们却说:'没关系,干完了再吃!'哪知道王正清马上就跑上来把话岔开了,他说:'同志们,再唱一个!'战士们又唱起来了,愈唱愈起劲!"营长说着把脸转向王正清:"那天我真有点生你们事务处的气,原来饭都没送来,原来他们还饿着肚子呢,你看你这个老王正清!"

听说了这个,王正清脸有些红了,但他笑笑说:"他们年轻人真积极呢。"

他的生活是安详愉快的。

上级好几年前就要提升他当班长了,但他自己一直不愿意。他顾虑他说话不清楚。小时候他生过一场很重的热病,没钱医,几乎死掉,好了以后,舌头就不灵了。他说:"这两年才好多了。"

他平静地谈到了和他同时参军的那些同志们。十几年过来了,有好多人光荣牺牲了。现在知道消息的,有一个已经转业,在地方上当处长;有一个在友军当师政治部的主任。这位政治部主任去年曾经探听到了他的下落,来了信,要他上他那里去玩。

"你没有去?"我总以为,他自己到现在还是一个班长,而同时参军的同志已经是高级干部了,他的情绪上可能会有些什么的。但是他很安详地回答说:

"工作多哩。"他说,眼睛里含着微笑,"不过将来要去的。见一见也真有意思。"

坐在已经是高级首长的老战友的面前,他一定也是这样安详、沉思地说着话吧。

洞子里生了炉火,水快开了,白铁锅里发出诱人的响声。洞子外面,阳光照耀着雪地。年轻的战士们在炕上擦着枪,唱着歌。听见他的谈话,都静下来了,渐渐地向他围拢来。虽然他不到三十岁,但十多年的战争生活使他显得老得多,因此,新参军来的十八九岁的青年们围绕着他,就像是美丽的春天的花木围绕着一棵大树似的。

"不要把零件搞乱了。"他温和地指责着一个年轻的战士;"我们参军的时候,做梦都没有梦见过能有这样的武器。当时要能有这冲锋枪在手里,我们要少吃多少苦呀。"

这是星期天,班里到处都收拾得井井有条,战士们全体都精神焕发。经过了一个月的紧张劳动,今天第一次有了休息;等一下要包饺子了。王正清穿上了干净整齐的衣裳,挂上了军功章,在青年们的中间,特别显出了老军人的刚健的姿态。不过这里面也仍然有着另外的一点东西——从他的脸上,依然看得出我们农民的浑厚、老实的精神来,他静静地看着青年们,说起了他的过去。

他说,刚参军的时候,他什么也不懂。不知道世界上有两种军队,一种是人民的,一种是反对人民的。他有一个有钱的亲戚在国民党匪军中当营长,听说他这个平常受欺侮的穷小子参加了八路,突然对他好起来了,偷偷派人来找他要他过去,又派人来要他给他报告八路的装备和行动。说是,如果不会写字,也可以在纸上画上几支枪,几门炮。……他当时怀疑、害怕,可是又不敢向上级说,闷得两天没吃饭。班长找他,他才说了出来。指导员就找他谈,对他说了道理,他这才气愤极了。他就自愿带路去打他那个反动的亲戚,并且亲自参加了战争,攻克了两个碉堡,把那个反动营长也打死在碉堡里面。

从这次战斗以后,他心里亮了。"我从他的尸体上踩过去,继续向前打枪,我还说:'反人民的,不管你是谁,就是这下场!'"

他的声音大起来了。年轻的战士们含着笑静静地听着。

"我们总是胜利的,……有时候也打得很苦,但到底还是胜利,因为我们是人民的队伍。"他说。

吃了饺子以后,人们来到洞子外面阳光下的雪地里。这小小的休息场所里,放着新制的桌子和木凳,各处都打扫得很干净,用松枝精细地布置、伪装了起来。王正清坐在桌子的前面,安静地翻着他的一个小笔记本,年轻的马中和拿着钢笔准备作记录。其他的战士围在四周。他们在整理他们一月来的工作总结。

"你记吧,马中和,这是上个月二十五号到现在的。全班挖野战交通沟四十五公尺,一公尺深,……写好了吗?地基一块五公尺宽八公尺长一公尺五深。坑道七公尺。……扛木头一百五十根。盖房子一座。扛煤炭七百五十斤。扛粮食副食一千六百五十斤。扛秫秸稻草两千五百斤。打草绳一千四百公尺。修路一百五十公尺。背沙一百次,八千斤。掏水沟四十五公尺。掏厕所三个。打柴二百五十斤。给老乡挑水五十担。……"

王正清慢慢地念着,马中和记着。大家都沉静地听着这些数字。这些数字的后面是巨大而艰苦的、愉快的劳动。扛木头的时候,谁曾经掉在沟里;背煤炭的时候,谁曾经在冰冻的路上滑倒;接连十几镐头挖不开朝鲜的冻土,谁曾经手上震起了半寸长的裂口;……可是现在我们在阵地上安家了。敌人他敢来侵犯么?

　　王正清的安静的声音在雪地的新鲜空气里响着。鲜花似的青年战士们沉静地围绕着他。他十几年如一日地战斗、劳动过来了。——在朝鲜的土地上,面对着敌人的新的军事冒险,屹立着我们无数的王正清们,他们都是这样坚强、沉着、懂得自己的责任,无限地忠于人民。……假如敌人敢来侵犯,那么就让他来试试吧。

　　　　　　一九五三年五月四日,在朝鲜战地。

板门店前线散记

前些时候,敌人曾经通过战线派来一个男孩,拿着一封给我们的信,意思是:他们那边的老百姓正在插秧,希望志愿军不要打枪打炮。……

战士们在水田里帮老乡们插秧的时候就谈着这个,他们说,这是李承晚的花招①。这块田地的女主人,怀着孕,站在稻田的稀泥里,两只手里各抓着一把稻秧,笑着,望着排成一行的战士们的迅速的动作。她听不懂我们在谈着什么,但当我身边的一个四川籍的战士谈得愤激起来,指着前沿又指着这一片稻田的时候,她的笑容就没有了,望着响着炮火的前沿,圆圆的、苍白的脸苦痛地皱缩了起来。这时候我的腿上一下子爬上了四五条蚂蟥,一个老大娘惊叫了起来,我身边的那个四川籍的战士跑过来抓住了我的腿,把我弄得几乎要跌倒,对着蚂蟥用力地拍打着,一连打了七八下。一面拍打,一面快乐地大声说:"看你再给我们写信吧,看你再发议论吧,看你吃饱了人血讲人道吧。"人们哄的一声大笑了,那个怀着孕的女主人也笑了。

在我们的战士们的帮助下,阵地附近的稻田都已经插上秧苗了。前沿附近还有一片田地,地形开阔,因为怕暴露目标,我们的战士们不好去,于是朝鲜的妇女和老人们组织了起来,下到田地里。这是他们的土地,他们耕种并且争取收获——朝鲜的妇女和老人们,就是用着这样单纯的行动,参加着为和平事业的斗争。他们都穿着洁白的衣服,排成了整齐的插秧的队列;是些

---

① 初版时无该句。

什么人,敌人在阵地上可以看得清清楚楚。但是这些野兽打炮了。头一天,起初几发炮弹落在一片刚插好的稻田里,然后就接连地落在妇女和老人们中间,而且是空中爆炸弹!我们把负伤的抢救回来,送进了我们的医务所;牺牲了的,就埋葬在阵地和稻田附近的山坡上——他们用鲜血灌溉了自己的土地。第二天黎明,妇女们照样地顶着秧苗出去了;白色的衣裙,在绿色的田地间拉成了很长的一条线;这在我看来是保卫和平的神圣的行列。死者的血迹未干,野兽们又射击了,妇女们沉静地散布在田地中……。我们的战士们在阵地上大骂着又欢呼着:我们的炮火向着敌人的炮兵阵地开始了压制的射击。

对于蚂蝗们的吸血的"人道",这里就进行着这样的一种斗争。

在敌人阵地旁边有一个村庄。因为两里外就是中立区,占着有利的地形,敌人就非常猖狂,公开地在阵地与村庄之间往来,并且枪击下地的老乡。但我们的冷枪手一早晨就伏在离敌人阵地几百公尺的田坎上了。

对冷枪手们扼要地讲解了几点要求和射击方法之后,任营长就伏在一个单人掩体里,用望远镜观察着敌人的阵地。忽然他说:"注意!两个敌人从阵地下来了,快要到大柳树了,准备……"战士们刚要打,他又立刻把手一挥:"不能打!一个朝鲜妇女走在敌人身边,看见了没有,穿红衣裳的!"

"看见了!"一个年轻的战士说,叹了一口气。

任营长继续伏在掩体里。在他又拿起镜子来观察的时候,我注意到他咬紧了牙齿,显然是因为对于卑鄙的敌人的愤恨,他的两颊的肌肉在抽搐着。

冷枪手们屏息等待着。担任警戒的战士们在一边悄悄地咒骂。一个战士拿着一块冷的油炸糕大口地嚼着,伏在草棵里,在我旁边轻轻地骂着说:"昨儿就是这么过了半天。下午这些狗东西就不出来了。……"咽下了嘴里的炸糕,他忽然用较高的、愉快的声音说:"你看吧!过这条土坎,就是两个世界。我们这边老乡们插秧一直插到前面来了,可是他们那边呢,他们不准老百姓干活,连个秧毛也没有!……你听,敌人独立树地堡那边向下地的老乡打冷枪了!"

离我们三四百公尺,传来了往我们左后面打去的卡宾枪点发的声音。

但我们沉默着,任营长屏息地在观察。已经在类似的情形里三次地放过敌人了。任营长看起来是很平静,但他的两颊的肌肉不断搐动着。

下来了三个敌人,快到大柳树了。

任营长叫:"打!"

连续的几声枪响,震动着开阔地。三个敌人倒下了两个,剩下的一个拼命地向着村庄里面逃去了。

这时候我才回顾我身后的稻田,并且也注意到了初夏的明媚的阳光。稻田是特别翠绿可爱的;白衣的朝鲜妇女们散布在翠绿中。从敌人独立树地堡那边打出来的卡宾枪的点发声,显得非常孤单、可笑。

我又从草棵里向前看去,看着上坎前面的小河,小河那边的刺槐丛,和长满了荒草的田地。我清楚地看见,初夏的明媚的阳光同样地照耀着这些荒草地,但我同时又有一个顽强的感觉:阳光并没有照耀着那里。那个嚼着炸糕的战士所说的话,这时候才唤起我的鲜明的印象:两个世界。在不远的山头上,敌人的坦克移动起来了,轰隆轰隆地响着,并且向我们这一带转动着它的炮塔。它当然可以这么动动,此外它又能怎样呢?

我们等候敌人来拖死尸。但敌人并不出现,却躲在村子边上叫喊着老百姓。后来一个敌人出现了,却让一个老百姓走在他前面;上坡的时候,又让那老百姓走在他后面。这畜生,他拿老百姓做他的掩护,他也知道我们是不打老百姓的。

年轻的冷枪手又叹气了。

我们打了几枪之后,敌人在阵地和村子之间乱跑起来了,可是村子旁边的老百姓却没有一个跑的。一个男子背着什么东西从村子里出来,仍然慢慢地走着;一个妇女在屋子旁边的树底下晒什么东西,仍然照样地翻弄着。显然他们是知道我们枪弹射击的方向,并且相信我们的准确性的。

我认识了这样的敌人。在他的"人道主义"的后面,仅仅是恶毒的懦夫的阴谋而已。

我走过那一片稻田的时候,总觉得每一颗秧苗都在对我说话。关于这稻田是可以说很多、想很多的,但我现在只想说:这稻田是全世界的稻田里最可爱的。多么明媚的阳光在照耀着它啊。

我住到前沿班的坑道里来,战士们给挤出了比较宽的铺位,围着一直谈到熄灯才睡下。夜里两点钟,有一个小组要到前面游击区去搜索敌人。刚睡下不久,战士们起了鼾声,睡在我附近的四川籍的战士刘江林就说了梦话:"我看你耍死狗。躲起不敢出来!"他连做梦都梦见搜索敌人的。

坑道里漆黑,鼾声此起彼落。空气里充满了潮湿、郁闷、霉烂的酸味;这样的砂土质的小坑道是经常漏水的。炮弹落在附近的山头上好像擂鼓一般,震落了一些碎土。我很兴奋,好久睡不着。六班长马文俊同志同意了夜里带我一起到前面去,而且当我要求他给我一支枪的时候,他稍微客气了一下,就严肃地笑了一笑同意了。这笑容的意思是:在战斗中是应该这样的。那么我将有一支枪,将要和战士们一起爬过土坎和潮湿的草棵!那些土坎和草棵将是危险而亲爱的。它们是亲爱的,因为,当我爬过去的时候,我的心就会更贴近我们所爱的一切,更贴近我们这个伟大的时代!在这一步与那一步之间,将要有许多思想,将要决定自己应该如何更好地生活。在我的亲爱的人们、同志们工作着和生活着的北京的街道上,将要出现我们自己制造的、华丽的街车。将来我要去乘坐这街车——我要一下子拥抱许多年的工作,并且懂得,在我们的土地上,每一分钟都会给人们带来什么!

迷迷糊糊地睡去,不知是几点钟了,换班回来的游动哨点亮了油灯,接着就听见了掺着凉开水呼呼地吞吃冷饭的声音,和悄悄的、疲乏的、但有些兴奋的谈话声。一个人拿着手电过来了,照在我的铺位上,看了一下,小声问:"这是谁啊?"对面铺上蒙蒙眬眬的,然而是小心的声音回答了:"不要吵,祖国来的。"——"祖国"这两个字,已经成了战士们的日常用语,但现在是用着多么柔和的感情在说着它们啊。我感觉到这拿手电的人在我旁边静静地站下了,然后,我的放在被子外面的手臂被用着极谨慎的动作触动了——这个拿手电的人拉起了被子替我轻轻地盖上,又拿手电照了一下,才走开去。这是谁呢?是排长高文英同志,还是机枪组长陈大海同志?我觉得不安了;不该把手臂放在外面的。

油灯下面,又进行着悄悄的、疲乏的、但有些兴奋的谈话。

"你的枪擦好了吧?"

"擦了。你的也给我擦吧。你先把你那鞋子换一换,这里有双干的。"

两点钟不到,出去搜索的战士起床了;迅速地吞吃了冷饭,准备了武器,出了洞口。我跟着出去了。天仍然落着微雨,云很低,板门店会场区的探照灯从云团里反射下来,照得山坡微微发亮。……战士们跃下工事旁边的小路,踩着泥水往前面去了。

敌人这时候正炮击着右侧的我军阵地。机关枪的红火溜子也开始在低迷的云团下向着我军阵地飞驰着。看起来,所有的炮火都是由南向北的,我军阵地上一枪也不回答——但我们的战士沿着田坎踩着泥泞到前面去了。

田地里到处蛙鸣。有一两百公尺的道路,是在秧田中间走过去的。借着微明的天色和敌人探照灯的反光,看得出来这些插得很整齐的秧苗一棵一棵都在泥水里活起来了,挺直地站立着,好像排成了队列的士兵。敌人阵地上打出了照明弹,这些秧苗上面的新鲜水珠就闪亮闪亮。……道路泥泞,走在我前面的刘江林不时滑倒,有一次滑到稻田里了,似乎是弄坏了几棵秧苗,在紧张和匆忙中他还顺手把那些秧苗扶了一下,而且爬上来时还对着我匆忙地、抱歉而自嘲地笑了一笑,好像说:"真糟,你看我这个人,把秧苗弄坏了。"我也觉得抱歉,本来是不应该他摔跤的,但是他把他的带齿的鞋马给了我了。迎面来了几个披着雨布、浑身泥泞的战士,他们和刘江林交换着简单的、亲热的话,或者是高兴的开玩笑的话。

"谁呀?"

"我。"

"你们班上来啦。快跑,连长在前面等着哩。"

"有情况没有?"

"还不知道。"

"谁呀?我看这样子就猜出来是你。快跑,等下炮弹把你磨谷(吃掉)了!"

"你还活着呀?"

"我不活着炊事班做的包子哪个吃?——要到共产主义哩!等你回来打扑克!"

这些简单的、亲热的、用压抑着的兴奋的声音喊叫出来的话,使人欢乐,使人勇敢。多么顽强的精神啊。事实上这些披着雨布、浑身泥泞的人,已经从昨天黄昏起就在敌人跟前或在敌人侧后伏了一整夜,在大雨、泥泞、蚊虫的包围中伏了一整夜,应该是已经疲惫不堪了的。

到了小河边的土坎转弯的地方,一个战士迎面站起来了,看看我的脸,打量了一下我的斜挂着的枪和套在肩膀上的雨布,用压制着的兴奋的声音非常亲热地说:"哎呀,好呀,你也来了呀!"昏暗中模模糊糊地看见了他的圆圆的、年轻的脸,这脸是熟识的,但记不起他的名字,而且也记不起是在哪里碰见过他了。是在秧田里插秧的时候呢,是在洞口打扑克的时候呢,还是在伙房里吃饭、谈天的时候?或者是仅仅在交通沟里面对面地相遇过?匆忙中来不及去想这些。总归是,我们在这一块阵地上相遇过。那个时候对于我,他只是很多还不大熟识的战士中间的一个。

但现在他这么兴奋地欢迎了我,充满着关心和同志的友爱,使我理解到了:在战斗里,人们中间能够产生怎样的友情,并且使我觉得,从纵深到前沿,我们这里是屹立着怎样的一种力量。

人们都静悄悄地,在潮湿的泥地或草坡上隐蔽着。祖连长在一个很小的防炮洞里建立了他的临时指挥所,洞口遮着雨布,里面点着一盏油灯。他已经来了半夜了。和后面通了电话,他走了出来,昏暗中看得出他的潮湿、泥泞的衣服和粗糙的、疲惫的、沉思而严肃的脸。他走过我的身边,对我看了一眼却并没有注意到我,他的眼光是在枪支和装束上扫过的,大约他是本能地在看一看这些战士的准备工作做得怎样。他在一个单人掩体的旁边站住了,对着敌人那边瞧着。

他瞧了好一会,我看见他的眼睛里的愤怒的、坚决的闪光。

"组长以上的干部过来。"他小声说。"听着,这么样的情况:从昨天晚上到现在敌人一枪没打,这里面可能有鬼。敌人可能抢先占了河边,打我们的伏击。六班长带一个小组上去搜索,其他的人在这边掩护,防止敌人冲过来。动作要迅速、坚决!"

他马上走到土坎的另一端去了。我走过去,他也认出了我,简单地对我笑笑。我要求和六班的小组一同跳过土坎去,他简单而坚决地说:"你不能去。"并且指给我一个单人掩体,说:"你就在这里吧。"虽然口气听来缓和,但这却是命令。我就在那掩体里伏了下来,兴奋地检查了一下梭子,扳上了快机。

六班长和他的小组从我的附近跳过土坎,涉水过了几公尺宽的小河,疏散地迫近了三十公尺外的槐树丛。那里就是敌人可能抢先潜伏的地方。微明的天色中,暂时还看得见六班长们的机敏、迅速的动作,听见水响,听见踩倒树枝的声音,这些不大的声音听起来都是尖锐的。我等待着二三十公尺以外的枪响,等待着敌人从槐树丛的右侧出现并向着我们这边扑来。我的头脑里就闪耀着我的枪口如何喷射,敌人如何在离我十公尺左右倒下的情景。后来我又想到我这情形有个缺点:没有带手榴弹。我知道我的附近的掩体里就伏着那个刚才对我欢叫的战士,我也知道我们的曲射炮手们正在他们的阵地中紧张地凝望着这里。我甚至瞧了瞧左边远处板门店会场上的已经昏暗起来了的探照灯,想到几个钟点以后我们的代表就要走进会议室;而我也就想到,在北京,这个时候明亮的街灯照耀着空旷的大街,人们还没有起床;而一列昨天晚上从北京开往沈阳的列车已经快到山海关了,灯火在车窗里闪耀,照亮了铁道两旁的安静的、被温柔的露水所潮湿的平原;而当火车轰轰地驶过的时候,北戴河边避暑的孩子们就稍微醒了一下,然后,听着海浪的呼啸又沉沉地睡去了。……这些思想都令我兴奋而快乐——生活着,工作着,是多么美丽啊!但这些思想又都关联着我的枪,这枪现在在潮湿的泥土和草棵间闪着光,我轻轻地抚摸着它。我说不出来地激动,我热爱着这支枪。

我想:战士们大概和我不一样。当然不能说他们在这十几分钟内没有兴奋的心情,但对于他们,这是很小的战斗,很小的日常工作。他们一两年来每天都是这样,冬天伏在积雪寒风里,夏天又伏在泥泞里,往后也还是要这样。祖连长就是这样的。几乎每天晚上他都要到前面来,进行着这个争夺游击区的战斗,整夜地伏在泥泞和草棵里。早晨回去,有时高兴一点,有时心情不大好,但总归是疲惫到极点,随便啃两块饼,钻到随便哪个洞子里就睡下了。睡上两三个钟点,于是爬起来,翻过山坡到营里去开会,或者召集干部会,处理事务,检查武器……,有时候嚷着:"累的不行了,还是得睡他一下!"但马上又是别的事情来了。而到了黄昏,指导员或副指导员就要说:"今天该我去了吧。"他却多半是坚持地沉默着。应该这样说:前面的那块土地在呼唤着他。于是,这个疲惫的、显得有些苍老的连长,默默地披上了他的大衣,又跟着伏击、搜索的小部队出去了。跳出交通沟,走上了稻田间的小路,好像是漠不关心地在走着,由于经常地受湿受凉而有些咳嗽,好像精神还没有恢复过来,但看着前面的拉开着距离的战士们和不远的那一丛树,听着枪声和炮声,他的眼睛里就重新闪耀着那严厉、坚决的光辉。

天色发亮了。我的前面没有枪响。不久,我又听见了哗哗的水声,我伸头望出去,看见是祖连长正在涉水过来,原来是他自己跟着搜索的小组到了树丛边上又回来了。那么,大约是没有敌人了。他的潮湿的裤腿卷得高高的,过到了小河的这边,就站下来洗脚。他的神情是沉思的。但忽然这沉思的神气没有了,他蹲了下去,捧起水来泼在头上、脸上,并且活泼地摇着头。然后他用两只手使劲地擦着脸,用力地吸着黎明的新鲜的空气。

"怎么样哪?敌人没来?"我问。

"跑他鬼孙子啦!"他说,嘴边上闪耀着一个轻蔑的、愉快的微笑。"我们一来他就跑,脚印子还是刚踩出来的。——今晚上我们要改变方法,一定要打住他!"

回到了阵地,从观察哨到坑道口,遇见的战士们都笑着问:"回来啦,辛苦啦。"并且问到前面的情况。阵地上刚刚得到了情报,敌人步兵在要求他们的空军轰炸我们这块阵地;战士们正在山头上兴奋地挖着对空射击的工事。我坐在交通沟边上,听着他们的谈话和歌唱。他们不时地回过头来对我说:"你累啦,快去休息吧。"看着他们那活跃的紧张的动作,说不出来的、深深的、温暖的感情包围着我。军的首长曾经用充满感情的小声对我们说:"战士们辛苦呀!已经两年没有过年,已经不知多少个星期没有过星期天。好多劳动都是超体力的呀!"然而从黎明到黄昏,阵地的各处都响着快乐的歌声和谈话声。

这天早晨,等待着命令,偶尔有几分钟没有事情,战士们就在坑道里自动地读报。刘子才读着,油灯的光线太弱,看不清楚,常常把这一行和那一行读混起来了。但大家仍然贪婪地听着。后来大家让我来读,我就选了一篇叫做《不朽的英雄杨春增》的文章。年轻的战士们抱着武器,靠着潮湿的坑道支柱站着,或者靠着背包坐着,空气严肃而深沉。但当我读到杨春增在阵地危急时鼓舞着剩下来的几个人,问他们:"想不想到北京去见毛主席?"时,我身边的年轻的战士们不由得兴奋地笑了,有好几个人同时说:"想,当然想!"好像这是问的他们似的。读完报,翻了一翻,我才发觉这是一张一个多月以前的旧报纸。大约他们不知读了好些回了。前沿坑道里的文化生活是比较困难的。刘子才接过报去,仔细地预备折起来,黄林添就说:"潮了,我带出去晒一晒。"一张旧报纸被这样宝贵地爱护着,因为上面谈到了祖国和毛主席——我们的战士们的力量就是从这里来的。

这个星期天的晚上,一部分部队集合在阵地后面的一个隐蔽的山坡上,开了娱乐晚会。战士们的节目是很简单的,例如:刚学会口琴的四个战士吹了一支叫做《卖花姑娘》的四川小调,用各种地方语言说唱的快板,等等。天快黑了,西北方的松岳山的后面出现了夏季的美丽的晚霞,田地里的青蛙已经开始了各种声调的、欢腾的鼓噪。这些远离家乡,在朝鲜的这块土地上坚守了一两年的战士们,年轻的战士们,用着祖国各地的语言唱出来的歌,说出来的快板,以及那些生动的或不太熟练的动作,引起了由衷的大笑。后来所有的广东青年齐唱了一支广东的民歌,别省的人们不大听得懂,先是发出笑声和快乐的叫声,后来却全听得出了神。这些青年们唱着,拍着膝盖,有的摇着上身,有一个特别活泼的,每一句的结尾都要扬起一个极高的快乐的尾音。……夏季的晚霞渐渐地晦暗了,前沿的炮声激烈了,但这个歌声更高亢。附近的田地里还没有回去的朝鲜妇女们直起身子来听,她们笔直地站在泥水里,向着这边凝望——我觉得全世界都听得见这歌声。我们的力量就是从这里来的。

潮湿的小坑道里,四川籍的刘江林和广西籍的黄林添两个人挤在一条实在不到一尺半宽的铺位上。平常这是一个人也很难睡下的,他们侧着身子挤着,在熄灯以前的几分钟,谈着简单的亲密的话。

"你今天的歌唱得好。"刘江林说。

"我要向你报告一下,"黄林添说,从他的声音,我猜想到他的嘴边一定是闪耀着一个极快乐的微笑,"我的脚已经洗了。可是大概还有点臭,这是因为没有穿袜子的缘故。"这个郑重其事

的说明使得刘江林笑起来了。隔了一下,黄林添又说:

"我跟机枪班说好了,敌机要是敢来轰炸我们阵地,我跟他们上去打——明天早上起床后,你先出去,我打背包。"

"你先出去。"

"不行。你动作没我快。"

"那就这样吧。我先出去搞点水来。"

"明天还要检查一下子弹。"

一会儿两个人就起了甜蜜的鼾声。

通往前沿的道路上,稠密的草叶丛中生长着各色的野花。有十瓣的紫色小花,有六瓣的金黄的小花……。人们从潮湿的坑道里出来,坐在背敌面的交通沟边上晒着太阳,望着山下的景色,眺望着远处的汉江口,谈着关于花的话,看来十分安闲。

"前些时候遍山都是紫色花,那真好看啊。"年轻的刘参谋说。

"过不了几天就又要有那种花啰。"一个披着宽大的旧棉袄,看来还像个孩子的胖胖的观察员用他的湖南话说,"那种蓝颜色的喇叭花,一开就满山坡。炮弹都把它打不完。"

"我们上来那阵子,"一个四川籍的战士说,"遍山都是秋天的红叶。敌人一炮把一棵大红叶树打了,我们骂了他好几天。"

"喂,我对你们观察员提个意见!"刘参谋慢慢地说,他的脸上闪耀着一个压抑着的兴奋的笑容,"无名高地到左四〇,那前面的那棵独立树,为什么你们还叫它做老干树呢?这在军事上就不准确啦!"

"怎么不是老干树?"

"冬天的时候那是老干树,可是现在你看看去,长满了叶子啦!"

他像是报告着一件喜事。听着他的兴奋的声音,大家的脸上都显出了笑容。人们沉默了,笑着,想着那棵树,那棵我们的战士们经常地从它旁边爬过去的,从严寒的冬季到明朗的夏天每天都挺立在敌人炮火下,像一个友人一样亲切的独立树——它现在又长了叶子。

战士们在这里守了很久了。他们见到过去年春天的花,甚至前年秋天的枫叶,见到它们如何地遭受着敌人炮火的摧残。刚上来的时候,这山头只有简单的地面工事,可是现在却建立了巨大的地下长城。从那时起,敌人在这片土地上就不能再前进一步。在偶尔的闲谈里,在像谈着家里面的亲密的小事的那种口气里,人们流露着对于这块土地上的一切的深深的自豪的感情。

和刘参谋一道从前面的高地回来,通过开阔地的时候,敌人的一架炮兵校正机在我们的头上钉住了,接着就来了一顿炮火。我们在稻田边的土坎下隐蔽了一阵,炮火打得更近了,校正机仍不离开,于是我们就决定冲过开阔地,到左边的山坡下去。穿过稻田间的小路的时候,见到一个大约有三十岁的战士,插着栗子树叶的伪装,迎着我们走来了。他背负着两袋面粉,累得浑身汗湿,但走得很慢,很安静,走在稻田间好像走在自己家里一样,什么也不看,好像一切都依照着自己的意志安排得很好了。他显然听得出嗖嗖而来的每一颗炮弹将在什么地方爆炸,只要离他还有几十公尺,他就连眼皮也不抬一下。接着又过来一个年轻的战士,才十八九岁的样子,圆圆的脸,也是插着树叶的伪装,除了携带着的武器以外,还背负着很沉重的一箱蜡烛。浑身汗湿,累得喘息着,但却走得和那老战士同样的慢、安静,除了他所背负的东西以外,没有想到别的——这有着孩子般单纯的面孔的年轻人,在炮火下这样地成熟起来了。他们两个一前一后地拉长着距离,冲破了敌炮的封锁,背负着祖国的工厂制造的、从几千里外克服了无数困难运来的面粉、蜡烛,穿过稻田往前面去了,使得我不觉地站下来回顾他们。……这是两个普通的战士,做着朝鲜战场上的普通的、日常的事情。无论敌人怎样疯狂的炮火也阻挠不住他们——阻挠不住我们的普通的、日常的工作。这两个战士踏着朝鲜的土地的那种坚定的、沉着的脚步,我觉得是显示了我们人民的强大的内心力量。

彻夜的大雨之后,沙川河涨水了。大水似乎是隔断了主阵地与河东前沿阵地之间的联系;原来只有两三丈宽的浅浅的小河变成了两三百公尺宽的激流。大水使人焦虑,但是我们的战士们仍然过去了。中午的时候,传来消息说:六班长到了河边,在敌人炮火下游水过河了,人们的脸色立刻喜悦起来。一个参谋叫着说:"这楞小子,他就这样过去啦!"接着人们又知道,豆腐房的耿国焘像平常一样地背了三十斤豆腐到了河边。敌人开始打炮,像往常一样用激烈的曲射炮封锁河面。耿国焘走进了水里,卸下背上的装着豆腐的白铁桶,扶住它,使它浮在水面上,于是推着这三十斤豆腐游水通过激流。三十斤豆腐送不送过去似乎不是什么重要的问题,但是他推着它一直向激流中去了,因为河东的人们需要吃豆腐,而这是普通的、日常的事情。

和教导员一起到河东去。我们的胶皮船刚刚过了激流,就有一排炮弹在附近的河面和山坡上爆炸了,炮弹猛烈地扑击着山坡,闪着烈焰。但是河岸上,小坑道口我们的战士们安静地坐着。坑道里点着油灯,步行机员在呼叫着团指挥所,在步行机的旁边,一个战士挤在地上蹲着,用自己制造的木炭炉煮熟了一锅喷香的白米饭。

蹚过淹了水的小山洼,蹚过数不清的炮弹坑,互相小声地招呼着小心炮火,小心地雷,绕到被打得光秃了的红山包左近又绕回河边,这才在大水中摸索到了通往铁桥附近的坑道去的道路。十几个人在大水中互相拉扶着,又爬过了长满了带刺的小树的山坡。敌人的曲射炮弹在河面上爆炸,闪着青色的光;铁桥的附近又升起了一团一团的烈焰。我们好像是行走在荒野中,我们还要走很艰难的、颇长的一节路,这时候在我的眼前就不断地闪耀着刚才经过的坑道口的形象,里面的温暖的灯光,拥挤的人影,以及那一锅喷香的白米饭。我很渴望能再见到这一切。忽然听见黑暗的山坡边上有泼水的声音——这里本来似乎是不可能有人存在的。教导员问:"谁呀?"一个嘶哑的不高兴的声音回答了:"伙房叫冲了!"教导员问:"你这是往外泼水吗?辛苦啦!现在水还有多深?"回答于是突然变成快乐的调子:"好多啦。白天里洞子全灌满啦。"于是传来了激烈的泼水声,使你可以猜想得到这个受到鼓舞的、疲劳的人在兴奋地泼着水,他的脸上有着快乐的笑容。接着我们听见了附近的一个漆黑的洞子里的步行机员的呼叫,那些暗语是我们这几天来所熟悉的,这步行机员用着尖锐的、尽量耐心的、拉长的声音在向某连连部传达着上级的指示:今夜要派出小部队去攻击敌人。他的尖锐的大声使人觉得,他在做着手势,挥着手,仿佛他已经抓住了敌人一般。这一切都使人温暖,使人觉得这并不是在危险的、黑暗的河边野地,而是在亲密的家庭中,这个家庭没有一分钟中止它的普通的、日常的工作。

　　第二天,出了太阳,但河水仍然没有退。人们在坑道口晒衣服,看见又有一个战士游水过河了。敌人的炮兵校正机正在头上盘旋,这个战士却似乎一点也没注意它,穿着一件背心和一条短裤,从对面的开阔地下到了河边,在水里站了一下,捧了一些水向胸前一泼,就跃进了激流。他不时地侧过他的头去喷着水,似乎游得很舒畅。他的两条强壮的、潮湿的手臂在阳光下闪耀着。山坡上,坑道口的人们赞美着这勇敢的人,并且谈起了昨天吃到的新鲜的豆腐。

　　"这一个一定是通信排的!"一个战士兴奋地说,接着他又快乐地、戏弄地喊叫了起来,虽然那个游泳的人实际上是听不见的:"当心把你冲到临津江里喂鱼去啦!"

　　那个勇敢的人一直游过来了。他慢慢地爬上河岸,又慢慢地、似乎是非常安闲地走过了草丛和泥沼。可以看见,他手里牵着一根电线。

　　敌人的重炮这时候开始射击。炮弹呼啸着经过我们头上,落到远在后面的我们的主阵地上去了。大家淡漠地看着远处的那些弹烟。但接着,我们的重炮从纵深里回击了。传来了清脆的出口声,炮弹欢叫着飞过我们头顶,接着就从敌人阵地上传来了隆隆的爆炸声。

沙川河的大水还没有退。在晴朗的天气里的我们的这个回击更使人兴奋。我爬上泥泞的观察所,从草棵里探头出去,看着我们的炮弹如何地在敌人阵地的地堡群里掀起了浓烟、黄土,和木料、衣物的碎片。

就在这个时候,我看见先前那个通讯排的战士第二次从河那边游过来了。

"好啊,同志们!"一个战士在什么地方兴奋地叫着,"敌人遭殃啦!我们祖国运来的面片也煮好啦,请到这里来开饭!"

我们在泥泞的坑道里吃到了非常美味的肉罐头烧面片。我们在这里过着我们自己的家庭式的生活,做着各种普通的、日常的事情。

我们就是这样取得胜利的。

和刘参谋一道在炮火下跑过开阔地的那一次,遇到了几个朝鲜的孩子。

我们跑到山坡边上,看见了几个朝鲜老乡的土洞,跑过去了。我跑过去的那个土洞的门口,坐着两三个女孩和一个很小的男孩,他们在玩着石子。那玩法是:摔上一个去,从地上抓起两个来,再把摔上去的那一个接住。

不知道孩子们把这种玩耍叫什么名称。中国的孩子们也是这么玩的,全世界的孩子们都是这么玩的,但朝鲜的孩子们却是在敌人炮火下这么玩耍。

因为我刚刚跑过炮火下的开阔地,头脑里有一些激动的思想,所以孩子们的沉静令我惊异。我挤过去坐下来了,快活地讲了几句朝鲜话,和他们开玩笑,并且拿过他们的石子来学着玩,他们就都笑了。两个女孩抓住我的手,研究我的钢笔,那个男孩子就开始研究我的鞋子,解我的鞋带。

这时候一排炮火打在附近的山坡上。孩子们沉静了一下。

我仰起头来看着空中的敌人的校正机,孩子们也跟着我看着。最大的一个女孩,大约有十三岁的样子吧,紧靠着我,仰着脸,她的脸上有着一种只有大人才能有的、成熟的、憎恨的表情。

随后她指着她旁边的男孩说,他的爸爸叫打死了。又指着一个女孩说,她没有妈妈。

我抚着她的头,望着开阔地上的一片稻田。

我问她,她是否在田地里劳动。

她点点头说:她在田地里劳动。和妈妈一起劳动。

初夏的太阳照耀得很明朗,田地里蒸发着香气。但是敌人的炮弹嘶叫着,在稻田的周围和田地间爆炸着。我看见那女孩在一阵炮弹爆炸过后向着田地迅速地看了一眼,那成熟的、警惕的眼光,就好像当危险到来时,守护着摇篮里的孩子的母亲一样。

看着这孩子的眼光,我们的战士们在炮火下沉静地通过开阔地的勇敢的形象,在我的眼前显得更明朗了。

就在刚才,我正坐在坑道口的交通沟里写着字,敌人又开始炮击我军阵地附近的稻田,并且一颗烟幕弹打到稻田旁边的一座独立家屋面前来了。泥水和鲜嫩的秧苗喷了起来。炮弹嘶叫着从晴空里飞过,这阵地旁边正在种着地的一个朝鲜老大娘,一个青年妇女,和一个七八岁的女孩向后跑去了。她们显然是三代的妇女。她们已经在这被敌炮击毁的她们家屋的废墟上耕种了一早晨。她们搬开了破烂的砖瓦,清出了小小的一块菜地——她们离不开她们的土地。青年妇女在掘开泥土,老大娘在拌着草灰,小女孩用柔嫩的小手抓着一把一把的草灰往母亲掘开的小泥洼里撒着。她们默默地工作着。这样小的女孩能够以这样严肃的神情劳动,是特别吸引人的,但她毕竟是小孩,炮弹飞来,她就甩掉她手里的草灰,哭叫起来,向后逃跑了。她的小小的生命是有经验的,她知道这是要来杀害她,是专门用来杀害她的。她的母亲抚慰地喊着她的名字追了过去,一下子把她抱在怀里,这时候这个给土地施肥的小劳动者就伏在母亲肩上大哭了。老大娘心疼地叫着也跑过去了。

一个青年战士站在交通沟边上痴痴地看着这一幅景象,为了掩藏他的潮湿的眼睛,他背朝着我,愤怒地骂着。

"朝鲜老百姓吃的什么你见过吗?……七八岁的小女孩下地。连种一点菜他都要打炮呀,畜生!"

当然是畜生。那七八岁的小劳动者也是知道这个的。她哭着逃跑了;她的哭声抗议着:世界上居然有这样无耻的东西!她会长大,会永远记得这些的。她不是已经在废墟的砂土地上撒上了草灰了么?白菜和茄子要生长的,并且将来她会重建她的屋子。那时候她会抹去手上的泥土,含着端庄的微笑对同志们和亲人们说:"我们忘不了,我们是怎样斗争过来的!……"

右侧的前沿阵地上传来了激烈的炮声。敌人在疯狂地射击,这显然是因为昨天夜里我们在那个点上拔掉了他们的一个加强班。左侧不远的地方,板门店的气球浮在晴朗的空中。这个时候,我们的谈判代表已经走进了会议室了吧?在广大的规模上,在各个角落里,我们进行着为和平事业的斗争。这个小女孩撒下草灰,期待着肥嫩的白菜生长……这也是为和平的斗争。

一九五三年六、七月记于板门店前线。
一九五三年九月,在北京整理。

从七月二十七日下午十时起

我们站在月光下的交通沟边上,听着连长在传达金日成元帅和彭德怀将军的停战命令。

连长的带着很浓厚东北土音的、一字一停的、有力而嘹亮的声音,在寂静中震响着。战士们排成整齐的队列站在交通沟边的一小块空地上,他们的冲锋枪筒在月色下不时地闪耀着光芒。这是一九五三年七月二十七日下午九点钟。前沿的炮声仍然在响着——依照协定,还要有一个钟点才停火。

这时我想到了这些天来我所接触到的一些事情。我想到了当李承晚破坏协定、"释放"战俘的消息传来时,阵地上的人们的愤怒。想到了开城的一个纺织工厂,朝鲜女工们在木头和铁片制造的纺织机上的劳动。一个女工非常沉静地说:"如果和平,我们共和国有足够的电力,我们可以大量地恢复生产;如果敌人要破坏下去,我们有时候一天只能有几个小时的电——那我们就在这几小时内做二十四小时的事情。"我还想到了我们住在开城时的房东,她的丈夫在南方的游击队里,一两年没有信息了,但这位妇女从来不谈起他,好像已经不再希望他还能活着回来似的。可是,有一天下午,我却看见她抱着她那三岁的女儿,指着挂在门楣上的许多照片叫女儿认爸爸;她指着照片,悄悄地、柔声地说一句"阿爸吉",那女孩也就用柔嫩的声音跟着喊一声,发音很不准确,使得做母亲的笑起来了。……连长的传达命令的声音停止了,战士们中间是一片庄严的寂静,于是我仿佛又听见了那个女孩的柔嫩的声音和那个母亲的笑声。

接受了命令,战士们沿着交通沟回到前面去了。月光下的交通沟里,传来了迅速的脚步声和武器的轻微的碰击声,没有人说话,于是这个庄严的肃静变得更深沉。战士们像迎接战斗任务一样,迎接着这个停火并搬运弹药物资撤离非军事区的任务,虽然这个时候敌人仍然在射击。我看着一个一个地通过我面前的战士们,有些是年轻的,闪耀着明澈的沉思的眼睛。有些是年龄较大的,浑厚、坚毅,动作里流露着特殊的沉着。他们紧闭着嘴唇,因为交通沟狭窄,就擦着我的身体侧身而过,我可以感觉到他们的胸膛里的热烈的呼吸。……人们行动得纯洁、无畏,这是因为他们意识到他们在做着高贵的事情。金日成元帅和彭德怀将军的停战命令,给人们两年多来的战斗作出了结论,并把人们带到一个更高的自觉里面来。经过我面前的那些饱满的胸膛,那些迅速的、庄严的脚步,那些坚毅的脸和闪耀着的眼睛,好像说:我们胜利了!我们懂得它的价值,在我们的面前还要有斗争!我们对胜利从来没有怀疑过,我们也早就知道了敌人的残暴无耻。亲爱的人们,同志们!在敌人把朝鲜的村庄化成一片火海,我们用我们的棉衣包着朝鲜的孤儿在大雪中向前行军的时候,在我们受着饥饿、严寒的威胁,我们的战友倒下在我们的身边,我们跨过他继续前进的时候,我们就是这样,就像现在这样。……

一个老战士,闪耀着责备的眼光,对着一个走在他前面的年轻的战士说:"你就能这样吗?脚还没好呢,叫你休息去!"

这个年轻的战士回答说:"不!"并且他的本来有些不灵活的脚步马上改变了,他紧闭着嘴唇,跨着大步。

人们进入了各处的坑道和弹药室,开始搬运弹药物资。传来了悄悄的、简单的谈话声,接着就从一个坑道里面传来了歌声,先是一个人,后来是几个人,唱着家乡的,四川或者湖南的小调;歌声是快乐的,充满着亲爱的感情。你可以感觉到这些唱着歌的人们在爱抚着什么:爱抚着远处的亲爱的心、远处的家乡的丰饶的土地,爱抚着身边的、在上面留下了自己的劳动和血汗的、随手碰到的一切……。但这个时候敌人仍然在射击,用排炮轰击着附近的和远处的山头。

现在是九点三刻,离停火的时间还有一刻钟;这就是说,在朝鲜的土地上,战争状态还要有一刻钟。我们来到前面的交通沟里。月光照耀着战场——照耀着朝鲜的美丽的土地。沿着一群小山的边上,细小的沙川河闪着银白的光,弯曲着流入了临津江。一个年轻的战士站在前沿的掩蔽部的瞭望哨里,沉静地看着前面的开阔地,看着远远近近的、闪着白光或红焰的、所谓联合国军所发出来的炮火。

但这时候,从竖立着一根探照灯的光柱的板门店附近,传来了似乎是嫩弱的、然而却是逐渐嘹亮的孩子们的歌声。我想,板门店周围的战场上的人们,以及板门店会场区里面的人们,在这个时候,即在一九五三年七月二十七日下午九时三刻左右,都会听见这个歌声的。所谓联合国军的炮火,它压制不住孩子们的这个嫩弱、嘹亮的歌声。朝鲜的孩子们敞开了胸膛,欢乐地歌唱着欢迎和平,欢迎祖国的伟大胜利。

朝鲜的孩子们,就在这炮火下生长了起来;他们中间有的已经不在了。所谓联合国军的炮火,击碎了他们的柔嫩的肢体。

我们阵地前沿,一个青年战士,转过脸来,沉思地听着这个歌声。在月光下,他的年轻然而粗糙的脸一动不动,有如雕像一般。但可以看出来,他的牙齿是咬得很紧的,而他的眼睛里却闪耀着温柔的火花……。

敌人的炮火继续着……。停火的白色信号弹从附近的山头上升起来了。现在是十点正。战场上立刻变得非常沉寂。但是我们的坑道里战士们的歌声又起来了,而远处的朝鲜的孩子们,在短促的间歇之后,唱得更嘹亮、更欢乐。——月光静静地照耀着。

我们沿着布满断轨、弹坑、弹皮的铁路路基到红山包阵地去。昨天晚上十点钟以前,这一段铁路是敌人的重炮的封锁区,每天都要落下几百发炮弹。在这看起来不可能有人居住的区域里，从一座被击毁的小铁桥下面，传来了拉胡琴的声音。走上桥架就可以看清楚了：我军大约一个班的战士，依着托桥梁的土坡掘了洞子，洞口搭了小棚，布置了安适的家。那个拉胡琴的战士坐在一块石头上，在桥架的阴影下躲避着炎热的太阳，很安闲地眯着眼睛。另一个战士坐在附近抄写生字本。洗得非常洁净的衣服，晒在桥架上。显然这一切是习惯了的，在今天以前就是这样了的，这布满炮火创伤的一块土地，看起来是这么荒凉、惨澹的，见不到人类生活的任何痕迹。但是突然在想象不到的地方，传来了胡琴声，出现了战士们布置起来的、安适的、家庭式的生活，于是这一片旷野马上就显出了新的姿态——它是热烈的、活着的，它的顽强的、深沉的灵魂在呼吸。……

那个看着书、写着生字的战士抬起头来，对着我们笑了笑，这笑容的意思是：你看，我们一直就是这样……。

再往前走，就是停战协定所规定的非军事区了。开始遇见了执行命令、从阵地上撤下来的战士们。头一个挑着两箱弹药，第二个挑着两口大锅，扁担上还挂着一把胡琴。我们认出来这是侦察员们，愉快、勇敢的人们。问他们："还带着胡琴呀？"他们虽然累得满头大汗，却笑着快活地回答了："吓，到哪里都得安家立业呀。"再往前走，过了一座断了的小桥，来到山坡边上的一个洞口。战士们大部分已经撤离，东西全搬完了；一个老战士坐在洞口，在缝着一个装牙刷的小口袋，一个年轻的战士在捆着一束潮湿的稻草——任何一点东西都要带着撤离。地面扫得很干净，像和平的村庄里的打麦场那样干净。我们走得口渴得很，想找点水喝，那老战士说："洞里有泉水，喝吧。"他说得很庄重。我们走进潮湿的、虽然打扫得很干净却仍然发着霉气的洞子，找到了地上的一个小水塘。这并不是什么泉水，而是渗透到小坑道里来的、带着砂土和草根的酸味的雨水——我们贪婪地喝了。但为什么那么庄重地叫它泉水呢？这时那个捆好了稻草的青年人走进洞子找寻什么，踩塌了一些土落到那小水塘里去了，那老战士回过头来责备了："看，那么好的水叫你弄脏了！"然后转向我们说:"我们总是喝它的。"他马上就要撤离这里了,这小坑道口明天也就要毁平了,但他却这么严肃地珍爱着这一汪水,并且为它被踩而生气。他那神情,好像是人们充满着亲爱的感情打扫得非常清洁的房间一下子被谁弄脏了一块一样。激烈的炮火下的坑道里,水是很困难的。这就养成了他的珍爱这一汪水的习惯吧。但在他的神情里,似乎还有着我们劳苦过来的人民对于他们亲手创造的或是土地上繁荣滋长的一切的深切的爱。

另一个青年战士从破桥梁那边过来了,快乐地叫着,原来是他在附近的小河沟里捉到了一个螃蟹。他把螃蟹放在洞口的沙地上,它就横行起来;他重新捉起它,把它放在斜坡上,它滑跌了下来又横行起来。他整个沉醉在这只螃蟹给他带来的快乐里,笑着,喊着,拍着手,像孩子们所做的那样。生活对于他就是这么美丽的。

"吓,它气坏啦!"看着那螃蟹喷吐出来的大量泡沫,他快乐地大声说,"就像艾森豪威尔一个样,吹这么多的泡泡!"大家都笑了。

但是,大家随即就忘记了螃蟹,注视着铁道边上、布满弹坑的开阔地里的几个新来的人,沉默了下来。

那走在前面、走过了水塘和泥沼、很艰难地爬上了铁路的,是一个背着背夹的朝鲜老人。穿着宽大的、破旧的袍子,灰黄的胡须垂到胸前。他走上铁路就站了下来,四面看看,然后弯下腰去拾起了一块弹片,对着它反复地看了一下,就又把它轻轻地摔掉了。沿着铁路路基一直走来的,是一对年轻的朝鲜夫妇。女的背着孩子。他们很慢地、然而笔直地向前走去。显然地,他们过去的家,他们的那块土地,还在前面。

战士们都走到铁路边上来了。人们肃静着。那个捉螃蟹的青年战士,非常注意地瞪着眼睛看着那一对朝鲜夫妇,好像从他们的身上发现了什么特别的东西似的;以至于忘了他的螃蟹,它在他手里动弹着那些尖刺般的硬脚。

"同志!"他喊了起来,"前面什么也没有,前面连一块瓦都叫打烂啦!"

他本来似乎只是想要告诉这一对夫妇一下:不必去,找不到什么。但一开口,他的声音里就充满了强烈的悲愤的调子。但是那一对朝鲜夫妇没听见。

"庄稼人,谁能舍得自己的家呀,"老战士大声地、愤激地说,"炮刚一停就回来了,你再说什么都没有了,他还是要去看看的!……"

"过些时候咱们帮他们再盖起来吧。"那青年战士突然像想起了什么似地、快乐地说。

我们在炎热的太阳下又走上铁路,往前走去,我们面前的景色就愈荒凉、愈惨澹。除了积水的弹坑、向空中支起来的断了的铁轨、满地的碎铁和被打得赤裸的红色的山坡以外,就只是长满了杂草的泥沼地;几年前,这当然是很好的田地。看不到房屋的痕迹。一颗没爆炸的、生了锈的、大口径的榴弹炮弹,一半插在泥里,在杂草中直竖着。但正是在这里,我们又遇见了那一对朝鲜夫妇,他们已经停留下来了,在杂草和积水的弹坑里跋涉着,惊起了几只青蛙。两个人都赤着脚,衣裳是破旧的。男的带着忧郁、深沉的脸色从我们身边过去了,女的却站了一下。用她那明亮的、坦率的眼睛看着我们,脸上隐约地露出一丝愁苦的笑容。她正好站在那插在泥里的炮弹旁边。她的脸叫长年的阳光晒得紫黑发亮,她有一双大的、粗糙的手,她健壮得似乎有些发胖。她背上那个两岁左右的孩子已经垂着头睡着了。

明亮、坦率而柔和的眼光;热的、渴望生活的、浑厚的力量。她一言不发地背着她的孩子在那颗竖在泥地上的重炮弹旁边站下了,这景象使人激动。这一切好像说:他敢再来轰击我和我的孩子么?

这一对夫妇,当然没有能在他们的土地上找到从炮火下残留下来的什么。但他们终归是回来了。

我看见那男子下到水塘边上,弯下腰去,拖起了一块已经裂断的木板。这木板相当重,于是他的背着孩子的妻子走过去帮助他了。

他们已经在着手重建他们的家庭！……

越过一座高地，沿着泥泞的交通沟走下山坡，我们就看见了，在不远的红山包的阵地上，在被炮火打得光秃的红山包山头上，在七月的辉煌的阳光下，飘扬着一面朝鲜民主主义人民共和国国旗。

我们站了下来，看着晴空里的这一面旗帜。为这一面旗帜所流过的大量的赤热的鲜血，这时候好像都涌到了我们的心里。我觉得我们刚才见到的那一对朝鲜夫妇的纯朴的心，也随着这旗帜在晴空里飞扬着。

烈日下，战士们在平着交通沟，唱着歌，喊叫着。山头上，弹坑的旁边，搭起了一些凉棚，休息着的战士们在用汽油桶烧水喝，并且吹口琴、打扑克，——昨天晚上十点钟以前，这些山头上是经常笼罩着敌人的所谓多管火箭炮的炮火的。有几个战士到阵地前面的桃树林里摘桃子去了。关于这桃树林有好多故事，敌人经常下来抢夺桃子，而我军的战士们就经常为了保卫这桃树林进行着小小的战斗。每年夏天，我们都进行着前沿的收获——从阵地上背下桃子来交给地方政府。部队交接防的时候，我曾听到交防的教导员对接防的营长说："老伙计，这个桃林我移交给你啦。战士们前两天去看过，全快红啦。"炮火停了下来，这个前沿的收获就更是令人兴奋。摘桃子的战士们好一阵还不回来，教导员有些着急了——前沿的地雷还没有完全清除。正在这时候，几个战士从桃树林边上出现了。……

"我说今年的桃子好吧！看，怎么样！"一个战士站起来大叫着，虽然他还什么也没看见。

"好呀，"远远的回答声传来了，"同志们！今年的桃子又大又……"

"咬在嘴里像蜜糖呀。"山坡上一个声音叫着。

这些喊叫非常诱惑人，大家都好像已经吃到那又大又好的、像蜜糖一般的桃子了。但是桃子来了,望着这些鲜美的果实,大家却连碰都不碰一下,好像只要一碰它们就会破碎了似的;看了一看,说上几句非常快乐、满足的话,就都跑开去了。

李承晚伪军在对面的四五·四高地上他们的地堡前面对我们喊叫了好一阵了。早上我们曾经和他们见了面,给了他们每人一份礼物,现在他们又来了。他们要求"看一看志愿军";我们下了阵地。

在毁坏了的铁道旁边,我们见到了这些敌人。他们从他们阵地旁边绕下来,跑过一片荒草地,戴着钢盔,穿着美造的、印着英文字的衬衫或者打着赤膊,最初是三个人,后来就陆续地来了一大群。"我们很想见一见志愿军,愿意和你交个朋友。"那为首的一个、打着赤膊的强壮的家伙说。最初的几句话显然是有准备的,但过不了一会儿,他们就开口问我们要东西了。要胶鞋,因为他们的皮鞋不好爬山。我们说:"你这皮鞋也是美国造的么?"那打赤膊的角色就略微显出一点不安的样子说:"不过我们也能造了。"要大前门香烟,要纪念品——有一个瘦长条的家伙,脱下了他的上衣,就要把他的"海军陆战队"的领章拿下来交换了,但是我们不理他。接着他们就诉说起他们的穷困来——一个军官的薪水不够抽香烟。

我第一次这样迫近地见到敌人。但我也仿佛老早就见过他们:几年前,这一类穿着美造的军服和皮靴、镶着金牙、戴着黑眼镜的被美国精神"一直武装到牙齿"的兵士,不是曾经横行在我们的土地上么?听着这些李承晚的兵士诉说穷困,我的心里就涌起了厌恶的感觉。

我们的一个同志叙说了我们人民的生活,这些李承晚的兵士哎呀哎呀地赞美起来了。

"我从前到过天津,真是好地方呀!"那个打赤膊的李承晚小军官兴奋地说了,"我顶喜欢听那个歌!……"于是他扭着身子,尖着嗓子唱起了一首黄色歌曲:"花儿为什么开?……"

我们的一个同志马上打断了他。

"我们中国人民最讨厌这样的歌！……"

大家都静默了一下。我们都看着这个激动的小角色：他从前到过天津,他在我们的土地上一定干过什么卑劣的事。在这个回答和这种注视下,这个打着赤膊的李承晚小军官迅速地又换了一副表情,他似乎是很恭顺地笑起来了,小声说："是的,是的,很好。……"

我看见了他身后的一个很阴沉地笑着的角色,又看见了他旁边的一个才十四五岁的孩子,我问："他是你们阵地上的么？"

"不是,不是,"这小军官赶快解释着,"他是后边医院里的,跟着来玩的。……"

这时,那个很阴沉的、冷笑着的角色在看着我；而我却注意到一个很瘦小的李承晚兵士,他正在向我们的一个战士说,他的父亲在中国,现在还在哈尔滨。

"你的父亲？你有什么消息告诉他吗？"我问,同时我向那阴沉的角色看了一眼,"你说吧：你的生活怎样,你有什么感想,我们可以替你转告的。"

那个李承晚兵士惶惑了,向那个阴沉的角色看了一眼。

"哎呀,"他说,"我没有准备。……"

"你就说说你的生活吧,我们可以转告的。"

"这样吧,"这李承晚兵士说,"我明天跟你们写来。……"

"哪一位还有大前门香烟没有？"那个瘦长条的李承晚兵士生硬地、惶惑地说,他显然很不安,因为还没有得到东西。

随后几个李承晚兵士又都来看我们的鞋子,赞美着,问我们还有没有。而那个阴沉的角色始终站在那里冷冷地笑着。这些李承晚兵士,大约是被动员着来向我们发动一场什么"和平攻势"的,但不知怎么一来,他们却开始叙说他们的穷困,完全忘记了他们所准备好的那一套,处在实在是很可笑的情况里了。而我心里的厌恶在增涨着。

回到阵地上,一个战士用力拍着他的枪大声说："你看看有一个像人样的没有？香烟！香烟！把我的两包烟全弄去了。我说,美国人,你要养匹狗,也要喂好一点儿呀！"

我又听见了我们山头上战士们的快乐的吆喝声。交通沟已经迅速地填得像小公路一样平了。一丛小树下面,一个班长对他的那些浑身汗湿,面色紫红的战士们说："就这样干,加把劲搞完了咱们全体下河洗澡！"于是战士们,疲劳的、累得喘不过气来的战士们,发出了尖声的欢叫,又爬上了山坡。

我迅速地走下了沙川河,踩着一些弹坑和弹片,走到水里。这时我才摆脱了被李承晚的兵士带来的不快的、憎恶的感情,并且想起了那些桃子。而在我身边痛快地游泳着的两个战士也正在谈论桃子,有一个喷着水愉快地大声说："要人侍弄哩,看吧,明年这桃子长得还要大！"

晚上,回到了后面,在山边一家朝鲜老乡家里住下来了。这是这个地区从炮火下仅存下来的几家人家之一。

我们的运输部队的几个战士坐在房间外面的踏板上,正在和一个朝鲜老大娘闲谈着。我点亮了一支蜡烛,把它放在靠墙的一座木箱上。对于停火以后的第一个晚上,第一次在前沿附近人家的院子里点亮的这支蜡烛,我是抱着一种胜利的、喜悦的心情。我们的战士们显然也有同感,他们瞧着这烛光笑了。但那个老大娘吃惊地挥了一下手,叫着说："不行的,防空！"

我有些惊讶了。在浮动着的烛光里,看清楚了她苍老的、慈和的脸,但不能弄明白她究竟是什么意思。旁边的战士们也不能弄明白她的话是什么意思,他们说,老大娘并不是不知道已经停火了,她刚才还很高兴地谈着呢。而这时老大娘的脸上有了严肃的、沉思的表情,既没有听见我们的话,也没有看我们。显然地,她沉到深深的回忆里去了。

我这时才注意到,在她旁边的踏板上,睡着两个女孩。这两个小生命盖着一床白被单,一个从这边,一个从那边,探出她们的头来,在乌黑的、齐眉的儿童短发下,两对快乐的眼光对着烛光闪耀着。她们稍微静了一下,证实了大人们果然是不再说话了,就在被单下面扭动起来,翻滚起来,用很小的、压制着的声音齐声唱起歌来了。

老大娘在她们盖着的被单上捶了一下,说了些什么,显然是要她们不要唱。

但她们仍然唱起来,她也就不干涉了。她的脸上仍然有着深思的、忧郁的、严肃的表情。

随着孩子们的歌声,她静静地瞧着我们所点燃的烛光。这微弱的烛光照亮了院子,照见了墙角的几个酱缸、一个铜盆和墙头上悄悄地开放着的牵牛花。

随着我的眼光,她也朝着她的酱缸、她的铜盆和墙头上的牵牛花漠然地看了一眼。

我渐渐地明白了,她刚才制止我点蜡烛,除了是由于几年来的习惯的反应以外,还由于那种小心的、对战争的停止还不曾习惯的、对和平生活的出现还抱着疑惑的、苦痛的心情。

一个战士告诉我,她一家人在这个战争里就剩下了她和她的小女儿。踏板上的另外一个女孩是她女儿的同学,她们的邻居,失去了父母,经常到她家来玩的。

她太渴望和平生活了。当然,要达到真正的和平生活,在朝鲜这块美丽的、受伤的土地上,还有颇长的斗争道路。战争的创痛是她永远不能忘记的,对于强盗们,是什么也不能相信的。于是,看见了这一支几年来第一次在院子里闪耀的烛光,她就有了那种苦痛的反应。大约她这个时候是在沉思着:好久好久以前了,她的屋子里和院子里,晚上照耀着灯光,孩子的父亲坐在桌前……。

我们都沉默地坐着。只是那一对女孩,虽然在战争中失去了亲人,心里仍旧充满着明天的喜悦,在白被单下唱着歌。对于强盗们自然是什么也不能相信的,但她们和老太太有一点不同,就是,对于自己的充沛的生命,她们是相信的。于是她们欢呼这烛光,唱着歌。老太太不再干涉她们了。我们欢笑并且向她们鼓掌,她们就把被单拉到头顶上去,但不久又探出头来,顽皮地闪耀着她们那天真的黑眼睛。

　　老太太的严峻的沉思的表情变得柔和了起来。我说:"现在是应该点亮了灯,让孩子们唱歌的。"她点点头,轻轻地叹了一口气,于是眯着眼睛看着她的女孩们。当她的女儿顽皮地探出头来看着我们的时候,她就俯下身去,抱住了女儿的头,轻轻地拍打着、抚摩着,说着我所听不懂的什么。她的眼睛潮湿了,明亮而柔和,看着烛光。

　　我觉得她是在说:是胜利了,可是多么不容易长得这么大啊,孩子!你们应该快乐,应该的,可是不要忘记我们是度过了多么残酷的年头啊!

　　后来她就非常沉静地坐着。

　　天上繁星闪耀。寂静、黑暗的田野中,飘荡着成熟了的包谷和丰满的秧苗的热烈的香气。附近的小溪流在悄悄地歌唱着。从六七里外的前沿阵地上,传来了我军执行命令、爆破工事的隆隆声。满装着弹药器材的汽车驶到后面来了——明亮的车灯划破了山沟里的黑暗。……

一九五三年十月,北京。

后　记

我在一九五二年底去朝鲜,一九五三年七月朝鲜停战后回国。在朝鲜半年多的时间里,我先后访问过志愿军几个部队,到过开城、平壤等地,接触到志愿军的一些指战员,听到了在几次战役中中朝人民军队英勇作战的事迹和战斗情谊。也到过许多朝鲜人民家里作客,和他(她)们同桌共餐,欣赏他(她)们的歌唱和舞蹈,听他(她)们倾诉这几年间经历的患难。我也在前沿阵地和战士们一起在壕沟里躲避美帝国主义 B26 轰炸机……朝中两国人民和军队的国际主义精神,志愿军英勇顽强的战斗作风,朝鲜人民和军队宁死不屈的英雄气概,都使我深受感动,并在激动之余写了些东西。除收集在这里的以外,还有同样题材的短篇小说《节日》,尚未发表,现已散佚;长篇小说《朝鲜的战争与和平》原稿虽已找到,但已不全了。这些作品,从各方面介绍了志愿军和朝鲜军民的生活和战斗情谊。

快三十年了,平壤城的废墟和它周围的景色,开城的街道市场,朝鲜人家的低矮的屋子,农村夜晚暗淡的灯火,妇女们的忘我劳动和殷勤好客,都历历在目,令人难以忘怀。然而,四分之一个世纪以来,我不仅没有机会去重游旧地,看看朝鲜战后的巨大变化,而且由于大家知道的原因:我的一支笔也长久没有再提了。

很多相识和不相识的朋友们,都在怀念着我,关心着我,希望重新看到我的作品,我是非常感激的。尽管我年事已高,疾病缠身,但我还不愿辜负同志们、朋友们的期望,愿以有生之年为我国文艺事业的繁荣尽点微薄的力量。

这几篇旧作的辑集发表,一来是为了对朝鲜人民的怀念,同时也是用以感谢许多陌生而又熟悉的同志们朋友们对我的关心。

1981.3.23.

（原载《初雪》,宁夏人民出版社,1981年）

集外短篇(1938—1950)

本辑作品据原刊排校,原刊情况见篇末说明。

在游击战线上

（一）郑司令之死

　　八月十五日离开郑州，半个月了，在去洛的沙原上走向第×支队的队部去，扑面的黄河里我们疲惫然而亢奋地走着，用自负，热情的眼光，我们正视着我们底希望。

　　黄河，发射着耀眼的光亮从对面迎了来又走向北面去。天边有折皱形的太行山的尾梢闪跳着乌蓝的光，甚黄的晚霞从那里一丝丝地抽落下去了，于是黄河又被风卷到太空……

　　……哧……嘶——！

　　黄昏底沙原，蒙眬里飘起战马不耐烦的嘶叫。

　　经过多少曾经是和平然而现在被焚毁了的村庄，田野；半个多月我们亢奋地走着艰窘的路途——！

　　然而，××村将连月明天的朝阳一陈在我们眼前闪耀了呀①，在这一夜我们休息得意想不到的安适，虽然这一夜我们仍是和以前一样地睡在瓦砾堆里……

　　四个月半。我们底歌声将在暗的沙原上漾起一阵愉快的波浪：

　　我们祖国多么辽阔广大……它有无数田野和森林……我们没有见过别的国家……可以这样自由呼吸……

　　在以前，这言语是如何被我们羡慕呵，然而现在，它正是歌颂着我们自己底国度了，在喜悦的战斗的旋风里，我们不正是自由呼吸着吗？

---

① 原文如此，"一陈"疑误。

是的，可以这样自由呼吸……

一早，当太阳第一根光线哆嗦地飘落到沙原上，我们歌唱着走进了马武村，弟兄们为这几个奇异的异乡人聚拢来了……在肩后我看到无数朴实的脸——我们被引导着走进一间略完整的泥屋……

我们欣慰地会到了郑司令，递上了总部的文件，说明了我们底工作，郑司令谦虚地笑了，那润泽而清晰的嗓音里响着关外草原特有的风味。

"郑司令是东北人……"

郑司令甏扭地一笑。过后他仰起头来，仿佛被什么沉重的东西打击了一般地拾起他哀怨的眼光，向我们照射着。我感到我的话伤害了他，我感到不安……

"郑司令，这次功绩不小，这次……"

"不，不，咱们近来才甏扭，又是这些日子见不到敌人……都是弟兄们好，吃自己的，穿自己的，拿自己的枪替国家出力……唔，他们都是这一带人，黄河北岸！为了家……这地方我们再不退走了。没有家这多年，我是……"

郑司令慢吞吞地踱回案旁，很吃力地使他底情感恢复了平静，然后弯下腰，抓起红铅笔在地图上点划着。

"夏先生，您看……现在这儿正规军有×万……曹县的敌人又退走了，我这里零零碎碎只有一千多……早□敌人打这里过路，那么……哈！……"

我们的眼光跟着红笔尖在地图上爬走着，红尖在太行山那个圈子里站住了，而且跳了一下，"他们打得才够种哇！可惜咱们这一带没有山。……山……"

在我的眼前，现在那闪着蓝光的严峻底峰群，是呵，这可厌的沙原，……然而，现在敌人要来占领它，它应该是可爱底土地了，我们要永远守住它，这一片沙原……

什么时候郑司令，出去了，而且一会，他跳着捧进一盘□□来：

"吴先生，夏先生，自家人啦，远路辛苦……我，别客气。"

这是一个多么可爱的人,我望着他红红的脸。深秋的阳光从窗口爬进来,搔痒着我的心,它似乎跳得更愉快了,青年的战士呵,可爱得像深秋的阳光……

吴他们到北岸,到"山里"去了。留下我。

黄昏,偏西的太阳刚一跳,便瑟缩地落下去了;剩下了满天灰暗的云翳,还有从地下卷起的黄砂弥漫了天野,天,沉沉的,仿佛要压下来。

随着干燥的晚风,一阵不合韵律的歌声飘□着,郑司令很轻捷地跳到那边荒芜了的田里,立刻一只灰狗跳出了。仿佛为了这歌声的,吸了它向这边奔过来,径奔向村舍里去。……

"拍!"

从狗的尾后卷起一团火花。那条高大的灰狗发出几呼尖嚎,摇曳着爬了几乎倒下了,带着几分怜悯和惊奇,我跑过去……

这滑稽的家伙,在这么平静底黄昏,有什么事使他毙死一只狗呢?他疯狂了……

突然郑司令在我肩上猛地一拍,接着发出几声喜悦的笑……

"朋友,明天,送上门的买卖……"

我张大眼睛,我奇异这家伙,……

然而他仰起了头——

"哈,告诉你,这是敌人的军犬……这村子里狗早绝了种啦,而且只有洋狗才这么大,那年在关外,我见着多啦——喂,弟兄们过来一个……

"小心点,但你到前面宁兴堡去探听探听,那儿有多少敌人,向这儿来不?……

……

一个新底斗争跟着篝火烧起了,……

夜,像是无底的,匍在沙原上茫漠地爬行,不被人注意……随着火苗,周围都摇闪着,无数的面孔上反射出红红的光。左边焦朽的木柱伸着胳膊,像巡守的哨兵,在无底海似的夜的沙原里,一切都屏息着,倾听夜的脚步……

人们比夜还要静。每一颗心跳得那么烈,……郑司令在火光里把眼光抬起,似乎告诉人他要说话了,他的话只是那么简单而清晰地响起,这北国的夜底原野,仿佛也被摇撼着,"今天夜里敌人不会来,但是要小心点。告诉所有的弟兄,明天蒙眬亮在××集合……的,现在大家休息,准备……

立刻人群喧哗了,大家心里放下一块重压的石块。郑司令经过我的身边告诉我敌人只有二百,而且有很多辎重,夜袭可以不必,敌人明天是跑不了的,……

然后郑司令走向黑暗里去!

在我耳边缭绕起朴实的情歌,一个年轻的弟兄虔洁地仰起轻愁的脸在火光里……

"小宁,你明天会死的,……"

在擦枪的金属响声里,低低地送过来一声善意的咀咒,……

太阳从黄露里跳起,满天的云立刻被烧着奇异的色彩。村子后有剩遗的鸟儿扑着翅膀呀呀飞去了,向遥远的黄河。……

大道旁,堆着麦秸和杂草的田里一千多弟兄散开伏下,一共分三□,前面,我们看见郑司令的红旗像赤鸟一般地一挥,这是一个信号。

沙原的边际,敌人来了,一群黄色的东西。

有笨重的辎重车声可以听见,在机声轰轰里,时而突起战马的嘶叫和几声叫骂,……

这北国的沙原难道可以安全地让你们行走吗?敌人不曾梦想到两旁是伏下了一千支枪杆呵!不甚遥远,我们可以看到俯视着的人群,走走,一直到沙原的边际,……

二百人这么多?一定是打听错误了,假若在这种局面下干起来,怕没有什么好处吧?敌人也有一千呢?……

突然,几个敌人站下来向郑司令他们伏着那里凝望,大概郑司令他们被敌人发现了,我又想起:可恨这里没有山……山……

"拍!"在我身旁那个叫做小宁的家伙,咬着牙扳开了枪机,一阵暗蓝色的弹烟立刻随着细弱的风向我的头上漾过去了……然而子弹却从敌人的头上飞穿过去……没有中,这性急的小家伙。……

我要抓住他的手禁止他再来第二枪,然而,蓦地左右枪声都爆发了,我知道我们有×十只机枪,并不顾计这将延长下去的战斗,我为这枪声兴奋着。我弯起手臂……

中午,敌人自动地退了,我们在田里抬起十一箱防毒面具。小宁满身是血的拖了一大串马来……

"有马骑啰!夏先生……"

"唔……"

我的心几乎已窒息了,我向碉堡那边奔去。

……

穿过了黄昏便是夜,在烧焦了的碉堡下,火苗在火堆上爆跳而唱着愉快的曲子。人们的心都在动摇,每一颗绞着泪的心房向黑夜的底里沉压下去。……

抱着郑司令的尸身,我在火旁立着了,爱将那拥塞底河道凿通,泪在颊上流下来,混着那尸身上的血珠,在火花里滴!滴……

血,今天你在我们自己的国土洒下去,明天的朝阳将使你长成殷红的花,明天你将变成燎原的火光,将幸福将自由烧向每一个黑暗的角落里去。血,黎明的太阳升起的时候。我们将踏着你去战斗……

郑司令,他那长留乌黑头发的头软软地吊着,眼儿安祥地合上了。郑司令,我们的领袖,我们的伙伴,一年来在这坚苦的战斗中,在这铁流里,和弟兄们仝饿过肚子,奔跑在这茫漠的沙原上,给敌人以不可抗拒的打击。

我低下头来,弟兄们全都将燃烧着的眼睛投向这张为大家所热爱过的面庞,那带着孩子气永远闪灼着青春的像碧海般的眼睛如今是不再睁开了,他的血已经为了我们流去,它已经使我们的意志更坚强像铁一般。

风儿,从沙原的边际轻轻偷窜过来,把火苗压得花花地抖着,仿佛在探视什么秘密。人们的脸在暗影里忧郁下去!

放下郑司令的尸身,我颤抖着立起来。

"弟兄们,为了国家,为了自由郑司令已经尽了他的责任了,剩下来的工作是要我们担负的,弟兄们,久呆在这里是一种危险,弟兄们愿意跟我重新建立新的天地吗?我们走向新的地方去,所有的国土都是我们的……"

手臂樟木林似地林立起来。

"郑司令的血是我们的证见,我们要替郑司令,替殉国的弟兄复仇!"

"呜哇,我们复仇……"

夜的沙原被抖动了,这声音一直在黑暗里回延,回延一直隐落到天边……

(原载《大公报(重庆)》1938年12月19—20日《战线》副刊,署名流烽)

朦胧的期待[1]

曹井心里的悒郁扩大了，像这北中国秋天草原的雾。起先偶尔想起稍留在遥远东方的老幼，接着，所有的怨恨便在他心里爆裂，雾在草原上弥漫起来，一双大手把世界隔绝了，而且重重地压住曹井的心窝，原野在延转着似的昏暗下去。冷冽的气流漫进单薄的皮衣，曹井在颤栗地摇晃了，怒气从脚头使出，他猛地踢着地下被浸湮的枯草。

看不见机篷那边，沉重的金属，噗散布出来，是□□□□打听的那架"乌鸦"吧？

接着有声哑的桑音叫叫了，又是那个老者那当差，没有好事。其实曹井只觉得耳朵机械地听见一声叫，是不是在找曹井将军呢？

绕过六架"九六"机，朦胧里那里的老者递过来令文，用电棒照一照那一行单调残酷的字，曹井又被怨恨烧着。

这么冷天，这么大雾；又是这讨厌工作，这简直不像战争；不像在国内时想的那有趣的战争，小小的支那人……

他在朦胧的泛流里穿出穿进，□两片干叶的当不住地咕哝着，是呀，征服支那并不如"他们说"得容易，有趣……

这么夜里怎好侦察！支那人不是呆子，阵地里不会有一星火光呀……

---

[1] 原件不清处用□表示。编者在整理时参考了李怡、朱珩青和陈刚整理的版本，见朱珩青《路翎传》"附录二《朦胧的期待》"（大象出版社，2003年，第225—234页）和陈刚《北碚文化圈与1940年代文学》"附录一、作品钩沉：《大声日报》副刊'哨兵'上的路翎作品"（吉林大学中国现当代文学博士论文，2005年，第197—206页）。

想着想着,他麻疯地僵直在坐舱里了。粗大的手在驾驶杆上一放。他的眼睛就钉住躺在一旁的机枪。他慌张地摇曳着,每一根血管都热悸。

……是在无穷的海里被破了船一样地惊恐,是的,北中国的夜就是沙漠的海洋呵。他放下一只绿焰的照明灯,而且滑低了一百公尺——现在只有六百公尺。

西南方,再西南方,照明灯只照见茫茫的雾,他立刻又焦灼了,皇军的空军是无敌的!怎么支那军躲着呢?一种有教养的迷目底骄傲偷偷地进了他的心。一颗照明弹在黑暗里一切,他又滑低一百公尺。

××河像一柄古剑在黑夜里闪出光亮,左侧一个大迂回又向东流去。曹井知道河北岸是自己的皇军,那么河西南一定是支那军了,再低一点或者可以发现什么,他将机头一俯,整个宇宙立刻发出颤栗的回响。

河面上有红点一闪,接着有子弹的弧线在低空划着,曹井一惊,把机头放稳。他的手放在机枪上了,然后他把眼睛一闭。

扳拉……

一声极清脆的声响在右侧爆炸了,曹井把模糊的眼睛张开。硝磺气便从机翼上拂过,怎么办,这分明是高射炮弹,是的。他的手立刻慌乱的做了个急速的动作。机身上一颗小炸弹便惟命地掉落。逃命是最勇敢的人也有的本能——他开始爬高。

高射炮弹接连□□□了。在□他□□□□,他发觉机身已失去了平稳的力量。左右前后,红的火球玩笑似的跳着。

曹井将军像做了一个噩梦。这是什么怪事呀,支那军不会有高射炮的。唔,他发现炮声是从北岸响了来,他完全明白了,这些不高明的蠢货了!然而他又责备似地一笑,将军今夜又做了这件滑稽的事,放下一颗假号弹。

然而,信号弹的光焰尚未飘落到地下皇军的眼帘内时。一颗高射炮弹却占了先。破片在身边飞开,曹井在红光里一昏晕……

火苗贪婪地在坐舱前只过来,曹井开始迷糊了。这无限的夜底海洋里有那么一朵红火向高空爬去,而且发出怪响。当油箱破裂机身向下俯冲时,保险伞像一把大手提着曹井半焦烂的身体飘落在夜海里……

××河带着浑浊的沉郁,带着从上游摸下来的先年的白骨和浮尸,从阴沉的夜里,哽咽地流过来,黎明用一种灰色的微笑,将它的面庞做得更惨厉了。秋天草原的雾,是容易弥漫起来的,灰暗的雾气里,太老了的××河里之地流去……

河的两岸被洗刷成了平滑的线条,滑过沙岸,便是拖开去的温情底草原。两边草原上炮火跟着黎明希了,睡眠贪婪地休息在每个夜里打疲惫了的身体上,偶尔有一声枪响,那是极清脆的——这会惊吓得那正在沙岸上爬走着的曹井一个坐跌……

拖着一身泥水和血渍,曹井将军向边北溜——北边是自家皇军的阵地呀,他将头一摇,水珠闪出白铜色在阳光里向四下飞溅,于是立刻他又被怨恨燃着,他咒咀起来:丢一架"乌鸦"不打紧,这些笨货呐呐,这些永远不会飞上天的笨货,闹了这件滑稽事。笨猪,难道队里派我出来,不,不告诉这些猪吗,马鹿……

"站住!"

声音在荒草丛里响,曹井被枪刺的先惊醒了。腿一拘攀,创口像刀子割地痛起来。他扑地坐倒。

"呜呀,是我,是×师团直口空一等兵曹……我叫曹井……呜哇!"

曹井仿佛受了侮辱那么哭泣地颤动着,我就要升队长的啦。马鹿,不识相,自家长官……

曹井一肚子哀怨。

当他醒来的时候他是睡在一间破陋的泥屋内,因为腿上流了过多的血,使他更灰心了,想到家,就往忧郁的海里一沉……

"这个战争简直,滑稽而且糊涂的!"

在曹井脑内,傲岸的教养和现实起着纠葛,他再没有别的话使他的心思畅快了,他于是有了个朦胧的结论:"为了皇军的光荣,糊涂战也得打,不是嘛?"

在孩提的时代,傲岸的教养已在他灵魂里深深种下了!像每个大和民族的"出征者",曹井永不会说明这迷信底傲岸,他只是朦胧。

从枕下,他摸到"个人□"和一本小日记簿,上面除了书着他悲哀迷糊的梦外,还粘着一张小照片——他的老妈在他的肩后探出头来,妻儿在一旁坐着,有了孩子的妻还是那么和悦……他的一家人全在这上了,好像挤着似的,不调和。

他用一些血抹到照片上,然后开始忍着痛祷告,然而他并不祷告他这无保障底生命。他祷告:一家老小不要饿肚子……

门□呀的开了,进来了木田大佐,还有一阵冷雾。

"曹井!好些了,我问你,好好飞机怎会失事?"

曹井在模糊的光线里慌张地抬起头来,他完全没有想到这一着,他的心跳到喉管来了,怎么回答呢?

"是呀在黑夜里失了事……"

"这个我知道不用你说,问题在这里,怎么失事的?"木田大佐将头看着屋角,小小的鼻子下的那一丛短胡上有小珠闪耀着,然后他把眼一向。

哦,大佐将军,为了黑夜……哦,支那军有高射炮啦,报告中尉!……

曹井青青的嘴唇作了一个苦笑,他静待阴险底木田底反应。

"那好!"

木田大佐并没有表情,回答是意外的捷□。

曹井可以下地慢吞吞地行走是在一个有鲜明太阳底中午。他已回到机场了。

温和的日光,使空气颤抖着:机场左端的小屋内因了木田大佐的招集拥塞满了人。他们都穿着起了皱的皮外衣,他们的脸蛋几乎都是属于忧郁那一型的,他们都有着两颗大大的,但是不光亮的贪婪底眼睛。

屋角响起不怀好意的笑,光线不好,看不见是谁——曹井数说着自己的胜绩和支那军的无能;这使人们对于这次就要来到的出击感到迫切——闭着眼开机枪的事，是多末有趣呢？这使人们对于那个不怀好意的笑着忘记了责备。

曹井拱动着大鼻头，他的话在静寂里完结，这其间木田进来了——他并不愿意带进来可爱的阳光，门在裂了够一人进来的缝后又被多毛的大手关闭。

出发□被造做成这么不可思议的隆重与庄严，人们闭着贪婪的眼睛像闭着这小屋的门一般使灵魂沉落在幽暗里。曹井该是多么够骄傲呀，打坏飞机反使光荣落在自己头上然而闭了眼睛他想起家，到底，这战争是属于滑稽的；那么假若打死了是为什么呢？没有答案，他立刻被朦胧淹没了！甚么时候带着生命渡过大海回到家乡去啊！

"皇军总是光荣的。"

他是那么聪敏，他找到了一句适合的话。

曹井站在队里是末尾一个。木田大佐在队前阴沉地踱走——像这样的出击已是很严的事了。最热烈的事也不会使他兴奋，他是一个没有情感的人。"像这样的人，他底血液里是不会有太阳的。"曹井对着他的背影吃吃地骂，而就连木田自己也仿佛血液冰冻起来了，他狠狠地望曹井一眼——眼光里带着恐吓，这使曹井连想起飞机失事的那一回事。其实木田并没有听见曹井在咒他，他正也在想着怎么处罚，这"小家伙"，丢掉飞机的事……

木田真是没有情感的人吗？不的，他底泪水是留在只他一个人孤独的时候涨起来的（那自然多半是黄昏），他踽踽地走在小门上，他虔诚地祷告：

"梅子，那活泼的小鸟儿，神明是会宠爱我们的，我的身体是这么结实，我并没有疾病，纯洁的梅子，我们的婚期该就到了，我们那一天才能会见呵？"

他这么祷告而哭泣着。"我们为什么要打仗呢？"他也这么想,但是当他对待他的部下时他便冷酷了,笑和哭——一切感情的震荡,简直是奇迹。……

"部下"对于这沉闷的静默不安起来了,他们底迫切的兴奋像浇几桶冷水,大佐又想甚么鬼呢?——大佐是不会有被太阳照着的思想的,大佐只会想阴沟洞里的那些霉毒的事。

大佐的声响像远山的炮响那么沉闷,人们把听觉削得尽能地尖锐,大佐说:

"在最伸展的高空阵地要保持连络,听指挥机的命令,××河南右侧有敌人的高射炮阵地?我们必须毁灭它,这次的任务是阻当敌人××河后的增援而使我们的'皇军'全胜,再有我机到×城去侦察敌空军站。这任务是比较困难的——为了圣洁的皇军的光荣,我们应该完成它。我们必须完成它?"

"良心呀,圣洁的,支那女人都送给你?不许别人玩才圣洁。"曹井在肚子里咕噜着,然后抬起眼来望着木田大佐。

"好的!曹井,你就领路了××河南的敌高射炮阵地?"

没有错,曹井并没有听错,好残酷的报复呀!分明是自己高射炮打的,但是曹井必须不说出来。——因为是皇军的光荣?

曹井悲惨地昏晕了,虽然这并不是死刑,但这处罚是不会轻的。当兴奋和光荣的鼓励冰消的时候,曹井的热力也冷了,他明了自己的身体尚是不健全的。

他朦胧地爬上最前排的一架小型机——仿佛木田大佐仍在命令什么什么的,但他的听觉已经迟钝了。太阳使他皮衣内的身体冒着金星,他慌忙地使马达开始颤抖,推进机的叶片便虎虎的转动了——这当儿后面所有的马达都战栗起来,空气被蹂躏而发出杀杀的苦笑……

机身左右的摆动着,曹井首先滑出了行列,一个一百二十度的脚角,机身升在被太阳吻抱着的空中了——曹井的身体因凉爽而舒适些,然而创口却微微地痛起来。

××式的战斗机在机场左端飘起,像飞鹜一般升向秋空稀薄的云片里,轰炸机像老牛一般喘息着,而最后升起的是雪白的指挥机。

二十七架的扩散队形,在八千公尺的高空,以平和的速度,向东南××河行进。

曹井在左翼将机身突出着,指挥机的信号像一条带子扣住她,使他不能再加速——时间是下午一点了,太阳将温清的光线洒在翼下展开去的草原上,××河仍然像一柄辉煌底古剑,在接受着太阳的抱吻,也接受着××一次是蹂躏……!

灾难,像暴风雨般袭击着这一片草原——在海那边的曹井的国庆礼是没有这梦一般的温情的,这和平的古国呵——而曹井自己去正担任着毁灭和平与毁灭自己的任务,曹井应该感到可耻吧?但曹井的人类底智慧被剥削了——曹井只有一个朦胧的期待!

"那一天结束这糊涂的战事,那一天能带着'生命'回去呵?"

××河在翼下出现了,曹井对于金黄色底这一条水流发生了爱慈。他不停的想:"我们不应该丢下炸弹而毁灭了它,赶快过去吧,可爱底××呵呵!"

指挥机的信号来了;但是这里可怎么也没有高射炮阵地呀,支那军的?

假若找不到支那军的高射炮阵地,回去要怎么处罚呢?他想混过一刻难挨的时间——,甚至想遭遇到支那的空军——假使和支那空军遭遇可以混去木田大佐的追究,而自己又可以逃走的话。

他是一个好心的青年人呵,他为什么会咒咀木田被打死呢?

在八千公尺高空,队形现在有些凌乱了,曹井搭讪地将机头斜斜俯冲下去,他想起了欺骗的方法,他想乘木田不注意的时候,向随便一个凹地里投下所有的炸弹,这样他便可蒙混,可说支那的高射炮阵地被发现而毁灭了……

机身恶劣地摇晃着——草原上滚动着沉闷的音响,黄土被撩到半天……像清澄的水被猛地里一捣,整个温情的天空浑乱了,太阳也仿佛起了强烈的颤抖。

曹井感到一种不快的预感,好像机身也落在自己投落的炸弹的振动里……他将机头拉起!

"哒哒……"

从优越的角度底高空,一个黑点急降下来,机枪弹尖啸着在身边飞过。

接着,一条蓝花的升降舵消失在右翼后。

"支那——空军——"

曹井脑里电一般闪过一道黑光——只一秒钟,花机从尾后咬来了。

"逃!……"并没有思索。

曹井浸在死之的恐怖里……

推进机伤损了,曹井假装尾施地放出藏气管的青烟……

在××河东北角,曹井逃出了死网——曹井松了口气,向自己队部里艰窘地飞去!

十分钟的遭遇战斗丢了六架×型机。

曹井咒过木田,然而木田没有死,黄昏里,木田的机才降落在机场的东南角。

曹井的手臂又伤了,他残忍地望着创伤笑着,——他在想他可以因了受伤而回国去,他可以见到自己的可爱底家乡,而且可以不遇到残忍的木田中尉……甚至他愿意失去一只手臂。

木田又在面前出现了,曹井仿佛预感到什么不幸的事而惶惑着。经过了一分钟沉默,曹井渐渐有些愤怒了。

"我有什么罪,你配,你这样看我!"——曹井想骂出来,但是没有,他冷静地立着。

"什么皇军,什么天皇——我们流血给谁打战——多么可怜的生涯呀!"

"向天皇发誓,你损坏皇军的光荣——"

木田吸了长长的一口气然后从牙缝里迸出猪叫般的骂

声来：

"第一次出事，骗我有支那军高射炮阵地，哼！今天你向什么地方投弹——你欺骗天皇，你引来支那空军——你还逃了命！"

"不，我可以拿我的生命打赌，凭天皇发誓，我……"

"不许说，——好，明天派你一个人去侦察支那空军站，不然……"

曹井的梦想被粉碎了，曹井咒咀着天皇，"明天一定死了"他哭着叫着，希望已不再温暖这青年的人和民族的战士了！

此国的夜在草原里是温情的，它噬咬着人们郁悒的心——生命被丢在异国，生命是这样无保障——为了什么呢？

这问题只有这一片可爱的异国土地能回答。

第二天一早曹井负伤飞去了，机身摇着离开机场，消失在被朝阳温吻着的远空。

又是草原的夜，草原的夜用温情回答着异国人底梦乡，接受着异国人底誓言，眼泪——曹井不再回来了，曹井是顺着××河哪老了的水流流向东海去了，哪里有他期待着要得去的故土……

人们用眼泪来洗自己的悲惨生涯，人们哪回去的期待永远只是期待了。

木田将眼泪在众人面前流出来并且诉说着隐衷，木田也会哭？——这只有异国这柔静的草原黄昏知道。

（完）

一九三九年，二、一，于合川

（原载《大声日报》"哨兵"副刊 1939 年 1 月 8 日第 56 期、1 月 15 日第 57 期、1 月 22 日第 58 期、2 月 5 日第 60 期，署名流烽）

"要塞"退出以后

——一个年青"经纪人"的遭遇

在工程处转弯到情报所的那一段沉寂的山路上,沈三宝遇到那个姓杨的炮兵连附,他走着问:

"怎么办了?"

"刚才的命令,明儿晚上撤退,我去看看弟兄们,告诉他们,停工吧!……"杨连附把沉重的钢盔推向脑后,焦躁的揩一揩汗,加着说:

"做了又拆,拆了又做,才一个星期……真他妈……"

说着杨连附就转过坡去了。沈三宝一个人留在迷惘里,心里有些狼狈。想了一想便又走起来,在情报所前五十米远的那个涌着黑波的松林里又遇着两个埋头疾走的勤务:

"喂,喂!"

"刚才又有司令部的电话,叫明天下午撤退。主任在等你……"

说过便走出松林去了。

沈三宝更显得狼狈了,那细致的面孔发着青果的黑色——自己先就悔恨起来。自己的汽轮没有了,自己的家毁在炮火里了,自己原可以到汉口找朋友的,甚什么要到这"要塞"上来呢?挨骂,给人家笑,仗又没有打到——而且现在时代显然变了,并不是打一仗就可以做英雄的。沈三宝用下唇将上唇裹着,脸色痉挛地发青,于是又那么习惯地想:"趁早走他妈的吧!"

脚却跨进了情报所底门。

"报告沈副官:我们同志怎么调度,主任叫问你……"

"唔！……"

"沈副官,我们底'工具'给第二连借用去了,现在我们要用……"

"唔……"

而脚却跨进了金主任底办公室。

"是沈同志吗？有些事件在等你解决:你哪去了。"

"我去看看我那个亲戚,工程处派他今天走。主任,我也今天走——我告一礼拜假！"

"胡说！我说你起先就不必来,来了要走却不大容易。你以前是个'经纪人',可是到这儿来却不能有那种天不管地不收的架子……"金主任将手掌托着下颚,眼珠在高颧骨上面挤着转,那两点使人感到寒冷的钢样的灰色光芒就一直探到沈三宝惶惑而又带着一种习惯的若无其事的眼睛里去。把声音变温和点,又说:

"沈同志,你才到这儿没有两个月。你的底细我很知道！你以前很有一些家产——是的,你有两只汽轮……你做转运的生意,你是在外边'爽快'惯了的人,在这军队里自然一时习惯不来,不过,你底精神很可佩——你不要来的时候凭一股兴奋,到后来却又甚么事都灰心。是的,在军队里就是这样,第一要忍耐,第二要吃苦,第三要——你现在自然要先丢了那些'不耐性'的习惯,慢慢会好的,是的,会好的……"

这时候运输三班班长进来了,睒着红丝眼:

"报告,我们底车子给第四连开去装弟兄去了,我们这里这三百发炮弹没办法运。"

"混蛋,哪个第四连？"

"不是司令部的命令……"

"这点事也要噜嗦,他开你底,你就开别人底,先一步是一步,反正已经到了……"

等那个运输班长出去了,金主任高颧骨上灰芒的眼睛又射向沈三宝:

"中国军队就这——没办法,他妈,一骂都解决了。现在,你看,你看这一塌胡涂,这座××要塞算……好在我是不离开这地方了,我们做事,要就先别做,要做……"

现在沈三宝沉静了。忽然想起毁灭了的家和财产来便沉静了。自己总算还活着。逃跑。沈三宝向来是拿这一切不当意的。

于是沈三宝在内室外室地开始忙着那些生疏的事。因为一个在外边流转惯了的,拿一切不当回事的转运商人出身的年青的沈三宝,惯常有一副近乎卑谦的和悦的笑容,"骂"便很少发生了。总是"沈副官你帮帮忙","报告沈副官,这件事我想……"……这些语句像在一个买卖公司里常见到的一样围绕了沈三宝。

沈三宝并不能凭智慧去解决那些事,只是凭了一种职业的笑容去对付。这笑容久了会被厌恶吧?——不的,在这种场合,这里面有着一种宽大的和悦,而且是有真实感的。——沈三宝心平气和的忙着,但他却还有一个想头,找机会逃走。

又派出了六个勤务通报明天正午十二点撤退。

沈三宝现在站在一个正在凉了下去的混凝土池子前面。秋天,大片的阴云在天空舒卷着。风吹来四里外江流的水声。人全惶乱而无主张地跑来跑去。三百发炮弹想法运走了,又是八吨钢条没法转运,又是……金主任尽管红着颧骨在争嚷。只沈三宝一个人现在是平静的。混凝土池子那边是高高的土堆,底下远过五千米的斜坡再通过一些延长的丛林人家,便是江岸。沈三宝站着的地方正好不让人发现。

这是一种奇迹的近乎麻木的平静。他想到他二十六岁的生活,想到黄浦滩,十里洋场,想到自己的财产,无拘束的飘流,想到在火线上毁灭的家,于是深长地叹了口气。早把家带到汉口去多好啊!又想到"逃"。

于是他立刻便惶恐起来了,心在胸口要跳到喉管来似的,满身血管膨胀着,脸一红就显得更狼狈了。正好这时候响起集合的号音。金主任转过土堆,出现在他的面前:

"怎么你一个人呆在这儿！看见杨连附没有？刚才四点四十五分的电报宣布，敌人今天早上龙角嘴登陆已经证实了，陆上××、××已经失守了——连夜撤退！他妈，你还不动！"

集合了，报告撤退的消息，再找杨连附，派四个勤务出去通命工事赶快折，赶快到坡下集合——但是杨连附说尚未派出的勤务只有两个了，派出的又没转来，于是无主张的急，嚷。……

沈三宝自己一个人陪着金主任站在所门口，杨连附不知甚么时候跑到哪去了，秋天底黄昏，雨开始落着。金主任用冷光的眼睛焦灼地望着云头，而沈三宝则凝视远方茫茫的江流。那细致的面孔，闪动着黑绿色的流质，眼睛却是烧着的烟黄色。兴奋，希望……全完了，现在第一步是：怎样逃生。"但是到这里来，没有放一炮也没有放一枪，全是丢了，而且比自己的生命更重要的也全丢了——甚么回事啊！"于是他在雨中叹息地踱走着。

"甚么办法呢？"金主任在坡上不安地问这在苦痛着的青年的"经纪人"，但立刻又改了语气："我想没有关系，我们是有计划的……"

炮声在雨里清晰的传来，像一面闷鼓那样沉重。——它是在半个月前就从江里的军舰上向这边响着的，（显见得敌人并不比我们怎样高明。他轰一座并未造成的要塞，炮弹都飞向三十里开外去了），但今天却仿佛刚被觉察似地，仿佛响得更近了。自己不曾跟敌人战斗过，要是真遇着敌人可怎么办呢？——沈三宝想问问金主任，但他看了看金主任那付愁苦的脸便不做声了。于是忽然想起一件甚么似地，大踏步跨着马靴向屋里走去。

"哪去？我跟你有话说！"金主任向坡上跨了一步。

沈三宝很随便地取一种洒脱的姿态站住了。

"你是上海人，不错，我问你，你这时候还想你那一点财产，还想你底家吗？我看你这莫明其妙的样子，看你这鬼心眼……。家产，我可比你多着呢！——我从法国回来以后……，真的，沈同志，这时候有甚么不能牺牲呢？你还是有一种旧'世纪'中国人的保守苟安的习气。——不错吗,你是一个商人,在'革命理论'上说来,凡是'有产'的人都是'不革命'的,现在最妨碍战斗的也就是你们这种'商人气息'!我看得起你,就是你不'小家子气',要知道,在这时候花去你底性命要像花去你底五千六千现洋一样慷慨……中国军队太黑暗……目前……"

沈三宝显然是不被理解地苦痛地沉默着,对于这一段话他差不多从开始起就没有听到一个字。他自己光只想:"来这里的时候是想'混混',而且大半是一时兴奋,'混混'能对得起那些显然比自己底生命更贵重的东西吗?有甚么害怕呢?逃甚么呢……但是,真的面对着敌人,自己是否又能射击呢?"沈三宝底脸色在阴暗的天气里痉挛着苦痛的黑色的流质。那薄薄的嘴唇又互相缠起来了。这次显然有一颗炮弹在四五百米远的山坡那边开花了。沈三宝异样狼狈地把头一抱,金主任便拖着他进了地下室。

"喂!喂喂!到底怎么了?……呵,小胡山争夺战……司令呢……不知道——呵,完了!"金主任把电话筒一掼,"完了……"停了下又说,"沈同志,你去找找杨连附……"

杨连附进来了。

"没有办法,弟兄们都在工程处集合了,工程处又没有人问事,炮是五点半运走的,炮座可炸不完,凝住了!"

天黑下来了,外边有巨大的爆炸声,不知是放炮还是炸工事。水流声大起来,仿佛远远的江岸有甚么巨大的东西在爬走。机枪在哭。金主任又一次抓起冰冷的电话筒。

"司令部……接司令部……呵没人,接工程处……怎么?都走了?那么,工兵弟兄们呢……敌人在哪,天黑雾大……是吗?……"

"杨连附你去看看弟兄们,带他们退吧,到××集合。"

又抓起电话筒……

电话筒里有风底吹嘘……

巨大的爆炸声把黑暗炸破了……

"好吧,重要公文这一包,沈同志,你去把对面屋子里工事模型毁了,检查检查,带那张黄地图……我们走吧!"

这一下沈三宝惊醒了。从杨连附进来时起,沈三宝就呆呆地立着,屋里是浓厚的黑暗,沈三宝仿佛变成黑暗的一部份了。但这一下他惊醒了。于是用异样敏捷的动作跑出屋去。

逃走。让生命从显然比生命贵重的东西旁边走开。

雨更大了,炮声已经听不见,机枪却哭得更惨烈。东方有火光扑起来,一下子便喷红了半个天。大路上有无数的不知是敌人还是自己人在奔逃。金主任和沈三宝落在泥沼的田野里了。

雨从脊背上渗下来,这一步跨出去,那一步泥便陷过膝头。马靴自然不要了。公文包已由金主任自己挟着,金主任有些不信任这"经纪人"了。"假如他一跑,这一包公事再给带了去,我底命不完了吗?"

而沈三宝却是平静的,而且已不是麻木的平静了。事情已经落在面前,当然不容许再"瞎"想,不"想"也就不"怕"了。而且他更没有权力怀疑谁——自己底命,比那些显然比自己底命更贵重的东西,算得什么呢?而自己竟然"逃走"了。还"怀疑"谁?

年青的"经纪人"这会却有了这个想头:

"假如一开始造了不拆;假如没有这些你叫折他做的噜①,现在,要塞炮很可以向敌人射击了吧。中国也有那多炮弹,中国底炮弹可以轰击敌人……但现在都逃了,逃了……"

用电棒照着黄色的地图,两颗淋着雨水的头被骤现的白光闪出来,可以看见金主任冷芒的眼睛向这"经纪人"的副官思虑地打量着。而沈三宝却冷静地指着地图,电棒在沈三宝细致的手里,亮一下便熄了。

"向南××集不能走了。据点××这会一定失守了,沈同志,我们西走可以不可以?你认识到××那条小路吗?"

"找找看!"

---

① 此句文意难解,疑指"你叫他拆的噜嗦"。

人便在江南秋天的水田里爬着。

"喂,慢一点……用指南针对一对看可别错了……"

于是白光又闪起来,地图伏在满是污泥的膝盖上。

夜里十二点四十七分。金主任和沈三宝又走近一条大道来了。爬上石桥金主任看了看表。于是望望黑黝黝的天穹。东方天空醉红。有零散的来福枪声,马蹄声。

"来了,试试看!"沈三宝解下盒子。向石块后掩蔽自己。

而马在石桥上停住了。马靴的声音。小便的水响。

一道电光照见一个高大的影子。人裹在雨衣里,两颗精亮的眼睛向白光注意凝视着:"谁?"——于是金主任和沈三宝都出来了。

"是自己人?我是×团×旅旅长,我现在去××。只这条路走了,敌人就在后面十里……"

直率地说过,于是跨上马。马蹄声像骤雨般播散在石道上。

互相望了一眼,闭死了手电,金主任也不计算也不说话了。向大道上急忙走去。

人自然是倦怠的,但只要一想到"追来了吧",便飞快地闪动着双脚。沈三宝现在心里除了沉静以外还有一种奇异的东西,这种东西拿欲望来解说便是"来两个敌人看看……"。沈三宝不是白天的沈三宝了。为那些消息惶惑的时候感到自己狼狈,懦弱。后来想逃。但现在却沉静了。——一个"经纪人",现在也还是一个"经纪人"吗?

沈三宝并不能给自己以解释。人家笑"经纪人"也吃粮,人家笑"军队里不是买卖呀"的时候,沈三宝总是显得异样惶惑。而且多半是和悦地笑笑走开了。惶惑是因为:"自己在军队里是永远不会发迹了","自己不如人家呢……",但这惶惑是寄托于"怀疑"与"梦想"上的,现在行动将一种新的启示落给他——自己并不比任何人低能。而且,自己这一块料或许有自己底用处吧!

疲倦地用痉挛的腿走着,枪声没有了,雨小了下来。黑暗仿佛不甘冷静似地发出一种幻觉的声音。这声音仿佛就是脚底下花花的泥水响,但却有一种金属的意味,那么昏昏花花地永久地响。行路的目标是盲目的,"现在走到甚么地方了呢,到××还有几里呢?"于是亮一亮电棒来找地图。

黑暗底那种昏花的响声现在突然变成马蹄的骤响了,像冰雹阵阵落在白铁上,从天边的黑暗里疾卷而来……。

于是两个人影又滚到水田里。

马蹄声,马枪鲜艳地闪着火花——骑兵队是进攻的阵容,左翼看着从水田里来了,于是又一排马枪。——这一回显然是"敌人"了!

第一次正面看"敌人"在沈三宝是庄重的。但是金主任在旁边的喊声却使他焦灼起来,而且心中又泛起那尚未死的"狼狈"。……于是沈三宝想:"干一个来试试吧,试试吧",把枪举起了,但是旁边又是金主任的声音;"叫你掩蔽好……不能动,不"。

可以看出马上的黑影,又一排鲜艳的火色。

一种奇迹的心理促使着沈三宝,于是他向前爬了一步,甩开了金主任,在一个自己认为有利的角落开始射击。

一连两个影子在三十米的水田里落马了。第三个被命中的敌人显然还挣扎了一阵,有一枪仰射到空中去了,人便落在离沈三宝四五米的泥田中。水响,嚎叫……像魔鬼样奔腾过去的骑兵队里有枪向这里射过来,沈三宝并没有回击,因为假使那个落在近边的敌人还没有死,让他发现了自己底位置是很不好的——沈三宝对于这些并没有学习过。但他意识着这些。——骑兵队远去了,远处有中国军队烧焚桥梁的火光。大概又接触了,机枪响,而且不知哪来的大炮的间奏。

在这一个瞬间——从骑兵队闪着马枪冲近来一直到远处响着机枪声止,沈三宝沉浸在一种近乎兴奋的异样的情感里面。而且金主任最后的一声"你不能动,不"给予了沈三宝一种从未有过的对于"自己这一块料"的信任。是这样说:这一股力量是从这"不"字上来的,"敌人就在面前,你'不',我却偏要……"——假若金主任说:"你冲上去"……,这或许不会给沈三宝一种确信而反要引起他底怀疑吧。在这一个瞬间,沈三宝浑身的肌肉完全被袭在一种战栗的紧缩里,他底子弹向敌人底骑兵队射击了,而且命中了!于是他又完全沉静下来,开始有了"现在底思索"。用下唇将上唇缠着,觉得眼骨奇异地发酸,于是松了一下脸部的肌肉,把眼皮挤了挤。……

向敌人倒下的方向爬了一步,仔细地向黑暗听着。没有动静,间或有一声呻吟,又爬了两步,"假的吧!"这么一想,于是突然照准那方向爬过去。

真的一颗枪弹迎着沈三宝跃进的方面射过来了!好在沈三宝并没有在枪响的瞬间停止他底动作,于是猛力向那一团黑影扑上去,经过八九秒钟的争夺,沈三宝便从实在已经没有力气的敌人手腕里攫下了那只手枪。

金主任底右膀子中了敌人底枪弹,躺在五十米突外的一个水沟里。沈三宝呼唤着把金主任找到了,于是商量如何处理这半死的敌人。

"我们走吧……这时候。由他自生自灭去吧!"金主任紧挟着黄地图和皮包。

"不能。"沈三宝苦痛地向远方望了望。沈三宝现在觉得应该同情这异邦底敌人——同情这在半死里还向自己射击的敌人,用手电照一照,在白光里这异邦的汉子衰弱地抽搐着,眼皮无力地一翻,于是滚到另一个泥沼里去了。

电棒闭死了。沈三宝咬着嘴唇走开去。

走到三十步的样子便停住了,于是又跑向原来的地方。并没有亮电棒,在黑暗里便听到轰然一声。

这一声枪响似乎将庞大而黑暗的苍穹扭曲了。在红色的火花里看见沈三宝底影子,眼睛向天上,拿枪的手向背后弯曲地支着。

黑暗是浓厚的,恐怖的。枪声停止了,那带有金属意味的嗡嗡嘤嘤的响声似乎在耳边响着。……

落在敌人底后方了。只有避开大路逃。

横在江南平原上的是灰暗而令人窒息的苍穹。田野也是一片死灭的荒凉,风有些冷,……丝丝地吹来黎明底灰涩的微笑。金主任在前边走着,沈三宝也并没有变他那缠紧嘴唇的样子,只是标致的面孔现得异样的苍白。

在夜里面那轰然一枪响过以后,沈三宝便落在一种麻木样的疲劳里了。而且曾经有过一瞬间像在"要塞"上一样地想起自己底家,汽轮,二十六年的风霜,……但那不过疲弱的神经颤栗一下便静止了。

金主任用一块大毛巾包着胳膊上的创口,把那一包东西交给沈三宝了——沿着一条秋天雨水流成的污泥河,走进了一个叫做米家集的村舍。

村舍也像秋天季节在风和空前的刧难爬过的田野一样荒凉。人全不知逃到甚么地方去了,纺织机和磨坊哑了,在纺织机旁还有散落的纱和布匹,大量的谷粒散落在晒场上,草堆旁边。——那些仿佛脱落了牙齿的口腔样的黑洞洞的门窗带有责备意味地悲哀地张着,仿佛在说:"你们为甚么这样无用,光顾逃走啊!……"

青石板地是光亮而且滑的。草和瓦的屋檐,像一个永远哀愁沉思的人底眉毛一样低垂着。金主任也这样低垂着自己底眼睛。像一只刚打过架的狗那样狼狈。现在金主任沉默了,心里打算着:怎样可以逃出去呢?这年青的家伙有点"奇怪",假如一不稳,那又怎办呢?于是向走在后面的苍白的沈三宝望了一眼。沈三宝挟着皮包,那么不称地挂盒子,泥腿,……光只自己做梦地走着。

"喂,沈同志,不要大意呀,搜索着看这村里还有些甚么人!最好,'你'需要休息一下,喝点水……"

这样,沈三宝沉默地走进一个磨坊里去了。空着手出来又走进另一家屋子。

在第四次走进的一家瓦屋里,沈三宝遇到坐着喝焦稀饭的五个弟兄,另外一个挂着彩,血肉模糊的右手腕在沈三宝面前一闪,于是沈三宝突然觉得了甚么似地,乘对手不备的时候闪出枪来。

"你们哪……的!"

"我们×师……我们刚到这儿……同志,自己人!"

沈三宝显然失望地将手垂下了。

"昨天我们从××退下来,就一直退下来了啊,敌人底骑兵三股地追……在××桥那儿我们又打了半夜。现在没法了,我们跟不上队伍了,只有在这儿歇一下啊,同志,你知道还有甚么办法吗?同志,你哪部份的……?"

"哦哦,有办法吗?"金主任昏聩的问。

"不是,我们同志……"

大家沉默了。在这时候,在这又遇到另外的"人"的时候,沈三宝那好看的苍白的脸上,又现出那种近乎卑谦和悦的笑。笑了笑,问候了一句,于是那几个汉子底烦恼不高兴的脸上都平静了。人在一线希望里求生的时候,对于一口粮食的欲望是残酷的,人在知道自己已经绝望的时候,对于别人是宽大的。沈三宝和悦的笑,使大家感到一种"苦"的,近乎绝望的宽大的情绪。

"不会死在这里吧!"金主任也被传染地苦笑了一笑,于是在地上睡了下去。

但沈三宝没有睡,只凝神地苍白地坐着。缠着嘴唇,用带有绿色光彩的眼睛望了望天。"怠倦"奇异地从这年青"经纪人"底四肢里飞了去。又一次涌起了汽轮,十里洋场,家,二十六年风霜。……而且这一次是特别的清晰。更不同的是这次比前数次的想望有着异样的情感。

沈三宝,并没有自己商人底生活以外的教养。但正因为一个转运商人的沈三宝不像普通商人的狭隘与贪婪,所以在行动落在自己面前而不容再想再犹豫的时候,沈三宝也能够战斗。但现在沈三宝又空漠地怀念起来了,而且多少有种"悔恨",……异样的情感。

那个把军帽拿在手里甩的高个子的叫着舒望蜀的汉子开始搭讪着跟沈三宝谈话。他叙述着他自己,他是一个排附,他底家还在四川,祖先是河南人……于是沈三宝又异样地笑了笑。

这时那个出去找东西的弟兄进来了,一进门就叫起来:"快逃,逃哪……我看见一队骑兵向这儿来哪……"于是跑过去抓自己底枪。

"瞎嚷些甚么?"那个高个子河南人站起来了:"真的来,来,老子们干了他就是了——反正坐着等死无聊。"

沈三宝喊醒了金主任。舒望蜀那排附在指挥着能作战的四个弟兄,……马蹄近来了,水响,石板响……

"散开两个到间壁屋上去……听我开枪……"

金主任拿着枪伏在门板后,舒望蜀飞快地跃到对面的一段残篱垣里去了。沈三宝依然支着第一次向敌人射击的那只枪,他脸上突然流过一阵青果的黑绿色,惶惑地望了望,终于当马蹄近来的时候,推倒一张供桌伏下了。

枪响,对面的间壁屋上是急雨般地一排。接着是马蹄在石板道上的滑倒声……。

沈三宝没有看见甚么,但从开始起一直到最后所有的一切细末的声响他都听到了。他不知道他自己开了枪没有,手有点酸,把头抬了抬,金主任站起来了。

"我们走吧,我想至少可想点法子,比在这里等死好……。"金主任试探地问了问沈三宝。沈三宝没有作声,而且奇怪地向金主任狠狠的望了一眼。

沈三宝向舒望蜀那河南人说:"大家一起走,好吗?"但河南人却苦笑了笑:"我们还等人……"

于是又走上了田野。苍白地而且狼狈地。沈三宝困惑地咬着嘴唇,向那张几乎被泥污涂满的黄地图找着,又望了望灰色的远极。现在不想家……了,突然想起"要塞"来,想起"要塞"上的两个月生活,于是又一次狼狈地望了望金主任。

"金主任,我不走了。"

"不走？"

"这皮包太重了,甚么劳什子,丢了它吧？"

金主任突然觉得甚么事似地向沈三宝望了望;"你疯了。……"

"我看看这皮包里……,"于是动手扭开来;"要塞文件全烧了,你这又是甚么文件……"

"哦,你敢!"金主任突然拔出枪来。

"金主任,我是说丢了吧,或者是烧了吧,过去十里一定遇着敌人,人死了不要紧,什么重要公事给攫走了可吃不消。你不是说甚么×号密码,甚么……"

"哦,我说你这'商人气息'还这么呆里呆气的,这……"

在金主任把手枪又放下去的那个瞬间,沈三宝是机警的,突然脸上闪着柠檬样的黄色,左手把皮包一丢,枪在右手里便响了起来,轰然一声,金主任蹲到水田里去了。

于是沈三宝紧咬着上唇向皮包里翻着。皮包,一叠红色纸同样地写着:"×山要塞×月×日停工……×月×日接到第×类材料××……"再一包是白色的无光纸……沈三宝并不能在里面翻出甚么讲究来。而且那些符号大半是他所不认识的,于是皮包向泥田里飞去了。

沈三宝望了望仰卧在泥田里的金主任,便又想到"要塞"上的两个月,竭力想从记忆里掘起金主任的一些奇怪的举动来。说是汉奸呢,也许金主任就是这个吧!沈三宝也并不能给这件事下一个决断。

沈三宝由苦痛而回到异样的平静了,由于他仿佛有生以来听到自己放的第二枪而平静了。他决心要杀金主任的时候是被由自身出发的仇恨心理支配着,因为他想:在要塞上他骂我,——我沈三宝是从来不受人骂的。支配我,但是他现在却依赖我。"战斗",他比我自己更不中用。——于是忽然想起皮包的公文的事了,于是又想到"要塞"上……奇怪的是金主任底眼睛,奇怪的是在沈三宝寻仇的时候金主任先拔出枪来……,于是沈三宝开枪了。

　　沈三宝独自一个开始走,他并不能给他自己的行动有所解释,他更没有想到遇到人怎么为自己辩护,还是说谎呢,还是……而且他自己又开始有了那种"想头"了。他想他现在可以"逃"了,再没有人敢阻止他了。——向金主任开枪,也大半有这个奇怪的想念。

　　一个人昏瞆地走,情感底变异,意外的举动,奔逃……眼窝发着青黑色,陷下去了,四肢无力地怠倦地垂着,心里却奇迹地平静,——梦幻似地,再不想到甚么了,走,走……

　　并没有遇到敌兵,走向大路上来了,路上有自己底弟兄零散地走着,但沈三宝不管这些,沈三宝心里是平静而又异样清醒的。

　　下午,在一条岔路下遇到一堆人,沈三宝却从里面分出了杨连附底声音,站住了。

　　"啊,是沈副官……金主任呢?"

　　"杀了!"

　　"……"

　　"给我杀了……"沈三宝咬一咬牙,无光的眼睛突然一亮,他并没有想到替自己的行动说些甚么,只平静地说,"杀了",于是用闪着绿光的眼睛向杨连附一扫,甩开腿向另一条路上走了。

　　杨连附接着追上去,当沈三宝听到杨连附脚步声时,他向后面惶惑地望了望便跑起来。跑起来……,于是他便最后一次听到震天动地的"轰"然一声。

　　轰然一声,这年青底"经纪人"听到第三次仿佛天塌下来的轰然一声便倒下去了。

　　"冤枉啊,一个好人啊!"杨连附感伤地摇了摇头。

一九三九,九.二十六日

(原载 1940 年 5 月《七月》第 5 集第 3 期)

肥皂泡

王正明是一个纯洁的人,他底漂亮的太太李静也是一个纯洁的人。王正明,大学毕业以后,在一个县城里的一个工程机关里做事,他底妻子,放弃了原先的教书的职业和他住在一起。像一切人一样,他们确信他们底爱情是从艰苦中奋斗出来的。他们热切地相爱,发誓永不分离。他们底生活相当的富裕,他们的周围,有着友情。他们有书本:小说,剧[戏]剧,画报;他们有糖果,罐头,在冬天有火锅。他们还有一个笨拙的女佣人。

他们互相慰藉,共度人生底艰难的时间。他们每天晚上多多地写着日记,然后含着了解的微笑和细微的温柔,彼此阅读。

然而他们终于觉得有一种难以说明的烦闷。他们年轻而有着欢悦的心,又怀着一种蒙眬而美丽的理想。他们渐渐地不能满足,总觉要另外做点什么事才好。

"正明呀,我们是不是要……我说是,"李静说的脸红了,"到什么地方,比方去重庆看看朋友呢?"

丈夫听着,表示懂得,愉快地笑着。他说,他也这样想的,然而不作要紧,他们是要在这个世界上独立地奋斗的,现在正是人生的最艰难的时间。

但终于他们进城去玩了,看了戏,会了朋友,买了新的书刊,并且给近小城里的朋友们带了糖果一类的东西回来,朋友们热烈地欢迎他们,他们疲劳而愉快。

然而没有多久,他们就又睡得烦闷,要做一点什么才好。

"正明呀!他们那些太太们,老是在打牌,"李静说,脸红了,"我忽然想,打牌真的有意义么?我是说,让自己底心里紧张一下……"

丈夫烦闷地，愉快地笑着。

"我也这样想……怎样，星期六去来一下么？"贤明的，纯洁的丈夫说。

他们布置了小宴会打了牌，这以后到来的，是纯洁的妻子底甜蜜的忏悔。

"这种生活多么烦闷啊！"王正明想。

一个星期天的早晨，外面落着雨，他们坐在家里。左右的贫苦的邻人们，嗓杂着，他们沉默着。女仆推开了门，端进冒着烟的大盆来。

"张嫂，给我打杯水！"李静说，不快地看着张嫂底臃肿的身体。

"我们找点事做罢？"丈夫说，站了起来。

"做什么呢？"

"我想应该清一清账：用了好多钱。"

李静，皱了一下眉头。

"好的。"她说，走到桌前，打开了抽屉。

"……静"，丈夫说，烦闷地，愉快地候着。"拿出精神来，做怎么事，都要拿出精神来！"

"是的。"柔顺的妻子说，皱了一下眉头。

王正明严肃起来了，打开皮包，伏在桌上，迅速地数着钱。

"还剩四千七百二十一。"他说，看了她一眼，舐了一下手指。

"用了五千多。"

"昨天给张嫂四百。"

"写下来。"

"昨天买牛奶五百。"

"还有鸡蛋。"

"不！还多哩！"纯洁的妻子说，"给严技正的佣人两百，我买夹子七十五……"

"这几天买菜的呢？"

"这要问张嫂。"

丈夫沉默了一下。

"静,"他说,愉快地,烦闷地候着,从一大堆钞票上面拍起头来,"我以为这些以后还是不交给张嫂,四川人不可靠哩。"

"我也这样想。"

"哦!我寄给姐姐一千!"王正明叫。

"张嫂!张嫂!"李静怨恨地叫。

"不!你先写下来。"

张嫂推门进来,在衣裳上擦着手,站在那里。

"不叫你!"先生说,他怕张嫂破坏了他们底谐和的感情。

他们沉默了一下,门外有邻家女人响亮的笑声。

"静,人生应该是美丽的!"王正明忽然地说,推开了钞票卷,"住在这种讨厌的地方,忙着这些俗事多么烦恼啊!"

李静,颓然地靠到椅背上去了,望着前面,墙上挂着他们底大幅的结婚照片。

"我也这样想。"她轻轻地说,叹了一声。

王正明在房间里烦闷地徘徊了起来。他想着了各种问题:烦恼。最后他无聊地走到洗脸架旁边去,看看杯子里的肥皂水。

他拿出竹笔筒来,吹了一下,一个肥皂泡,明亮,浑圆,浮在空中。

李静回过头来,他们共同地注意着这个可爱的肥皂泡。

肥皂泡炸破了,王正明又吹了一个,愉快地笑着,看看它,他追着它吹了一下,它碰碎在墙壁上。

李静突然地跳了起来。

"我来!我来!"她叫,跑了过来。

"不,不给你!"王正明说,又吹了一个。

李静活泼地跳跃着,扑碎了它。

"死鬼,不行,我来!人家的肥皂水!留着洗鞋子的。"

"不,不给你!"王正明说,又吹了一个。而且逃到门边去。

李静,快乐,生动,脸红,叉着腰,站在洗脸架前。

"好！我自会弄！"她说。

她迅速地弄碎了肥皂，在杯子里搀进水去。她鼓起面颊来，猛力地吹了一下，又非常细致地，轻轻地吹了一下，一个大的肥皂泡，闪着虹采，运行在空中。

她拍手，跳跃，而且大笑大叫起来。

肥皂泡破了，又起来，破了，又起来，更多，更多，闪着虹采，浮在空中。他们比赛着，笑着，在肥皂泡下面追逐着。

他们把桌子闹翻了，钞票，账簿，一齐落到地下去。王正明跳了过去，大笑着。

门开了，笨拙，臃肿的女仆，吃惊地站在那里。但他们不再觉得女仆有什么妨碍，他们继续笑着。他们幸福地喘息着，一个明亮的肥皂泡，浮在翻开了的桌子上面，浮在他们中间。

"吹胰子泡哩！"女仆说，笑着，露出了黄色的牙齿。

（原载《民主世界》1946 年第 3 卷 1 期）

刘视察下乡

　　有一次，一个视察从城里到这码头上来了。视察是一个胖胖的，大个子的，红润而可亲的人：当他底滑杆被总务机关和管制机关的职员们拥护着走过街道的时候，各处的煤坪子里的老板们心里都紧张了起来。管制机关底主任郭逸清，一个油光满面的，显得是很有魄力的人，走在他底身边，向他笑着指点着各处的煤坪。其余的四个人跟在后面，其中有一个是胖子，有三个是瘦子，大家小声地议论着什么。瘦子们一般地总是郑重其事的，如果他们果然并不在乎他们底饭碗的话，那么他们底这不在乎也是极其郑重的，一点都不像在他们里面摇摆着的那个胖的家伙，挂着满脸的自信的，快乐的微笑。

　　视察刘柱石要到这里来干一件很了不起的事，这是大家早就知道的了。但他究竟是来干啥子的呢？谣言说他是来查封某两家煤坪的，因为这两家煤坪底黑市发票在一家军事机关里闹出一件据说是要砍头的案子来了。谣言又说他是来没收存煤的。后来又有一个谣言出来了，说都不是原因，他实在是来撤换郭逸清和税务局的办事员张实诚的。总之，不论怎样，老板们是很紧张了，整整一天码头上就没有人敢下一挑煤。"你看他底皮包好鼓啊！一定是带了几百万来收煤的！"一个老板说，但马上另一个老板就来反驳他了："你哪个晓得他不是带了公事呢？"这辩论到这里就似乎继续不下去了，但忽然的一个光头的年青人高兴地插嘴说："是来吃油水的呢，你看他龟儿长的好胖哟！"

　　视察先生没有多久就从办公室里出来了。一切大人物总是庄严而可亲的，那种善良而崇高的品格，总是会使他底舅子们感激得又蹦又跳的,视察先生当然也是如此。视察先生领着他底属员们到街上来察看煤坪了,他每走到一处都同样地说:"好!好! 大家辛苦……啊!"同时主任郭逸清就拉着一个老板走到一个角落里去,和他耳语了起来。"刘视察这个人,平心说是一个好人。"他说,一种感动的表情就同样地出现在他和老板的脸上了,这老板是一个发胖的,留着胡子的人,"他是部长底亲戚,这回是部长亲自要他来的,要他跟一个美国顾问研究一下,就是这样了,所以你们不要怕。不过,"主任特别感动地说,"他刚刚生了一个儿子,你跟他们说说,大家,表示这么一下子。"主任伸出一个指头来比了一下,表示一下子是什么意思。

"我马上就去说,那哪里能不表示呢?"老板亦同样的声调说:"不过我们同人须晓得视察喜欢啥子……"

"啊! 简单一点,他,"他向站在光明的地方和属员们谈着话的视察看了一眼,无疑地是说到了他所可爱的了,"他这个人简朴得很! 他平常连衣服都不爱做,大家看看送视察太太一点儿衣料……"

"主任,我们小地方怕办不出……"

"你这就差了!"他轻轻地按了一下老板底肩头,说。"简单就好,还有,视察喜欢喝酒,你们今天多陪他几杯!"

离开这一段谈话没有多久,大家就陪着视察在馆子里坐了下来了。刚才的那个老板,他是同业们底领袖,发表了如下的演说:

"刘视察今儿到敝地来,没有啥子招待的;同人又都是在乡下住的人,不会讲客气。不过刘视察是个好人,一看就知道是个简朴的君子,我们中华民国的栋梁……"他迟疑了一下,"我们都晓得刘视察是连衣服不爱穿的,平常连荤菜都不吃……他是部长亲自叫他来的,代表部长跟美国人……"

他红着脸坐下去了,显然的因窘迫而有点激动。郭逸清非常不满,站起来补充了很多,但视察却显得冷淡,有些疲倦似的,好像心情颇为不好。他只是喝了很多的酒——这个宴会就如此结束了。

视察回来就睡了,而他底属员们在那里漏夜地赶制着表帐。视察底坏心情引起了大家的不安。他为什么这样不高兴呢?这真是很难说的。不过,一个大人物,他底担子总要比别人重得多的,别人不过管自己底一个饭碗吧了,大人物呢,那是上面抗着成百的饭碗,下面拖着成千的饭碗的。

第二天早晨起来的时候视察底圆圆的脸有一点苍白,他说他希望大家在两天内就能把两年来的数目字弄清楚,制起表来,这时老板们底代表来了,送来了四件衣料,两件是给视察底太太的,两件是给公子的,此外还有两万元的礼金。

视察即刻就严厉地拒绝了。

"你们这是什么话?"他问,严厉地看着老板:"哪个教你们的?"

然后他就看着报,一句话都不说。东西却由郭逸清替他收了下来。

于是大家都传说视察不近人情,是个怪人了。这一整天视察都是不快的,什么一种繁重的忧愁,侵蚀着他底柔弱的心。晚上的时候,郭逸清走到视察房里来了,连同白天里的礼品,又加上了五万块钱。

"老郭,你坐。"视察看着钞票不快地说。这说明他实在是因了钞票这个讨厌的东西而不快,"部长对我说的,在每个码头住三天,对于黑市和走私要严厉地取缔。"停了一会他叹了一口气说:"我实在厌透了。替别人跑来跑去,自己家里太太还在生病。并且,钱这个东西,对我究竟有什么益处吧!"他带着一种不胜悲苦的柔弱的表情说。

视察底心终归是悲苦的了。他底道路也的确不是能够放马奔驰的。但这悲苦却使他底下属们大为愉快起来。老郭一走出门就跟胖子余焕文捣鬼说:没得问题了。其时,视察先生底另外的三个下属,全是属于瘦子的一类的,是全身都埋在公文堆中,在划着表格。

但第二天早上却出了一件意外的事。视察在黎明的时候突然出来缉私,把狡猾的商人张德兴抓来了。

张德兴是同业中间名誉最坏的,实际上他是一点本钱都没有,到处拖骗着。他底破坪子里总共不到五吨岚炭,但早已用了钱,过了交货的期限,遭着子金和力钱的损失,实在忍不住了。他以为视察既吃了油水又拿了包袱,没有问题了,于是走起私来。但他昨天晚上和他底同业们吵了一架,因为他不肯拿出,同时也实在拿不出摊派给他的那两万块钱的招待费来。他说他不但一个钱也不出,而且还要到视察那里去告密,关于黑市发票的。大家一致地攻击他,天还没有亮就有人敲了视察底门,把他告发了。

那有什么资格在他底同业们面前逞凶呢?他家里有七八口人,在这个萧条的冬季已经在饿饭了,他并且又欠着他底同业的债!现在他就一句话都说不出来,穿着一身单薄的衣服,在视察底面前发着抖了。

他真是活该的,这个被一切人唾弃的犹太人!

"啊,替我站到那里去!"视察说,就不再理他了。

"刘视察,我下回不了。"

"你!我还没有把你底坪子封起来哩!"

"告诉你,刘视察还没有把你底坪子封起来哩!"忽然地主任,职员都异口同声地说了四五个声音,简直好像是唱歌一样。

这时,一个蓬着头发的,憔悴的女人领着一个赤脚的,但是肥壮的孩子出现在办公室底门口。

"爹!"小孩满不在乎地喊。

"出去!"张德兴跳着脚叫,"出去!"

但到底还是胖子余焕文跳起来才撑走了他们。接着胖子就向视察说,这是张德兴底女人和小孩。他底声调,好像是要撩动视察底怜悯心似的。视察皱着眉头了。但他想了,面前的这个家伙是商人,商人是什么呢?就是天生的赚钱的人——所以还是不饶他。不过——视察又想——这人底女人,小孩,看来是很可怜的。

视察很久地沉默着。终于他说:

"你晓得你走私会连累郭主任的吧！"

"视察，我下回不了。"那个可怜的奴隶说。

"不了！"视察轻蔑地说，"别人替你来砍脑袋，不了！不过我是很好说话的，"视察接着说了公事私事应该如何分开之类，"你看你怎样替郭主任赔个礼！"

"刘视察连觉都没有睡好，你看怎样向刘视察赔个礼吧！"郭逸清沉着地说。

"这样子，"胖子余焕文开口了，"你今天中午在菜根香叫一席，视察明天都要去了！"

"用不着！"视察说。

"去！去！"余焕文叫，于是那可怜的奴隶就跑出去了。

"刘视察说的！"这家伙跑出去和他底同业们说，"他明天要走了，我们今天一个出几个钱，欢送他一下子。"

"刘视察没你那么不要脸！"大家回答他说。

"郭主任叫我来说的，你们不信，哼，就看哪个底坪子要遭封，没得哪个坏得到我！"这家伙恶狠狠地说，"刘视察亲口跟我说的，有人要遭封！"

但没有人理他。不久之后，刘视察和他底五个下属已经坐在菜根香里面了。张德兴有点苍白，走进来坐下。他一个钱也没有借到。

不知为什么，视察底胃口，兴致今天极好，因此他底属员们底胃口，兴致也极好。视察要了两盘红烧鸡，一杯一杯地喝着酒，大声地谈论了起来。

视察先生会如此奋激，一变数日来的庄重和沉着，使他底下属们大为惊讶了。但因了这和报纸的壮烈的战斗，他底下属们就乐开了，喊着拿酒，一个敬了视察先生一杯。这时桌上的七八个盘子早就空了。

"视察，主任，还要点啥子吃请盼咐。"坐在下首的那个一直在沉默着的奴隶，笑着说。

"嗳，弄一个鱼吧！"视察说。

"主任,你又说!"

"来一个鳝鱼吧!"

"视察,请酒!"那奴隶发着抖说。

"你看,我一口就光!你喝呀!你这个真不够朋友,这酒并不醉人,而且人生也难得几回醉,你请喝呀!"视察动情地向他说,用那样甜蜜的眼睛看着他,使他感激得真不知如何是好了,但同时他想:"怕要吃了两万出头了!"

"你请呀!"视察和蔼地,温柔地说。

"我底女人娃儿在家里没得吃的,该死呀!"那奴隶想,"他们是在吃我底肉喝我底血啊!"

"啊,视察,主任,我是一个乡里人,做一点儿小生意,承提拔!"他激烈地说,一口喝光了。

"你请呀!"一直到最后视察都这样说,胖胖的脸愈发红,声音也愈发温柔了。

"不,视察,再吃两个菜再走!"看见他们走了,张德兴激动地喊。他在杯盘狼藉的桌子前面呆坐了一下,就默默地向柜台走去。

一共吃了两万四千,连上个月的是四万整。他正在跟老板说好话,说明天来付账时,他底女人带着他底三个孩子奔进来了,好像一群饿狗,小的孩子,爬上桌去就动手在盘子里面抓,大的两个,则跟着他们底母亲,把残剩的汤汁一齐洗刷到他们带来的一个大碗里。张德兴大叫一声向他们扑去……

那可怜的奴隶从菜根香里奔出来的时候,他底同业们都站在街口,在注意地看着他。他凶恶地看了他们一眼,跑过去了。在他底后面从菜根香里出来的,是他底流着血的女人,和三个哭着的孩子。

第二天早晨老板们送走了视察回来,发现他们底这狡诈而凶恶的同业挂在煤坪底柱子上,吊死了。

(原载《浙江日报》1946年6月12、13日第4版)

饶　恕

天刚刚亮的时候，一个瘦长的青年从林立着工厂底烟突的地带越过铁道向这一排棚子走来。他底形色是憔悴而衰败的，虽然天气已经很凉了，却仍然穿着一件破烂的黑布衫。深沉而和悦的寂静统治着大地。这一排棚子是建立在一个树木茂盛的土坡底旁边，它们底所有的门都还紧闭着，露水使得那些老朽的木门更为发黑了；它们大都是歪斜而破烂，看来就要倒下了，但在这和悦的黎明里仍然显得安静，甚至是美丽。棚子前面的空地上凌乱地堆积着的那些垃圾和废物，也用露水底潮荡和黎明底灰色的光明而隐藏了它们底丑恶。空地外面山坡边上是一个池塘，塞满了浮萍；池塘底周围则是丛生着芦苇和荒草——露水和灰色的柔和的光在它们里面是也创造了一些美丽的故事，好像就要有洁白的天鹅和仙女从里面出来。一切都寂静，空气透明而亲切。人们可以听到一些细微的呢喃的声音；池塘里的泡沫底声音，鸟雀在密叶间拍翅的声音，以及在天亮时睡得特别沉重的，棚子里的那些劳苦的人们底呼吸，辗侧的声音。一长条深灰色的卷云从东到西地横在天空里，好像一堵城墙，或者好像一块巨大的崖石。天空是淡蓝而略带乌暗，星是刚刚消失，一切都在等待着苏醒，生命，希望与欢悦。酱紫色的光辉静静地出现在东方，然后阳光投射在卷云上了，于是这灰色的崖石底一端立刻变成了五彩的熔岩。它在千百种颜色里变成了一个好像是喝醉了的，有着一部庄严的胡须的老人。然后老人底头尖锐了起来，变成了一座山；忽然地山又没有了，却是各样的带子，以及无数的鱼鳞形的薄片散布在空中。巨大的太阳从工厂背后的地平线上有力地,突然地跳跃了出来了,于是池塘后面的树林里就腾起了鸟雀们底鼓舞喧噪。

这年青人走到一家门前去向里面偷偷地听了一下,然后犹豫地在肮脏的地面上蹲下来了,用手把着下巴,很快地就打起瞌睡来,好像一整夜都没有睡觉的样子。他完全是精疲力尽的,沦落的样子。忽然地他又惊醒了,慌张地四面看着。于是他又走到那一扇发黑而歪斜的门前去,向里面听着。

"妈!"他露出焦急的,怨恨的神情来,向里面轻轻地喊。

里面没有什么回答,他又走回来蹲着。但不久那一扇门就轻轻地打开了,一个满头白发的,瞎了一只眼睛的老女人出现在门口,她底颤抖的手在迅速地扣着她底破烂的衣服。

"妈!"年青人小声喊,期望地看着她,站了起来。

"不要作声!"老女人迅速地向他走来,紧张地挥着手说:"你爹在睡觉!你跟我过来!"于是她一直向池塘那边走去,绕过池塘,走到山坡上,停在几棵肮脏的结着红色的果实的野莓树底中间,在阴暗的空气中间,地上布满了腐烂的野莓,又有紫色的喇叭花沾满了露水在荒草中间盛开着。

"德根,你又来了,"老女人扶住一棵野莓树说;"你要是有良心的,你早就不该来,你晓得你爹恨透了你,你娘为了你天天受气!"

"我有什么法子呢?"年青人慢慢地,无力地说:"要是有一天我发了财,我才不会来……怎么说,今天有没有?"

"没得,今天一个钱都没得!你爹害病连吃药的钱都没得!你不要太狠心,儿!这里有一块饼你吃掉走吧!"

于是她从身上摸出一个纸包来,取出了那一块从昨天晚上留下来的僵硬的面饼,递给了她底儿子。他显然很饥饿,迅速地接过来就吃起来了。他扶住了树杆,她底那只没有瞎的眼睛紧张地睁大着,用着一种贪婪的目光看着她底儿子。

"何德根,一个人不能太狠心!"她说,"你晓得你爹年纪大了,锯子又拉不动,没得人找他做活!他病了躺在家里头,这两个月来问都不问你一声,就好像没得你这个儿子!你晓得他是不会饶你的,他到死都不会饶你,你太伤他底心了!昨天晚上他躺在床上,两只眼睛直望着我,我就晓得他想什么,我说:德根过得还好,我听人家说他在厂里头当警察!你猜他怎么样呢?他一句话都不说就是摇摇头:他不要听,他不相信!他从小把你教大,教你学木匠,你却要游手好偷,你太伤了他底心了!"

"我每回都听你说这些话,老实说我听厌了!"何德根,吃完了饼子,狠狠地说:"爽快一点吧,今天你要弄几千块钱给我!"

"我没得钱!"母亲生气地挥着手说:"我整天整夜地替别人家洗衣裳扎鞋底,几个钱都给了你了!上回你来是拿了一千,再上回是拿了五千,你只要想想看你怎样打你妈骂你妈的,你还拿脚踢我呀,我到今天都是浑身酸痛!想起来我这条心早就冷了!我是为了什么呢?"她拍着巴掌说:"你底事情这左右隔壁哪一个不晓得?上个月你还骗我是在厂里头做工,其实我早晓得你是在外面偷。扒!你就差一点没有抢!"说到这里她悲痛得不能忍受了,她急迫地呼吸着,眼泪从她底瞎了的眼睛里迸涌了出来。"何德根你想想吧!左右隔壁邻居都骂我不中用,还要偷着给你钱给你吃!你伤透了我底心!"

何德根呆呆地站着,显得是非常的苦闷。

"妈,我晓得你待我好,我总不会忘记报答你的!"他说,感觉到绝望和尖锐的痛苦,忽然地撕起自己底头发来,然后就急迫地呻吟着,抱着他底头往树上撞去了。他底母亲,好像是不懂得他究竟是什么意思似地,呆呆地看着他。

"妈,你给我几个钱吧!我要死了哟!"他喊。

"何德根,我没得钱的!"她坚决地说。

"那么这样"!何德根说;"我隔几天就会有钱,那时我一定还好了!我就算不是你的儿子,我问你借!"他说。"我这里有一个象牙烟嘴"看见他母亲不回答,他忽然活泼地笑着说,从衣袋里摸出一把东西来,除了他所说的烟嘴以外还有一个破旧的表,一支烂钢笔,以及其他的只有他才弄得到的东西。"这支烟嘴起码值一千,说不定还可以卖一千五,不信你拿去卖卖看!要么就是这只表,你看,还走得的答的答地响哩,"他拿起那只破表来在他母亲底脸前摇了一摇;"不是吹的话,起码值两万块钱!要是别人我是不肯的,不过你是我底妈!烟嘴,表,我一起只向你拿四千块钱,怎样?这太便宜了,起码要费两万多的呀!——要不然我就再加上这只笔,你拿它去无论卖给哪个写字的都要值几千!"他拔开笔帽子来,在空中划着,表示写字的样子;"我一起只向你拿四千块钱,怎样?"

母亲摇摇头,紧闭着嘴,怜恤地,恐惧地看着他。

"你哪里偷来的呀?"她说,她觉得她底心都要碎了。

"偷来的?你偷偷看去!"何德根说:"是我底朋友送我的!好吧,这样,我只要——一起只要两千块钱,你不相信的话,隔天我还你钱,你还我东西!"

"儿啊!上回你拿来一根什么皮带,说是值几千,你爹看见了打了我一顿了,"母亲说,哭了起来,眼泪在她底干枯的脸上流着,"这回……你又是什么烟嘴……儿啊,一个人总不该……"

"废话!"何德根威胁地,蛮横地说,"拿钱来!不拿来我叫你整天不得安!"

"放屁!"母亲喊,但儿子已经奔了过来,抓住了她了。

"拿不拿来?拿不拿来?"何德根抓着她,踩着她,对她叫;显然地她的眼泪刺伤了他。"告诉你,拿钱来,你再废话我就打你!"他叫。他底母亲紧闭着眼睛的那种死白而忍受的样子使他觉得恐怖了,于是他疯狂地喊,"你说:我是不是你底儿子?我是不是你底儿子?告诉你,我马上就走,走到天边去!我马上就在火车底下压死我自己!"他不觉地疯狂地一推,使他底母亲跌倒在草丛里了。

那白发的,瞎了一只眼睛的老女人,倒在地上,紧闭着嘴,哼都没有哼一声,于是这行凶的家伙觉得恐慌了。

"我要打!我是不客气的!"他说:"你以为我真怕你怎么?你装死是不是?"他走过去,弯下腰来说:"告诉你,妈,你底心真狠！我饿死了你都不管么？你未必不晓得我从昨天早上起还没有吃一点点东西？……唉,妈,你不要以为我对你不好,其实我就是说不出来！"他温和地说:"将来我要是发了财,我一定先叫你享福,享他妈几年福！哎,妈,我拿钢笔,烟嘴都送给你,你拿去卖钱好了！要是你有钱,你就给我一千……"

他底母亲仍然不回答。她抱着头倒在荒草里,忽然地一切痛苦和失望都远去了,她开始觉得很安静。她没有听见他在说什么。在喇叭花和野莓底刺激的气息中,她觉得全身都酸软无力,末后就迷迷胡胡地觉得舒适,觉得就要睡去了。这很短的时间似乎经过得很悠久,而过去的悠长的一生却变得像是非常短促。好像并没有生活什么就到了现在这种样子,就躲在这潮湿的草地上了。她是整整痛苦了一天一夜方生下这唯一的一个孩子来的,她现在重又感到生产时的吃力的,迷胡的状态。……太阳通过树丛照耀到她底身上来了。她底儿子在那里不停地对她说着,但她忽然地坐起来了。

她好像并没有觉察到有人在身边,她是显得冷酷而坚决,站起来向前走去了。无论什么言语都不能比得上她底这种坚决的,无所留恋的态度,何德根明白自己是无望了;更使他绝望的是他觉得他从此是失去了唯一的一个关心他爱他的人,于是他站在荒草中而发出了一声沉重的叹息,默默地哭了起来。

但这一声叹息却使他底母亲回了一下头。她底决心动摇了,她底憔悴的脸上有了一阵悸动。

"儿,"她底颤抖的声音说,"这回我们是分手了！……哪,这里是一千块钱",她忍住了她底眼泪,说,"一齐都给了你！"

"妈,我不是白要钱！"何德根慌乱地说,"我还是把这三样东西一齐都给你！"

但他底母亲没有理他,丢下了钱就往池塘那边走去了;有两只鸭子在池塘里浮泳,拨开了浮萍,阳光在水面上明亮地闪耀着。

"妈,真的！我给你这只表！"何德根追在后面喊。"妈！妈！"

他哭着,在一颗树下停了下来轻声地喊,"你饶了我啊!——你拿去这三样东西……"

他底母亲没有回头,他就转过身来,颓衰地穿过树丛,越过铁道向工厂那边走去了。但没有多久,他底母亲,那个白发的,瞎了一只眼睛的老女人,就出现在铁道上,睁着她底独眼凝望着他。她好久地在铁道上站着,看着他消失。她底身上仍然紧张着二十几年前当她生产的时候的那种吃力的,痛苦而奇特的,迷胡的感觉。

一九四六年八月二十七日

(原载天津《大众报》1947年2月4日第6版《文艺》第60期)

理发店内的艳遇

在中午的沉闷时间里,理发师傅们靠在椅子上打着瞌睡。鼻子发红,喜欢说道理的周正和,又高又瘦,喜欢开玩笑的王华民,以及其他的几个人,都在打着瞌睡。只有被人叫做哈巴狗的,喜欢讨好客人的王国樑和生着一幅横蛮像的小徒弟郭玉宝在工作着。王国樑是在替街上的煤油公司的职员施得所理着发,施得所是一个胖大,粗野,满身都带有钱的气味,满脸都是微笑的人。他蒙在那一块白布里,不时地动着,对王国樑说着话,教授王国樑念英文。小徒弟郭玉宝则是在替隔壁铁匠□里的小铁匠剃着头。这小铁匠赤着膊,闭着眼睛坐在一张小木凳上,样子郑重而老实,显然地剃头在他是一件很大的事情;小徒弟站在他底面前,把他底头一时搬到左边,一时搬到右边,带着一种怨恨的神情在他底肮脏的头皮上刮着,而在他发出叫唤来的时候,就狠狠地咒骂着他,骂他是"从来都没有剃过头"。整个的理发店都沉睡了,只有小徒弟郭玉宝底咒骂声和施得所教王国樑念英文的声音在单调地影着。……渐渐地连这两个声音也销沉下去了,沉闷的疲倦笼罩了一切。

忽然地一个妖冶的女人推门进来了。

"喂!没有人吗?"她生气地喊。

她底样子是快活,生动,而带着轻佻的嘲弄的,但因为这一切都表现得太紧张了,就使她显得像是在生气的样子。她底染得鲜红的脸上和娇嫩的颈子上全是汗水,她底那一件半截袖子的,时髦的鲜黄色的绸衣也有点汗湿了。她迅速地冲了进来。

"啊!刘小姐!请进来!"王国樑和悦地笑着说,同时显得有点迷惑,看着她。于是煤油公司的施得所,小徒弟郭玉宝和老实的小铁匠都转过脸来看着她了,在他们底完全不同的脸上都出现了同样的迷惑的表情。

"我这不是进来了吗?"那漂亮的女人生动地叫着说,同时对王国樑嘲弄地挤了一下眼睛。显然地她是无心的,她只是非常的快乐。但这却使得王国樑完全呆住了。"喂,你们,周正和,你们这些死东西起来做生意呀!嚇,你看他张着嘴巴张得活像一条鱼!"这女人继续大声叫着,一瞬间扫除了这理发店里的一切沉闷,疲倦的空气,把一切人都叫醒了。她叫着而环顾,恰好碰着了煤油公司的施得所底目光,使得他惊动了起来,伸长了颈子在看着她了。

"吓!睡死了吧?你们这些人天底下什么事情都不管,只晓得睡!"

鼻子发红的,整洁的,周正和突然醒来了。突然地看着她,好像是看见了什么眩目的,奇异的,非常的东西似的。

"哦,刘佩兰,请坐!"他跳了起来,笑着说,这笑容好像说:"你看,我是很庄严的,你不要跟我开玩笑!"

"坐?我晓得坐!你们这些人简直天底下什么事都忘记了,只晓得一天到黑打瞌睡;"她重复地说,她底意思显然是,这些人居然不知道这个世界上和她心里的那种快乐,热烈,期待,却在这里打瞌睡。她在椅子上坐了下来,"快!快!周正和!你听我说:先洗头,洗过了替我两边烫一烫,后边卷起来……你不要自己做主,让我来了,顶多不得超过四十分钟!……怎么搞的呀!快动手呀!"

"快呀,快得很哩!这些时候没有看到你了,"周正和,抖着他手里的一大块的布,慢慢地,客气地说,但愈来愈明显的,是他底脸上的迷惑而兴奋的神情:他觉得这女人今天全身都是热烈可怕的,有如一团鲜明的火。

"快!快!你们听我说,你们这些瘟神!你们把电扇先打开来呀!看你们一个个手忙脚乱的!"她转过头来向着那几乎在小凳子上绊跌倒的慌慌张张的王华民说,"你们究竟乱些什么呀?"

"王华民,我看你是有点昏了吧!"王国樑挤着眉毛甜蜜地说。

"你才昏,哈巴狗!"

"哎呀,怎么又叫做哈巴狗了?你们这些人真有趣!快;快!快呀!"

"小姐,你不要催呀!"王华民着急地说,蹲在地上拨着他底鞋子。同时,那个问到"怎么又叫做哈巴狗了"的王国樑高兴地、迷恋地笑着,显然地很希望有机会回答这个问题。

"快,快,快呀!王华民,我这皮包里有一卷头发,你先替我拿出来梳好,上好油,等下替我装在头上!懂吗,梳好,上好油?"

"头发怎么在皮包里头呢?"王华民说,打开了她底放在架子上的皮包,"哎呀,这么长的一卷假头发,你那里弄来的呀?"

"少废话,何大师傅,劳你替我把剪子烧好……"

"喂,我摸你的皮包啦!这里头怕有不少秘密吧?"王华民,仍然站在她底皮包面前,自作俏皮地说,"我摸啦!咦,口红,咦,镜子,三角形的,咦,这是什么口袋呀,咦!"

"王华民,做事吧!"周正和庄重地说。

"老王,你动人家刘佩兰底皮包!"王国樑,一面替煤油公司施得所理着发,一面甜蜜蜜地说,"人家刘佩兰这样红的人,秘密多的很呢!你看,等一下东西不见了看你怎么下台!"

"哪,这假头发真漂亮!"王华民活泼地说,"是哪里弄来的?可是美国人送你的吧,"他说,一面热烈地笑着,把那一卷光艳的假发在手里弯了过来,"真是……"

"该死,你弄坏了!你这个没得出息的东西!我不叫你弄了!何大师傅,你替我弄吧!"

矮胖的何大师傅为难地,迷惑地笑着。

"没得问题,刘小姐,我包你弄的好!不要说你这个假头发,就是比这个还要难一百倍,我都弄的好!"王华民说。

"轻一点抓呀!"刘佩兰对正在替她洗头的周正和说。

来了一阵寂静。只听见电扇在墙上呼吼的声音。这美丽的女人,有如一团烈火,投在这些过着单调,疲倦的生活的人们之间,大家迷迷胡胡地为她而紧张地工作着了。大家围着她奔忙着,挤动着,有的拿着梳子,有的捧着肥皂水,有的卷着假发,有的呆呆地站在那里看着。一阵狂热的气氛笼罩着他们。

"这是什么人呀?"煤油公司的施得所轻轻地问。

"跟美国人跳舞的!"王国櫟挤着眉毛柔声说。

"哦——生的还漂亮!哦,我想起来了,是不是在巷口开豆腐店的,人家都叫她豆腐西施?她妈上个月气的要跳河的?"

"施先生,真是没得什么事瞒得住你的;怎么不是呢?"

于是煤油公司的施得所发出了一阵热烈的笑声。

"这个女人是那个呀?"老实的,惶恐的小铁匠伸着颈子问。

"你用不着管!"小徒弟郭玉宝说。"叫你剃和尚头,"他忽然大声说,希望那女人也能注意到他,"你偏要留个顶一看你这种样子你还晓得爱漂亮呀,真是……我看你从来都没有剃头吧!"他说,兴奋得全身的皮肤都发麻发冷了。他底心里是有着那种就要爆裂的渴望,他渴望赶快地长成大人,有一天也能替这样的了不起的女人洗头发。

"王国櫟,我再来教你念英文吧!"施得所大声说,"BOOK 是什么呢?"

"BOOK 就是书。"王国櫟得意地,快乐地笑着说。

"YESSIR 呢"

"YESSIR 就是:'是的,先生!'"

"哈叭狗,我看你不要缺德了吧!"王华民同样得意地,快乐地笑着说。

忽然煤油公司的施得所讲了一大串英文,讲得那样的快,那样的高,使得王国櫟只能高举着剪刀狂喜地看着他。

"施先生,你的英文、美国人讲的一样好呢!"替刘佩兰洗着头的周正和严肃地,感动地说,"一个人英文好真有办法啊!"

"O,K!"施得所说。

"这是那个呀?"刘佩兰悄悄地问。

"美孚煤油公司里头的施先生!"

"O,K！我前天遇到一个美国人，"美孚煤油公司施先生大声说，和这房子里的一切人一样，狂热而快乐，发着抖了，"他底名字叫做 Jane Brat 翻译过来，就是约翰·白拉脱！这约翰白拉脱，他跟我谈得真投机呀！他送了我一个最新式的打火机！"他从他面前的镜子里看着那个美丽的女人，一面摸出打火机来举在头上摇着，然后，迅速地一挥手，打出一团火来了。那个女人从镜子里在看着他了，他赶快地笑了一笑，感动得眼泪都流出来了。所有的人，都落到这种如诗人所说的，恋爱的海洋里去了。

"郭玉宝，痛呀！"小铁匠惶惑地喊。

"怕痛就不要剃头！"郭玉宝狠恶地说。

一切人声都寂静了。但忽然地它们又□□起来了，周正和和王华民又说起话来了，施得所和王国樑又念起英文来了，小徒弟郭玉宝和小铁匠又吵嚷起来了。这些声音，在电扇底沉重的呼吼声之上，交织成一团了。

"美国人里面呢，说良心话，也还是有好的！"周正和说。

"喂！刘佩兰，这些时那些美国人味道怎样呀！"王华民说；随着他底轻佻的声音，热烈的，高兴的表情出现在所有人底脸上了。"那些美国人天天晚上蓬啊篷啊地跳，嘻嘻……"他狂喜地笑着说，"我就不晓得这皮竟是什么味道！你跟他们跳，一天晚上挤到多少钱呢？这样地捞来捞去，转过来又转过去的！"他说，一面拢着屁股，扭着身子跳起来了，手里还拿着那一卷假发。刘佩兰从镜子里看着他，最初显得有点生气，后来就快乐地大笑起来了。

"我们刘佩兰这些日子了不起呢！"周正和嫉妒地笑着说。"天天吃美国酒！那些酒，有一回我吃过一口，又酸又苦，那究竟算是什么玩意呀！"

"那叫啤酒！"刘佩兰说。

"啤酒！Beer！我喝起来非十瓶不过瘾！"煤油公司的施得所说，在镜子里面找寻着刘佩兰底眼睛，"有一回，我底那个朋友约翰，白拉脱来了，开吉甫车来找我，带了一箱子啤酒来，Beer！我说，喝吧，他妈的，你晓得吧，我一口气喝了十瓶！——喂，王国樑,我教你念:I am a Boy! 我是一个好孩子!"

"good A good Boy!"

"哎呀!"刘佩兰着急地叫,"快一点弄呀,我求你做做好事,时候不早了呀!"

"我快的很呢!"周正和笑着说,"我包你今天是又时髦又漂亮,叫那些美国人一个个都颠颠倒倒的……"忽然地一阵热血一直冲上了他底脸,使得他全身都兴奋得麻木了;但即刻他就觉得自己太不正经了,难过了起来。"不过,我是说正经话,"他不安地换着口气说,"我是看你这几个月过得好起来了。你妈待你总算不错,你一个月总是要拿几个钱给她的罢!世上的事情难说的很,我想,有些事情也不能怪你,还是你妈不对!她为什么一个都不给你呀,女娃儿大了,总是要用钱的,买件把衣服,买双把皮鞋,这总是要的!那些美国人呢,"他变得安静了,陶醉地慢慢地说,"也不能说都是坏人,也还是有正人君子,只要你运气好,唉!至于你妈呢,事情反正是这个样子,这有什么要紧?这个年头,只要有吃有穿就行了,……不过再说你自己吧,"他愈说愈陶醉,他底表情也愈来愈正经了,"俗话说,见得今日晴,须防明日雨,你自己也总要防一防…不是我外人说这种话的话,你总要存几个钱,看一份人家才是上着。在这个上面,你妈的话倒是不错的,不是我外人说这一篇话,"他小声说,不知为什么感动得泪水涌上了他底眼睛了,"我是不见外的!……说天地良心话,从小我就认得你,我不会见外的!……"

"你哪里来这么多的话呀!"刘佩兰厌烦地说。

"听不听是在你呢,姑娘!"理发师无限感伤地说。

"我们老周说的是正经话呢,"王华民,捧着那一卷假发,挤着眼睛说:"你刘佩兰明天就请他吃一杯 Beer。"他大声说,显然地是在希望使刘佩兰发笑了,但忽然沉默了,从镜子里看看她底严肃的脸,显出了沉醉的,崇拜的,痴呆的表情。

静悄悄的。于是王国樑从施得所那边回头来了,觉得是发生了什么事情。小徒弟郭玉宝抬起头来了,同样地满脸沉醉的,痴呆的神情。

　　静悄悄的。刘佩兰想着她底母亲,而所有的人在想着她。忽然的煤油公司的施得所暴发了一阵完全没有理由的大笑,使得刘佩兰和理发师们都掉过头来看着他了。于是他又大笑了一阵,在椅子上晃动着他底胖大的身体。

　　"唉!你们这些人呀!"他笑着说。

　　"你这个人才没得道理!"刘佩兰愤怒地说:"你笑什么?"

　　"我笑吗?哈哈哈!我笑这几个家伙都是呆子!呆子!"煤油公司的施得所说,"美国人有什么庆希奇!我那个朋友约翰·白拉脱对我说,哈哈哈!"

　　"那管我什么事情!"

　　"是呀!"他笑出眼泪来了,"我又没有说关于你的事情,是你自己的好多事,喂!你这样看着我,我这个人又丑又穷,有什么好看的呀!……哈哈哈,说起来我还得认得你妈呢,我家用人天天在你妈那里买豆腐,哈哈哈哈!"

　　突然地刘佩兰下座起来,抓起了面前的架子上的一把梳子和一只刷子对准他砸了过来。她是愤怒极点了,灰白而喘息着。但这种发作好像正是他,煤油公司的施得所所希望的,他重又大笑起来。

　　"你这个不要脸的!"刘佩兰叫,但窒息住了,发着抖站在那里,于是突然地哭了起来,"你们这些混蛋!"她转过脸来对理发师们叫,"你们一个个都不是人,都不是人,简直没有人样!你们全是一些畜牲,故意地弄这个人在这里欺我!天啦!"她跳着脚喊,"晓得你们一个个心里头怎样想我啊!我妈的事情跟你们有什么关系!……天哟,我未必就这样见不得人!我也是好人家底儿女啊!可怜我的娘 X!"①

　　她哭着,蒙着脸倒在椅子上了。

　　"不哭了!"周正和感动地,陶醉地笑着,安慰她说:"一个人

---

① 原文中这一段重复了一次,有个别文字差异。

心总要放宽些,这点小事有什么关系呀!喂,真的不哭了!"

"时候不早了,人家美国人等你呢!"捧着假发的王华民笑着说:轮流地踏着他底两只脚。

"至于说这位施先生吧,"周正和继续感动地说,"我们顶熟的,他总是在我们这里理发,他不过喜欢开开玩笑吧了,俗语说,心直口快,施先生就是这种人!"

"喂!刘小姐,"煤油公司的施得所快活地说,"实是我对不起你吧!哭起来叫我心里头多难过呢!你看,脸上的胭脂都弄掉了,——你刚才一梳子又是一刷子,要不是我肩膀上肉多,真怕要倒在地上爬不起来了!唉,你真凶!"

刘佩兰不哭了。她看看表,叫理发师们快一点,于是他们重又紧张地干了起来,做着装饰她底头发的最后的工作。

"O,K"!煤油公司的施得所说,站了起来,穿上了洁白的西装上衣,张开了两臂让王国樑在他底背上刷着。"O,K!这位刘小姐的帐,就记在我的名下,听懂了吗?"他说,一面从镜子里看着刘佩兰。

"yes,sir!"王国樑说,得意地笑着环顾。

"那怎么行呀!"刘佩兰惶惑地说:"谢谢你,用不着别人会账!"

他掉过头来了,他显然非常激动。于是他对着她意味深长地笑了一笑,使得她整个的脸羞红了。

"小意思,刘小姐"!施得所说,又笑了一笑,并且跺了一下脚跟。

"这怎么能呀!"她含着慌张的,痛苦的眼泪说,显然地她还不会交际,"施先生……这真是对不起人呀!"

"没有什么……下回不要拿刷子打我就成了,"煤油公司的施得所说,于是暴发了一阵得意的大笑,开了门走了出去。

沉静下来了。理发师们更惶惑,更陶醉,围住刘佩兰工作着。时而她好像是一个神圣的崇高的存在,时而她又显然是一个充满了诱惑的,火热的,堕落的东西。大家紧张地,贪婪地看着她,一阵热情从他们里面出来,充满了整个的理发店。

忽然地坐在木凳上的小铁匠发出了一声痛叫,郭玉宝,受着这种陶醉的热情的影响,把小铁匠底耳朵割破了。

"哪个叫你动的,哪个叫你动的。"小徒弟愤怒地,急促地喊。

"我没有动呀!"小铁匠可怜地,害怕地说。

"不要吵!"周正和严厉地喊。于是小铁匠沉默了,郭玉宝又拿起剃刀来在他底颈子上狠狠地刮着。……一切重又安静了,紧张,热情,恋爱的梦境。理发师们用他们底一切本领在那里为刘佩兰底头发而工作着。

但刘佩兰刚刚在理发师们底包围中站起来,门突然开了,全身雪白的,肥大的煤油公司的施得所走了进来。

"好了吗,刘小姐?我叫了汽车来了,你要到哪里去就送你上哪里去!"

刘佩兰呆住了。

"这怎么好呢!"她惶惑地说。

"顺便!顺便!我自己要出去有事,送你走一段,我们也结个朋友!喂,你不要呆呆地看着我呀!我这个人怪得很,生性就喜欢拍漂亮女人的马屁!这你只要问他们就知道的!"他指着理发师们说,"我这个人又是不打不成相识,你刚才的那一刷子把我打乖了!……走呀!喂!……你的头发弄得真漂亮呀!……我是说你刚才的那一刷子打的真不错!"

他走过来拉着了她底手。于是她就非常乖顺地,失去了一切的抵抗了,跟着他往外走去了。"哎呀,你这个人真怪!"走到门边她笑着说,但她底声音实在是有点发抖。

他们走出去了。弹簧门慢慢地弹动着就自己静止了。理发师们沉默着,他们觉得失望,稀奇,不明白。他们各各占据了一把椅子就又躺下来了。但这次他们没有一个人能够睡得着的。他们互相不说话,害怕着别人会看破自己底心情;他们每一个人都在椅子上乱动着,痛苦地,长久地叹息着。

(原载南京《新民报》1947年1月1—5日第2版)

理想主义的少爷

音乐厅里,穿着大红花的衣服的歌女在台上唱着歌,绞扭着手,不时地微笑,两边盼顾而摇摆着;敲鼓的年轻的小伙子发狂似地耸动着肩膀,抖动全身。拉提琴的是一个头顶半秃的中年人,穿着一套窄小的旧西装,样子疲乏而麻木。这些人们是过着一种奇特的职业生活的,年青而好热闹的男女们时常喜欢这种生活但年经大了一点,便自然地疲乏、麻木了。王恒泰带着四个年轻的女子坐在靠近音乐台的桌子上,这四个女子都是机关里的女职员,都并不浮华,相反的,倒是在她们底浅淡的化装和细心选择的平常的衣着里显出她们底小户人家底出身,以及生活底艰苦来。她们坐在这里是不大自在的,神情都很庄重,她们是受着这个环境底强烈的感动,被豪奢、美色、音响,感伤气味的四壁的色调、梦境一般的红蓝交衬的灯光,以及进进出出的男女们底骄傲的姿态弄得非常之迷惑了。她们又要听着王恒泰底谈话,这种谈话同样的充满着豪奢,美色。感伤,闪耀着梦境般的色调,使她们庄重而又沉醉,造成了她们底脸上的疲劳的,苦痛的神色。

"吃呀,小姐们!"王恒泰说,"我们虽然不大在一起玩,可是跟我是不必客气的。这里的点心还马马虎虎。要不是医生关照我一次不能吃得太多,我真还要吃。医生说,有胃病的要少□多餐……"他咳嗽了起来,摸出一块手帕来掩着嘴。"我还来一客西餐,我喝完这瓶啤酒,杜小姐,你还吃什么呢?你呢!刘小姐? ……那就来两客咖啡好吧? …… 喂,boy,十三号,你来!"

他是很清瘦的，面孔苍白而漂亮。他底声调和风姿并不俗恶，那里面倒是有着一种优美的东西。他穿得很豪华，在长而细的眉毛底下，明亮的眼睛霎动得很快，嘴边总是挂着嘲弄似的，自信的微笑。

"我还没有吃午饭呢，"吩咐了茶房之后他向小姐们解释说。"我家老头子要我吃这个吃那个，我气起来跑出来了。我害肺病，老头子替我着急，其实我想得很明白，着急有什么用呢？"这之后，他取出钢笔来在一张小纸条上写了几个歌曲的名字，指定要刘萍小姐唱，又取出了一叠钞票，据小姐们估计总有五万元的样子，叫一个走近他身边的茶房替他拿到音乐台上去。

"你怎么会害起这个病来的呢？"杜小姐问，非常同情地，用着一种苦痛的神色看着他。

"我是读外国文学系的，毕业的时候要缴一篇论文，本来我早就想好题目了，叫做《莎士比亚研究》。莎士比亚，是英国伊利莎白女王时代底伟大的诗人。我找了二十几本参考书，可是我底材料太多了，有几个材料我不能决定用不用，时间又来不及，我赶了三天三夜，心里一急……，我底左肺就出了毛病了。"

"啊！"小姐们低低地喊。

"本来我还要念下去的，可是老头子不叫我念，要我回家结婚，女的是上海一家公司经理的女儿，可是你想我能么？"他望着杜小姐和刘小姐说，一面拿他底手巾轻轻地揩着额上的汗，"我能耽误别人底青春么？而且我是主张婚姻自由的……"

"后来呢？"小姐们焦急地问。

"你们听我说就是。"他说，文雅地笑了一笑，"我跟老头子大大吵了一架，现在我不大回家了，一方面因为这个，一方面还因为老头子老太婆老是抓住我叫我吃东西，一下西洋参煨汤啦，一下鸡子牛奶啦，后来一提到吃我就发火！我看见医生也发火！所有的医生都是骗子跟寄生虫！他们是靠病人舒服的，你想他们会愿意医好病人么？我对最有名的一个医生说'你是骗子！'我实在发脾气了，可是他笑嘻嘻的不生气。为什么？为了钱!"

"可是,你说的结婚的事后来呢?"刘小姐,带着痛苦的神色问。

但这时歌女刘萍已经出来了,唱着他所点唱的歌。这是一个娇弱的,穿着西式的衣裙的迷人的小东西。王恒泰停顿着,呆望着前面。小姐们受了感动。歌女唱着:

——你是我底灵魂,你是我底……

"哼,"王恒泰终于说:"这样的啦!我直接写了一封信给那位小姐,我说:我在这个世界上已经很疲倦了,我看透了,我不爱慕金钱和名誉,我只希望看见山中的流水和天上的浮云。小姐——我说——祝你前途幸福!……她回了我一封信,她说,她底感想和人生观是和我一样的。于是我们就见了面。我们一道到杭州去了一次。那天晚上,我们坐在湖边上的长椅子里,在柳树下面,月亮好极了,我们两人都不作声。周围也一个人也没有。是春天,可是天气还有点冷。

"'我喜欢这种寂静,这多美!'我说。

"'是呀'她跟我说,紧紧地靠着我,'我们要永远生活在这种寂静里面,我怕那个世界,它太可怕了。'她说,'你能保护我吗?'我听见她底声音在发着抖。她是说得很美的,我记不清那许多了,因为她是文科毕业的小姐,还做过不少新诗。'人生的确是很痛苦,很空虚的!'她说过,'冬天来了,每一年冬天都有大风雪,有多少穷人冻死,这里面有多少动人的故事啊!我爱这种大风雪,'她跟我说'我梦想我倒在大风雪中,'跟我说。'我喜欢风雪的夜里面回来的人——风雪夜归人,'她跟我说!"

刘萍小姐已经进去了。原先的那个穿大红花衣服的歌女走出来,娇媚的唱:

——郎呀郎呀我的冤家!……

而那个年轻的鼓手就拼命挤眉弄眼,摇动身体。

王恒泰沉默了。他显得很痛苦,小姐怜悯地看着他。

"后来呢?"她们问。

"唉!"他说。"这不过是这个世界中无数的悲剧中间的一个悲剧而已!"

"怎样呢?"

"我也不晓得是怎样的!"他摇着头说,"我很悲哀,那时候我说:'让我们分开,互相怀念吧!'"

"她怎样?"

"她嫁给一个老头子了。这完全是我底过错,……"

"啊!"

小姐们在座位上惊动地变换着姿势。王恒泰却沉默了。可是忽然地也用变了的声调说:"你们看吧!昨天我碰见她了!她已经做了母亲了!她很客气地请我吃饭,跟我说:'让过去埋葬掉吧!'她变得很豪爽,更美丽,但是眼睛里面是有一种很深的悲哀……昨天我正到一家家具公司去订货……我胡里胡涂地化了七百万块钱!我完全不在乎钱了!"他摇着头。接着他就愤怒地大叫起来,责骂茶房招待不好,为什么还不把吃的东西拿来。那个生得很魁伟的十三号茶房慌慌张张地端着东西跑过来,弯下腰,拿耳朵凑在他底嘴边上,听着他底责骂。小姐们都替这个茶房难过,特别因为他是穿得这么体面的。

王恒泰迅速地又写了一个小条子,茶房恭敬地接着,就跑到音乐台后面去了。

"杜小姐,"王恒泰激动地说,"这些都是寄生虫,社会底寄生虫!你们太善良了,不懂得这些人:他们下流得很。在我看来,那个医生跟这个茶房没有分别,我有钱,我愿拿钱侮辱他们!他们反而会高兴!那个歌女,这周围这些东西,"他指着周围的那些吃客——他们大半并不比他穷——说,"都是社会的寄生虫,民族底败类!"说完了,他就从腰膀上取出一只精巧的白朗宁手枪来,带着一种狠恶的面色,在手里玩弄着。

他底一切,连同着这周围的声音、美色、伤感和豪华,给了小姐们以非常复杂的,难以说明的感动。她们怜悯地叹息着,害怕地看着他底手枪,小心地吃着东西。那魁伟的茶房跑回来了,陪笑着,弯下腰来。

"她说今天晚上不空,"他对他说。

"好,你去!"王恒泰说,一面弄响手枪。

"你不要玩这个东西吧,骇死人的。"杜小姐说。

"你不晓得,杜小姐,人生无聊得很!"他说,声音突然有点窒息,眼泪在他眼睛里闪耀着了,突然地他把手枪往桌上一击,狂叫了一声。

"混蛋!"

全咖啡厅都寂静了。只有那穿大红花的寄生虫还在继续着她底歌唱。敲鼓的寄生虫僵着了他底抖动着的身体。拉提琴的寄生虫毫无表情地继续拉着。歌女唱:

"凤凰得病,在山中……"

"叫她来!十三号!"王恒泰说,用手枪柄敲碎了一只杯子。

人们只好叫了那歌女出来了。那迷人的小东西有着一嘴灿烂的牙齿和一双水晶似的眼睛。她好像是很天真,不懂事的,高高兴兴地在王恒泰旁边坐了下来。

"怎么样?你不来?"王恒泰说。

"哎哟,小王。"迷人的寄生虫说,"别生气,吃东西吧!我敬你一杯啤酒!"

可是王恒泰不喝。他底神色很痛苦。小姐们敬畏地看着他。

"我倒不生气。"他说,玩弄着手枪,"刚才我跟各位小姐们还谈到这个问题:人生空虚得很。我厌倦了,我自己知道我有病,我希望早死。我一点留恋都没有,你不相信问问小姐们。"

歌女一点都不懂。可是她又完全明了。她向小姐们温柔而高贵地笑了一笑,小姐们则对她极其有礼地笑着。

"我叫你来,是要跟你说,"王恒泰说,"以你底聪明和天才,你不应该过这种生活,不应该侮辱你自己来叫这些寄生虫开心!这些都是寄生虫!"他挥了一下手。"我知道你并不要听我底话,我也没有什么好说的,不过为了你自己,脱离这种生活吧!"他沉痛地说,"脱离这种黑暗的生活吧!做工也好,做一个女佣人也好!到乡下去,到荒山里去,读读书,唱唱歌,种种菜,永远不要回到这个黑暗的社会里来唱歌给这些寄生虫听!"

"好朋友,"歌女笑着俏皮地说,"你说的真是一首诗,可是你是小开,我们穷人可要吃饭呢。"

"我是小开?"他说:"告诉你,我是一个自由主义者,"他沉重地说。"我花光了钱就远离这个世界,不信你看吧!你以为你年青,漂亮,有本事,可以在这个社会里混混吗?告诉你,青春是短促的,消失了的美丽也不会再回来!你以为有很多人捧你追你你就高兴吗?你要想想你年纪大起来是怎样一种情形,那时候你就会寂寞,"他含着眼泪了,"你会悲哀,悔恨,你孤零零地站在街头,你在大风雪里倒下,没有人跟你披上一件衣服……春天不是永远的,生命是空虚的,……"

那迷人的小东西显得很是严肃,举起一双苦痛的水汪汪眼睛来看着他。然后她就沉思了一阵,向他点了一下头,又向小姐们微笑了一下,轻盈地走回到音乐台上去了。霓虹灯亮着她底名字,乐队开始吹奏,摇摆,她立刻就唱起来了。发出了一个异常媚人的甜蜜的声音,使蓝色和红色的灯光更暗淡,整个的咖啡厅就沉进了一个颓废、轻软的梦境。

王恒泰发了一阵呆。

"唉,有什么法子呢?"他悄悄地迷惑地说:"她也许倒愿意过这种寄生虫的生活,我反而害了她。我只希望各位小姐们,"说,"为了自由,为了自己底前途,将来决定不要喜欢这种生活!这种生活牺牲了我底一切,我也许活不多久了,所以我不怕你们见怪。刘小姐,杜小姐,"他做梦一般地说,"青春是不会回来的,你们是多纯洁啊!老实说,脱离这个黑暗的社会吧!"

那小歌女,带着她底全部的激情,欢乐地歌唱着:

——莫辜负了,青春年少……

小姐们眼圈都有点发红。她们深深地被感动了。但她们并不知道,真的感动了她们的,是这漂亮的青年底谈话呢,还是那实在是被她们仰慕着的歌女底辉煌着感伤的青春,又带着某种英雄气质的歌声?

一九四七,九,八

(原载成都《荒鸡小集》之四《血底蒸馏》,1948年3月)

泡　沫

　　这天晚上,何季超从外面回来,很兴奋地对他底表兄张华说:"我已经和解放军方面接好头了,他们要我去接收一家报馆。"

　　他已经失业了三个多月,并且在这期间又失恋,住在表兄张华家里,情形很狼狈。但解放后的这几天,他很是忙了起来。

　　他说话的时候很激动,一时靠在沙发上,把两只脚翘到沙发背上去,一时又把脚收回来,脱了鞋子,蹲踞在沙发里。一支香烟不断地从这边嘴角移到那边的嘴角,仰着头不看人,两只手又不住地做着表情。他还说,今天他会见了解放军的司令员陈毅将军,穿得和普通的兵一样,人家对他介绍,于是他们就握手。他没有十分听清楚,但大概是陈毅他老兄,胖胖的,四十几岁。

　　表兄张华是银行里的科员,平常喜欢唱唱京戏。这几个月他是对何季超很冷淡的,不仅因为人们总是讨厌穷亲戚,还因为何季超太吊儿郎当了,除了拿他的钱用以外,还要拖他的衣服穿,而且一穿总是弄脏甚至弄破了。深夜里面都不睡觉,常常在房里唱歌,闹得老太太和小孩子都睡不安宁,早上却又是要睡到十一点钟都不起来,这些,都叫张华觉得非常厌恶。因此,听到了他底话,虽然不十分相信,却也不免很高兴了。

　　他更高兴的是,如果他底表弟真的有了这样的关系,将来煊赫起来,他就可以沾光了,至少不必再害怕共产党了。他是在银行里很搞了几个钱的。

　　"好极了,恭喜你！你什么时候去……上任呢?"

　　"看吧,我们现在不在乎了,我们自己的人来了！从前天天怕特务,他妈的现在该要你们来怕我们了吧!"何季超说,在沙发上转动着,又跳了起来。

"我的事情,你看没有什么关系吧,季超?"

"哦,没有问题,包在我身上。只要你思想前进一点,我跟你找关系帮忙接收银行好了。"表兄张华于是热烈起来,叫了个人去买菜和打酒。他说他自己也要喝一喝,他这些时来太苦闷了。

喝了酒,话就特别地多起来。表兄张华从前害怕共产党来了会共妻,会被拉去抬东西,小孩子会被夺去当儿童团——他听说有这么一种儿童团,每人背一个手榴弹,打起仗来打冲锋的。何季超曾经一再地和他解释,他都不相信,这两天,看看事实有点放心了,但又害怕来共他的房子和钱财。他是一个胆小的人,解放以前曾经好些夜睡不着觉,想到将来就害怕:天啊,真不知道将来会变成什么样子!早晓得这样他加入共产党就好了,或者只要认识他们中间的一个人就好了。听着这种叹息,何季超大半淡淡地笑着。但在自己烦闷的时候,听着这种愚蠢的话特别地生气,就要恶毒地嘲笑起来。他这几个月确实是很烦闷的,失恋,穷苦,和一些朋友闹翻了,又受着这个社会底各种压迫。他的神经极度的紧张,常常觉得有人在跟踪着他,想要逮捕他和杀他,于是弄得害着心脏病了,有时候要突然地晕倒。

现在他却高兴了。他觉得现在是到了他取得报酬,快乐,自由,威风起来的时候了。喝着酒,谈着话,激动非常,心里就也有了一种庄严的,要做什么的,巨大的愿望。他要拥抱一切一切,而重新为人,就是说,认真地改造自己。他讲话有一点错乱,先说他是共产党员,"坦白地说,我早就是一个党员了。"后来又说他是负责领导一个民主党派底支部的。又说,他们已经接受了一幢大房子和二辆吉普车,今天他就是坐这吉普车回来的。他拿出一面这民主党派的支部底小旗子给表兄看,又掏出了一张宣言稿子,上面有他的签字。

"其实我并不愿意参加,不过他们一定要拉我。"他说。

"是的,是的。"表兄说,显得热诚而恭敬。

这种恭敬,是从来没有过的。

"喝酒吧,祝你前途伟大。"表兄张华说。

"干杯!现在你不怕了吧,不怀疑我了吧?"

"我早就晓得你是的了,来,再干一杯,季超。"

何季超躺在椅子里,两只眼睛朝着天,沉默着,快乐好像不怎么完满,不知怎样的,他觉得有些伤心起来。他想起了他底爱人,她叫做朱佩兰,过去和他一道在报馆里做事的,后来却嫁给一个百货公司的经理了。

"季超,季超,喝酒呀!"表兄说,"你叹气干什么呢?"

"没有什么,没有什么……"何季超说,"你陪我到朱佩兰家里去一趟好不好?"

"干什么?"

"没有什么,……我不过觉得……其实这也没有什么,这种个人的感伤在我们这些人是不容许的!妈的,这种个人的感伤有什么用呢?"于是他扬着喉咙,唱起歌来,有两行眼泪,顺着他底脸流了下来。

"我决定最后去找她一趟!"最后他红着脸说,"你陪我去好不好?马上去!"

"你这还找人家有什么用呢?"表兄说,很疲乏地躺在椅子里。

"不是有什么用!而是,现在局面不同了,我可以公开了,我要看看她的情形——我也是不愿意她就这样堕落下去的。"

不管表兄愿意不愿意,他拖着他就走。表兄身体很胖,喝了酒很想休息,也有些兴奋,因此格外走不动,于是他去找电话打,说是要叫支部里派一辆车子来。但打了一下似乎没有打通,于是就决定去叫三轮车。

可是巷子口只有几部人力车。表兄很犹豫,不肯坐,因为他听说共产党不准坐人力车,坐了要拉下来挨骂的。经过何季超的解释,总算答应了,但又说要回去换长衫,因为晚上穿西装在街上走恐怕不方便。何季超拉着他,大声地嘲笑他,要脱他底衣服来给自己穿,这才把他拉上了车子。这胆小的科员真是喝醉了,上了车子就不住地呻吟,发笑,自言自语,末后又和车夫说话,问他是哪里人,欢喜不欢喜共产党。

"你不要怕呀,共产党好得很哩。"他大声说,这时车子已经拉在大街上了,"你们这些人将来要享福呢,共产党来了,将来你们不要吃苦了,翻了身了,老乡你说对不对?"

"那是。"车夫说,这是一个老年人。

"对呀!这才对呀!我也是这样说:穷人是应该翻身的!我们这些人过去有些太对不住你们了,希望你们原谅。你不要以为我说假话,老乡,我这个人是真诚的。前面的那一位,他就是共产党。"

车夫没有作声了。这时候他愈来愈兴奋,并且心里奇怪地严肃起来,想到,像这样让别人拉着自己走,确实是不对的。果然是的:大家都是人,为什么自己坐车子,而别人当牛马呢?于是他就说着。

"你说什么呀!"坐在前面车子里的何季超问着。

"我说我们底行为是不对的,季超,你是一个革命份子,为什么还要别人拉着你呢?我从前是害怕,不过现在我想通了:不信你问问这个解放军同志!"他向路边上的一个解放军底战斗员招手,但是车子迅速地拉过去了。

"你说什么呀?"何季超叫着。

"别人不管我们,对我们宽大,我们就应该自爱!我们有脚为什么不能走路呢?下来吧,喂,老乡,下来!我照样给你钱。"

"你干什么呀,喝醉了?"何季超说。

"没有,没有,这是良心问题,我们大家都要革命,我们自己革命……"

他摸出不少的钱来给两个车夫。他从来没有这么慷慨过的。车夫愿意继续拉,但也没有表示什么意见。何季超最初不同意,和他吵闹着,但是这时候很多人围拢来看着了。

"各位,"张华激动地对周围的人们说,"为什么我们要叫别人拉我们呢？为什么社会上要有这种不公平的现象呢？我们难道一定要共产党来革命,自己不能自爱么？"

他继续说着,摇摇摆摆地挤出了人丛。"的确的,我们真的要自己革命。"后来他自言自语地说。

"我并不是有那种小资产阶级底幻想的人。"当他们走进朱佩兰家底院子的时候,何季超庄重地说。

朱佩兰从楼梯上迎下来了。她是胖胖的、健壮的愉快的女子；一看就知道是不欢喜用什么心思的女子。

"哦,你呀!"她很平淡地说,"请下面坐吧。"

于是她很快地又跑上去,拿了香烟下来。

"谢谢你,我自己有的。"何季超说,"我是来看看你的,"停了一下他说,"解放军进城以前,你们受惊了吧？"

"还好……我们蹲在家里没有出去。"她很友善地回答。

"哦,是的。"他说,"我想……如果你有什么困难,或是什么的,我可以想办法帮你解决。"

"也没有什么。"

"那就好……"

长久地沉默着。何季超看着她。他以为她是堕落了,以为她会变得很浮华,很苦痛的,但看起来完全不是这样：她仍然和从前差不多,穿得也很朴素。他觉得很难过。

"我是奉命办理一家报馆接收……你有什么意见？"

"没有什么。"

"你不想出去工作吗？"

"不,没有。"

"这样子……我本来不想说的,我坦白地对你说吧!"他激动地说。

"我到你这里来,决不是因为什么幻想,也不是来谈从前的事情。我完全是来看看你。"他高傲地说。

"季超这话是完全对的。"张华说,他躺在椅子里,疲乏得快要睡着了。

"你放心吧,你要这样生活,我还有说什么的必要呢?不过你从前骂过我是一个堕落的人,"他说,冷笑着,"好像我就永远受压迫,没有前途了。"

"没有哪个这样说的。"这愉快的女子变了脸色,说。

"那也没有什么关系。革命的力量是伟大的,"何季超冷笑着说:"今天是每一个人都要改造自己的时代。如果我过去有对不起你的地方,我希望你原谅我。我绝对听你的意见的。这就是我今天来找你的意思。"

朱佩兰不做声。这时候,那个刚才在人力车上激动了一阵的表兄,虽然仍然在点着头说着:"不错,是的。"却已经闭上了眼睛,快要打起鼾来了。

"我过去不敢上你这里来,"征服者继续说,"是因为害怕你的先生。别的我不怕,我就怕他告密。我躲来躲去的,朋友都不理解我,都是因为你。"

"你放心吧,你值不得哪个告什么密的。"朱佩兰说,露出了牙齿愤怒地笑着。

"但是我晓得你先生跟特务有关系。"

"那你就去报告,"这女子突然站起来,"你请出去!"她颤抖着,大声叫。

"啊!啊!"表兄惊醒了的茫然地喊。

"好!好!再会!"何季超站了起来说,"没有什么,没有关系。……不过你要晓得,你从前也是一个进步的女性,我同情你,你难道就甘心这样下去吗?现在大时代来了,每一个人都应该工作。……"

"对呀,季超这话对。"表兄突然嘹亮地说,并且笑起来。

"你以为享福吗?你以为你丈夫有几个钱吗?告诉你,如果你先生要做投机生意,继续跟国民党来往,人民政府是不会答应的!"他威风地说,"而你自己,真的就甘心做一个商人的玩具吗?我诚恳地对你说!"他说,他确信这是他一生最得意的时候,"你这种态度我不怪你,我也晓得你的苦处,你是被旧社会牺牲了的。你意志太薄弱了。你应该想想。……"

她静静地站着。她没有哭。她底丈夫在楼上喊她,她也没有作声;她脸色很是灰白。可是何季超仍然觉得一种了不得的浪漫,美丽的气氛——他觉得他要哭出来。他果然很伤心地哭出来了,望着她,拿出手巾来揩着眼睛,也舍不得把眼泪揩干净。

"朋友……再会了。"他向她伸出手来。她冷笑笑。于是他转身就走,很英雄气概地。他底表兄向朱佩兰鞠了躬,在后面追着他。

他们走到灯光通明的大街上。

"我以为,唉,"张华说,有趣地笑着,"你怎么会哭的呀!"

何季超庄严而冷淡,不理他。

"唉,"表兄又说,"你说去接收,什么时候上任呢?"

"过两天。"何季超说。突然他发怒了,"怎么,你怕我住在你家里吗?老实说,好几栋房子等着我去住呢。"

表兄不作声了。

"这样子,"走了一阵何季超又温和地说,"你借我几个钱好不好,我要买点东西——从我这几天的经验,我开会的时候一定要提出来!革命非澈底不可!"

一九四九年五月十一日

(原载《蚂蚁小集》之七《中国,你笑吧!》,1949年7月1日)

祷 告

天快黑了,外面落雨,但是家主刘芸普爱惜灯油,还不点灯。五十岁的小学教员在那里做着晚饭前的祷告,高唱着"耶稣是救主"的赞美诗。女儿刘凤英在墙边的风炉上烧着饭。局势动荡,战争已经迫近这大城;生活又困苦,刘芸普心里非常的不安。他希望能像多少年来一样,用赞美诗、祷告来使自己安静。但这些时有一些特别的幻象在他底心里纠缠着。他不断地想起他底死去的妻子和大儿子。虽然他屡次地告诉自己他们是在天堂里逍遥,但不知怎样的,他总看见地狱底苦难和一切惨澹的景象。最使他苦恼的是女儿从失学以后就变得有些怪异了,有时候站在那里痴想,有时候自言自语,有时候突然独自地发笑;而每一次邮差走门前走过的时候,她都要赶到门外去,眼睛里闪耀着令他觉得可怕的激动的光辉。接不到信她就会丧魂落魄地呆着,接到了信,她就要喜悦地压制不住地欢叫起来,而抓着它跑到外面去,井边上或者篱笆边上,长久地看着。然后跑回来脸上发光,用一种快乐的激动的声音说着话。这一切情形叫刘芸普深深的苦恼。女儿已经长得这样高大了,在她底身体上和神情里都燃烧着青春底火焰,然而她是穿着不成话的、她底母亲留下来的破衣,贫贱和孤独折磨着她。她已经起来反抗这贫贱和孤独,她已经不再是用细嫩的声音陪着他一同祷告和唱赞美诗的心地单纯的女孩了。他们家庭从他父亲起就是信教的,从小康的人家弄成贫贱的教员,从快乐的家庭变成萧条的孤独者,几十年来,上帝支持着他。上帝使他底神经僵硬、麻木,上帝使他变成了他底女儿底专制暴君,这暴君不咒骂,不打人,但是他底憎恶和愤怒是从赞美诗里唱出来的。如果他底唱诗的声音是发抖的,那么女孩就再不敢做声了。她要做一件女孩子们都喜欢的新衣服么?好的。他唱起赞美诗来,唱着:"耶稣战胜众鬼魔",她底新衣服就化为灰烬了。就是这样的情形。但是近来她却完全不再理会他,根本不再听见他,也不再向他提出任何要求。她已经把自己和他完全的隔绝了。

她烧着饭,站在炉子边上痴望着落着雨的门外。他一面唱着诗一面看着她。他看见她拿起一根柴棒来在墙壁上写着字,可看见她摇摇头,笑了。

"我不希望报酬。"她自言自语地说。

"凤英,你说什么啊?"刘芸普停止了唱诗,问。

她呆看着他。

"我说什么?我没有说呀!"

"耶稣说,要诚实。"

她掉过头去,呆站着不做声了。他呆了一下,又唱了起来,用着更高的,惊动四邻的愤怒的声音。这时邮差走门前走过,她飞出去,抓了信在泥水中站了一下,然后一直跑到篱笆边上去了。

他停止了唱诗,站了起来,想要喊她回来,但又觉得这未免太不尊重自己了,就走到她底小桌子边上去站着。他不觉地打开了她底抽屉。他发现了她底一封写好了还没有发出去的信,立刻拿起来念了。但是只念了两句,就恐慌地丢下,重新走到自己桌子边去,大声地唱起诗来。

这两句是:"我亲爱的导师,我是一个孤独的愚蠢的女子,我整个的心都是你的。但是我的父亲只晓得上帝,他很顽固。哎,我多么不幸呀。"

女儿进来了。脸上闪耀着新鲜的欢喜的神气,走到炉子边,然后走了过来。

"爸爸,好点灯了。"她生动地说:"不点灯你看不见了呀。"

"你不用管我。"他说。

她点上了灯,在灯光底照耀下呈显了甜蜜的笑脸。但后来她又变得严肃,苦恼,想着什么,坐了下来。

"爸,饭好了。"

"我不吃,你吃吧——我们需要耶稣,"他又高声唱着。但突然又停了下来,看着她。

"凤英,当着上帝说话,你这些时在想什么呀?"

"我不想什么,爸。"

"你要想想,魔鬼到处在作弄人。我看你心里头已经跟魔鬼占住了。"他严厉地说:"快来祷告!快些,过来!"

刘凤英走过来了。

"爸,我不会祷告。"她说。

"不会?从小就祷告的,不会了?这是什么话?"

女儿沉默着。她确实不会。因为,在平常,那是可以的,但现在却是这么认真:她已经决心投奔她底新的前途了。

"祷告呀……耶稣救我们有罪的人,替我们受过。"

"我不会。"女儿含着泪说。"爸,你不要勉强我了……"

刘芸普坐了下来,叹息了一声。

"真想不到啊。"他说:"乱世来了,世界末日到了,连亲生女儿也叛了。不过,你不高兴我么?你嫌我没有钱给你花么?"他大声说,"我几十年来有什么对不住你的么?你说吧,你听了哪个的话,现在变心了?你要晓得,我们信耶稣的人是不管世界变成怎样都要信耶稣的!你说,你信不信?"

不是因为信耶稣,而是因为孤独和贫贱,这年老的小学教员底心情有一点癫狂。他希望得到好一点的食物,希望着温暖和安慰,这些都得不到,而邻居里面却有着阔气的少年,酗酒的军官,和新近从战线上逃难来的哀号呻吟的人们,他们都刺激了他。他对着他底周围的享乐和灾害愤怒地、憎恶地唱着他底赞美诗。可是这种反抗是徒然的。小学校最近因为时局不好要解散了,他又除了耶稣以外没有别的可以寄托,因此心里充满了恐惧。他大声地叫唤,想要叫邻人们都听见。

可是女儿不回答他。……她细心地束着她底旧了的绿色外衣,她走路的时候做作出自尊的神气来,她被干枯的、贫贱的生活压倒了,但是在邻人们面前故作活泼,她到处都展示着她底爱情的渴望,这些想起来都使他痛心。于是他用从来不曾有过的粗暴的大声吼叫了:

"祷告!"

"……奉主的名祷告的,我们有罪的人。"女儿用着冷淡的声音说,然后走开去,不作声地端上饭来吃了。

晚饭后刘芸普到学校里去打听消息去了。女儿刘凤英在房里乱走,跳跃,并且高声唱歌。她心里奔腾着热烈的幻想。时常给她来信的,是她底一个英文教员。那些信是简单的、友谊的、鼓励的;但是不幸的女子却从它们里面看出了别的来,看出了美丽的爱情,浪漫的五月的夜,和高贵的、英雄的许诺。是幸运还是不幸呢?她可是读饱了杜格涅夫和巴金底小说的。她因这些小说来思索世界,构造悲剧,正如她底父亲用耶稣来思索世界,构造悲剧一样。她对这英文教员写了好些热情的信,她父亲偷看到的就是其中的一封。但是它们都没有被发出去。她没有这样的勇气。真正被发出去的,都是一些简单的、拘谨的信,顶多不过说,她,刘凤英,是很寂寞,很苦恼。前些天她发出了一封信,说她想到上海来升学。对方今天回信来了,说要求学,到上海来也许有办法的,并且劝她积极,不要空想,不要苦恼。这,就使她非常的兴奋起来了。她不仅从它里面听到了事实上的帮助,还听到了爱情的神圣的许诺。她决定立刻就到上海去。

这坦白的小女子充满了勇气,立刻就收拾东西。她底热情是这样高涨,竟至于使她突然地又放下了手里的东西,跪在床边上,祷告起来了。她不呼唤耶稣,苦难的、教诲的、枯燥的耶稣,她呼唤温柔虔洁的圣母。

"圣母帮助我!我底床,我底桌子,我的房间,我的童年,我底可怜的老父亲,告别了,永别了!"她急切地说,"在黑暗的社会,丑恶的人生里面,圣母给我理想,给我爱情,给我幸福,给我勇气。我快乐,圣母你也快乐。"但后来她可呼唤着悲苦,哭了,"人生是悲惨的,我是去牺牲,去献出我自己,为了理想献出一切,我会死,圣母你为我流泪,你的眼泪好像膏油……"

邻家的妇人抱着孩子在外面说着话,她站起来了。这邻妇是来谈闲天的。看见地板上堆着凌乱的东西,就问她他们是不是要逃难。并且说,这两天战事打得又不好,外面又有很多人逃难了。但是她却高傲地回答说:

"有理想的人是不逃难的。我不是逃难,是一个朋友叫我去。"

"我没有听说过呀!到那里去呢?"

"上海。"她回答,笔直地、严肃地坐着,脸上出现了修道女一般的不可侵犯的神情。

邻人们都觉得这两父女是有点怪异的,所以那邻妇再没有说什么,坐了一下就走掉了。

可是这不幸的女子却呆坐着了。虔敬的、笔直的——她还是像她底父亲。她底狂热和勇气消失了。她从来没有离开过家,这温暖的,安适的家。她要到那里去呢?她一个人将如何生活呢?

她很久地坐着,床上和地上摊着凌乱的东西。突然地她底父亲踉跄地冲进来了,围着围巾,戴着礼帽,拿着雨伞,面色激动而惨白。

"凤英,世界上任何人的话都不可信!祷告!"他大叫着。"我有罪,我跟校长吵架了,有罪,我偷看了你底私信,有罪,祷告!乱世来了,快祷告!"

"爸爸!"

"祷告!"他喊,仍然围着围巾,拿着雨伞,走到壁前去,高声地喊叫,歌唱起来了。

"爸爸,我有罪,我想丢开你跑掉!"年轻的女子在突然的兴奋中激动地喊,跪下来祷告了。

"众人需要耶稣,世界需要耶稣,耶稣救有罪的人,耶稣战胜魔鬼!"两父女同声地唱着。

  但是女儿却突然地又想到了她底爱情,哭起来了。她呼喊着:"圣母的眼泪是膏油。……"

  邻人们全体受惊,跑到门前来静静地看着。

(原载《新中华》1949 年第 12 卷第 4 期)

车夫张顺子

早上，张顺子拉了车子出来的时候，街上的情形就很乱，国民党底恶毒的败兵沿着大街向东面逃跑，到处在拉夫，所有的商店都关了门，不过这事情来得太快了，张顺子一点都不知道。他刚刚走出巷子口，就看见一群警察在大街边上排着队，一个巡官在急迫地对他们说着话。这个巡官，和这一群警察里面的好几个，他都认识的。尤其是站在第一个的高大的、烂眼睛的刘国柱，他是非常的熟识。这刘国柱底样子也很惹人注意，因为他除了背了一枝长枪和一枝盒子枪以外，还背着一个很大的黑布包袱。那个巡官因为他跑了一早上都没有抓到汽车而在责骂他，他站得笔直的，非常恭顺地向着巡官看着。巡官下了命令，警察们就向右转，向前跑步了。

这刘国柱每天都在张顺子歇车子的汽车站门前站岗，他比一切警察都要凶暴，而且行动很是特殊。他老是不安静。大半的时间他毒打车夫和小贩们，拿走他们的东西，但有的时候，又显得很是热情，站在那里抖着一只腿唱歌，慢慢地就走过来，拉着车夫们和小贩们谈话了。他说着他自己就要升级的事情，又说着他有一次捉强盗，怎样的勇敢，因此局长对他的印象很好；连总局长都召见过他一次。从这里他就谈论到国家大事，咒骂着共产党，发起议论来。车夫们都假装很有兴趣地听着，并且拿香烟给他抽。他愈说愈是热情，常常因而忘记了执行职务，身边围绕着一大群人。路过的人们总以为是警察在捉人，走近来一看，却是在宣讲哩，于是就站着听下去了。

"一个国家，武力是顶要紧的，我的意思就跟我们总局长的意思一样。"这警察激动地说,脸孔红红的。"我们为什么要当警察呢？就是因为我们底国家太弱了。你看看美国英国这些国家那一个不是强国,为什么？因为他们注重警察,老百姓有知识,敬重警察。中国人看不起警察,这种头脑太腐败了。有一个局长问我:'国柱,你为什么要当警察？'我说:'报告局长,我没有别的心思,就想为总裁服务,改造社会'!……"

说到激动的时候,他往往眼圈一红一红的,像是就要哭出来,因此车夫们和小贩们都很不舒服,想要溜开去。关于他,就发生了一些意见,有的说他是一个好人,有的则说：什么好人,一个骗子！但不管怎样,虽然照旧地挨着他的毒打,常常地听他的话,张顺子有点同情起他来了。特别是,有一次刘国柱下了班以后还赏光似地喝了他两杯酒,告诉了他他在当警察以前的生活,他就更同情他了。原来这警察是一个无父无母的孤儿,靠着一个叔叔念了几年小学,拼命地想要上进的。别的一切警察都看不起他,把他当做一条小狗,他是很孤独的。

他真的对这警察有好感么？他也不知道。不过,他从心底里不敢得罪他。有时候刘国柱问他借几个钱,他总是赶忙地奉献出来,虽然刘国柱此后仍然照旧地打骂他。这警察真是奇怪的。在凶暴起来的时候是一个人,在和善起来的时候又是一个人,而且变得这样快。

警察们跑步走开去了以后,张顺子发觉了情形很不好,并且看见了远处的一群兵,于是迅速地往小街上退去。但是小街上也有兵。他们吼叫着把他拦住了。

他不断地哀求,但是没有用,他每哀求一下,就有一记耳光落在他脸上,而且背包、枪枝之类不断地往他底车子上堆着。他被兵士们押着走上大街来了。

他是快四十岁的人了,家里头四五个人都靠他生活。他们还是日本人来的时候逃难到这城里来的,他已经拉了十年的车子了。

但是像一切惯于忍受的人们一样,不久之后他也就什么都不想,拉着车子默默地前进着。挤在溃逃的兵士、马匹、和各种车辆中间。拉出城不久,他底车子就损坏了,因为兵士们不断地把背包,枪枝之类往车子上堆。兵士们最初还在恶毒地叫骂,抽打车夫们,但后来就完全失望,疲惫了;时不时地公路上拥塞了起来,不能前进。这样一直到天黑,没有走到三十里路。

天黑了不久,忽然公路上起了骚动,然后左边田野里就传来了枪声。人群立刻乱做一团,四散逃奔,然后枪声更密了,各方面都起了枪声。吓呆了的张顺子仍然紧抓着他的车子。

他立刻想到他现在可以逃跑了。于是猛然地把车上的背包之类全掀在地下,拉着车子往回走。枪声静了一下,在他底后面又起来了;并且远处还有隆隆的炮声。他拖着车子绕过路面上各样的零乱的东西,有时候就从它们上面跳过去,向前奔跑着。

好久之后,枪声远了,他开始慢下来;实在他也拖不动了,车子坏了,车胎已经爆掉一只,并且左边的轮子弯屈了。昏暗中,迎面仍然有不少散乱的兵士走来,可是他们疲惫而绝望,看见他底车子这样破烂也就没有作声。有一个兵士上来抓住了他底车子看了一看,摇摇头,就继续往前走。路边上不断地传来被遗弃的负伤的人们底呻吟声。不久,张顺子看见了一辆翻倒了的汽车,并且听见了一种特别惨厉的呻吟。

"救救命啊!"

这人就是警察刘国柱。一群乱兵抢夺警察底车子,互相开火,他被击伤了。张顺子听了出来这是一个熟人的声音,停下了。

"救命啊,你好心的。"刘国柱喊着。

"你是那个?"

"带我走吧,张顺子,讲点交情啊。"

张顺子疲竭得要命。不远的后面的枪炮声和爆炸声又开始使他觉得很恐怖。当他完全不希望逃出来的时候,他是麻木的,不害怕的,但是现在他已经希望逃开,去会见老婆孩子,他就很害怕了。人往往是这样的。他没有了年青时候的那种简单,他不想救助谁,而且确实也没有这个力量。他站着不作声。

但是刘国柱底苦痛的呻吟使他很难过。他是一个忠厚的,死心眼的人,不能避开人家的这种苦痛的喊声。而且这个人还是和他熟识的;从前对他也不算太坏。他于是想,他大约还有力气把刘国柱拖回城里去的。

"坐我的车吧。"他说,就去扶起那高大的警察。

他好容易把完全软瘫的刘国柱弄上了车,拉着他,绕过地面上的一些翻倒了的车子慢慢地走着。刘国柱不住地呻吟,在车子上颤抖着。

刘国柱现在是非常的恐怖着。

"你真是好心啊,谢谢你啊!"他说;"你要是救了我这条命,我将来一定要报答你,我将来报告我局长赏你。哎啊,我底腰打伤了,你看,恐怕肠子都要打出来了。这些狼心狗肺的啊!都是土匪,……只有你是一个好人啊!"

张顺子听也不要听。他觉得这些话没有什么道理。像这样软弱,他是讨厌的。不过,他仍然有点怕他,因为他是一个——警察。

"我从前真是有点对不起你,张顺子,你听我说啊!你只要好好地拉我,我身上还有几个钱给你,我一定给你。我还有一个金戒指,也给你。"

张顺子只是挣扎着前进。刘国柱说是要给他钱,他很不高兴,他想,他并不是要钱的。炮声和爆炸声仍然在响着,一时是前方,一时是后方;仍然有乱兵通过,有的则是向回走。刘国柱愈来愈害怕。他生怕张顺子把他丢下。想到从前自己打过他,吃过他,诈过他的钱,心里格外的不安。

然而张顺子倔强地沉默着。他现在什么都不怕了。

"你说句话吧,张顺子,你帮帮忙呀。你为什么不作声呢?哎啊,难道是记着从前的事情吗?真的,我从前也是对不起你,不过那是没有办法呀!你想想,我们当警察的也是可怜的呀!都还不是为了吃一碗饭。……为了吃一碗饭,替别人当奴才呀,可怜啊,我是要死了,我是替他们当大官的当奴才啊!他们总是那么说的,张顺子,你可怜我啊!哎啊……"他呜咽起来了。他所受的伤使他觉得要死了,他害怕着,软弱得像个小孩子。"狗日的,那些狼心狗肺的贪官啊!该杀该杀的!我再不替他们当奴才了,我要做一个老百姓。"一个特别强烈的爆炸声使他沉默了。但随后他又说:"你快些走,我一定给你钱的!"

"你不要说,"张顺子生气地叫着。这些话使他很头痛。他不知道是要可怜好,还是要愤怒好。他现在已经不相信这个警察的话了。

"真的,我不说,不说……'但停了一下他又说:'我是不得已的呀。哎啊,我给你钱啊,你晓得我不是一个坏人……"他的恐怖使他不得不开口。

"我不要你的钱的,你再说我就不拉了。"张顺子发火了。

他自己冒着生命的危险,可是刘国柱却尽噜嗦,不相信他,这使他发火了。他愈冷静,愈明白,愈有勇气,就愈轻蔑这个人;从前他所挨的耳光,和今天一整天他所挨的皮条,他都不会忘记的。黑暗的旷野中的大炮的吼叫,原来使他恐怖的,现在突然使他高兴,快活——他明白了这些炮声的意思了。是的,一点也不错,这是在射击那些天天毒打他的人们。这是在焚烧他们,炸死他们,好的,打吧!

"我才快活!"他自言自语地大声说,并且停下来听着炮声,发出兴奋的笑声来。

"你干什么啊!"

"你不管的!"

他仇恨这个警察。老实说,他原先救助他的时候,是因为自己有些怕他,仍然像从前那样,希望讨好他的。可是现在他弄明白了。想到他所拉的居然是一个平常毒打他们又吃喝他们的警察,他就气得发抖,觉得自己太不中用。

"哎呀,你快些呀……"

"我拉不动了,"他叫着。

"我给你钱呀。喂,"发觉了什么似地,刘国柱喊着,"你往那里拉呀!"

"我进城去。"

"进城?什么进城?城里是共产党呀……快点替我转去,快点,告诉你,快点!狗东西你要不要命?"

警察仍然是一个警察。他虽然刚才显得很可怜,却仍然是凶暴的。车子被放下来了。

"我是要进城去的,我不跟你们走,你自己走吧。"张顺子大声说。

"哎啊,我给你钱呀,快点呀,帮帮忙,我求你!你以为我没有钱么?怎么样?"他又狂叫起来,"走不走?你要不要命?"

"我们的命是不值钱的,"张顺子回答。这受伤,胆怯的警察这样狂暴,他不觉得害怕了,但觉得心酸;他居然救了他。

"怎么样?"

"办不到的,先生。你听那边大炮打来了。"他说,兴奋地笑了一声。

"他妈的你是共产党!我早就怀疑你了,你果然是的!"

"我就是的,随便。"

"我开枪打死你这个共匪!"

警察效忠他底老爷们。他底这种效忠是非常热烈的,因为他不久就要升巡官了;因为他一直是在这种效忠里面生活;因为他常常为自己底忠心而感动,梦想做一番使他底老爷们高兴的大事业。他虽然很可怜,这都是没有办法想的。他拿出他的盒子枪来了。他原来就紧握着这个的。

"走不走?"

"打吧!"张顺子无畏的说。

张顺子也没有想到他真的会开枪的,但是枪响了;张顺子差不多没有听见枪声,只觉得火光一闪,自己的左肩上受了一击。但是他一点也不害怕;诚实的人,在这种时候,往往异常勇敢。他迅速地向车上扑去了。他一下扑击在刘国柱腰上的伤口上,使他狂叫着把枪丢掉了。刘国柱开始叫着救命,哀求起来,但张顺子猛烈地把他掷下车来,然后拾起路上的一块大石头向他砸过去。

警察呻吟了一声就死去了。张顺子摸了一摸自己肩上的枪伤,冷笑着,呆立在公路上。远处的飞机场爆炸的火光不时地映亮了黑暗的旷野,照着死在路边上的警察,和张顺子底冷笑着的憔悴的脸。他半个身子染着血,渐渐地昏迷了。

"放炮啊!放啊,打死他们!"他大声说。

但是他仍然挣扎着向城里走来。他抛弃了他底车子。在昏迷中,他觉得高兴、快活,然而也觉得这警察很可怜。这警察打人的时候的凶暴的样子,站岗时候的寂寞的样子,挨长官的骂的时候的奴顺的样子,闪耀在他底眼前。随后,木棍和皮鞭,拘留所的黑房子,宪兵底恶毒的眼睛,阔人的威风的脸相,闪耀在他底眼前;他底女人的褴褛、愁苦的样子闪耀在他底眼前。他听着远远近近的爆炸声,激动地哭着,然而自己不觉得。走到城里的一个十字路口,在宽阔的柏油路中间他倒下了。他再也支持不住了。

大街上空空的。一直到黎明,各处不断地响着零乱的枪声。北方和东南方的天空里都不断地闪着红光。国民党底恶毒的烂兵已经溃逃完毕,这城市屏息地在等待着从来不曾有过的,新的将来。

解放军底先头部队开进这大街的时候,第一眼看见的就是倒在路中间的这个褴褛的苦人。战士们沉默而疾速地前进,没有来得及理会——从他底身边走了过去。但在黎明的时候,有两个战士在路边坐下来歇息,发现了张顺子并没有死,仍然在呻吟,就把他扶了起来。

"你们打死我吧!我拖了一辈子,再也拖不动了,"张顺子激动地大声叫着。

"老乡,我们是解放军,我们来了!"一个战士说。

张顺子呆看着这战士底年青的、兴奋的脸。另一个战士从水壶里倒出水来喂他,他却没有能喝,望着这水直发抖。后来就一直扑到这战士底身上去了。他连哭都哭不出来,就幸福地昏迷了。

"乡亲,老乡!"战士说,张大了嘴,笑成了一副怪模样。

一九四九年五月

(原载《文艺报》1949年6月1日第2版)

兄　弟

　　小刘猴子是厂里有名的调皮捣蛋的角色，那里闹事都少不了他，从前入过帮，十几岁的时候就玩过石担子石锁，所以动不动就是和人打架。胡昌福则是厂里出名的大头蚕，没有本事，大家欺侮，是一个很老实，看起来有些忠厚的青年。不过他也并不这么简单。他有他的一套。手艺不好，敌不过大家，但是却会巴结上司，在总务科长和阔气的职员面前做的很忠顺。这也不是他存心要巴结或是本性下贱，这是因为他受着各方面的压迫，胆子小，害怕砸掉饭碗。小刘猴子就和他老是做对，从来没有放过一个挖苦他的机会。走到路上碰着了，就是再没有话说，也要叫一句："喂！乌龟把头伸出来！"逢到这种时候，胡昌福总是面色发白，低着头走过去；顶多也只是不作声地瞪一眼，有时候瞪的凶了，小刘猴子还要一把抓住他，问："看老子做什么，没有看见过吗？"

　　解放以前的几天，厂里面很骚动，厂长和高级职员们都逃掉了，工人们结合了起来，决心保护工厂。这是一座规模很大的军用汽车厂，在厂长们逃亡的时候，拖走了十几辆车子，但在最后的一天，还剩下了七八辆车子没有开走，工人们把机件拆卸了。并且翻砂厂，电焊部分，和机器间都完好无损。工人们里面顶卖力的就是小刘猴子，在各方面的散兵来抢车子的时候，一口气偷偷地拆掉了八辆车子的主要机件，并且把轮胎也弄瘪了。大街上枪声不绝，解放军入城的消息已经传来的晚上，他还联合着胖子张义华几个人，用计策缴了两个国民党散兵的枪，而用这枪来把守工厂。可是在这个紧张的斗争的时候，胡昌福却跟着庶务科长跑掉了。前一夜,大伙商量保卫工厂的时候,胡昌福虽然没有作声,脸上白一阵黑一阵的,却仍然向纠察组长张义华领了一个臂章,站了一夜的岗,但是今天早上他却跑掉了。庶务科长找了他去抗行李,开车子,他没有敢拒绝,因为他的感情那个时候仍然是被那些人支配着的。他走回来跟大家告辞,心里很难过,舍不得大家,还没有说话就眼圈发红。他小声地说,这是没有办法的,就是不走怕也活不了,不如冒个险吧。说着就淌下了眼泪。大家都不作声,晓得他没有志气,可怜他,但是小刘猴子却冷笑着挺了他一句说:"去吧,共产党来要杀你头的,舐科长屁股去吧。"

"我也是没得办法,这个时候你何必呢?"胡昌福畏怯地说,好一阵子脸色惨白地呆站着,然后才慢慢走出去。

解放以后的十几天,胡昌福回来了。他和那庶务科长都没有走成,在半路上让解放军拦住了。这时候厂里已经复工,场子里挤满了等待修理的车辆,机器房和电焊间都开动了,各处都是热烘烘的。胡昌福走进厂来,没有料到是这样一幅热烈景象,心里更不安了。大家听说他回来了,也有上来问话的,但是都不很热烈。大家都不高兴这半路上出家的家伙。而且大家很忙,没有多少工夫和他谈话。当他畏怯地提出来,他想回厂里来做事的时候,电焊工人胖子张义华就说,回来自然可以的,但是要报告接管的人员一下,因为原来已经把他的名字去掉了。

胡昌福就站在一边,羡慕地看着大家做活。但是这时候却从机器间里面冲出了小刘猴子。他听说胡昌福要回来,大不高兴,一只手上拿着一把钳子,一只手上拿着一个茶杯,走到大太阳底下就叫了起来了。

"他妈的,他胡昌福是国民党的走狗,他要是回来老子就不干!"说了就把钳子一摔。

大家静着。原来小刘猴子这时候正以厂里的功臣自居,什么事情都要出人头地,大家已经有几分不高兴他了;虽说他是个死心眼的讲义气的人,挺得住打击的硬伙子,但就是这爱出风头,爱蹲在别人头上,使得朋友们都疏远了他。他开口总是:"妈的,这个厂长,我×××,要不是我,这个厂早就完了!"他现在是工人代表。大家推举他虽说是自愿的,但他却愈发自大了。他叫了这几句,大伙不作声,胡昌福站在大太阳下面,脸色发白了。

从前胡昌福受过他很多的打击,那时候都忍下了,一方面是因为怕他,因为觉得自己也不对,一方面是因为怕闹事丢饭碗。但这回这打击却忍不住,因为他这时正觉得惭愧,正在羡慕大家,正在暗暗发誓以后要重新做人,这打击是把他底一切希望都粉碎了。

"小刘猴,你欺人太甚了。"静了一下,他说。

"你不服气吗?跟国民党走的就不要回来!他妈的,你还来做工呀,一天到晚科长公馆里抱娃儿洗尿布,见到了就是九十度鞠躬——是一个活奴才。"

胡昌福底嘴唇动了动,好像要说什么。后来他就冲上来了。他横下了心了。小刘猴子是练过武的,迎着他的前胸就是一下,把他打了几尺远,但是,他又冲上来了。

这打架的可怕大家都感觉到的。大家觉得可怕的,不单是小刘猴子底凶恶,更是胡昌福底悲惨的绝望。大家觉得一定会闹出事来,于是一齐奔上来拉架,并且不约而同地拉着刘猴子,把他拖开了。

这使小刘猴子发怒了。他觉得大家不公平,拉架拉一方,于是一齐骂了起来。

"好吧,你们卫护他吧,老子不干了!告诉你们,我说的,"他狂叫着,"老子恨透了这种奴才,要是他胡昌福再来这厂里头,老子就不干!"

另一面,人们拦住了胡昌福。

"没有关系,没有关系,我不来就是了,"他激动地说,"让他就是了,我不来就是了,他是流氓种,有什么稀奇的。"

后来他静默了好一阵。大家看着他,也不晓得要怎样安慰他。他更看着大家,觉得自己从前确实是太下贱,对不起人,而这一切是因为自己太苦,于是突然哭起来了。

"哭呀,淌毛尿的!"小刘猴子叫着。

"对不起大家了。"胡昌福说,转身就走出去了。

大家默默地散开,心里很沉重似地。没有人来劝慰小刘猴子,甚至也没有人来批评他。在整天的工作里,小刘猴子时常指桑骂槐地骂人,想挑起大家对他的反感来,但是,大家沉默着。晚上开学习讨论会,小刘猴不作声地坐了一阵,很早去睡觉了。

他为什么要这样仇恨胡昌福呢?他仇恨胡昌福不光是因为胡昌福没有志气,下贱软弱,还因为,他心里也曾经和胡昌福一样地胡涂软弱。在过去几年里面,他也曾想巴结科长职员,他记得,有一回在大门口,遇到了庶务科长,他也曾恭敬地鞠躬请叫,但是庶务科长没有理他。这叫他永远痛心。他也曾和胡昌福一样,希望日子过的好一点,害怕丢掉饭碗。黑暗的压迫使人们卑贱。所以,他的痛恨胡昌福,也就是痛恨自己,他特别憎恨胡昌福的那种样子,也就是憎恨自己的样子。这个,在深夜里面,他慢慢地想到了。他并且还想到自己底过去,从小没有父母,一个姐姐在人家帮人,让煤行老板流氓头子张福寿强奸,后来流落到上海去了,一直没有音讯。又想到,胡昌福家里是那样的苦,去年死了母亲没有钱埋,一个妹妹又死了丈夫,解放前被逼着当了私娼了。他想,要不是共产党解放军来,是永远没有希望的……

他差不多一夜没有睡着。可是第二天早上起来,他仍然显得很是倔强,装做非常自信的样子,不和任何人说话。这就是小刘猴子所以为小刘猴子。吃过了中饭,接管的军事代表来找他,和他聊天,问他关于胡昌福事情,他也不大开口,光是说,昨天打架是一时发火,自己也知道不对的。但后来很倔强地加上说,他跟胡昌福那种人是永远合不来的。

下午的时候,他知道大伙已经请求了叫胡昌福回来,军事代表也表示可以同意了,因为厂里正需要人。他于是觉得这是太不把他当人,拿定了主意要捣蛋,晚上的学习会也没有参加。但是没有一下,他却和胡昌福一道回来了。这事情是这样的:

他黄昏的时候溜了出来，到码头上的一个小摊子上去喝酒，跟熟人们聊天。不久，他看见胡昌福的妹妹胡小桂，穿着一件花旗袍，在另外一个摊子上吃东西，身边坐着一个穿绸衫的，胖大的男人。胡昌福的妹妹胡小桂在解放以前被逼着当私娼，但是后来又听说去帮人了。所以她的出现很引起了他底注意。立刻他就认出来了，那坐在她身边的，正是强奸过他的姐姐的流氓头子张福寿。这个耻辱的回忆立刻叫他发抖，他记得，他底姐姐被强奸以后，他曾经想要报仇，但是不久就泄气了：干不过人家，只好接受了几个钱。姐姐到上海去做工，一直到现在都不知死活。

这张福寿好久没有在这一带露面了，但是样子仍然很威风，他站起来的时候，周围好一些做生意的人都向他打招呼。

同时，小刘猴子去小便的时候，发现一个人影蹲在荒地里。他立刻认出来这是胡昌福，但是胡昌福却没有看见他：胡昌福蹲在那里，两只手抱着脸，两只眼睛发着痴，神色非常痛苦。小刘猴子又走了回来吃他的酒，但是同时不住地看着胡昌福的方向。他看见胡昌福站起来了，走开去了，仿佛下了决心似的，但是不久又在附近的黑暗中蹲着了。一个叫做三不顺的码头上的小流氓发现了他，走过去对他指指他底妹妹做了一个鬼脸，并且拧了一下他的耳朵，就像他小刘猴子从前所干的，可是胡昌福也没有作声。他仍然那么地蹲着。

这是这样的：胡昌福没有办法生活，想找点钱做做生意。他妹妹是软心肠的人，看见他这样潦倒可怜，就答应他去替他找几个钱。他并不是不知道他妹妹在干这种事，但是渴望着钱，就没有想到别的。然而，刚才他妹妹把钱交给他，他底感情变了。他觉得自己没有良心，曾经背着妹妹逃跑，现在回来，又要靠她出卖身子，他觉得他不是人——于是捏着这一卷钞票就像是捏着一团火似的。他蹲在那里，又站起来在荒地里垃圾堆中乱走，好久不晓得要怎样办。他记得，妹妹被骗了当私娼的时候他曾经骂过她，叫着要和她断绝关系的；他自以为是个正经人，但是现在怎样？这可怜的姑娘，才十九岁，死了丈夫，被逼着走这条路，但是心地善良,从来不记仇恨。

现在,她底脸被昏暗的油灯照耀着,显得格外的苍白,有时候她对张福寿发笑,但是眼睛不笑,这一对眼睛老是严肃地,痛苦地望着什么。在她底稚弱的脸上,这一对眼睛闪耀着,好像问:"为什么,我要受这种苦?"但立刻她又皱一皱眉,好像懂得了这个问题似的。

"走吧,小桂!"胖大的张福寿说,站起来了。

"慢一点。"她说,虚伪地笑了,但是立刻这笑容不见了,她底痛苦的眼睛望着前面。周围的什么人悄悄地说了什么刻薄话,她迅速地四面看着,显出愤怒的表情,跨过了凳子向前走去了。

小刘猴子看着胡昌福。他相信他是没有出息的。但是胡昌福从荒地上站起来,迎着张福寿奔过来了。

"小桂,回去!"他大叫着,拦在他们面前。

"你干什么?"张福寿问。

"你底臭钱拿去!"胡昌福坚决地喊,把一卷票子摔在地下,"小桂,饿死就饿死,回去!"

寂静着。摊子上的人们都望着这边。"好!"小刘猴子心里叫。同时他觉得刺心惭愧:他从前害怕过这流氓头,没有胡昌福这么坚决的。

"吓。"张福寿说,一面撩着衣袖。胡昌福妹妹赶快拦在他们中间哀求着,她已经恐慌得流着泪了。她拖住了张福寿底手,但是张福寿立刻给了她一个耳光。这时候就从人们中间传出了一声喊叫,小刘猴子跳过好几排凳子冲过来了。

"不要打人!"他叫着,"告诉你张福寿,现在不是你底天下了!"

"好!"摊子上的一群下力的人们喊着,并且立刻奔了上来。

小刘猴子拦住了要扑上来的胡昌福。但是立刻他自己却扑了上去,一拳把张福寿打倒了。张福寿爬了起来——一句话也不敢再说,捡起了地上的钱就走开去了。而这个时候,那个不幸的女子,却看着她底哥哥而伤心地大哭了起来。胡昌福想要安慰她,可是嘴唇直发抖。刚要说什么,她就冲了开去,拿她底头往一堵墙壁上撞着。

小刘猴子去拖她,拿出身上所有的钱来给她,她不肯拿,光是叫着:"谢谢你啊!"她底眼泪就落在小刘猴子底手上。这眼泪底温热一直传达到了小刘猴子底心里,他后来呆站着了,怀着尊敬的、温柔的、特别的爱情,好像是爱自己底姊妹,这种温暖、爱情是他从来不曾知道的。而同时他就想到了军事代表的话:"一个阶级的受苦的兄弟姊妹"。

他和胡昌福一道把胡小桂送回家去。一路上他们没有说什么话。他们已经联结了起来,再没有什么言语能够表达他们底感情了。他不过用很小的声音简单地告诉胡昌福说,大家希望他回厂去。他说:"共产党解放军是自己人。"

"我晓得。"胡昌福同样小声说。

大伙正在饭厅里面的电灯光下学习,讨论着什么叫做阶级,电焊工人张义华正在那里大声地讲着工人阶级底团结,门开了,小刘猴子和胡昌福出现在大家眼前。

大家立刻欢呼起来。大家不由地,不约而同地欢呼了起来。

"我这个人,是有些不对,很不对!"小刘猴子站在门边开口说,有些口吃,流着汗,"我们都是受的一样的压迫,都是弟兄,我从前学过流氓的样,欺过人,总想自己比别人高……各位,我没有什么说的,我找胡昌福他回来,报上他的名字,今后大家生死不离。"他说,两条眼泪顺着他底脸往下流。人们从来没有看见他哭过的。

胡昌福则是一句话也说不出来,在很庄严的寂静中,他向前走了两步,对大家深深地一鞠躬。

一九四九、六、十四

(原载《南京新民报日刊》1949 年 6 月 21 日)

喜　事

　　李树成和他的女人何吉英,是在去年冬天分开的。这件事情,是很悲惨的。那时候正是国民党政权崩溃的前夕,厂长和高级职员们一下子说要迁厂,一下子说要遣散,工钱等于没有,工作却特别地重,厂里面大伙活不下去,反对迁厂遣散一起来闹罢工请愿。李树成是带头干这件事的弟兄里面的一个,事后被厂方指控为危险份子,叫国民党的特务机关捉去了。一关就是三个月,在里面受到了残酷的拷打,直到今年四月初,解放军渡江之前,特务机关要逃跑了,才被释放了出来。在他被捕之后不久,他底女人何吉英就被厂里面的一个特务职员威吓着被强奸了。她是缝纫部分的女工。是乡下嫁上来的,年青,漂亮,可是非常胆小懦弱的女子,李树成是因为自己的工钱养不活她,才把她介绍到厂里来学着做工的。她实在是非常幼稚,什么事都不懂,李树成被捕后她害怕得很,那特务职员骗她说带她去看她的丈夫,把她弄出去侮辱了。当时她羞耻得不想再活下去,可是却不敢告诉别人,只是偷偷地哭。她仍然照常做工,她想必须等待见到李树成,把事情弄清白之后,再去死掉。这是乡下人的幼稚,忠实的女子的想法,事实上她虽然懦弱,却有着一种莽撞的要活命的力量,而无论怎样的挫折和苦难都消灭不了这种力量。人们不是看到,在那样的黑暗的日子,无论怎样不幸、残废、饥饿,这样的女子们,即使乞讨着,也是顽强地生活下去么？她底被侮辱的事情大伙都知道了,她于是有时候像失魂落魄地。李树成被释放回厂以后才知道这件事情,可是他倒很奇怪,人们以为他要发作的,他却一句话也不说。

他受的创伤太大了,所以一句话也不说。这时候那个特务职员已经到广州去了,没有人可以报仇,这记仇恨自然地堆在何吉英身上,然而他从来都是把她当做一个无知无识的,需要照顾的孩子来看待的,他知道她没有错。而且,发现他站在她的面前的时候,何吉英底面色惨白,好像要昏倒了。她哭不出来。她非常的恐怖,本来要说的话都不见了。她显得衰老得多了,她底那一双眼睛仍然天真而痛苦,小孩子一般地闪耀着。她身上衣服已经搞得像讨饭的一样。李树成曾经发誓见到她的时候要亲手杀死她,这个时候却一句话也说不出来。他原来想着她是有很大的罪恶,可是一见到她,就明白了她是没有罪的。温柔的爱情的感情,和仇恨的感情,在他底心里打着架。几个月的监牢里的折磨,他底身体也衰弱了,面色很黄,很难看,只是那一副骨架仍然很高大很雄伟。他对着她看了一下,然后动了动嘴唇,好像冷笑又好像说话,走开去了。他的这种表情并不完全是对她表示仇恨,他也是对自己表示仇恨。他心里想:他已经是一个再也不会快乐的,受伤的人了,世界这样冷酷,他再不需要什么家庭妻子了;他要很冷酷地过一生,而报复这个仇恨。他回到机器间里去,拼命似地工作。这是从来没有过的,从来他做工都是很轻松的。看起来他是完全变了,常常地他要糟蹋掉很多材料,而做不成什么活。这个精明强悍的工人变得好像一个迟笨的老人。他再也不爱说话。一直到解放以后的好多天,人们不曾看见他对他的女人说过什么话,或是表示过什么。人们来劝慰他,他总是摇摇头。

　　正因为何吉英是无辜的,他才这样的古怪、沉重。可是外人摸不透这个。

　　解放以后,厂里面的情形完全不同了。这规模很大的被服厂复活了,大家都快乐、兴奋,先是保护器材,后是协助接管,展开学习。剩下来的唯一的一件不愉快,不幸的事,就是李树成和何吉英之间的这种情形。大家觉得他们底不幸是全厂的不幸,但是没有办法。李树成虽然仍旧英勇无畏,一切都抢着干,并且在保护工厂的时候最勇敢,可是总是沉默寡言的。他底生命似乎已经叫过去的黑暗而残酷的统治劫夺了。国民党匪军逃跑的那一夜仓库旁边着了火,后来查案是有人放火;仓库左边的白铁房子燃烧起来了,当时第一个爬到仓库顶上,迎着烈火抢救仓库的,就是这个不幸的年青工人,他几乎跌在火里被烧死,衣服都烧着了,右手臂也烧伤了。所有的伙伴都觉得,他的奋不顾身,是除了爱护工厂以外还有特别的原因的,这就是:他太痛苦了,完全不爱惜自己底性命了,在火焰中他悲壮而快乐。当大家把他救起来的时候,他望着烧伤了的手笑笑说:"没有关系,我也算是活了这些年了"。这种情形叫大家很是惊动。大家在快乐的时候,一想到这一对夫妇,心里就难过起来,并觉得自己们这样快乐是有罪的。于是,几天之后,由工会的组织发起,大伙开大会慰问他,表扬他的斗争和英勇的受难。

在大会上他底神情很激动。他说,他很惭愧,叫大家替他难过;他晓得他底仇人是谁,是国民党和旧社会,可是他是被旧社会害苦了,一时难得好起来了。

"我不瞒各位说,"他站在台子上说,"我是从旧社会里好不容易挣出来的,要做一个有骨头的无产阶级是不容易的。我跟我底女人,是旧式的父母之命的婚姻,她并不懂得我,我也照护不好她,所以各位也不要替我难过,还是听其自然好了。她有她的生路的。"

喝了一点酒之后,他和工会代表王大个子一同走了出来。王大个子很亲切地拉住他底手臂。

"我们大家都是工人,晓得苦处的。"李树成小声说,"我也不瞒你,你说:要是一个女人失足了,该怎样呢?"

"那就要看她是不是有意地,树成。"

"她是无意的。"

"那就没有什么了。"大个子说,"我们无产阶级不应该有旧脑筋,不应该叫女人家受苦,你说是不是?"

"我也晓得。不过我心里总不这样想。我是一个硬汉子。我譬如死了。"

这是送出了他心里的秘密的：他是一个硬汉子。他要倔强到底，受苦到底。他就是凭这种倔强的精神生活下来的。然而，他却不愿意去想到，他的何吉英并不是他的这种倔强的对象，他以为，对她妥协了，对女人、爱情妥协了，就不算是无产阶级底硬骨头。这美丽的男子，强壮英勇的工人，他痛苦万分，只得用这种思想来安慰自己。还有一种使他痛苦的旧思想：泼水不收，他觉得这样才光荣。没有人能够安慰他，他不回宿舍去，一个人跑到仓库边上的一个稻草堆里躺着而睡去了。他梦见监牢中的残酷刑罚，垂死的人们叫喊，又梦见乡下的娶亲、花轿、喇叭——那喇叭手是一个光头的矮胖子，老是要酒钱的，他又梦见做工的人们，快活的弟兄们狂欢痛饮划拳唱戏。于是他说着梦话，在梦中喊着，"吉英啊！"并且哭起来。月亮升起来照耀着仓库和草堆，并且照见了一个年青的女子，这个年青稚弱的女子在他说梦话的时候吓得退后了一步。

这个蓬着头发，衣裳破烂，面色惨白的女子，轻轻地走到稻草堆边上，看着她底丈夫，她是多么喜爱他。她的眼睛晶莹发亮，天真地闪耀着好像小孩。她俯着身子，长久地不动。开慰问会的时候很多女工来叫她，但是她无论如何不肯来。并且被别人劝得哭了。人们回来告诉她李树成在会上讲的话，她就一声不响，而在深夜里溜了出来，想要投河死去。她看见他躺在稻草堆上抽烟，后来不动了。她鼓起勇气走过去，想要跟他说清楚。她不容易有这种勇气的。李树成说梦话喊她之后，她又走上来了。

"你打我，骂我，杀我，都该的，我不怨，我活该！"她说，完全没有想到他是睡着了的。"你为什么不说一句呀？难道一句话都没有？我就是死，也要听你一句话，你说，树成，"她哽住了，"只要你说：死吧，我就去死！是不是呢，我害苦你了……"

李树成在草堆上发出痛苦的鼾声来。这可怜，稚弱的女子，从来不会诉说自己的心思，也不晓得怎么说，现在她想说出一切来。然而，也不过是这么简单的几句话。这时候工会代表王大个子，和选料间女工李桂珍，不约而同地来寻找他们，听见她说话,两个人都在附近的明朗的月光下站下来了。

"我说,树成,他逼我呀!"何吉英握着拳头说,"他那狗养的,说要抓我,杀我,我说,你杀吧!他把我关起来了……这个仇你不跟我报,树成,还有哪个跟我报呀?我不是贪生。昨天李桂珍她跟我说:现在翻身了,今后我们女工有日子了。我说,是呀,我就想有人跟我报这个仇,你答应我报仇,树成,我就死!"

她痴站着,揩着眼睛。

"何吉英,你做什么?——他睡着了呀。"矮小的李桂珍跑过来拉着她说。

"什么,哪个?"李树成忽然醒来,喊叫着跳起来了。但看清了是何吉英,就一声不响地走开去了。他自己也没有料到她会这么做,因为,他好久,好久就期待着和她见面的。

他要强硬到底。

王大个子拦住了他。

"树成,你听见她跟你说的话吗?人家——你该跟她谈谈的。"

"为什么?"

"她没有什么对不住你!"王大个子严厉地说。

李树成不作声。当着别人的面他还要倔强。他猛烈地摔开了王大个子的手,往前冲去了。

"树成!你说一句;究竟是要我死还是活?"何吉英猛烈地大叫着。她从来没有这么大声叫过的。

"我不晓得!"李树成回答。

何吉英天亮的时候投河了。但随即被救起,因为有好几个姊妹在跟着她。她被扶了回来的时候,弟兄姊妹大伙都聚在仓库旁边的场子上,神色严重,像是厂里发生了什么大丧事似的。大家严厉地看着从里面走出来的面色惨白的李树成——这高大,年青,漂亮的工人,他慢慢地向他底女人走去,人们给他让开。而何吉英,在看到他的时候就咬着嘴皮咬出血来,颤抖着,随后炸裂一般地大哭了。他于是就像是一个钉子一样地呆站在那里,看起来他仍然是很倔强的。

"树成,我晓得你底心呀!"何吉英哭叫着,"我呀,是一个苦命的,解放了,我还是没得好日子……各位呀,谢谢你们啊,救命的啊!他李树成不要我我不怪你,各位放心,我不死了……只要他李树成答应跟我报仇,我就……情愿立一个字据,好叫他再娶……"她说到这里又大哭了,"是那个害了我呀,我不知不识的……是那些狼心狗肺的……国民党,我们乡下也还是这个样子叫他们害光了呀!我立个字据……他说泼水不收……我立个字据,他再娶好了,只要跟我报这个仇"……

"李树成,泼水不收——这是什么话!"一个老工人说,"你底头脑比我还封建,她是泼水吗?"

"李树成,你该说句话了。厂里头大家都等你"。王大个子说。

大家静着。

"没有什么,"李树成说,突然有些什么了,"她是我的女人。"

然后他低下头来。何吉英痴望着他。他在怀里摸着,拿出了一件东西——一段蓝布,走到衣裳破烂得不成样子的何吉英面前去了。"这个是我上个月就替你买的。"他说,笑了。

一阵喜悦的叹息和骚动,从大伙里面腾发了出来。所有的眼睛都笑了;有的哭了,张着嘴巴。这是全厂的大喜事。

何吉英伸出手来一拿到那一段蓝布,就再也支持不住地跌到地上去坐了。她甜蜜地笑了起来。

"吓!"王大个子说:"你为什么早不拿给她呢,既然你对她这么好?真冤枉呀,要是出了事情呢?真他妈的——你是怕羞吗?又不是十八岁!"大伙笑了。

"我也不晓得!"李树成小声说,含着眼泪,"各位,我们是要报仇的,我跟吉英,算是死过了又活了,跟着共产党活了。"

一九四九,六,十八。

(原载《南京新民报日刊》1949年7月4日)

第三连

一

一九四八年冬天，淮海战役第二阶段开始的时候，我是第二连的指导员。

我们希望在这一次的战役里争取到模范连的称号，赶上三连——三连是我们全军的旗帜，原来是老红军所创造的连队，有着二十年的光荣传统。我们全体都紧张严肃，瞧着就要开始的战斗。我们的工作做得很好，大家都有信心。

但是忽然听说三连在最近一次战斗中受到了严重损失，老战士们都牺牲了，垮了。我们的兄弟模范连的这种遭遇，使我们很不好受。我们又是准备着和它比赛的，所以心里真有一股说不出的滋味。正在这个时候，上级给了我一个命令，让我去三连当指导员。

上级给我的任务是，迅速扭转三连情绪，准备战斗。

我心里很矛盾。我一方面想，我们二连这一次工作做得不错，正是争取立功的时机，一方面想，三连是有着二十年的光荣传统的，我去能行吗？况且我也舍不得二连，我们的那些泼辣辣的战士，他们一听说我要去三连，就一个个地跑到我面前来嘀咕。他们说，三连重要二连未必不重要？眼看着就要争取到模范连的称号啦，指导员一走这不拆了台？我那时候是二十一岁，战士们大半跟我一样年轻，又都是过去同样受苦的庄户人家穷孩子，在一起比谁都亲。我自己不觉得，不过他们都觉得，我比他们老成。二班长李黑站在我面前老嘀咕，老不去，我啥也说不出来，后来我说："小李，你看你胸前钮扣又掉了两颗啦，老这么拉塌!"我就找出针线来凑在他身上给他缝,他挺着胸楞着不动;我说:"你坐下哇!"我把钮扣线咬断的时候凑到他衣服上去,就闻到一股汗臭味,我觉着这气味比什么都亲,我还听见小李心跳的声音,我觉着这是小李的心在跟我说话。我不好意思那么老成啦,不过我还是说:"小李,去招呼同志们睡觉吧。"他说:"是吧,指导员!"转身走了。我看见他眼泪汪汪的。

这没问题,上级的命令是正确的,战士们的本位主义思想应该批评。我一夜没睡,检讨自己的思想,想着许多事。我回想到,十五岁不到参军以来这些年的生活,上级的爱护和党的教育。我想,小时候我算个什么呢,不过是一个放羊的苦孩子,可今天我是个有目的的人,是个战士啦。我四周围一切都是清清楚楚的,都是严肃的。

早饭没来得及吃,我就动身到三连去。我决定先到三连去做一次访问,了解情况。我沿着交通壕悄悄地到了三连。早晨很凉。阵地上四面八方都有零零碎碎的枪声。

我首先遇到三连九班老战士杨同喜。他躺在交通壕口子上晒太阳,抱着一杆枪。手里拿着一个本子和一只笔,好像在那里写字。我走到他背后他都没觉察,我就看他究竟在本子上写什么。你猜是什么?原来不是写字,是在那里画小人画圈圈呢,画了整整的一张纸。我看这情形就知道他一定有心思,我说:"同志,你画些啥呀!"他仰起头回过来朝我瞧了一瞧,好像没听见,低下头又画起来了。我说:"同志呀,三连这次作战辛苦啦。"他连头也没抬,回答我说:"不用提啦。"他的声音是冷冰冰的,我很吃惊,我问:"为什么呢?"——"没啥"!就再也不作声了。

我往前走,又遇到三连的几个战士,有一个笔直地躺在地上一动都不动,另外几个蹲着,中间有一个年纪比较大,胡髭长得挺乱挺长,在拿牙齿死劲地咬着一根草棒。我是刚从紧张活泼的二连来的,我一看就觉得这味道很不对。我放开声音说:"同志们好哇!三连这次光荣,又要准备战斗了吧?"我刚说完,那个笔直地躺在地上的战士一下子爬起来了看了看我,马上他又躺下去了,眼睛一闭,照旧的一动都不动。别的战士们都一声不响地瞧着我。

连部附近我又看见几个战士,有蹲着抽烟的,有在地上乱画的;有一个拿泥巴抹了自己一手一脸,还在往颈子上抹,没知觉地抓着泥巴,好像自己也不知道干什么。

这种情形我是了解的。我找到了连长刘四向同志,把自己介绍了一下,就说:"三连模范连啦,大家都要向你们学习呀。"

刘四向同志岁数不小,瘦瘦的,很疲乏的样儿——三连战士们身上的那种东西我也在他身上看出来了。他好像不大愿意谈话。我一提到三连的光荣传统,他脸上的肉就好像跳了一下,过后他慢慢地说:"三连完啦。"

就这么几个字。他的脸色一下子都发白了。

他告诉我,排级干部只剩下两个,班的建制完全打乱了。他说话声音很小,眼睛又望着别的地方,好像自言自语似的。

司务长送早饭来了,外面乱烘烘的,我就跟他一道出去。刚走出门我就看见,二三十个战士乱做一团地在那里抢着打饭,有的打三个人的饭,有的打五个人的饭,有的打不着。刚才我看见他坐在交通壕边上画圈圈的杨国喜把手里的筷子往饭箩里一摔,跑开去一屁股坐下来了。几个干部叫着:"不要吵,守秩序!"但是看见这种样子,都气的走开去了。连长同志一声不响地走了回去,往地上一躺,拿毯子蒙在头上。

这就是我和三连的第一次接触。这时候我的整个的生命还没有和三连结成一气。我觉得我反而更舍不得离开二连了。但我马上觉得上级给我的这个任务是重要的。疲塌、没信心,这就是三连现在的情形。上级给的任务是一个礼拜以内扭转情绪,进入战斗。三连的光荣旗帜,上级是不会让它倒下的。我好比是一只手,上级要拿我来扶起这面旗帜。我又好比是新的血液——我觉得二十年来在三连旗帜下光荣牺牲的老战士们都在四面八方地看着我。我在战斗中很坚定,我是工农阶级的儿子,共产党员。想到这里我周身的血都热起来了。我跑步赶回二连。

我要争取早一些到三连去。早一分钟都好,因为时间紧迫。我赶快地结束了我的二连的工作。吃了午饭,我和二连的兄弟们告别了,讲了一点话。我讲话完了大家围着我的时候,反而没话谈了,都很害羞的样子。说啥好呢?有的傻笑,有的拿脚踢砖头。小李说:"你的鞋子破了没?"其实我的鞋子刚发的,没破,他也知道。

后来弟兄们淌眼泪了,我也哭了。弟兄们差不多一直送我到营部。

我跟弟兄们摇了一下手。我说:"弟兄们回去哇!二连还是要争取模范呀!"我的声音都哑了。

营首长们对我指示了具体任务,又介绍了三连的情形。其实三连的情形我已经知道啦。我说,我希望上级给三连调配几个干部,几个老战士。

"还有什么困难吗?"

"没有啦,首长。"我说。

"了解你的任务吗?"

"了解,首长。"

我这时候想到了三连——老红军的三连的二十年的战斗。我又觉得在三连旗帜下光荣牺牲的老战士们都在四面八方地看着我。我觉得营首长们要跟我说的就是这些,我周身的血全都又热起来了。我这么一个放羊的孩子现在就笔直地站在营首长面前,我觉得我是很结实的。

我走出来,一下子走到闪亮的太阳光里,我心里满是欢喜——这是说不出来的。我觉得全身全心都发亮,我的心就整个地朝着我面前的田地、土坡、村庄打开来啦。本来这些天里我只觉得我眼前是战场,我只注意地形,可现在我想到啦,这是些田地,我们贫苦农民多少代拿血汗生命耕种的田地。我想,这没什么,我们现在在毛主席领导下战斗啦。这些土地将来长出又高又大的庄稼来的时候是不会忘记我们的!

我又觉着我像一个小孩子走在母亲跟前似的,这些田地,这些村子都好比我的母亲,现在我在它的怀里战斗——我心里又欢喜又光明。

就这样我到了三连。我的背包什么的都是二连通讯员杨福海小同志后来给我送来的,他还给我揣来了司务长特别给我做的四个大的糖包子——这家伙!

二

我和连长商量了,三连现在第一个是干部问题。晚饭前我们召集弟兄们集合,指定了各班的代理班长。这么样的,开晚饭的时候就没了乱抢的现象,由各代理班长指定人打饭,像个样子了。

我分析,研究了三连的情形。我的理解是这样:三连并没垮。一个有这么光荣传统的连,一定不会垮。不过,一个有这么光荣传统的连,是会有很强的自尊心的。过去的光荣常常会变成它的包袱。它对自己会要求得非常高的。战士们不怕牺牲,但是要胜利。战到最后一人没关系,只要胜利,这就是光荣连队的基本精神。

那么,三连这次所以如此疲塌的原因,就是在作战过后没有很好地总结,没有理解到自己究竟是胜利还是失败;作战以前也没有很好地说明这战役的意义,和整个淮海战役第二阶段的形势。这就使战士们伤了自尊心,失了信心。

在这种情形下连长同志也觉得三连没办法了,所以工作做不起来;等着上级来处理,也就没想到做。情形倒真是严重的:党员没剩下几个,况且好些天都不过组织生活了。

我们首先开了党支部会议,恢复了党的工作。我是营支委,这会是我召集的,在党支部会上我传达了上级的指示,又说了说我对三连情况的了解,九班长郝俊同志马上说:"对! 就是这么的! 想来想去原来是这么个疙疸,光荣旗当包袱啦!"连长刘四向同志的脸色也活起来了。

我们又开干部会议一直开到晚上十一点钟。有了组织,结子马上显得容易解开了。慢慢地我更了解连长这个人了,他虽然才三十几,不过对战士们都像个母亲一般。三连的情况使他比谁都伤心。他是个忠厚人,做事仔细,可就是常常只看到小地方;容易不相信自己,时常拿不定主意。一看到三连打下来的那种情形,他就不再往里想,马上觉得三连完了。

开干部会的时候他一直坐在一边听大家说,我当初还以为他有成见,可后来他一下子站起来了。

"咱们马上召集弟兄们开大会!"他说:"检讨,不检讨我我不能安心!"

我拉住了他,劝他说,现在战士们都休息了,惊惊慌慌匆匆忙忙地搞不好;况且这工作重点也不在检讨,重点在布置新工作。他一定要检讨。我好容易拉他坐下来,这时候看见了他的头发是有些花白的。我就了解,他一定是在旧社会里受过不少苦的。

他又沉默寡言了。不过,当我一觉着我是他兄弟的时候,我们两个人中间的同志爱就比什么都强了。

我想问题一夜没睡。连长刘四向同志也一夜没睡。我假装睡了闭着眼睛,只听他翻来覆去地叹着气,后来悄悄地溜出去了。我爬起来跟着他,只见他一个人在空场子上走来走去,走来走去。后来他跑到战士们那边去了。他回来的时候我假装在路边上小便,我问他:"连长,你咋没睡?"

"你不也没睡?"

我就不解释了。我们两个人坐在一块石头上,望着前沿阵地那边。一声枪响都没有,也没有灯光。连长同志好久之后说:"这怕要好些啦,弟兄们今晚睡觉时没像前两天那么乱。"他的声音很小,像是跟自己说话。

我想谈点别的。可是他在口袋里摸出两只钢笔和别的一些小物件来,拿在手里秤着,摸着,悄悄地说:"这是他们上去之前交给指导员徐正的,指导员上去的时候又交给我的。"

他在想念着牺牲了的人。

我拿过那两只钢笔来看了一看。

"小孙上去的时候说:我没牵挂啦!跳着,叫着,像个小孩一样。"他说。

我说:"你是哪里人?"我心里很是敬重他,看着他。

"我家里没人。"他说,就不再说话了。

其实我后来知道,他家里是有老婆和孩子的。

后来战士们上去的时候把他们的小物件交给我,连长这时候的情形就又在我心里晃了一下。

第二天,连长做了检讨,各个党员,各个干部深入各班做了动员,我做了战场形势的报告,三连的自尊心基本上恢复了。

我们肯定了三连前一次作战的胜利。我说:我们面前的张围子,是黄维兵团司令部,双堆集的门户,只要这里一打开,黄维兵团的司令部就会暴露在我们的炮火下面了。所以三连占领的阵地是很重要的。

一个战士说:"我们是胜利的呀,为啥早不提呢?我们还一直冲进过他狗日的营部!"

战士们都活起来了。

我觉着,好像二十年来有那么一只火把一直传了下来,这火把愈点愈亮,每一个人都把它看得比生命还贵重,害怕它熄掉。这一次大家都以为它已经熄掉了,可是它又亮了。只要大家心里有这个亮光,那三连就是不可战胜的。

我们都是很平常的人,我们每个人身上都有毛病,我们为什么会做出这种事业来呢?就是因为我们心里有这个光亮。

第二天,上级给我们调配的干部和新战士到了。我们抓紧工作,马上开了一个庆功大会,把三连过去得到的光荣旗都挂出来,组织老战士们上台说话,介绍三连的英雄事迹。全连都像办喜事一样,连长刘四向同志换上了干净整齐的衣服。这会开得很成功,新战士们马上觉得三连不平常,了不起。最后会场情绪高涨,大家要求马上作战,发扬三连的光荣传统。好几个班要求担任突击,我说,"同志们哪,上级命令一下来,我们就要打过去啦,这一点大家不用担心。现在要紧的事是马上展开练兵运动,研究敌人的战略战术,哪一个班将来能不能担任突击班,就要看他这几天练兵练的好不好!"我一说完各班都互相挑战,保证完成练兵任务。

练兵热潮展开了。有几个班夜里都偷着跑出去练。不过到了次一天就发现了新问题,有的刚补充过来的解放战士思想还没搞通,对练兵不积极。解放战士中间还有三四十个广军战士,大家都不懂他们的话,他们也不懂别人的,搞不清楚练兵是咋回事。性急的老战士对他们不满意,提意见说:"指导员,只要你把我们班上绊脚石去掉我们包管完成任务。"我说:"啥绊脚石呢?"他们说:"那些广西兵呀,说啥也不懂,跟外国人一样。要是上了火线,你叫冲锋了他以为是扔炸弹,岂不糟糕。"于是他们提意见说:"练兵不行,指导员你把他们调到后方去吧。"

老战士们性急,没耐心;新战士们还不曾搞清楚究竟为什么而打仗,这是大问题。况且三连现在的情况又是新战士占大多数。于是我掌握了这具体情况,对各班说:"同志们哪,现在我们的重点不在练兵运动了;哪一班想当突击班要看他团结工作做的好不好?"

情绪高,大家都响应。团结工作做的也不错,可就是三四十个广西战士听不懂话没办法。再呢,光团结工作做的好也不行,还要基本上搞通每一个人手里拿着枪究竟是干什么的——人民解放军为什么作战。

这样我们就决定开展诉苦运动。有的干部怕时间来不及,我说:这一定要做。时机很紧迫啦,我们决定三天内把它完成。

连的干部下到各班去了。广西战士们的工作分配给了我。我到了他们那边,讲了几句,他们听不大懂,光瞧着我。我就找出一个战士来,他已经参军两个多月,诉过苦,知道这件事的。我要他替我去讲。我又把认得字的战士们找出来,把我的意思写给他们看。我写:"说一说是什么人害你们的。"他们点头。

这样我们就开了诉苦大会,我们选了九班老战士杨国喜和另外一个老战士做诉苦典型。杨国喜同志说了一半,说到他母亲被害的事情上,哭了,下面有些战士也哭了。接着我就上去讲我自己的事。我说:"同志们呀,你们看我是怎样的一个人呢?你们看我是咋走出来的呢?"

大家都静悄悄,谁咳嗽一下都显得很响。

我上去说话的时候是个工作情绪,想着怎样来做的鼓动工作。可这时候我心里一楞。四周围这么静,几百只眼睛都朝我望着,我就从心里出来了一股热气。我有仇恨。这还不重要,重要的是,我四周围坐着的,这些个屏着气、瞪着眼睛、脸色铁青的人们,瘦得不成人样的新解放过来的战士们,都是我的兄弟。仇恨像山一样压着他们,像海一样淹着他们。我就觉着一种比什么亲人都亲的热情。我想抱着每一个人大哭一场。我们是从全中国的那些苦海,那些刀山,那些个地狱里走到这里来的呀。我们是走我们父母妻子儿女的尸首上跨过来的呀。

我楞了好一会儿没说话。

这几天来,我都抱着个工作情绪,干部情绪。战士们都是我的对象,我注意他们每一个人的优缺点,紧张地想着要扭转情绪,可现在我不是简单的工作情绪了。我觉得了爱。一张张脸都扑到了我心里,我觉着,他们是我的,我是他们的,我们一起,是工农阶级、中国人民的儿子。这么的我的心就完全打开来了。不是干部对战士说话,是亲兄弟。我也记不得我是怎么说的了,反正我觉得我心里跟我周围都热烘烘的,我哭了。可是这不算是伤心的哭。这是从心底里感激,觉得有道理,有价值。我看见新战士们哭了,几个广西战士也哭啦。

他们听不懂我的话,不过他们心里一定有一个样的感情。这就是,心打开来了,诉了仇恨了,找到亲人了,知道阶级的爱了。我心里都幸福。

我话没完,几个新战士就跳起来要讲话。有两个广西战士也跳起来争着讲。有一个矮个儿的,讲了几句大家都听不大懂,可是他哭啦。

我大声说：同志们哪，我们找到亲人啦，我们痛痛快快地哭一下吧！

大家都哭。

那矮个儿的广西战士讲的话大家听清楚一点了。好像在这个时候大家的耳朵特别好，他的嘴也特别管用。我这时候知道了他的名字叫龙培。他是死里逃生的：姐姐叫强奸，全家都被杀被害。叫反动派抓来当兵，因为犯了事，要枪毙，后来说，反正战场上送死吧，弄到前方来了。他在他那一排里是个罪人，谁都不敢跟他讲话，排长天天打他……

他说着说着就抓起地上一块石头来往脑袋上砸，叫着："龙培呀，你死了吧！你到今天连谁是仇人谁是亲人都分不清，你这么大的仇不晓得报呀，你死了吧！"我赶紧拉住他，他就把我抱着了。他是一个烈性子的青年人。

我们高呼着复仇的口号，整个的战场都叫我们震动了。我们不哭了，眼睛雪亮。我心里说："全中国全世界呀，你到这里来看看吧！"

第二天我们开会挖苦根，大家找仇人。有的说，保长。有的说，地主。有的说，反动派师管区。马上龙培喊起来啦，把枪一放就来脱军衣，他说："指导员我不当兵啦，我马上回家，杀了我的仇人我再来见你！"我说："慢着。你的仇人是保长、地主、师管区，对。可是谁替他们撑腰，谁指示他们来害你的呢？"大家楞了一楞，说："蒋介石。""可见蒋介石他狗日的凭什么来行凶呢？""凭的枪杆、军队。""谁是蒋介石他狗日的顶凶的军队呢？""蒋介石的主力——黄维兵团。"

好，我们找到了就在眼前的敌人。

第三天我们祭拜了我们的被杀害的亲人。干部、老战士们替新战士们的亲人扶灵、戴孝。龙培捧着他父母跟他姐姐的牌位，我替他拿纸灵。我们一直送出五里开外去，在一片大空地上把灵位烧掉了。

这个时候我清清楚楚地觉得，我们的被杀、被害的父母、妻子、兄弟姐妹，是跟我们走在一起的。他们从全中国各地来到淮海战场，他们要跟他们的儿子、丈夫、兄弟们一起作战。叫我这么想的，是十九岁不到的龙培的那表情。我们不信有鬼，可是我们相信亲人的爱，和阶级的冤仇。龙培已经不像前些天那么疲塌迷糊了，他整个的是坚定的。他两只眼睛不住地盯着手里的牌位，叫唤着："妈，跟我来吧。姐，跟我来吧。"他叫得那么亲热，那么感情，那么真。烧纸灵的时候好些战士哭了，可是龙培没哭，他还在喊着："妈！姐！"

在激烈战争展开来的那些时间，我总要想起这种喊声。我好像不断地看到那些慈爱的、受苦的、受伤的、披着头发哭红了眼睛的、两只腿摇摆着往河边走去投水的——我们的母亲、姐妹们！

战斗开始前，我们各班互相挑战，战士们写决心书。好一些人割破了中指拿他们的血来写字。龙培也割破了中指，拿他的血写着——他不会写，他要我把住他的手写着，为阶级复仇，争取火线入党。我把住他的手的时候，好像他的血流到了我的心里。我穿过交通壕，我说："同志们哪，龙培、刘贵、赵喜功……都拿他们的血写了决心书。同志们，复仇的机会就要到了。再想一想呀同志们！想一想我们的冤仇，想一想我们的父母、妻子、姐妹，是叫狗日的谁害的？"我感动得都控制不住我的声音了，我又说："谁害的呀？这个世界上谁最看不起我们，拿我们不当人，这个世界上谁又最疼我们呀。"好几个战士哭了。我看见龙培睁着他那小孩子一样的大眼睛瞧着我，嘴唇皮咬得铁青，两颗眼泪挂在眼眶子上。我说："同志们哪，要哭就再痛快地哭一次吧！哭过了，擦干眼泪，准备战斗！"

战壕里一片哭声。战士们连哭带骂。敌人这时听见了——他的前沿离我们很近，只有五十米达。他高兴啦，喊起话来啦，他说："喂，小子们，共产党强迫你们，把你们打哭了吧？"

我拿起话筒来喊："你等着吧！"

战士们跳起来喊:"伤心的仇人呀,你等着吧!"

当天晚上我们就进入战争。

三

好比是,我们每个人的血这时候都已经溶在一起。我是个干部,可是战士们教育了我。我们都是些旧社会来的,每一个人都有毛病,有的想家,有的爱点儿小便宜,有的爱睡大觉,有的在语言当中轻视妇女,有的浑身又脏又臭,有的有一脑袋迷信思想,可这个时候我们心里面是纯洁的。我们站在流血死亡的面前,决心复仇,心里就满是爱情。我们就像刚生下来的小孩一样纯洁。

我们面前的敌人是黄维兵团胡琏的第十一师的一个主力团。这个团是蒋介石的一匹奴狗,青年军。这时候双堆集周围的黄维的兵都已经叫包围得吃马肉吃皮带啦,这个团还有美国牛肉罐头吃,有纸烟抽;这就足见得它是怎样重要,这也可以说明三连的任务是怎样重要啦。

战斗开始前不久,天还没黑,我到营部去汇报工作。营首长们很安静地听着我,我觉得他们是很信任我们的工作的。后来营长把营部的通讯员张国柱调给我们。张国柱很年轻,简直是个孩子,走进来对营首长们立正、敬礼,面孔通红的。营长说:"调你去三连。"小张好一会儿没说话,又举起手来敬礼。后来他小声说:"是,首长。谢谢首长。"他眼睛里都有眼泪啦。原来他好些时就叫嚷着要参加战斗,为他的一个顶要好的小鬼同志复仇——这小鬼同志是和他一块长大,一块参军的,在前一次战役里牺牲了。

营长同志的嘴动了一动,好像要说什么,可是什么也没说。我跟小张两个走出营部,一路上也什么都没说。在这个时候,是什么都不需要说的。

蒋介石狗种的飞机在天上飞着,胡乱地打机枪,给他的狗孙子黄维空投。黄昏时候天气很晴和,周围好多里都看得清清楚楚；有一些枪声，东南方还有重机枪声。眼前整个的景色都是发光的，就像是我们心里一样。就这个时候我注意到了天气，我还注意到了打我脚边上闯过去的一条老狗，一脸苦相，两只眼睛眼泪汪汪的，歪着脖子，对着我干叫了一声，好像等我打它。我记得我当时很可怜它，还想到了它的主人。小张踢了它一脚，它就夹着尾巴跑啦。

　　战斗一开始，我就只注意我面前的每一寸土地。

　　炮兵射击以后，我们的一支兄弟部队首先发动攻击。他们没有能攻进去。战士们隐蔽在工事里焦急得很。后来终于突击任务交给我们了。但正在这时候，五十米达前面的敌人的一个排对我们发起了冲锋了，一阵重机枪，马上人就上来啦。他狗东西大概是以为三连还没准备好，想要趁机会扩张阵地。战士们说："上去！"我说："沉住气。"敌人过来了，我们马上给了他一排炸弹，一下打倒十几个。敌人一看有准备，慌啦，马上往回跑。我喊："同志们，跟着他屁股冲呀！"

　　我们跳出战壕，拿刺刀逼住敌人的屁股，敌人的地堡里也就不好打枪。他们的阵地马上乱啦，战壕里的人也跳起来往后逃跑，最后地堡里的敌人也逃跑啦。就像是一阵风一样，我们一下子冲过了敌人的前沿阵地和四个地堡，冲到大地堡群前面。

　　可是这个胜利带来了困难。

　　这是战场上常常发生的情况：战斗在意外的一点上开始了。……我们的困难是，在我的指挥下只有两个排，另外一个排由连长带到侧翼去了。这是上级的命令，可是后来知道，连长刘四向同志带去的一个排弄错了方向，又因为战斗开始的早，把他跟我们隔开了。三排是预备队，留在后面。我们一下子冲上去的只有郝俊同志的模范第九班。七班预备上去增援，巩固新占领的阵地，可是敌人碉堡群的火力已经控制了九班的后路。

　　敌人的火力把我们一封锁，就用两个排的兵力从两边来包围我们。

　　战士们眼红啦。

我叫:"同志们啦!我们占领了的阵地我们退不退?"

"不退!"

"他们来了我们怎么办?"

"上去,拼刺刀!"

我们一个劲上去了。我们一和敌人接近,他的地堡火力不管用啦,他的两个排一混到一起,他的加拿大冲锋枪什么的也不管用啦。我们一点也没觉得我们的人数比他少,想也没想到这一点;相反的,我们觉得我们比他们强过不知多少倍。

我们几分钟就打垮了敌人。一个敌人在我面前跪下来了,这时候我正举起了刺刀。我差不多控制不住我自己,我想:你这时候才跪下来呀!你美国干爸喂你饱呀,我宰了你!可这时候龙培冲上来了,杀红啦眼睛,对着他的脊梁刺去。我大叫:"龙培,住手!他缴枪不杀!"那敌人丢了枪就哭起来啦。

我本来讨厌他这个懦种的,可这时候我发现他是这么年轻,好像什么都不懂,又是个苦孩子的样子,我就想:要是他死啦,他也不晓得他是为什么死的。他哭成那个样,我就可怜他。——要是你看见一个一个的敌人的兵士,你就会觉得他们本来是我们的兄弟。我很严厉地说:

"站起来!到后面集合去!"不过我觉得我的声音也不顶严厉,还是很温暖的。他就站起来了揩揩眼泪,很安心了。

我说:"人民解放军宽大俘虏。刚才你差点儿死掉,知道吗?"

他小声说:"知道。"不那么懦,有一种很坦白的神气了;我心里就有一种说不出来的感情。——这真是个苦孩子,后来他成了我们三连的好战士,在渡江战中间担任突击,英勇牺牲了。

我又上去了。我打死了一个向我冲过来的敌人之后,我们战士们已经冲得很远了。我们又打下了一个地堡,在大地堡群和十字交通沟面前停下来了。我们也有了伤亡。

我没有能够上去,敌人的火力把我和战士们隔开了。七班的战士们跟上来了,我预备调他们上去。我想,敌人一下又让我们冲了这么远,一连失去这么多地堡,一定很慌,一定要马上组织反扑。

  我想,我们前面的人已经不多了,十几个人里面已经有一大半伤亡的。我又想:像龙培这些人,现在都在最前面,离敌人不到十几公尺;整个的战线就靠他们顶住,而他们是几天之前才解放过来的呀!几天之前,他们的枪口还朝着我们的呀。

  这种怀疑叫我心里难过。刚才我还跟龙培扒在一起,子弹在我们鼻子跟前呼呼响,他的眼神,他的坚决的脸色,都叫我爱极了他;他时不时看我一眼,我知道他也是很爱我的。他的决心书还在我怀里,我怎么能这样想呢?

  我拿两只手当喇叭,跟他们喊话。我说:"龙培,喂龙培呀!记着你们父母姐妹的冤仇呀!"

  龙培马上跟我回话,他大概是发现了我还没有死,很高兴,他说:"指导员呀,你放心吧!我完不成任务不回来!"

  他又很高兴的喊:"我们要请敌人吃米汤呢。喂,狗日的乌龟伸出头来呀,要不要吃米汤呀……"他又叽哩哇啦地向敌人叫了些什么,快活地大笑起来了。大概他是拿什么广西土话骂敌人。

  敌人盲目地打着机枪,龙培继续叽哩哇啦地快活地叫着,那样子高兴极了。我虽然听不懂,也笑起来了。

  "你们的黄维舔马屁股,他是个大王八。"老战士刘贵喊着,简直像小孩子一样,战地上乐开啦。

  敌人也喊话了,他们说:"好小子!投降吧!"

  龙培马上叫起来:"放你妈的屁!"后来他又喊——他的声音也变得很沉痛了,他喊:"黄维的兵呀,广西人呀,想一想师管区地主保长怎样害死你们父母姐妹呀!把枪口转过来找仇人吧!"

  敌人不作声了。

  我和七班上去了一点,敌人又封锁了我们。马上碉堡前面打起来了,炸弹,机枪,又是烟又是土,打得啥也看不见。

  我叫七班长带一部分战士和一挺轻机枪到侧面去牵制敌人。七班长那边一打响,我就带着几个战士往上爬。好容易带着四个战士爬了上去,战士们已经杀退了敌人两个班的反扑,枪声也停下来了。阵地上七零八落的,剩下来的战士们都伏在工事里面。工事边上堆满了敌人和我们的人的尸体;战士们就伏在这些尸体后面,一个个身上染满了血,紧紧地盯着敌人。

战士们一动都不动,好像什么感觉都没有了,好像就是炮弹打在他们头上,他们也不会动弹一下似的。我在工事里伏下来,黑暗中慢慢地看清了挂在我身旁战壕边上的九班老战士杨国喜同志的尸体。我看不出来他是哪儿受伤,他的上半身伏在工事外面,两只手伸在前面,三八枪还紧紧地抓在手里。他是我到三连来第一个认识的人,我看见他在战壕边上坐着在本子上划圈圈,看见他在大家抢饭吃的时候生气,看见他讲话的时候总要面孔发红……。可是现在我没什么感觉。我把他拖下来躺好,轻轻地理了一下他的染着血的头发,也不过是觉得一定要这么做一做,马上就重新扒到工事上,看着前面。

我继续看到一些死伤的人,可是我一下子没有找着龙培。

我们的战士们刚才是用刺刀炸弹打退了敌人的冲锋的,龙培一直冲到前面去了。他一直扑到敌人地堡鹿柴下面,受了伤,下不来了。在他叫喊起来的时候我听出了他。我很担心,我想,他躺着不动,敌人打机枪眼里还看不见他,他这一叫可要糟糕。他喊:"狗日的我好伤心呀!我的仇还没报,你们又给我添了新仇,有种的你们出来呀!"

敌人机枪打起来了,紧接着从敌人阵地里扔出了一颗炸弹,滚在龙培面前,我们看见龙培一下子跳起来拾起那手榴弹扔回去了。原来他一颗子弹也没有啦。

老战士刘贵走过来说:"指导员,我上去救他。"

我说:"等着。"

我们的话没完,敌人一个劲地叫喊起来,又冲锋过来啦。他是欺我们没有子弹了。我喊了一声,我们的人一齐跃出了工事。他们刚才还躺在那儿,好像死了一样,动都不想动一动的。大概是我们的样子太不平常了吧,敌人一见到我们就马上向后逃跑。

我们趁这个机会救了龙培。敌人地堡里的重机枪马上就打了起来。我们又退下来了。

龙培伤得很重。右腿、肚子上，都在流血，左手臂差不多完全叫炸烂了。他咬住牙齿，眼睛瞪得大大的，看着我。我说："送你下去吧，龙培。"他说："不，指导员。"他已经不能拿枪了，可是他从我身边拿过去一个手榴弹，抓在没有受伤的右手里。我一下子没注意，他爬上去了。我叫："龙培，你干么呀，下来！"他没理我。

他爬上去十来步，叫开来了。

他叫："狗日的黄维的兵呀，狗日的蒋介石呀，我就是死，我也要报这仇！你们想想我是什么人？我早几天还跟你们一样，替蒋介石送死呀！"

敌人喊："你小子叫共产党弄疯了呀！"

龙培说："我才清醒呢，疯的是你们！你们想想呀，你们也是穷苦人家受压迫的呀，人家杀害你们父母，强奸你们姐妹，你们忘记了吗！不能忘记的呀！"

敌人不作声了，我们大家也一点声音都没有，就只龙培一个人在喊着。他的声音真伤心，我觉得好像从地底下升起了一股子冤气，一直透进了我的心。

"投降不投降？"龙培严厉的喊。

敌人一点声音都没有。

龙培跳起来把炸弹扔出去了，炸在敌人的战壕里。同时龙培也倒下了。敌人对他打了一梭子机枪。

我们好容易把他弄了下来。他脸上还是那种神气：咬着牙齿，睁大着眼睛的决死的神气。他哼都不哼一声。我说："龙培！龙培！"他抓住了我的手，很干脆地说："指导员，我死啦！"

可是后来他喘了一口气，像小孩子一样地笑了，好像很抱歉他再不能打仗一样。他又说："叫我抓住你的手吧。我已算是报了仇，你承认我是共产党员吧！"

他的眼睛里满是眼泪了。我说不出话来，我说："龙培，你放心。"

他流血过多,死去了。我紧紧地抓着他,抱着他,看着他那张神气坦白的脸,喊着:"龙培!龙培!"我觉得他是听得见我的。我马上顺着交通壕走了过去。我喊着——我觉得这不是说话,这是从我心里喷出火来,我喊:

"同志们,龙培牺牲了,他是三连的光荣!同志们,他临死申请入党,我们追认他是光荣的共产党员!同志们!大家不能忘记龙培的!他是走什么路走来的?我们是走什么路走来的?同志们为龙培复仇!"

战士们一声不响——几分钟后,我们全体像一个人一样地站了起来,扑出去了。我们胶着在这地堡面前已经很久了,现在我们一下子就冲了过去,我们觉着我们是这么强大,好像无论什么东西都可以被我们踏成粉碎。我们踏烂了敌人的阵地,踏翻了地堡,我们都记不清这一战是怎么打的了,我们一下子冲进了两个梅花地堡群,捣翻了敌人的营部。

我们还夺得了敌人的山炮。我们有一种强大的威力的感觉。我有一次在冲上去的时候倒了,我狠狠地咬着地上的泥巴,我咬着满嘴的泥一下子又冲了上去。我们觉得我们是不会死的。

我调来了预备队。三排一上来,就连续地击退了敌人的七八次反扑。这时候我们整个地已经战斗了八个小时。我们又阻住了敌人,战斗停下来了。

连长刘四向同志带着他的一个排回来加入作战了。可是后来,一方面因为他出击没有效果,一方面因为三连伤亡很大,他舍不得老战士们一个个地牺牲下去,他觉得再不能打了,为了保存骨干,他主张请求营部换防。

他很不安地说了他的意见,坐在一边不作声了。他很难过的样子,他没有感觉到战士们在战斗和胜利中的那种气概:我们大家完全不觉得我们是丧失了战斗力的。

我说:"找干部们开个会商量吧。"

他说:"你看呢?"

我说:"我们向营部保证过坚决完成任务,不诉苦的。"

开会的时候我对干部们说明了连长的看法,又说了我的看法。我说,敌人现在要比我们更乱,更乏。我说:争取三连的光荣,就在最后的五分钟。各班班长和老战士们马上跳起来了,他们说,非打到底不可!我们现在是打胜了的,没有别的,要争取顽强这两个字!

　　连长同志脸色发白,没说话。各班长散去了以后,我在他面前站了很久,想说点什么,可是他站起来一直走到前面去了。

　　他很冷静地传话给战士们,整理战场,把剩下来的人编成了两个班。情形确实是严重的,这时候我们全连总共剩下了四个没受伤的战士。连轻伤能作战的在内,总共是三十个人不到。连长把他的盒子枪给了受了伤拿不动步枪的七班长,我把盒子枪给了十班长小张,他也是手臂上受伤,拿不动步枪的。

　　我们勉勉强强的是三十个。我们都不说话,我们什么感觉也没有,也不晓得痛,也不晓得害怕,也不晓得现在究竟是白天还是夜晚;甚至也不晓得什么叫做死;好像我们都是些死了的人,但是还在这里打仗——我们一定要打到底。我们编成了两个班,连长和我各带一班。我命令爆破手最后一次地去完成任务,炸毁敌人的大地堡。我的声音很低,说得很简单。他是非党员,他要求我调一个党员去协助他。他同样地说得很简单,也没有说明理由。我就把七班副班长刘厚调给他。

　　他们两个毫不犹豫地爬上去了。

　　我觉得,我们这里每一个人之间,现在已经没有了胆小和胆大的分别,——差不多已经没有任何分别。

　　地堡一爆破,我和连长就各带一班冲出去了。

　　我们迅速地冲进村子,十分钟以后就解决了战斗。

四

　　我们这最后的一战歼灭了敌人的团部一共俘虏了六百多人。我们整个的是歼灭了敌人一个团,我们的胜利是不小的。营部给我们记功、表扬,团部给我们记功、表扬;师部、军部……

都给我们记功、表扬。三连到底顽强,我们争到了这顽强二字。

我们一换防下来,首长们就来给我们贺功。

一换防下来,我们大家这才看见自己的样子。又脏又破,身上满是血,总之是没有一个人不带伤的。轻伤的大家互相扶着走;大家都不作声。现在我已经和三连联结得这样紧,谁也不用把我在三连拉开啦——这几天就好像是过了好几年一样。我看看十班长小张,又看看七班老战士黄发贵,我觉得他们身上有些什么东西;有些新的,从来没有过的东西。我也说不清这究竟是什么,可是我觉得我们这些年青人都老了些。我们的眼睛再不东看西看,我们的嘴闭得铁紧。

我看看我身边的十班长小张。他看了我一眼,马上掉开了眼睛。

我们现在是活出来了,胜利了,我们慢慢地承认我们是活着的了,这样我们每一个人又都想到了自己;每一个人都在想。我就想到了我刚到三连来的时候的情况。我觉得现在这种情形不很好,过去我也有经验;于是我对连长说:三连现在胜利哪,这谁都看见的,用不着说,可是牺牲也不小,战士们会想起这些来的。在战斗中间什么也不想,什么也不怕,可是事后会想的。胜利不是简简单单的事情。

而且我们前面还有战斗。说不定几天过后又要进入战斗。

广西战士何德明走到我身边来了,和我并排走着。他负了伤,右手吊在颈子上。他以前是不大敢和我谈什么话的,可是现在他神气很严肃,一点顾忌也没有了;我一样地从他身上看到那种新的东西。

他说:"指导员哪,往后,要是回家种地,还种不种的来呢?"

他笔直地望着前面。没等我说话,他自己回答说:

"没有什么。"

从前他一说话就要慌的,可现在他的声音真冷静哪。我以为他是想家什么的,可是一想又不全像。不,这不是想家,也不是伤心,这是从死亡里出来过后的那么一种不知道怎么生活才好的感情。这也是带着很大的气概望着将来的生活。这种感情我也有过。这就是我们战士们身上的新的东西。

我说:"同志们哪!我们胜利了,要像个胜利的军队;三连的战斗是有价值的,三连是顽强的!同志们,挺起胸膛来,光荣的旗帜在我们手里,我们唱个歌!"

我说得很有气概。我们是知道我们要怎样生活的。

战士们最初不开口,又有一些人声音很低。但是十班长小张带了头。他把头一扬,脸上有一种愤恨的样子,大声地唱起来。他的声音叫我觉得是一把明晃晃的刀一直劈了出去。战士们马上大声唱了起来,我们扬着头一直进了村子。

我们住下来,洗脸、换衣服,继续唱歌,大家情绪高涨,快活得很,但有时候又会突然静下来,想着谁也不说的什么。

司务长老家伙送饭来了。喜气洋洋,老远见到我就叫唤起来了。他听说三连打了胜仗,真高兴极啦。他带来了一百五十个人的馒头。

我们是只剩下二十几个人。

我迎了上去。他把东西放下,喜得直蹦跳。我不作声。

他说:"好吧,吹哨吧,美美地吃一餐。"见没动静,又说:"咦,弟兄们呢,怎么光那几个人,都哪去啦,咋不出来吃饭呀?"

我说:"老家伙,你赶快替我把这些馒头全挑走。"

我的声音大概很严厉。他以为他犯了什么错,看着我。我就叫他把馒头搬进屋子。我找了一条毯子把这些馒头盖了起来。我恨这些馒头。

"咦,弟兄们呢?"老头莫明其妙地问。

我坐下来。"弟兄们光荣啦。"

他不作声,马上他哭了。他大声号哭了。他说:"天啊,我的那么好的一些人啊。"

他把战士们称做他的人。我说:"不许哭,小声点。"但我也哭了。

我说:"老头儿呀,弟兄们是值得的。"

在说这话的时候,我想了一想,我是不是在将来无论什么时候会对得起这些光荣的弟兄们?

我说:"老家伙,不许哭,听见吗?"我又严厉起来了。我又说:"三连争到了顽强,三连是英雄,三连的英雄旗永远要叫人民纪念!……"

我记得我是这样说的。

我们很快地补充,整顿了三连;一口气下来,士气高涨,几天之后,又进入战斗,攻入双堆集。以后一直渡过长江,打到皖南,六个月中间,补充了好几百新兵,没有一个逃亡的;并且一共又得到了七面光荣旗。

一九五〇年十月十七日夜

附记:

这篇报告是根据二野战斗英雄周福祺同志的谈话写成的。应该声明的是:一,某些细节,某些人物的形象,是由作者加以补充和增加了;二,人物的姓名,有的是根据原来谈话的样子,有的都是由作者虚拟的。作者企图表现的,是这英雄谈话底基本精神,因此细节的地方有了变动。

(原载《天津文艺》1951年第一卷六期)

图书在版编目(CIP)数据

路翎全集.第三卷,中短篇小说、特写:1949—1953/路翎著;张业松主编.--上海:复旦大学出版社,2025.2.--ISBN 978-7-309-17725-1

Ⅰ.I217.2

中国国家版本馆 CIP 数据核字第 20243C3R19 号

路翎全集.第三卷,中短篇小说、特写:1949—1953
路　翎　著
张业松　主编
责任编辑/方尚芩

复旦大学出版社有限公司出版发行
上海市国权路 579 号　邮编:200433
网址:fupnet@fudanpress.com　http://www.fudanpress.com
门市零售:86-21-65102580　团体订购:86-21-65104505
出版部电话:86-21-65642845
上海盛通时代印刷有限公司

开本 890 毫米×1240 毫米　1/32　印张 15.375　字数 399 千字
2025 年 2 月第 1 版
2025 年 2 月第 1 版第 1 次印刷

ISBN 978-7-309-17725-1/I · 1425
定价:85.00 元

如有印装质量问题,请向复旦大学出版社有限公司出版部调换。
版权所有　侵权必究